Caro Ramsay

Sein eigen Fleisch und Blut

Caro Ramsay

Sein eigen Fleisch und Blut

Thriller

Aus dem Englischen
von Andreas Helweg

blanvalet

Die Originalausgabe erschien erstmals 2009 unter dem
Titel »Singing to the Dead« bei
Penguin Books, London.

Für Mum und Dad

MIX
Papier aus verantwortungsvollen Quellen
FSC® C014496
FSC
www.fsc.org

Verlagsgruppe Random House FSC-DEU-0100
Das FSC®-zertifizierte Papier *Super Snowbright*
für dieses Buch liefert Hellefoss AS, Hokksund, Norwegen.

1. Auflage

Satz: Uhl+Massopust, Aalen
Druck und Einband: GGP Media GmbH, Pößneck
Printed in Gemany
ISBN: 978-3-7645-0272-0

www.blanvalet.de

Dienstag,
19. Dezember

Er hätte in der Schule sein sollen, doch seine Ma hatte keine Lust, so weit zu laufen. So wie an den meisten anderen Tagen auch.

Dann verließ sie so hastig die Wohnung, dass er keine Zeit hatte, seine Jacke anzuziehen. Sie hätte ihn einfach eingeschlossen und die ganze Nacht über allein gelassen. Deshalb trug er nur sein Fleece-Oberteil aus dem Secondhandladen, und das war inzwischen vollkommen durchnässt und klebte auf seinem Rücken fest.

Mist, er fror. Immer fror er.

Weihnachtseinkäufe bei Woolworth hatte sie ihm versprochen, aber sie hatte es wieder einmal nur bis zum Schnapsladen geschafft. Danach war auch kein Geld mehr für Geschenke übrig gewesen.

Langsam wurde es richtig dunkel; bald würde der helle Strahler am Rand des Spielplatzes eingeschaltet. Er saß auf der Schaukel, zitterte im Schneeregen und wagte es nicht, die eisigen Eisenketten mit bloßen Händen zu berühren. Wenn man hoch genug schaukelt, hatte sein Dad gesagt, kann man den Wolken in den Hintern treten. Das war zu Weihnachten vor zwei Jahren gewesen, vor langer, langer Zeit. Da war er erst fünf gewesen. Wenn sein Dad hier gewesen wäre, hätte er ihm Anschwung gegeben, doch er hatte keine Ahnung, wohin sein Dad verschwunden war, und um selbst Anschwung zu nehmen, war es zu kalt.

Also saß Troy McEwen da und schaute zu, wie in den Wohnungen ringsum eine Lampe nach der anderen aufflammte wie ein Mosaik gemütlicher Lichter, das sich nach und nach immer weiter ausbreitete. Und er schloss Wetten mit sich ab, welches Fenster wohl als Nächstes hell würde. Der Spielplatz lag verlassen da. Die Menschen saßen irgendwo im Warmen und Hellen und waren glücklich.

Er sah seiner Ma zu, die Regentropfen von einer Bank wischte, wobei sie ihren Ärmel einsetzte wie eine große Pfote. Sie trug einen riesigen Mantel aus Schafswolle; den hatte sie auch aus dem Secondhandladen. Jetzt holte sie eine Flasche aus der Tasche zwischen ihren Füßen hervor und schraubte den Deckel ab. Sie setzte sich immer auf dieselbe Bank, das war ihr Lieblingsplatz, und dort trank sie gern einen winzigen Schluck.

Und da kam wieder diese alte Frau, die mit dem schmuddeligen weißen Hund. Er wartete ab, ob sie zu seiner Ma ging. Es wäre nicht das erste Mal. Dann saßen die zwei meist ein wenig zusammen herum, während der Hund auf den Weg kackte, und anschließend gingen sie zur Straße.

Er wollte versuchen, ob er die Wolken treten konnte, obwohl es zu dunkel war, um sie zu sehen. Deshalb rief er seine Ma, sie sollte ihm Anschwung geben. Aber sie hörte ihn nicht. Sie sah nicht einmal auf. Stattdessen trank sie aus der Flasche mit dem Hirsch darauf.

Er wollte nach Hause. Vielleicht gab es etwas zu essen. Er ließ sich von der Schaukel rutschen und ging hinüber zu seiner Ma. Er zupfte am Ärmel des Mantels aus Schafswolle, und sie sackte zur Seite. Ihre Augen waren glasig und starrten ins Leere. Sie war wieder einmal betrunken. Sie sah älter aus als die Mütter der anderen Kinder, und er konnte es nicht leiden, wie sie sich die Haare mit einem Gummi zusammenband. Dann sah sie aus wie die tote Katze, die er letzten Sommer im Kanal treiben gesehen hatte. Ihr Atem roch nach Schnaps.

Im Regen durfte er nicht aufs Karussell, seit er gestürzt

war und sich den Arm gebrochen hatte. Damals hatte ihn die Fürsorge mitnehmen wollen – wieder einmal. Seine Ma sah jetzt nicht zu ihm her, also würde es auch keine Prügel setzen. Er gab sich Schwung und drehte sich einmal, zweimal, und er wurde richtig schnell, ganz allein.

Plötzlich ging der Scheinwerfer an. Er sah eine Spritze, gleich neben dem Karussell. Bei der nächsten Drehung würde er sie aufs Gras kicken … Leider reckte er sich zu weit vor, seine klammen Finger rutschten ab, und er fiel der Länge nach hin.

Eine Weile lang lag er wimmernd da, und seine verfrorenen Hände taten schrecklich weh. Schließlich rollte er sich herum und setzte sich müde auf. Im Flutlicht sah er, dass seine Knie aufgeschürft waren und winzige Bluttröpfchen hervortraten. Er hatte sich die Hosenbeine aufgerissen. Seine Ma würde ihn umbringen.

Außerhalb des Lichtscheins war es richtig dunkel. Die Knie und die Hände taten ihm weh. Und er fror entsetzlich.

Dann schob sich ein großer Schatten zwischen ihn und die Lichtquelle, ein Erwachsener in einem langen schwarzen Mantel und mit einem Päckchen, das in alte Zeitungen eingewickelt war. Der salzige Geruch nach Pommesbude haftete ihm an.

»Hast du dir wehgetan?«, sagte eine freundliche Stimme. »Ich hab mir gerade eine heiße Pastete und Pommes für zu Hause gekauft. Hast du nicht Lust, mir Gesellschaft zu leisten?«

Er schniefte und wischte sich die Nase mit dem nassen Ärmel ab. In diesem Augenblick wünschte er sich nur eines. Dass ihn jemand aufhob, ihn in den Arm nahm und ihn ins Warme brachte.

Und ihm Pastete zu essen gab. Mit Pommes.

Mittwoch, 20. Dezember

1

Detective Inspector Colin Anderson hielt sich ein Taschentuch vor die Nase, versuchte, nicht zu atmen, und betrachtete die Überreste der Erdgeschosswohnung in der 34 Lower Holburn Street. Der beißende Rauch ließ seine Augen tränen. Das Feuer war seit einer halben Stunde gelöscht, und die Luft war feucht wie im Dschungel. Zwei Feuerwehrleute in quietschenden Stiefeln traten aus der verräucherten Küche und standen einen Moment lang im halbwegs verschonten Flur. Schweißtropfen zogen weiße Adern über ihre rußbedeckten Gesichter. Der Jüngere der beiden schaute besorgt zur durchhängenden Decke hoch und seufzte. Sie waren zu spät gekommen, wenn auch nur knapp.

Der Ältere zeigte mit dem dicken Handschuh in Richtung Küche – Anderson solle es sich selbst ansehen, wenn er wolle.

DI Colin Anderson schlich auf Zehenspitzen vorwärts und hockte sich neben die schwarze Plastikplane, von der Woodford, der leitende Brandermittler, eine Ecke anhob. Was darunter zum Vorschein kam, hatte nur vage Ähnlichkeit mit einem Menschen. Boxerhaltung, die Gliedmaßen angezogen, geballte Fäuste, vor das Gesicht genommen – Muskelkontraktion, typische Merkmale von Leichen, die starker Hitze ausgesetzt gewesen waren. Anderson beugte sich vor, hustete sich auf den Handrücken, und Woodford zog die Plane weiter zurück. Bei dem verkohlten Toten handelte es sich um einen alten Mann, und zwar vermutlich um den sechsundsiebzigjährigen John Campbell, allerdings hätte es praktisch auch jeder andere sein können. Die Leiche war schwarz und gelb, mit getrocknetem Blut überzogen und wies keine Haare und nicht einmal Augenbrauen auf. Die Kleidung war entweder geschmolzen oder verbrannt. An den Schultern klebten kleine Flecken bunten Gewebes mit ausgefransten Fasern. Hatte er etwas aus Wolle getragen? Eine Strickjacke, vielleicht dunkelblau? Anderson sah genauer hin und entdeckte einen geschmolzenen Knopf. Sein Großvater hatte auch solche Strickjacken getragen – Fair-Isle-Muster mit Metallknöpfen wie kleine Medaillen.

Er hob den Knopf mit der Spitze seines Kugelschreibers auf und betrachtete ihn genauer. Der aufsteigende Löwe war noch erkennbar, und seine Haltung parodierte in grausamer Manier die des Verstorbenen. Anderson ließ ihn in einen Beweismittelbeutel fallen.

»Wann ging der Notruf ein?«

»Ein paar Minuten nach zehn, also vor anderthalb Stunden«, antwortete Woodford. »Wir waren innerhalb weniger Minuten hier, aber zu spät ist eben zu spät. Unter ihm ist der Boden unversehrt, er lag also schon, als sich das Feuer ausbreitete.« Woodford umfasste den Raum mit einer Geste.

»Ist das verdächtig?« Anderson hustete wieder.

»Vermutlich nicht. Er war alt, und durch den Rauch wird er schnell bewusstlos geworden sein; vielleicht hatte er auch einen Herzinfarkt, ist zusammengebrochen, und das war möglicherweise der Grund, weshalb die Pfanne überhaupt erst angefangen hat zu brennen.« Woodford zeigte auf den Boden, wo eine offene Dose, ein verkohlter und zerbrochener Teller und die Überreste eines Messers lagen. Ein Teil der Arbeitsfläche stand noch und ragte in den Raum wie eine Landungsbrücke. Eine ovale Keksdose mit dem Bild eines grünen Bugatti auf dem Deckel sah aus, als hätten die Flammen an ihr geleckt und sie dann verschmäht. Daneben lag ein verschmorter Streifen Tabletten und ein Medikamente-Dispenser für sieben Tage, der zu einer schwarzen Blume geschmolzen war. »Anscheinend hat er Arzneien genommen.«

»Vielleicht. Keine Hinweise darauf, dass er versucht hat, den Brand zu löschen?«, fragte Anderson.

»Kein Feuerlöscher, keine Löschdecke, und der Rauchmelder war Schrott. Das ging schnell, die Flammen waren sofort …«

»In Leidenschaft entbrannt?«, sagte Anderson grinsend und gab mit einem Nicken zu verstehen, dass die Leiche wieder zugedeckt werden könnte; seine Augen tränten, er konnte daher sowieso keine Einzelheiten erkennen, und zusätzlich sprang jetzt mit ohrenbetäubendem Lärm der Generator an. Er trat zurück und sah die Feuerwehrleute an, die in die Küche kamen und den Tatort kontaminierten. *Brandort*, korrigierte er sich. Bislang deutete nichts auf einen Tatort hin.

Vorsichtig duckte er den Kopf unter dem Türsturz durch, der nun von einem inneren Metallrahmen gestützt wurde, und spürte, wie die Hitze durch seine Schuhsohlen kroch. Selbst Anderson mit seinem Laienblick bemerkte, dass sich die Decke wie eine Hängematte durchwölbte.

Einer der Feuerwehrleute klopfte die Wand nicht gerade zimperlich mit einem Hammer ab. »Ist das wohl eine tragende?«, rief er und richtete den Blick auf einen Riss im Putz, der sich über die ganze Oberfläche spannte.

»Hau noch ein bisschen fester drauf, dann wissen wir es gleich«, antwortete irgendein Klugscheißer durch den Rauch.

Sie standen im Erdgeschoss eines vierstöckigen Hauses, und Anderson wurde flau im Magen.

Jemand reichte ihm einen Schutzhelm.

Großartig.

Schaudernd ließ er den Blick durch den Raum schweifen, als Woodford laut brüllte und der Generator ausgeschaltet wurde. Auch das Gehämmer hörte auf, und plötzlich herrschte Stille, abgesehen von den knackenden, seufzenden Wänden, in denen die Spannungen nach der intensiven Hitze wieder nachließen. Anderson rührte sich nicht, weil er glaubte, jemand lausche nach Lebenszeichen, aber dann stellte sich heraus, dass der Feuerwehrhauptmann nur einen Anruf entgegennehmen wollte.

Anderson warf einen weiteren Blick in die Küche. Durch das Feuer, das hier gewütet hatte, war alles verbrannt und verkohlt, verzogen und gebogen. Das Linoleum war geschrumpelt und schwamm auf kleinen Wasserlachen. Irgendwo zischte es immer noch. Und trotz der Zerstörung war der Raum eindeutig als Küche zu erkennen. Vor zwei Stunden noch hatte sich hier jemand gemütlich sein Frühstück zubereitet. Anderson fiel auf, dass sich der Kühlschrank – im Übrigen das gleiche Modell wie sein eigener – in der Hitze aufgewölbt hatte. Vom Herd, dem Zentrum des Feuers, war nur ein dunkles Gewirr von Metall geblieben, in dem stur noch einige Flecken Chrom glänzten.

Ein Feuerwehrmann mit einer Videokamera nickte DI Anderson zu und bat stillschweigend um Erlaubnis weiterzufilmen. Anderson gab ihm mit erhobenem Daumen sein Einverständnis, drückte sich den Helm fest auf das blonde Haar und versuchte, die Hitze zu ignorieren, die er am Hals und im Gesicht spürte. Er wusste, ein Brandermittler konnte hier noch Dinge erkennen, die dem durchschnittlichen Kriminaltechniker entgingen; und deshalb überließ man die Sache am besten dem Experten. Die Kamera surrte, und der Brandermittler beschwerte sich über das miserable Licht. Anderson reizte der Rauch wieder im Hals, und er hustete heftig. Für kein Geld der Welt hätte er Feuerwehrmann werden wollen.

»Alles in Ordnung?«, fragte Woodford und reichte ihm die Hand. »Zum Grillen sind Sie ein bisschen zu spät gekommen.«

Anderson lächelte schief und verließ die Wohnung mit geballten Fäusten und verschränkten Armen; zu leicht vergaß man die Hitze und verbrannte sich die Finger, wenn man irgendetwas anfasste. Die Sohlen seiner Schuhe beschwerten sich lautstark; draußen würde er sich in eine Pfütze stellen. Wieder hustete er, richtig schwer diesmal, trocken aus der Lunge heraus. Und dann erbrach er sich.

»Ja«, fauchte Detective Chief Inspector Rebecca Quinn in den Hörer. Der schrille Rufton hatte sie innerlich zusammenfahren lassen. Zweimal hatte sie schon um ein anderes Telefon gebeten, doch genauso gut hätte sie beantragen können, zur nächsten Königin von England gekrönt zu werden. »Ja?«, wiederholte sie, aber wer auch immer am anderen Ende der Leitung war, beachtete sie nicht und sagte lediglich zu einem unbekannten Dritten: »Ein bisschen weiter links, ein bisschen weiter links.«

»Wyngate!«, schrie sie. Die Nummer auf dem Display stammte vom Empfang, und da schoben nur zwei Leute Dienst – Costello und Wyngate. Letzterem hatten die Kollegen, gemeinerweise und doch treffend, wegen seiner abstehenden Ohren den Spitznamen Windrad verpasst. Wenigstens konnte sie sich sein Gesicht vorstellen. DC Gordon Wyngate? Der magere Computerfreak, ein cleverer Kerl ohne jeden gesunden Menschenverstand.

»Ja, Ma'am. Wyngate vom Empfang, Ma'am.«

»Ich weiß. Was gibt es denn?«

»Ich sollte Bescheid sagen, wenn sich noch jemand krankmeldet. Na, DC Burns hat gerade angerufen«, sagte Wyngate und fügte hinzu: »Er hat diese Halsgeschichte.«

Burns? Burns? Sie ging den Karteikasten in ihrem Kopf

durch. Burns? Der große Typ, der immer so leise sprach. Also war noch ein guter Mann krank. »Vielleicht geht es schneller, wenn Sie mir eine Liste schicken, wer überhaupt zum Dienst erscheint.«

»Also, Vik Mulholland hat seinen freien Tag, will aber trotzdem später reinschauen.« Wyngate bemerkte die lange Pause am anderen Ende der Leitung und erklärte: »Das ist der, der aussieht wie …«

»Ja, DC Wyngate. Ich weiß, wer es ist.« Einen Cop, der aussah wie der hübschere Bruder von Johnny Depp, vergaß sie nicht so leicht. »Danke für die Mitteilung«, sagte Quinn nicht ohne Sarkasmus in der Stimme und legte auf. Inzwischen fehlten über sechzig Prozent der Abteilung entweder wegen Grippe oder wegen Halsentzündung, und außerdem war es kurz vor Weihnachten. Glücklicherweise gab es gegenwärtig nicht besonders viel zu tun.

Sie sah auf die Uhr – Viertel vor zwölf. Die Besprechung war für Mittag angesetzt, aber sie würde fünf Minuten früher damit anfangen, nur um die ewig Saumseligen unter Druck zu setzen. Sie hörte, wie sich die verbliebene Abteilung auf der anderen Seite der Jalousie versammelte. Wie gewöhnlich trug sie ein makelloses marineblaues Kostüm, das sie als ihre Uniform betrachtete. Das rote Haar hatte sie streng zurückgebunden, ihre Lippen jedoch waren blass. Sie öffnete ihr Kosmetiktäschchen, trug sorgfältig ihren bordeauxroten Lippenstift auf, spitzte die Lippen und beobachtete in ihrem kleinen Schminkspiegel in der Klappe der Tasche, wie die Unterlippe die Farbe auf die Oberlippe aufbrachte. Das gehörte zu ihren kleinen Ritualen. Die Schauspielerin Beryl Reid hatte einmal gesagt, nur wenn sie die richtigen Schuhe trage, könne sie ihre Rolle richtig spielen; analog dazu verließ sich DCI Quinn auf ihren Lippenstift. Ohne ihn war sie ein menschliches Wesen; mit ihm wurde sie zur Polizistin. Und zwar zu einer guten.

Sie vergewisserte sich, dass kein Lippenstift an den Zähnen klebte und keine Haare auf dem Kragen lagen, ehe sie sich wieder ihrem Schreibtisch zuwandte, auf dem nur ein paar Akten lagen.

Vor sechsunddreißig Stunden war ein Siebenjähriger namens Luca Scott verschwunden. Der Junge lebte mehr oder weniger auf der Straße, und es wäre nicht das erste Mal, dass er ausriss. Die Familie gehörte offensichtlich zur Unterschicht, die zwar keinen festen Wohnsitz vorweisen, sich jedoch stets das neueste Handy-Modell und einen schlecht gelaunten Pitbull leisten konnte. Quinn seufzte. Sie hätte sich ein bisschen mehr Material für die Besprechung gewünscht.

Die nächste Akte, vierzig Seiten stark, war an alle Reviere in Glasgow und in der gesamten Strathclyde-Region gegangen. Die Rocklegende Rogan O'Neill kam nach Glasgow und würde auf dem Flughafen landen, und beigefügt war auch eine kurze Beschreibung seiner Reiseziele, dazu Einzelheiten über das Hogmanay-Konzert am Silvesterabend, das nun definitiv im Zeichen des Erdbebens in Pakistan stehen sollte, wie es bereits gerüchteweise geheißen hatte. Es gab doch nichts Besseres als eine ordentliche Katastrophe, wenn man einer abflauenden Karriere neuen Schwung geben wollte. Seitenweise ließ man sich über die beteiligten Sicherheitskräfte aus, und es fanden sich außerdem zusätzliche Anweisungen für die Partickhill-Wache. Allerdings kein Wort über zusätzliche Geldmittel oder zusätzliches Personal, wie Quinn auffiel, sondern nur zusätzliche Arbeit. Warum ging das nicht an die Divisionszentrale in Partick statt an dieses winzige Revier, das nur gebaut worden war, um die Lücke zwischen zwei Häusern an einer Stelle zu schließen, wo Görings Luftwaffe zufällig ihre Bomben fallen gelassen hatte? Die Wache in Partick war groß und modern genug, dort standen reichlich Mittel und Personal zur Verfügung. Warum war die Sache also ausgerechnet in Partickhill gelandet? Und ja, warum war sie selbst ausgerechnet in Partickhill gelandet? Nur weil irgendein alternder Rockstar um die Ecke im Hilton wohnen wollte, und zwar – wie es gerüchteweise hieß – nicht ohne die obligatorische Freundin in Gestalt eines blonden Models oder zumindest die Letzte in einer langen Reihe blonder Models. Quinn betrachtete sein Pressefoto. Die Jahre in der kalifornischen Sonne und die Botox-Behandlungen hatten ihm nicht gutgetan; ehrlich gesagt grenzte O'Neills Erscheinung ans Lächerliche. Dem Vermerk zufolge war der Rockstar »Anfang fünfzig«. Quinn rechnete kurz – dieser Zählung nach wäre sie gerade mal Ende dreißig. Wenn der sich ein Jahrzehnt vom Alter abzog, durfte sie das genauso. Quinn klappte ihre Kosmetiktasche auf, blickte in den Spiegel und strich über die Falten unter ihren Augen. Na ja, vielleicht auch nicht.

Sie sah sich ein paar andere Kleinigkeiten an, denn sie wollte sich vor der Besprechung unbedingt bis zum Boden ihres Eingangskorbs durcharbeiten – diesem Haufen würde sie es durchaus zutrauen, etwas Wichtiges ganz nach unten zu legen und sie dann vor versammelter Mannschaft darauf anzusprechen. Es waren die üblichen Vermerke, ihre Ausgabenabrechnung vom letzten Monat … Sie zog ein Stück weißen Karton hervor: *Alan McAlpine, 1960–2006.* Das Bild auf der Traueranzeige sah sie an, ein gelassener, gut aussehender Mann mit schmachtendem Blick und einem eher faszinierenden als freundlichen Lächeln.

Acht Wochen war es her, erst acht Wochen. Ihr Vorgänger DCI Alan McAlpine war als Held gestorben, und seitdem beobachtete Quinn das verschwörerische Lächeln zwischen DI Anderson und DS Costello, bemerkte die kargen Worte und das vielsagende Schweigen.

Vor Quinns Zeit hatte Partickhill deren perfekte Enklave dargestellt. DCI McAlpine war Anfang vierzig gewesen. Colin Anderson, seinem Lieblingsinspektor, fehlten ein paar Jahre bis zu diesem Alter, und Costello war noch einmal einige Jahre jünger. In McAlpines Kielwasser waren sie karrieremäßig gut vorangekommen, doch auch ohne McAlpine war Anderson mehrmals ernstlich auf die Probe gestellt worden und hatte den Kopf nicht eingezogen. Hatte den Kopf nicht eingezogen – und den Mund gehalten. Quinn wusste, sie kannte nur einen Bruchteil der Geschichte um den früheren DCI – und sie würde das meiste auch niemals erfahren. Als ihre neue Chefin blieb sie sowieso außen vor. Als Frau behielt sie McAlpine lieber so in Erinnerung, wie er sich gegeben hatte: attraktiv, kompliziert, verletzlich. Sie sah dem Foto wieder in die Augen, diese braunen Mandelaugen, und erinnerte sich an das leise Zischen der Vorhänge im Krematorium, an das gedämpfte Surren, mit dem der Sarg in der Dunkelheit verschwunden war. Es kam ihr vor, als wäre das alles erst gestern geschehen. Sie betrachtete die Fotografie eine Minute lang, hing Erinnerungen nach und schob dann das Bild wieder zurück in den Stapel.

Sie zuckte zusammen, als das Telefon sie mit schrillem Klingeln tadelte.

»Hier DS Costello.« Weiblich, knapp, abgehackt, nur unwesentlich von Anmaßung entfernt.

»Ja, DS Costello?«, antwortete Quinn mit übertriebener Höflichkeit.

»Gibt es Neuigkeiten über Luca Scott, Ma'am?«

»Sollte nicht eigentlich ich Ihnen diese Frage stellen?«

»Also, ich habe versucht, zu seiner Mutter im Krankenhaus vorgelassen zu werden, leider erfolglos. Da gibt es übrigens noch einen ähnlichen Vorfall, Ma'am – eine Miss Cotter aus der Havelock Street … Das ist in der Nähe von …«

»Ja, ich weiß.«

»Also, sie hat erzählt, ihre Nachbarin sei gestern Abend ohne ihren Sohn nach Hause gekommen, und heute Morgen war er auch nicht in der Wohnung. Die Mutter selbst ist zu betrunken und kann sich nicht erinnern, wo sie ihn gelassen hat. Ich habe im Computer nachgesehen, und auch dieser Junge, Troy McEwen, wird nicht zum ersten Mal vermisst. Na ja, und im Zusammenhang mit Luca Scott …« Quinn hörte Costello ihr Notizbuch umblättern. »… beide sind sieben Jahre alt, wohnen eine halbe Meile voneinander entfernt …«

»Schicken Sie mir alles, was Sie haben.« Quinn zog Luca Scotts Akte aus dem Stapel auf ihrem Schreibtisch. »Und DI Anderson soll so schnell wie möglich hierher zurückkommen.« Sie legte auf.

Sie schloss die Augen einen Moment lang und wünschte sich mit aller Kraft, dass es keinen Zusammenhang zwischen den beiden kleinen Jungen gäbe. Nicht *zwei* vermisste Kinder, kurz vor Weihnachten, und das auch noch als *ihr* erster Fall mit diesem Team – mit McAlpines Team.

Sie waren gut – Anderson und Costello –, McAlpines handverlesene kleine Einheit, und sie waren schwer zu knacken. Aber der King war tot, lang lebe die Queen. *Lang lebe die Quinn.* Sie erlaubte sich ein schwaches Lächeln. Wenigstens DI Anderson musste sie knacken. Der große hellhaarige Intelligente, der nachdachte, ehe er sprach, der stets mit Bedacht handelte. Sie hatte Unmut bei ihm erwartet, weil sie McAlpines Stelle übernommen hatte, aber nichts Derartiges war gekommen. Nun, nicht gerade nichts, eher so ein undefinierbares Etwas, mehr so pro forma, wie sich ein kluger Schüler gegenüber einem begriffsstutzigen Lehrer benehmen würde. Quinn hatte gehofft, ihm würde der Kragen platzen und er würde einfach sagen, was er zu sagen hatte, damit die Sache ein für alle Mal erledigt wäre, doch bislang hatte sie darauf vergeblich gewartet. Anderson genoss im ganzen Dezernat großen Respekt. Er nahm einfach die Karten, die er auf die Hand bekam, und spielte los. Costello hingegen trug ihren Groll gegen Quinn wie ein Abzeichen am Revers. Quinn hatte keine Chance, sich zwischen die beiden zu drängen.

Mulholland, der hübsche Überflieger, würde sich für eine Beförderung vor jedem zum Sklaven machen. Er war noch nicht lange genug in Partickhill, um sich mit den anderen beiden zu verbünden. Aus der Divisionszentrale hatte sie nur das Beste über ihn gehört. Vielleicht war es eine Möglichkeit, einen Keil zwischen die Kollegen zu treiben: indem sie sich mit der Entscheidung Zeit ließ, wer als Nächster befördert werden sollte.

Quinn lächelte – jetzt waren sie nicht mehr McAlpines handverlesenes Team.

Sie gehörten ihr.

Verärgert sah sie das Bild des alten DCI, der sie ein wenig vorwurfsvoll anstarrte. Irgendwie war er wieder nach oben auf den Stapel gelangt, ganz wie im wirklichen Leben. *Scheißkerl*, murmelte sie, nahm die Traueranzeige und fragte sich, wohin damit. Der Mülleimer erschien ihr zu respektlos, und möglicherweise würde jemand die Karte dort entdecken.

In den letzten zwanzig Jahren war sie bei Weitem nicht die Einzige gewesen, die seinem Charme erlegen war. Sie drehte sich mit dem Stuhl und wandte sich so von seinem bohrenden Blick ab, strich sich einmal mit dem Bild über die Wange und schob es dann langsam in den Schredder.

Einen Moment lang schaute sie ihm hinterher. Dann stand sie auf.

Fünf vor zwölf. Eingangskorb leer, Schreibtisch aufgeräumt, Lippenstift aufgelegt – sie war bereit.

2

Die Münder der in Schottenkaros gekleideten Zuschauer verzogen sich zu rosa Ooohs, als sich Squidgy McMidge durch die Dudelsackpfeifer drängte, Callum den Baumstamm anhob und sich bereit machte, ihn in bester schottischer Tradition zu werfen, wobei er mit den Füßen seiner beiden Vorderbeine scharrte wie ein angriffslustiger Stier mit den Hufen.

Squidgy wankte und schwankte, seine Augen traten walnussgroß hervor, und dann nahm er Anlauf. Während die sechs Beine der Mücke an Geschwindigkeit zunahmen, drehten sie durch wie die Räder eines Formel-eins-Wagens, zuerst in der Luft, ohne voranzukommen; aber dann, als sie den Boden berührten, schoss Squidgy vor und stieß den Baumstamm hoch in die Luft.

Callum überschlug sich einmal, und das Gleiche galt für Squidgy.

Squidgy McMidge hing vor dem endlosen blauen Himmel vollständig in der Luft. Das fette kleine Insekt mit dem frechen Grinsen und den sechs in die Seite gestemmten Beinen und Flügeln, die so nutzlos waren wie ein ordentlich zusammengefalteter Fallschirm, trieb davon, bis ihm die Seiten ausgingen.

Eve Calloway schob sich in ihrem Rollstuhl nach hinten und lächelte. Sie war zufrieden. Es funktionierte – *Squidgy* funktionierte. Auf jeder Seite einer Reihe kleiner Notizblöcke aus dem Supermarkt um die Ecke befand sich eine kleine Zeichnung, die nahezu identisch war mit der auf der

Seite davor und der folgenden, doch wenn sie die Seiten eine nach der anderen über den Daumen rutschen ließ, erwachte Squidgy McMidge mit seinen bösartigen Knopfaugen und dem gefährlichen Grinsen zum Leben. Squidgy McMidge, das neue Gesicht der Aktion »Spenden für Andy«, die Geld für die Erdbebenopfer in Pakistan sammelte. Aber die Mücke brauchte ein wenig mehr Farbe. Vielleicht einen Kilt in Purpur… Sie ließ die Seitenränder erneut über den Daumen gleiten, und als Squidgy wieder Anlauf nahm und Callum den Baumstamm hoch in die Luft schleuderte, wichen die Gesichter in der Menge als eilige Linien von der Seite.

Eve rieb sich die Augen und sah auf die Uhr. Mittag. Sie hatte über eine Stunde gezeichnet und darüber die Zeit vergessen, während sie dem Cartoon Leben einhauchte. Squidgy war ein schwieriges Kind. Sie hob die fellige purpurne Mücke auf, den Prototyp eines Stofftieres für Kinder, und sah Squidgy in die kleinen Knopfaugen. Er wirkte glücklich – nun ja, so glücklich wie eben immer.

Sie drückte den Rücken durch; er schmerzte, und ihr Hintern war taub. Sie brauchte Zucker. Also streckte sie die Hand aus und startete einen Generalangriff auf die Familienpackung Maltesers. Sie stopfte sich den Mund voll Schokolade und streichelte die Mücke sanft mit dem Daumen, verabschiedete sich fürs Erste von ihr und seufzte. Der PVC-Überzug des Rollstuhls knarzte unter ihrem Gewicht. Sie drückte auf die Fernbedienung, stellte den Ton lauter und sah sich die Nachrichten an.

Eine UN-Sprecherin sprach über die Gefahr von Unterkühlung, die den Erdbebenopfern drohte. *»Mit jeder Stunde steigt die Zahl der Toten, und man muss damit rechnen, dass sie noch weiter wächst«*, verkündete sie. *»Viele Menschen könnten gerettet werden, aber dazu brauchen wir unbedingt Decken, Zelte und warme Kleidung…«* Eve nahm die Fernbedienung und wollte eigentlich den Ton abstellen, zögerte jedoch. »*Wie bekannt wurde, hat der achtjährige Andy Ibrahim, der vor zwei Tagen aus Glasgow zu seinen Cousins geflogen ist, die Katastrophe überlebt …*« Auf dem Bildschirm erschien das Foto einer Nachrichtenagentur, das ein traumatisiertes Kind in einer Decke zeigte. »*Seine Großeltern werden weiterhin vermisst. Freunde in Schottland haben eine Spendenaktion gestartet, um in seinem Namen all jenen zu helfen, die von dieser schrecklichen Tragödie betroffen sind. Wenn Sie einen Beitrag leisten möchten, spenden Sie bitte an …*«

Ungeduldig stellte Eve den Ton ab. »Ach, super, besser kann man es gar nicht rüberbringen, Squidgy, nicht? Im einen Moment steht der arme Junge noch im Stadion und schaut zu, wie die Rangers niedergemacht werden, und im nächsten liegt er unter einem Haufen Schutt bei seiner toten Oma. Was für ein Glück, dass uns das nicht passiert ist.«

Squidgy schaute mit einem seiner schwarzen Knopfaugen zu, wie Eve ins Leere starrte und flüsterte: »Natürlich tun sie uns schrecklich leid, Squidgy, aber andererseits kommen wir dadurch ganz groß raus. Du warst zur rechten Zeit am rechten Ort.«

Squidgy schwieg weiterhin in dem Glauben, dass seine Genialität ihn früher oder später sowieso ganz nach oben gebracht hätte.

»Du bist Gold wert, wenn wir dich nur richtig in Szene setzen – morgen kommen hunderttausend Aufstecker für Autoantennen mit Squidgy McMidge als Motiv in die Läden, und jeder kostet ein Pfund … Ein Pfund pro Mücke … und wenn man einen Fünfer übrig hat, kann man einen Squash-a-Squidgy bekommen.«

Squidgy sah sie fragend an und verlangte nach einer Erklärung.

»Das ist eine weiche Mücke, die man an die Wand werfen kann, und dann stößt sie ein dämonisches Lachen aus.« Sie warf einen Malteser in die Luft und fing ihn gekonnt mit dem Mund auf.

Squidgy war nicht beeindruckt und schwieg.

»Und wenn Madame Knackarsch mit ihrem Interview bei Radio Scotland fertig ist, bist du vielleicht der Renner bei der ganzen Spendenaktion.«

Auch das war Squidgy ausgesprochen gleichgültig, was er dadurch zum Ausdruck brachte, dass er vom Tisch fiel und lautlos auf dem Teppich landete. Eve seufzte und fragte sich, ob sie ihn mit ihrer Greifzange aufheben sollte. Oder sollte sie ihn, die purpurfarbenen Beinchen in die Luft gestreckt, liegen lassen, bis Lynne Knackarsch nach Hause kam?

Sie wandte sich wieder dem Fernseher zu, wo ein Gesicht, das sie kannte, ihre Aufmerksamkeit erregte. Es handelte sich um Rogan O'Neill, der gerade nach Glasgow eingeflogen war, mit seinem perfekten Lächeln, seiner perfekten Freundin und ihrem perfekten gemeinsamen Leben. Sie schnappte sich die Fernbedienung und stellte lauter. Die langsamen, mitreißenden Klänge der ersten Takte von »Tambourine Girl« rundeten die Szene emotional ab, während Rogan sein superjunges, superblondes Supermodel küsste, ehe er sich hinkniete und dem Asphalt der Landebahn ebenfalls einen Kuss aufnötigte.

»Arschloch!«, murmelte Eve, beugte sich in ihrem Stuhl vor und lauschte aufmerksam Jackie Birds Begleitkommentar: *»Rogan O'Neill wird den gesamten Erlös seines Neujahrskonzerts im Hampden Park für Andys Spendenaktion stiften. Und zwanzig Jahre nach der ursprünglichen Aufnahme…«* – es folgte eine Kunstpause, um die Spannung zu steigern – *»stürmt ›Tambourine Girl‹ als Wiederveröffentlichung die Charts und gilt als heißer Favorit dafür, in die-*

sem Jahr zu Weihnachten auf der Nummer eins zu stehen. Also, nichts wie los und die CD besorgen! Ist schließlich für einen guten Zweck.« Das Cover wurde eingeblendet und zeigte Rogans Freundin Lauren McCrae, die in einem Tamburin lag. Eve richtete die Fernbedienung auf den Bildschirm, drückte mit ihrem Knubbeldaumen auf Aus und schaute zu, wie Rogan verschwand. Eine Weile lang saß sie still da und starrte nachdenklich aus dem Fenster in den ewigen Regen. Ihr hübsches Gesicht regte sich nicht.

»Scheißkerl«, sagte sie leise.

3

Vik Mulholland saß auf einer der Bänke vor Marks and Spencer und zwängte seine Finger geistesabwesend in Lederhandschuhe. Er schaute den Kindern zu, die mitten auf der Sauchiehall Street, der berühmten Fußgängerzone von Glasgow, Karussell fuhren. Frances war wie immer spät dran. Ein Blick die Straße hinauf und hinunter: In den Massen der Weihnachtseinkäufer konnte er sie nirgends entdecken. Vik beobachtete wieder das Karussell; jedes der Tiere trug eine Glitzergirlande. Auf ihren Ohren oder auf ihrem Geweih steckte jeweils ein Squidgy McMidge.

Er holte eine Tube Lippencreme aus der Tasche, zog die Handschuhe aus und schmierte sich die Lippen dünn ein, schloss die Tube und zog die Handschuhe wieder an. Erneut suchte er die Straße ab. Nichts von ihr zu sehen.

Ein Mann in einem feinen Wollmantel kniete vor seiner zappeligen Tochter und fummelte an deren roten Gummistiefeln mit gelber Blumenbordüre herum. Das blonde Mädchen stieß schließlich die Absätze auf den Boden und freute sich über die blinkenden Lichter, die rot an den Seiten der Schuhe entlangliefen. Mulholland war beeindruckt; davon könnte er für seine kleine Cousine ein Paar besorgen. Der Mann hob seine Tochter auf einen beängstigend rosafarbenen Vogel, trat zurück und machte sich bereit, sie zu fotografieren, sobald sich das Karussell wieder in Bewegung setzte. So rechte festliche Stimmung wollte allerdings nicht aufkommen, was vielleicht an der Musik lag – »Tulpen aus Amsterdam«.

Mulholland seufzte, sein Atem bildete ein Wölkchen, und er schaute zu, wie der große rosa Vogel vorbeischwebte. Das Mädchen lachte vor Freude und streckte die Beine aus, an deren Ende die roten Gummistiefel blinkten.

Fehlanzeige, was Frances betraf; jetzt war sie zwanzig Minuten überfällig. Er wunderte sich, weil ihn das gar nicht so sehr störte. In Kürze würde sie auftauchen, über die Sauchiehall Street stolzieren und die bewundernden Blicke der Männer ignorieren. Und Vik würde wie elektrisiert sein, weil er ihr Ziel war.

Er lehnte sich zurück und ließ sich ein paar Regentropfen ins Gesicht fallen, während er sich daran erinnerte, wann er sie zum ersten Mal gesehen hatte. Sie hatte auf dem Bürgersteig gestanden und die Arme um einen kleinen Jungen geschlungen. Es war ein kleiner Verkehrsunfall passiert – ein alter Jaguar war im Schneematsch ins Schleudern geraten und gegen einen Honda gerutscht, und zwischen den Fahrern war Streit ausgebrochen. Vik Mulholland war nicht der Typ, der sich außerhalb der Dienstzeit in solche Angelegenheiten einmischte, aber als er die langhaarige Schönheit sah, die sich wie ein Schutzengel um das kleine Kind kümmerte, hatte er am Haken gehangen. Keiner der Fahrer war verletzt, und zu seiner Überraschung fand er heraus, dass die Frau in keinem der beiden Fahrzeuge gesessen hatte. Sie hatte zu ihm aufgeschaut, ihr dunkles Haar war zu einer Seite gefallen, und er hatte sprachlos dagestanden. Sie war so unglaublich schön gewesen.

Immerhin hatte er noch die Geistesgegenwart aufgebracht, sie nach ihrem Namen zu fragen.

»Coia«, sagte sie, »Frances Coia.« Sie sprach leise und mit leicht rauchiger Stimme. Augen wie ihre hatte er noch nie gesehen, riesig und braun, ihre Iris waren golden gesprenkelt, und ihre Haut leuchtete wie Elfenbein oder wie Porzellan. Sie hatte älter gewirkt als auf den ersten Blick. Er hatte sie gebeten, die Adresse zu wiederholen, obwohl er sie schon verstanden hatte, aber er hatte ihre Stimme noch einmal hören wollen. Beaumont Place war eine kleine Sackgasse, gleich um die Ecke der Wache, wo einst prächtige, inzwischen jedoch abgewohnte Häuser standen.

Am nächsten Tag hatte er sie gleich wieder gesehen, wie sie das Oxfam-Antiquariat auf der Byres Road betrat. Er war aus dem BMW gestiegen und hatte sich an sie herangeschlichen, während sie vertieft in einem zerknickten Comic blätterte. Vik war als Kind ein großer Fan von *Oor Wullie* gewesen und konnte nicht genug von den Abenteuern bekommen.

Er hatte Hallo gesagt, aber sie hatte durch ihn hindurchgestarrt. Da hatte er ihr einfach erzählt, dass es dem kleinen Jungen aus dem Honda gutgehe und die Mutter sich gern bedanken wollte.

Sie lächelte, und er lud sie zu einem Kaffee bei Peckham's ein. Am Ende teilten sie sich einen Karottenkuchen. Und dann ein Bett im Grosvenor Hotel.

Es war um ihn geschehen.

Er spürte, wie sie sich neben ihm auf die Bank gleiten ließ; er erhaschte einen Dufthauch ihres Patschuliöls. Er öffnete die Augen, sah sie im Profil. Sie schaute hinauf in den schweren Himmel. Er beobachtete, wie ein Regentropfen über ihre Wange kullerte. Sie zuckte ein wenig zusammen, öffnete eine Flasche Mineralwasser und schluckte eine Tablette.

»Tut dein Gesicht noch weh?«, fragte er und legte ihr die Hand auf die Schulter.

Mit geschlossenen Augen nickte sie kaum wahrnehmbar. Sie klagte nie.

»Siehst du das kleine Mädel mit den Leuchten an den Gummistiefeln?«

»Ja«, sagte Frances, blickte jedoch gar nicht hin.

»Worauf sitzt sie? Auf einem Pelikan oder auf einem

halbgaren Truthahn?«, fragte er, während der rosa Vogel vorbeischwebte und seinen Schal aus Rauschgold hinter sich herzog.

Sie antwortete, ohne die Augen aufzuschlagen. »Ein Flamingo.«

Er drückte ihre Schulter sanft, und sie lächelte.

»Weißt du, Frankie …«

»Nenn mich nicht Frankie«, flüsterte sie. »Ich heiße Fran.«

»Fran, ich werde dir jetzt etwas sagen, was ich noch zu keiner anderen Frau gesagt habe.«

Sie zog eine ihrer perfekt gezupften Augenbrauen hoch.

»Gehen wir zu Marks und holen uns ein schönes Curry.«

Frances hörte nicht zu. Sie beobachtete einen Santa Claus, der eine grell mit Alufolie beklebte Mülltonne auf Rädern schob. An den Seiten klebten Poster, die um Spenden für die Erdbebenopfer baten, und ein Rentier tanzte um einen behelfsmäßigen Squidgy McMidge, der eine goldene Trompete hielt und aus dessen Mund eine Sprechblase kam: *Her mit der Knete!*

»Sieh dir das an – *76 000 Tote, und die Zahl steigt.* Da klebt sogar das Bild von dem kleinen Andy, der da draußen irgendwo ohne ein Dach über dem Kopf im Freien sitzt …«

»Die haben doch nur irgendein Gesicht herausgepickt, um dein Mitleid zu erregen, Fran, mehr ist da nicht dran«, meinte Mulholland.

Aber Frances beachtete ihn gar nicht; sie kramte Münzen aus ihrem Portemonnaie zusammen, und die Tränen standen ihr in den Augen, während sie das Bild von Andy Ibrahim betrachtete.

»Du gibst denen auch noch deinen letzten Penny«, sagte Mulholland, obwohl er wusste, dass er sie nicht zurückhalten würde. Er drückte ihr einen Kuss auf die Wange. »Dann bezahle ich eben das Curry.«

Detective Sergeant Costello saß unbehaglich auf dem riesigen Ledersofa in Sarah McGuires Wohnzimmer, das ganz in Beige und Cremeweiß gehalten war, und ihre Füße versanken in dem Berberteppich. Sie nippte am Tee und bemühte sich nach Kräften, das starke Earl-Grey-Aroma zu ignorieren, denn sie bevorzugte Typhoo. Es war halb eins, und jetzt, am Ende einer Vierzehn-Stunden-Schicht, wurden die Kopfschmerzen von Minute zu Minute stärker. Sarah, eine intelligente und attraktive Frau Mitte vierzig, beugte sich leicht vor, kreuzte die Beine an den Knöcheln und hörte aufmerksam zu. Sie trug schwarze Pantoletten und eine Bundfaltenhose – John Campbells Tochter gehörte eher zum Typ Immer-wie-aus-dem-Ei-gepellt. Neben ihr zeigte ihre Teenagertochter Karen die gleiche makellose Erscheinung wie die Mutter, obwohl sie Pausbacken und dunklere Haare hatte und die Uniform der Privatschule trug, von der sie der Streifenwagen abgeholt hatte. Sarah McGuires Händedruck war fest und vom diskreten Klimpern teuren Schmucks begleitet gewesen. Costello war der Streifen weißer Haut am Finger aufgefallen, wo bis vor Kurzem ein Ehering gesteckt haben musste.

Costello schob ihr kurzes blondes Haar stramm hinter die Ohren und blickte verstohlen auf ihr Handy – bisher keine Nachricht. Sie war sauer auf Colin Anderson gewesen, als er sie vom Fall Luca Scott abgezogen hatte, und ihre Wut war noch gewachsen, als sie hörte, dass Quinn ihn dementsprechend angewiesen hatte. Sie wollte unbedingt dabei sein, wenn Lucas Mum wieder in der Lage war, einen zusammenhängenden Gedanken von sich zu geben. Der Arzt war unnachgiebig geblieben: Die Patientin sollte weiterhin Beruhigungsmittel erhalten, bis eindeutig erwiesen war, ob sie während ihres Anfalls innere Verletzungen erlitten hatte. Costello argumentierte dagegen, die Frau müsse doch eine Ahnung haben, wohin ihr Sohn in einer solchen

Situation gehen würde, aber zur Antwort bekam sie nur ein verständnisvolles Schulterzucken, und die Tür schloss sich vor ihrer Nase.

Costello blickte hinaus in den gepflegten Garten, hinüber zum elektrischen Einfahrtstor. Luca Scott hatte nichts, er lebte fast wie ein Straßenkind. Das Mädchen auf der Couch gegenüber, Karen McGuire, hatte alles. Trotzdem würde ihr all das Geld den Großvater nicht zurückbringen.

»Wissen Sie denn schon, wie es passiert ist?« Sarah spielte mit der Perlenkette um ihren Hals. Die eine Pantolette wippte in unablässigem Rhythmus, was Costello nervös machte.

Ihr fiel auf, dass Sarah bedacht klang und keineswegs vorwurfsvoll. PC Gail Irvine hatte sich längst ans Fenster zurückgezogen; Costello war also auf sich allein gestellt. Sie entschied sich, ihnen die Wahrheit Stück für Stück zu sagen. »Wir versuchen weiterhin, uns ein Bild zu machen. Hatte Ihr Vater vielleicht Herzprobleme?«

»Nein, er brauchte nur Schmerzmittel für sein Knie. Die hat er genommen, solange ich mich erinnern kann«, erwiderte Sarah und spielte immer noch mit ihren Perlen.

»Und die bewahrte er in einem Dispenser auf?«

»Ja, er hatte eine Tablettenbox, und er hat die Arzneien immer zu den Mahlzeiten eingenommen.« Sarah nickte. »Oh, und außerdem eine Tablette, um die Nebenwirkungen auf den Magen zu mildern.«

»Und, Karen«, wandte sich Costello an Sarahs Tochter, die sich offensichtlich beruhigt hatte, »wie erschien er dir am Samstag, als du ihn besucht hast? So wie immer? Oder hat er über Beschwerden geklagt?«

»Nein. Na ja, in der Woche davor hatte er Kopfschmerzen. Die Mieter über ihm hatten die ganze Nacht laute Musik gehört, und ihm waren die Kopfschmerztabletten ausgegangen.« Sie rieb sich die Augen mit der Faust und wirkte plötzlich viel kindlicher. »Er wollte neue haben, Mum, weißt du noch?«

»Ja. Ich habe ihm welche gekauft. Am Freitag, auf dem Heimweg vom Tennis«, erklärte Sarah. »Das waren Kopfschmerztabletten, Headeze, die hat er früher auch schon genommen. Die hat sein Magen gut vertragen.«

»Er war also wie immer?« Costello rutschte zum Rand der Couch, ehe die sie verschlucken konnte.

»Er hat über das Essen für Weihnachten gesprochen. Er wollte, dass der Rosenkohl richtig gekocht wird. Und über das Wetter. Dabei hat er das Fernsehprogramm gelesen und sich beschwert, weil sie den Sendetermin von *Top Gear* verschoben haben.« Die Erinnerungen sprudelten nur so aus Karen heraus. »Er hat über alles Mögliche gemeckert – dass sie *Gesprengte Ketten* wiederholen, über die Mannschaft, die Celtic zusammengekauft hat …«

»Na ja, mit der Mannschaft ist wohl niemand in Glasgow einverstanden, oder? Hat er allein gewohnt?«

»Seit Mum gestorben ist«, sagte Sarah und lächelte schwach unter den Tränen hervor. »Er war sehr selbstständig – zu selbstständig zum falschen Zeitpunkt, aber was will man machen?«

»Wie häufig haben Sie ihn besucht?« Costello blieb freundlich.

»Oh, ich habe ihm immer samstagmittags die Einkäufe gebracht. Mittwochabends sind wir auch vorbeigekommen und …« Die Tränen stiegen ihr wieder in die Augen. »… haben Scrabble gespielt.«

»Er hat immer gemogelt«, warf Karen ein und verschränkte die Arme. »Dauernd hat er Wörter gelegt, die keiner kannte.«

»Genauso wie mein Dad«, log Costello und versuchte sich an einem schwachen Lächeln. »Na ja, entweder kannte man sie nicht, oder er war schlecht in Rechtschreibung.«

Sie zögerte kurz. »Mrs. McGuire, Ihr Mann kommt doch sicherlich noch vorbei?«

Sarah nickte. »Tom? Ja. Wir leben zwar getrennt, aber er hat sich immer gut mit Dad verstanden. Donnerstags haben sie immer ein Pint zusammen getrunken, in der Clutha-Bar. Dad hat sich für gewöhnlich den ganzen Abend an einem einzigen Bier festgehalten.«

»Er hatte jede Menge alter Kumpels«, sagte Karen. »Die saßen in der Bar herum und haben über den Krieg geredet. Großvater hatte eine Menge Bücher darüber; ein paar hat er mir für mein Geschichtsprojekt geliehen.« Karen deutete auf einen Packen Bücher, die im Regal gestapelt waren. Costello legte den Kopf schief, um die Titel zu lesen, aber sie kannte keines davon.

»Nach Weihnachten fangen bei Karen die Vorprüfungen an«, erklärte Sarah, während sie die Hand ihrer Tochter ergriff. »Wir haben viel in ihre Ausbildung investiert.«

»Natürlich«, antwortete Costello und fügte hinzu: »Vielleicht klingt die Frage ein bisschen seltsam, aber hatte er häufiger zum Frühstück die Fritteuse eingeschaltet?«

Karen übernahm es zu antworten: »Er hat gern Sandwich mit Pommes und Steaksauce gegessen. Die Soße musste aber unbedingt die braune von HP sein«, setzte sie mit einem Hauch Verachtung hinzu. »Er ist spät aufgestanden, vor allem, wenn die Leute von oben ihn nachts wach gehalten haben.«

»Mrs. McGuire«, sagte Costello, die sich stark konzentrieren musste. Von der Hitze im Raum brannten ihr die Augen, ihre Lider wurden schwer, und am liebsten hätte sie sich die Jacke ausgezogen, was sie jedoch wegen des Flecks auf dem Pullover unterließ. »Es besteht vielleicht die Möglichkeit, und ich betone ›Möglichkeit‹, dass er einen Herzinfarkt hatte und zusammengebrochen ist. Er war eindeutig schon bewusstlos, als der Brand ausbrach.«

Sarah begriff sofort. »Er hat also nicht gelitten.«

»Nein, gelitten hat er nicht«, sagte Costello und hoffte, es möge der Wahrheit entsprechen.

Sarah nickte, als würde sie dieser Umstand trösten. »Ich kann es einfach nicht verstehen. Erst letzte Woche war er bei seinem Arzt. Da war alles in Ordnung«, fügte sie zögerlich hinzu.

»Könnten Sie uns den Namen seines Arztes nennen? Und den seines Zahnarztes?«, fragte Costello und war froh, weil Irvine die Einzelheiten notierte. »Man wird wohl eine Obduktion durchführen, um herauszufinden, was exakt vorgefallen ist.«

Sarah öffnete den Mund, sagte jedoch nichts. Sie sah ihre Tochter an.

»Natürlich können wir das auch bei anderer Gelegenheit besprechen«, schlug Costello vor.

»Nein, nein. Kein Problem. Ich dachte nur, Sie ... Damit habe ich nicht gerechnet.« Sarah rutschte auf dem Sofa hin und her und strich ihre Hosenbeine glatt. »Der Doktor hat gesagt, es gehe ihm gut«, wiederholte sie vage. »Und trotzdem ist es notwendig, eine ...«

»Damit wird die Todesursache präzise festgestellt. Aber bisher gibt es keine Anzeichen für ein Verbrechen – das haben wir als Erstes überprüft.« Costellos Blick schweifte durch den Raum. »Hätten Sie ein neueres Foto von ihm? Das wäre uns eine Hilfe.«

»Bedienen Sie sich.« Sarah deutete auf mehrere Bilder, die auf dem Sideboard standen.

»Ich kümmere mich darum, dass Sie es zurückbekommen«, versprach Gail Irvine, ging vom Fenster hinüber und suchte sich eines aus.

»Mir fällt da gerade ein – am Samstag habe ich ihn gar nicht gesehen. Ich habe Karen mit seinen Einkäufen zu ihm hineingeschickt, weil ich noch im Auto einen Anruf bekommen habe …« Sie stockte, plötzlich voller Schuldgefühl.

Costello wartete einen Moment und sagte schließlich mit fester Stimme: »Hatte Ihr Vater eine Strickjacke? Eine Fair-Isle-Strickjacke, blau mit weißem Muster um den Hals?« Sie tippte auf den Kragen ihrer Jacke.

Karen dachte kurz nach und biss sich mit den weißen Zähnen auf die kirschrote Unterlippe.

»Kleine Silberknöpfe mit dem schottischen Löwen?«, soufflierte Costello.

Sarah antwortete darauf. »Ja, die Strickjacke hatte er schon, als Karen noch ein Baby war. Im Schrank hatte er auch neuere. Geschenke.« Sie schnalzte missfällig mit der Zunge. »Aber die trug er nie. Warum fragen Sie?«

Costello zuckte vage mit den Schultern und war froh, dass sie die Leiche nicht gesehen hatte, dass sie deshalb keine Miene bei der Erinnerung an den Anblick verzog und dass sie den Silberknopf nicht aus der kleinen sterilen Tüte holen musste, um zu fragen: *Erkennen Sie den?*

Sarah sah zu der Lücke auf dem Sideboard, wo das Foto ihres Vaters fehlte. »Ich kann auch kommen und ihn identifizieren, wenn Ihnen das weiterhilft.«

»Ich denke, das wird nicht notwendig sein. Heutzutage wird das nicht mehr häufig gemacht – Identifizierungen durch Zeugen sind ein bisschen aus der Mode gekommen.«

»Ich würde ihn gern sehen.«

»Besser nicht«, sagte Costello so leise wie möglich und rutschte zur rechten Seite des Sofas, um anzukündigen, dass sie nun aufbrechen würde.

»Oh …« Sarah brauchte einen Augenblick, bis sie begriff, worauf Costello hinauswollte. Dann setzte sie sich rasch auf. »Was ist mit der Wohnung?«, fragte sie.

»Mit der Wohnung?«

»Ja, Dads Wohnung und die drei darüber. Wie groß ist der Schaden?«

Zur Hölle, ihr Vater ist gerade verbrannt, dachte Costello, antwortete jedoch: »Das wird alles im Bericht des Brandmeisters stehen.« Und fügte hinzu: »Wenn Sie sich so lange gedulden könnten.«

Draußen im Regen stand Frances vor dem Virgin Megastore, dessen Fenster mit Werbeplakaten für Rogan O'Neills Wiederveröffentlichung von »Tambourine Girl« zugekleistert waren. Das Poster zeigte seine Freundin, dieses kanadische Supermodel mit den blonden Haaren und den endlosen sonnengebräunten Beinen, wie sie sich in einem Tamburin einrollte, als würde sie in einer Hängematte schaukeln. Vik stellte sich zu Frances und legte den Arm um sie.

»Wetten, du hast nicht gewusst, dass das Original-Cover von einem Absolventen der Kunsthochschule Glasgow entworfen wurde?«, sagte er und fragte sich, ob ihr Tränen oder Regentropfen über die Wangen liefen. »Dürfte heute ein Vermögen wert sein. Und hast du gewusst …« Er legte eine Pause ein, um die Wirkung zu steigern. »… dass niemand eine Ahnung hat, wer das Mädchen ist, das am Ende der Platte dieses *Goodnight* haucht?«

»Das liegt daran, dass nur die Traurigen das Stück bis zum Schluss anhören«, erwiderte sie leise, und eine Träne fiel auf ihre Wange. »Es wurde damals gesagt, es sei ein Fehler im Master-Band, aber das Geheimnis hat dem Verkauf nicht geschadet. Wer war das Tamburinmädchen? Alle wollten das wissen. Mit dem Song ist seine Karriere richtig in Gang gekommen.«

»Ich würde ja zu gern wissen, worum es in dem Song eigentlich geht, das ist alles.« Er sah auf die Uhr. Die Arbeit rief. »Ich sollte mal wieder los.«

Aber Frances starrte auf das blonde Model, das sich in dem Tamburin zusammengerollt hatte. »Hübsch, oder?«

»Wenn man auf diese Art Frauen steht, ja. Aber ich halte es ganz bestimmt mit dir aus.« Er küsste sie auf die Wange und schmeckte das Salz einer Träne. »Komm jetzt. Wo musst du hin? Ich könnte dich absetzen.«

»Nur ein Stück die Western hoch. Ich habe einen Termin wegen meines Gesichts.«

»Dein Gesicht gefällt mir so, wie es ist.«

Ihre gute Laune war verflogen. »Ich nehme den Bus und geh noch ein paar Minuten, damit ich ein bisschen frische Luft bekomme.« Als sie die Sauchiehall Street hinunter in das miese Wetter blickte, kniff sie die Augen zu. Es war trist. Und die Tristheit steckte an.

»Na gut, wenn du unbedingt an Unterkühlung sterben willst, mach nur. Aber ich nehme die Einkäufe mit und bringe sie nach der Arbeit vorbei.«

Sie standen sich direkt gegenüber und hatten beide die Hände an den Griffen der Taschen. Er zögerte und überlegte, ob er sie küssen sollte, gab sich jedoch damit zufrieden, ihr in die braunen Augen mit den winzigen Goldtupfen zu blicken. Ihr Gesicht wurde von einem schwarzen Paschmina-Schal umrahmt.

Sie blinzelte träge, ein letzter Regentropfen fiel von den langen Wimpern auf die Wange, und dann lächelte sie. »Ich schaffe das schon«, sagte sie und zog die Tüten an sich.

Als er sie zum Abschied in den Arm nahm, blickte sie über seine Schulter und entdeckte ihr Spiegelbild in einem Schaufenster. Mit dem Schal um den Kopf und ihrer dünnen Figur, die vollständig von dem knöchellangen schwarzen Wollmantel verhüllt wurde, sah sie aus wie eine mittelalterliche Heilige. Hinter dem Spiegelbild flimmerten schweigend zwei Breitbildfernseher im Edeldesign von Bang & Olufsen: die schottischen Nachrichtenaufmacher,

Bilder von Rettungsmannschaften, die in Pakistan über Schuttberge kletterten, ein Fließband in einer Fabrik voller Squidgy-McMidge-Figuren, Luca Scott auf einem Bild aus der Schule und dann eines vom Joozy Jackpot, dieser Spielhölle. Sie löste sich von Vik und ging zu dem Schaufenster, um es sich genauer anzusehen, aber sie hatten bereits zurück ins Studio geschaltet. Die bemalten Lippen der rothaarigen Nachrichtensprecherin bewegten sich begeistert. Ihre rotbraunen Augenbrauen bildeten einen sympathischen Bogen, waren nicht professionell hochgezogen. Gute Nachrichten demnach. Nun waren auf beiden Bildschirmen Wolken zu sehen, Wolken ohne Ende, die düsteren Regenwolken des schottischen Winters. Die eingeblendete Schriftzeile erläuterte, dass Rory McLaughlin vom Flughafen Glasgow berichtete.

Frances kniff die Augen ein wenig zusammen, als zwischen den Wolken ein Flugzeug auftauchte und wieder verschwand, nur um abermals und nun wesentlich größer zu erscheinen.

Das Bild wechselte zu einer Ansammlung junger Fans, darunter auch immer wieder mal welche in fortgeschrittenem Alter. Auf den Ansteckern, den Schals, den T-Shirts und den Mützen stand überall das gleiche Wort: ROGUE. Eine Oma in einem Rollstuhl trug ein Schild mit der Aufschrift: »I love Rogan«; sie hielt es in die Höhe und küsste es dann für die Kamera. Schnitt.

Die Tür des Flugzeugs öffnete sich, und dann kam er heraus, Rogan O'Neill, ganz in Leder oben auf der Gangway. Er nahm die Sonnenbrille ab, winkte, legte die Fingerspitzen an die Lippen und küsste in die Luft seiner Heimat. Dann wandte er sich einer blonden Schönheit zu, die hinter ihm auf die Treppe trat, und lächelte sie an. Unten auf der Rollbahn kniete er sich hin und küsste den Asphalt.

Frances legte ihre Hand flach auf die Schaufensterscheibe – das Glas trennte ihn von ihr. Zwanzig Jahre, die vergangen waren.

Aber eigentlich hatten sie sich nie richtig voneinander getrennt.

»Oh, dieser Mistregen«, fluchte Costello und spähte durch die Scheiben von Sarah McGuires Haustür. »Und es ist so kalt, dass es schneien könnte.« Sie zog ihre Jacke enger zusammen und machte sich bereit, zum Wagen zu rennen. »Gail, Sie warten am besten, bis ihr Mann hier ist. Finden Sie heraus, wie der Hase läuft.« Costello sah sich ein Hochzeitsfoto von Sarahs Eltern an, das an der Wand im Flur hing. In seinem dunklen Anzug, Brylcreme im Haar, mit gestreifter Krawatte und Blume im Knopfloch, schien sich der Vater von Sarah McGuire unbehaglich zu fühlen, die Mutter in einem knöchellangen Hochzeitskleid mit Bateau-Ausschnitt lächelte schüchtern. Zwischen Tochter und Mutter bestand eine frappierende Ähnlichkeit.

»Was meinen Sie mit: wie der Hase läuft?«, wollte Irvine wissen.

Costello senkte die Stimme. »Wenn sie zu reden anfängt, quetschen Sie aus ihr heraus, ob die Scheidung in beidseitigem Einverständnis war. Auf dem Couchtisch liegt eine Anzeigenbeilage von GSPC, dieser Maklerfirma, und die ist bei den Häusern im West End aufgeschlagen. Würden Sie aus diesem Haus ausziehen? Wo Sie die piekfeine Postleitzahl von Newton Mearns haben? Vor der Tür steht ein nagelneuer Porsche. Elektrische Gartentore. Und Karen geht auf eine Privatschule.« Sie äffte Sarah nach: »*Wir haben viel in ihre Ausbildung investiert.* Und das sind keine Zuchtperlen, sondern echte, die sie trägt.« Nachträglich fügte Costello hinzu: »Wenn Ihr Vater gerade verbrannt wäre, würden Sie sich dann für den Zustand seiner Wohnung interessieren?«

»Gibt es bei all diesen Beobachtungen einen Zusammenhang?«, fragte Irvine leicht verwirrt.

»Nennen Sie es Instinkt oder meinetwegen auch Snobismus, doch diese Häuser, die da in dem Anzeigenteil aufgeschlagen sind, erscheinen mir im Vergleich zu diesem wie ein Abstieg, und diese Frau sieht überhaupt nicht nach einer Absteigerin aus. Das ist schon alles. Wenn ihrem Vater die ganze Hausnummer 34 in der Lower Holburn Street gehört, dürfte es um ein Vermögen gehen.«

»Wie können Sie nur so misstrauisch sein?«, fragte Irvine entsetzt. »Sie hat gerade ihren Vater verloren …«

»Genau das meine ich ja. Dieses Misstrauen bringt der Beruf eben mit sich; wir sind Bullen und keine Kummerkastentanten«, erwiderte Costello. »Horchen Sie sie aus, wie es zwischen ihr und ihrem Mann zur Scheidung gekommen ist, und versuchen Sie, etwas über ihre Finanzen herauszufinden. Irgendwas stinkt hier. Diese Tränen haben mich nicht überzeugt.« Sie holte ihr Handy heraus, suchte im Speicher nach einer Nummer und wählte sie.

»Vielleicht haben Sie recht. Als mein Vater gestorben ist, konnte man überhaupt nichts mit mir anfangen.« Irvine sah aus, als würde sie am liebsten gleich wieder zu weinen beginnen.

»Ich habe meinen Dad nie kennengelernt, und was man nie kannte, kann man auch nicht vermissen.« Costello lächelte sie an und klemmte sich das Telefon ans Ohr. »Windrad? Ist unsere Eskimolady Quinn nicht in ihrem Iglu?« Bei der Antwort verzog sie das Gesicht. »Hören Sie, mir geht's eben nicht gerade gut, ich glaube, da ist eine Migräne im Anflug, also melde ich mich ab, ehe es schlimmer wird. Lassen Sie ihr bitte eine Nachricht zukommen? Es ist gerade eins durch. Ich lasse PC Irvine hier, damit sie auf den Göttergatten wartet, und sie kommt so bald wie möglich zur Besprechung um zwei nach Partickhill zurück … Nein, bis dahin bin ich blind und bewusstlos.« Sie beendete das Gespräch.

»Dann verpassen Sie die Besprechung? Geht es Ihnen wirklich so schlecht?«

»Ja, mit ein bisschen Schlaf bin ich allerdings morgen wieder fit. Lucas Mutter sollte dann ebenfalls ansprechbar sein, und ich kann an der Sache weitermachen. Würden Sie sich mit dem Zahnarzt in Verbindung setzen?« Costello riss die entsprechende Seite aus ihrem Notizbuch. »Legen Sie einfach alles auf meinen Schreibtisch, und ich kümmere mich morgen darum. Und machen Sie sich nicht die Mühe, alles abzutippen. Wir schreiben einen gemeinsamen Bericht.«

Sie ging auf ihren Wagen zu. Ihr Kopf dröhnte. Den Rest ihrer Notizen steckte sie in die Handtasche. Wie gesagt, darum würde sie sich morgen kümmern.

4

Bei ihrer ersten Begegnung hatte Colin Anderson die neue DCI als eine harte und leicht reizbare Frau eingeschätzt. Inzwischen arbeitete er seit einem Monat mit ihr zusammen, seine Meinung hatte er jedoch nicht im Geringsten revidiert. Costello hatte gesagt, auf Guantanamo hätten sie an ihr bestimmt ihre helle Freude, und Colin hatte gelacht. Im Augenblick dagegen war ihm nicht nach Lachen zumute.

»Immer nur herein, DI Anderson.« Ein verkniffenes Lächeln huschte über das Gesicht von Rebecca Quinn. Wie gewohnt trug sie ihr klassisches marineblaues Kostüm und hatte das rote Haar straff nach hinten gebunden. Die Ansammlung von rosa Fleckchen auf ihrer Nase erinnerte Anderson an diese Art Ameisen, die sich unter die Haut gruben und Menschen bei lebendigem Leib auffraßen.

Er trat in das Büro der DCI ein, das inzwischen weiß gestrichen und mit einem ultramodernen Wasserspender zu ihrem persönlichen Gebrauch ausgestattet war. Die Fenster waren geputzt, der quietschende Lederstuhl war gegen einen neuen ausgetauscht worden, und der Farn auf der Fensterbank war wundersamerweise zu neuem Leben erwacht und gedieh prächtig. Das behagte Anderson nicht. Genauso wenig wie der gebräunte, schlanke Oberschenkel, den die langbeinige Brünette zur Schau stellte, die neben dem Farn auf der Fensterbank hockte. Er nickte der Frau zu und gab vor, ihre Beine nicht bemerkt zu haben.

»DI Anderson, schön, dass Sie sich zu uns gesellt haben – *doch noch.*« Quinn sah vielsagend auf die Uhr. Anderson wusste nicht, dass er zu spät war, daher entschuldigte er sich nicht. Was die Brünette betraf, so wurde sie ihm nicht vorgestellt, und er würde auch nicht nach ihr fragen. Der Ruf, eine Vorliebe für Psychospielchen zu haben, eilte der neuen DCI voraus.

»Guten Tag, Ma'am«, grüßte er Quinn und wiederholte es der Brünetten gegenüber, die ihm zur Antwort ein kurzes Lächeln schenkte. Quinn beachtete den Gruß nicht und setzte sich hinter ihren Schreibtisch, schob die Ärmel ihrer Jacke hoch und zog die Spange straff, die ihr Haar hielt. Zufrieden öffnete sie einen braunen Ordner und strich den Kniff in der Mitte glatt: rauf, runter, rauf. Anderson ließ das Schweigen über sich ergehen, allerdings fiel es ihm zunehmend schwer, die langen Beine hinter sich zu ignorieren. Beide Frauen gehörten zum gleichen Typ – schlank, gut gekleidet, gepflegt, durchsetzungsfähig. Er wusste nicht recht, was er von der Situation halten sollte, und wünschte sich ein wenig mehr Durchblick.

Quinn sah auf und reichte ihm eine Akte. »Sind wir schon mit Luca Scott weitergekommen? Hat Costello vom Krankenhaus grünes Licht, mit der Mutter zu sprechen? Ich habe eine Besprechung einberufen, weil ich dachte, es würden neue Informationen vorliegen.«

Anderson entschied sich für aufmerksame Zurückhaltung. »Tut mir leid, aber als ich zuletzt mit DS Costello gesprochen habe, gab es noch keine Neuigkeit.« Er öffnete den Ordner. »Ich denke, wir sollten vorsichtig sein und betonen, dass sie keineswegs eine ›schlechte‹ Mutter ist, sondern sich lediglich *medizinisch* in schlechter Verfassung befindet.« Er hielt inne und betrachtete die drei Fotos, die erst vor Kurzem entwickelt worden waren und stark nach Chemikalien rochen. Auf dem ersten lächelte ein blonder Junge, Luca, in die Kamera und streckte einem Polizeipferd einen Apfel hin. Das Pferd hatte den riesigen Kopf gesenkt und schnappte sich gerade den Apfel mit dem grauen Maul und verfehlte nur knapp die Finger. Das nächste Foto war eine Nahaufnahme desselben Jungen, und auf dem dritten sah man sogar nur das Gesicht. Anderson deckte Lucas Lächeln mit der Hand ab. »Er hat Angst vor diesem Tier«, beobachtete er. »Er lächelt nur mit dem Mund. Die Augen wirken verängstigt.«

»Aber er ist tapfer«, meinte Miss Traumbeine auf der Fensterbank und nickte nachdenklich.

Anderson reichte die Fotos zurück. Kurz dachte er daran, wie ängstlich Peter vor einiger Zeit gewesen war, als im Zoo eine bockige Ziege herumgelaufen war. »Sie sollten außerdem klarstellen, dass Lorraine Scott ihre Medikamente auf Rezept nahm. Sie ist psychisch krank und kam gerade aus dem Krankenhaus, wo sie sich wöchentlich eine Spritze abholt. Auf dem Heimweg erlitt sie einen …« Er zögerte und suchte nach dem richtigen Wort. »… einen Anfall im Joozy Jackpot.«

Die Brünette zog, wie ihm auffiel, eine Augenbraue hoch.

»Das ist eine kleine Spielhölle in der Byres Road«, antwortete er auf die unausgesprochene Frage.

Sie nickte, als würde sie Bescheid wissen.

»In dem Durcheinander, das sich in der Folge entwickelte, konnte Luca sich unerlaubt vom Geschehen entfernen. Wyngate wird eine Zusammenfassung für diejenigen erstellen, die bei der Besprechung nicht dabei waren. Er kann gut mit dem Computer umgehen«, fügte er hinzu, an Quinn gewandt.

»Medizinisch in schlechter Verfassung? Konnte sie etwa auf ihr Kind aufpassen?« Quinn sah auf. »Nein, konnte sie nicht. Der Grund dafür ist mir gleichgültig. Wir müssen auf jeden Fall unsere Weste reinhalten. Wenn die Sozialarbeiter etwas verbockt haben, darf das nicht auf unsere Wache zurückfallen.« Sie blickte Anderson in die Augen.

»Wir haben überall Klarschiff gemacht«, meinte er gleichmütig. »Keine Lecks.«

Quinn schob die Lippen vor. »Wenn der Junge unbeaufsichtigt auf der Straße herumlief, warum haben wir nicht gleich begonnen, wegen einer möglichen Entführung zu ermitteln?«

Anderson formulierte seine Antwort vorsichtig. »Wir sind von einem Ausreißer ausgegangen, weil das bei ihm nicht zum ersten Mal vorgekommen wäre. Im Team waren wir uns einig, dass es vermutlich falscher Alarm wäre, weil seine Mutter ihn bereits sechs Mal vermisst gemeldet hatte. Und dann fehlten uns auch noch die Leute … Wir haben alles Menschenmögliche getan …« Die Worte klangen selbst in seinen eigenen Ohren nach Entschuldigung.

»Und was passiert, wenn die Medien davon erfahren?«

»Das dürfen sie eben nicht erfahren. Unsere Vermutung wurde durch die Aussage von Patsy McKinnon gestützt, die in dieser Spielhalle an der Kasse stand, und auch durch den Sicherheitsmann. Von den Ärzten erfuhren wir erst später Einzelheiten über die Depression, Paranoia und Epilepsie der Mutter.« Die Brünette auf der Fensterbank lächelte und bot Verständnis an. Zaghaft lächelte Anderson zurück. »Na ja, das werden Sie natürlich wissen, wenn Sie die Akte gelesen haben. Luca wurde zuletzt mit seiner Mutter um vier gesehen, doch die Vermisstenmeldung erfolgte erst nach sieben. Und zwar erst, nachdem sich seine Mutter so weit erholt hatte, dass sie nach ihm fragen konnte.«

»Die Gefühlsduselei ersparen Sie mir bitte, ja?«, sagte Quinn und tippte mit dem Stift auf den Tisch. »Wir haben also keine Ahnung, wo der kleine Wicht steckt? Haben wir sämtliche seiner möglichen Anlaufstellen überprüft?«

»Ja. Und er ist nicht zu Hause und nicht bei seinen Freunden. Wir schauen uns außerdem überall um, wo er sonst stecken könnte. Und jetzt wurde auch noch Troy McEwen vermisst gemeldet.« Anderson schüttelte den Kopf.

»Der arme kleine Luca, dessen Mum es so schlecht geht«, sagte die Brünette und wippte mit den Füßen. Sie machte diese Bemerkung ganz beiläufig, und Quinn nickte zustimmend. Beste Freundinnen also. »Kennen sich die Jungen?«

»Daran arbeiten wir, Ma'am.« Anderson richtete seine Antwort vorsichtshalber an Quinn.

»Wo ist denn DS Costello augenblicklich?«, erkundigte sich Quinn und fuhr sich mit der Zunge wie eine Schlange über die Lippen.

»Tja«, begann Anderson wachsam. »Sie hat mit dem Krankenhaus telefoniert, um ein Gespräch mit Lorraine Scott zu arrangieren, und dann habe ich sie zu John Campbells Familie geschickt, damit sie die Identifizierung regelt, ohne dass einer der Verwandten sich die Leiche ansehen muss. Ist sie noch nicht zurück?«

Quinn schüttelte den Kopf. »Costello ist vor Urzeiten bei den McGuires aufgebrochen. Bislang hat sie sich nicht telefonisch gemeldet.«

»Das sieht ihr gar nicht ähnlich, Ma'am. Vielleicht …«

»Und auf ihrem Schreibtisch liegt kein Bericht. Außerdem, war nicht auch PC Gail Irvine dort?«

Im Stillen verfluchte er Costello. »Ja, das stimmt.«

»Warum haben Sie Costello hingeschickt?«

»Mich wollten Sie ja hier haben, und sie kann gut mit Frauen umgehen.«

Die Brünette grinste. »Ich verstehe mich besser auf Männer.«

Quinn gestattete sich ein schmallippiges Lächeln. »Sie haben also keine Ahnung, wo Costello steckt, und der Bericht ist auch nicht fertig?«

»Nein.«

»Die Tochter des Verstorbenen hat bereits angerufen und

fand es nicht sehr schön, damit abgespeist zu werden, dass *die betreffende Beamtin noch nicht wieder in der Dienststelle erschienen* sei. Ich möchte den Bericht über John Campbells Tod morgen früh als Erstes auf dem Schreibtisch liegen haben.«

»Morgen ist die Obduktion.«

»Dann soll Costello früh hier sein. Wie heißt Ihr Schiff, auf dem alles klar ist? *Titanic*?«

Anderson sah auf die Uhr. »Sie ist dort gegen eins losgefahren und angesichts des starken Verkehrsaufkommens im Clyde-Tunnel wegen Weihnachten …«

»Nun ja, hoffentlich ist es am Ende nicht wichtig.« Quinn starrte Anderson an, der jedoch nicht antwortete. »Also war DS Costello eigentlich gar nicht am Brandort?«

»Nein.« Anderson sah zu der Brünetten am Fenster und suchte nach einem Hinweis darauf, wer sie sein könnte. Aber die junge Frau schwieg und schenkte ihm stattdessen ihr umwerfendes Lächeln.

»Und war es denn ein einfacher Wohnungsbrand?«

»Was das Feuer angeht, gibt es keine Hinweise auf ein Verbrechen.«

»Und was den Todesfall angeht?«

»Da würde ich gern das Ergebnis der Obduktion abwarten.«

»Wir haben jede Menge zu tun.«

Anderson ließ sich nicht einschüchtern. »Ich weiß.«

»Sie haben vierundzwanzig Stunden Zeit.« Quinn drehte ihren Stuhl zum Schreibtisch herum.

Anderson dachte, damit sei er entlassen, erhob sich und wollte schon zur Tür gehen, als Quinns peitschende Stimme ihn zurückfahren ließ. »Wir sind noch nicht fertig.« Sie wandte sich der anderen Frau zu. »Lewis?«

»Wegen Luca Scott – ich dachte, es könnte vielleicht nützlich sein, wenn wir den ganzen Vorfall bei einer Rekonstruktion nachstellen«, sagte die Brünette. »Da muss ein ziemliches Durcheinander geherrscht haben: eine Vierzigjährige, die in der Spielhalle einen Nervenzusammenbruch erleidet. Die Straße war sicherlich belebt, es muss also jemand den Jungen gesehen haben, als er herauskam. Möglicherweise könnte es dem Gedächtnis der Anwesenden und Passanten nachhelfen, wenn wir einen Fototermin arrangieren – das wäre doch auch etwas für die Presse.«

»Gute Idee. Außerdem lockt es vielleicht den Täter an, falls es einen gibt. Oder die Täterin. Sie sollten also vielleicht auch unseren Fotografen hinschicken, damit er die Leute aufnimmt«, sagte Anderson.

Quinn tippte mit einem Fingernagel auf den Schreibtisch. »Das wäre also abgemacht. Aber wann? Heute haben wir den Zwanzigsten. Von Freitag an läuft gar nichts mehr wegen Weihnachten. Am besten erledigen wir es morgen, Lewis, vielleicht gegen vier Uhr, wenn es Ihnen passt. Sprechen Sie mit Patsy McKinnon oder dem Geschäftsführer des Ladens, damit dasselbe Personal auf demselben Posten steht. Schnappen Sie sich Irvine, die kann die Laufarbeit für Sie erledigen. Mulholland übernimmt die Presseerklärung; und er soll vor die Kameras treten, er ist einfach unglaublich fotogen. Ich denke doch, Sie wissen, wo DC Mulholland ist?«

War das eine Fangfrage? Anderson sah zu der Frau auf der Fensterbank hinüber und suchte bei ihr nach subtilen Hinweisen. »Er hat heute dienstfrei. Aber ich glaube, er hat gesagt, er würde später mal reinschauen. Vielleicht erwischen wir ihn ja dann.«

»Wir müssen in den Medien mehr Präsenz zeigen. Ich meine, die tun ja geradezu so, als wäre Rogan O'Neills Besuch die Wiederkunft Jesu. Im Fernsehen haben wir nicht viel Platz für Luca bekommen und in den Zeitungen nur eine einzige Spalte und ein kleines Bild. Die Abendzeitungen werden sich noch mal damit befassen.« Quinn richtete ihre Katzenaugen kurz auf Andersons Gesicht. Ihr Blick wirkte zwar nicht gerade vorwurfsvoll, aber auch nicht beifällig. Von einem Moment zum anderen änderte sich ihr Auftreten jedoch.

»Detective Inspector Colin Anderson, darf ich Ihnen Detective Sergeant Kate Lewis vorstellen? Pitt Street hat sie von der Aikenhead Road hierher versetzen lassen. Sie ist eine sehr erfahrene Polizistin. Ohne Frage werden Sie sie in Ihrem Team willkommen heißen – schließlich sind Sie knapp besetzt.«

»Sind wir das?«, fragte Anderson und bemühte sich redlich, nicht auf Kate Lewis' Schenkel zu starren, als die ihre Beine übereinanderschlug.

»Angesichts der anstehenden Arbeit, ja.«

»Nun, da dürften Sie mehr wissen als ich«, erwiderte Anderson freundlich. »Wurden Sie nicht auch von der Aikenhead Road hierher versetzt, Ma'am?«

»Die kommen schon ohne uns beide zurecht«, antwortete Quinn knapp.

»Wenn auch nur recht und schlecht«, meinte Kate Lewis und ließ sich von der Fensterbank auf die Zehenspitzen gleiten. Wieder lächelte sie und führte ihre allzu perfekten Zähne vor.

»Ganz bestimmt ist deren Verlust für uns eine Bereicherung. Willkommen an Bord«, sagte Anderson und reichte ihr die Hand.

Ihr Händedruck war weich, ihre langen Finger strichen über seine Handflächen, und er glaubte zu spüren, wie sie ihn flirtend ein wenig mit dem Nagel kratzte. Dabei lächelte sie ihn breit und verführerisch an, ehe sich ein Vorhang aus seidigem braunem Haar vor ihren Augen senkte.

»Vielleicht könnten Sie es so einrichten, dass DS Lewis ein Team mit DC Mulholland bildet. So starten wir mit unseren jungen Hübschen eine Charme-Offensive auf die Presse.«

»Hier scheint ja alles ziemlich stressfrei abzulaufen«, sagte Kate Lewis zu Colin.

»Es ist eben eine kleine Wache«, antwortete er. Abermals bemerkte er eine Unterströmung, sah jedoch nicht, wo sie entlangfloss.

»Es ist vielleicht eine kleine Wache, und trotzdem ist sie so groß, dass DS Costello hier irgendwo verloren gegangen ist«, sagte Quinn zu Lewis, die mit ihren großen Augen und ihren langen Beinen an ein junges Fohlen erinnerte. »DI Anderson, könnten Sie wohl, während Sie nach Costello Ausschau halten, gleichzeitig einen Schreibtisch für DS Lewis finden. Und« – Quinn machte eine Pause, um ihre Worte zu betonen – »alle – und zwar *alle* – sollen sich um zwei Uhr versammeln. Lewis, treffen Sie die notwendigen Vorbereitungen für die Rekonstruktion. Dieser andere Siebenjährige, Troy McEwen, ist Gott weiß wohin gelaufen, während seine Mutter im Vollrausch war. Die Nachbarn werden befragt, und ich trommele die Suchmannschaft noch einmal zusammen. Und keine Nachlässigkeit diesmal, bitte! Die Sache wird streng nach Vorschrift erledigt.«

»Wir *haben* streng nach Vorschrift …«, wollte Anderson widersprechen, doch er stockte, als sich Lewis bei ihm einhakte.

»Na, wie wär's, wollen Sie mich nicht dem Revier vorstellen?« Abermals traf ihn ihr Lächeln mit voller Wucht.

»Sicher.« Anderson befreite sich von ihrem Arm unter dem Vorwand, ihr die Tür aufhalten zu wollen.

Kate Lewis' tiefe und rauchige Stimme hätte einer Pornodarstellerin alle Ehre gemacht und passte hundertprozentig zu ihrem Lächeln. »Ist DI Ihr Vorname?«, fragte sie und ging in das große Büro voraus.

»Meine Frau nennt mich Colin.« Er hoffte, sie würde das

Wort *Frau* nicht überhören, und dachte gleichzeitig, dass er es eigentlich genießen sollte, wenn ihn eine Frau wie Kate Lewis überhaupt wahrnahm. Costello hatte ihm einmal gesagt, das Verheiratetsein klebe an ihm wie ein Paar alter Pantoffeln. Zu dem Zeitpunkt hatte er das als Kompliment aufgefasst.

Kate Lewis blieb vor dem Schreibtisch von DS John Littlewood stehen. »Und das ist…?«

Der alte Detective blickte auf und zog den Bierbauch ein. Über sein verlebtes Gesicht kroch langsam wie Honig ein Lächeln. »Ach, hallo«, sagte er. »Sie können wir bestimmt gebrauchen, damit mal wieder ein bisschen Glanz in die gute Stube kommt. Detective Sergeant Littlewood – sagen Sie John zu mir.«

»Sie haben ihn aber schwer beeindruckt; uns hat er nie angeboten, ihn John zu nennen«, murmelte Anderson laut genug, dass Littlewood es hören konnte. »Wir haben ja einige Namen für ihn, aber keinen so hübschen wie John.«

»Hallo, John, wir werden uns bestimmt bestens verstehen.« Kate Lewis blinzelte ihm zu und holte ihr klingelndes Handy aus der Jackentasche. Es dudelte Tom Jones' »Sex Bomb«. »Ist mein privates«, sagte sie zur Erklärung und ging davon, um das Gespräch anzunehmen, und Littlewood und Anderson blieb nichts anderes übrig, als den Schwung ihrer schmalen Hüften zu bewundern.

Die Art, wie sie sich bewegte, der gerade Rücken und die langen Schritte, der kurze Rock und die hohen Absätze, das alles erinnerte Anderson an eine Pole-Tänzerin. Oder zumindest stellte er sich so eine Pole-Tänzerin vor. Eins war jedenfalls sicher: Frauen, die sich so bewegten, bedeuteten Ärger.

Während sie durch den Raum schritt, schenkte sie jedem, an dem sie vorüberkam, ein Lächeln, und einige Männer lächelten zurück. DC Wyngate, der gerade telefonierte, vergaß weiterzusprechen; sein Mund stand offen, und er sah noch dümmer aus als gewöhnlich.

»Wie Hasen im Sack, wie Hasen im Sack«, sagte Littlewood und starrte auf Lewis' Hinterteil. »So, *das* ist also Kate Lewis.«

»Aus der Aikenhead Road? Sie kennen sie?« Anderson beugte sich vor und sprach leise. »Na los, raus damit.«

»DCI Quinn und DS Lewis. Die bekommt man nur im Doppelpack. Quinn hat sie sofort in der Pitt Street angefordert, als der Scott-Junge vermisst gemeldet wurde.«

»Und woher wissen Sie das alles?«

»Einen Hintern wie den da muss man einfach im Auge behalten«, murmelte Littlewood. »Diese Miss Lewis ist wirklich hübsch anzuschauen, aber ich würde ihr nicht weiter trauen, als ich spucken kann.«

»Ja. Ich wette, es vergehen keine drei Wochen, bis einer von uns wegen sexueller Belästigung dran ist«, sagte Anderson. »Wenn Costello sie nicht vorher zum Frühstück verspeist.«

»Ja«, meinte Littlewood. »Trotzdem ein verdammt hübscher Hintern.«

Eve Calloway zog ihr Handy aus der Seitentasche ihres Rollstuhls, als sie hörte, dass ihre Schwester durch die Wohnungstür eintrat. Sie rief die Stoppuhrfunktion auf und drückte auf Start. Lynnes Rekord im Herumtrödeln lag bei sechs Minuten und zehn Sekunden. Sie war einfach eine zwangsgestörte Kuh. Eve lauschte und stellte sich die Szene bildlich vor: Lynne zog sich den Mantel aus, schüttelte ihn und schnüffelte in den Raum hinein, um herauszufinden, was Eve ohne ihre Erlaubnis gegessen hatte. Lynne fummelte vor dem Spiegel im Flur an ihrem glanzlosen blonden Haar herum – das allein konnte zwei Minuten dauern. Dann richtete sie ihr Gesicht, damit sie wenigstens ein bisschen hübsch aussah – dafür brauchte sie eine Ewigkeit. Schließlich hörte Eve die Badezimmertür – heute gab es einen großen Auftritt, also mindestens acht Minuten. Der beigefarbene Mantel würde auf einem Bügel mit Karomuster an der Dusche aufgehängt werden, sie würde den Kragen geradeziehen, jeden zweiten Knopf schließen, den Gürtel zuschnallen und den Saum in die Duschwanne heben. Anschließend war der Handtuchheizkörper an der Reihe: Sie würde die Handtücher zu ordentlichen Quadraten mit rechten Winkeln zusammenlegen. Und so weiter und so fort.

Eve drehte sich zu Squidgy um und flüsterte: »Was, meinst du, ist es heute? Dass ich ihre Handtücher benutzt oder dass ich den Heizkörper aufgedreht habe?«

Squidgy wollte ihr seine Meinung nicht mitteilen.

»Eve!«, rief Lynne durch den Flur. »Hast du meine Handtücher benutzt?« Die Stimme blieb beharrlich. »Eve?«

Eve sah Squidgy an und schnitt eine Grimasse; eines musste sie ihrer Schwester lassen, sie übersah nichts. Jetzt ging sie durch den Flur zurück zur Wohnungstür und holte die Post. Eve hörte Zeitungsseiten knistern – Lynne gab wieder dem Zwang nach, sich die Immobilienpreise anzuschauen. Wieder Schritte im Flur, diesmal schneller.

»Sieh mal, Eve, ein Flugblatt für den Weihnachtsbasar an der Rowanhill-Schule. Hör mal! *Als Gäste erwartet werden Rogan O'Neill und die Bestsellerautorin Evelynne Calloway.* Das bin ich.«

»Eigentlich bin ich das«, korrigierte Eve sie.

»Nein, ich. Glaubst du, irgendein anständiger Verleger würde dich und deine schmutzige Ausdrucksweise in die Nähe von Kindern lassen? Gott, du bist schon hier drin eklig, wer weiß, wie du draußen in der großen weiten Welt wärst!« Lynne betrachtete das Flugblatt wie eine Niete bei einer Lotterie und verzog das Gesicht. »Hast du die Zeichnungen gemacht? Du hattest den ganzen Morgen Zeit.«

»Ich habe ihnen volle fünf Minuten gewidmet. Mehr habe ich nicht gebraucht, weil ich doch so ein kreatives Genie bin.«

Lynne ließ das Thema fallen. »Gut. Rogan O'Neill hat bestätigt, dass er zu dem Basar kommt. Und sieh dir das mal an – Helena Farrell wird erst *nach* mir genannt.«

»Nach *uns*«, berichtigte Eve. Sie zog sich den Block heran und zeichnete mit ein paar groben Strichen, wie Lynne von Squidgy erwürgt wurde.

»Vergiss nur eines nicht: Du heißt nicht Eve, jedenfalls nicht, wenn wir zusammen in der Öffentlichkeit sind. Ich bin Evelynne, und du bist ein Niemand.«

Mit honigsüßer Stimme setzte Eve zum Vergeltungsschlag an. »Denk doch mal nach, Lynne. Douglas wird dir jetzt nicht mehr widerstehen können; bald wirst du dich unter den gleichen wichtigtuerischen Wichsern bewegen wie er. Schade, dann triffst du andauernd seine Frau.« Eve schlug sich mit der Faust kräftig auf die Brust und zog lautstark einen Klumpen Schleim hoch. »Weil das ganze Geld nämlich ihr gehört. Da brauchst du schon ein bisschen Kohle, wenn du ihn ihr ausspannen willst. Oder zumindest größere Titten.«

»Deswegen steigt er ja jetzt ins Immobiliengeschäft ein, genau aus dem Grund. Des Geldes wegen, meine ich. Geld für uns.«

»Er muss doch als Strafrechtler gut verdient haben. Als Verteidiger, der Schuldige vor ihrer gerechten Strafe schützt.« Eve ließ den Satz in der Luft hängen.

Lynne wechselte das Thema, ehe Eve sich hineinsteigerte. »Kann ich die Zeichnungen sehen, die du abgeschickt hast?«

»Du solltest sie dir auf jeden Fall ansehen, schließlich hast du sie ja angeblich gemacht. Sie sind im Computer.«

Eve rollte ein Stück in Richtung Küche, fuhr dabei den

nächsten dicken Kratzer in die Fußleiste und blieb vor der Küchentür stehen. »Möchtest du was trinken?«

»Ja, bitte«, antwortete Lynne und drückte das Flugblatt fest an die Brust.

»Dann bring mir doch auch was mit, wenn du schon dabei bist.«

Lynne drehte sich um und prallte mit dem Rollstuhl zusammen. »Kannst du nicht irgendwo anders im Weg stehen?«, knurrte sie und zwängte sich seitlich durch die schmale Lücke. »Und wer ist eigentlich hier gewesen?«

»Niemand.«

»Er war jedenfalls groß genug, um an das Bild im Flur zu stoßen!«

»Warst wahrscheinlich du selbst, als du rausgegangen bist.«

»Ach, und ich habe auch die Tapete aufgerissen?«

»Nein, das war ich, aber um das zu entdecken, muss man ein Zwerg sein und schielen. Beeil dich, ich verdurste! Ich bin so ausgetrocknet wie das Suspensorium eines arabischen Ringers.«

Genervt schloss Lynne die Augen und ging in die Küche, wo sie sofort zu fluchen begann. Eve grinste; ihre Schwester fluchte für gewöhnlich nie.

Sie rollte hinterher. Die Küche sah aus wie ein Trümmerfeld, überall lag Papier von Crunchies oder Kit Kats, und von dem Battenburg-Kuchen fehlte die komplette Marzipanhülle, aber dafür konnte man Zahnabdrücke sehen. Jemand hatte zwei leere Coladosen in die ungefähre Richtung des Mülleimers geworfen. »Was hast du gegessen, Eve?«, fragte Lynne trocken.

»Noch nicht genug.« Eve ließ ihren Kopf kreisen, als habe sie einen steifen Hals, und das Fett der Schultern schwabbelte zuerst in die eine und dann in die andere Richtung. Sie sah völlig verunstaltet aus.

»Und hast du die Bilder von Squidgy wirklich an die Zeitung gemailt? Die brauchen sie morgen.«

»Ja, ich habe doch gesagt, mein Genie schläft nie.«

»Deine Bescheidenheit auch nicht. Hoffentlich ist er wenigstens niedlich und fröhlich geworden.« Lynne legte ihre knochigen Hände auf die Wasserhähne und schaute aus dem Fenster, wobei ihr Eves Kichern nicht entging. »Was sage ich? Du hast etwas Schreckliches angestellt, oder?«

Eve zwinkerte nur. »Sie werden es ganz wunderbar finden. Santa Claus wird von Squidgy eingemacht. Ich dachte, es wäre vielleicht ein bisschen zu heftig, wenn ich ihn ein Rentier bumsen lasse.«

»Manchmal kann ich dich einfach nicht mehr begreifen. Wir leben zufällig von diesen Bildern, du dumme Kuh. Wir zahlen davon unsere Rechnungen. Nur deswegen haben wir ein Dach über dem Kopf.«

»Mein Dach. Dein Kopf«, berichtigte Eve.

Lynne knirschte mit den Zähnen und sah sich die Schweinerei auf der Arbeitsfläche an. »Und wieso kannst du das ganze Zeug aus dem Schrank holen, es aber nicht zurückstellen?«

»Wahrscheinlich habe ich dafür ein spezielles Talent.«

»Ach, sei still«, fuhr Lynne sie an und machte sich auf die Suche nach dem Computer.

Allein in der Küche stellte Eve das Radio an, und einen Moment später erfüllten die zarten Klänge von »Tambourine Girl« den Raum. Sie legte den Kopf nach hinten, summte mit – *Say hello to the tambourine girl* – und starrte aus dem Fenster. Das Wetter hatte sich immer noch nicht entschieden, ob es schneien wollte. Sie rollte ihren Stuhl rückwärts und schob sich in den Flur, von wo sie Lynne sehen konnte. Halb schloss sie die Augen, und halb beobachtete sie ihre Schwester, die auf die Entertaste drückte, um den Monitor aus dem Ruhezustand zu wecken.

Die E-Mail von dem Spendenbüro bei der Zeitung erschien. *Super, super, super!! Dürfen wir sie alle benutzen? Squidgy ist ein Superstar.*

Lynne drehte sich um. Eve schien in der Küchentür zu dösen oder hörte Radio. Lynne setzte sich und sah sich die anderen E-Mails an. Eve war fleißig gewesen. Sie hatte an ein paar Comics gezeichnet und außerdem Künstlerbedarf bestellt. Dann fiel ihr ein E-Mail-Ordner mit dem Namen *Gerichtshof des Sheriffs, Archiv-Abteilung* ins Auge. Lynne bekam Herzklopfen, als sie begriff, was Eve möglicherweise recherchiert hatte. Oder besser, *über wen* sie Erkundigungen eingeholt hatte. Sie schob den Cursor über das Icon und klickte darauf. Ein Warnhinweis in einem Hinweisfenster blinkte auf: *»Lass die Finger von meinem Computer, du neugierige Kuh!«*

5

Das durchweichte Flugblatt, auf dem nach Luca Scott gesucht wurde, hing nur noch an einem Zipfel. Costello lehnte sich an den Laternenpfahl und las die Uhrzeit von ihrem Handy ab. Halb eins: Sie sollte sich wieder an die Arbeit machen und nach dem Jungen suchen, aber sie war inzwischen nahezu blind auf einem Auge, und der Schmerz in ihrer Schläfe nahm an Heftigkeit zu. Die Sandomigran-Tablette hatte sie zu spät geschluckt, außerdem war die Dosis zu gering.

Sie stand am Bordstein, das feuchte Haar klebte ihr am Kopf, die Weihnachtsmusik bohrte sich ihr in den Schädel wie ein Korkenzieher. Auf der Byres Road staute sich der Verkehr bis zur Ampel am Queen Margaret Drive. Die Scheinwerfer tanzten paarweise unter den Girlanden der Weihnachtsbeleuchtung, verschmolzen und lösten sich wieder voneinander. Sie konnte nicht richtig sehen, und in diesem Zustand war Fahren ausgeschlossen. Sie fror, da ihre Kleidung durchgeschwitzt war und sie nun extrem auskühlte. Also ging sie ein Stück, um sich aufzuwärmen, setzte einen Fuß vor den anderen, einen Fuß … vor den anderen …

»Hey, Costello?«, sagte jemand. Sie legte die Hand über das schmerzende Auge und sah eine Gestalt … Anorak, blondes Haar, groß … »Sie sind es doch, oder?«

Ja, ich bin's. Wer auch sonst? »Colin?« Sie fühlte, wie das Blut aus ihrem Kopf wich, wie ihre Knie weich wurden, und sie verzichtete darauf, weiterhin vorzugeben, dass es ihr gutging. Ein kräftiger Arm legte sich um sie und schob sie auf den Beifahrersitz eines verbeulten blauen Astra, doch zunächst zog noch jemand einen felligen Drachen unter ihr hervor, ehe sie sich daraufsetzen konnte.

»Sie sehen so entsetzlich aus, wie ich mich fühle.«

Der Sicherheitsgurt rastete ein. Costello lehnte den Kopf an die kühle Kopfstütze und schloss die Augen. »Was ist denn passiert?«

»Quinn hat sich mich vorgeknöpft. Und Sie sind morgen dran. Ich schätze, sie wird Ihnen einen Peilsender verpassen«, sagte Anderson und zupfte Costellos Jacke unter dem Sicherheitsgurt glatt.

Costello fiel auf, dass sie das Fell des Drachen streichelte, der jetzt auf ihrem Schoß saß. »Na und?«

»Wollen Sie zurück auf die Wache?«

»Nein, nach Hause. Es hat eine Ewigkeit gedauert, bis ich durch den Tunnel war, und deshalb habe ich meine Migränetablette nicht rechtzeitig genommen.«

»Unfall auf der Kingston Bridge. Deshalb ist hier so viel Verkehr.«

»Im Moment kann ich kaum sehen und schon gar nicht fahren. Ich wollte mir ein Taxi suchen.« Sie schwankte leicht auf dem Sitz. »Ich habe es Irvine gesagt. Und Wyngate bestimmt auch. Aber da könnte ich genauso gut gegen die Wand reden. Morgen bin ich wieder in Ordnung. Alles nur Übermüdung.«

»Wem sagen Sie das?« Anderson schloss die Beifahrertür, ging hinüber auf die Fahrerseite und entschuldigte sich mit erhobener Hand bei der Autoschlange, die sich gebildet hatte. Der Schlag, mit dem sich die Wagentür schloss, knallte in ihrem Schädel hin und her wie eine Kugel im Flipper. Sie beugte sich mit geschlossenen Augen vor, hielt sich den Kopf mit beiden Händen und konzentrierte sich darauf, die Übelkeit zu unterdrücken. »Das Problem im Dezernat ist«, fuhr Anderson fort, »dass die rechte Hand keine Ahnung hat, was die linke tut. Kate Lewis ist dabei …«

»Wer?« Costello verzog das Gesicht.

»So eine Karrieretussi – zu lange Beine und zu kurzer Rock. Sie organisiert eine Fotosession mit einem blonden Jungen, der auf der Straße im Regen steht und …«

»Also, die Mutter darstellen und wie ein Affe rumzappeln werde ich ganz bestimmt nicht.«

»Einfühlsam wie immer. Meine Güte, diese Frau hatte einen epileptischen Anfall! Den wird Lewis hoffentlich nicht nachstellen lassen«, fügte er hinzu. »Und ja, genau das bereiten wir vor. Costello, darf ich Ihnen sagen, wie beschissen Sie aussehen?«

»Klar …«

Eine Minute lang dachte Anderson, Costello würde anfangen zu heulen. »Die letzten Wochen waren fürchterlich. Wirklich heftig.«

Anderson nahm die Hand vom Schaltknüppel und legte sie auf die von Costello. »Wie war es bei Sarah McGuire?«

»So richtig glücklich bin ich mit der Sache nicht. Ich kann nur nicht genau sagen, warum. Bei McAlpine hätte ich einfach gesagt: *Ich kann sie nicht leiden, die führt irgendwas im Schilde,* und er hätte mich verstanden. Bei Quinn wird das wohl kaum so funktionieren, oder? Ich muss ihr einen Scheißbericht in dreifacher Ausfertigung vorlegen.«

»Uns bleibt noch bis morgen Zeit, um uns etwas zu überlegen. Aber anscheinend hat Sarah McGuire schon angerufen, um sich nach dem Untersuchungsbericht über den Brand zu erkundigen.«

»Vermutlich ist es ihr gutes Recht, danach zu fragen.«

»Aber nicht, ihn zu sehen, wenn sie eine Verdächtige ist. Ist sie eine Verdächtige?«, wollte Anderson wissen.

»Möglicherweise. Für eine trauernde Tochter kommt die Anfrage doch ziemlich rasch, oder?«

»Und Quinn ist fast ausgeflippt, weil sie nichts vorliegen hatte und Sie nicht da waren.«

»Wirklich schlimm.«

Anderson sah, dass Costellos Kopf bedrohlich zur Seite rollte. »Soll ich Sie zu einem Arzt fahren?« Er blickte auf die Armbanduhr, als hätte er einen wichtigen Termin. »Da hätte Quinn zusätzlichen Papierkram auf dem Schreibtisch, wenn Sie offiziell krankfeiern.«

»Nein, nur nach Hause.« Sie biss die Zähne zusammen, ihr ging es in der Tat richtig übel.

»Ich muss eigentlich das Kostüm für Peter abholen, Puff the Magic Dragon. Für das Krippenspiel. Die arme Brenda sitzt zu Hause fest, weil Claire über Halsschmerzen klagt. Aber bei ihr weiß man nie. Vielleicht ist sie nur eifersüchtig auf Peter und die Aufmerksamkeit, die er für seine Starrolle bekommt. Na, ich sause später nach Hause.« Er seufzte. »Soll ich den Expressway nehmen? Ich muss so bald wie möglich wieder in der Wache sein.«

»Der Expressway geht schneller«, sagte Costello abgehackt. Sie versuchte unbeholfen, das Fenster zu öffnen, ohne dabei den Kopf zu bewegen oder die Augen aufzumachen. »Puff the Magic Dragon?«

»Fragen Sie nicht.« Nachdem Anderson vor der roten Ampel an der Great Western Road angehalten hatte, griff er hinüber und kurbelte das Fenster für sie herunter. Brenda würde in die Luft gehen, falls Costello sich in dem Wagen übergab. »Und irgendwann muss ich auch noch meine Weihnachtseinkäufe dazwischenschieben. Sie als Frau, haben Sie nicht eine Idee, was Brenda sich wünschen könnte?«

»Eine Scheidung.«

»So viel wollte ich eigentlich nicht ausgeben.« Anderson seufzte. »Aber wie Sie schon sagten, die letzten Wochen waren schwer für uns alle. Ich bin zu Hause im Augenblick nicht zu gebrauchen; ist auch für Brenda nicht so leicht …«

»Sie haben Ihren besten Freund verloren.« Costello sah aus dem Fenster und schloss die Augen, als würde ihr das Tageslicht Schmerzen bereiten.

»*Wir* haben unseren besten Freund verloren.«

»Ja, sicherlich.« Costello beugte sich vor, hielt sich den Kopf und versuchte, die Bewegungen des Wagens vorauszuahnen, während sie kreuz und quer durch die schmalen Straßen von Rowanhill in Richtung Fluss fuhren. Ihre Sinne waren aufs Äußerste geschärft, sie roch Benzin, die frische Druckerschwärze einer Zeitung und das ranzige Fett der Pommes von gestern …

»Könnten Sie kurz anhalten?«, bat sie eindringlich.

Anderson zog links rüber und rumpelte über die Begrenzungssteine einer Rasenfläche. Costello öffnete die Tür und hängte sich in den Sicherheitsgurt, während ihr Magen drei Cracker und zwei Tassen Earl Grey wieder von sich gab, und zwar genauso schäbig, wie sie nach unten gerutscht waren.

Das Pochen im Schädel nahm an Heftigkeit weiter zu, bis es sich anfühlte, als würde ihr Hirn auseinanderreißen, und einen Augenblick lang befürchtete sie, ohnmächtig zu werden. Der Boden näherte sich ihr bedenklich, aber eine Hand packte sie sanft am Kragen und zog sie langsam wieder nach oben in den Sitz. Sie legte den Kopf in die Hände und wäre am liebsten gestorben. Ihr baumelte etwas Ekliges aus der Nase, und etwas noch Ekligeres rann ihr aus dem Mundwinkel. Aber Anderson, der hingebungsvolle Vater zweier Kinder, hatte jede Menge Papiertücher im Handschuhfach. Zuerst musste er einige verkrustete zur Seite schieben, und er entschuldigte sich für seinen schrecklichen Sohn. »Geht es besser?«

Sie drückte sich ein sauberes Tuch vor den Mund und nickte vorsichtig.

Er griff über ihren Schoß hinweg und schloss die Tür, weil ein kalter Wind hereinwehte, und sie spürte, wie sich der

Wagen wieder in den Verkehr einfädelte, hörte den Regen, der unablässig auf die Windschutzscheibe prasselte, und das leise Schaben der Scheibenwischer, hin und her, hin und her. Sie öffnete die Augen und sah Wassertröpfchen, die kleine Kometenschweife hinter sich herzogen, ehe sie der Wischer vom Glas schob. Und wieder und immer wieder wurden sie durch neue ersetzt …

Dann erkannte sie, dass sie zu Hause war.

Jemand stupste sie sanft an der Schulter an. »Ich glaube, das ist Ihr Handy. Die Wache. Ich geh dran. Ich sag ihnen, Sie rufen an, sobald Sie wieder bei Kräften sind.«

»Das ist bald vorbei, wenn die Übelkeit weg ist«, krächzte Costello. »Morgen bin ich wieder auf dem Damm.«

Anderson klappte ihr Mobiltelefon auf. »Anderson am Handy von DS Costello, hallo?«

»Seit wann nehmen Sie Costellos Anrufe entgegen?«, fauchte DCI Quinn.

Um fünf nach zwei hatte sich erst die Hälfte der Beamten zur Besprechung versammelt. Neben dem neuen Foto von Luca mit dem Polizeipferd hing nun ein Bild von einem zweiten Jungen mit Ohrstecker. Troy McEwen war irgendwann am gestrigen Abend von dem Spielplatz an der Horsethill Road verschwunden. An der Wandtafel hing nun auch seine Geschichte.

DCI Quinn hatte erneut roten Lippenstift aufgetragen, sie hatte den Blazer ausgezogen und die Ärmel ihrer weißen Bluse hochgekrempelt. Sie war bereit, ging auf einem abgewetzten Klemmbrett eine Liste durch und ließ den Blick durch den Raum schweifen. »Sind das alle? Wo stecken die anderen?«

PC Gail Irvine las die Liste über Quinns Schulter hinweg. »Ja, das sind im Augenblick alle. Halsentzündung, Weihnachtsurlaub …«

»Hat sich DS Costello krankgemeldet?« Niemand antwortete. »DI Anderson? Hat sich DS Costello krankgemeldet?«

»Das wissen Sie doch«, knurrte Anderson. Er bemerkte, dass Kate Lewis ihn anlächelte, und er lächelte zurück, einfach nur, um sie zu verwirren. »Und das Gleiche gilt für DC Burns, falls Sie das auch nicht mitbekommen haben.«

»Dann können wir also anfangen.« Quinn tippte auf das Foto. »Zuerst einmal möchte ich eines klarstellen: Gleichgültig, was mit den vermissten Kindern geschehen ist oder was Rogan O'Neill planen sollte, diese Wache muss sich darum kümmern. Wir bekommen weder einen höheren Etat noch zusätzliches Personal. Also, was haben wir, womit wir arbeiten können? Seit der letzten Besprechung haben wir nicht sehr viel Neues erfahren, doch wir sollten vielleicht für die Spätschicht noch einmal alles zusammenfassen. Die Ähnlichkeiten zwischen Troy McEwens und Luca Scotts Verschwinden sind viel zu groß, als dass es sich um Zufall handeln könnte. Mir sieht es nach einer Entführung aus. Und zwar einer Entführung, die Planung und vorheriges Ausspionieren des Opfers voraussetzt. Also«, fuhr Quinn fort und bemühte sich nicht im Mindesten, ihren Ärger zu verbergen, »schauen wir doch mal gemeinsam, ob uns nicht eine Übereinstimmung oder ein Berührungspunkt zwischen den beiden auffällt. Mulholland und Costello haben Lucas Tag bis in die Spielhalle an der Byres Road rekonstruieren können, und wir wissen, was geschah, als die Mutter den Anfall bekam. Draußen wehte ein beißender Wind an diesem Nachmittag, es war dunkel, und die Straße war belebt. Der Krankenwagen musste in zweiter Reihe parken, auf dem Bürgersteig hatte sich die gewohnte Schar von Schaulustigen versammelt. In dem Durcheinander wurde Luca hinausgedrängt, oder vielleicht ist er auch freiwillig nach draußen gegangen. Alle haben in die entgegengesetzte Richtung geschaut. Kate organisiert gerade eine Nachstellung der Abläufe, die morgen um vier Uhr nachmittags stattfinden soll, und zwar in Anwesenheit der Presse.« DS Kate Lewis winkte den anderen Kollegen albern zu und grinste dazu strahlend. Quinn fuhr fort: »Wir verkleiden einen Jungen, der ungefähr die gleiche Größe hat, und fotografieren ihn. Hoffentlich hilft das dem Gedächtnis einiger Leute auf die Sprünge.«

Anderson erwischte Gail Irvine dabei, wie sie Kate Lewis anstarrte und etwas vor sich hinmurmelte, das doch stark an *dumme Kuh* erinnerte.

»Welche Kleidung hat Luca getragen?«, fragte er, um das Gespräch voranzubringen.

»Einen Parka von Primark. Mit fellbesetzter Kapuze. Und, ja, das Gesicht wird verhüllt. Für die Anonymität des Doubles ist also gesorgt.« Quinn fuhr fort: »Die Mutter, Lorraine, liegt zur Beobachtung im Leverndale und kann sich eigentlich an gar nichts erinnern. Und überhaupt, ihr Arzt lässt uns nicht zu ihr. Von ihr werden wir wohl kaum brauchbare Informationen erhalten. Niemand weiß, wer der Vater ist, es gibt keinen schwelenden Sorgerechtsstreit, und Luca ist nicht an seinen bekannten Lieblingsplätzen aufgetaucht … Es sieht schlicht so aus, als wäre er auf die Straße gegangen und hätte sich in Luft aufgelöst. DI Anderson?«

Anderson zuckte mit den Schultern. »Alle Standardermittlungen nach einem vermissten Kind haben nichts ergeben, deshalb betrachten wir es jetzt als Entführung. Die Überwachungskameras bestätigen die Aussage von Patsy McKinnon, aber angesichts des Wetters, des schlechten Lichts und der vielen Menschen ist auch nicht besonders viel zu erkennen.«

»Da inzwischen auch Troy verschwunden ist, müssen wir es uns nochmals gründlich anschauen.« Quinn übernahm wieder. »Troy McEwen trug lediglich Leggins und ein leichtes Fleece-Oberteil – wenn er sich also im Freien herumtreibt, dürfte ihm ganz schön kalt sein. Zuletzt gesehen wurde er gestern um halb vier nachmittags. Und zwar auf einer Schaukel im Horselethill Park …« – sie tippte auf die Karte – »… zusammen mit seiner Mutter. Die Frau saß laut Beschreibung zusammengesunken auf einer Bank am Spielplatz. Die Identität der Frau ist nicht hundertprozentig bestätigt, da die Zeugin ihr Gesicht im Dunkeln nicht erkennen konnte, doch sagte Mrs. Moxham, die ihren Hund ausführte, sie habe beide nicht zum ersten Mal dort gesehen. Troys Mutter besitzt einen auffälligen Afghanen. Einen Mantel, nicht einen Hund. Mrs. Moxham ist aufgefallen, dass der Junge offenbar keine Jacke trug. Sie wissen, wie das Wetter gestern war: regnerisch und trüb mit Schneeregen. Die Temperaturen gingen bis minus drei Grad runter. Trotzdem wurde Troy erst heute Morgen vermisst gemeldet, und zwar von einer Nachbarin. Die Spurensicherung hat jede Menge Fußabdrücke bis zum Gummiboden des Spielplatzes gefunden, doch die sind von zweifelhaftem Wert. Außerdem haben wir ein wenig Blut gefunden, das noch untersucht wird; allerdings ist es sehr wenig, nicht genug, um auf Gewalt hinzudeuten.«

»Andererseits ist es auch kein Grund, Gewalt auszuschließen«, wandte Kate Lewis schulmeisterlich ein.

Entrüstet fragte Irvine: »Ist die Mutter denn einfach ohne den Kleinen nach Hause gegangen?«

»Die Nachbarin, die die Vermisstenanzeige erstattet hat, eine gewisse Miss Cotter, hat eine sehr brauchbare Aussage gemacht. Sie ist eine nette alte Dame, die im gleichen Stock wohnt wie Troy«, berichtete Lewis und reichte Fotokopien der Aussage herum. »Daraus können Sie entnehmen, dass es nicht ungewöhnlich war, wenn Troy allein nach Hause kam. Die Wohnung befindet sich um die Ecke vom Park, sehr nah, auch wenn man befahrene Straßen überqueren muss. Der Park gehört offenbar zu den Orten, an denen sich seine Mutter gern zum Trinken niedergelassen hat, daher war er gewöhnt, allein nach Hause zu gehen, und wenn die Wohnungstür abgeschlossen war, hat Miss Cotter ihn zu sich genommen. Heute Morgen ist ihr aufgefallen, dass er nicht da war – die Tür zur Wohnung der McEwens stand anscheinend offen –, und Troys Mutter, Alison, lag betrunken auf dem Sofa und umklammerte ein Fläschchen mit Tabletten.«

»Warum hat sie nicht gedacht, Troy sei schon nach draußen gegangen?«

»Wenn sich Troys Mutter mal wieder in diesem Zustand befand – also betrunken war –, ging Troy hinüber zu Miss Cotter, um dort zu frühstücken. Heute Morgen jedoch nicht …«

Anderson las sich Miss Cotters Aussage durch und konnte sich die Sache nur allzu gut ausmalen: eine moderne Fassung von Hänsel und Gretel, nur ohne das Happyend. Troy McEwen kannte sich mit sieben Jahren bereits gut genug aus, um sich im dunklen Straßenlabyrinth zwischen Horselethill Circus und Byres Road zurechtzufinden. Er kannte seine Umgebung und wusste, die Wohnungstür war nicht abgeschlossen, wenn seine Mum zu Hause war. Und wenn nicht, musste er nur an Miss Cotters Tür mit der Briefkastenklappe rappeln. Dort wurde er dann eingelassen und bekam Pommes zu essen. Anderson würde einen Besen fressen, wenn Troys Alltag nicht nach diesem Muster abgelaufen war, seit der Vater die Familie verlassen hatte. Er dachte an Peter und dessen Leben voller Drachen und Goldfische. So hätte das Leben dieses kleinen Jungen auch aussehen sollen.

Gail Irvine hob zögerlich die Hand. »Nach den Befragungen in der Nachbarschaft sieht es so aus, als wäre Troy nicht der einzige regelmäßige Besucher bei Miss Cotter gewesen. Sie kümmert sich wohl um einige der vernachlässigten Kinder in der Gegend.«

Quinn nickte. »Das sollte man auf jeden Fall im Auge behalten.« Sie drehte sich zur Wand und zeigte auf die Planquadrate, die sie bereits durchsucht hatten. Anschließend deutete sie auf die konzentrischen Kreise um die Stelle, an der Troy zuletzt gesichtet worden war. Mit jeder Stunde, die verstrich, wurde der Radius des Suchgebiets größer. Die Entführungsorte lagen nicht einmal eine halbe Meile auseinander, am Ende würden die Mannschaften also dieselben Gegenden nach Troy durchforsten, die sie sich am gestrigen Tage wegen Luca vorgenommen hatten. Während Quinn sprach, hörte man von unten die Türen, die geöffnet und geschlossen wurden, sowie das unaufhörliche Getrampel von Stiefeln auf dem Gang, wenn sich die Mannschaften wieder versammelten, sich eine Tasse Tee holten, die Füße aufwärmten und abermals ausschwärmten.

»Bei der Durchsuchung der McEwen-Wohnung haben sich keine Hinweise ergeben, und soweit wir es sagen können, fehlen dort keine Gegenstände. Bevor wir jedoch mit der Mutter sprechen, sollte sich dort jemand noch einmal umschauen, damit wir ein Gefühl für den Jungen bekommen. Warum ist er in der Kleidung, in der er geschlafen hat, weggelaufen? Er hatte keinen Mantel und keinen dicken Anorak an, und heute Nacht werden abermals Temperaturen um die drei Grad minus erwartet. Der Kühlschrank war leer – Sie wissen, was das heißt. Ich glaube, die Mutter hat den Ernst der Lage noch gar nicht begriffen. Sie glaubt, Troy wird von allein wieder auftauchen … Wir sollten sorgsam darauf achten, sie nicht ohne Wissen ihrer Sozialarbeiter zu vernehmen; dazu muss ich hoffentlich nichts weiter sagen?« Quinn ließ die Finger knacken. »Und ich brauche Sie hoffentlich nicht daran zu erinnern, dass in fünfundachtzig Prozent der Fälle Familienangehörige für das Verschwinden von Kindern verantwortlich sind. Also, sitzen die beiden Jungen irgendwo an einem uns unbekannten Ort sicher im Warmen? Kennen sie sich?« Sie stieß mit der Hacke an ein Tischbein. »Zunächst einmal gehen wir jedoch weiter von zwei Entführungen aus. Haben die Überwachungskameras im Park etwas Brauchbares aufgezeichnet?«

»Im Park selbst gibt es keine. Wir können die Frau und den Hund auf dem Weg in den Park sehen, aber die Aufnahme hat eine entsetzliche Qualität: Sie sehen aus wie Schneemänner im Schneesturm. Troy ist überhaupt nicht zu entdecken. Und auch sonst niemand«, murmelte jemand zur Antwort.

»Von einer Kamera werden sie nur dann aufgenommen, wenn sie in Richtung Byres Road oder zur Great Western Road gehen. Dort gibt es ein Gewirr von Seitenstraßen und Gassen, das reinste Labyrinth. Sehen Sie sich den Plan an – die beiden Hauptstraßen treffen im rechten Winkel aufeinander, und der Park liegt mitten in dem Viertel, das sie umschließen. Unsere Wache im Übrigen auch«, stellte Anderson heraus.

Quinn seufzte. »Ziehen wir das Netz also ein bisschen weiter.«

Allgemeines Stöhnen war die Antwort.

»Beide sind auf öffentlichen Plätzen verschwunden. Sie müssen ja irgendwo geblieben sein.« Quinn deutete vage auf die vier Ecken der Karte. »Gehen Sie alle Zeugenaussagen nochmals durch. Analysieren wir, was wir haben, und vergleichen wir es mit den Befragungen in der Nachbarschaft. Vielleicht stoßen wir auf Übereinstimmungen. Sehen Sie sich das untere Ende der Byres Road noch einmal an, die Pubs und die kleinen Straßen. Troy hat nur ein Fleece-Oberteil getragen, als er verschwand, aber vielleicht hat ihm jemand einen Parka übergezogen. Suchen Sie also nach einem Jungen mit aufgesetzter Kapuze. DI Anderson …« – er nickte –, »sobald Sie auf Diskrepanzen stoßen, möchte ich informiert werden; insbesondere, wenn sie in der Nähe der Stelle zu lokalisieren sind, wo die Jungen von dieser Mrs. Moxham mit ihrem Hund beziehungsweise von der Kassiererin McKinnon zuletzt gesichtet wurden. An die Besatzungen der Streifenwagen wurden diese Fotos verteilt.« Quinn zeigte auf die Vergrößerungen an der Tafel. »Ich habe die beiden Sozialarbeiter-Teams der Jungen gebeten, sich zusammenzusetzen und jeden möglichen Kontakt zwischen ihnen zu notieren, und ich bin ganz sicher, wir dürfen ihren Bericht noch vor Beginn des nächsten Jahrtausends erwarten. Wenn jemand bei denen im Büro einen Freund hat, der ihm einen Gefallen schuldig ist, wäre jetzt der richtige Zeitpunkt, diesen Gefallen einzufordern. Littlewood, wirft das Register für Sexualstraftäter bei diesem Tatmuster etwas aus?«

Littlewood schüttelte den Kopf und kratzte sich durch das weiße T-Shirt den Bierbauch. »Bislang nichts, Ma'am. Ich gehe zur Zentrale an der Stewart Street und schaue mir die Sache mal selbst an, rede mit ein paar Leuten und versuche herauszufinden, ob schon etwas herausgekommen ist. Dann erstatte ich dem DI Bericht, Ma'am.«

»Gut. Wyngate, Sie versuchen weiter, Troys Verwandte ausfindig zu machen, und fragen Sie danach, wo sich der Junge sonst noch aufhalten könnte. Lewis, Sie bleiben an der Sache mit der Rekonstruktion dran. Und Mulholland, bereiten Sie etwas für die Presse vor; die wartet unten. Irvine hilft Ihnen. Vergessen Sie aber nicht, wir haben nur diesen einen Versuch. Anderson, Sie überprüfen die Aussagen und vergleichen sie mit den Ergebnissen der Hausbefragungen. Und Costello kann Sie unterstützen, sobald sie sich herabgelassen hat, uns wieder mit ihrer Anwesenheit zu beehren. Die anderen fahren mit der Suchaktion und den Hausbefragungen fort. Bleiben Sie in Kontakt mit DI Anderson. Diese Fotos sollen überall verteilt werden. Irgendwer hat die Jungen gesehen, wie sie mit irgendwem irgendwohin gegangen sind. Außerdem erwarte ich – nein, ich verlange –, dass dieses Büro vierundzwanzig Stunden am Tag und sieben Tage die Woche besetzt ist. Kein Urlaub, bis Sie alle vor Erschöpfung zusammenbrechen.«

»Dad, bist du das?« Aus dem hinteren Zimmer hörte man einen Hustenanfall.

»Ja, Liebes, ich bin zu Hause.«

»Daddy ist da! Daddy ist da!«, kreischte Peter begeistert. »Hast du meinen Drachenanzug geholt?«

»Nein, noch nicht.«

»Warum nicht?« Peter dehnte die Silben, bis sie unsägliche Wut ausdrückten.

Colin versetzte ihm spielerisch einen Knuff und antwortete: »Darum. Gehen wir rein und sehen nach deiner Schwester. Ihr geht es nicht gut.«

Sie gingen in Claires Zimmer. Die Kleine lag im Bett neben ihrem Lieblings-Paddington-Bär. Sie sah fiebrig aus, und Schweiß glänzte auf ihrem blassen Gesicht.

In dem ganz im Barbie-Stil eingerichteten Zimmer war die Luft abgestanden. »Mir geht es gar nicht gut«, sagte Claire und gab mit trockener, heiserer Stimme den sterbenden Schwan.

»Sie hat gesagt, sie fühlt sich echt scheiße«, ergänzte Peter mit einer gewissen Begeisterung.

»Das habe ich gar nicht gesagt, Dad, ehrlich nicht.« Ihre großen Augen waren schwarz wie Kohle, und ihr Haar klebte schweißnass am Kopf. »Mein Hals tut so weh. Siehst du, wie dick er ist?« Sie öffnete den Mund. »Das ist meine Drüse. Der Arzt sagt, sie ist geschwollen.«

»Hat der Arzt das heute gesagt?«, wollte Anderson wissen.

»Nein, gestern. Du solltest mein Rezept schon gestern

Abend abholen, aber du bist erst so spät nach Hause gekommen.«

»Tut mir leid, Liebes, ich hatte so viel zu tun.« Colin ließ sich den Ärger nicht anmerken, aber er hätte Brenda am liebsten erwürgt. Sie hätte wenigstens mit dem Rezept zur Apotheke gehen können; das hätte sie ganze zehn Minuten gekostet. Er schluckte seinen Ärger hinunter und traf eine Entscheidung. »Also, wir machen es folgendermaßen.« Beide hörten ihm zu. Dad war leichter herumzukriegen als Mum, und sie spürten Schwäche bei ihm. »Ich gehe noch einmal los und hole deine Medizin …«

»Wäre Eis nicht besser? Mein Hals brennt richtig …«

»Ich glaube auch, Eis würde gut helfen, Dad«, stimmte Peter zu. »Mein Goldfisch ist heute gestorben.«

Anderson versuchte, die logische Verknüpfung zu erkennen, was ihm jedoch nicht gelang. Nicht zum ersten Mal hatte er das Gefühl, dass sein Sohn eines Tages entweder das Land regieren oder im Gefängnis landen würde.

Brenda betrieb gerade Zahnhygiene im Bad. Anderson sah neue Kleidung auf dem Bett ausgebreitet, an der noch das TK-Maxx-Etikett hing. Ein Glitzertop und eine graublaue Seidenhose. Dabei fiel ihm auf, dass er keine Ahnung hatte, wohin sie ausgehen wollte. Oder mit wem.

Er wandte sich wieder an die Kinder. »Also, hier ist unser Plan für das Spiel. Du« – er sah Claire an – »bleibst im Bett und rührst dich nicht, bis ich wieder da bin.«

»Wenn Mum nun ausgeht und du nicht zurückkommst?«, fragte Claire und zeigte mit dem Finger auf ihn.

Colin konterte mit seinem eigenen Zeigefinger. »Wird sie nicht. Du bleibst mit Pu und mit Paddington hier und rührst dich nicht von der Stelle.«

Sie verzog missbilligend das Gesicht, weil er sie wie ein kleines Kind behandelte, schlang jedoch trotzdem die Arme um beide Bären.

»Peter kommt mit. Wir holen die Medizin und anschließend …«

»Eis«, sagten die beiden Kleinen gleichzeitig. Colin legte den Zeigefinger vor die Lippen.

Er ging ins Schlafzimmer. Brenda sah in den Spiegel und rieb sich Grundierung ins Gesicht. »Kannst du noch einen Moment lang warten, bis du gehst?«, fragte er. »Ich fahre schnell mit dem Rezept zur Apotheke, ich weiß, du hattest heute zu viel zu tun.«

»Hast du den Drachenanzug besorgt? Nein, ich wette, nicht.«

Sie blickte ihn nicht an. »Wie immer ist mein Leben mal wieder davon abhängig, was du bei deiner verdammten Arbeit tust. Aber ich werde um halb sieben abgeholt, und ich *werde* um halb sieben verschwinden. Dann solltest du besser zurück sein.«

»Wenn nicht, kannst du doch im Taxi nachkommen oder sie bitten zu warten. Es kann sich nur um ein paar Minuten handeln. Biete ihnen ein Glas Wein an. Das ist billiger als ein … Wo willst du eigentlich hin?« Er legte ihr die Hände auf die Schultern und massierte sie leicht. Das Parfüm, das er roch, kannte er nicht.

»Ich gehe aus. Ich kriege noch einen Lagerkoller in diesem Haus mit diesen beiden«, sagte sie und befreite sich mit einem Schulterzucken von seinen Händen.

»Sprich nicht so laut«, erwiderte Colin ruhig. Claires Schlafzimmertür öffnete sich. »Ich rufe an, falls ich irgendwo aufgehalten werde. Und wenn du unbedingt gehen musst, dann hol Caroline von nebenan zum Babysitten. Ich mache, so schnell ich kann.« Anderson milderte seine Stimme und versuchte es noch einmal. »Habt ihr was Schönes vor?«

»Weihnachtsfeier mit den Mädels.«

»Wann bist du wieder da?«

Sie grinste nur. »Du bist auch nie dann zurück, wann du es vorhersagst. Warum sollte ich mich dran halten?«

»Weil du mit deinen Freundinnen ausgehst und ich den ganzen Tag nach ...« Er merkte, wie sich Peter an seinen Ellbogen hängte. »Egal, was ich heute gemacht habe. Meinst du, es wird spät? Soll ich aufbleiben?«

»Tu, was du willst«, sagte Brenda und verdrehte die Augen, während sie die Mascara-Bürste durch die Wimpern zog. »Machst du sonst ja auch immer.«

Er ging in den Flur, und hinter ihm schlug die Schlafzimmertür zu. Peter zögerte einen Augenblick, ehe er seinem Vater nach unten folgte.

Es war das Nummernschild, das Anderson zuerst auffiel. Der blaue Fünfer-BMW war nicht so ungewöhnlich, aber die Nummer – HF 113. Die würde er niemals vergessen. Der Wagen stand dicht am Bordstein, und im Regen blinkten die Warnleuchten wie eine Lichterkette. Helenas Wagen. Helena Farrell, Helena McAlpine – Alans Frau. Alans *Witwe*, korrigierte er sich. Er spürte eine altvertraute Freude, als wäre der Boss aus dem Grab auferstanden, um seinem früheren Untergebenen zu helfen. Aber dann kam die Erinnerung – und die genügte, um ihn niederzuschmettern.

Helena stand gebückt auf dem Bürgersteig und hielt hilflos den Griff eines Wagenhebers in der Hand. Anderson stellte ebenfalls die Warnblinkanlage an und scherte vor dem BMW aus dem Verkehr aus, woraufhin der Fahrer hinter ihm hupte.

Er sah in den Rückspiegel; Peter drehte sich in seinem Kindersitz um, schaute durch die Heckscheibe und hielt sein Monkey Meal mit Cheeky Chips vor die Brust gedrückt wie eine Rentnerin ihre Handtasche, nachdem sie beim Bingo gewonnen hat.

Helena Farrell richtete sich auf, schirmte mit der Hand

die Augen vor dem Regen ab und sah sich den Reifen an. Sie hatte abgenommen, wirkte nicht mehr so kräftig, aber sie war es ganz eindeutig. Das kastanienbraune Haar hatte sie sehr kurz geschnitten. Colin mochte es lieber lang; das war bei ihm schon immer so gewesen.

»Bleib im Wagen«, sagte er zu Peter und fügte nachträglich hinzu: »Und rühr nichts an!«, ehe er ausstieg. »Schwierigkeiten?«, rief er.

»Colin! Mein Ritter in glänzender Rüstung!« Helena lächelte durch den Regen, der unvermittelt in Schneeregen überging. Die Flocken blieben auf den Schultern ihres Mantels liegen. »Ich habe einen Platten, und ich bekomme nicht einmal die Radschrauben los.« Sie stieß mit einem eleganten Stiefel gegen den Wagenheber. »Die Pannenhilfe sagt, sie kann erst in zwei Stunden da sein.«

Er nahm ihr den großen Schraubenschlüssel ab und fühlte sich wie ein Mann, der tut, was ein Mann zu tun hat. »Ich mach das mal eben.« Er duckte sich und drückte mit dem Daumen in den Reifen. »Setzen Sie sich doch in meinen Wagen. Sie werden ganz nass.«

»Ich bin sowieso schon völlig durchnässt.«

»Aber vielleicht könnten Sie ein bisschen auf Peter aufpassen? Mich würde es nicht wundern, wenn er ansonsten einfach davonfährt. Ich rufe Sie, wenn ich Hilfe brauche.« Er sah ihr nach, während sie mit gesenktem Kopf durch den Regen ging. Dabei fragte er sich, ob der teure Kaschmirmantel den Aufenthalt in seinem Wagen wohl überstehen würde zwischen all den Getränkekartons und dem Fett der Cheeky Chips, das Peter vermutlich auf der Rückbank verschmiert hatte.

Sechs Minuten später stand der BMW auf drei Reifen und einem Reserverad, und Anderson legte den Wagenheber zurück in den Kofferraum von Helenas Wagen. Den platten Reifen legte er in den Kofferraum des Astra, dann öffnete er die Tür und setzte sich hinters Steuer. »Na, wie sieht's hier drin aus?«

Offensichtlich überraschend gut. Helena hatte sich bei Peter auf der Rückbank eingerichtet, und beide diskutierten angeregt über Drachen und darüber, wie man sie am besten zeichnete. Helena sah auf und lächelte, als Anderson sich auf dem Sitz nach hinten umdrehte, aber sie machte keine Anstalten auszusteigen. Den Arm hatte sie um seinen Sohn gelegt, und mit dem Zeigefinger deutete sie auf die Rückseite der Monkey-Meal-Schachtel. Die beiden schienen bestens miteinander auszukommen.

»Ein langer, langer Schwanz«, sagte sie.

»Ein langer, langer, langer Schwanz«, wiederholte Peter und zog den Stift über die Oberseite der Schachtel und die Seite hinunter.

»Wenn du ihn ein bisschen kleiner zeichnest, passt er besser drauf.«

»Ja, aber er wedelt mit dem Schwanz«, erwiderte Peter ernsthaft und drehte die Schachtel, damit Helena es sehen konnte.

»Ich kann Ihnen gar nicht genug danken, Colin, dass Sie eine Jungfrau aus der Not errettet haben und so.«

»Ich lasse den Reifen für Sie reparieren.« Wie leicht ihm das über die Lippen ging – *natürlich nur, weil Alan nicht mehr da ist und sich nicht mehr darum kümmern kann.*

Helena lächelte erneut und schüttelte den Kopf. »Wenn Sie Zeit dafür hätten, wäre das wunderbar. Ich habe im Augenblick viel um die Ohren.« Sie wechselte unvermittelt das Thema, wandte sich Peter zu und sagte eher förmlich: »War mir ein Vergnügen, dich kennenzulernen, Peter. Komm mich doch mal besuchen, dann können wir den Drachen zu Ende zeichnen.«

»Du kannst meinen Stift behalten und mir helfen, ihn bunt auszumalen.«

»Ich muss los, Colin.« Sie schob sich in Richtung Tür.

»Warum sind Sie eigentlich bei diesem Wetter unterwegs? Sollten Sie nicht lieber… Ich meine, wie geht es Ihnen?«

Helena biss sich auf die Unterlippe. »Ich stehe morgens auf und vermisse meinen Mann. Ich frühstücke und vermisse meinen Mann. Ich gehe zur Arbeit und vermisse meinen Mann… Reicht das?«

»Wir alle vermissen Alan, aber wie schwierig es für Sie sein muss, vermag ich mir gar nicht vorzustellen.« Er rieb mit dem Handballen über den Bogen des Lenkrads. »Na ja, ich wollte mich eigentlich erkundigen, wie es *Ihnen* sonst so geht.«

Sie begriff, worauf er hinauswollte. »Morgen habe ich einen Termin bei einem Chirurgen im Western.« Sie langte nach dem Türgriff und zögerte kurz. »Nur die Voruntersuchung; die eigentliche OP findet erst später in der Woche statt. Ist ja nur ein kleiner Knoten, er ist auch noch nicht lange da, trotzdem wissen sie erst, wie viel sie rausnehmen müssen, wenn sie dabei sind. Eigentlich habe ich ansonsten nur das Problem, dass mir immer so kalt ist.«

»Womöglich liegt das an der Außentemperatur.« Anderson grinste und stellte die Wischer an, um den matschigen Schnee von der Scheibe zu schieben. »Wenn Sie Hilfe brauchen, rufen Sie einfach an, ja? Irgendwo hingefahren werden möchten? Oder von irgendwo zurück? Wenn Sie einen Platten haben?«

»Mach ich.« Sie blickte ihn nachdenklich an, und im Licht der Laterne warfen die Regentropfen Schatten auf ihre Wangen. Sie sah umwerfend aus.

»Hoffentlich geht alles gut.« Er wusste nicht, was er sonst noch sagen sollte.

Sie seufzte leise. »Das wird schon wieder, Colin.« Noch immer ließ sie den Türgriff nicht los. »Colin?«

Ein Unterton in ihrer Stimme spornte sein Herz zu Hüpfern an. »Hm?«

»Ich habe wie jedes Jahr zwei Karten für das Weihnachtskonzert, Carols by Candlelight. Alan und ich sind immer hingegangen. Er hat es gehasst, sagte er zumindest, aber eigentlich hatte er auch seinen Spaß.«

»Ich weiß; er hat mal erzählt, er müsse sich wie ein Pinguin anziehen, um dann einem Haufen fetter Frauen dabei zuzuschauen, wie sie sich bei einem Stromausfall anschreien.«

Helena lachte. »Das klingt ganz nach Alan.« Sie hörte auf zu lachen. »Na ja, genau darum geht es.« Sie spitzte die Lippen und lächelte ihn trocken an. »Dieses Jahr sammeln sie Spenden für die Opfer des Erdbebens in Pakistan, und eigentlich würde ich gern hingehen. Und zwar am liebsten in Begleitung von jemandem, der Alan in Erinnerung hat, wie er wirklich war, wenn Sie wissen, was ich meine. Ich möchte mit jemandem über ihn reden, der ihn kannte.« Die letzten Worte hatte sie im Flüsterton gesprochen.

»Wenn das eine Einladung ist, nehme ich sie gern an«, sagte Colin. Und wenn Brenda ihn dafür umbrachte, würde er wenigstens als glücklicher Mann sterben. »Allerdings müssen Sie dann auch kommen und sich anhören, wie Peter ›Puff the Magic Dragon‹ singt, beim Krippenspiel auf dem Weihnachtsbasar. Sind Sie nicht in der Jury für die Zeichnungen?«, fragte er und behielt für sich, dass er sich den Termin sofort gemerkt hatte, als er ihren Namen auf dem Flugblatt gelesen hatte.

»Ich bin in der Jury für den Kinderkunstwettbewerb.« Sie kniff Peters Squidgy in den Bauch. »Die Kleinen malen diesen grässlichen kleinen Kerl, den man jetzt überall sieht…«

»Mein Goldfisch ist gestorben«, sagte Peter völlig aus dem Nichts und pikte Helena mit dem Radiergummiende seines Bleistifts. »Er ist jetzt im Himmel.« Peter zeigte auf das Wagendach. »Das ist ein toller Ort.«

Anderson seufzte. »Ja, da kann er mit der Regenbogenforelle spielen …«, erklärte er.

»Und bestimmt wohnt da auch ein Paradiesfisch, der sein Freund wird.« Helena zerzauste Peter das Haar, lächelte Colin an und stieg hinaus in den Schneeregen.

Er schaute ihr im Rückspiegel zu, wie sie sich in den BMW setzte und zum Abschied winkte.

Nachdenklich startete er den Motor des Astra. Bei der Beerdigung hatte sie etwas darüber gesagt, dass sie gewünscht hätte, Kinder von Alan zu haben, die sie über den Verlust hinwegtrösten könnten, weil sie ein Stück Erinnerung an ihn gewesen wären. Und es hatte jetzt so harmonisch gewirkt, wie sie mit Peter im Wagen gesessen hatte …

Als habe Peter seine Gedanken gelesen, meldete sich sein Sohn zu Wort: »Die Frau ist nett. Sie malt meinen Drachen zu Ende.«

Anderson fiel auf, dass er lächelte, aber ob nun wegen Peters Bemerkung oder wegen des Gedankens, Helena McAlpine wiederzusehen, wusste er nicht recht. Eines jedoch wusste er genau: Sie hatte überhaupt nicht gut ausgesehen.

6

»Meine Mum würde ausrasten, wenn ich das mache«, sagte Luca und beobachtete Troy, der an der Matratze zerrte, die aufrecht an der Wand stand, bis sie fast umkippte.

Troy kicherte. »Ist doch ein doofer Platz dafür. Lehnen wir sie an das Bett, dann können wir eine Bude daraus machen und uns verstecken. Wir machen das Licht aus. Wenn jemand kommt, laufen wir hinaus! Komm schon – mach mit!«

Luca wollte kein Spielverderber sein, also packte er die Kante der Matratze. Später könnte er seine Mutter fragen, warum jemand eine Matratze aufrecht an die Wand stellte, obwohl das Bett schmal und voller Knubbel war und einem in den Rücken drückte. Bei seinen Pflegeeltern, bei denen er übernachtete, wenn seine Mum krank war, hatte er sich oft aus Möbeln eine Bude gebaut und darin geschlafen. Da fühlte er sich sicherer.

Die Schwerkraft siegte schließlich, und die Matratze kippte um. Troy schrie: »Caber!«, als wären sie beim schottischen Baumstammweitwurf. Mit viel Gezerre und Geschrei brachten sie das Ende auf das Bett und bauten eine Bude daraus, eine Schräge vielmehr oder ein schiefes Trampolin.

Luca legte eine Hand in die Lücke, wo die Matratze zwischen zwei anderen geklemmt hatte. Die Wand war kalt, feucht sogar, und seine Finger rochen seltsam wie nach alter Frau.

Troy ging zur Wand, machte das Licht aus und versteckte

sich unter dem Bett hinter der Matratze. Er kicherte, legte den Zeigefinger vor die Lippen und machte *pst!* Draußen wurden Schritte lauter und entfernten sich wieder. Niemand betrat den Raum.

»Komm, wir rutschen«, sagte Troy.

»Du tust dir bestimmt weh«, warnte Luca.

»Blödsinn.«

Troy sprang auf das Bett und hüpfte probeweise auf den quietschenden Federn, ehe er zu der Matratze weiterhopste. Gackernd rutschte er an ihr hinunter, wieder und wieder, erst auf dem Po, dann auf dem Rücken und sogar mit dem Kopf voran.

Schließlich wurde er übermütig, sprang zu heftig und prallte von der Matratze ab. Er landete auf Händen und Knien auf dem harten Boden. Er setzte sich auf, rollte das Hosenbein seiner Leggins hoch und schrie vor Schmerz. Er hatte sich den Wundschorf am Knie aufgekratzt, und es war noch schlimmer geworden als vorher. Das Blut trat hervor und rann sein Bein hinunter.

Luca ging zum Schalter und machte das Licht an. Vorsichtig fummelte er an Troys Knie herum, und seine schmutzigen Finger hinterließen blasse Stellen auf der geröteten Haut. »Du brauchst ein Pflaster. Meine Mum hat immer Pflaster mit Ernie und Bert – sie schneidet sich dauernd.« Er ging zur großen Tür und drückte die Klinke nach unten. Der Riegel klickte, aber die Tür ließ sich nicht öffnen. Er zog noch einmal, stärker diesmal. Nichts.

Nun sah er Troy an. »Die war doch immer offen.«

»Wir sollten ins Bett gehen«, erwiderte Troy und knibbelte weiter an seinem Knie herum.

Luca lehnte sich mit seinem ganzen Gewicht auf die Klinke und zog erneut. Plötzlich knallte die einsame Glühbirne, das Licht ging aus, und es war so dunkel, als wäre ein Rollladen heruntergegangen.

Eine einsame Gestalt trottete die Rowanhill Road hinauf, und ihr Atem hing wie eine Wolke in der Luft. An jedem Laternenmast, an dem der Mann vorbeiging, hing ein Bild von Luca Scott. An ungefähr jedem dritten klebte außerdem eines von Troy McEwen. Bilder der vermissten Jungen in durchsichtiger Plastikfolie hingen auch am Gitterzaun der Rowanhill-Grundschule, dazu Fotos von dem kleinen Andy Ibrahim in Pakistan. Alle waren mit Flitter und Girlanden geschmückt und enthielten hoffnungsvolle Wünsche und handschriftliche Gebete. Obwohl es sich um eine Gemeinschaftsschule handelte, stand hinter dem Zaun eine kleine Darstellung der Krippenszene. Dort lagen auch ein paar Blumen auf dem Boden, die wohl von der Straße aus durch das Gitter geworfen worden waren. In den Fenstern der Klassenzimmer kündigten leuchtende Plakate den Weihnachtsbasar an.

Constable Smythe beschleunigte seinen Schritt und eilte in Richtung Byres Road und U-Bahn-Station Hillhead. Er war von der Partick-Zentralwache abgezogen worden, als Partickhill bei den Wachen der Umgebung Hilfe für die Suche nach den vermissten Jungen angefordert hatte. Den Grund dafür kannte er zwar nicht, konnte ihn sich aber denken. Sein DI hatte ihn mit größtem Vergnügen hierher abkommandiert – damit er jeden Mülleimer und jede vollgepisste Gasse im West End bei klirrender Kälte nach zwei Kindern durchsuchen sollte, die sowieso dort nicht zu finden wären.

Smythe wusste, er war nicht beliebt, aber er wusste auch, dass er gut war. Genau deshalb konnte ihn keiner leiden: eben weil er gut war. Die Beurteilungen standen bevor, und er konnte die Beförderung bei dieser Sache förmlich riechen, jetzt da er erst ein wenig Distanz zu seiner eigenen Wache hatte.

Er ging an den Reihenhäusern der Crown Avenue und

des Crown Drive vorbei. Die Straßen befanden sich innerhalb des roten Dreiecks, die Bewohner hätten also eigentlich längst befragt worden sein müssen, mit Ausnahme der Häuser, zu denen die Tagschicht keinen Zugang erhalten hatte. Er blieb an der Ecke der Rowanhill Road stehen, sah sich um und rief sich den Plan in Erinnerung, an dem er den ganzen Nachmittag gearbeitet hatte. Für ihn war es logisch: Wenn einem um drei Uhr nachmittags nicht geöffnet wurde, so hatte man jetzt um acht Uhr dreißig eine bessere Chance. Trotzdem ließ sich hier weit und breit kein einziger Polizist außer ihm blicken und erst recht keine komplette Suchmannschaft. Die saßen bestimmt alle mit heißem Tee und Schinkenbrötchen in der Wache.

Smythe zog sich mit den Zähnen den Handschuh von einer Hand, holte seinen Stift und sein Notizbuch aus der Tasche und begann zu schreiben. Wenn es sein musste, würde er sich den gesamten Block allein vornehmen. Nach einem Blick auf die Uhr ging er in Richtung U-Bahn weiter. Er wollte nach Hause. Er war an der Reihe damit, die Kinder zu baden.

Frances wirkte so, als wäre sie gerade erst nach Hause gekommen – sie trug den langen Wollmantel, den der Regen mit winzigen Tröpfchen bedeckt hatte, und das Haar klebte ihr noch am Kopf, was ihr bleiches Gesicht wie einen weißen Schild aussehen ließ. Vik fiel auf, dass ihre Augen gerötet waren, als hätte sie geweint.

Sie beäugte ihn zunächst verdutzt, ehe sie sich vorbeugte und ihn küsste. »Tut mir leid«, sagte sie. »Ich habe gar nicht gemerkt, dass es schon so spät ist …«

»Ach, Fran, wenn ich zu früh bin, kann ich …« Er lehnte sich an die Wand, denn er hatte nicht die Absicht, irgendwohin zu gehen.

»Nein, nein.« Sie trommelte mit den Fingern auf den Türrahmen, als würde sie über etwas nachdenken. Er blieb an der Wand stehen, hoffte, er würde entspannt und zugleich sexy aussehen, und schaute zu, wie sie die Augen zusammenkniff und die Stirn runzelte. »Nein, nein. Komm rein.«

»Für dich«, sagte er und reichte ihr den riesigen Blumenstrauß, den er in den Händen hielt.

Und er bekam dafür ihr Hundert-Watt-Lächeln.

Sie führte ihn in den dunklen Flur, zog sich den Mantel aus und hängte ihn über den ausgestreckten Arm einer Schaufensterpuppe, die in einer Nische an der Badezimmertür stand – der Stelle, wo sich normalerweise die Garderobe befunden hätte, wie sich unschwer an der Reihe kleiner Haken hinter dem Fedora erkennen ließ, den die Puppe gefährlich schief auf dem Kopf trug. Frans Jeans und Pullover waren abgetragen und hatten sich den Formen ihres Körpers angepasst, und ihre feingliedrigen Ellbogen zeigten sich hinter der ausgedünnten Wolle der viel zu langen Ärmel. Vik dachte daran, ihr einen dieser hübschen Kaschmirpullover zu kaufen. Er zuckte leicht zusammen, als Frances etwas mit dem Stiefel aus dem Weg schob, etwas, das er nicht sehen sollte. Sein Weihnachtsgeschenk, wie er hoffte.

Die kahlköpfige Schaufensterpuppe, die abgesehen von dem Fedora nackt war, streckte den Arm auf Schulterhöhe aus, mit der Handfläche nach oben, als erwarte sie ein Trinkgeld. An den stark abgestoßenen Fingern hing ein Tamburin. Vik klatschte die Puppe ab. Frances drehte sich zu ihm um.

»Na, das macht vermutlich jeder?«, sagte er dümmlich.

»Wieso jeder? Das ist mein Flur, oder?«, fragte sie ohne die geringste Spur von Humor. »Geh schon mal ins Warme; ich nehme deinen Mantel.«

Er betrat zum ersten Mal ihre eigentliche Wohnung. Für gewöhnlich musste er an der Tür warten oder ging gleich durch in ihr enges, dunkles Schlafzimmer. Erwartet hatte er ein Ikea-Wohnzimmer, Feng Shui und Laminatboden. Aber da hatte er sich vollkommen getäuscht; es war ein altes Zimmer, unaufgeräumt, doch liebevoll eingerichtet, und es passte zu Frances. Man machte einen Zeitsprung zurück in die Fünfziger, in eine Fülle verschiedener dunkler Rottöne. Der dicke burgunderfarbene Teppichboden, der schon bessere Tage gesehen hatte, zeigte einen grauen Staubrand an der Sockelleiste und war überall mit seidigen hellen Haarflocken bedeckt, die wohl von Yoko, der Siamkatze, stammten. Als er die Einkaufstüten abstellte, schlugen die Weinflaschen laut aneinander, und er stabilisierte sie mit dem Fuß, während er aus den Ärmeln des Mantels schlüpfte.

Sie nahm ihm den Mantel ab und lächelte geheimnisvoll. »Mach es dir bequem«, sagte sie und verließ das Zimmer. Ihre Absätze klackerten über die nackten Bodendielen im Flur.

Er setzte sich auf den Boden und wärmte sich die Hände an dem Kohlenfeuer, das langsam in Gang kam. Es fauchte und zischte wie ein lebendiges Wesen. Damit war auch der Mantel erklärt: Sie hatte Kohlen von draußen hereingeholt, die in einem Korb dastanden, noch mit Regentropfen bedeckt. Er lehnte sich zurück und schaute zur Decke. In der bernsteinfarbenen Leuchte, die an drei Ketten hing, lagen mehrere tote Fliegen. Auf dem hohen schwarzen Kaminsims standen zwei sepiagetönte Fotografien in ovalen Rahmen. Beide zeigten ein Paar, dem Alter zufolge vermutlich Frances' Großeltern. Ihre Großmutter sah mit den braunen Augen wie eine gute Hexe aus und hatte das gleiche lange dunkle Haar und die gleichen vollkommenen Gesichtszüge. Von den Eltern hatte Frances keine Fotos, fiel ihm auf. Der Kamin war mit weinroten Kacheln gefliest, von denen viele geborsten waren, und zwischen ihnen sah man die weißen Risse und den geschwärzten Fugenmörtel. Die Schallplattensammlung wirkte hingegen gut sortiert. Die Platten standen in selbst gebauten Regalen oder waren einfach auf dem Boden gestapelt; auf dem Stapel vor dem Fenster stand eine Grünpflanze. Es mussten gut zweitausend Stück sein, schätzte er, und er sah nur einige wenige CDs, die alle einen Sonderangebotsaufkleber hatten. Der Stolz des ganzen Raums war ein alter Dual-Plattenspieler, der auf einer dämpfenden Matte thronte. Vik war von der Musiksammlung beeindruckt; er entdeckte jede Menge Raritäten in buntem Vinyl, und die schwarzen Versionen waren der Soundqualität wegen zusätzlich vorhanden. Allerdings fehlte ein DVD-Player; da würde er ihr wohl einen kaufen müssen. Er hatte schon eine DVD-Box von Rogans *Greatest Hits* für sie besorgt. Mit ein bisschen Glück konnte er die sogar beim Basar der Rowanhill School von O'Neill signieren lassen.

Er entdeckte *Tubular Bells* als Schallplatte, und zwar in hervorragendem Zustand und mit einer Plastikhülle geschützt. Er zog sie heraus, legte sie auf und schaute zu, wie sich der Tonarm senkte. Daraufhin lehnte er sich am Vorderteil eines kleinen Sofas an, schloss die Augen und ließ sich von der schwerelosen Musik davontragen.

Eine Stunde später lehnte er noch immer im Halbdunkel an dem Sofa. Die leeren Essensschachteln waren auf dem Boden neben den schmutzigen Tellern gestapelt, und eine leere Rotweinflasche war bis zum Kamin gerollt. Frances, die ihre nasse Kleidung gegen einen Frottee-Morgenmantel getauscht hatte, lag hinter ihm auf dem Sofa, hatte die langen Arme halb um ihn gelegt und streichelte Yoko, die leise wie der Motor eines Aston Martin schnurrte.

Vik wurde aus Frances einfach nicht schlau, da gab es so viele Widersprüche. So viel Liebe zum Detail und zu guter Musik, und dabei lebte sie in einer Wohnung mit einer Küche aus der Steinzeit. Sie war eine attraktive Frau, eine sehr schöne Frau, und trotzdem interessierte sie sich kaum für ihre Kleidung. Sie war klug und belesen, aber sie arbeitete nicht. Sie schien auch kein Geld zu brauchen. Und abgesehen von der Katze auch keine Gesellschaft. Dennoch wirkte sie auf ihn wie eine Sauerstoffdusche.

»War das die Wohnung deiner Mutter?«, fragte er.

Frances lächelte halb und legte ihm die Hand auf die Schulter. Eine Berührung. So sinnlich. Doch eine Antwort bekam er nicht.

»Du hast sie also gekauft?«, hakte Vik nach. Er hatte gewusst, die Wohnung war groß, aber er hatte keine Ahnung gehabt, dass sie die gleiche Fläche hatte wie die beiden Wohnungen über ihr zusammen. »Die ist doch viel zu groß, um sie sich allein zu kaufen.«

»Ich habe sie von jemandem geerbt«, sagte sie. »Na ja, kann man von jemandem erben, der noch nicht tot ist?«

»Ist ja eine riesige Wohnung für eine Person.«

»Ich habe niemanden, mit dem ich sie teilen könnte.« Und damit war das Gespräch beendet.

Er schloss die Augen wieder, nur für ein paar Minuten, und atmete Patschuli ein. Als er sich zu ihr umdrehte, war sie eingenickt.

Er schob sich herum und betrachtete das schwache Lächeln auf den Lippen, während sie schlief. Der Schlaf hatte den Schmerz aus ihrer Miene verscheucht, und sie wirkte jünger. Sie hatte das Lächeln beinahe verlernt, dachte er, das Lächeln und das Lachen. Dieses wunderbare Lächeln erhellte ihr ernstes Gesicht viel zu selten. Die Blumen – er warf einen Blick hinüber zu ihnen – hatten es kurz hervorgelockt, und die Erinnerung daran wärmte ihn innerlich. Eines Tages, das versprach er sich, würde er ihr Geheimnis erfahren.

Er beugte sich vor und wollte sie küssen. Sie schlug die Augen auf. »Zeit fürs Bett?«, flüsterte er. Sie strich ihm durch das Haar und nickte schläfrig.

Er lächelte. Während er aufstand, fiel ihm auf, dass er nicht ein einziges Mal an die Flecken auf dem Teppich gedacht hatte oder daran, dass er die Katze angefasst und sich anschließend nicht die Hände gewaschen hatte. Auch hatte er den ganzen Abend über nicht an Luca Scott oder Troy McEwen gedacht. Er nahm ihre Hand, liebkoste ihre Finger und zog Frances sanft auf die Beine.

Auf dem Display ihres Handys hatte ein kleines Symbol geblinkt, und Lynne hatte die Mailbox abgerufen, wobei sie sich bemühte, die weißen Ränder ihrer frischen French Manicure nicht zu verkratzen. Die Nachricht war um 19 Uhr 50 eingegangen. Douglas klang verführerisch, aber auch verstohlen, und er sprach schnell, ehe jemand kam, der ihn hören konnte.

»Tut mir leid, Schatz, ich schaffe es heute Abend nicht. Eleanor fühlt sich nicht sehr gut …«

Lynne hatte das Telefon zugeklappt.

Aber sie hatte sich schon für den Abend zurechtgemacht und trug ein schlichtes graues Kaschmirkleid, ein Geschenk von Douglas. Sie hatte sich vor dem Spiegel hin und her gedreht; die weiche Wolle saß eng an ihrem Körper und verlieh ihrer mageren Figur ein bisschen Kontur. Sie war elegant, farblos, beinahe geisterhaft. Sie hatte sich überhaupt nicht verändert seit diesem Tag, an dem sie Douglas im Gericht kennengelernt hatte. Er hatte seinen Designeranzug getragen, sie einen schwarzen Mantel. Eve war aus dem Krankenbett zum Gericht gekommen, in den Verbänden von den Operationen und noch immer von Schmerzen geplagt. Mitten in der Verhandlung hatte sie sich auf Lynnes Mantel übergeben, und Douglas hatte es gesehen und war verlegen an ihr vorbeigeeilt. Später hatte er sich dafür entschuldigt. Bei einem Earl Grey.

Douglas, Earl Grey, Designeranzüge. Auf gar keinen Fall

konnte sie den Abend jetzt zu Hause in ihrem Wohnzimmer verbringen, wo Eve breitbeinig in ihrem Rollstuhl saß und Schokolade in sich hineinstopfte, als gehe es um eine olympische Medaille, sich die Nase mit dem Ärmel abputzte und ständig den Fernseher anfluchte.

Lynne zog sich ihren langen schwarzen Mantel über und schnallte den Gürtel zu. Sie setzte sich ihren Hut auf und stopfte das blonde Haar hinein, band sich einen Schal zweimal um den Hals und faltete ihn unter dem Kinn zusammen. Ihre Stiefel hatte sie schon im Flur bereitgestellt, nun schlüpfte sie leise hinein und ging hinaus in die stille Mondnacht.

Auf der anderen Seite des Weges sah sie Stella McCorkindale, Douglas' treue Seele von Sekretärin, die sich in ihrer Küche als blasser Schatten vor dem Rollo hin und her bewegte. Früher waren die beiden Häuser gleich gewesen – nun ja, fast. Aber Stella hatte ihres verkauft, woraufhin es zu zwei Wohnungen umgebaut worden war, von denen sie die obere zurückgekauft hatte. Dabei hatte sie einen ordentlichen Gewinn erzielt. Douglas hatte das Geschäftliche für sie abgewickelt und lag Lynne ständig in den Ohren, sie solle das Gleiche mit ihrem Haus, der Nummer 66, machen. Leider gehörte das Haus nicht ihr. Zwar hatte sie Douglas nie absichtlich etwas Falsches gesagt, dennoch hatte er stets angenommen, es sei ihr Haus, und sie war nicht dazu gekommen, den Irrtum richtigzustellen. Das Haus gehörte Eve. Lynne schaute nach hinten zu dem alten Haus zurück, das ein wenig abseits der Straße in einem ruhigeren Teil am Hügel lag, und sie verfluchte ihre Mutter aus tiefstem Herzen.

Sie ging am Park vorbei. Das Gras sah aus wie mit Zuckerguss bekleckert, da der Niederschlag in Schneeregen übergegangen war. Kein Lüftchen regte sich. Die Polizei hatte ihre Aktivitäten eingestellt, und das Absperrband war verschwunden. Sie hoffte nur, die Entführung würde sich nicht negativ auf die Immobilienpreise hier in der Gegend auswirken.

Auf dem weiteren Weg hielt sie sich nahe der Hecke, wo am meisten Schneematsch liegen geblieben war, und lauschte dem Knirschen ihrer Füße. Zu Fuß waren es lediglich zehn Minuten bis zur Kirklee Terrace, in der Douglas wohnte. Mit seiner Frau. Und trotzdem lagen, gesellschaftlich gesehen, Welten dazwischen.

Der Schneeregen fiel durch die nackten Äste der Bäume, als die Kirklee Terrace in Sicht kam. Scheinwerfer tauchten die vier Geschosse aus weißem Sandstein in ein sanftes Rosa. Die dreigeteilten Erkerfenster waren mit Lametta und Girlanden geschmückt, und helle Glühbirnen strahlten wie ein Kaleidoskop hinter dem Glas.

Hier oben war es so schön und ruhig. Lynne warf einen Blick auf die Wagen, die langsam die Great Western Road entlangfuhren, und die Lichter der Stadt breiteten sich unter ihr aus. Hier würde sie gern leben, lieber als an jedem anderen Ort. Hier gehörte sie hin. Douglas besaß eines dieser Häuser, und Helena Farrell, die Künstlerin, ebenfalls eines. Wer hier wohnen wollte, brauchte richtig Geld. Und sie, Lynne Calloway, war nun mit beiden bekannt. Vielleicht lagen doch keine Welten zwischen ihnen und ihr.

Lynne schauderte. Dicke Regentropfen trafen auf ihre Schultern und sickerten langsam in den Mantel ein, und ihr Wollkleid erschien ihr jetzt äußerst unpassend. Sie blieb stehen, als sie einen Wagen hörte, der die Haarnadelkurve am anderen Ende der Straße hinauffuhr, und sie trat in den Schatten.

Der Jaguar blieb stehen, die hintere Tür ging auf, drei Kinder hüpften auf den Bürgersteig, jedes mit einem halb geöffneten Geschenk, an dem jedoch noch das Geschenkpapier klebte. Sie rannten die Stufen zur Haustür hinauf.

Das kleinste Kind, ein Mädchen mit roten Stiefeln, an denen Lichter blinkten, hielt sich das Geschenk als Schutz gegen den Regen über den Kopf. Als die Haustür aufging, stieg Lynne der zarte Duft von warmem Kuchen, gebackenen Äpfeln und Zimt in die Nase.

Lynne sah zu, wie der Jaguar weiterfuhr und einen Parkplatz suchte, und jetzt bemerkte sie Douglas' Audi, der mit einer feinen Schneeschicht bedeckt war. Sie streckte die Hand aus und wollte über das Blech streichen, es liebkosen, aber dann sah sie den neuen XK8 Jaguar dahinter, ein dunkelblaues Cabriolet mit einem Wunschkennzeichen. EM 022 – Eleanor Munro, vermutete sie. Lynne tastete nach dem Hausschlüssel in ihrer Manteltasche und packte ihn fest zwischen Daumen und Zeigefinger. Sie konnte kaum der Versuchung widerstehen, Metall über Metall kratzen zu lassen.

Die Nachricht war kurz und unmissverständlich – *Dein Essen ist im Mülleimer.* Brenda hatte sich nicht einmal die Mühe gemacht, den Fischauflauf für die Mikrowelle aus der Verpackung zu nehmen. Colin Anderson fluchte leise und wünschte, er hätte auch für sich selbst Pommes aus dem Hungry Gorilla mitgebracht. Auf einem Kabelsender fand er Nachrichten; Bilder aus den Ruinen, die das Erdbeben in Pakistan hinterlassen hatte, Zelte und Menschen, die in Schlangen nach Hilfsgütern anstanden. Darauf folgte eine Burg in Schottland, die Anderson nicht erkannte, aber Rogan O'Neill wollte sie kaufen. Das interessierte ihn, und er stellte die Lautstärke höher. *»Und Glasgows großer Sohn Rogan O'Neill hat gerade seinen Hit ›Tambourine Girl‹ als Single neu veröffentlicht, und zwar zugunsten der Aktion ›Spenden für Andy‹«*, verkündete die aufdringlich fröhliche Sprecherstimme. *»Wenn Ihnen also noch etwas fehlt, mit dem Sie die Weihnachtssocke Ihrer Herzensdame fül-*

len können... ›Tambourine Girl‹. Es ist doch das Fest der Liebe, und es dient einem guten Zweck...«

»Muss wohl so sein«, murmelte Colin, zog ein Stück zerlaufenen Käse mit den Zähnen vom Toast, stellte die Nachrichten auf stumm und schlug die Polizeiakte auf.

Zwei Minuten lesen genügte: Luca – nichts. Troy – nichts.

Anderson war deprimiert. Es war ihm alles zu sehr vertraut. Die Streifenbeamten hatten eine Niete gezogen, die Sozialarbeiter schoben sich mal wieder gegenseitig die Schuld zu, und auf dem Brachland bei Maryhill stand morgen früh eine Suchaktion an. Aber so weit hätten die Jungen nicht ungesehen laufen können. Das bedeutete, dass DCI Quinn jetzt auch nach einer Leiche suchen ließ oder sogar nach zwei. Warum ließ sie die Katze nicht aus dem Sack und verkündete es offen? Er betrachtete die beiden schlecht fotokopierten Bilder der Jungen, deren Gesichter einander sehr ähnlich sahen. Ja, der Hauptunterschied lag in den undeutlichen Umrissen, die Troys goldenen Ohrstecker darstellten. Anderson wusste, der alte DCI hätte ordentliche Farbabzüge verlangt. Er las die Aussagen nochmals und machte sich Notizen; alles passte mit dem zusammen, was sie bereits wussten. Schließlich las er die Aussage der Frau mit dem Hund zum zweiten Mal, wie hieß sie noch, Mrs.... er suchte den Namen... Moxham? Sie hatte bei der Befragung in der Nachbarschaft gegenüber einem Beamten in Uniform eine Aussage gemacht und später noch einmal bei Mulholland. Er schaute sich Mulhollands Notizen genau an und achtete auf jedes Wort – er tauchte nicht auf. *Er* tauchte nicht auf. *Sie*, im Plural, tauchten in Constable – Whittakers? – Notizen nicht auf. Das bedeutete: Mrs. Moxham hatte Troy gesehen, als sie in den Park gegangen war, nicht aber auf dem Rückweg. Alison McEwen saß zusammengesunken auf der Parkbank, *allein*. Das wurde später in Mulhollands Bericht bestätigt. Und obwohl er manchmal nicht ganz strategisch vorging, verfasste Mulholland seine Berichte für gewöhnlich mit gebotener Gründlichkeit. Anderson war geneigt, sich auch hier auf ihn zu verlassen. Demnach konnten sie sich also auf ein kleines Zeitfenster konzentrieren, konnten die Aufnahmen der Überwachungskamera vergrößern, sie konnten auch hier auf Lewis' Idee zurückgreifen und eine zeitgenaue Rekonstruktion vornehmen und so abermals die Aufmerksamkeit der Medien auf sich lenken. Gähnend nahm er sich vor, die Zeugin anzurufen und ganz sicherzugehen. *Wenn man will, dass etwas ordentlich erledigt wird,* sagte er sich, *muss man es selbst tun.*

Er las die Notizen, die Littlewood beigesteuert hatte. Es war nicht bekannt, ob in letzter Zeit Pädophile in der Gegend aktiv geworden waren. Keiner der üblichen Verdächtigen befand sich auf Hafturlaub für die Feiertage – also keiner, den Littlewood und seine ehemaligen Kollegen als Bedrohung ansahen. Die alten Bekannten hatte man befragt, reine Routinesache. Von denen hatte sich keiner verdächtig benommen, und alle hatten ein Alibi. Dann fiel Anderson die erschreckende, mit schwarzem Kugelschreiber hinzugefügte Bemerkung von Littlewood auf: *Jemand Neues in der Szene?* Jemand, der aus dem Nichts aufgetaucht war? Anderson betete, sein Kollege möge falschliegen. Er fragte sich, ob er, wenn es dazu käme, in der Lage wäre, einen Perversen unter Druck zu setzen, bis der auspackte – was auch immer er zu erzählen hatte. Dann erinnerte er sich: Das war der Grund, aus dem Littlewood zum Sergeant zurückgestuft worden war, weil er einen Verdächtigen verprügelt hatte. Na, Glückwunsch. Colin glaubte, nicht die Nerven dafür zu haben; seine Pension bedeutete ihm zu viel, um sich wegen einer Disziplinarangelegenheit feuern zu lassen.

Er betrachtete die Bilder seiner Kinder auf dem Kaminsims, Peter mit den fehlenden Schneidezähnen, Claire mit der Ponyfrisur, die ihr Sommersprossengesicht einrahmte. Äußerlich ähnelte sie Brenda, doch hatte sie seine unerschütterliche Beharrlichkeit geerbt. Peter war eher sprunghaft und unkonzentriert, sah aus wie der Vater und kam charakterlich ganz nach seiner Mutter.

Es ging auf zehn zu, und er fragte sich, wo Brenda wohl den Abend verbrachte und mit wem. Sie hatte nur vage »die Mädels« angegeben. In letzter Zeit war sie häufig ausgegangen, mit Freunden aus der Eltern-Lehrer-Vertretung, Freundinnen aus der Sonntagsschule und Frauen, mit denen sie seit Peters Babyspielgruppe befreundet war.

Er schaltete das große Licht des Wohnzimmers aus, ließ sein schmutziges Geschirr auf dem Sofa neben dem von Brenda, Claire und Caroline, der Babysitterin, stehen und ging zur Treppe, wo er entschied, die Lampe für Brenda brennen zu lassen.

Von oben hörte er ein eigenartiges Schnaufen und Pfeifen. Peter ahmte wohl die kleine blaue Lokomotive nach. Zumindest war es mal eine Abwechslung von Puff, dem verdammten Drachen.

Aber Peter lag in seinem halbhohen Bett, schlief wie ein Toter und reckte dabei den Po in die Luft. Sein Pyjama ließ eine Menge Haut frei. Das Geräusch kam aus Claires Zimmer. Er schlich hinein. Seine Tochter lag mit rotem Gesicht und glasigen Augen schweißgebadet da und umklammerte ihre Kehle. Sie schnappte nach Luft.

Sie sagten, der Krankenwagen würde mindestens eine Viertelstunde brauchen, und Colin Anderson wusste, das schaffte er schneller. Gott, aus dem Garten konnte er das Southern General sehen.

Am Eingang zur Notambulanz ließ er den Wagen stehen und trug Claire in eine Decke gewickelt auf den Armen durch den Schneeregen zu den Schiebetüren. Ihr Kopf rollte hin und her. Er versuchte, möglichst gleichmäßig zu gehen, doch Peter, der vor Angst weinte, krallte sich an sein Hosenbein. Colin blickte sich um und wartete, bis sich seine Augen an das helle Licht gewöhnt hatten. Sie hatten gesagt, sie würden ihn erwarten, doch vor der Anmeldung stand eine lange Reihe.

Claire war inzwischen bewusstlos, die Augen hatte sie verdreht, und sie war völlig erschlafft. Anderson schlängelte sich an der Reihe vorbei und trug seine Tochter durch eine ganze Gruppe Betrunkener hindurch, die lautstark verlangten, man solle ihre unspektakulären Schnitte und Schrammen versorgen. Er hatte sich schon im Wagen dabei erwischt, wie er vor sich hin murmelte: »Atme weiter, atme weiter.« Und das wiederholte er immer noch.

Und tatsächlich, sie erwarteten ihn. Die Tür zum Untersuchungsraum wurde ihm von einer Ärztin aufgehalten, die kaum älter wirkte als seine Tochter. »Tut mir leid wegen dieses Auflaufs da draußen«, sagte sie. »Feiertage. Für uns kein Grund zum Feiern.« Sie tätschelte das Bett. »Könnten Sie die Kleine bitte hier ablegen, Colin?« Aber er konnte nicht; sein Gehirn hörte nur halb zu, und er konnte sie nicht loslassen.

»Wie alt war Claire doch gleich?«, fragte die Ärztin und entrang sie sanft den Armen ihres Vaters.

»Neun«, greinte Peter. »Ich bin fünf.« Anderson nickte zustimmend.

»Ihr seid aber beide groß für euer Alter, nicht?«, meinte die Ärztin und nahm das Stethoskop von ihrem Hals. Sie wandte sich an Anderson. »Haben sie das von Ihnen?«

Colin wusste, was die Ärztin bezweckte – sie bediente sich der gleichen Technik wie Costello: *Einfach nur immer weiterreden, und irgendwann antworten sie schon.*

»Hat sie über Halsschmerzen geklagt?« Die Ärztin öffnete Claires Mund und drückte die Zunge nach unten. Eine Schwester hielt ihr den Kopf. Mit dem in Latex gehüllten Daumen zog die Ärztin sanft die Lider herunter und sah dem Mädchen mit einem Ophthalmoskop in die Augen.

»Ja, sie bekommt Antibiotika.«

»Seit wann?« Die Ärztin tastete die Drüsen am Hals und die Haut unter dem Kinn ab. »Immer noch stark geschwollen. War sie teilnahmslos? Hat sie darüber geklagt, dass ihr heiß ist?«

Anderson zuckte mit den Schultern und seufzte. »Tut mir leid, ich war nicht da, ich meine, ich bin erst spät nach Hause gekommen. Ich weiß es nicht.«

»Hm-mm, wann hat sie denn mit den Antibiotika angefangen?«

»Um acht Uhr … nein, ein bisschen später.«

»Heute Morgen? Oder abends?«

»Heute Abend.«

»Und das war das erste Mal? Aber sie war beim Hausarzt, ja? Gestern? Vorgestern?«

Colin gestand: »Gestern.«

»Es gab also eine Verzögerung dabei, die Medikamente zu besorgen.« Die Ärztin traf eine Entscheidung. »Wir intubieren.« Sie wandte sich der Schwester zu und rasselte Zahlen herunter. Sofort wurde ein dünner Plastikschlauch aus seiner sterilen Verpackung genommen, dann wurde Claires Kopf in den Nacken gelegt, ihr Mund eingesprüht und der Schlauch vom Mundwinkel aus eingeführt. Kurz darauf entspannte sich seine Tochter mit einem Seufzen. Die Ärztin sah die Schwester an, und Anderson las ihr vom Gesicht ab: *Keine Sekunde zu früh.*

»Das wird schon wieder.« Die Ärztin trat zurück, sie hatte ihre Arbeit getan und zog sich die Handschuhe aus. »Sie hat die Antibiotika zu spät bekommen. Ich verabreiche ihr jetzt eine Dosis Antibiotika intravenös, und die übrigen muss sie alle vier Stunden nehmen. Und zwar pünktlich alle vier Stunden. Wenn sie schläft, muss sie geweckt werden; wir können uns keine Verzögerung erlauben. Mit dieser Infektion wird das Immunsystem eines Kindes nicht fertig. Das kann ziemlich schlimm enden, sogar tödlich.«

Anderson schaute zu, wie sie die Spritze aufzog. Draußen auf dem Gang sang ein Betrunkener. Die Ärztin wandte sich an die Schwester. »Können Sie nicht jemanden schicken, der den Kerl erschießt?« Die beiden wechselten einen Blick, als auf die lauten Pöbeleien ein Klatschen und Krachen folgte.

Sie drückte auf ihren Kugelschreiber und schob ihn in die Brusttasche ihres weißen Kittels, während das Fluchen und Krachen draußen auf dem Gang noch lauter wurde. »Können Sie die Wachleute rufen?«, rief sie jemandem draußen zu.

»Machen Sie sich keine Mühe, darum kümmere ich mich.« Anderson ging in den Flur. »Ich bin genau in der richtigen Stimmung dafür.«

Donnerstag, 21. Dezember

7

Das Orchester in Costellos Kopf hatte endlich Ruhe gegeben, aber stattdessen übte nun ein Glöckner Wechselläuten. Vor ihrem inneren Auge sah sie ihn, wie er am Seil auf und ab schwang, wie der Klöppel in ihrem Kopf hin und her flog, und mit jedem Schlag wurde es unerträglicher. Sie drehte sich um, zog sich das Federbett über die Ohren, versuchte, den Lärm auszublenden, aber der hallte beharrlich weiter durch ihren Schädel, und der Schmerz war auch nicht viel besser als gestern.

Und es brummte. Als hätte sich eine Wespe in ihr Ohr verflogen. Stechend drang das Brummen in ihr Gehirn vor, doch dann hörte es auf und schenkte ihr einen Moment Erlösung. Sie seufzte und zog das Federbett wieder nach unten.

Das Brummen ging weiter.

Hörte auf.

Ging wieder weiter.

»Costello?«

Ihr Name echote durch ihren Kopf.

»Costello? Sind Sie da?«

Sie hörte die Briefkastenklappe rappeln, wälzte sich auf die andere Seite und hielt sich die Augen zu, weil ihr das trübe Licht des Dezembertages hineinschien.

»Costello!«

Der Bettbezug war durchnässt, sie stank nach Schweiß, und im Raum hing der süßlich abgestandene Geruch von Krankheit. Die Hose von gestern hatte sie noch nicht ausgezogen, jedoch wenigstens den Pullover mit den Teeflecken, und der lag dort, wo sie ihn auf den Boden hatte fallen lassen. Das rosa T-Shirt trug sie ebenfalls noch. Kurz erinnerte sie sich an Colin Anderson, der sie mit dem Wagen aufgelesen hatte, und daran, dass sie sich in den Rinnstein übergeben hatte. Aber das strich sie lieber sofort aus dem Gedächtnis.

Wieder klingelte es.

»Augenblick«, murmelte sie geistesabwesend und versuchte, die unkooperativen Füße aus dem Wirrwarr der Bettdecke zu befreien.

Eine bekannte Stimme sagte: »Leben Sie noch?«

Sie öffnete die Tür, die eine Hand auf der Klinke, die andere am Kopf. »Gerade so eben.«

Vik Mulholland trat unaufgefordert ein.

»Warum kommen Sie nicht herein?« Sie schloss die Tür hinter ihm und zuckte zusammen, als diese zuknallte. »Nicht, dass ich mich nicht über Ihren Besuch freuen würde, bloß warum zum Teufel kreuzen Sie hier auf?«

»Es ist Donnerstagmorgen. John Campbells Obduktion. Sie sollten um acht zum Dienst erscheinen. Colins Tochter ist gestern Nacht krank geworden, er hat sich verspätet, und unser Eskimo Quinn tobt.« Er sah zu ihrem Anrufbeantworter; das rote Licht blinkte unentwegt. »Haben Sie die Nachrichten nicht abgehört?«

»Donnerstag«, wiederholte Costello langsam, als hätte sie das Wort schon einmal gehört, wisse jedoch nicht, was es bedeute. »Donnerstag?« Sie ging zum Kaminsims und nahm die Uhr in die Hand. »Wie spät ist es?«

»Halb zehn.«

»Ich bin gerade erst aufgewacht. Was hat Claire denn?«

»Sie hat diese Halsentzündung. Es hat sie ziemlich schlimm erwischt, aber jetzt geht es ihr wieder besser.« Mulholland kicherte hinterhältig. »Seine Frau war aus, und er wusste nicht, wo sie steckte, also musste er ins Krankenhaus. Deshalb hat er sich erst spät bei Quinn gemeldet, um ihr eine interessante Auffälligkeit in Mrs. Moxhams Zeugenaussage zu melden, die er entdeckt hat. Wenn er recht behält, können wir den Zeitpunkt, an dem Troy zuletzt gesehen wurde, halbwegs genau festlegen. Und natürlich hat Sarah McGuire schon wieder angerufen und wollte wissen, was nun aus dem Bericht geworden ist, weswegen Colin Sie heute früh auf die Wache holen sollte. Quinn konnte ihn nicht finden – und Sie auch nicht –, und da ist sie ausgeflippt. Um acht war Besprechung. Sie waren nicht da. Dann machte sich Colin Sorgen, weil Sie nicht ans Telefon gingen. Quinn fand es sehr interessant, dass er Sie gestern getroffen hat… wenn auch nur kurz, als er zum Mittagessen draußen war. Ich glaube, sie denkt, Sie und er treiben es wie die Karnickel.« Er sah Costello an, wie sie vor ihm stand: blass, zerzaustes Haar und in einem gelben Morgenmantel, der seine besten Tage hinter sich hatte. »Vielleicht auch nicht.«

Sie hielt sich den Kopf mit beiden Händen und errötete vor Verlegenheit. »Meine Güte, ich war krank. Ich hätte mich beinahe in Colins Wagen übergeben.«

Mulholland schauderte. »Vermutlich ist er wegen der Kinder daran gewöhnt.« Er tippte auf seine Armbanduhr. »Wir müssen uns beeilen. Der Prof wartet auf uns, bis er mit der Obduktion anfängt. Der Bericht des Brandmeisters wird schon da sein, wenn wir ankommen. Wenn wir das erledigt haben, können wir bei der Suche nach Troy helfen. Die Mutter soll gestern für fünf Minuten nüchtern gewesen sein, ehe sie gleich wieder weggetreten ist. Und Gail Irvine hat mir von der Rekonstruktion vor der Spielhalle erzählt – die haben immer noch keinen Jungen, der die Rolle von Luca spielt. Sie nimmt an, die werden dafür in letzter Minute Peter Anderson holen wollen.«

»Haben Sie sich denn darum gekümmert, einen Jungen

zu finden? Das ist der erste Name, der überhaupt fällt. Wer ist denn mit der Sache befasst?« Costello rieb sich die Augen, und der Nebel in ihrem Kopf lichtete sich langsam.

»Die umwerfende DS Kate Lewis …«

»O ja, Colin hat sie erwähnt. Woher kommt die eigentlich?«

»Von der Kavallerie, die uns die Pitt Street aus der Aikenhead Road schickt.«

»Auf Mengenrabatt? Eine kaufen, und die zweite gibt's gratis dazu? Ich glaube, wir wären ohne die beiden besser dran.«

»Kann schon sein, aber die arme Irvine befürchtet, sie muss am Ende Colin fragen, ob sie Peter einsetzen dürfen. Ich sehe allerdings keinen Grund, der dagegen spricht.«

»Nun ja, der Grund dürfte sein, dass Colin es nur über seine Leiche zulassen wird«, sagte Costello.

»Ach, da fällt mir ein, Irvine hat mich gebeten, Ihnen zu sagen, Sie hätten sich in Bezug auf Sarah McGuire nicht geirrt …«

»John Campbells Tochter? Tatsächlich?«

»Womit haben Sie sich nicht geirrt?«

Costello putzte sich absichtlich laut die Nase, nur um ihn zu reizen. »Im Motiv. Gail sollte Sarahs Finanzen überprüfen … und besonders ihre Finanzen in Bezug auf ihren *Ex*-Ehemann in spe. Schöne Frauen können auch schön gefährlich werden«, antwortete sie kryptisch.

»Na, dann habe ich von Ihnen ja nichts zu befürchten.« Mulholland grinste fies. »Aber liegt denn ein Verbrechen vor?«

»Ich habe keine Ahnung, doch immerhin könnten wir einen Grund für eines haben. Ich nehme an, Sarah McGuire wird aus ihrer Hütte am Millionenhügel ausziehen müssen, weil die Scheidung bevorsteht und ihr Ehemann seinen Anteil bestimmt ausbezahlt haben möchte. Und wer weiß? Da kippt Daddy genau im passenden Augenblick tot um und hinterlässt eine Immobilie, die selbst abgebrannt noch eine halbe Million wert ist. Ihr halbes Haus plus Daddys Hinterlassenschaft wäre da doch recht bequem.«

»Nun, das nenne ich ein Motiv«, sagte Mulholland und staunte nicht zum ersten Mal darüber, in welchen Abgründen sich Costellos Fantasie bewegte.

»Haben Sie sich über den Gesundheitszustand des alten Mannes erkundigt? Prof O'Hare wird bestimmt danach fragen, während er seziert.«

»Irvine hat sich von Campbells Hausarzt Auskunft geben lassen; der Tote hatte Probleme mit dem Knie und dem Magen. Ein Herzinfarkt ist da relativ unwahrscheinlich.«

Costello schniefte laut, und allmählich setzte sich ihr Hirn knirschend in Gang. »Können Sie den Wasserkocher einschalten? Ich geh derweil duschen.«

»Das sollten Sie allerdings. Sie verströmen einen Geruch wie ein Katzenklo. Und legen Sie ein bisschen Make-up auf. Wenn Sie aussehen wie eine Leiche, behalten die Sie gleich in der Gerichtsmedizin.«

»Und was haben Sie mit Ihren Knutschflecken vor?«, rief Costello aus dem Flur.

Mulholland legte sich die Hand an den Hals, fühlte die weiche Stelle und erinnerte sich lächelnd an Fran. Wenn Costello nur nicht so eine Kratzbürste gewesen wäre, hätte er sie um ein bisschen Make-up gebeten, aber da hätte er die Meldung gleich an Radio Partickhill geben können. Er ging in die Küche, fand den Wasserkocher halb vergraben unter Notizbüchern und alten Zeitungen. Er schaltete ihn an und versuchte, seinen Hals in dem verzerrten Spiegelbild des Edelstahls zu betrachten. »Oh, warten Sie nur, bis Sie die Kavallerie von der Aikenhead Road sehen«, rief er zurück. »Die neue DS. Super, Beine bis hinauf zum Hintern.«

»Und was hält die wunderbare Frances davon?«

Costello bemerkte die Veränderung in Viks Stimme sogar über das Rauschen der Dusche hinweg. »Fran beeindruckt das nicht.« Er klang zärtlich, so, als empfinde er etwas wirklich Tiefes für die Frau. »Sie ist ein komisches Mädchen. Gestern habe ich mich in ihrer Wohnung umgeschaut. Sehr seltsam – wie aus den Fünfzigern, keine Zentralheizung, und eine blöde große Schaufensterpuppe mit Fedora begrüßt einen, wenn man eintritt. Sie sieht nicht fern und liest keine Zeitung. Richtig weltfremd.«

»Klingt gar nicht, als wäre sie Ihr Typ. Viel zu gut für Sie«, sagte Costello und stieß die Badezimmertür mit dem Fuß zu.

Nach der Dusche wickelte sie sich in ein riesiges Badetuch und ging zurück in ihr Schlafzimmer, um sich anzuziehen. »Hat Quinn mich schon auf ihre Abschussliste gesetzt?«

»Ja«, rief Vik aus dem Wohnzimmer. »Und zwar gleich doppelt.«

Costello zögerte mit der Antwort, während sie sich ein frisches T-Shirt anzog. »Mist. Ich meine, ich habe Gail Irvine und Windrad, diesem Dussel, gesagt, dass ich nach Hause gehe, weil mich diese Migräne umbringt. Warum haben die es nicht an Quinn weitergegeben? Oder Anderson?«

»Sie haben es ihr gesagt und alle einen Anschiss kassiert. Dann rief heute Morgen Karen McGuire an und bestand darauf, mit Ihnen zu sprechen, und Sie waren nirgendwo aufzutreiben.«

»Karen? Die Enkelin? Was wollte sie?«

»Keine Ahnung; sie hat einfach aufgelegt, und damit wurde Quinns Laune noch tausendmal schlechter.«

»Ich kümmere mich drum, wenn ich in der Wache bin«, murmelte Costello, zog sich den Blazer über, kämmte sich mit den Fingern die Haare und ging in den Flur. Es war kalt; die Heizung musste vor Urzeiten ausgegangen sein. »Da ist doch was im Busch – Karen würde mich nicht einfach so anrufen. Nichts Neues von den Jungen?«

»Nur diese Rekonstruktion. Ich wette fünf Piepen, dass beide tot sind. Wir durchsuchen jetzt nicht mehr nur leere offene Gebäude, sondern auch leere *abgeschlossene.* Das ist nie ein gutes Zeichen.« Mulholland zeigte auf seine Armbanduhr. »Wir hätten vor zehn Minuten in der Gerichtsmedizin sein sollen.«

»Die Toten können warten.«

»Aber der Prof nicht.« Mulholland reichte ihr eine Tasse mit süßem schwarzem Tee. »Wagen Sie es ja nicht, auch nur einen Tropfen davon in meinem Wagen zu verschütten.«

»Hier.« Sie reichte ihm einen Abdeckstift. »Machen Sie sich das auf den Hals; das färbt nicht auf den Kragen ab.«

»Danke, Costello«, sagte er überrascht.

»Sie durch den Kakao zu ziehen ist mein Privileg. Das möchte ich nicht mit der ganzen Wache teilen.«

Eve schmollte. In aller Stille. Kein Frühstücksfernsehen, kein Radio. Die Fernbedienung lag oben auf dem Kaminsims; genauso gut hätte sie in Timbuktu liegen können.

Sie hörte es klingeln, hörte ihre Schwester sagen: »Ach, komm rein«, und zwar laut. Dann war es ein paar Augenblicke lang ruhig. Keine Schritte, kein Gespräch. Hielten die sie für dumm?

»Ach, hallo«, sagte sie liebenswürdig. »Fertig mit Knutschen? Mr. Munro, wie geht es Ihnen?«

»Meine Freunde nennen mich Douglas.«

»Ja«, erwiderte sie süßlich. »Deshalb nenne ich Sie Mr. Munro.«

»Wir haben es ein bisschen eilig«, warnte Lynne und blitzte Douglas an. »Mach nicht wieder so eine Schweinerei, Eve.« Sie hob ein paar Krümel vom Boden auf, die niemand außer ihr gesehen hätte. »Das lockt die Mäuse an, wenn du Essen herumliegen lässt; sag du es ihr, Douglas, auf mich hört sie nicht.«

Lynne kippte die Krümel kunstvoll von einer Hand in die andere.

Eve grinste Douglas an. »Lynne lockt eher Ratten an.«

»Nimm deine Medikamente, Eve«, sagte Lynne gehässig. »Wir gehen gleich.«

Eve nahm die Kapseln, schluckte sie mit einem Mund voll Wasser und setzte eine Reihe von Mienen auf, die Quasimodo alle Ehre gemacht hätten.

»An Ihnen ist eine große Schauspielerin verloren gegangen, als Sie mit dem Zeichnen angefangen haben.« Douglas sah sich einen Druck an der Wand an, ehe er unschuldig fragte: »Wie geht es Squidgy?«

»Wie geht es Ihrer Goldmine, meinen Sie?« Sie rollte näher an Douglas heran. »Würde es Ihnen wirklich so viel ausmachen, wenn ich diesen dummen Vertrag nicht unterschreibe, meiner künstlerischen Integrität wegen und so. Ich meine ...« Sie lächelte ihn schief an und spielte die Höflichkeit in Person. Eigentlich war sie ein hübsches Mädchen, wenn sie nur wollte. »Ich meine, es geht doch um die Integrität meiner Person – und um diese vielen wunderbaren kleinen Kinder, die glauben, die Bücher würden von meiner geizigen, kaltherzigen Schwester, diesem Kontrollfreak, geschrieben, obwohl sie eigentlich der Feder meiner liebenswürdigen Wenigkeit entspringen.«

Douglas beugte sich vor und sprach ihr ins Ohr. »Glauben Sie wirklich, Sie haben auch nur noch eine Spur von persönlicher Integrität aufzuweisen, Eve? Genau dieses verquere Denken zwingt uns doch, Sie aus der Öffentlichkeit fernzuhalten. Wenn Sie nicht unterschreiben, werden Sie Ihr Leben lang auf Lynnes guten Willen angewiesen sein und in ihrem Haus festsitzen. Sie sind doch nicht dumm. Sie werden unterschreiben. Von da an werden Sie und Ihre

Schwester eine einzige juristische Person sein. Wir haben Lynne schließlich von Anfang an als das offizielle Gesicht von Squidgy eingeführt.«

Lynne fauchte: »Und das mussten wir ja, bei deiner Vergangenheit …«

»Ganz genau, Lynne«, unterbrach Douglas sie, ehe er mit einem langen und nur allzu vertrauten Vortrag begann. »Aber Sie müssen unterschreiben, Eve, um diese juristische Person zu erschaffen; wir haben doch schon hundertmal darüber gesprochen.«

Eve sah ihn ruhig an und genoss ihr Wissen wie ein Glas guten Wein. Sie hatte die Lüge gehört und nichts dagegen eingewandt. Natürlich würde Lynne gegenüber Douglas Munro von Munro-Immobilien lügen. Sie würde alles für Geld tun, alles, damit man sie für jemand Besseres hielt. Eve nahm sich das *Bonjour*-Magazin von der Armlehne des Sofas. Sie schlug die Doppelseite in der Mitte über Rogan O'Neill auf. »Wussten Sie, dass meine Schwester mal ein großer Fan von ihm war? Ehe sie angefangen hat, sich mit jämmerlichen alten Säcken einzulassen, die sich die Haare färben. Wie Sie.« Sie hielt ihm das Magazin hin. »Abgesehen von Ihrem kahlen Fleck – ist das Natur?«

Douglas blinzelte und wollte die Bilder von Rogan betrachten, dabei bewegte er die Zeitschrift vor und zurück, um scharf zu sehen. »Was hat er in seinem heutigen Interview gesagt? Gestern wollte er den Planeten und zusätzlich die Kinder in Pakistan retten und überhaupt Harmonie auf dem Globus herstellen. Und heute sind die Boulevardblätter voll von seinen Sexaffären, als würde das irgendwen interessieren.«

»Er sagt, er nimmt keine Drogen. Na ja, als ich ihn kannte, nahm er welche – und er war damals schon nicht mehr der Jüngste –, aber heute reichen ihm als Drogen wahrscheinlich Botox und Viagra.«

Douglas sah Lynne an. »Wann haben *Sie* ihn denn gekannt?«

»Tja, wir waren mal zusammen.« Eve legte sich eine ihrer dicken Hände aufs Herz und klimperte mit den Wimpern. »Ich könnte für ein paar Tausender Geschichten über ihn verkaufen, das sag ich Ihnen. Vielleicht mache ich es sogar.«

»Und dieser dubiose Teil Ihrer Vergangenheit ist genau der Grund, weshalb Sie niemals das öffentliche Konterfei von Evelynne Calloway werden dürfen«, sagte Douglas ernst. »Und ich will ja nicht gemein werden, aber sehen Sie sich mal seine gegenwärtige Freundin an.«

»Ja, er ist nicht mehr so anspruchsvoll wie früher, aber so sind die Männer eben, wenn sie älter werden«, erwiderte Eve und deutete mit den Augen auf ihre Schwester.

»Hör auf, Eve«, fauchte Lynne, die zurück ins Zimmer kam und Douglas ein Glas Wasser reichte.

»Sie ist ein Supermodel; in dieser BH-Werbung ist sie umwerfend.«

»Wenn Sie Ihre Brille aufsetzen würden, könnten Sie sich ihre Titten auch vernünftig anschauen. Ich glaube, heute Morgen im *Daily Record* hatte sie ein blaues Auge.«

»Schönheits-OP wegen Lachfalten, nehme ich an. Das kommt auf uns alle zu«, sagte Lynne.

»Auf dich nicht, bestimmt nicht«, gab Eve zurück. »Sieh dir an, wie geschwollen und aufgequollen ihre Augen sind.«

»Rein zufällig ist sie schwanger, und deshalb arbeitet sie auch nicht. Zumindest den Gerüchten zufolge«, hielt Lynne dagegen.

»Sie hat offensichtlich alle Verträge gekündigt. Eine Schande. Aber mit ihren endlosen Beinen ist sie ein sehr attraktives Mädchen«, sagte Douglas voller Bewunderung und hielt sich das Magazin dicht vor das Gesicht.

»*Funktionierende* Beine – die sind immer ein Vorteil.«

Douglas ignorierte Eves Stichelei. Er reichte ihr die Zeitschrift zurück, nahm einen Schluck Wasser in den Mund und schob eine Kapsel hinterher.

»Sie sollten lieber Ihre Brille tragen. Diese Anstrengung der Augen ist für die Kopfschmerzen verantwortlich, und am Ende fressen diese Schmerzmittel Ihnen den Magen auf«, sagte Eve und steckte die Nase wieder in das Magazin.

»Das kommt vom Stress«, schnaubte Lynne. »Sein Beruf ist einfach so anstrengend.«

Douglas wechselte das Thema. »Also, wenn Sie ihn kannten, was wissen Sie denn über die Gerüchte, die gestern in der Zeitung standen? Dass O'Neill seine größten Hits gar nicht selbst geschrieben hat.«

»Ich weiß eine ganze Menge …« Eve verdrehte die Augen und seufzte. »Aber meine Lippen sind versiegelt. Sagen wir mal so: Seine *beiden* größten Hits ›The Lost Boy‹ und ›Tambourine Girl‹ sind echte Ohrwürmer und haben wirklich außergewöhnliche Melodien. Alles andere klingt wie ein armseliger Aufguss irgendwelcher Beatles-Songs. Er glaubt, wir hätten die zwanzig Jahre vergessen, die er durch die schottischen Pubs getourt ist. Eines Tages plötzlich kommt der große Hit – wie aus dem Nichts hat er Talent. Denken Sie mal drüber nach.«

»Hat das echte Tamburinmädchen das Lied geschrieben?«, wollte Douglas wissen.

»Na, haben Sie es also begriffen. Dann ist Rogan mit der Knete abgehauen. Hat sie einfach sitzen lassen. Sie hockt ohne einen Penny in einer Dachkammer und ist dem Hungertod nahe. Und Sie wollen mir das Gleiche mit Squidgy antun? Ich soll ihn abgeben und dann in der Dachkammer darben, während Lynne und Sie von meinem Talent leben?«

»Das ist doch überhaupt nicht zu vergleichen«, sagte Douglas geduldig. »Nicht im Mindesten. Ich habe nur Ihre ureigensten Interessen im Sinn.«

Eve grinste und freute sich, weil sie ihn am Haken hatte. »Oh, Doogie, machen Sie sich um mich keine Sorgen«, sagte sie. »Ich habe viele Talente, darunter unter anderem ein hervorragendes Gedächtnis. Ich vergesse selten etwas.« Sie blickte ihn scheinbar bewundernd an. »Eigentlich vergesse ich gar nichts.« Ihre linke Hand war unter den Tisch geglitten, zur Seite ihrer Hüfte, zu der Stelle, wo der Kopf des Oberschenkelknochens sich acht Zentimeter tief in ihren Unterleib gedrückt hatte, ehe der untere Teil des Beins zerquetscht worden war. Damals, als ein grüner Mitsubishi frontal in die Seite ihres Wagens gerast war.

»Das glaube ich Ihnen gern, Eve, das glaube ich Ihnen gern«, sagte Douglas nicht ohne Mitleid.

»Aber hallo, besser spät als nie.« Professor Jack O'Hare konnte der Versuchung nicht widerstehen und sah durch die graue Haarlocke, die ihm ständig in die Stirn fiel, demonstrativ auf die Uhr.

»Wir haben unser Dornröschen einfach nicht wach bekommen«, sagte Mulholland. »John Campbells Obduktion?«

»Sie haben Glück; beinahe hätten Sie die Show verpasst. Costello, wie geht's Ihnen?«

»Ich fühle mich entsetzlich, danke der Nachfrage, Prof«, sagte sie liebenswürdig. Heute roch es hier übler als gewöhnlich. Sie fragte sich, ob das Gerücht stimmte, dass das Leichenhaus voll belegt war.

»Na ja, Sie sehen immer noch besser aus als die meisten meiner Kunden.« O'Hare betrachtete sie genauer. »Allerdings ist der Unterschied nicht so groß. Ehrlich gesagt glaube ich, dass Sie wahrscheinlich als Dornröschen von keinem Königssohn wachgeküsst würden. Waren Sie beim Arzt?« Er trat auf sie zu, aber sie wich zurück, weil er, wie er nun bemerkte, ein Skalpell in der Hand hielt.

»Mir geht's gut«, antwortete sie gereizt. »Ich hatte Migräne. Die habe ich oft, wenn ich übermüdet bin. Ich muss nur erst wieder langsam auf die Beine kommen.«

O'Hare runzelte die Stirn. »Na, dann sorgen Sie lieber für ausreichend Schlaf. Und nehmen Sie sich gelegentlich die Zeit, etwas zu essen.«

Sie versuchte, unbeschwert zu wirken. »In unserer Wache? Da kann ich gleich um eine Lebensmittelvergiftung bitten.«

O'Hare hingegen klang ernst. »Jeder von uns geht anders mit seiner Trauer um. Sich in die Arbeit zu stürzen ist löblich, aber nicht immer das Klügste. Ich möchte nicht irgendwann bei Ihnen eine Obduktion machen müssen.« Er blickte sie an und bemerkte den trotzigen Zug um ihren Mund. »Ich habe Sie länger nicht gesehen; da dachte ich schon, Sie hätten sich einige Zeit freigenommen.«

»Ja, ich hänge wirklich gern im Leichenschauhaus herum, wenn mir langweilig ist. Todlangweilig …«

O'Hare zog wenig amüsiert eine Augenbraue hoch. »Essen Sie wenigstens anständig?«

»Mir geht es gut«, beharrte sie. Wenn sich jemand so freundlich um sie bemühte, fühlte sie sich verwundbar. »Ich esse später etwas. Mein Magen ist noch ein bisschen empfindlich.« Sie suchte nach einem Paar Latexhandschuhen.

»Nur intelligente Menschen leiden unter Migräne«, erklärte der Pathologe. »Wie ich leider selbst immer wieder am eigenen Leib erfahren muss.«

Mulholland hustete und zeigte auf die verkohlte Leiche. »Ist er das?«

John Campbell – beziehungsweise das, was von ihm übrig war – lag auf dem Sektionstisch unter einer blauen Plastikfolie. O'Hare zog die Abdeckung zurück und enthüllte einen Toten, dessen nacktes Fleisch erst schwarz und schließlich grau geworden war. Die verbrannte Haut auf dem Unterarm war aufgeplatzt, die Ränder hatten sich geöffnet wie Lippen, die Zähne entblößten, nur sah man statt eines Gebisses verkohlte Knochen. Auf einem Wagen aus rostfreiem Stahl neben dem Sektionstisch lagen die verbrannten Überreste einer Hose, eines Ledergürtels mit noch funktionstüchtiger Schnalle und ein winziges, angesengtes Stück einer dunkelblauen Strickjacke, aus dem noch ein paar Fasern Fair-Isle-Wolle ragten wie halbrohe Vermicelli. In einer Nierenschale befanden sich außer zwei grünen Plastikpinzetten fünf Metallknöpfe, die sogar glänzten. Jemand hatte sich die Mühe gemacht, sie mit der Vorderseite nach oben hinzulegen, sodass nun die kleinen aufsteigenden Löwen vom schottischen Wappen in einer Reihe standen.

Costello holte den sechsten, der in einer sterilen Tüte steckte, aus ihrer Tasche und legte ihn neben die anderen. »Wie Sie Andersons Bericht entnehmen können, hat er einen dieser Knöpfe vom Tatort mitgenommen. Und ich bringe ihn jetzt zurück, okay?« Sie zögerte kurz und schob den Knopf dann so zurecht, dass er in dem Tütchen genauso lag wie die übrigen.

»Wurde zur Kenntnis genommen«, sagte O'Hare förmlich. »Wie ich höre, ist ein zweites Kind verschwunden.«

»Irgendeine Säuferin hat ihren Sohn auf dem Spielplatz verloren, aber wir wissen nicht, ob die Sache in Zusammenhang mit der anderen steht.« Mulholland war ungeduldig und nicht aufgelegt zu schwatzen.

»Na, dies hier sollte eigentlich ein unkomplizierter Unfalltod sein, dann können Sie ja bei dem anderen Fall weitermachen.«

O'Hare rief seine Kollegin, Dr. Cathie, die sofort antwortete: »Bin in einer Minute da.«

»Haben Sie schon die Todesursache festgestellt?«, fragte Mulholland, während er den Bericht überflog, und er klang ein wenig wie ein Vorgesetzter, der eigentlich etwas Besseres zu tun hat. »Ich meine, abgesehen davon, dass er geröstet wurde. Wir brauchen …«

»Ich weiß, was Sie brauchen, DC Mulholland«, sagte O'Hare frostig. »Und ich bin zwar wirklich gut, aber trotzdem ist es üblich, eine Leiche zuerst zu öffnen und sie sich genau anzuschauen. Dabei bekommt man in der Regel eine bessere Vorstellung davon, was geschehen sein könnte.« Er gab sich keine Mühe, seinen Sarkasmus zu verhehlen.

»Er hatte ein arthritisches Knie und häufig Bauchweh.«

»Tatsächlich? Die Tochter ist übrigens in die Notaufnahme im Western eingeliefert worden, wussten Sie das? Sie ist heute Morgen zusammengebrochen, und Karen, die Tochter, hat sie in der Küche auf dem Boden gefunden. Quinn konnte keinen Papierkram über Ihren Besuch bei ihr finden, DS Costello.«

»Wann ist das denn passiert?«, fragte Costello. »Und warum? Gestern fehlte ihr noch nichts.«

»Ich glaube, sie wurde heute Morgen gegen neun eingeliefert. Trotzdem haben die bislang keine Ahnung, worin das Problem besteht.«

»Scheiße«, sagte Costello und fügte hinzu: »Entschuldigung, Prof«, weil er sie missbilligend ansah. »Gibt es da einen Zusammenhang? Irgendetwas Vererbtes? Sie ist erst Mitte vierzig, und sie hat nichts dergleichen erwähnt. Sie wirkte auch nicht allzu bekümmert wegen ihres alten Herrn.«

»Es passiert zu nahe beieinander, um Zufall zu sein«, sagte O'Hare. »Ich habe bereits mit Rebecca darüber gesprochen.«

Mit Rebecca! Costello öffnete den Mund und wollte nachhaken, doch O'Hare hatte längst in den professionellen Modus geschaltet. »Jedenfalls sieht John Campbells Herz nicht schlecht aus; den Röntgenbildern zufolge gab es keine besonderen Anomalien. Wir finden vielleicht eine plötzlich Verstopfung der Kranzarterien, was ich allerdings bezweifle …« Er ging zum unteren Ende des Tisches. Costello folgte ihm. Mulholland starrte gelangweilt an die Decke. »Sein linker Fuß ist den Flammen überwiegend entgangen, er kam wohl unter dem Körper zum Liegen, als der Mann stürzte.« Er berührte John Campbells Zeh, und die Haut ähnelte dem Latexhandschuh in Farbe und Oberfläche.

»Der andere Fuß sieht aus wie ein Brathähnchen«, meinte Mulholland.

»Fleisch ist eben Fleisch, gleichgültig ob Huhn oder Mensch, und es sieht eben ähnlich aus, wenn es gekocht wird.« O'Hare zog eine Lupenlampe zurecht und betrachtete durch sie den Zeh. »Die Nägel sind in gutem Zustand, und er hat noch Haare auf dem großen Zeh.«

»Und, was sagt uns das?«, fragte Mulholland und richtete den Blick auf die Uhr, überallhin, nur nicht auf die Leiche.

»Es sagt uns, junger Mann, dass sein Kreislauf für einen Mann seines Alters hervorragend war. Vermutlich besser als Ihrer.«

»Definitiv besser«, sagte Costello. »Mr. Campbell hatte ein Herz – Vik hat nur einen Stein in der Brust.«

Dr. Cathie trat durch die Tür. Sie trug einen OP-Kittel, und ihr kurzes braunes Haar spross wie eine Distel in alle Richtungen aus der Spange. Sie klammerte sich an ein Glas Wasser, als ginge es um ihr Leben. »Tut mir leid.«

»Heftige Nacht gehabt, wie?«, fragte Mulholland.

»Ich musste die Abteilung bei der Weihnachtsfeier vertreten«, krächzte sie. »Das war ein großes Opfer.«

»Also los, Kinder, wir sollten mal anfangen«, sagte O'Hare und reichte Cathie die Akte. »Ich hoffe, Sie können noch schreiben.«

Costello sah zu, wie seine Finger das äußere Ende der Clavicula packten und die Haut stramm zogen, während er die Klinge des Skalpells entschlossen und mit der Präzision eines Bildhauers einstach. Dies war der einzige Zeitpunkt, an dem Costello nicht hinschaute; der erste Stich der Klinge war der Schnitt, bei dem ihr übel wurde. Obwohl kein Blut hervortrat und das Fleisch absolut leblos war, hatte sie, gleichgültig, wie verwest, wie blau, wie aufgedunsen die Leiche war, das Gefühl, es müsste noch immer wehtun, wenn das Metall die Haut zum ersten Mal durchdrang.

Sie war froh, dass O'Hares Hand die Klinge verdeckte, während sie zuschauten, wie sich zunächst die Brust und dann der Bauch unter dem Skalpell öffneten. Die beiden Polizeibeamten schwiegen respektvoll und lauschten O'Hares gemurmeltem Fachchinesisch, von dem sie nur jedes zweite Wort verstanden.

O'Hares Finger gruben sich wie in Gummi gehüllte Oktopustentakel in die Brusthöhle und hielten inne; er blickte Costello an. »Alles in Ordnung?«

»Alles super.«

»Wann haben Sie zuletzt etwas gegessen?«

»Etwas, das ich bei mir behalten habe? Dienstagabend.«

Aber O'Hare achtete schon nicht mehr auf sie; er betrachtete John Campbells Brust und schob die Rippen auseinander. »Wissen Sie, hier drin ist es sehr rot. Das ist ungewöhnlich.«

»Und es riecht entsetzlich, schlimmer als sonst«, sagte Costello und rümpfte die Nase. »Bitter und süßlich. Ich weiß nicht. Nicht wie sonst.«

»Leiden Sie unter Hypersensibilität, wenn Sie Migräne haben, DS Costello?«

»Nein, ich habe dann entsetzliche Kopfschmerzen und erbreche mich bis zum Umfallen.«

»Ich meine«, versuchte er es geduldig erneut, »sind Sie dann empfindlicher Licht, Gerüchen und Geräuschen gegenüber?«

»O ja, sicher. Deshalb wird mir ja so schlecht.«

Vorsichtig sagte O'Hare: »Für mich riecht es wie eine ganz normale verbrannte Leiche, für Sie nicht?«

Costello schüttelte zaghaft den Kopf.

»Und Sie, Dr. Cathie?«

»Augenblick, ich habe mir gerade die Zähne geputzt und rieche nur Zahnpasta.« Sie trat vor und schnüffelte. »Aber DS Costello hat nicht unrecht«, sagte sie und sah O'Hare bedeutungsvoll an, der daraufhin zufrieden grinste.

»Einer der vielen Bereiche, in denen Frauen den Männern überlegen sind, ist der Geruchssinn.« Er trat zurück, ließ jedoch die Finger in der Öffnung liegen, die durch die Rippenspreizer gebildet wurde, zog die Brusthöhle weiter auseinander und schaute sich die Farbe an. »Er war in der Küche, sagen Sie, und hat Pommes frittiert? Gab es gepolsterte Möbel in der Küche? Irgendetwas aus Schaumstoff?« O'Hare ging hinüber zur Bank, zog sich einen Handschuh aus, nahm Cathie die Aufzeichnungen ab und blätterte sie durch. Er las eine Minute, und die Stille wurde nur unterbrochen durch das Zischen und Surren der Tür, als Dr. Cathie, die sich die Schläfen massierte, den Raum verließ. O'Hare wiederholte die Frage, ohne aufzuschauen. »Gab es etwas mit Schaumstoff?«

Costello zuckte mit den Schultern. »Keine Ahnung. Ist es wichtig?«

O'Hare ging zur Leiche zurück, nachdem er sich den Handschuh wieder angezogen hatte, und sie beobachtete, wie er John Campbells Mund öffnete und mit einer kleinen Lampe hineinleuchtete. »Okay, unterbrechen wir die Obduktion an dieser Stelle. Ich mache ein paar Tests. Schließlich soll doch alles seine Richtigkeit haben.« Er zeichnete die ersten beiden Seiten seiner Notizen ab. »Und lassen Sie mir Ihre Handynummer da, Costello; ich möchte sicherlich in Kürze mit Ihnen sprechen. Aber zuerst muss ich mit dem Krankenhaus reden und die Toxikologie alarmieren. Die sollen Sarah McGuire untersuchen, das könnte uns eine Menge Fragen beantworten. Möglicherweise wurden Vater und Tochter mit der gleichen Substanz vergiftet. Wissen Sie, was er für seinen Magen genommen hat?«

»Steht im Bericht«, sagte Mulholland. »Fing mit L an.«

»Lansoprazol vermutlich. Er hatte also eine dünne Magenschleimhaut – interessant. Wenn sie das Gleiche zu sich genommen haben …«, dachte O'Hare laut vor sich hin, »könnte er wegen seines empfindlichen Magens stärker darauf reagiert haben, und sie hätte ein bisschen mehr Schutz genossen, wenn ihr Magen möglicherweise voll war. Finden wir also heraus, was sie gegessen hat. Ich sage Garrett aus der Toxikologie, er soll Sie anrufen.« Damit verschwand O'Hare durch die Tür, und die Luftdruckschleuse zischte leise.

Die beiden Polizisten standen vor der geöffneten Leiche.

»Ich denke, das nennt man dann Totenstille«, sagte Costello.

Costello drückte auf den roten Knopf ihres Handys, beendete das Gespräch und tippte sich sanft an die Lippen. Colin Anderson ging alle Zeugenaussagen in Bezug auf Luca Scott durch und verglich sie mit denen über Troy McEwen. Immer wieder schweiften seine Augen zu den Bildern an der Wand – Luca mit seinem blonden Haarschopf, Troy mit der blonden Beckham-Welle, Sommersprossen und Ohrring. Er seufzte, als er etwas mit dem Zeigefinger in den Computer eingab. Anschließend lehnte er sich zurück, schloss die Augen und wartete. Er wirkte hundemüde.

Costello blickte über die Schulter und sah, dass DCI Quinn gerade die Nase tief in die Akten gesteckt hatte. Costello stand auf, nahm einen Ordner und verscheuchte Wyngate von dem Platz neben Anderson, bekam jedoch keine Gelegenheit, sich zu setzen, da ihr eine langbeinige Brünette zuvorkam.

»Kate Lewis«, stellte sie sich Costello vor und klimperte gleichzeitig mit den Wimpern in Andersons Richtung.

»Ich bin entzückt«, antwortete Costello trocken.

»Raten Sie mal, was passiert ist!«, hauchte Lewis.

»Der Weihnachtsmann wurde wegen Einbruchs verhaftet?«

»Ich hatte einen kleinen Jungen gefunden, der für das Foto heute Nachmittag den Parka anziehen sollte.« Sie zuckte mit den Schultern. »Und dann haben die wieder abgesagt.«

»So kann es gehen«, sagte Costello, die sich auf dem Schreibtisch niederließ und ihre Fingernägel betrachtete.

»Ich weiß, es wäre ein großer Gefallen, den Sie mir täten, Colin, aber könnten wir vielleicht Peter nehmen?«

»Peter? Der ist zu jung, erst fünf…«

»Er ist doch sehr groß für sein Alter. Und er sieht den anderen beiden zum Verwechseln ähnlich. Ich habe das Bild in Ihrem Portemonnaie gesehen. Er ist so süß.«

Costello verdrehte die Augen ungläubig gen Himmel.

»Geht nicht. Claire ist krank, und Brenda muss auf sie aufpassen. Der Kleine ist auch zu Hause geblieben; er hat letzte Nacht kaum geschlafen.«

So leicht ließ sich Lewis nicht abwimmeln. »Wir schicken einen Wagen. Irvine kümmert sich um ihn; ihm wird es schon gut gehen.«

Anderson blickte Costello an und suchte nach einer Möglichkeit, Nein zu sagen.

»Ich glaube, der DCI wird das nicht gefallen«, sagte Costello.

Lewis wandte den Blick nicht von Anderson ab. »Eigentlich war es sogar Rebeccas Vorschlag. Wir setzen ihm die Kapuze der Jacke auf, dann sieht niemand sein Gesicht.«

»Ich muss Brenda fragen.«

»Die können Sie bestimmt überreden«, säuselte Lewis. »Erzählen Sie ihr, wie wichtig die Sache ist und dass es um diese armen zwei Jungen da draußen geht ... wissen Sie, es soll schneien.«

»Passen Sie nur auf, dass er anonym bleibt«, knurrte Anderson und nahm den Hörer ab, um zu Hause anzurufen.

Lewis strahlte ihn an. »Sie sind der Größte.« Costello und Anderson sahen ihr hinterher, wie sie hüftschwingend davonging.

»Solche Frauen erinnern mich daran, wie lange es her ist. Heutzutage würde ich eine Karte brauchen«, sagte Anderson, den Hörer am Ohr. Costello trommelte mit den Fingern auf den Schreibtisch. Anderson legte auf und versuchte es mit dem Handy seiner Frau.

»Geht sie nicht dran?«

Anderson hinterließ verdutzt eine kurze Nachricht und bat Brenda zurückzurufen. »Wo steckt sie denn? Hoffentlich ist nichts mit Claire passiert.«

»Dann hätte sie bestimmt angerufen. Soll ich unten am Empfang für Sie nachfragen? Ob es Nachrichten für Sie gibt? Meine Nachricht an Quinn den Eskimo haben die auch nicht weitergeleitet.«

Anderson schüttelte den Kopf. »Sie hätte mir auf die Mailbox gesprochen. Tja, vermutlich müssen Sie jetzt tatsächlich Peter nehmen. Es ist wohl zu spät, um ein anderes Kind zu finden ...«

»... das den beiden vermissten so ähnlich sieht«, beendete Costello den Satz für ihn. »Na, wie sehr hat sich unsere reizende Miss Lewis wohl bemüht, einen Doppelgänger zu finden? Überhaupt nicht, würde ich wetten. Wie geht es Claire heute?«

Anderson rieb sich die Müdigkeit aus den Augen. »Ganz gut. So viel Angst habe ich aber selten in meinem Leben gehabt. Na ja, eine Spritze im Krankenhaus, und damit war die Sache erledigt.« Er seufzte ausgiebig. »Heute Morgen ist sie aufgestanden und wollte Frühstück, also kann es ihr nicht so schlecht gehen.«

»Ich war überrascht, dass ich Sie heute Morgen hier gesehen habe«, meinte Costello.

»Es gab keinen Grund, zu Hause zu bleiben«, erwiderte Anderson.

Und genug Gründe zu fliehen, dachte Costello. »Jedenfalls habe ich gerade mit O'Hare gesprochen«, sagte sie. »John Campbell wurde positiv auf Natriumzyanid getestet.«

Anderson sah sie plötzlich munter an. »Woher stammt das? Von verbrannten Deckenplatten? Dem Sofa? So etwas in der Richtung?«

Costello schüttelte den Kopf. »Nein, er hat es geschluckt, nicht eingeatmet. Seine Atemwege sind in Ordnung, kein Ruß – er war schon tot, bevor er auf dem Boden ankam. Weil er nichts gegessen und Magenschleimhautentzündung hatte, ist es in seinen Magen eingedrungen wie ein Stein, der durch eine nasse Papiertüte fällt. Er hatte nicht den Hauch einer Chance.«

»Wieso habe ich das Gefühl, Sie hecken etwas aus?« Anderson verschränkte die Arme auf dem Schreibtisch und ließ den Kopf darauf sinken.

Costello zog den Stuhl näher heran, öffnete die Akte und holte ein Vergrößerungsglas aus ihrer Tasche. »Also, man kann Zyanid nicht essen, ohne es zu schmecken. O'Hare hat mir das erklärt. Wie konnte es demnach in seinen Magen gelangen?«

»Keine Ahnung.«

»Das war eine rhetorische Frage. Also…« Sie schob die Fotos aus John Campbells Wohnung unter Andersons Arm, zwang ihn dadurch, sie sich anzuschauen, und tippte auf den verbrannten Küchentresen. »Was sehen Sie da?« Jetzt reichte sie ihm die Lupe. »Genau dort, neben der Dose?«

Anderson seufzte, beugte sich vor, schloss ein Auge und sah es sich an. »Scheint eine Tablettenpackung zu sein.«

»Haben Sie sich die Packung angeschaut? Was war es?«

»Tut mir leid«, meinte Anderson ironisch. »Ich habe mich darauf konzentriert, nicht auf die Leiche zu treten, während ich beinahe erstickte. Aber ich erinnere mich, dass ich gedacht habe, die Bugatti-Keksdose sehe aus, als wären die Flammen nur einfach darüber weggegangen. Und die Tabletten lagen gleich daneben.«

»Aber John Campbell bewahrte seine Tabletten in einem Wochendispenser auf – in einer dieser Dosierboxen.« Costello tippte mit dem Bleistift auf das Foto. »Ich würde sagen, dies hier ist die Box. Was befand sich also in dem Streifen? Karen hat gesagt, er habe Kopfschmerzen gehabt und sie habe ihm Headeze dagegen geholt. Er hat bestimmt darauf geachtet, welche Kopfschmerztabletten er nimmt, wegen seines Magens, und Sarah hat darauf hingewiesen, dass er Headeze vertragen konnte. Der Prof hat gesagt, Campbell habe nur das Zyanid und die Magentablette im Magen gehabt, dazu ein paar Bissen vom Essen, die O'Hare ebenfalls zur Analyse geschickt hat. Möglicherweise sprechen wir hier von einer Vergiftung, entweder irrtümlich oder durch ein manipuliertes Produkt. Ich werde den Inhalt seines Kühlschranks überprüfen und sehen, welche Lebensmittel sowohl bei ihm als auch bei Sarah vorhanden waren. Aber zuerst suche ich nach diesen Tabletten.«

»Und Sarah?«

»Sie liegt noch immer in der Intensivstation. Ich würde mir gern ihre Küche ansehen.«

Anderson durchschaute sie sofort. »Aufgrund von …«

»Nun, falls sich in dem Haus eine toxische Substanz befindet, sollte ich sie besser finden. Sonst vergiftet sich die arme Karen am Ende auch noch daran«, fügte sie lahm hinzu.

»Solange die toxikologische Abteilung informiert wird …«

»Darum hat sich O'Hare gekümmert. Sehen Sie mal, vielleicht hat Sarah eine Schmerztablette aus der gleichen Charge genommen wie ihr Vater. Wenn dieses Zeug in den Läden verkauft wird, sollten wir schleunigst etwas unternehmen.«

»Wir schon, aber nicht Sie. Schicken Sie eine Streife zu Sarah, um die Küche zu durchsuchen und alle Tabletten oder sonstige Medikamente einzusammeln. Oder besser noch, schicken Sie Irvine; die muss sowieso Peter abholen. Wenn dort draußen eine fehlerhafte Charge Schmerztabletten unterwegs ist, werden bald so viele Leute flachliegen wie am Neujahrstag nach einer durchgefeierten Nacht.«

»Es *könnte* sich um eine fehlerhafte Charge handeln. Oder jemand hat die Tabletten vertauscht. Absichtlich. Ich denke, ich sollte mich mal mit dem Exmann unterhalten.«

»Fangen Sie einfach irgendwo an. Ich habe zu tun.« Anderson richtete den Blick wieder auf den Bildschirm und sah sich eine neuere Karte des Roten Dreiecks an, wie die Gegend um die vermeintlichen Orte der Entführungen genannt wurde, ein gleichschenkliges Dreieck, das von Byres Road und Great Western Road gebildet wurde und dessen Grundlinie sich mit jeder falschen Sichtung der Kinder verschob. Sein Telefon klingelte, und er nahm den Hörer ab, ohne den Blick von dem schwarzen Kreuz zu wenden, das den Joozy Jackpot an der Byres Road markierte. Ein Schauer jagte ihm den Rücken hinunter, als er sagte: »Ja?«

»Daddy, bringst du mich morgen dahin, wo das mit meinem Drachen ist? Du hast es versprochen!«

»Wohin?«

»Dahin, wo das mit meinem Drachen ist? Zum Tragen.«

»Peter, ist deine Mutter da?«

»Mummy macht grad was, und ich muss Puff the Magic Dragon üben.«

Anderson seufzte und sah auf die Armbanduhr. »Ich hole jetzt dein Kostüm ab, wenn du Daddy einen großen Gefallen tust.« Während er Peter erklärte, wie die Szene nachgestellt werden sollte, schweifte sein Blick zu den Fotos der beiden vermissten Jungen an der Wand.

Costello hörte ihm aufmerksam zu, wie er seinem Sohn schilderte, was er zu tun hatte, ganz ruhig und aufmunternd. Sie lehnte sich zurück und dachte über Sarah McGuire nach, die so erpicht darauf war, Karen auf eine der teuersten Schulen der Stadt zu schicken. Die Kluft zwischen Großvater und Enkelin war ein sozialer Abgrund. Sie klopfte Anderson tröstend auf die Schulter, kehrte zu ihrem Schreibtisch zurück und begann, einen förmlichen Antrag auf Erlaubnis zu schreiben, Einblick in den Nachlass von John Campbell und die finanziellen Verhältnisse von Thomas Patrick McGuire zu erhalten. Und in geringerem Ausmaß auch in die Verhältnisse seiner Tochter Karen Lisa McGuire. Costello tippte sich mit dem Kugelschreiber an die Wange. Das Mädchen nahm an einem Schulprojekt über den Krieg teil, und ihr Großvater hatte ihr geholfen, indem er ihr seine Bücher zu dem Thema lieh. Sie erinnerte sich daran, einige im Wohnzimmer gesehen zu haben. Die Seiten waren mit knallbunten Klebezetteln markiert gewesen. Sie drehte sich im Stuhl um und rief laut in den Raum hinein: »Was wissen Sie eigentlich über Zyanid?«

»Es bringt einen um. Es schmeckt bitter«, antwortete Wyngate. »Und es ist in Aprikosenkernen enthalten.«

»Die Oberbonzen der Nazis haben sich damit umgebracht. Göring zum Beispiel«, wusste Littlewood. »Haben Sie diesen Film gesehen? *Der Untergang*? Die Szene, in der Magda Goebbels ihre Kinder umbringt – eine Zyankalikapsel in den Mund, und dann …« – Littlewood ließ die Zähne zusammenschnappen – »gute Nacht, mein Lieber …«

»Oder besser: Gute Nacht, Deutschland«, sagte Wyngate und lächelte. »Warum wollten Sie das mit dem Zyanid wissen?«

»Das war nur so ein Gedanke«, erwiderte Costello ablehnend.

Littlewood fragte: »Haben Sie eine Ahnung, wann Lewis mit ihrer kleinen Vorstellung beginnen will?«

»Um vier, glaube ich«, antwortete Costello. »Warum wissen Sie das nicht?«

»Sie lässt sich nicht in die Karten schauen, die sie dicht an ihrer liebreizenden und üppigen Brust hält. Keine gute Idee.« Littlewood rollte mit den Schultern und drehte sich um. Er stand mit verschränkten Armen am offenen Fenster, am dicken Hals hatte er einen starken Ausschlag, und nachdenklich starrte er hinaus auf die Straße. DS Littlewood hatte mehr Jahre in diesem beschissenen Dezernat verbracht als Quinn insgesamt bei der Truppe, und für Lewis' Plan hatte er eindeutig nicht viel übrig.

Costello wollte sich gar nicht ausmalen, was das bedeuten mochte.

»Wie geht es ihr?«

Thomas McGuire drehte sich nicht um; er sah die Gestalt, die vor ihm im Bett lag, nicht an. Er starrte ins Leere und hielt eine Tasse Tee in der Hand, hatte ihn aber längst vergessen. »So gut, wie man es erwarten darf«, antwortete er. »Sie sind hier ganz zufrieden mit ihr. Wer möchte das wissen?«

McGuire war ein kleiner, leger gekleideter Mann mit feinem, spitzem und dennoch anziehendem Gesicht. Sein graues Haar hatte er zu einem winzigen Pferdeschwanz zusammengebunden. Er entsprach nicht im Mindesten dem Bild, das sich Costello von ihm gemacht hatte.

Sie hielt ihm ihren Dienstausweis hin. »DS Costello. Ich habe gestern noch mit Sarah über ihren Vater gesprochen.«

Er nickte. »Karen hat es mir erzählt. Ja, der alte John, entsetzlich, was für eine Tragödie.« Er sagte es auf eine Weise, die ahnen ließ, dass er das Koma seiner Frau weniger als Tragödie betrachtete.

»Tut mir leid, dass ich Karen nicht zurückgerufen habe, als ihre Mutter zusammengebrochen ist, aber ich war nicht auf der Wache. Und mir wurde ihre Nachricht leider nicht weitergeleitet.«

»Welchen Unterschied hätte das schon gemacht? Ihre Mutter würde trotzdem hier liegen.«

Costello schüttelte den Kopf. »Aber ich habe ihr meine Karte für den Fall gegeben, dass sie Hilfe braucht. Dann hat sie angerufen, und ich habe mich nicht zurückgemeldet. Ich habe ein schlechtes Gewissen«, log sie. »Haben die Ihnen schon etwas gesagt?«

Er lachte leise. »Sagen die einem je etwas? Was wollen Sie, DS Costello? Was ist hier eigentlich los?«

»Wir gehen nur unseren Ermittlungen nach.«

»Ich weiß, sie wurde auf Zyanid getestet. Das hat man für gewöhnlich nicht einfach so herumliegen, oder?« Er trank den Rest seines Tees und stellte die leere Tasse mit der Untertasse auf Sarahs Nachttisch.

»Kann ich Ihnen ein paar Fragen stellen? Ich hoffe, ich störe nicht?«

»Schießen Sie los.«

»Wo ist Karen? Sie sollte besser nichts davon mitbekommen.«

»Draußen – sie schreibt SMS an ihre Freundinnen.« Er klang wenig beeindruckt. »Also, worauf sind Sie gestoßen? Sarah und der alte John, das kann kein Zufall sein.«

Costello stimmte zu und nahm sich vor nachzufragen, wann man Thomas McGuire die Sache mitgeteilt hatte.

»Behalten Sie es bitte noch für sich. Möglicherweise war das Gift nicht für sie bestimmt, es könnte sich um Unfälle gehandelt haben, um reinen Zufall. Aber falls nicht, müssen wir in diese Richtung weiterermitteln.« Costello lehnte sich an die Wand und beachtete die Gestalt im Bett nicht. Jemand schob ein Wägelchen an der Tür vorbei und sang ein Weihnachtslied. Costello strich sich das blonde Haar hinter die Ohren, weil sie so weniger bedrohlich aussah; das verleitete Männer stets dazu, mehr zu sagen, als sie eigentlich beabsichtigten. »Hat Ihre Frau finanzielle Schwierigkeiten?«

»Sie sind aber schnell bei der Sache, wie?« Er lächelte. »Noch nicht, aber sobald das Haus auf den Markt kommt, wird sie ein Problem haben. Sie lässt sich viel Zeit mit dem Verkauf. Im Augenblick unterstütze ich Karen, aber sie wird langsam erwachsen, und im Ernst, Sarah würde sich niemals einen Job suchen und ihr eigenes Geld verdienen. Sarah hat als Ausgleich den halben Nachlass meiner Mutter erhalten, aber das Geld hat sie schon verbraucht. Ich bekomme nichts von John – und würde es auch gar nicht wollen. Wenn Sie mich fragen, ob es in unserer Ehe immer nur ums Geld ging, so müsste ich antworten: ja. Sarah ist ein Blutsauger und ein Miststück dazu.« Er holte tief Luft. »Ich konnte den Hund leider nicht mitnehmen, als ich ausgezogen bin. Und wissen Sie was, sie hat Treacle einschläfern lassen. Angeblich war er krank, aber ehrlich gesagt bezweifle ich das. Ich weiß nicht, ob Sie jemandem sagen würden, Sie hätten seinen Hund einschläfern lassen, und dabei lächeln könnten!« Er schüttelte den Kopf. »Doch so ist sie nun einmal. Und Karen entwickelt sich in die gleiche Richtung. Sie hat gesagt, sie würde nach der Schule gern ein Jahr um die Welt reisen. Ich habe ihr vorgeschlagen, sich einen Samstagsjob zu suchen und sich Geld zusammenzusparen; ich habe sogar ein paar Bekannte angerufen und gefragt, ob sie Arbeit für sie hätten. Vor allem war ich neugierig, welche Ausreden sie sich einfallen lassen würde, um nicht arbeiten zu müssen.« Er rieb sich die Augen. »Meine Frau nimmt mich aus, und ich hätte geschäftlich längst pleite gemacht, wäre ich bei ihr geblieben. Aber wenn ich mich einer der beiden hätte entledigen wollen, dann früher, vor der Scheidung. Da hätte ich ein Vermögen gespart. Bitte entschuldigen Sie meine Offenheit.« Er sah auf das Gesicht hinter der Sauerstoffmaske hinunter. »Ich habe heute Morgen einen Anruf auf ihrem Handy entgegengenommen. Jemand fragte, warum sie nicht zum Tennis gekommen sei. Sie hat sich erst gestern Abend dazu verabredet. Ich bitte Sie: Tennis spielen, einen Tag, nachdem ihr Vater gestorben ist?«

»Na ja, jeder geht anders mit solchen Ereignissen um«, wich Costello aus. »Sagen Sie, hat Ihre Frau für gewöhnlich gefrühstückt?«

»Nein, ihr hat immer eine Zigarette und ein schwarzer Kaffee gereicht.« Er dachte eine Minute lang nach und fügte hinzu: »Aber Karen und sie haben eine Vorweihnachtsdiät gemacht, irgendeinen Kohlenhydrat-Unfug.«

»Die Glyx-Diät?«

»Etwas ähnlich Beschränktes.«

»Und hat sie häufig unter Kopfschmerzen gelitten?«

»Während unserer gesamten Ehe«, sagte er bissig.

»Danke.« Costello fiel nichts mehr ein, was sie ihn noch fragen könnte, daher legte sie ihre Karte auf seine Untertasse. »Wenn ich Ihnen irgendwie helfen kann oder Ihnen noch etwas einfällt, lassen Sie es mich wissen.«

»Wird man es denn auch wirklich an Sie weiterleiten?« Tom McGuire lächelte und sah ihr in die Augen. »Um John tut es mir leid. Er war ein netter alter Kerl. Und sie war eine fortwährende Enttäuschung für ihn.« Die Stimme hätte ihm beinahe versagt.

Costello nickte verständnisvoll. »Man kann sich seine Familie nicht aussuchen, nicht wahr? Wiedersehen.« Sie verließ das Zimmer. Draußen musste sie einer schnaufenden alten Dame ausweichen, die ein Wägelchen vom WRVS, dem Königlichen Freiwilligen Frauenhilfsdienst, vor sich herschob, das mit Obst, Zeitungen, Mineralwasser und Energiedrinks gefüllt war, sowie mit einem Weidenkorb voll hausgemachtem Gebäck, Küchlein, Pfannkuchen und Empire-Biskuits, auf denen die schottische Fahne mit wabbelnder blauer und weißer Glasur nachgebildet war. Costello atmete tief ein, während sie vorbeiging, und der Duft war wunderbar. Sie kaufte eine Dose Cola light bei der Frau.

Jetzt brauchte sie nur noch eine ruhige Ecke zu finden, wo sie in Ruhe über das Geld nachdenken konnte. Sie ging hinaus zu ihrem Wagen, der in der Anlieferung hinter dem Pathologielabor des Krankenhauses stand. Als sie auf dem Fahrersitz saß, lehnte sie ihr gelbes Notizbuch an das Lenkrad und nippte an der Cola. Dann schrieb sie das Wort *Geld* in die Mitte der Seite und dachte nach. Wer hatte es verdient, wer besaß es, wer wollte es haben? Nachdenken – so war auch der Boss, DCI McAlpine, stets an die Sache herangegangen. Die erste Regel der Ermittlungsarbeit lautete, so hatte er immer gesagt: *Folge der Spur des Geldes.*

8

Anderson betrachtete immer noch die Bilder der beiden Jungen an der weißen Wandtafel. Der blonde Luca und der blonde Troy waren sich so ähnlich. Waren Peter so ähnlich. Das bereitete ihm Unbehagen. Er sah auf die Karte. Das rote Dreieck entwickelte sich zu einer Anhäufung aus Klebezetteln und Stecknadeln. Irgendwer hatte daruntergekritzelt: *Karte in größerem Maßstab wurde bestellt.* Anderson sah sich die Namen auf dem Dienstplan für die Suchmannschaften an – er kannte niemanden von ihnen. Das sorgte für zusätzliches Unbehagen. Er blickte auf die Uhr – kurz vor halb zwei – und hustete. »Ist Costello schon zurück?«

»Ich habe sie gerade gesehen«, sagte Wyngate.

»Und DS Lewis?«

»Die leider nicht«, rief jemand anderes wehmütig.

»Die läuft irgendwo herum und bereitet die Sachen für die Presse vor. Irvine fährt gleich los, um Peter abzuholen, sobald Costello damit fertig ist, sie über Sarah McGuire vollzuquatschen«, sagte Wyngate. »Sie hat einen Tick, was diese Frau angeht. Sie hat Gail Irvine angewiesen, das Haus zu durchsuchen.«

»Ich dachte, das sollte warten, bis Quinn zugestimmt hat.« Anderson drehte sich um, und tatsächlich, Costello hatte sich Irvine beiseitegenommen, sodass er ihr Gespräch nicht mithören konnte. Wenn das, was sie ausheckten, Quinn auf die Palme treiben würde, könnte er zumindest reinen Gewissens behaupten, er habe keine Ahnung, worüber sie geredet hätten.

»Und?«, wollte Costello wissen.

Irvine zückte ihr Notizbuch. »Es lag ein angebrochener Streifen Tabletten, Headeze, um genau zu sein, auf der Arbeitsplatte in der Küche; auf der Abtropffläche stand ein Wasserglas auf dem Kopf, und im Becken lagen ein Teller und ein Löffel, gespült. Ich habe sie mitgebracht …«

»Aus Gründen der öffentlichen Sicherheit, nicht weil sie Beweismittel wären«, soufflierte Costello.

»Natürlich. Und ich habe sie noch in meinem Schreibtisch. Eingeschlossen. Ich habe außerdem eine Liste des Kühlschrankinhalts erstellt und überall Aufkleber verteilt.«

»Der Exmann hat gesagt, Sarah mache so eine beknackte Kohlenhydratdiät. Was könnte sie also gefrühstückt haben? Porridge? Weetabix?« Costello dachte nach. »Also, Gail, ich bleibe zur Besprechung hier, denn ich habe die heute Morgen schon verpasst. Ich weiß. Lewis hält Sie schon genug für zwei auf Trab, aber könnten Sie noch eine einzige Sache für mich erledigen?« Sie reichte ihr die letzte Liste, die auf dem gelben Notizpapier stand. »DCI Quinn sollte die Ergebnisse noch nicht sehen, also lassen Sie es bitte einfach mit einer entsprechenden Anmerkung auf meinem Schreibtisch liegen, ja?«

Irvine riss die Augen auf, als sie sah, wie lang die Liste war. »Habe ich dazu denn genug Zeit?«, zweifelte sie.

»Nehmen Sie sich Zeit dafür.«

Irvine zögerte.

»Wenn Sie es nicht tun, macht es jemand anderes, aber mir wäre es lieber, wenn Sie das Lob kassieren«, sagte Costello ruhig. »Angeblich schlägt Quinn die Namen für die Beförderung ja anhand solcher Beurteilungen vor; deshalb ist Vik auch zurzeit so ein Arsch. Ich würde Sie auch gern auf der Liste sehen.«

»Cheers, Costello.«

Beide drehten sich um, als das scharfe Klackern von Absätzen auf dem Gang die Ankunft von Kate Lewis und John Littlewood verkündete, wobei Kate ihm mit ihren vollen Lippen gerade ein 100-Watt-Lächeln schenkte.

»Ich kann mir schon denken, worauf Sie hinauswollen«, murmelte Irvine und faltete Costellos Liste zusammen. »Wissen Sie, Costello, das ist wirklich mal was ganz Neues: eine Frau, die Littlewood anlächelt.«

»Sie versucht wahrscheinlich, sich Geld von ihm zu leihen.«

»Das braucht sie bestimmt nicht; ihr Freund soll stinkreich sein.«

»Ich dachte, der wäre Bulle.«

»Ein stinkreicher Bulle? Mein Gott, Littlewood lächelt zurück.« Irvine tippte Costello mit dem gelben Papier an. »Ich kümmere mich um diesen Kram hier. Und wenn ich recht verstanden habe, soll niemand davon erfahren?« Costello nickte, und Irvine schlich hinaus.

Anderson schlug mit einem Löffel an seinen Kaffeebecher, um die anderen auf sich aufmerksam zu machen. »Also gut, Leute – Besprechung. Wie allen bekannt sein dürfte, werden zwei Kinder vermisst. DS Lewis' Rekonstruktion basiert allein auf feststehenden Fakten, nicht auf Spekulationen. Luca Scott war mit seiner Mutter Lorraine in der Spielhalle Joozy Jackpot.« Er zeigte auf ein Bild der bleichen, schwarzhaarigen Frau. Ihr Alter war schwer zu schätzen, ihr Gesicht wirkte abgespannt, ihre Augen tot. »Bei ihr ist ein … *Status epilepticus*« – er stolperte über dieses Wort – »eingetreten, einfacher ausgedrückt handelt es sich um einen permanenten Anfall. Daraufhin wurde der Krankenwagen gerufen. In dem ganzen Durcheinander ist der kleine Junge verschwunden.« Anderson zeigte auf die andere Tafel. »Troy McEwen verschwand am Dienstag; wir können den Zeitraum mittlerweile auf die Spanne zwischen halb fünf und Viertel vor fünf nachmittags eingrenzen. Kennen Sie die Stelle? Es ist kein richtiger Park, sondern nur ein öffentlicher Garten, der an allen vier Seiten kameraüberwacht wird. Die Bäume haben kein Laub, es gibt keine Gebäude, und nichts verstellt den Blick: Es ist, als wäre der Junge von Aliens weggebeamt worden. Irgendjemand in den Häusern der Umgebung muss aus dem Fenster geschaut und etwas gesehen haben. Wir werden dort also nochmals Befragungen durchführen, allerdings jetzt in einem größeren Umkreis.« Er zeigte den Bereich auf der Karte. »Schauen wir uns die Nachbarin an – Miss Cotter«, fuhr er fort. »Sie hat bemerkt, dass bei den McEwens die Wohnungstür offen stand und dass Troy nicht zu Hause war. Sie hat die Polizei alarmiert, da sie von der Sache mit Luca gehört hatte. Wir haben demnach einen zweiten Siebenjährigen, wobei dieser in einem hellblauen Fleece-Oberteil und weiter Hose herumirrt, und wie im anderen Fall hat niemand etwas gesehen. Im Park ließen sich keine Spuren entdecken, nur ein kleiner Blutfleck, und das Blut wird analysiert.«

»Die Ergebnisse sind noch nicht hereingekommen«, sagte Wyngate.

»Können Sie anfragen, ob die das vielleicht vor Weihnachten schaffen? Weihnachten dieses Jahr! Gibt es weitere Vorschläge? Mulholland, langweile ich Sie?«

Vik erwachte aus seiner Trance. »Wie bitte?«

»Irgendwelche anderen Vorschläge?«

»Oh, Miss Cotter dürfte es sein; sie ist die irre Nachbarin, die Kinder umbringt und sie hinten in ihrem Kleiderschrank versteckt«, sagte Mulholland. »Fall gelöst. Kann ich jetzt nach Hause?«

Anderson ignorierte ihn. »Sonst etwas? Ist jemandem eine Verbindung zwischen Luca und Troy aufgefallen? Auch wenn sie noch so vage ist?«

Lewis schüttelte den Kopf. »Wir haben nichts entdeckt.«

Anderson sagte: »Okay, Miss Cotter wäre also zu befragen. Und Alison McEwen und Lorraine Scott – nur für den Fall, dass es eine Verbindung gibt. Beide Jungen sind sieben Jahre alt, sind sehr niedlich, haben ein engelsgleiches Aussehen. Beide haben Mütter mit Problemen, beide stehen unter Aufsicht des Sozialamtes. Sie sind ungefähr zur gleichen Zeit an zwei aufeinander folgenden Tagen verschwunden; ist das eine Verbindung? Und sonst? Kommt schon, Leute!«

»Wir haben das Zentralregister überprüft und auf Querverbindungen zwischen diesen beiden Entführungen gecheckt, wenn es denn tatsächlich welche sind«, berichtete Lewis. »Keine Übereinstimmungen und keine verdächtigen Personen.«

»Bleibt also die Möglichkeit, dass hier ein Neuling am Werke ist, den wir nicht kennen«, sagte DS Littlewood. Er fügte düster hinzu: »Oder jemand, den wir gar nicht kennen wollen – wie den neuen Perversling im Block.«

Anderson strich sich mit den Fingern durchs Haar. »Daran möchte ich lieber gar nicht denken. Und weil Rogan O'Neill gerade im Lande weilt, zollen die Zeitungen diesen Entführungen deutlich weniger Beachtung, als es für gewöhnlich im gegenwärtigen Stadium der Fall wäre. Die Medien sind mehr an seinem Sexleben interessiert als am Schicksal zweier vermisster Kinder.«

»War das nicht schon immer so?«, murmelte jemand aus der letzten Reihe.

»Wir müssen letztlich hoffen, dass durch Lewis' Fotosession wieder mehr über uns berichtet wird. Denn das brauchen wir dringend. Damit wäre die Besprechung beendet«, verkündete Anderson. »Soweit man es überhaupt eine Besprechung nennen kann«, murmelte er vor sich hin.

9

Anderson holte im Hausflur vor der Tür ein letztes Mal tief Luft, als wäre er nicht sicher, wann er dazu wieder Gelegenheit bekommen würde. Er bedauerte es sofort, denn er atmete eine fiese Mischung aus Currydünsten, Erbrochenem und Katzenpisse ein. Costello betrachtete die Hartfaserplatte an Alison McEwens Tür.

»Gewaltsames Eindringen?«, schlug Anderson vor.

»Alkoholiker vergessen manchmal die Schlüssel oder auch, ihren Kindern etwas zum Essen zu geben. Oder überhaupt auf sie aufzupassen, sonst wären wir gar nicht hier«, meinte Costello trocken. »Bringen wir es hinter uns.«

Die erste Durchsuchung der McEwen-Wohnung war kurz nach Alarmierung der Polizei durchgeführt worden. Man hatte an den Stellen nachgeschaut, an denen sich Kinder üblicherweise versteckten – unter dem Bett, im Schrank, in der kleinen Nische hinter dem Wasserboiler. Jetzt zogen die beiden Beamten sich Latexhandschuhe an, ehe sie die zweite Durchsuchung begannen.

In Troys Zimmer, einem kleinen Raum im hinteren Bereich der Wohnung, stand ein schmales Bett unter einem Fenster mit gesprungener Scheibe, durch das es bitterkalt zog. Es roch unangenehm feucht. Am Boden unter dem Fenster hatte sich Schimmel gebildet. In der Ecke wartete ein Luftentfeuchter auf seinen Einsatz, und Anderson stieß mit dem Fuß an das Gerät: Es war mit Kondenswasser gefüllt. Die Heizung war kalt und zwar, wie es sich anfühlte, schon seit einer geraumen Weile.

Colin Anderson machte seinen Anorak zu und öffnete Fenster und Tür, damit frische Luft durchwehen konnte. Es war ein typisches Jungenzimmer, gar nicht viel anders als Peters. An den Wänden hingen Poster, fiel ihm auf, die so hoch festgemacht waren, wie der Junge sich recken konnte. Etwas höher über dem Bett, niedriger an den übrigen Wänden. Das Federbett war noch aufgeschlagen, so, wie Troy es verlassen haben musste. An der Fußleiste auf dem Boden lagen ein gebrauchtes T-Shirt und ein Paar Socken. Eigenartigerweise war die übrige schmutzige Kleidung ordentlich in der Ecke gestapelt. Colin öffnete den Schrank und fand ein paar Kleidungsstücke vor, die ordentlich aufgehängt waren, aber ein wenig muffig rochen. Er entdeckte einige DVDs und eine kleine Sammlung Videokassetten, meistens Wallace und Gromit oder Disney-Klassiker. Im Wohnzimmer stand allerdings kein DVD-Player, und andere Lücken im sonst üblichen Ausstattungsmüll der Menschheit deuteten darauf hin, dass das Gerät beim Pfandleiher gelandet war und niemals ausgelöst werden würde.

Anderson zog die Schubladen einer kleinen Kommode auf und fand weitere T-Shirts und ein Päckchen aus Alufolie. Vorsichtig öffnete er es und sah ein hausgemachtes Empire-Biskuit mit dem blau-weißen schottischen Andreaskreuz, das ein wenig verrutscht war. Hinten in der Schublade lagen eine Reihe bunter Papierschirmchen, wie man sie bei Cocktails als Dekoration benutzt. Anderson ließ den Blick durch den Raum schweifen und blieb an einem schwarzen Schuhkarton in der Ecke hängen, auf dem ein zusammengelegter Pullover, ein Video und ein Paar löchrige Socken lagen. Troy hatte damit angefangen, das Schildchen zu beschriften – *für meine Fräunde in Parkistan* –, und hatte mit ähnlich schlechter Rechtschreibung hinzugefügt, dass es in »*Schotlant keine Ärtbeben gibt*« und »*wir Glük ham*«.

»Scheint ja ein nettes Kind zu sein, dieser Troy«, meinte er.

»Hey, sehen Sie mal hier – ein Abholzettel für ein Rezept«, sagte Costello und winkte mit einem Stück Papier. »Für etwas, das Penicillin V heißt. Aber nicht für die Mutter. Sondern für ihn. Soll ich anrufen und fragen, wofür das ist?«

»Ich weiß es. Das haben sie mir für Claire gegeben.« Anderson wurde bleich und setzte sich auf das Bett. »Das ist schon eine Woche alt. Wenn wir das O'Hare zeigen, wird er uns sagen, wir sollen nach einer Leiche suchen.«

»Ich glaube, es würde sich lohnen, ihn zu fragen. Ein krankes Kind kommt vielleicht bei den Medien besser an.« Costello zog ihr Handy aus der Tasche. »Ich müsste seine Nummer eigentlich irgendwo gespeichert haben. Ich fasse nur nicht, dass Alison ihr eigenes Rezept abgeholt hat – dieses Fläschchen mit Kapseln, das sie in der Hand hatte, war von Dienstag. Warum hat sie also seine Medikamente nicht gleich mit abgeholt? Es sei denn, er wäre gar nicht hier gewesen, um sie einzunehmen ...«

»Oder sie war zu breit, um zu begreifen, wie wichtig es war. Diese Halsentzündung kann tödlich enden.« Er dachte an Brenda. Seine Frau war nicht auf den Kopf gefallen, und hatte sie die Krankheit nicht ebenfalls unterschätzt?

Costello tippte sich bis zu O'Hares Nummer durch und wählte sie. »Wie konnte sie uns das nur verschweigen? Sie hat es nicht einmal erwähnt. Vielleicht liegt er jetzt tot hinter irgendeiner Mülltonne. Wenn er zusammengebrochen ist, wird er bei diesem Wetter bestimmt erfrieren. Oh, es klingelt ...« Costello verstummte und lächelte dann. »DS Costello hier, darf ich mich vielleicht kurz von Ihrem umfassenden Wissen bedienen?« Sie schilderte ihm, was auf dem Rezept stand, sagte dann *ja... ja... ja...* und leise *o nein*, ehe sie sich bedankte und ihr Handy zusammenklappte.

Nachdenklich schaute sie eine Weile vor sich hin, bis Anderson fragte: »Und?«

»Falls er schlecht ernährt war, hat er das Rezept vielleicht nur bekommen, weil er ein schwaches Immunsystem hat. Aber wenn er bei diesem Wetter draußen unterwegs ist, wird er mit einer zweiten Infektion – zum Beispiel durch verdorbenes Essen oder so – nicht mehr fertig werden.« Sie zog die Finger über die Kehle.

»Dieser O'Hare ist ein putziges Kerlchen.« Anderson zeigte ihr das Empire-Biskuit. »Was halten Sie denn hiervon?«

»Ich wette, das ist sein Geheimvorrat. Troy wusste nie, wann er die nächste Mahlzeit bekommen würde. Wissen Sie, genau so ein Empire-Biskuit habe ich gerade vor nicht zwei Stunden gesehen.«

Anderson roch an dem Keks. »Er scheint noch ziemlich frisch zu sein. Meinen Sie, er könnte Hunger geschoben haben.«

»Das Kind einer Alkoholikerin? Kein Vater? Verdammt, der war bestimmt immer hungrig.«

Anderson wickelte den Keks wieder ein. »Also, dann gehen wir mal zu Miss Cotter und unterhalten uns mit ihr. Fragen sie, wie krank der Junge wohl gewesen sein mag. Und ob sie ihm häufiger Empire-Biskuits geschenkt hat.«

»Die Frage ist doch: War das sein Schatz?« Costello nahm Anderson den Keks aus der Hand und drehte ihn um. »Oder ihr Köder?«

»Hallo?«, sagte eine krächzende Stimme, der man das Alter deutlich anhörte. Die Tür gegenüber aus poliertem Holz hatte sich ein Stück weit geöffnet, wurde jedoch von einer Kette gehalten.

Costello sah auf das Türschild. »Mrs. Cotter?«

»Miss Cotter«, berichtigte die Stimme.

»Ich bin DS Costello von der Partickhill-Wache. Und dies ist DI Anderson.«

Die Tür ging ein wenig zu, dann hallte das Rasseln der Kette durch das Treppenhaus, und die Tür öffnete sich wieder. Miss Cotter, eine große Frau, trug eine beige Strickjacke, die schon bessere Tage gesehen hatte, und bat sie nicht herein, sondern stand erwartungsvoll da, während ihre dünnen, blau geäderten Beine unter ihrem Gewicht einsackten.

Sie holte tief Luft, ehe sie sprach, und man hörte das Pfeifen einer chronischen Bronchitis. »Geht es um Troy? Gibt es Neuigkeiten? Der andere Polizist konnte mir gar nichts sagen.«

»Die meisten Kinder tauchen irgendwann gesund und munter wieder auf«, versuchte Anderson sie zu beruhigen. »Der sitzt bestimmt irgendwo satt und zufrieden, und seine Mutter weiß nur nicht, wo.«

»Nein, der nicht; so ist er nicht.« Ihre Stimme zitterte leicht, klang aber trotzdem fest. »Wenn, dann wäre er bei mir.«

»Miss Cotter.« Costello trat einen Schritt vor. »Würde es Ihnen etwas ausmachen, wenn wir reinkommen? Es ist sehr kalt hier draußen. Ich glaube, ich habe Sie heute Morgen im Krankenhaus gesehen, mit dem Wägelchen voller Erfrischungen, oder?«

»Cola light? Sie sind zu mager, junge Frau – Cola light, nein! Ich erinnere mich. Kommen Sie doch herein.« Die Tür schwang auf, und der süße Duft eines von einem Heizstrahler überhitzten Raumes wallte ihnen entgegen, während Miss Cotter sie durch den Flur ins vordere Zimmer führte. Ein Esstisch mit Decke und vier Stühlen stand gleich an der Tür. Auf dem Tisch lagen Weihnachtskarten, eine Adressliste, ein billiger Kugelschreiber und Geschenkpapier, außerdem ein Plastikauto, ein zusammengerollter

Wigwam und ein Spiel. Miss Cotter setzte sich auf ihren Platz, ganz behutsam, als habe sie Probleme mit den Gelenken. Costello nickte Anderson zu und deutete auf die Fotos von Troy McEwen auf dem Kaminsims.

»Wir stören Sie doch hoffentlich nicht beim Essen?«, fragte Costello, weil sie gekochten Kohl roch.

»Nein, nein.« Miss Cotter ging langsam in die kleine Küche neben dem Wohnzimmer, wobei ihre Hände von einem Stuhl zum anderen wanderten und dort jeweils Halt suchten.

»Also, Miss Cotter, könnten Sie uns sagen, wie oft Troy ungefähr zu Ihnen kam? Einmal die Woche, zweimal?«, rief Costello ihr hinterher.

»Oh, öfter, junge Frau. Jeden Abend, wenn er konnte. Er war ein netter kleiner Junge. Ach, er konnte auch ganz schön frech werden, aber nicht so wie manche der anderen Kinder, die ich so sehe«, rief Miss Cotter aus der Küche, deren Tür zugefallen war und die sie wieder öffnete.

»Und haben Sie ihm die Empire-Biskuits gekauft und ihm die kleinen Schirmchen geschenkt, die wir in seinem Zimmer gefunden haben?«

»Ich habe ihm die Empire-Biskuits nicht *gekauft*«, antwortete Miss Cotter tadelnd. »Ich mache sie immer für den WRVS-Wagen, um ein bisschen Geld zu verdienen, aber das darf ich jetzt bald auch nicht mehr wegen dieser Schergen vom Gesundheitsamt. Troy hatte mir dabei geholfen. Na ja, er hat zwei Kekse mit Marmelade zusammengeklebt und dann die Glasur draufgemacht. Ich habe sie anständig gebacken, alles selbst. Troy war immer hungrig und hatte dauernd die Finger in der Schüssel und hat von der Glasur genascht. Oft hat er morgens vor der Schule bei mir einen Toast und eine Schale Porridge bekommen. Alison ist nicht gerade eine vorbildliche Mutter.« Miss Cotter hustete und bedeckte den Mund mit einem Taschentuch, das sie aus dem Ärmel zog. »Was soll man da tun? Er ist ja nicht mein Junge.« Ihre Stimme schnappte leicht über.

Costello holte ein Foto von Luca Scott hervor. »Kennen Sie diesen Jungen?«

»Hm, das ist doch der andere.« Miss Cotter nickte und spitzte die Lippen. »Ich habe von ihm gehört, es stand ja in den Zeitungen. Und im Krankenhauscafé reden alle über die Sache.«

»Hat Troy jemals Luca erwähnt? Den Namen vergisst man ja nicht so schnell.«

Miss Cotter schüttelte den Kopf; sie war vollkommen sicher. »Haben Sie eine Ahnung, was mit dem kleinen Troy passiert ist? Ich meine, er kann sich doch nicht einfach in Luft aufgelöst haben, oder?«

»Nein, ganz bestimmt nicht.« Costello fragte: »Wann haben Sie Troy zum letzten Mal gesehen? Wie ging es ihm da, war er gesund, war er glücklich? Aufgeregt?«

»Ich habe ihn gegen acht Uhr am Abend vorher zum letzten Mal gesehen. Er hat Hackfleisch mit Kartoffeln gegessen, das mögen alle Kinder, wissen Sie. Das verputzen sie regelrecht. Und wenigstens hatte er was Warmes im Bauch. Er war aufgeregt wegen des Weihnachtsmannes, glaube ich.«

»Er hat gut gegessen, und er hatte aber keine Halsschmerzen?«

»Ein bisschen Halsschmerzen hatte er immer, wegen der Mandeln oder so. Zu meiner Zeit haben sie die Mandeln einfach herausgenommen und Schluss. Ständig musste er Medikamente nehmen. Alison hat deswegen vermutlich mehr Geld vom Sozialamt bekommen.« Miss Cotter lächelte schief. Sie griff in eine Plastiktüte und holte einen Teddybär im schottischen Nationaltrikot heraus. »Den bekommt er von mir zu Weihnachten – ich dachte, es würde ihm gefallen.« Sie reichte ihn Anderson. »Möchten Sie vielleicht ein Tässchen Tee und ein Empire-Biskuit, wo wir schon davon sprechen?«, fragte sie.

Anderson gab Costello ein Zeichen.

»Das wäre sehr nett«, sagte Costello.

Beide schauten Miss Cotter hinterher, die in die dunkle Küche ging.

»*Knusper, knusper, knäuschen, wer knabbert an meinem Häuschen*«, flüsterte Costello ihm zu, als sich die Tür erneut hinter ihr schloss.

»Warum gehen Sie nicht zu ihr und helfen der lieben alten Dame mit den Tassen?«, schlug er vor.

Costello warf ihm einen Blick zu, der sagte, sie könnte jetzt eine Bemerkung über »Diskriminierung von Frauen« machen, würde aber darauf verzichten.

»Haben Sie eigentlich selbst auch Familie?«, fragte sie, nachdem sie in die enge Küche gegangen war.

»Nein, nein, hab ich nicht.« Miss Potter wischte sich mit dem Handrücken über ihre dünnen Lippen.

»Aber Sie haben so viele Fotos von Kindern im Wohnzimmer«, sagte Costello. »Ich dachte, das wären vielleicht Ihre Enkel.«

Miss Cotter nahm zwei Tassen von den Haken, an denen sie hingen, und stellte sie auf zwei Untertassen auf einem Tablett. Sie antwortete nicht, und ihre dünnen Finger spannten sich an, als sie den Schalter des Wassererhitzers hochdrehte.

Costello wartete.

»Wenn ich einen Enkel hätte, wäre er jetzt vermutlich schon über zwanzig.« Ein Teller und zwei Empire-Biskuits gesellten sich zu dem Geschirr auf dem Tablett. »Mitte zwanzig vielleicht.«

»Sie mögen Kinder, nicht?«, fragte Costello und nahm das Tablett.

Die alte Frau lehnte sich auf die Arbeitsfläche und

schüttelte, plötzlich erschöpft, den Kopf. Einen Moment lang hatte Costello den Eindruck, sie würde zusammenbrechen. »Der arme kleine Troy … zu Weihnachten erscheint es einem noch viel schlimmer.« Sie hustete wieder in ihr weißes Taschentuch. »Siebenundfünfzig Jahre in dieser Wohnung, und immer gab es für mich einen Grund, Weihnachten zu feiern. Nicht nur für mich allein, verstehen Sie. Es gab immer jemanden, um den ich mich kümmern konnte, meistens kleine Jungen, einmal jedoch auch ein kleines, ganz wunderbares Mädchen; ihre Großmutter lebte gegenüber, da, wo Troy jetzt wohnt. Sie war wirklich etwas Außergewöhnliches, bildhübsch, und so ein sensibles Seelchen …« Miss Cotters Gesicht verdüsterte sich. »Ihre Mutter war nie da, und alle zwei Minuten hat ihr Vater sie verprügelt, daher wohnte die Kleine meistens bei ihrer Großmutter.« Sie putzte sich die Nase. Costello stellte das Tablett ab und wartete. »Damals hat man über solche Dinge nicht gesprochen. Sie ist oft einfach zu mir geflohen. Manchmal tut sie das heute noch, die Arme. Zu Weihnachten liegen stets Geschenke für sie alle unter meinem Baum, für all die kleinen Freunde, die ich im Laufe der Jahre gewonnen habe.«

»Ja, die sind mir aufgefallen, als wir hereinkamen. Mit den Geschenkanhängern und so. Ich habe meine noch nicht besorgt.«

»Brauchen Sie viele?«

»Eigentlich nicht.«

»Sie haben keine Familie, oder? Das sieht man Ihnen an.«

Costello lächelte. »Damit mögen Sie nicht ganz falsch liegen.«

Miss Cotter stützte sich am Türpfosten ab, während Costello ihr die Tür aufhielt, und sie gingen zurück ins Wohnzimmer. »Ich habe Freunde in der WRVS, die ihre Enkel kaum ein einziges Mal in der Woche sehen, und ich, ich habe den kleinen Sonnenschein Troy, der alle zwei Minuten rein- und wieder rausrennt. Da kann ich mich durchaus glücklich schätzen.« Sie blickte von Costello zu Anderson, und Tränen stiegen ihr in die Augen. »Könnten Sie ihn nicht bis zum Weihnachtsfest finden? Ich vermisse ihn so schrecklich.«

10

Der Geruch des Hausflurs hatte sich in Andersons Nase eingenistet. Er stand auf, öffnete das Fenster, um ein bisschen frische Luft zu schnappen, und starrte DC Vik Mulholland an, dessen Lunchsalat penetrant nach Parmesan und Basilikum roch. Zusammen mit dem Rasierwasser fiel die Mischung vermutlich unter das Giftgasverbot. Vik löste sich langsam vom Fenster, bemerkte gar nicht, dass er beobachtet wurde, und setzte sich an seinen Schreibtisch, um verspätet Mittag zu essen, und zwar mit einer Papierserviette im Kragen seines Hemdes. Anderson schaute zu, wie DS Kate Lewis sich auf dem Stuhl Mulholland gegenüber niederließ und den Stuhl so herumzog, dass sie im rechten Winkel zu ihm saß. Sie lächelte und pikte mit einer Plastikgabel in Mulhollands Salat, stibitzte eine getrocknete Tomate hier und ein Stück Thunfisch da, schob sich die Beute zwischen die vollen roten Lippen und kaute genüsslich. Sie hatte die Beine übereinandergeschlagen, was Anderson und Littlewood Gelegenheit gab, die langen, gebräunten Schenkel zu bewundern. Vornübergebeugt flüsterte sie Vik etwas ins Ohr.

Costello versuchte, das geistlose Gespräch zwischen den beiden auszublenden, und konzentrierte sich auf ihre Besprechungsnotizen bezüglich Alison McEwen. Das würde keine leichte Befragung werden. Troy McEwens Mutter war eine Alkoholikerin und litt unter emotionalen Störungen, und dazu mochte man sie nicht gerade als intelligent bezeichnen. Also mussten sie ihre Fragen vorsichtig formulieren. Costello versuchte, eine Liste aufzustellen, doch Mulholland und Lewis fielen ihr auf die Nerven. Bisher hatte sie mit anhören dürfen, was der Freund, Stuart, Kate zu Weihnachten kaufte, was Vik für seine wunderschöne Frances kaufen wollte und dass Vik seine neue Flamme für Weihnachten zum Essen eingeladen hatte, Frances allerdings überhaupt nicht Weihnachten feierte. Vik machte sich Sorgen, »Fran« nehme die Sache vielleicht nicht ernst. Gut für Fran, dachte Costello. Dann sprach Mulholland noch leiser, und Costello merkte, wie sie die Ohren spitzte. Frances hatte angerufen und Mulholland gesagt, er habe seine Handschuhe in ihrer Wohnung liegen lassen. Vik hatte geantwortet, er würde vorbeikommen und sie abholen. Sie jedoch hatte abgelehnt.

»Aha, sie spielt also die Unnahbare. Frauen tun das, um Männer auf Trab zu halten. Wie ist sie denn im Bett?«, fragte Kate und lächelte herausfordernd wie eine Frau, die schon alles wusste.

Costello lauschte dem Flüstern und verschwörerischen Kichern, dann hörte sie ihren eigenen Vornamen, auf den ein unterdrücktes Lachen von Lewis folgte, das abrupt nach einem Blick endete.

Sie beugte sich zu Anderson vor. »Wenn sie es wagt, mich beim Vornamen zu nennen, wird sie beim Aufwachen nicht mehr wissen, ob es Neumond oder Neujahr ist. Blöde Kuh«, zischte sie.

»Glauben Sie, dass ein Mann, der Ihren Namen kennt, damit Macht über Sie besitzt?«, nuschelte Anderson mit Reißzwecken zwischen den Zähnen, weil er gerade das Informationsblatt an der Wand festmachte.

»Ich glaube, falls diese Frau mich mit dem Vornamen anspricht, wird sie der Unfallstation einen Besuch abstatten. Sehen Sie sich die beiden nur an.« Sie deutete mit dem Kopf hinüber zu Mulholland, der immer noch in die Unterhaltung mit Lewis vertieft war. »Wenn Vik Liebesprobleme hat, bin ich die Erste, die in Jubel ausbricht. Aber nicht hier und nicht jetzt. Warum können die nicht einfach ihre Arbeit machen?«

»Sie sind wie Kinder«, sagte Anderson und pinnte neue Anweisungen an die Wand. Leise fügte er hinzu: »Bin ich eigentlich der Einzige, dem auffällt, dass Littlewood seinen Schreibtisch mit niemandem mehr teilt? Er bekommt auch keine Aufgaben mehr von Quinn aufgebrummt. Die sollten sich doch eigentlich gegenseitig an die Kehle gehen, tun sie aber nicht.«

Costello antwortete sofort. »Mir ist aufgefallen, dass er ein eigenes Computerpasswort hat, und seine Schublade ist abgeschlossen.«

»Woher wissen Sie das?«, fragte Anderson.

»Ich habe ganz unschuldig nach einer Lupe gesucht«, flunkerte sie ohne große Anstrengung. »Glauben Sie, er hat eine Spur gefunden, und man hat ihm gesagt, er solle es vor uns verheimlichen? Ich bin sicher, er hat etwas im Auge. Und zwar nicht nur Lewis' Hintern.«

Sie beobachteten, wie Littlewood ganz in Gedanken eine Packung Kaugummi aus der Tasche zog und mit dem Daumen eines aus dem Plastik drückte. Costellos Blick klebte an Littlewoods fetten Fingern, als der das Kaugummi in den Mund warf. »Ich glaube, Quinn hat ihn von diesem Teil der Ermittlung abgezogen und ihn auf etwas anderes angesetzt. Geht doch nichts darüber zu kämpfen, wenn einem die eine Hand auf den Rücken gebunden wurde«, sagte sie, und dann wurde ihr Gedankengang durch das inzwischen vertraute »Sex Bomb«-Klingeln von Lewis' Handy unterbrochen. »Gehen Sie schon dran!«

Die Reaktion darauf war ein breites Lächeln und ein Zwinkern von Lewis.

»Wissen Sie«, lenkte Anderson Costellos Aufmerksamkeit wieder auf sich, »nachdem wir mit Miss Cotter gesprochen haben, ist mir etwas eingefallen. Bei diesen beiden Jungen ... da bleibt einfach jede Reaktion aus. Normalerweise können wir uns bei Vermisstenfällen, insbesondere bei jungen Leuten oder Kindern, vor Anrufen kaum retten, und die Leute rennen uns die Bude ein. Aber bei diesen beiden – nichts. Ausgenommen Miss Cotter.«

Costellos Handy klingelte. Sie hörte kurz zu und ließ es gereizt zuschnappen. »Nein«, sagte sie. »Das betraf Troys Mutter: Sie ist jetzt unten. Nüchtern. Und sie bekommt einen Kaffee.« Costello reichte Anderson eine Seite mit Anmerkungen und Fragen aus ihrem gelben Notizbuch. »Böser Bulle: ich, guter Bulle: Sie?«

Im Empfangsbereich der Partickhill-Wache herrschte bittere Kälte, und von der Tür führte eine Spur schmelzenden Schneematsches zum Tresen. Ein nackter Weihnachtsbaum lehnte verwaist an der Wand; vielleicht würde sich später jemand erbarmen, ihn zu schmücken. Anderson nahm sich die Liste, die Wyngate gerade abarbeitete: Troy McEwens Klassenkameraden, sein Lehrer, einige Nachbarn, die bislang nicht befragt worden waren – die Menschen also, die das soziale Umfeld eines Siebenjährigen bildeten.

»Können Sie sich nicht einen Platz suchen, der für diese Aufgabe ein bisschen besser geeignet wäre?«, fragte Anderson. Wyngate hielt beim Wählen inne, öffnete den Mund und wollte ihn anfauchen, ehe er sich erinnerte, wen er vor sich hatte. »Solche Anrufe sollten nicht vom Empfangstresen aus erledigt werden. Da kann doch jeder mithören.«

»DCI Quinn hat mich dazu angewiesen, Sir«, murmelte Wyngate. »Wir haben niemanden für den Tresen, und sie meinte, ich könnte zwei Fliegen mit einer Klappe schlagen.« Er beugte sich vor und fügte im Flüsterton hinzu: »Außerdem kann ich so ein Auge auf *die da* haben.«

Anderson und Costello drehten sich um und sahen eine knochendürre Frau in Leggins und Pullover auf der Bank, die ihren warmen Afghanenmantel eng um sich gezogen hatte.

»Troy McEwens Mutter?«, fragte Costello.

Wyngate nickte: »Ich passe auf sie auf, sonst …« Er machte eine Geste, als würde er aus einer Flasche trinken.

»Wir bringen sie hier weg«, knurrte Anderson. »Sie sollte in einem Verhörraum warten.«

»Wir haben gerade erst die Heizung angestellt. Es ist Nummer …«

Anderson blickte auf die Uhr. Er hätte diese Sache lieber schon hinter sich gehabt, damit er bei der Rekonstruktion des Tathergangs vorbeischauen könnte. Lewis traute er nicht zu, adäquat mit Peters extrem niedriger Langeweile-Schwelle umgehen zu können.

Die Tür ging auf, und ein eisiger Wind blies durch den Eingangsbereich. Eine dunkelhaarige Frau in langem dunklem Mantel und mit hochgeschlagenem Kragen trat ein. Sie stampfte ein paar Mal auf die Fußmatte, schüttelte den Schnee von den Stiefeln und nahm den schwarzen Paschmina-Schal vom Kopf. Sie war blass, hatte riesige braune Augen und ein markantes Gesicht, das sogar in seiner Wirkung noch verstärkt wurde durch eine kleine Narbe auf dem linken Wangenknochen. Ein wenig verunsichert sah sie Costello an, während Wyngate kurz die Fassung verlor, sie dann aber fragte: »Kann ich Ihnen weiterhelfen?«

Sie stellte eine kleine Plastiktüte, wie man sie in einem Deli für Sandwiches bekommt, auf den Tresen. »Ich möchte diese Handschuhe für Vik Mulholland abgeben – er ist DC …«

»Ja, wir wissen wohl, wer er ist«, sagte Costello, verstaute die Tüte hinter dem Tresen und musterte die Frau gleichzeitig genau. Umwerfend, aber nicht so jung, wie sie auf den ersten Blick gedacht hatte.

Die Fremde lächelte, war dabei allerdings auf bezaubernde Weise abwesend. Costello sah ein Gesicht, das daran gewöhnt war, Geheimnisse zu verbergen – vielleicht schmachvolle Geheimnisse? Sie sah zwei blasse weiße Linien auf der hellen Haut zwischen Handschuh und Mantelärmel. Sie erinnerte sich an Mulhollands Getuschel mit Lewis, an seine Sorgen und daran, wic Lewis sie leichtfertig abgetan hatte. Plötzlich schämte sie sich. »Ich werde mich drum kümmern, dass er sie bekommt«, sagte sie leise, aber die Frau hatte sich bereits umgedreht, ging zu Troys Mutter und setzte sich zu ihr auf die Bank.

»Hallo, Alison. Wie geht es dir?«, fragte sie leise und berührte die andere Frau sanft an der Schulter.

Costello schaute zu, wie Alison McEwen mit den Schultern zuckte und gegen die Tränen ankämpfte. Frances' lange, bleiche Finger schlossen sich um den Wollkragen des Afghanenmantels. Die beiden unterhielten sich, zu leise, als dass Costello sie hätte verstehen können, doch versuchte die liebliche Frances mit ihrer heiseren Stimme eindeutig, Alison zu trösten. Kurz verzog Troys Mutter sogar das Gesicht zu einem Lächeln, als Costello hörte, wie Frances zum Abschied sagte: *Ihm ist bestimmt nichts passiert, das verspreche ich dir.*

Bislang lief die Rekonstruktion des Tathergangs hervorragend. DS Kate Lewis stand draußen vor der Joozy-Jackpot-Spielhalle auf dem Bürgersteig und lächelte. Sie trug eine übergroße leuchtende Jacke, hielt ein Klemmbrett mit Regenschutz und tat genau das, was sie am besten konnte – Anweisungen erteilen und fantastisch aussehen.

Sie hatte Patsy McKinnon auf die Schnelle informiert. Die Kassiererin war früher zur Arbeit erschienen und trug die gleiche Kleidung wie am Montag, um die Sache realistischer erscheinen zu lassen. Eigentlich roch sie sogar, als hätte sie sich zwischendurch überhaupt nicht umgezogen. Patsy war engagiert, aber nicht gerade intelligent, und schilderte beiläufig, dass sie sich gerade an der Kasse die Nägel gefeilt und »I Have a Dream« von diesen netten irischen Jungs gehört habe, als Lorraine mitten zwischen den Spielautomaten zusammengebrochen sei. Nein, sie konnte das Lied nicht mehr zu Ende hören, antwortete sie auf Lewis' Frage hin, aber der Radiosender sei Clyde Two gewesen. Lewis flüsterte kurz in das Funkmikrofon am Kragen ihrer Jacke, und zu dem Zeitpunkt, an dem Irvine und Peter Anderson in einem zivilen Wagen erschienen waren, wusste sie bereits, dass der Song zwischen 16:08 und 16:11 gespielt worden war.

Lewis schob den riesigen gelben Ärmel hoch und sah auf die Uhr: drei Minuten vor vier. Fünf Fotografen waren anwesend und standen unter der Markise von Kemper und Jones, drehten Objektive auf ihre Kameras und starrten in den Schneeregen.

Sie waren pünktlich. Peter hatte man bereits Parka und Jeans angezogen, und die beiden Sicherheitsleute, die am Montagnachmittag Dienst gehabt hatten, standen auf ihren Posten. Ein paar Stammgäste waren vorbeigekommen und boten ihre Hilfe an, und sie durften ihre Beobachtungen unauffällig im Wagen der Einsatzleitung zwei Beamten zu Protokoll geben. Später würde man diese Aussagen überprüfen und anschließend nochmals gegenchecken. Die ersten Einzelheiten waren bereits durchgesickert – ein Sicherheitsmann erinnerte sich daran, dass sich Luca hereingeschlichen hatte, konnte sich jedoch nicht mehr darauf besinnen, wann er hinausgegangen war. Alle erinnerten sich daran, zu Lorraine gelaufen zu sein, als sie gehört hatten, wie ihr Kopf an den Automaten krachte. Einer hatte gedacht, sie sei durchgeknallt, vielleicht, weil sie ihren letzten Penny verspielt hatte, und hätte sich deshalb auf dem

Boden gewälzt, bis er erkannte, dass die Frau die Zuckungen nicht kontrollieren konnte.

»Gail? Könnten Sie bitte Peter zu dem Automaten dort bringen – die Regatta nennt man den, glaube ich –, und auf mein Zeichen hin wälzen Sie sich bitte auf dem Boden, ja?«

»Sie wollen, dass ich mich auf diesem Teppich mit seinen Kotze- und Urinflecken wälze?«

»Kommen Sie schon, jeder muss seinen Teil beitragen«, sagte Lewis und fegte den Widerspruch beiseite.

»Warum ich?«

»Sie haben dunkles Haar, so wie Lorraine auch.«

»Sie aber auch.«

»Ich bin DS, Sie sind PC, also tun Sie, was ich sage.«

»Sie ist zweiundvierzig und ich sechsundzwanzig. Sie wiegt neunzig Kilogramm, und ich wiege sechzig. Die Geschichte wird wohl kaum weniger realistisch, wenn ich höflich ablehne.«

»Sie tun, was man Ihnen sagt.«

»Nein, ganz bestimmt nicht.«

»Dann sage ich es Quinn.«

»Was denn, glauben Sie, die meldet sich freiwillig?« Damit ging Irvine mit Peter in den hinteren Teil der Spielhalle. Mit ihrem zum Pferdeschwanz gebundenen Haar und ihrem vorschriftsgemäß schwarzen T-Shirt und Pullover ähnelte sie durchaus Lorraine, obwohl sie viel jünger und schlanker war. Am Regatta-Automaten drehte sie sich um, verschränkte die Arme und wartete.

Um zehn nach vier wies Lewis Peter an, sich die Kapuze des Parkas aufzusetzen und sein Gesicht darunter zu verbergen. Er verließ, die Hände in den Taschen, die Spielhalle und blieb draußen auf dem Bürgersteig stehen, wo die Fotografen ihre Bilder machten. Dort drehten auch zwei uniformierte Polizisten ihre Runden, um alle Passanten in der Nähe, das Personal der umliegenden Läden oder Menschen an der Bushaltestelle zu befragen. Ein Schild auf dem begrünten Mittelstreifen bat Autofahrer, die am Montag um diese Zeit hier entlanggefahren waren, kurz anzuhalten.

Lewis flüsterte Peter etwas ins Ohr und schärfte ihm ein, sein Gesicht unter der Kapuze zu lassen, worauf sein Vater ja bestanden hatte. Aber sobald sie ihm den Rücken zugewandt hatte, hatte Peter den Kopf herausgeschoben, um zu gucken, wohin sie ging.

Die Fotografen schossen weiterhin ihre Bilder, während der Schneeregen langsam den Stoff ihrer Mäntel durchnässte. Einige Busse fuhren vorbei, durch die beschlagenen Fenster schauten Gesichter nach draußen. Lewis war entschlossen, alle hierzubehalten, bis der »Krankenwagen« um 16:28 eintraf. Der Polizeifotograf saß in einem neutralen Transit und lichtete die ganze Szene zur späteren Verwendung ab, damit die Polizisten aus dem Bezirk hinterher Gelegenheit erhielten, möglichst alle Passanten zu befragen. Vor der mobilen Einsatzzentrale bildete sich eine kleine Schlange. Irvine erwischte, noch immer beleidigt, Lewis dabei, wie sie vor sich hin lächelte. An diesem Fall arbeiteten zwei DS, und Irvine würde ihren Hintern verwetten, dass Lewis sich mit der festen Absicht trug, Costello in Grund und Boden zu stampfen. Sie sah DS Littlewood, der lässig am Bordstein entlangschlenderte, seinen Bierbauch durch die Menschenmenge schob und zum vierten oder fünften Mal an der Spielhalle vorbeiging.

Lewis ratterte die von Mulholland sorgfältig formulierte Presseerklärung herunter, während die Blitzlichter aufflammten. Sie war das neue Gesicht der Strathclyde-Polizei – jung, attraktiv, engagiert, intelligent. Dann war sie mit ihrer Show fertig und wandte sich Irvine zu. »Ich glaube, das ist gut gelaufen«, sagte sie.

»Tatsächlich? Der Fotograf da drüben fragt Peter gerade danach aus, wer er ist, um Himmels willen!«, zischte Irvine ihr zu. »Halten Sie ihn davon ab!«

»Entschuldigung. Das wäre es dann – Schluss für heute! Sie haben Ihre Fotos. Vielen Dank für Ihre Aufmerksamkeit.« Lewis trat zurück und schenkte den Kameras noch ein strahlendes Lächeln.

»Augenblick. Heißt das Kate oder Katherine Lewis?«, fragte ein junger Journalist mit gebleichter Beckham-Welle.

»Kate.« Sie schüttelte ihr Haar auf, nachdem sie die Kapuze abgenommen hatte, und ihre dunklen Locken wurden mit einem weißen Hauch Schnee überzogen.

»Dave Ripley«, sagte der Journalist, reichte ihr die Hand und nannte den Namen einer großen Boulevardzeitung.

Irvine spürte den Vibrationsalarm ihres Handys. Ein kurzer Blick auf das Display zeigte: die Toxikologie. »Gut, während Sie sich untereinander vorstellen, gehe ich mal schnell zum Wagen und rufe zurück.« Sie stapfte mit vor Kälte tauben Füßen davon und rief über die Schulter zurück: »Vergessen Sie nicht, gelegentlich einen Blick auf Andersons Jungen zu werfen.«

Schweigen ist manchmal das Sinnvollste. Es hängt in der Luft wie Wasser, das sich an der Spitze eines Eiszapfens sammelt und schwerer und schwerer wird, bis es nicht mehr gehalten werden kann. Dann beginnen die Worte wie Wasser zu fließen.

DS Costello sagte nichts. Sie musterte Alison McEwen. Troys Mutter starrte auf einen fernen Punkt auf dem Fußboden, damit sie den beiden Polizeibeamten nicht in die Augen blicken musste. Sie lehnte am Tisch, und obwohl sie erst vierundzwanzig war, wirkte sie viel älter. Dünne Haut hing von den knochigen Armen, die sie um sich geschlungen hatte. Ihre aufgesprungenen Lippen waren weiß, und die linke Seite ihres Mundes blutete. Sie wischte sich das Blut mit dem Handrücken ab und verschmierte es rot, als hätte sie gerade etwas verschlungen, das noch gelebt hatte.

Schließlich begann Costello doch zu sprechen, und in ihrer Stimme schwang keinerlei Mitleid mit. »Also noch einmal – wann haben Sie Ihren Sohn zum letzten Mal gesehen?«

Alison zuckte mit den Schultern, als wäre ihr die Frage zu schwierig, um sie zu beantworten. Zeit war für sie ein schwer fassbares Phänomen; sie kam, verging, zog an ihr vorbei und ließ sie hinter sich zurück.

Anderson trat langsam um den Tisch, dessen Fläche mit Brandnarben von Zigaretten bedeckt war, und schaute in Alisons Tasche, die oben offen war und auf dem Boden stand. Er stupste sie mit dem Fuß an und hörte eine halbleere Halbliterflasche Wodka klingeln.

Alison kratzte mit der spinnenartigen Hand über den Ärmel ihres Mantels.

»Haben Sie sich da im Park nicht wohl gefühlt?«

»Hab mich hingesetzt«, sagte sie und fuchtelte mit der Hand herum. Das Geklimper der Silberarmbändchen fiel Costello auf die Nerven. »Hab mich hingesetzt, und er hat an den Schaukeln gespielt. Spielt ja gern an den Schaukeln.« Alison zog das Kinn zurück, und ihr Kopf wackelte leicht, als wollte sie sagen: *Tja, das war's.* »Kann gar nicht richtig denken. Brauche meine Medizin.« Sie griff in die Tasche, wühlte herum und bemühte sich, die Wodkaflasche dabei versteckt zu halten.

Costello schaute zu, wie Alison zwei blaue Kapseln aus einer braunen Plastikflasche in ihre Hand kippte, und sie begriff, dass der Apotheker ihr nicht das ganze Rezept auf einmal anvertraut hatte. Sie hätte die Medikamente doch nur weiterverkauft.

»Wann haben Sie sein Verschwinden denn bemerkt, Alison?«, erkundigte sich Anderson sanft.

Sie zuckte mit den Schultern. »Ich glaube, er ist vom Karussell gefallen oder so. Er hat über seinen Fuß gejammert oder über sein Bein. Über irgendwas«, wiederholte sie.

»Hatte er sich richtig verletzt?«

Alison zuckte erneut mit den Schultern, als wollte sie sagen: *Was weiß ich?*

»Haben Sie beobachtet, wie er gestürzt ist?«, beharrte Anderson. »Bitte antworten Sie.«

»Ja, er ist gefallen.«

Anderson blickte Costello an. »Das könnte den kleinen Blutflecken erklären, den wir gefunden haben. Hat er sich am Bein oder im Gesicht oder am Arm verletzt? Hat er sich geschnitten?«

»Weiß auch nicht.«

»Wie lange waren Sie da im Park?«

Alison schüttelte den Kopf. Sie hatte keine Ahnung.

»Haben Sie diese Kapseln immer bei sich?«, fragte Costello und nahm das Fläschchen.

»Ja«, sagte Alison und nickte.

»Und die lassen sich so leicht schlucken?« Sie kippte sich eine aus dem Fläschchen in die Hand.

»Bekomm ich auf Rezept.« Alison sah sie misstrauisch an.

Costello zog eine Augenbraue hoch und betrachtete die Kapsel in ihrer Hand, diese zwei Hälften, die so genau zusammenpassten.

Alison McEwen nahm ihr die Kapsel weg und wiederholte aggressiv: »Hab ich auf Rezept!«

»Was ist denn mit Troys Rezept?«

»Wie?«

Costello holte tief Luft. »Also, der Arzt ist vorbeigekommen, hat sich Troy angesehen und Ihnen gesagt, Sie sollen Medikamente holen. Wofür?«

»Der Junge hat sich wegen Erkältung und Halsschmerzen beschwert. Oder so …«

»Aber Sie haben die Medikamente nicht abgeholt?«

»Nee, ging ihm ja wieder besser.«

Anderson schloss die Augen und betete still. Er dachte an Claire und daran, wie schnell die Entzündung akut geworden war und wie leicht sie hätte tödlich enden können. Er fragte sich, ob Alison diese Todesangst jemals gefühlt hatte. Troy wurde nun schon seit achtundvierzig Stunden vermisst. Es war an der Zeit, den guten Bullen zu spielen. Er bot ihr ein frisches Papiertaschentuch an und warf Costello einen warnenden Blick zu, sie möge sich beherrschen. Doch Costello beachtete ihn gar nicht, sie schaute, tief in Gedanken versunken, aus dem Fenster in den Regen.

Lewis stand bei Dave Ripley, flirtete mit ihm und erzählte ihm gerade, sie würde sich heute wohl kaum noch mit ihm auf ein Bier treffen können. Allerdings sagte sie es auf eine Weise, die ahnen ließ, dass es möglicherweise doch zu machen wäre.

Irvine wartete darauf, von Lewis bemerkt zu werden. Die Menschen kehrten langsam zu ihrer Arbeit zurück, und der größte Teil des Gedränges löste sich in Richtung Bonham's Pub auf. »Lewis, ich habe wichtige Informationen. Ich muss so schnell wie möglich zurück nach Partickhill. Können Sie Peter mitnehmen …« Sie schaute sich um. »Lewis? Wo ist Peter?«

Lewis wandte sich ihr zu, war aber verärgert über die Unterbrechung. »Ich dachte, Sie wären bei ihm.«

»Nein, ich habe ihn hier bei Ihnen gelassen. Das habe ich gesagt – werfen Sie gelegentlich einen Blick auf Andersons Jungen.«

Jetzt interessierte sich auch Dave Ripley für die Sache. Lewis verlor keinesfalls die Fassung, sondern sagte schlicht:

»Ich weiß, er ist zum Wagen gelaufen, das habe ich gesehen. Entschuldigen Sie mich.« Sie drehte sich zu Irvine um und flüsterte: »Mist.«

»Und? Wo ist er? Wo ist Peter?« Irvines Gesicht war nur fünf Zentimeter von Lewis' entfernt, und sie sprach leise und gleichzeitig vorwurfsvoll.

»Gerade war er noch hier.«

»Na, jetzt ist er weg, oder? Entschuldigung, hat jemand gesehen, wo …« Weiter kam sie nicht, da rammte Lewis ihr den Ellbogen in die Rippen.

»Still. Sollen die uns etwa für die Idioten vom Dienst halten? Es ist nur ein kleiner Junge, der kann doch nicht weit weg sein.«

»Ich wette, so etwas Ähnliches hat Lorraine auch gedacht.«

Lewis lief die Byres Road hinauf und drängte sich durch die Schaulustigen, und Irvine öffnete die Tür des Polizei-Transits, stellte sich auf das Trittbrett, schaute hin und her und hatte von hier einen guten Blick über die Menge, die sich langsam auflöste. Den Jungen entdeckte sie nicht. Sie sprang hinunter, pflügte durch die Leute und zog ihr Funkgerät aus der Tasche. Okay, Anderson würde sie umbringen, aber ihr war es gleichgültig, wie viel Ärger sie bekäme. Ihr Daumen schwebte über der orangefarbenen Notfalltaste.

Anderson war deprimiert, als er zu seinem Schreibtisch zurückkehrte, und er hatte Schuldgefühle. Schuldgefühle, weil er nicht nach Hause gehen wollte – alles war besser als Brendas Gezeter. Sie hatte inzwischen seine Nachricht abgehört und war nicht gerade begeistert gewesen. Vielleicht unterschied er sich ja gar nicht so sehr von Alison; die ließ sich von der Flasche beherrschen, er von der Arbeit. Er sah auf sein Handy – drei entgangene Anrufe von zu Hause. Er schaltete es ab.

Mit Daumen und Zeigefinger trommelte er nervös auf den Schreibtisch. »Haben Sie gehört, wie es bei der Rekonstruktion läuft?«, fragte er Costello.

»Peter steht nur auf der Straße und wird fotografiert, Colin. Was soll ihm da schon passieren?«

»Ich dachte, sie wären längst zurück.«

»Könnte ein Zeichen dafür sein, dass es gut läuft.«

Anderson wirkte nicht sonderlich überzeugt.

»Rufen Sie doch an, wenn Sie sich Sorgen machen.«

»Habe ich schon versucht. Littlewood ist als Einziger drangegangen. Irvine war besetzt, und Lewis hatte die Mailbox eingeschaltet. Und laut Littlewood ist alles in Ordnung.«

»Worüber machen Sie sich dann Sorgen?«

Anderson zuckte mit den Schultern. »Ich weiß auch nicht genau. Die zwei sind sich so ähnlich. Und Sie, weswegen machen *Sie* sich Sorgen?«

»Troys Medikamente. Ich habe gerade mit dem Hausarzt gesprochen, und er ist wegen der Streptokokken beunruhigt. Mein Bauch sagt mir, die Zeit könnte schon in Kürze für den Kleinen abgelaufen sein.«

»Da haben Sie vielleicht recht.« Er sah auf die Uhr und dachte an Peter. »Übrigens, haben Sie Vik schon erzählt, dass etwas für ihn abgegeben wurde?«

»Mach ich noch«, antwortete Costello. »Irgendwann.«

Irvine stellte sich erneut auf das Trittbrett des Transits und stützte sich auf die offene Tür, um sich noch ein wenig höher recken zu können. Sie hatte die orangefarbene Notfalltaste am Funkgerät nicht gedrückt; und damit hatte sie darauf verzichtet, über das Polizeifunknetz Lewis' Unfähigkeit im gesamten Strathclyde-Bezirk kundzutun. Und auch ihre eigene, denn sie hatte Lewis schließlich den Kleinen anvertraut. Stattdessen hatte sie vier Beamte zu den beiden

Enden der Byres Road geschickt, und der Fahrer und Littlewood waren ein gutes Stück nach Osten und Westen gelaufen.

Jetzt fiel ihr nichts mehr ein, was sie tun könnte. *Fünf Minuten noch, nur fünf Minuten*, redete sie sich ein. Dann würde sie die orangefarbene Taste drücken. Wenn es zum Äußersten käme – okay, sie hatte den Alarm nicht ausgelöst, aber Lewis auch nicht, und Lewis hatte bei diesem Einsatz die Leitung. Tief in sich spürte Irvine sogar eine gewisse Freude, weil Lewis die Sache vermasselt hatte. Hoffentlich nur musste nicht der kleine Peter dafür zahlen. Nun gut, immerhin war er der Sohn eines Polizisten und würde nicht mit irgendwem mitgehen, ohne sich zu wehren. Irgendwo musste er stecken.

Die Menschenmenge hatte sich fast vollständig aufgelöst. Irvine sprang vom Trittbrett, zog ihre Steppjacke zusammen und ging los.

Sie sah einen Jungen in einem Parka, aber der hatte dunkles Haar. Ihr Herz begann zu hüpfen, als sie einen zweiten entdeckte, einen blonden, drüben auf der anderen Straßenseite, und er hatte den gleichen lebhaften Gang wie Peter: Er blickte zum Himmel und ließ die Arme schwingen. Im nächsten Moment verschwand er hinter einem vorbeifahrenden Laster, der vor der Ampel halten musste. Irvine rannte über die Straße, sah den Jungen wieder und dazu eine Frau, die ihn fortzerrte. Der Junge wollte nicht mitkommen. Irvine berührte ihn an der Schulter, und im selben Moment spürte sie, dass er zu groß war, bestimmt zwei Jahre älter als Peter. Seine Mutter wandte sich ihr fragend zu.

»Ach, haben Sie eigentlich schon das Merkblatt für die Sicherheit von Kindern bekommen?«, fragte Irvine und drückte der Frau eines in die Hand.

Während sie wartete, bis die Straße wieder frei wurde,

sah sie hinüber zum French Café, dessen Plätze draußen gut einzusehen waren, nicht jedoch die im Inneren, weil die Scheiben beschlagen waren. Eine Frau saß draußen unter der Markise und wärmte sich die Hände an einem Becher Kaffee. Den langen Mantel hatte sie eng um sich gezogen, und vor ihr tanzte ein kleiner Junge. Er trug einen Parka und einen Hut mit roter Troddel. Das kurzgeschorene Haar der Frau war zerzaust, als habe sie den Hut gerade abgesetzt. Aber wie sich der Junge bewegte… es war Peter. Irvine rannte hinüber und riskierte es dabei, von einem schwarzen Taxi überfahren zu werden.

Als sie den Tisch erreichte, hob die Frau den Kopf und wandte sich vom Jungen ab und Irvine zu. »Hallo, Peter hat mir schon alles über Sie erzählt. Wie ist die Sache gelaufen?«

Irvine sah in das Gesicht, betrachtete die kurzen kastanienbraunen Haare. Sie stellte sich stattdessen lange Haare vor und ein bisschen mehr Fleisch auf den Wangenknochen. »Gut, danke, sehr gut«, sagte sie. »Wie geht es Peter?«, fragte sie und hätte den kleinen Bengel am liebsten erwürgt.

»Oh, er ist mir hinterhergelaufen, weil ihm kalt war, aber ich dachte, er sollte besser draußen bleiben, wo Sie ihn im Blick haben. Er hat mir gesagt, Sie seien mit ihm fertig.«

»Noch nicht ganz, Mrs. McAlpine«, erwiderte Gail Irvine, die endlich doch noch auf den Namen gekommen war. »Wir müssen ihn jetzt nach Hause bringen.«

»Ich kann das übernehmen, wenn Sie möchten.«

»Danke, aber das erledigen wir lieber selbst.«

»Ich kann mit Tante Helena gehen und Drachen malen«, beharrte Peter.

»Nein, lieber nicht, Peter.« Helena nahm ihm den Hut vom Kopf. »Du gehst mit der Dame, und wenigstens dieses eine Mal tust du, was man dir sagt.« Helena lächelte Irvine an. »Das wäre eine Premiere.«

Irvine nahm Peter fest an der Hand, führte ihn davon und teilte Lewis per SMS mit, dass alles erledigt sei und sie die Männer zurückrufen könnte. Sie blickte über die Schulter zurück. Helena hatte den Kaffee vor den Mund gehoben, sog dessen süßen Duft ein und schaute ihnen hinterher. Nun ja, sie schaute Peter hinterher, dachte Irvine.

Die beiden Frauen lächelten sich kurz an, ehe sich Irvine wieder nach vorn wandte.

11

Irgendwer hatte alle Fenster in der Toilette, die Türen der Kabinen und sogar die Eingangstür geschlossen, ehe Costello hereingekommen war. Trotzdem herrschte Eiseskälte. Irvine hatte sich in dem Versuch, ihre Körpertemperatur über null Grad zu halten, an den Heizkörper geschmiegt, und sie benutzte die Ärmel ihres Polizeipullovers wie Handschuhe. Außerdem hatte sie den rauen Wollkragen bis zu den Wangen hochgezogen.

Costello hatte eigentlich ein paar handgeschriebene Notizen auf ihrem Schreibtisch erwartet. So ein konspiratives Treffen passte überhaupt nicht zu Irvine. Doch ein Blick auf ihr Gesicht genügte Costello, um festzustellen, dass es um mehr ging. »Ich nehme an, Sie sind tatsächlich auf etwas gestoßen?«

»Ehe wir loslegen, darf ich zuerst sagen, dass Kate Lewis eine Kuh ist?«, fragte Irvine. »Eine echte Kuh.«

»Okay, ich verspreche, ihr kein Weihnachtsgeschenk zu kaufen. Was haben Sie für mich?«

Unter Irvines Arm klemmten eine Reihe DIN-A4-Blätter, von denen manche offensichtlich aus einem Faxgerät stammten. Sie schob sich am Heizkörper entlang. »Ich habe viel mehr herausgefunden, als ich dachte, und zwar in ziemlich kurzer Zeit. Wir haben einige Spuren, denen wir folgen können. Drei in Anführungszeichen ungeklärte Todesfälle und einen Beinahetod. Das Ganze wäre uns beinahe entgangen.«

Costello regte sich einen Moment lang nicht. Sie wusste

nicht, was sie sagen sollte. Anderson und sie hatten sich kurz draußen vor dem Verhörraum Nr. 2 unterhalten: Er würde sich weiter mit den vermissten Kindern beschäftigen und sie sich mit dem Zyanid, und er würde Quinn anschließend beides präsentieren.

»Ich möchte an der Sache dranbleiben«, sagte Irvine, in deren Stimme ein Unterton mitschwang, den Costello nicht recht einordnen konnte.

»Warum auch nicht?«

»Also, es ist so, ich habe es satt, immer für die Fehler meiner Vorgesetzten angeschissen zu werden.«

»Ist das auf mich gemünzt?«, fragte Costello.

»Nein.«

»Dann machen wir erst einmal weiter. Haben Sie tatsächlich etwas herausgefunden?«

»Ja, und zwar etwas Großes. Aber ich werde dafür nicht einmal einen warmen Händedruck bekommen. Sie und DI Anderson machen Karriere, und ich soll mich auf einem siffigen Teppich wälzen und die Tipparbeit für Sie erledigen. Und Lewis stolziert herum wie die Königin höchstpersönlich. Die ist dermaßen eingebildet.«

Plötzlich begriff Costello, was man ihr hier mit der Feinfühligkeit eines Schmiedehammers zu verstehen gab. »Aber, Gail, natürlich, ich sorge dafür, dass Sie die Lorbeeren ernten, wofür auch immer. Ich werde es DI Anderson bringen; Sie wissen, er ist fair.«

Gail Irvines Miene fiel in sich zusammen. Wenn Anderson von dem Zwischenfall mit Peter erfuhr …

»Na los, Gail. Spucken Sie es schon aus.«

»John Campbell wurde vergiftet, ehe er verbrannte. Seine Tochter wurde ebenfalls vergiftet, jedoch nicht tödlich.«

»Sie liegt immer noch im Krankenhaus«, sagte Costello. »Was haben Sie sonst?«

»Na ja, eine Frau namens Nessie Faulkner, 62, ist letzten

Mittwoch im Bowling Club an der Hyndland Road zusammengebrochen und gestorben. Man hielt es für einen Herzinfarkt, aber bei der Obduktion wurden keine Hinweise darauf gefunden. Die Todesursache wurde mit unbekannt angegeben, doch jetzt wird sie auf Anraten der Toxikologie neu untersucht. Die meinen, es könnte eine ganze Kette von …«

Sie wurden unterbrochen durch das Rauschen einer Toilettenspülung. Irvine riss entgeistert die Augen auf, und Costello tippte sich ans Ohr, um anzudeuten, dass die Person auf dem Klo alles mitgehört haben musste. Es überraschte sie nicht, als das Klappern der Kabinentür vom Klackern hoher Absätze begleitet wurde und Kate Lewis breit grinsend wie eine Katze herauskam. »Ob der knackige DI das alles schon weiß?«, fragte sie verschwörerisch flüsternd.

»Wer?«, antwortete Costello freundlich, drehte sich um und wusch sich die Hände.

»DI Anderson – Colin, nicht wahr? Er wirkt so abwesend; ich glaube, seine Frau und er haben ein paar Probleme. Zu schade, dabei ist er so süß. Weiß er das schon mit dem Zyanid? Und Sie beide sind an etwas Großem dran?«

Sie hatte also gelauscht – und war nicht so dumm, es zu leugnen.

»Wir haben ein paar ungeklärte Todesfälle, mit denen wir uns befassen«, sagte Irvine und widersetzte sich dem Druck, den der höhere Dienstrang ausübte.

»Wir wissen noch nichts Definitives, und DI Anderson erfährt umgehend alles, was wir ermittelt haben.« Costello wollte das Thema wechseln. »Und wer hat denn nicht manchmal Probleme zu Hause? Bei der Stundenzahl, die wir gegenwärtig arbeiten müssen, werden seine beiden Kinder vom Weihnachtsmann mehr sehen als von ihm.«

»Ich habe ja solches Glück mit Stuart. Er hat so viel Verständnis dafür, wie das ist.« Lewis prüfte ihr Make-up im Spiegel und war die Blasiertheit in Person.

»Wenn man fünfhundert Meilen weit auseinander arbeitet, ist das vermutlich nicht so schwierig.«

»Nun, ich denke, DI Anderson sollte zu Hause sein und brav im Bett liegen. Was für ein Gedanke!« Lewis fuhr sich mit den nassen Fingern durchs Haar, und sofort bekamen ihre braunen Locken neue Spannkraft und legten sich so perfekt, wie es bei Costellos Haar niemals funktionierte. Sie schüttelte den Kopf heftig, als wollte sie ausprobieren, ob die Locken an Ort und Stelle blieben.

»Anderson? Colin? Sie stehen doch nicht etwa auf ihn?«, fragte Costello.

Lewis schürzte die Lippen. »Er sieht schon gut aus. Muss doch nett sein, einen Mann zu haben, der weiß, wo die Handtücher liegen und wie man eine Waschmaschine bedient. Stuart hat von solchen Dingen keine Ahnung; in seinem Kühlschrank gibt es nur Bier … und Bier … ach ja, und dann noch Bier. Seine Kleidung bringt er in die Wäscherei. Haben Sie nie … na ja, mit Colin?«

Costello blickte Lewis im Spiegel an und fragte sich, wie diese Frau nach einer Zwölf-Stunden-Schicht so frisch aussehen konnte. »Er ist mein Boss«, sagte sie nur.

»Das war für mich nie ein Hindernis … eher im Gegenteil«, sagte Lewis und klopfte sich leicht mit der Rückseite der Hände auf die Wangen, um der Haut ein gesundes Strahlen zu geben. »Billiger als Rouge«, erklärte sie.

»Dabei platzen die Blutgefäße in der Haut, und wenn Sie vierzig sind, sehen Sie aus wie ein Halloweenkuchen«, sagte Costello.

»Bis dahin ist ja noch eine Weile. Also, warum ist er dann an Ihr Handy gegangen?«, fragte Lewis kokett.

»Mir ist in seinem Wagen übel geworden.«

Lewis sah sie schadenfroh an. »Ach, die alte Ausrede: Mir ist im Wagen schlecht geworden.« Sie strich sich rasch Lippenstift auf den Mund, schnitt Grimassen und presste derweil die Lippen zusammen, ehe sie ihr Lieblingsthema wieder aufgriff. »Stuart würde in die Luft gehen, wenn ich mich in seinem Wagen übergeben würde. Er fährt einen Lexus.«

»Offensichtlich verdient er sehr gut mit seinem Bürojob bei Scotland Yard«, meinte Costello und warf Irvine einen Blick zu.

»Eigentlich nicht.« Lewis betrachtete sich von oben bis unten im Spiegel, strich ihren Rock glatt und seufzte. »Er hat ein paar Dinge nebenbei am Laufen.« Sie sprühte sich Parfüm auf den langen, faltenlosen Hals. »Und, was machen Sie beide an Weihnachten?«, erkundigte sie sich.

»Ach, ich arbeite immer über Weihnachten. Das ist mir lieber«, antwortete Costello und fand Kate Lewis genauso störend, wie einer Auster ein Sandkorn im Fleisch erscheinen musste.

»Das ist besser, als allein herumzusitzen?«

»Nun, das Fernsehprogramm ist in den letzten Jahren auch nicht besser geworden.«

»Und Sie, Gail?«

»Ich bin bei den Eltern meines Freundes: schwerhörige Omas, und manchmal prügelt sich jemand. Ein ganz normales fröhliches Weihnachten im Kreis der Familie eben.«

Lewis zuckte hämisch mit den Schultern. Ihr Handy klingelte. Dieser verfluchte »Sex Bomb«-Klingelton gab Costellos Kopf den Rest.

Zuerst versuchte sie, Lewis' geistloses Geschwätz zu ignorieren, aber dann drangen die Worte in ihr Hirn vor: »... und Costello hat eine richtig heiße Spur in dieser Zyanid-Sache. Die Toxikologie hat ganz neue Informationen.« Sie nickte Costello zu. »Ich bin gleich wieder da, sobald ich den Anruf beendet habe; dann können Sie mir das alles erzählen.« Sie telefonierte weiter, während sie die Toilette verließ. »Ich denke ...« Was sie dachte, würde Costello nicht mehr erfahren, da sich die Tür langsam schloss. Hoffentlich redete Lewis nur mit ihrem Freund; indiskret, wie sie war, wäre es kriminell, wenn es sich um jemand anderes gehandelt hätte.

Gail Irvine war erbleicht, nachdem sie das begriffen hatte. »Ich kann nicht glauben, dass sie gehört hat, wie ich sie eine Kuh genannt habe.«

»Und Sie haben gesagt, sie sei eingebildet! Aber sehen Sie es mal so – die Wahrheit wollte einfach raus.«

»Ich denke, DI Anderson wird ziemlich wütend sein, wenn er erfährt, dass wir Peter im Joozy Jackpot verloren haben.« Irvine sah zu Boden. »Lewis hat mir gesagt, ich sollte den Mund halten. Hat es mir *befohlen*. Aber er war gute acht, neun Minuten verschwunden. DCI McAlpines Frau hat ihn gefunden.«

»Helena?« Costello lächelte schmal. »Wenn ihn Helena Farrell gefunden hat, sieht es rabenschwarz für Lewis aus. Colin ist mit ihr befreundet. Sie wird es ihm erzählen, oder auch Peter, und dann kriegt Lewis richtig Ärger. An Ihrer Stelle würde ich ihm meine Version als Erstes beichten. Wenn Brenda dahinterkommt, zieht sie ihm bei lebendigem Leib die Haut ab – und zwar genüsslich.«

»Wie gut kennen sich die beiden denn? Der DI und die Witwe des DCI? Ich meine, Kate hat doch recht, oder nicht? Nur weil er auf uns wie Mr. Baumarkt wirkt, muss er ja nicht unbedingt gleich unattraktiv sein.«

Costello zuckte unverbindlich mit den Schultern. Sie war mit den Gedanken woanders. »Wessen Schuld war es, dass Peter verschwunden ist?«

»Lewis'. Sie hat mit diesem Dave Ripley geplaudert, diesem Journalisten.«

»Ein Drecksack.«

Irvine zog sich den Pullover glatt und machte sich zurecht. »Gut, ich spreche mit DI Anderson, aber zuerst brauche ich einen Kaffee.« Sie drückte Costello ein paar Papiere in die Hand. »Ich habe da einiges aufgeschrieben. Bestimmt möchten Sie mit diesem Dr. Robert Garrett reden. Der ist nett.« Und damit ging sie los, um sich Koffein zu besorgen und damit ihre Nerven zu beruhigen.

Costello hockte sich auf die Kante des Waschbeckens und blätterte Irvines Notizen durch. Die DS hatte quer über das Blatt auf den Knien gekritzelt, während sie mit der anderen Hand das Telefon hielt. Vier Namen, vier Ärzte. Die schrieb sie sich auf einen Post-it-Zettel und klebte ihn in ihrer Schultertasche neben ihr gelbes Notizbuch. Sie sah sich die vier Namen noch einmal an – drei Todesfälle –, Moira McCulloch, Barbara Cummings, Duncan Thompson. Ein Lars Lundeberg hatte überlebt, wenn auch nur um Haaresbreite. Darunter hatte Irvine geschrieben: *Costello – sie faxen Ihnen die Einzelheiten zu.* Dazu hatte sie sehr förmlich mit Datum unterschrieben und so ihre Haltung verdeutlicht – sie wollte die Lorbeeren, die ihr zustanden.

Hatten sie es hier vielleicht mit einem serienmäßigen Giftmischer zu tun? Hatte es irgendwo in einer Fabrik eine Panne gegeben, unbemerkt, aber tödlich? Costello spürte, wie ihr Herz zu rasen begann. Nicht das, nicht während gleichzeitig zwei Kinder vermisst wurden. Das würde die Abteilung nicht schaffen. Nicht zu Weihnachten. Costello betrachtete die Liste der Namen erneut und konzentrierte sich auf Lars Lundeberg. Der Name klang nicht gerade typisch schottisch. Der Mann konnte mit den anderen nicht viel gemeinsam haben. Aber er hatte überlebt und war damit ein potenzieller Zeuge. Plötzlich verschwammen die Buchstaben vor ihren Augen und liefen auseinander.

Es traf sie wie ein Schock, als sie mit dem Hinterkopf gegen das harte, kalte Waschbecken prallte.

12

Nachdem ihm eine frustrierende halbe Stunde lang verschiedene Leute versprochen hatten, ihn zurückzurufen, legte Colin Anderson den Hörer auf die Gabel. Er war vom vielen Reden heiser. In der Havelock Street war keine Miss Cotter registriert, aber eine Mrs. Cotter. Das beunruhigte ihn, dass eine Frau wie Miss oder Mrs. Cotter mit ihrer pfeifenden Lunge in einem hügeligen Teil von Glasgow und dazu in einem oberen Stockwerk wohnte. Er versuchte es abermals bei ihrem Hausarzt; er wollte wissen, wie schlimm es um ihre Lunge stand und was sie körperlich noch zu leisten vermochte, aber der Hausarzt hatte gerade das Wartezimmer voll. Selbst wenn Anderson ihn erreicht hätte, hätte der Doktor vermutlich auf das Arztgeheimnis verwiesen, und Anderson war nicht in der Stimmung, sich mit einem *Ja, aber mal ganz hypothetisch gesprochen* eine Antwort zu erschleimen.

Er sah auf sein Kalenderprogramm, das ihn aus der Ecke des Bildschirms anblinkte und ihm verriet, dass eine neue Nachricht von Quinn eingetroffen war. Sie ließ sich also nicht dazu herab, die zehn Meter von ihrem Büro zu seinem Platz zu gehen. Die Nachricht kam ohne Umschweife zur Sache: Einer der Beamten von den Hausbefragungen hatte bemängelt, die Suche werde nicht sorgfältig genug durchgeführt und es würden Häuser ausgelassen. Von den zwanzig Beamten in Uniform, die für diese Aktion abgestellt waren, kannte Anderson ungefähr zwei. Um acht Uhr am nächsten Morgen sollte es eine Besprechung geben, und zwar im

Speisesaal der Rowanhill-Grundschule, wo dann später in der Sporthalle, auf dem Parkplatz und auf der Straße vor der Schule ein Weihnachtsbasar für die Opfer der Erdbebenkatastrophe stattfinden würde. Zu dieser Gelegenheit würden sich dort vermutlich alle Kinder des Viertels versammeln.

Er rief die Datenbank für die Suche auf. Das letzte Update hatte man während der Nachtschicht vorgenommen. Er holte sich die Liste der Häuser und Grundstücke, zu denen man keinen Zutritt bekommen hatte, und fluchte, als er sah, wie lang sie war. Wer hatte sie doch gleich zuletzt aktualisiert? – ein PC Smythe, vermutlich irgendein Bürohengst aus der Verwaltung. Anderson würde alles erneut durchgehen müssen, würde die Karte holen müssen und sie Zentimeter für Zentimeter abchecken. Es gab zu wenige Bodentruppen, und die vorhandenen waren zu müde und zu durchgefroren. Und sich zu sicher in der Annahme, dass sie doch nichts finden würden. Vielleicht lagen sie da nicht einmal falsch. Und zusätzlich mussten sie auch Rogan O'Neill babysitten, der morgen seinen großen öffentlichen Auftritt hatte.

Andersons Telefon gab einen Ton von sich, und Peter sprach eine Nachricht auf die Mailbox: *Wann kommst du nach Hause? Ich muss Puff üben.* Er wollte gerade zurückrufen, als Wyngate eine Akte auf den wachsenden Stapel auf dem Schreibtisch fallen ließ. »Ich bin alle Klassenkameraden von Troy durchgegangen, dazu die Lehrer und die Assistenten; ich habe die wenigen Nachbarn aufgetrieben, mit denen wir bisher nicht gesprochen hatten. Und alles umsonst. Tut mir leid, Sir, nichts Neues.«

»Okay, Wyngate, wenigstens haben Sie es versucht. Tun Sie mir den Gefallen und rufen Sie den Hausarzt der entzückenden Miss Cotter an. Vielleicht haben Sie ja mehr Glück als ich. Ich versuche herauszufinden, was sie an der Lunge hat. Sie keucht und pfeift, als hätte sie eine chronisch obstruktive Lungenerkrankung. Und falls das stimmt und diese sich im fortgeschrittenen Stadium befindet, können wir sie von unserer Verdächtigenliste streichen.« Anderson tippte mit dem Stift an den Bildschirm. »Heute Nacht soll es minus vier Grad werden. Der arme Junge hat nur ein dünnes Fleece-Oberteil an, und er braucht seine Medikamente für den Hals. Wir müssen es in die Medien bringen, dass der Junge krank ist. Mulholland soll das in seiner Presseerklärung unterbringen. Ach, und zwar auch dann, wenn der Junge fit genug wäre, um den Mount Everest rückwärts hochzusteigen. Wo steckt Mulholland eigentlich?«

»Ist nach Hause gesaust. Ich denke, er wollte nach etwas oder nach jemandem sehen. Und, Sir? Wenn Sie kurz nach Hause fahren und Claire besuchen wollen, Sir… Wir legen heute alle wieder eine Doppelschicht ein.«

»Oh«, sagte Anderson. »Das hat Quinn in ihrer Nachricht natürlich nicht erwähnt.«

»Ich kümmere mich drum. Gleichgültig, was Mulholland im Augenblick gerade treibt, später wird er wieder reinkommen, und Costello – Costello ist verschwunden.«

»Danke, ich werde auf das Angebot zurückkommen, nach Hause zu fahren. Ich glaube, meine Frau geht wieder aus. Ich nehme die Akte mit und schaue sie mir an. Können Sie die Adressen vielleicht irgendwie geographisch sortieren?«

»Kein Problem.« Wyngate betrachtete die Liste. »Wird dieser Basar morgen stattfinden? Obwohl zwei Kinder vermisst werden? Glaubt die DCI, die Sicherheitskräfte werden reichen? Es wäre besser…«

»… den ganzen Basar abzusagen? Das Leben geht weiter, Wyngate. Aber lassen Sie verlauten, dass ich so viele Polizeibeamte wie möglich in Bereitschaft sehen möchte. Die Hundestaffel wird sowieso eine Vorführung auf dem Parkplatz veranstalten. Außerdem gibt es Gerüchte aus der Zentrale an der Stewart Street, dass Rogan O'Neill für zusätzliche Sicherheitsbeamte zahlen will. Ich nehme an, das bringt ihm gute Publicity ein. Andererseits, angesichts der vielen Kinder und unzureichenden Sicherheitskräfte, wer weiß, wer sich da alles anschleicht?« Anderson schwang mit dem Stuhl herum, und plötzlich stand John Littlewood vor ihm und starrte ihn an.

»Riskant«, sagte Littlewood und kratzte sich den Kahlkopf, wobei Haarschuppen auf seine Lederjacke rieselten. »Zu riskant. Diese Rekonstruktion war riskant.«

»Ist wenigstens alles gut gelaufen? Alles in Ordnung mit Peter?«, fragte Anderson.

Littlewood senkte den Blick und blies aus seinem Kaugummi eine perfekte Blase, bis sie platzte. »Für *Peter* war alles in Ordnung.«

Anderson entging der Unterton der Antwort, und er sah auf die Fotos der vermissten Jungen, die er an seinen Monitor geklebt hatte. Er konnte sich nicht vorstellen, nicht da zu sein, um seinem Sohn die Wange zu streicheln, während er einschlief, um ihm seine Gutenachtgeschichte vorzulesen und um den üblichen Streit ums Baden zu führen. Dies waren die Kleinigkeiten im Leben, die eine Familie ausmachten. Luca Scott und Troy McEwen wuchsen beide ohne Vater auf und praktisch auch ohne Mutter. Was für ein Familienleben hatten sie schon?

Wieder kam eine Nachricht auf den Schirm. Rogan O'Neills Agent hatte angerufen und eine Belohnung von hundert Riesen angeboten für Informationen, die zur sicheren Heimkehr der Jungen führten. Anderson pfiff leise durch die Zähne; Quinn, so fiel ihm auf, wartete auf das Einverständnis aus der Zentrale. Er sah, wie Littlewood den Kopf hob, als die Nachricht auf seinem Bildschirm ankam, und sein zerfurchtes Gesicht nahm einen leicht verwirrten Ausdruck an.

»Selbst wenn die Nein sagen, kann ihn niemand davon abhalten, die Belohnung auszusetzen, wenn er will. Ich denke, wir sollten auch auf Rogans Angebot zurückkommen, einen Appell an die Öffentlichkeit zu richten«, sagte Anderson. »Wir brauchen jemanden wie ihn, der dafür sorgt, dass die Geschichte in den Schlagzeilen bleibt. Er sollte das ganze Geld lieber in die Sicherheitsmaßnahmen für den Basar morgen stecken, auf dem er die große Attraktion sein wird. Wegen ihm gibt es schließlich die Aufregung. Können Sie einen Plan von der Schule erstellen und die Sicherheitsmaßnahmen klären, alle Eingänge und Ausgänge und die Standorte der Überwachungskameras eintragen?«

»Glauben Sie tatsächlich, Sie könnten die Gefahr komplett ausräumen, selbst bei aufmerksamen Eltern, wenn irgendwer ein Kind mit einem Nikolaus oder einem Squidgy McMidge lockt?«, meinte Littlewood skeptisch und ging davon.

Anderson wandte sich wieder seinem Schreibtisch zu, um weiter nachzudenken. Plakate, Bekanntmachungen über Radio und Hausbefragungen hatten keine Hinweise erbracht, was niemanden verwunderte, denn man brauchte lediglich die Tür nicht aufzumachen, wenn man keine Auskunft erteilen wollte. Morgen würden uniformierte Kollegen alle Personen im Roten Dreieck befragen, sie auf der Straße anhalten, und trotzdem konnte man, wenn man wollte, auch dieser Maßnahme leicht ausweichen. Und wer wollte wissen, ob die Kinder tatsächlich noch in dieser Gegend waren? Auf seinem Bildschirm erschien die nächste Nachricht – die Pressestelle hatte Rogan O'Neill gebeten, einen Termin zu vereinbaren, an dem man seinen Appell aufzeichnen könne, und Vik Mulholland ging in der Zwischenzeit vor die Kameras. Anderson trank einen Schluck eiskalten Kaffee und las noch einmal die Erklärung, die

Mulholland vorbereitet hatte. DC Mulholland sah gut aus und war sehr telegen. Heute war allerdings wenig mit ihm anzufangen, da er die ganze Zeit von seiner neuen Freundin träumte. Andersons Telefon klingelte wieder, und vom Display konnte er seine eigene Nummer ablesen. Er ließ es klingeln. Bestimmt war es Brenda, die heute Abend wieder ausgehen wollte und stöhnte, weil sie zu wenig Geld hatte. Konnte sie nicht wenigstens dies eine Mal zu Hause bleiben und auf Claire aufpassen?

»Ist schon in Ordnung, ist schon in Ordnung …«

»Nein, nein, ist überhaupt nicht in Ordnung.« Lewis kniete neben ihr und versuchte, sie dazu zu bewegen, sich aufzusetzen. Doch je mehr sie half, desto verwirrter schien Costellos Körper zu sein. Sie hockte auf dem Boden der Toilette, die Beine unter sich, und sie konnte weder aufstehen noch sich richtig hinlegen. Ihr Kopf pochte bei jeder Bewegung, als Lewis sie auf die Beine bringen wollte, und sie hatte das Gefühl, ihr würde wieder übel werden. Sie hob die Hand und teilte Lewis auf die Weise mit, sie bitte in Ruhe zu lassen, ehe sie den Blick auf den Inhalt ihrer Handtasche richtete, der auf dem Boden verstreut war. Es musste der Inhalt ihrer Handtasche sein, obwohl sie das Lederportemonnaie und das Make-up-Täschchen mit dem schwarzen Fleck an der Ecke, wo der Eyeliner ausgelaufen war, nicht richtig erkennen konnte.

Sie sah doppelt – mehr als doppelt –, sobald sie sich nach rechts oder links bewegte, und Lewis' Gesicht tanzte, als stünden sie beide im Stroboskoplicht einer Disco.

»Costello, können Sie aufstehen?«

»Ich weiß nicht, ich fühle mich so schlapp.« Costello versuchte, gleichmäßig zu atmen, fächelte mit dem Kragen ihrer Bluse ihrem Hals Luft zu und ließ den Schweiß von der Luft kühlen. »Jetzt geht es wieder.«

»Ja, Sie sehen super aus. Könnten Sie mit geschlossenen Augen durch den Raum gehen?«

»Das könnte ich sonst bestimmt auch nicht.«

Lewis half Costello auf und legte ihre Hände auf das Waschbecken, dann holte sie ein Papierhandtuch, machte es nass und drückte es ihr an die Stirn. »Ich weiß nicht, warum sie das im Fernsehen immer machen, aber es scheint Wunder zu wirken. Wollen Sie eine Paracetamol oder eine Aspirin? Haben Sie etwas gegessen?«

Costello lächelte schwach, fühlte sich schon ein bisschen besser und begann sogar zu glauben, Lewis könnte am Ende doch ein menschliches Wesen sein. »Ich glaube, ich habe einfach nur Hunger. Gestern hatte ich Migräne, und ich habe alles von mir gegeben. Und heute habe ich noch nichts gegessen, also wird es vermutlich Zeit.«

»Na ja, gehen Sie lieber in die Kantine und nehmen Sie etwas zu sich, und dazu einen Tee mit Zucker. Ich sage Bescheid, was passiert ist; die nächste Besprechung steht gleich an.«

Ehe Costello sie aufhalten konnte, war Lewis verschwunden. Costello wusste nicht, wem sie Bescheid sagen wollte: den Kollegen oder der Chefin. Aber das war eigentlich unwichtig.

13

Mulholland war auf seinem Stuhl vor- und zurückgeschaukelt, hatte die Finger seiner Handschuhe zusammengefaltet und wieder aufspringen lassen. Er wünschte, Fran hätte sie nicht nur einfach abgegeben, ohne ihn selbst sehen zu wollen. Noch unglücklicher fühlte er sich, weil seine kurze Fahrt zu ihr keinen Erfolg gehabt hatte – sie war nicht zu Hause gewesen. Er hatte ihr ein pinkfarbenes Handy gekauft, es angemeldet und mit einer geladenen Prepaidkarte ausgestattet, aber nun hatte er es hinter der Windfangtür mit einem Brief ablegen müssen. Zierte sie sich tatsächlich nur, wie Lewis meinte? Das sah ihr gar nicht ähnlich.

Eigentlich hätte er sein Manuskript für die Pressekonferenz noch einmal lesen sollen, aber er konnte seine Gedanken nicht von ihr lösen. Ein Telefon klingelte, aber wie er sofort feststellte, nicht seines, und er wandte sich wieder dem Manuskript zu. Aber ein Blick von Colin Anderson, der ebenfalls telefonierte, verriet ihm, dass Costellos Telefon klingelte, und zwar schon eine geraume Weile. Anderson deutete aufgeregt in die entsprechende Richtung und schien zu erwarten, dass Mulholland drangehen sollte.

»Hallo, hier spricht Dr. Robert Garrett vom Gartnavel Hospital.«

»Und?«, antwortete Mulholland, der nur mit halbem Ohr zuhörte.

»Ich sollte nach einer DS Costello fragen. Ich habe schon mit DC Irvine und Professor O'Hare gesprochen«, sagte die Stimme im Hörer.

»DS Costello ist im Augenblick nicht erreichbar.« Mulholland blickte sich um. Sie war nirgendwo zu sehen, und auf dem Schreibtisch fand er keinen Hinweis, also entschied er zu improvisieren. »Dies ist ihr Anschluss. Ich bin DC Mulholland und gehöre zum gleichen Team.«

»Aha, gut. Uns wurde gesagt, wir sollten Ihnen Bescheid sagen, sobald wir irgendwelche Einzelheiten über die Todesfälle erfahren, von denen ich DC Irvine berichtet habe.«

Mulholland war nun ganz bei der Sache; das war ein großes Ding. Er hörte zu, und auf seinem Gesicht breitete sich ein Lächeln aus. Dr. Garrett füllte in aller Unschuld die weißen Flecken aus; ja, er war wirklich äußerst hilfreich.

Er zog sein Notizbuch aus der Tasche. »Natriumzyanid. Und das war in einer Kapsel?« Mulholland kniff konzentriert die Augen zusammen und wandte sich ab, als er merkte, dass Anderson auflegte, zu ihm herüberschaute und mitzuhören versuchte. Mulholland hielt seinen Block fest und schrieb alles auf, sogar die Beschreibung der halb aufgelösten Kapsel, die eines der Opfer in der Ambulanz erbrochen hatte.

Mulholland war übel, dennoch bedankte er sich bei Dr. Garrett, dann setzte er sich und suchte nach Costellos Notizbuch. Er sah Wyngate, der auf seiner Unterlippe kaute wie eine Kuh, die über eine Mauer guckt, zur Tür schaute, ob Costello kam, und wieder zurück zu ihrem Schreibtisch, wo jetzt Mulholland saß.

Viel fand er nicht, außer Aufstellungen darüber, wo Costello gewesen war und wie lange, aber nicht, aus welchem Grund. Er notierte sich Sarah McGuires Telefonnummer, unter der er auch Karen erreichen konnte, und eine andere, die von Thomas McGuire. Denn um jeden Preis wollte er zu Quinn gehen, ehe er seine Presseerklärung fürs Fernsehen aufzeichnete.

»Sie haben nichts gesehen«, sagte er zu Wyngate. »Ich bringe das zu DCI Quinn.«

»Was bringen Sie zu DCI Quinn?«

»Das werden Sie schon noch erfahren. Halten Sie den Mund, ja.« Damit ging er davon.

Wyngate war unbehaglich zumute. Und dieses Unbehagen wuchs noch einmal kräftig, als Mulholland in der Tür Lewis traf und sie ihn zur Seite zog, sich auf die Zehenspitzen stellte und ihm aufgeregt ins Ohr flüsterte. Offensichtlich war es dringend, und sie drückte ihm außerdem ein Stück gelbes Papier in die Hand. Mulholland zog sein Notizbuch heraus, und die beiden gingen in eine Ecke, um ihre Aufzeichnungen zu vergleichen. Wyngate schaute ihnen zu, zwei smarte junge Leute in Designerklamotten, die darauf brannten, befördert zu werden. Costellos Telefon klingelte erneut, aber anscheinend wollte niemand den Anruf annehmen.

DS Costello saß in einer Ecke der leeren Kantine und hatte wegen der Kälte die Jacke um sich gelegt. Aufgrund von Personalmangel gab es kein Essen, aber Agnes hatte gesagt, sie würde ihr ein Ei braten und es in ein weiches Brötchen stopfen. Im Augenblick trank Costello heißen Tee, und zwar in Gesellschaft ihres Handys und eines Riesenwirrwarrs von Gedanken. Sie wühlte in ihrer Handtasche nach den Notizen auf dem gelben Zettel, konnte sie jedoch nicht finden. Verwirrt suchte sie erneut danach, dann ging sie nur für alle Fälle ihre Taschen durch. Nichts. Vielleicht hatte Gail sie mitgenommen. Zum ersten Mal seit Tagen schien sich der Migränenebel in ihrem Kopf zu lichten, und sie fragte sich, ob der Schlag auf den Kopf vielleicht etwas Gutes bewirkt hatte.

Die Logik sagte ihr, ein Unfall in einer Fabrik müsste größere Auswirkungen gehabt haben, und die Toxikologie hätte den Übeltäter schon längst identifiziert. Daher musste es sich um eine lokale Angelegenheit handeln. Alle Opfer lebten innerhalb eines Radius von zwei Meilen um die beiden Krankenhäuser. Gail hatte gesagt, bei Sarah habe sie das Schmerzmittel Headeze gefunden, und sie fragte sich, ob Sarah inzwischen wieder zu Bewusstsein gelangt war. Wo hatte sie diese Kapseln gekauft? Das würde Costello sie gern fragen. Und was war mit diesem Lars Lundeburg? Sie hatte im Krankenhaus angerufen und sich erkundigt, ob er tatsächlich in Göteborg lebte und bereits nach Hause zurückgekehrt war, nachdem er, wie er glaubte, die schwerste Lebensmittelvergiftung seines Lebens überstanden hatte. Die Schwester, mit der sie gesprochen hatte, hinterließ eine Nachricht für eine Kollegin namens Malin, die selbst Schwedin war und mehr mit dem Patienten geplaudert hatte als die anderen.

Im Augenblick saß Costello fest. Sie starrte auf ihren Stadtplan vom West End, als die Kantinentür aufflog, Wyngate mit einem Weihnachtsbaum in den Armen hereinmarschierte und überall Tannennadeln verstreute. Er legte den Baum auf den nächsten Tisch und gab Costello mit einer Geste zu verstehen, dass sie sich besser oben blicken lassen sollte. Sie zuckte mit den Schultern. Niemand hatte sie eingeladen, und sie musste zuerst ein paar wichtige Anrufe tätigen.

»Kann ich Ihnen eine Frage stellen? Haben Sie Schmerztabletten dabei?«

»Warum? Geht es Ihnen nicht gut?«

»Ich wollte es nur wissen. Und Sie, Agnes?«

»Ich habe ein oder zwei in meiner Tasche, wegen meiner Rückenschmerzen«, sagte Agnes.

»Ich habe nur meinen Inhalator«, sagte Wyngate, der gern geholfen hätte. Er kramte in seinen Taschen herum, fand jedoch nichts. »Wussten Sie, dass Vik Mulholland… oh,

Augenblick«, sagte er, ging durch den Raum und murmelte, er sei sofort zurück.

»Kann ich Ihre Schmerztabletten mal sehen, Agnes?«

Agnes zuckte mit den Schultern und holte ihre Handtasche, während Costello ihre Jacke enger um sich zog und sich wünschte, Kate Lewis hätte ihr den Haaransatz nicht ganz so gründlich nass gemacht. Jetzt fror sie, ihr Gesicht war kalt, und ihr Kopf schmerzte, als hätte sie zu viel Eiscreme zu schnell gegessen.

John Campbell hatte in der Woche vor seinem Tod um Kopfschmerzmittel in Kapseln gebeten. Es gab diese verräterische Durchdrückpackung, die zwar verbogen, aber auf dem Foto eindeutig zu erkennen gewesen war. Hatten Vater und Tochter Kapseln aus der gleichen Packung genommen? Oder war es nur ein Täuschungsmanöver, um etwas zu vertuschen? Und wohin war dieser verfluchte Wyngate verschwunden?

Agnes kam aus der Küche gewackelt. »Das ist alles, was ich habe, junge Frau.«

Sie bot ihr einen alten Streifen Transprofen an. Die Alufolie war eingedrückt und aufgerissen, und zwei der Kapseln ragten heraus. Wenn ihr jemand, den sie kannte, diese Tabletten anböte, würde sie die vermutlich annehmen, dachte Costello, obwohl sie keine Ahnung hatte, ob jemand sich daran zu schaffen gemacht hatte oder nicht. Bekam sie den ganzen Streifen, würde sie damit möglicherweise monatelang herumlaufen. Sie begriff den Plan hinter der Sache. Littlewood zum Beispiel drückte sich seine Kaugummis aus einer solchen Packung und steckte sie in den Mund, ohne sie sich anzusehen. Und Medikamente? Diese Verpackungen waren eigentlich nicht zu manipulieren; nach dem Babynahrungsskandal und den Tylenol-Vergiftungen waren sie mit Sicherheitsetiketten und Siegeln versehen.

»Kann ich die nehmen, Agnes?«

»Dazu sind sie da.«

»Danke, Agnes. Ich kaufe Ihnen neue.«

Costello sah auf die Uhr. Sie erwartete den Anruf von Dr. Garrett aus dem Gartnavel Hospital. Eigentlich sollte sie nach oben gehen und nachsehen, ob sich der gute Doktor schon gemeldet hatte. Sie wollte ihre Sachen einsammeln, hielt jedoch inne, als sie Agnes' Kapseln in der Hand hielt, und drehte den Blisterstreifen immer wieder um. Stirnrunzelnd drückte sie eine Kapsel aus der Verpackung, deren Klarsichtplastik an ihren schwitzenden Fingern klebte, und zog die beiden Hälften auseinander. Feines weißes Pulver rieselte auf den Kantinentisch. Sie zog eine zweite auseinander und leerte deren Inhalt diesmal auf eine Serviette, ehe sie versuchte, die Hälften mit Salz zu füllen und wieder zusammenzuschieben. Es gelang ihr nicht, sie konnte nicht einmal erkennen, welche Hälfte sie über welche drücken müsste. Dann bemerkte sie, dass die Wärme ihrer Hände die Kapselwände weicher werden ließ. Wenn sie also die eine anwärmte und die andere kühlte, müsste es möglich sein, sie wieder zusammenzustecken. Die Alufolie war zerknittert, nachdem sie sich Wochen in der Handtasche einer Frau befunden hatte, und sie konnte nicht feststellen, ob sie jemand manipuliert hatte oder nicht. Die Alufolie über den Kapseln war zwar zerknittert und eingedrückt, klebte jedoch an den Rändern fest. Costello betrachtete die Packung von der Seite. Unversehrt. Sie entdeckte keine Möglichkeit, wie man die Kapseln herausnehmen und die Folie ersetzen konnte. Und überhaupt vermochte sie sich nicht vorzustellen, wie ein gewöhnlicher Mensch in den Besitz von Natriumzyanid gelangen sollte. Ihr Handy klingelte und hüpfte über den Tisch. O'Hare war brüsk, ja, eigentlich schon unhöflich. Er wollte vorbeikommen, in zehn Minuten wäre er da. Und damit legte er auf.

»Großartig«, sagte sie und fragte sich, mit wie vielen Chefs gleichzeitig sie jonglieren konnte. Aus welchem Grund auch immer fiel ihr zum zweiten Mal McAlpine ein. *Folge der Spur des Geldes.*

Anderson legte den Hörer auf und holte tief Luft. Nie zuvor hatte er solche Wörter von seiner Frau gehört, aber sie hatte jedes Recht der Welt, wütend zu sein. Er würde Lewis und Irvine eigenhändig umbringen, wenn er sie in die Finger bekam. Sie hätten es ihm sagen müssen. Glaubten sie tatsächlich, ein Plappermaul wie Peter würde seiner Mama *nichts* von seinem kleinen Abenteuer erzählen – weglaufen, und die nette Polizeifrau ... er sah auf, als er seinen Namen hörte, und seine Wut verrauchte. Teilweise.

Er sah Helena. Sie durchquerte das Büro mit ihrer gewohnten Eleganz und Zuversicht. Ihr marineblauer Mantel hing von ihren Schultern. Sie kam auf ihn zu und sah aus, als sei sie im Regen gewesen. Ihr nasser Hut wirkte zerknittert. Das kurze Haar hatte sie darunter gesteckt, was die Blässe ihres Gesichtes und die dunklen Ränder um die Augen betonte. Anderson konnte sie riechen, als sie näher kam. Sie roch stets leicht nach Terpentin und Penhaligon's Bluebell. Das war gewissermaßen ihre Duftmarke.

Helena lächelte ihn an, sagte unterwegs Hallo zu John Littlewood und Gordon Wyngate. Sie trug eine große Tragetasche mit eingepackten Geschenken. Dabei schwankte sie leicht, als wären sie zu schwer für sie. In der anderen Hand hielt sie einen braunen Karton an einer Schnur. Glücklicherweise war das Büro halb leer. Er spürte, wie sich seine Laune bei ihrem Anblick sofort besserte.

»Ich störe doch nicht?« Sie blickte ihn entschuldigend an, und sie sprach mit zarter und dennoch dunkler Stimme. »Ich weiß, Sie haben viel zu tun, aber ich wollte Ihnen das hier nur schnell reinbringen.« Sie stellte die Tüte mit den Geschenken auf den Boden neben seinem Schreibtisch.

»Eine willkommene Störung, glauben Sie mir. Wie war es im Krankenhaus?«

»Na ja, sie haben grünes Licht gegeben. Ich weiß nicht, ob mich das noch nervöser macht oder eher beruhigt, aber wenigstens ist ein Ende in Sicht.«

Er zog einen Stuhl für sie heran. »Ich habe Ihren Reifen heute Morgen weggebracht. Die rufen an, wenn er fertig ist. Ich war sowieso schon zu spät zur Arbeit unterwegs. Claire ist es in der Nacht sehr schlecht gegangen.«

»Und geht es ihr wieder besser?« Helena setzte sich und sah ihn besorgt an.

»Ja, es war nur eine Halsentzündung, die außer Kontrolle geraten ist. Unglücklicherweise hat sie zwei Eltern, die das Rezept nicht eingelöst haben.« Er zuckte mit den Schultern. »Aber die Kleinen erholen sich schnell. Heute Morgen saß sie im Bett, wollte frühstücken und gab Widerworte, es war also alles beim Alten.«

»Nun, hier drin habe ich ein Geschenk für sie, aber Sie müssen es ihr gleich geben, denn ich habe es außerdem geschafft, ein Drachenkostüm für Peter zu finden. Zwei Minuten im Internet suchen, und schon habe ich einen Laden kaum eine halbe Meile entfernt gefunden. Ich habe es schnell besorgt, als ich aus dem Krankenhaus kam. Dann musste ich es rasch verstecken, als ich ihn in der Byres Road getroffen habe.«

»In der Byres Road?«, fragte Anderson langsam. »Sie waren da? Ich habe mir gerade Vorwürfe von Brenda anhören müssen. Was zum Teufel war denn los?«

Helena blickte ihn leicht verwundert an. »Also, er ist einfach so herumgelaufen. Haben Sie eine Rekonstruktion gemacht? Ich habe nach Ihnen Ausschau gehalten, aber Sie waren nicht da.«

»Nein, ich war nicht da«, sagte Anderson und traute sich kaum zu sprechen.

Helena fiel es nicht auf. »Und für Sie ist auch etwas in der Tasche, nur eine Flasche Wein, weil Sie mir gestern Abend so nett geholfen haben. Colin, ich habe mich gefragt, wegen morgen Abend und dem …«

Sie wurde von Costello unterbrochen, die ihren Kopf durch die Tür steckte. »Col, könnte ich kurz … Ach, hallo, Mrs. McAlpine.«

Costellos Blick ging kurz zwischen den beiden hin und her. Anderson wirkte wütend und zwar nicht nur wegen der Störung.

»Ich bin schon wieder unterwegs«, sagte Helena und nickte Anderson zum Abschied zu.

»Wiedersehen«, sagte Costello munter.

Anderson schaute Helena hinterher, dann bemerkte er, dass sich DCI Quinn aus der Tür ihres Büros lehnte und die ganze Situation beobachtete. Sie sagte nichts, sondern knöpfte nur ihr Jackett zu, kehrte in ihr Büro zurück und schloss die Tür mit einem ihrer hohen Absätze.

»Sie haben es gewusst, nicht?«, sagte er vorwurfsvoll zu Costello. »Die haben Peter aus den Augen verloren.«

»Irvine hat von Lewis die Anweisung erhalten, nichts zu verraten, aber mir hat sie es auf dem Klo gestanden. Sie wollte es Ihnen selbst sagen.«

»Sie hätte sofort zu mir kommen sollen«, erwiderte er kühl.

»Sie ist noch jung. Und sie weiß, wie sehr Quinn und Lewis zusammenglucken. Deshalb hatte sie Angst«, erklärte Costello. »Ich würde auch zweimal darüber nachdenken, ehe ich es mir mit einer der beiden verderbe.«

»Nein, würden Sie nicht, Sie Lügnerin.«

»Würde ich bestimmt, wenn ich an Irvines Stelle gewesen wäre. Sie möchte so gern vorankommen.«

»Aber das hat dem Kleinen nicht geholfen, oder?« Anderson spürte, wie ihm die Farbe ins Gesicht stieg. »Ich denke, ich werde die beiden herbestellen und sie mit einem Tacker an die Wand heften.«

»Seien Sie nicht so hart zu Irvine.« Anderson wollte sich von ihr abwenden, aber Costello beugte sich zu ihm vor und sagte ihm ins Ohr: »Darf ich Ihnen einen Rat geben?«

»Nein«, fauchte er.

»Diese Art von Schwierigkeiten können Sie so gut gebrauchen wie ein Loch im Kopf. Sie ist die Witwe Ihres besten Freundes.«

»Ich habe keine Ahnung, worauf Sie hinauswollen.«

»Na ja, Sie mögen sie. Sie beide haben Alan verloren, und es wäre nicht so schwierig, die Gefühle misszuverstehen, die aufgewühlt werden, und mit etwas anderem zu verwechseln. Und …« Costello sah ihn ernst an. »Sie hat keine Familie. Es ist Weihnachten, und sie hat niemanden. Ich weiß aus Erfahrung, wie das ist. Ich bin daran gewöhnt. Sie nicht. Also …«

»Ich soll die Situation nicht ausnutzen? Für was für einen Kerl halten Sie mich eigentlich?«

»Das wollte ich damit nicht sagen …«

»Danke, aber Helena und ich sind schon immer gut miteinander ausgekommen. Sie ist die Frau – Witwe – eines guten Freundes. Schluss, aus, basta.«

»Solange es dabei bleibt.« Sie reichte ihm eine Akte.

»Costello!« Auf diesen gar nicht so diskreten Ruf hin drehten sich beide um, und DCI Rebecca Quinn winkte Anderson mit einer Geste zu sich, bei der es Costello kalt den Rücken hinunterlief. »In mein Büro, und zwar bitte sofort, alle beide.« Sie ging los und erwartete offensichtlich, dass sie ihr folgen würden.

»Na, wir sollten es schnell hinter uns bringen«, murmelte Anderson.

»Das haben sie über den Ersten Weltkrieg auch gesagt«, gab Costello leise zurück.

Quinn setzte sich auf ihren Stuhl, stellte einen Fuß an das Tischbein und schob sich nach hinten. Costello und Anderson folgten ihr ins Büro, wo sie O'Hare stehen sahen, der am Aktenschrank lehnte. Er schien das ganze Gewicht der Welt auf den Schultern zu tragen.

»Drei weitere Todesfälle, Costello. Drei Todesfälle, und Sie haben mir nichts gesagt. Muss ich Sie vielleicht extra daran erinnern – Duncan Thompson, Barbara Cummings, Moira McCulloch?«

Costello blickte auf Quinns Schreibtisch und entdeckte ihr gelbes Notizpapier. Sie sah O'Hare an, der den Blick mit unergründlicher Miene erwiderte. Also wandte sie sich Quinn zu. »Das sind meine Notizen.«

»Tatsächlich? Lewis und Mulholland haben sie mir gegeben.« Quinn nahm den Zettel zwischen Daumen und Zeigefinger und schwenkte ihn in der Luft.

»Das war meine Ermittlung.« Costello sprach wütend mit leiser Stimme.

»Das kann ich bestätigen. Ich habe gesehen, wie der Anruf auf ihrem Apparat ankam.«

»Das weiß ich wohl. Aber Sie haben dem Rest der Abteilung nichts gesagt, also musste DC Mulholland während Ihrer Abwesenheit die Initiative ergreifen.«

»Mir ging es nicht gut. Ich …«

»Entweder arbeiten Sie, oder Sie arbeiten nicht. Und wenn Sie nicht arbeiten, DS Costello, wird diese Wache ihr Bestes geben, um auch ohne Sie auszukommen«, sagte Quinn sarkastisch.

Costello fauchte zurück: »Alles, was ich hatte, waren drei Namen. Man hat mir gesagt, ich solle auf den Rückruf von der Toxikologie warten. Wäre ich damit zu Ihnen gekommen, hätten Sie mir vorgeworfen, ich würde Ihre Zeit verschwenden, und mir gesagt, ich solle warten, bis die zurückgerufen hätten. Oder etwa nicht? Ich bin ein Detective, wissen Sie.«

»Darüber ließe sich streiten«, sagte Quinn. »Warum haben Sie dann in der Kantine gesessen und sich vollgestopft?«

»Ich bin umgekippt, weil ich achtundvierzig Stunden nichts gegessen habe, Ma'am. Außerdem habe ich in letzter Zeit einige Überstunden geleistet. Da dachte ich ...«

»Denken hatte ich gar nicht von Ihnen erwartet.«

»... über diesen Fall nach.« Costello legte die Karte vor Quinn und zwang sie, darauf zu schauen. »Sehen Sie! Das Western ist hier, das Gartnavel hier. Headeze wird nur von der Waldo-Kette verkauft.«

»Wie bitte?«, unterbrach Quinn sie.

»Das Schmerzmittel, von dem ich vermute, dass es das Zyanid enthalten hat. Waldo ist hier in der Byres Road. Es gibt nur einige Geschäfte davon in der Stadt und eines draußen in Anniesland, aber ich glaube, diesen Laden sollten wir uns als Erstes ansehen. John Campbell wohnte hier« – Costello tippte mit dem Zeigefinger auf die Stelle – »oben an der Partickhill Road. Seine Tochter fuhr vom Tennisclub – hier – zu ihrem Haus in den Mearns.« Costello zog eine Linie von der einen Seite der Karte zur anderen. »Sie musste die Byres Road entlangfahren und kam an dieser Filiale von Waldo vorbei.«

Inzwischen hatte sich O'Hare vorgebeugt und betrachtete die Karte. »Lars Lundeberg, der Mann, der überlebt hat, ist an der Uni und wohnt in einem Studentenheim in ...« Er ließ den Finger kreisen und suchte eine Straße. »Hier, Peel Street. Er kommt an dem Waldo vorbei, wenn er zur Uni geht.«

»Aber es ist Weihnachten, und er ist nach Hause abgereist, nach Göteborg, nicht in die Peel Street. Ich erwarte einen Anruf und mehr Informationen über ihn, aber vielleicht haben die auch schon angerufen und niemand hat mir Bescheid gesagt«, meinte Costello trotzig.

»Und Barbara Cummings hat in der Rowanhill-Bücherei gearbeitet«, fuhr O'Hare fort, als hätte sie nichts gesagt.

»Aber sie wohnte in der South Side«, stellte Quinn fest, während sie Mulhollands Notizen las. »Ist sie mit dem Auto gefahren?«

»Zu schlechte Augen, hätte ich gedacht. Wenn sie also öffentliche Verkehrsmittel benutzt hat, könnte sie ebenfalls an der Byres Road vorbeigekommen sein.«

»DI Anderson, könnten Sie jemanden bitten, das zu überprüfen? Suchen Sie die nächsten Verwandten und fragen Sie die, ob die Verstorbene je Headeze genommen hat und wo sie die vermutlich eingekauft hat. Das Gleiche wird bei Duncan Thompson durchgeführt. Er wohnte am Novar Drive. Und Moira McCulloch wohnte draußen in Bearsden. Na los, Anderson«, scheuchte Quinn ihn auf. »Jetzt gleich.«

Anderson erhob sich und warf Costello einen Blick zu, als er die Tür erreichte, *nicht die richtige Zeit und nicht der richtige Ort,* während Quinn und O'Hare sich weiter auf die Straßenkarte konzentrierten.

Costello brach das Schweigen: »Ich habe versucht dahinterzukommen – geht es bei dieser Giftmischerei darum, die Waldo-Supermärkte zu treffen? Und wenn ja, zu welchem Zweck? Erpressung kann es nicht sein, wir haben schließlich keine Forderungen.«

»Aber die Toxikologie hätte ein Muster bemerkt, wenn die Sache geographisch nicht so begrenzt wäre. Wir haben jedenfalls landesweit Alarm geschlagen. Ohne Hinweise auf ähnliche Fälle. Das scheint eine lokale Angelegenheit zu sein«, sagte O'Hare. »Ergibt daher keinen Sinn.«

»Also, was *wäre* denn der Zweck?«, fragte DCI Quinn.

»Ich denke, jemand versucht, einen Mord zu begehen,

und möchte ihn einem Fremden unterjubeln, weil die Leute wie Fliegen umfallen«, sagte Costello eindringlich. »Ich meine, sehen Sie sich Sarah McGuire an. Nehmen wir einmal an, sie hätte ihrem Vater Gift gegeben, um ihn zu töten – dann hätte sie selbst ein bisschen davon nehmen können, sozusagen als Ablenkungsmanöver, falls wir ihr auf die Spur kommen. Sie wusste vielleicht, dass sie etwas essen musste, um die Aufnahme des Giftes zu verzögern. Das haben Sie selbst gesagt, Prof – John Campbell hatte eine dünne Magenwand und nichts gegessen, deshalb starb er schnell. Doch bei einem vollen Magen mit einer gesunden Magenwand wird die Aufnahme verzögert, und man überlebt mit größerer Wahrscheinlichkeit.«

»Das stimmt wohl«, antwortete O'Hare durchaus belustigt.

»Sarah war interessiert daran, welcher Anteil von ihrem Erbe unversehrt geblieben ist. Sie erbt auch die drei Wohnungen über der ihres Vaters, wissen Sie …«

»Wie stark war denn der Schlag an den Kopf, Costello?«, fragte Quinn langsam.

»Ich meine es ernst.«

»Das habe ich befürchtet. Vergessen Sie es. Ein Schritt nach dem anderen. Überprüfen Sie, wie man an Zyanid gelangen kann, überprüfen Sie mögliche Motive, den Laden, das Personal, die Familie, die Freunde. Wer kennt wen, und gibt es irgendwelche Querverbindungen zwischen den Familien. Der Verdienst gebührt unserem guten Professor, der die Spur verfolgt hat. Sorgen Sie in dem Laden dafür, dass die Vorräte einbehalten werden, und geben Sie eine Warnung an die Presse raus – irgendetwas Allgemeines; ich möchte keine Panik. Na ja, wir können nur hoffen, dass wir die Sache aufgeklärt haben, ehe noch jemand stirbt. Wir belassen die Alarmstufe landesweit auf Rot, nur für den Fall, dass es lediglich die Spitze vom Eisberg ist, auf die wir gestoßen sind. Es könnte sich überall wiederholen.« Sie wandte sich an Costello. »Bitte, Costello, tun Sie einfach nur, was man Ihnen sagt, und erstatten Sie mir Bericht. Und keine Abweichungen vom Kurs. Haben Sie verstanden?«

Costello ließ sich nicht so leicht einschüchtern. »Ich will ja nicht auf der Sache herumreiten, aber Sarah wusste, wie häufig ihr Vater Kopfschmerzen bekam, weil er wegen der Nachbarn über ihm nicht schlafen konnte. Früher oder später nahm er dann eine Headeze. Sarah musste nur ein paar Packungen manipulieren und ihrem Vater eine davon geben. Wenn niemand bemerkt hätte, dass die Opfer durch Gift gestorben waren, gut und schön, dann hätte niemand nach einem toxikologischen Bericht gefragt, und sie wäre damit durchgekommen. Wenn jemand anderes ebenfalls an dem Gift gestorben wäre, gab es absolut keine Verbindung zu ihr, und man würde sie trotzdem nicht verdächtigen. Ihr Vater hat das Haus in Brand gesetzt, und insofern war es ein fantastischer Glücksfall, dass mir der eigenartige Geruch aufgefallen ist. Und selbst nachdem wir die Tat aufgedeckt haben, brauchte Sarah sich nur selbst zum Opfer zu machen, und schon ist sie wieder davongekommen. Es ist genial. Wenn sie nicht so eine hochnäsige Kuh wäre, würde ich sie bewundern.«

O'Hare schaute aus dem Fenster auf neutralen Boden und hatte kein Verlangen danach, zwischen die Fronten zu geraten. Anderson, der anklopfte, rettete ihn.

»Wyngate kümmert sich um die Angelegenheit, Ma'am; er ist gut in diesen Dingen«, sagte er und setzte sich auf den freien Stuhl.

»Wenigstens einer von uns.« Quinn notierte etwas in ihrem Kalender und ignorierte Costello, die nach ihrem Ausbruch heftig atmete. »Oh, und DI Anderson, wo Sie schon mal hier sind: Bitte lassen Sie keine zivilen Besuche ohne Begleitung in unserem Ermittlungsraum herumlaufen.«

»Wen?«, fragte er, da ihn der plötzliche Themenwechsel verwirrte.

»Große Frau, langer dunkler Mantel. Vor zehn Minuten?«

Er presste die Lippen aufeinander. »Das war die Witwe vom Boss – von DCI McAlpine, Ma'am.«

»Ja, ich weiß. Sie ist Künstlerin, oder?«

»Ja.«

»Und keine Angehörige der Strathclyde-Polizei.«

Anderson reagierte nicht; er sah Quinn einfach nur ins Gesicht. Sie wandte den Blick als Erste ab. »Ja, Ma'am, aber ihr Mann hat bei uns gearbeitet.«

»Rebecca?«, sagte O'Hare. Er streckte die Hand in Richtung ihrer Schulter aus, doch sie wich zurück.

Costello nutzte die Gelegenheit, da Quinn ihr Feuer gerade auf jemand anderes richtete. »DCI Quinn? Sie haben gesagt, Lewis habe Ihnen meine Notizen gegeben. Haben Sie zufällig gefragt, wie sie an die rangekommen ist?«

»Spielt keine Rolle. Die Information musste mir sofort übermittelt werden.« Quinn öffnete eine Schublade und versuchte, das Gespräch zu beenden.

Anderson stand auf und wollte gehen; Costello tat das Gleiche, lehnte sich jedoch an Quinns Schreibtisch und richtete sich zu ihren vollen Einsfünfundsechzig auf. »Aber nur der Vollständigkeit halber, diese Notizen befanden sich in meinem Besitz und wurden mir abgenommen, während ich bewusstlos war. Eigentlich wurden sie aus meiner Handtasche entfernt, während ich auf die Bestätigung der Fakten gewartet habe«, stellte sie heraus. »Es handelt sich also um einen Diebstahl, während ich aktiv mit der Ermittlung befasst war, einen Diebstahl wichtiger Informationen, die der Untersuchung dienten.« Costello zog ihre Jacke zusammen. »Darüber sollten Sie vielleicht nachdenken, ehe ich mich deswegen öffentlich beschwere.«

»Wollen Sie mir drohen, DS Costello?«, fragte Quinn.

»Ja, DCI Quinn. Auf Wiedersehen«, sagte sie leicht dahin und ging hinaus. Anderson folgte ihr und fügte einen fröhlichen Abschiedsgruß hinzu.

Costello warf die Tür der Umkleide zu. Ein Beamter in Uniform, der hinter ihr hereinkam, spürte die dicke Luft und machte auf der Stelle kehrt.

»Habe ich was verpasst?«, fragte Mulholland, der seine Augenbrauen im Spiegel begutachtete.

»Sehe ich aus, als würde ich mir gern den Arsch von Quinn aufreißen lassen? Sie hätten mit den Informationen von Garrett zu mir kommen sollen, anstatt mich wie einen verdammten Idioten dastehen zu lassen.«

»Wenn diese Papiere wichtig waren, hätten Sie sie sicher aufbewahren sollen.«

»Sie waren in meiner Handtasche.«

»Sie waren auf dem Boden in der Toilette.« Mulholland hörte nicht auf zu zupfen. »Sagen Sie, was Ihnen auf der Seele brennt, Costello, oder lassen Sie mich in Ruhe. Es war Ihr Fehler, die Informationen nicht herauszugeben, und Sie sind eben dabei erwischt worden.«

»Ich bin in der Toilette ohnmächtig geworden.«

»Dann erledigen Sie das demnächst im Büro.«

»Ich war mitten in der Ermittlung.«

»Schön für Sie.« Mulholland fuhr ein paar Mal mit den Fingern über seinen Pony. »Vielleicht sind Sie mit solchem Kram durchgekommen, als Sie noch McAlpines blauäugiges Mädchen waren, aber das ist jetzt wohl vorbei.«

Es war halb sechs und bereits stockfinster, als PC Smythe vor dem Gitterzaun von Crown Avenue Nr. 3 anhielt. Sein Dienst in der Partick Central begann erst viel später, aber er hatte nicht mehr schlafen können. Die Berichte, die hereingekommen waren, hatte er alle gelesen, und er kannte die Gerüchte, denen zufolge sich die Besatzung von Partickhill auch in einer weiteren Ermittlung festgefahren hatte, bei der es um Manipulation von Medikamenten ging. Es war natürlich in Ordnung zu sagen, dass Flughäfen und Fähren überwacht wurden, doch letztlich brauchte man ein Kind gar nicht aus Schottland herauszuschmuggeln, denn der größte Teil des Landes war menschenleer. Trotzdem rechtfertigte dies nicht das mangelnde Engagement einiger Leute in den Suchmannschaften, dachte Smythe. Die Suche war eine langweilige, harte und undankbare Arbeit, bei der man zusätzlich jämmerlich frieren durfte. Dennoch musste sie erledigt werden. Man hatte ihm oft genug gesagt, dass er jung und idealistisch war. Aber wenn man angesichts zweier vermisster Kinder keinen Idealismus entwickelte, wozu sollte man den verfluchten Job dann machen? Eine einzige dusselige Abkürzung konnte den Unterschied zwischen Leben und Tod bedeuten.

Er stieg aus dem Wagen und ging vor der Häuserreihe entlang und bog dann unter einem wunderschönen hellen Sandsteintorbogen in den Weg ein. Er sah nach oben und entdeckte im Strahl seiner Taschenlampe Wasserspeier und Engel. Die Gasse wurde selten von Autos befahren. Sie war mit Gras bewachsen gewesen, und die Reifen hatten zwei Spuren hinterlassen, die irgendwann jemand mit Kies bestreut hatte. Jetzt bestanden sie aus einem Flickenteppich aus Schnee, Eis, Stein und Moos. Smythes Schritte hallten durch die Dunkelheit, und er hielt seine Taschenlampe ein wenig höher.

Ungefähr dreißig Meter weiter teilte sich der Weg in drei auf. Er versuchte, sich zu orientieren, und schwenkte die Lampe in weitem Bogen von links nach rechts. Die Wege rechts und links verliefen parallel zur Crown Avenue weiter, der dritte, eher ein ausgetretener Pfad, verschwand in der Dunkelheit. Der Mut wollte ihn verlassen – wie viele solche kleinen Wege gab es denn noch, Geschenke für jeden Kindesentführer? Waren die überhaupt auf den Plänen verzeichnet?

Er ließ das Licht seiner Lampe an den Häusern entlangwandern bis zu der Stelle, wo die Mauer plötzlich nur noch drei Meter hoch war. Von hier aus konnte er die Hinterhöfe nicht einsehen, daher ging er fünfzig Meter weiter, an halb verfallenen Garagen vorbei, deren Türen ausgehängt waren und deren Dächer durchhingen. Er leuchtete hinein und sah defekte Rasenmäher, alte Bettgestelle und Unrat aller Art; Aladins Höhle für Kinder.

Ihm wurde kalt, der Frost kroch ihm in die Knochen, und die Einsamkeit machte ihn nervös. Er würde seinen letzten Penny verwetten, dass diese Gegend überhaupt nicht auf den Suchplänen auftauchte. Also holte er sein Handy heraus und fotografierte die Garagen; das Bild war unscharf, aber man konnte es zeigen, man hatte einen Beweis.

Nun schaltete er seine Taschenlampe aus und kehrte zum Wagen zurück, startete sofort den Motor und stellte die Heizung auf höchste Stufe. Er pustete sich in die Hände, damit die Finger wieder auftauten. Sein Blick schweifte an den Häusern entlang. Vier Geschosse? Fünf, wo auch das Untergeschoss ausgebaut war. Das multipliziert mit dem ganzen West End … Und die Abendschicht der Suchmannschaft war damit zufrieden, auf den fetten Ärschen zu sitzen.

Wenn nur jemand mit einem Gewissen an diesem Fall arbeiten würde, ein Detective mit Kindern. Er hatte von diesem Detective Inspector Colin Anderson gehört.

Smythe legte den Gang ein und fuhr den Hügel hinauf in Richtung Hyndland Road und Partickhill-Wache.

14

Lynne hatte ein Essen im Mother India geplant, nur für Douglas und sich. Er würde mit dem Taxi vorbeikommen, um sie abzuholen, und sich einen großen braunen Umschlag unter den Arm klemmen, sodass Stella McCorkindale, wenn sie im falschen Moment aus dem Fenster sah, glauben würde, er habe ihr nach einem Beratungsgespräch noch wichtige Unterlagen zu überbringen.

Auf dem Weg nach Hause überlegte sie, was sie in welcher Reihenfolge erledigen würde. Eve war bei ihrem Neurologen, und in dessen Praxis kam man auch mit Termin nicht pünktlich an die Reihe. Also würde Lynne zunächst zwanzig Minuten bei einer Tasse Earl Grey die Füße hochlegen. Danach würde sie in aller Ruhe baden, sich die Beine rasieren, die Augenbrauen zupfen und sich dick mit der neuen Edel-Feuchtigkeitscreme von M&S einschmieren. Und zum Schluss würde sie noch ihr Clinique Aromatics benutzen, das Eve so hasste.

Sie stand einen Augenblick lang vor der Tür und malte sich Momente heimlicher Leidenschaft mit Douglas aus. Dann steckte sie den Schlüssel ins Schloss. Und nachdem sie ihn umgedreht hatte, lösten sich ihre Tagträume in Wohlgefallen auf.

Eve war daheim. Der Geruch von Pommes und Curry begrüßte Lynne schon im Flur. Ihre verfluchte Schwester hatte den Taxifahrer überredet, ihr unterwegs bei einem Imbiss Essen zu kaufen. Lynne stellte die Einkaufstüten vorsichtig auf dem Boden ab, machte die Tür sehr langsam hinter sich zu und schlich auf Zehenspitzen durch den Korridor. Die Tür zu ihrem Schlafzimmer stand offen, obwohl sie die immer schloss. Immer. Sie betrachtete den Veloursteppich. Gleichmäßig, richtig perfekt; da waren keine Spuren eines Rollstuhls zu sehen.

»Hallo?«, rief jemand, jedoch nicht aus dem Arbeitszimmer. Wo auch immer sie steckte, wenigstens klang Eve fröhlich.

»Hallo. Ich bin's«, antwortete Lynne. »Ich bin sofort bei dir.«

»Bist du allein?« Die Stimme kam aus dem hinteren Teil des Hauses.

»Ich wünschte, ich wäre es«, murmelte sie. Sie nahm ihre Einkäufe, ging in die Küche und fand eine zerknickte leere Rolle Pringles auf dem Boden.

Sie stellte die Einkäufe auf die Arbeitsfläche und ging um die Ecke ins Esszimmer. Der gesamte Esstisch war mit Zeichnungen und Illustrationen von Eve bedeckt – Pastellkreide, Wasserfarbe, Bleistift und Tusche. Dem Chaos auf Boden und Tisch zufolge musste sie ausgesprochen fleißig gewesen sein. Ihre Schwester hob den Kopf nicht, als Lynne eintrat, sondern begutachtete ein Bild nach dem anderen, und jedes wurde mit einem feinen Blatt Seidenpapier abgedeckt. Die meisten Bilder landeten auf dem linken Stapel, einige auch auf dem rechten. Im Zimmer herrschte stickige Hitze. Lynne schnalzte missbilligend ein paar Mal mit der Zunge, ging zum Fenster und legte eine Hand auf den Heizkörper. Er lief auf Hochtouren.

»Mach das Fenster nicht auf, sonst fliegt mir der ganze Kram durcheinander.«

»Wir brauchen frische Luft«, sagte Lynne und bemerkte, dass ihre Schwester eine andere Hose trug. Demnach hatte sie sich allein umgezogen.

»Was machst du denn?«, fragte Lynne leise.

»Ich schaue mir ein paar von meinen alten Sachen an. Vielleicht kann ich damit mein Image ein bisschen aufpolieren. Ich möchte nicht den Rest meines Lebens wegen einer verfluchten Mücke berühmt sein. Entschuldigung, Squidgy.«

Squidgy hockte auf dem Tisch und beachtete sie nicht.

»Warum? Du kannst deine Termine jetzt schon kaum einhalten; wie soll es werden, wenn du dir noch mehr Arbeit aufhalst? Du hast Verpflichtungen, Eve. Du darfst andere Leute nicht ständig vor den Kopf stoßen.« Sie hörte die Panik in ihrer Stimme.

»Diese Dinge überlasse ich den Besserwissern dieser Welt. So wie dir. Mir stellen sich größere Aufgaben.«

Lynne antwortete nicht; sie sah an ihrer Schwester vorbei hinaus in den Garten, in *ihren* Garten. Zwischen den kahlen Bäumen war das Gras mit sanftem Weiß überzogen. Ihr Vogelhäuschen sah schmutzig und verlassen aus. Sie erinnerte sich: Das hatte sie in der Woche gekauft, in der Eve an der Kunsthochschule angefangen hatte. Das war auch die Woche gewesen, in der Eve die Männer entdeckte. Während der nächsten Jahre hatte sie keine Nacht mehr im Haus der Familie verbracht, bis sie nach dem Unfall und einem langen Krankenhausaufenthalt im Rollstuhl hereingeschoben wurde; seitdem war sie so gut wie nicht mehr ausgegangen. Und in den Jahren, in denen Eve fort gewesen war, hatte Lynne die Mutter gepflegt, die unter unvorstellbaren Schmerzen litt. Im Garten hatte sie Zuflucht und Ruhe gefunden vor dem ewigen, alles durchdringenden Geruch von Desinfektionsmittel, vor den Schuldeneintreibern, die nach Eve suchten, und überhaupt vor der ganzen Welt. Viele Stunden hatte sie dort draußen verbracht, hatte mitten im Winter – sie liebte die Kälte – in ihrem großen Mantel auf den Stufen gesessen und an ihrem Earl Grey genippt. Wann hatte sie damit aufgehört? Als ihre Mutter gestorben war?

Als Eve wieder eingezogen war? Oder als sie herausfand, dass ihre Mutter das Haus Eve hinterlassen hatte? Schaudernd dachte sie an den Schock, den dieser Verrat ausgelöst hatte, diese Enteignung. Nein, nein, ein zweites Mal würde ihr das nicht passieren.

Lynne nahm den Probedruck eines Single-Covers, das Eve vor Jahren für Rogan O'Neill entworfen hatte. Für Sammler von Rogan O'Neill musste es inzwischen ein Vermögen wert sein. Es handelte sich um eine feine Tuschzeichnung von Rogan, der an einem Baum lehnte, lange schwarze Kleidung trug und eine nachdenkliche Haltung eingenommen hatte. Die Allee führte in den Hintergrund, und an jedem Baum lehnte ein Rogan, doch je weiter hinten, desto stärker verlor er seine Gestalt und verwandelt sich langsam in Noten, die sich dann um den letzten Baum rankten. Die Zeichnung war wunderbar ausgeführt.

So talentiert, ihre Schwester, und so unzufrieden.

Sie, Lynne, war diejenige, die das Recht gehabt hätte, unzufrieden zu sein, dachte sie; um die Mutter zu pflegen, hatte *sie* ihre angefangene Ausbildung aufgegeben, ohne je die Chance zu bekommen, sie wieder aufzunehmen. Immer hatte sich alles nur um Eve und ihre Begabung gedreht, nie um Lynne und ihre schier endlose Geduld und Opferbereitschaft. Immer nur Eve, Eve, Eve. Lynne biss sich auf die Lippe und unterdrückte das Gefühl von Angst, das ihren Bauch aufwühlte. Ihr Leben hastete eine schmale Landstraße ins Nirgendwo entlang. Und sie hatte keine Ahnung, wie sie abbiegen könnte.

Lynne fiel auf, dass ihr Schachbrett verändert worden war; die Dame war auf den Boden gefallen und lag dort würdelos mit dem Gesicht nach unten. Das Schachbrett hatte ihrer Mutter gehört und deren Mutter davor, es war aus reinem Elfenbein, das mit dem Alter den Glanz verloren hatte. Lynne setzte sich auf einen Esszimmerstuhl und versuchte, die Dame zu erreichen, gelangte aber nicht dran. Sogar nachdem sie den Stuhl bis zum Sideboard gezogen hatte, gelang es ihr nicht. Sie drehte sich um, ob Eve ihr zuschaute, doch ihre Schwester hatte den Kopf gesenkt und sich in eine Zeichnung vertieft. Lynne kniete sich hin, hob die Schachfigur auf und liebkoste die vertraute Form mit den Fingerspitzen.

»Hast du heute Besuch gehabt, Eve?«, fragte sie.

»Nein, wer sollte mich schon besuchen?« Eve richtete sich auf und zuckte zusammen, weil ihr Rücken schmerzte. »Ach ja, du gehst doch heute Abend ins Mother India? Du musst selbst hinkommen, hat er gesagt. Oh, schau nicht so elend. Man möchte meinen, jemand wäre auf deinen Lieblingsteddy getreten.«

»Hat er angerufen?«

»Ja, habe ich das nicht erwähnt?«

Lynne antwortete nicht, sondern stieß den König mit dem Fuß der Dame um und stellte sie auf ihren rechtmäßigen Platz.

Alles war wie gehabt: das plüschige weiße Sofa, der cremefarbene Teppich, der Perser an der Wand. Am Fenster war großzügig weißer Musselin um eine Messingstange geschlungen, und der Stoff wallte herunter und warf elegante Falten auf dem Boden. Auch die japanische Pflanzschale mit den vier Bonsaibäumen hatte sich nicht verändert. Anderson befühlte die zarten Äste, die hart und gleichzeitig geschmeidig waren. Er erinnerte sich an eine kalte, verregnete Nacht ganz ähnlich dieser, als er seinen Boss zum letzten Mal lebend gesehen hatte. Wenn er die Augen schloss, konnte er sich vorstellen, dass er sich umdrehte und den Geist von Alan auf dem Sofa sah, wie er dort im Anzug schlief.

Er ging hinüber zum Feuer, stellte sich mit dem Rücken

davor und ließ sich von der sanften Hitze die Beine wärmen. Seine Füße sanken in der dicken Wolle des Teppichs ein. Der kahle Linoleumboden der Partickhill-Wache war kaum fünf Minuten entfernt, und trotzdem hatte er das Gefühl, auf einem anderen Planeten zu stehen.

Dieses Haus war mit ausgesuchtem Geschmack luxuriös und dabei behaglich eingerichtet worden. Der Stutzflügel stand in der Ecke, und es machte den Eindruck, als stünden jetzt mehr Fotos darauf, mehr Fotos von Alan und Helena zusammen. Gerührt entdeckte er in einer bunten Montage die Gesichter seiner eigenen Kinder, die ihn anschauten, Peter mit einem Polizistenhelm und breitem Grinsen, das einen lockeren Milchzahn in gefährlichem Winkel zeigte, und Claire posierte wie ein Mädel aus den Zwanzigern und stützte das Kinn auf die Fingerspitze. Vermutlich war es auf der Halloweenparty letztes Jahr in der Wache aufgenommen worden, doch er konnte sich nicht daran erinnern. In diesem Raum mit den großen Sofas und den Stapeln aus Kunstbänden würden niemals Kinder aufwachsen. Nicht zum ersten Mal fragte er sich, wie Helena sich eigentlich fühlte wegen ihrer Kinderlosigkeit. Wie sie sich jetzt fühlte, nachdem ihr Mann gestorben war und sich ihr eigenes Leben ebenfalls in der Schwebe befand.

Er drehte sich zum Feuer um und betrachtete das Selbstporträt im Präraffaeliten-Stil über dem Sims. Es hatte zu Alans Lieblingsbildern gehört; stets hatte er gescherzt, er möge es, weil es keine Widerworte gab. Helena trug ein dunkelgrünes Samtkleid mit Falten, üppige Farbe neben üppigem Dekolleté, und natürlich das ewig zerzauste kastanienbraune Haar. Am Tag nach Alans Beerdigung hatte sie es sich abgeschnitten.

Sie kam mit einem Tablett herein und stieß die Tür hinter sich mit dem Fuß zu. »Ich habe keine Sahne«, entschuldigte sie sich, »nur Milch, fürchte ich.«

»Schön«, sagte er. »Zu Hause bin ich momentan schon froh, wenn ich Milch bekomme, die noch flüssig ist.« Andersons Handy piepte.

»Haben Sie es eilig?«, fragte sie und hielt inne, die Kaffeekanne über der Tasse.

»Nein, nein. Ich bekomme nur SMS von Leuten, die ich gar nicht kenne. Von einem PC Smythe.« Er las die Nachricht, zog die Augenbrauen zusammen und ließ das Handy zuschnappen, ehe er sich auf das Sofa setzte, weil es ihm falsch erschien, vor einem Feuer zu stehen, das nicht ihm gehörte. »Von der Werkstatt habe ich noch nichts gehört. Klappt es mit dem Reservereifen?«

Sie fragte nicht: *Warum rufen Sie denn nicht selbst an?* Genau damit hätte Brenda ihn genervt, und zwar unentwegt. Stattdessen sagte sie: »Ja, das ist schon in Ordnung. Ich brauche den Wagen nicht so häufig, ich gehe ja auch jetzt ins Krankenhaus, und den Wagen wollte ich nicht mitnehmen.« Helena reichte ihm seinen Kaffee, und einen Moment lang legte Colin seine Hand auf ihre.

Helena lächelte knapp und entzog sie ihm. »Und, gefällt Peter das Kostüm?«

»Ich war noch nicht zu Hause, aber ich wollte mich bei Ihnen bedanken. Hoffentlich bekommt er die Chance, es zu tragen.«

»Die wollen doch den Basar nicht absagen?«

»Nein, bestimmt nicht. Ich fürchte nur, er wird nicht hingehen können. Er muss zu seiner Großmutter, weil Brenda zu tun hat…«

»Was denn?«

»Zu tun eben.« Colin zuckte mit den Schultern. »Was Frauen so vor Weihnachten tun, und was Männer eigentlich für sinnlos halten. Und ich kann es mir nicht leisten, ihn abzuholen, da der Fall, an dem wir arbeiten, gerade meine volle Aufmerksamkeit verlangt, und…«

»Ich könnte ihn mit dem Taxi abholen. Wir verstehen uns doch gut, vielleicht holen wir uns ein Monkey Meal und Cheeky Chips.« Sie lächelte schelmisch. »Ernsthaft, das würde mir Spaß machen, und ich hätte etwas zu tun. Außerdem bin ich neugierig, was Puff the Magic Dragon mit Weihnachten zu tun hat.«

Colin ließ sich in das Sofa zurücksinken und wärmte sich die Finger an dem Kaffeebecher. »Die hatten die Kinder aufgefordert, sich etwas Neues auszudenken, und das war seine Idee.«

»Man muss ihn wirklich bewundern«, sagte Helena. »Er gibt der größten Geschichte der Welt eine ganz neue Ausrichtung. Puff muss sich wahrscheinlich gegen eine Babypuppe in Windeln und einen Windhund als Eselsersatz durchsetzen.«

Sie schlug die Beine übereinander, ließ einen der schwarzen Mokassins an ihrer Zehe wippen und fragte viel zu beiläufig: »Und, wie läuft es denn mit der neuen DCI – Rebecca Quinn, oder?«

»Wie mit jeder anderen Heuschrecke auch.«

Helena lächelte und nippte an ihrem Kaffee.

Es wäre viel zu leicht gewesen, einfach dazubleiben, beschlich Anderson das Gefühl, um mit jemandem über Alan zu sprechen, der ihn auch gekannt hatte, und sich in den Erinnerungen aufzuwärmen und zu entspannen. Eigentlich hätte er sich hier am liebsten nie wieder fortbewegt. Dennoch stand er auf, ehe die Verführung zu groß wurde. »Helena, wenn Sie etwas brauchen, rufen Sie einfach an«, sagte er. »Sie haben ja meine Handynummer.«

»Danke, Colin.« Sie erhob sich, ging zur Tür und blieb dort stehen, legte ihm die Hand aufs Jackett und sagte: »Ja, und Sie sagen einfach Bescheid, wenn ich morgen auf Peter aufpassen soll. Sie haben oft genug auf meinen Mann aufgepasst.« Sie bewegte die Hand nicht, sie starrte nur darauf, und ihre Augen füllten sich mit Tränen. Sie betrachtete ihren Ehering.

Luca Scott schlug die Augen auf. Er lag bequem und zufrieden und allerdings auch ein bisschen verwirrt in einem warmen Bett. Noch immer war er an diesem schönen Ort. Über sich sah er nicht die abgeblätterte blaue Decke seines eigenen Zimmers; diese war grau und schwarz gesprenkelt. Er erkannte Muster, Pferde und Power Ranger, Palmen und Dinosaurier. Wenn er zur Seite schaute, bewegten sie sich. Aber er hatte keine Angst. Er fühlte sich sicherer als je zuvor in seinem Leben … ohne seine Mum. Hoffentlich ging es ihr gut. Er hatte immer gewusst, was er tun musste, wenn seine Mum so einen komischen Anfall bekam – sie allein lassen, bis sie nicht mehr zuckte, und es ihr dann bequem machen. Doch in der Spielhalle hatte sie nicht mehr aufgehört, und sie hatte sich den Kopf gestoßen, und es hatte geblutet, und jemand hatte sie angeschrien. Er war aus dem Weg geschoben worden und hatte sich im Labyrinth der vielen Beine verirrt. Dann stand er plötzlich draußen auf der Straße. Ihm war sehr kalt gewesen, da am Bordstein, er hatte nasse Füße bekommen, konnte nichts mehr sehen und versuchte, nicht zu weinen. Seine Nase lief, aber er konnte sein Taschentuch nicht finden. Seine Mum wurde immer böse, wenn er sich die Nase mit dem Ärmel abwischte.

Jetzt war ihm warm, er fühlte sich geborgen. Er knüllte sich die Decke um den Hals zusammen und fragte sich, was er heute machen würde. Vielleicht spielte er wieder mit dem Game Boy, oder sie würden wieder über den Boden rennen und gegen die Matratzen an den Wänden springen, oder vielleicht könnten sie auch wieder rutschen. Zu Hause war das alles verboten. Hier durfte er sogar Chips essen und Cola aus der Dose trinken, und gestern hatte er sich die salzigen, fettigen Finger am Sofa abgeputzt, und niemand hatte geschimpft. Man hatte ihm gesagt, er sollte schlafen gehen, wann er wolle, denn er sei ja schon ein großer Junge. Also blieb er ganz lange auf und schaute *Garfield* und aß Schokolade. Er setzte sich auf das Sofa und deckte sich mit der Decke zu, die ihm ganz allein gehörte. Troy hockte auf der anderen Seite des Sofas, und sie hatten Kerplunk gespielt und Empire-Biskuits gegessen. Troy war zum Schreien komisch; er sagte Worte, die Lucas Mutter ihm niemals hätte durchgehen lassen, aber wenn Troy sie sagte, waren sie witzig. Und Troy war echt hart drauf. Er ließ sich von niemandem mehr umarmen, daher dachte Luca, er sollte es am besten genauso machen, damit er auch hart wurde. Aber bei dem Computerspiel hatte er Troy besiegt und doppelt so viele Frösche zermatscht wie er. Das war die Krönung des Tages gewesen.

Er überlegte, ob er aufstehen sollte, aber es war so kuschelig und warm, wenn auch seine Nase kalt wurde. Er steckte in unterschiedlichen Kombinationen die Hände und Füße unter der Bettdecke hervor und wartete ab, bis sie zu frieren begannen, um sie dann schnell wieder in die Wärme zu ziehen.

Er dachte auch an seine Mum. Man hatte ihm gesagt, ihr gehe es besser, man kümmere sich im Krankenhaus um sie, und sie wolle nicht, dass er sich Sorgen machte. Die Bettdecke roch wie sie, weich und nach Zitronen. Er zog sie sich über den Kopf und fragte sich, ob man ihr im Krankenhaus auch genug Milch in den Tee schüttete. Sie hasste es, wenn der Tee so heiß war.

Vielleicht konnte er fragen und sie besuchen gehen; bestimmt würde sie sich freuen. Er dachte daran, Santa Claus um das Spiel zu bitten, wo man im Fernseher Fußball spielen konnte. Langsam driftete er wieder in den Schlaf und hörte das leise Quietschen nicht, mit dem sich die Tür öffnete.

Anderson verließ die Kirklee Terrace, überquerte die Great Western Road und bog sofort in die Hyndland Road ab. Er lenkte den Astra durch die Kurven der Crown Avenue. Am anderen Ende unter den Bäumen bei Nr. 3 sah er einen dunklen Corsa, in dem die Innenbeleuchtung brannte. Der Insasse nippte an einem dampfenden Kaffee im Einwegbecher und las mit gesenktem Kopf.

Anderson stellte den Motor ab und schaltete das Licht des Astra ab. Der Mann im Corsa stieg aus. PC Robert Smythe, vermutete Anderson. Die Uniform war tipptopp, die Mütze saß auf dem Kopf, der Dienstausweis war sichtbar, und zudem trug der PC ein Klemmbrett mit Regenschutz, das nicht zur Standardausrüstung gehörte. Dieser Mann war engagiert. Als er sich näherte, blieb er unter einer altmodischen Neonlaterne stehen. Er sah aus wie zwölf.

»DI Anderson?«

Colin nickte.

»Können wir uns kurz inoffiziell unterhalten? Ich würde Ihnen gern etwas zeigen.« Smythe zog seine Taschenlampe hervor, schaltete sie ein und aus und überprüfte so die Batterien.

»Es ist schon spät.«

»Zehn nach acht; um zwanzig nach sind Sie wieder unterwegs.«

»Also gut. Gibt es denn ein Problem?«, fragte Anderson.

»Es gibt sogar ein Riesenproblem«, sagte Smythe. »Folgen Sie mir bitte.« Er richtete den Strahl unter einen Sandsteintorbogen und beleuchtete den Weg.

Anderson ging hinterher und hörte Smythe zu, der ihm über die Suche berichtete, über seine eigenen Erfahrungen und Schwierigkeiten und über den Mangel an Einsatzbereitschaft bei einigen der Kollegen. Natürlich beschuldigte er niemanden im Einzelnen, aber was er sagen wollte, war eindeutig: Viel zu viel wurde dem Zufall überlassen. Anderson folgte dem Strahl der Lampe, der über eine Reihe von Hintertüren hinwegglitt und schließlich auf dem Suchbericht zum Halt kam. Weniger als dreißig Prozent waren abgehakt. Smythe leuchtete auf die baufälligen Garagen und wieder zurück auf das Klemmbrett – die waren nicht einmal auf der Liste.

»Ich wäre nicht glücklich, wenn mein Sohn in einer Nacht wie dieser vermisst würde.«

»Ich auch nicht«, stimmte Anderson zu. »Ich kümmere mich so schnell wie möglich darum. Sie hatten vollkommen recht, mich darauf aufmerksam zu machen.«

Smythe schaltete die Taschenlampe aus, und sie gingen den Weg zurück zu den Wagen. »Mir ist der Name Cotter auf der Tafel aufgefallen«, sagte Smythe. »Ist das nicht eine liebe Alte, die im gleichen Haus wohnt wie Troy McEwen?«

Anderson nickte und bemühte sich, nicht zu viel Interesse zu zeigen.

»Ich dachte, das hätte mich an etwas erinnert. Vor zwei Jahren, oder vielleicht ist es schon länger her, hat eine Miss Cotter, die dort drüben wohnt, ein Kind in der Byres Road aufgelesen«, erzählte er Anderson. »Das Kind hatte sich verirrt, und diese Miss Cotter kam gerade aus dem Krankenhaus. Sie hat einen Passanten gebeten, per Handy die Polizei anzurufen. Als wir dort auftauchten, hat ein Mann versucht, das Kind mitzunehmen. Er behauptete, der Onkel zu sein. Die alte Schachtel hat eine Riesenszene gemacht und gesagt, sie würde das Kind nur der Mutter übergeben. Also hat der Onkel die Mutter angerufen, die am falschen Ende der Byres Road gesucht hat. Die erschien kurz darauf völlig aufgelöst. Diese Cotter war ein richtiger Drache und wollte das Kind nicht gehen lassen. Aber nachdem die Angelegenheit geklärt war, verwandelte sie sich wieder in die nette alte Dame mit der schlimmen Lunge. Ist das die Gleiche? Der Name ist nicht so häufig.«

»Bestimmt nicht«, sagte Anderson unverbindlich und schaute hinüber zu den großen Häusern an der Crown Avenue. Der Weg dazwischen lag in dunklen Schatten. Diese Häuser gaben ihre Geheimnisse nicht preis.

»Sie hat nicht unterschrieben.« Lynne ergriff Douglas' Hand. »Sie ist einfach weggerollt, ohne den Vertrag zu unterschreiben.«

Douglas löste sanft ihre Hand von seiner. »Na ja, sie spielt das kleine bisschen Macht aus, das sie hat.« Er steckte sich ein Stück Papadam in den Mund. »An einem gibt es jedoch keinen Zweifel: Sie wird am Ende unterschreiben, sobald sie in der richtigen Stimmung ist. *Evelynne* Calloway muss eine juristische Person werden, und Eve muss akzeptieren, dass du in der Öffentlichkeit deren Gesicht darstellst. Eine einzige Zeitungsgeschichte über ihre Drogenaffären und ihre Abtreibungen, und ihre Karriere als Kinderbuchautorin ist vorbei – und das weiß sie ganz genau. Gestern zum Beispiel warst du richtig gut im Radio; sie würde es niemals ohne ›verfickt‹ und ›scheiße‹ hinbekommen. Bei Eve ist es doch so: Wenn man hü sagt, wird sie schon rein aus Prinzip hott sagen. Die Ärzte meinen, sie solle eine Diät machen, also isst sie noch mehr. Sie darf keinen Alkohol trinken, wenn sie Tabletten nimmt, also trinkt sie eine ganze Flasche Rotwein jeden Abend. Auf diese Weise behält sie die Kontrolle und verarbeitet es, im Rollstuhl zu sitzen, glaube ich.«

»Und dir gibt sie die Schuld daran, im Rollstuhl zu sitzen, Douglas. Sie ist richtig besessen von dieser Idee. Und von dir.«

»Ich will ihr gar nicht das Recht absprechen, verbittert zu sein. Beinahe hätte es sie das Leben gekostet, Lynne.« Er nippte an seinem Kingfisher. »Das darfst du nicht vergessen. Letztendlich wird sie begreifen, dass ich nur meinen Job getan habe.«

»Aber macht es dir nicht Angst, dass sie Bescheid weiß? Wie sie über dich redet; sie nennt dich einen …« Lynnes Handy klingelte. Sie sah auf das Display: Eve. Typisch – keine dreißig Minuten, und schon rief sie an. *Ich muss auf die Toilette. Ich brauche etwas zu trinken.* Aber dieses Treffen mit Douglas war zu wichtig.

Er griff über den Tisch, nahm das Telefon und wies den Anrufer ab. »Nein, Lynne, sie muss lernen, ohne dich zurechtzukommen.« Ihre Blicke trafen sich. Lynne nickte und schob das Handy in ihre Handtasche zurück. »Weißt du, ich habe über deine Situation nachgedacht. Du würdest dich vielleicht besser fühlen, wenn du finanziell unabhängiger wärest. Ihr *könntet* ein Heidengeld mit Squidgy verdienen, aber wenn du das Gefühl hast, du kannst dich nicht auf Eve verlassen, solltest du deine Vermögenswerte für dich arbeiten lassen. Mach es wie Stella: Verkauf mir dein Haus, damit ich es in zwei Wohnungen aufteile, und du kaufst eine zu einem guten Preis zurück. Dann hast du eine hübsche Wohnung und Geld auf der Bank. Ich verkaufe die andere Hälfte und verdiene ebenfalls unverschämt gut daran.« Er grinste.

Lynne nickte. »Ja, das ist eine Überlegung wert. Vielleicht könnten wir das gemeinsam machen. Unser erstes gemeinsames Geschäft?«

»Na klar.«

»Unser kleines Geheimnis.« Nachdenklich strich Lynne über den Rand ihres Glases. »Eve hat ihre kleinen Geheimnisse, weißt du. Sie bekommt Besuch, wenn ich nicht zu Hause bin. Auch wenn sie es abstreitet, weiß ich es. Sie heckt etwas aus.«

Douglas erwiderte leise: »Ein Grund mehr, warum du daran denken solltest, das Haus zu verkaufen. Du musst die Kontrolle übernehmen, Lynne.« Douglas legte sein mit Zwiebeln beladenes Papadam wieder auf den Teller. »Du hast ihr in jeder Phase ihres Lebens geholfen. Ich weiß, du hast deine Berufspläne über den Haufen geworfen, um deine Mutter zu pflegen, während man Eve kaum zutrauen konnte, nüchtern zu bleiben. Und dann, als dein Leben gerade wieder in geordneten Bahnen verlief, musstest du wieder alles aufgeben, weil Eve ihren Unfall hatte. Du hast genauso viel verloren wie sie. Du kannst nicht einmal aus dem Haus gehen, ohne dass sie dies und jenes verlangt. Aber wenn du ständig alles für sie tust, wird sie niemals selbstständig. Sie ist kein Kind mehr, Lynne. Ihr beide müsst euch weiterentwickeln.«

Lynne hörte wieder ihr Handy klingeln. »Schwierig, sich weiterzuentwickeln mit einem Bremsklotz am Bein.« Sie ignorierte das beharrliche blecherne Klingeln. Douglas hatte keine Ahnung, dass das Haus Eve gehörte. Eve hielt alle Trümpfe in der Hand. »Sie braucht mich nicht. Sie weiß, sie kann jederzeit fortgehen.« Ihr fiel auf, dass sie laut gesprochen hatte, und Douglas legte ihr den Finger auf die Lippen.

»Meine liebe Lynne, eines wird deine Schwester bestimmt niemals können: und zwar fort*gehen.*«

15

Vik Mulholland zog seinen Arm unter Frans Hals hervor, langsam und vorsichtig, um sie nicht zu wecken. Sie zitterte leicht im Schlaf und murmelte etwas, das er nicht verstehen konnte, dann drehte sie sich um, und ihr langes dunkles Haar breitete sich über ihrer nackten Schulter aus. Er zog die Bettdecke über sie und fragte sich, wie sie sich in diesem eiskalten Haus warm hielt. Während er sich aus dem Bett hochdrückte, lehnte er den Kopf an die Wand hinter sich und vermisste das große lederbezogene Kopfteil seines Betts daheim. Er holte das Kissen unter sich hervor und schob es sich hinter den Kopf – er hatte so den Verdacht, die Wand hinter ihm könne feucht sein – und gewöhnte seine Augen an das changierende Licht, das durch die fadenscheinigen Gardinen hereinfiel und vermutlich von der Außenbeleuchtung im Hinterhof stammte, deren Bewegungsschalter immer wieder durch die Bewegungen von Füchsen, Ratten und Gott weiß, was da noch so alles lebte ausgelöst wurde.

Vik gähnte zufrieden. Er war müde. Der Schlaf schien dieser Tage ein unzuverlässiger Freund zu sein. Und zu schlafen bedeutete, ein wenig vom Zauber der Geisterstunde zu verlieren.

Schmerzen hinderten Fran am Einschlafen. Er hatte die kleine, in Fächer unterteilte Box mit Kapseln und Tabletten bemerkt, die neben ihrem Bett stand – eine zum Schlafen und vier, um die Schmerzen in Schach zu halten. Manchmal brachen diese Schmerzen mit solcher Wucht über ihr

Gesicht herein, dass sie ohne Vorwarnung zu weinen begann und zusammenzuckte, als habe man ihr eine Ohrfeige verpasst. Heute Abend hatte er sie im Arm gehalten, als sich ihr Gesicht verzerrte und stille Tränen über ihre Wangen rannten. Später hatte sie auf seine Frage geantwortet, es fühle sich an wie ein rotglühender Schürhaken, den ihr jemand ins Auge stieß. Und der dann umgedreht wurde. Er bildete sich ein, er habe es verstanden. Jetzt jedenfalls schlief sie friedlich. Und er war ebenfalls mit sich und der Welt zufrieden, auch wenn er nicht schlief. Morgen war ein großer Tag für ihn; er wusste, er hatte den Giftmischer-Fall geknackt, und er würde den Triumph genießen. DCI Quinn wäre beeindruckt, und anschließend würde sie ihm sicherlich unter vier Augen seine Aussichten für eine Beförderung verkünden. Er lächelte vor sich hin und meinte, ein Baby schreien zu hören, ein leises Wimmern. Die Tür öffnete sich ein Stück, und Yoko, die Katze, kam herein, betrachtete ihn hochmütig und miaute, ehe sie ungnädig wieder hinausspazierte. Mulholland zeigte ihr die beiden gespreizten Finger. Ja, er hatte das Bett erobert, den warmen Platz neben Fran, und die Katze sollte sich trollen.

Er reckte sich. Sein Blick schweifte durch den Raum, und ihn beschlich ein Gefühl der Vergänglichkeit, als wäre Frances hier lediglich auf der Durchreise. Ihr Schlafzimmer wirkte wie eines der Zimmer in den billigen West-End-Hotels, die man stundenweise mieten konnte, nur ein Bett, ein Teppich, eine Kommode und ein kleiner Schrank. Er dachte an seine früheren Freundinnen und an die typischen Frauenutensilien, die ihre Wohnungen ausgefüllt hatten. Nicht so bei Fran. Er machte sich im Kopf eine Liste, was er ihr alles zu Weihnachten schenken würde. Ihr erstes Weihnachten würden sie zusammen verbringen, das stand für ihn definitiv fest.

Eve lauschte dem Gesang der Vögel. Es war ein klarer, sonniger Abend, nicht warm, aber das Licht jetzt zu Beginn des Frühjahrs war spektakulär. Im Baum über ihr schrie eine Türkentaube und suchte nach ihrem Partner – der würde nicht weit entfernt sein. Eve öffnete die Wagentür, stellte die Kamera aufs Dach, begutachtete das Licht und die Schatten, betrachtete die Silhouette der Äste vor dem bleichen Himmel und fragte sich, ob sie diese Szene auf ein Foto bannen konnte. Sie hob die Kamera, stand zwischen der Tür und dem Wagen, einen Fuß auf dem Trittbrett, sie stützte sich mit den Ellbogen auf das Dach, und sie stellte das Objektiv scharf. Sie wartete, bis die Türkentaube den Kopf drehte und …

Schweißgebadet erwachte Eve. Stets erwachte sie kurz vor dem Zusammenstoß, aber die Erinnerung konnte sie damit nicht aufhalten. Sie sah, wie sie sich dem Motorengeräusch zuwandte, das zu nahe kam. Eine zerschmetterte Windschutzscheibe und dahinter – das Gesicht. Der Augenblick dazwischen, der eigentliche Aufprall, war gnädigerweise ausgelöscht, dennoch würde sie dieses Gesicht niemals vergessen, diesen vor Entsetzen wie ein Fischmaul geöffneten Mund, ehe der Wagen zurücksetzte und davonjagte, weil der Fahrer sie für tot hielt. Ja, das Gesicht dieses betrunkenen Scheißkerls würde sie ihr Leben lang nicht vergessen.

Eve Calloway starrte in die Dunkelheit. Hilflosigkeit war nicht ihr Ding; das war ihr einmal passiert und hatte einen bitteren Geschmack hinterlassen. Als das fette Kind in der Schule war sie ständig verprügelt worden, und man hatte ihr außerdem das Geld für das Mittagessen geklaut. Und Lynne trat nie für sie ein. Da hatte sie gelernt, auf eigenen Beinen zu stehen – sie lächelte angesichts der Ironie dieser Worte.

Die Experten für Querschnittlähmung konnten selbstverständlich alle gehen. Sie verstanden sich hervorragend darauf, ihr zu erklären, dass sie auf ihre Haut aufpassen musste, auf ihre Füße und auf ihre Blase. Sie schärften ihr ein, das Badewasser mit den Händen und nicht mit den Füßen zu prüfen. Sich niemals dicht ans Feuer zu setzen, weil sie eher riechen würde, dass ihr Fleisch verbrannte, bevor sie es spüren konnte. *Und so riecht der Wundbrand… wenn Sie das riechen, rufen Sie sofort an.* Am schlimmsten für Eve war es, einfach ignoriert zu werden. Sie konnte sich vielleicht damit abfinden, ihr Leben mit dem Kopf auf Beckenhöhe der anderen zu verbringen. Und wenn sie sich zum Beispiel mit Douglas Munro unterhielt, erinnerte sie ihn zu gern genau an diesen Umstand. Brachte man den Dominoeffekt der Kausalität mit ins Spiel, traf Douglas mindestens eine Teilschuld daran, dass sie im Rollstuhl saß. Ihr selbst genügte das. Und ihre dumme Schwester machte es wütend.

Sie entschied, sich im Schlafzimmer auf den Boden zu legen. Die rot leuchtenden Ziffern der Uhr standen auf 11:55.

Eigentlich war sie damit zufrieden, im Dunkeln zu liegen und zuzuschauen, wie die Minuten verstrichen, zu lauschen, wie jemand unglaublich schlecht einparkte und auf den Bordstein fuhr, wie die Zentralheizung hypnotisch klickte. In der Stille seufzte sie und genoss das Warten. Zumindest lag sie nicht schon die dritte Nacht unter einem Haufen Schutt in Pakistan, und sie war auch kein kleines Kind, das entführt worden war. Sie hatte es warm und behaglich, und die Teile ihres Körpers, die nicht bequem lagen, spürten davon nichts.

Sie öffnete die Augen, schob sich ein wenig hin und her und brachte sich in eine günstigere Lage. Lynne hatte ihre Anrufe ignoriert. Also wäre es angebracht, ihr ein paar Schuldgefühle einzuflößen. Aus diesem Grund musste Eve wach bleiben und sofort nach ihr rufen, sobald die Schwester heimkam. Lynne würde ihren Goldgräber um Hilfe bitten, da Eve zu schwer war, um von Lynne allein gehoben zu werden. Eine ganze Dose Jaffa Cake... Eve lachte vor sich hin. Sie konnte die linke Seite ihres Hinterns nicht fühlen, spürte jedoch, dass sich der Boden hineindrückte, genau dort, wo sie das Geschwür gehabt hatte. Es hatte eine Absolventin der Eva-Braun-Schwesternschule sieben Monate gekostet, das bis zur Heilung zu pflegen, wobei sich die alte Haut schichtweise mit den Pflastern gelöst hatte. An dieser Stelle war sie immer noch dünn wie Pergament und kräuselte sich an den gesunden Rändern, als wäre sie in der Mitte viel zu straff gezogen. Sie konnte sich vorstellen, dass die Haut noch einmal aufplatzte wie die San-Andreas-Verwerfung. Dann begann sie zu singen: »These Boots Are Made For Walkin'«. Oder vielleicht waren diese Stiefel doch nicht zum Gehen gemacht, wie der Fall hier lag. Die Uhr war gerade auf 12:15 gesprungen, als sie den Audi vorfahren hörte, und Celine Dion dröhnte aus der Stereoanlage. Der Motor wurde abgestellt. Um 12:27 hörte sie das Quietschen des Gartentors, daraufhin das Klackern von Lynnes Pumps auf dem Weg, ein kurzes Gespräch, schließlich die Tür, die geöffnet und geschlossen wurde. Der Riegel wurde vorgelegt. Eve wälzte sich herum, verbog ihren Körper in die Position, die am unbequemsten aussehen musste, und dann, erst dann, rief sie um Hilfe.

Freitag,
22. *Dezember*

16

Es war acht Uhr dreißig morgens und dunkel. Der Tag versprach, nicht viel heller zu werden. Feine Schneeflocken tanzten in der Luft und flogen den Unachtsamen ins Gesicht, stachen in warmes Fleisch und riefen in ungeschützten Augen Tränen hervor. Die Temperatur draußen lag bei minus zwei Grad, und in der Wache konnte es nicht viel wärmer sein. Das keineswegs zufällige Treffen im Gang zwischen DCI Rebecca Quinn und DI Colin Anderson sollte die gefühlte Temperatur noch ein wenig mehr sinken lassen.

Anderson war höflich, zeigte sich jedoch unnachgiebig. Er stellte sich ihr in den Weg und zwang sie, stehen zu bleiben. »Ich möchte kurz mit Ihnen sprechen.«

»Ich habe zu tun, DI Anderson, und wir haben jetzt eine Besprechung. Zeit und Ort sind im Moment …«

»… genau richtig, ja. In der Besprechung geht es um das Zyanid, oder? Nicht um die Jungen.«

DCI Quinn biss sich auf die Lippe, antwortete jedoch nicht.

»Den Suchmannschaften mangelt es an Disziplin, doch niemand kümmert sich darum, niemand beaufsichtigt sie, am allerwenigsten Sie, was mir den Eindruck vermittelt, Sie würden, um es höflich auszudrücken, die Ermittlung nur pro forma weiterführen. Die wichtigen Ressourcen werden bei dem anderen Fall eingesetzt. Was ist also los?«

»DI Anderson, gewiss kann ich Ihren Standpunkt verstehen. Aber bislang sind fünf Menschen an einer Zyanid-Vergiftung gestorben, und bislang wurde nicht geklärt, woher das Gift stammt. Fünf Menschen. Wenn das eine Mordserie wäre, mit ordentlichem Blutvergießen und allem Drum und Dran, würden wir nicht hier stehen und darüber diskutieren müssen, oder? Nur weil die Todesart ein bisschen subtiler ausfällt, ist das Leid der Opfer und ihrer Angehörigen nicht geringer.« Die letzten Worte zischelte sie, weil ein Putzmann vorbeiging. »Was die Kinder betrifft, so verfolgen wir Spuren, und das wissen Sie.«

»Welche Spuren?«

»Spuren. Der wichtigsten Spur, die wir haben, wird nachgegangen, das versichere ich Ihnen. Wir tun, was wir können. *Sie* allerdings nicht.«

»Und wer dann?«

Quinn verriet sich mit einem Seitenblick zur Glaswand ihres Büros. »Ich muss jetzt los.« Sie trat um ihn herum, und ihre Absätze klackerten geschäftig über das Linoleum.

»Es ist schwierig, zwei Ermittlungen parallel zu führen. Das könnte gefährlich werden. Falls Ihre große Spur in die Irre führt, und falls das herauskommt …« Quinn blieb stehen und drehte sich um. »Wir müssen absolut sauber arbeiten, das haben Sie selbst gesagt.«

»Und wenn mir die Hände gebunden sind?«

»Machen Sie sie frei. Geben Sie mir PC Smythe.«

»PC Smythe? Keine Ahnung, wer das ist.«

»Dann werden Sie ihn kaum vermissen. Und geben Sie mir Wyngate für den Computerkram. Dazu das ursprüngliche Suchteam. Einen Wagen vor Ort. Einen Zivilen, der sich mit der Home-Office-Datenbank auskennt. Lassen Sie mich den Job anständig machen.«

Quinn schien nachzudenken.

Anderson drängte weiter. »Wenn die Sache schiefläuft, kann man uns wenigstens nicht an den Karren fahren. Nicht unserer Abteilung.«

Quinn nickte langsam. »Okay.« Und wandte sich ab.

Anderson folgte der Richtung, in die sie gerade geblickt hatte. DS Littlewood hing mit geschlossenen Augen am Telefon und rieb sich mit Daumen und Zeigefinger den Nasenrücken. Er sah aus, als wäre er die ganze Nacht hier gewesen, und Anderson hatte keinen Grund, etwas anderes anzunehmen. Littlewoods Computer war durch ein Passwort gesichert; er arbeitete allein … und dann erinnerte sich Anderson daran, dass Littlewood ein paar Jahre bei der Sitte gearbeitet hatte.

Im Schmuddeldezernat.

Pädophile.

Anderson lehnte sich an die Wand und fluchte.

»Richtig, Leute, wichtige Entwicklungen.« DCI Quinn tippte mit dem Rand eines Ordners auf die Schreibtischkante und wartete ab, bis Ruhe eingekehrt war. »Könnten wir ein bisschen mehr Licht bekommen, bitte?« Sie wartete, bis sich die Leuchtröhren flackernd eingeschaltet hatten und leise beharrlich brummten. »Richtig, Lewis, wollten Sie ihnen die Geschichte schildern? Die Manipulation der Arzneien?«

Beinahe wie ein Mann drehte sich die Abteilung ein wenig auf ihren Sitzen. Costello sah Anderson an, der aus dem Fenster starrte, zuschaute, wie sich düstere Wolken zusammenballten, und in Gedanken meilenweit fort war. Er hörte überhaupt nicht zu. Und er sagte auch nicht laut und deutlich, dass es ihre war … *ihre* Ermittlung …

Lewis reichte Mulholland einen Stapel Fotos und deutete auf eine Stelle, die jemand an der Wand frei gemacht hatte.

»Das erste Opfer, das wir entdeckt haben, war Barbara Cummings. Sie hat in der Rowanhill-Bücherei gearbeitet. Sechsundvierzig, geschieden, drei Kinder, die alle auch hier in der Gegend wohnen. Sie hat Vollzeit gearbeitet und fuhr jeden Tag mit den öffentlichen Verkehrsmitteln zu ihrem Arbeitsplatz. Unterwegs kam sie an der Byres Road vorbei. Am Samstag, den 9. Dezember, ist sie nachmittags zu Hause zusammengebrochen. Es war niemand bei ihr. Sie wurde tot in ihrem Sessel aufgefunden. Laut Obduktionsbericht gab es keine Auffälligkeiten, eine leichte Röte wurde bemerkt, allerdings ihrer früheren Alkoholabhängigkeit zugeschrieben. Eine toxikologische Untersuchung wurde nicht angeordnet, und sie wurde genau eine Woche nach ihrem Tod eingeäschert. Sie hat häufiger rezeptfreie Mittel gegen Kopfschmerzen genommen, die ihrer Meinung nach davon herrührten, dass sie ihre Augen überanstrengte, und zu den von ihr verwendeten Medikamenten gehört eine Sorte namens Headeze. Bei Waldo hat sie für gewöhnlich lediglich Kleinigkeiten eingekauft, die sie mit dem Bus transportieren konnte.«

Mulholland hängte das Foto einer Frau mit dunklen Haaren auf, die breit lächelte und dabei ihre schiefen Zähne zeigte.

Costello kam sie bekannt vor. Rowanhill-Bücherei? Sie glaubte, schon einmal mit ihr gesprochen zu haben, vielleicht irgendwann Anfang des Jahres. In der Bücherei hatte es ein Problem mit Vandalismus gegeben, und sie erinnerte sich an eine kleine, breite Frau mit dicker Brille und leisen Bibliothekarinnen-Schuhen. Ja, das war sie, eindeutig. Auf dem Foto hatte sie eine neue Frisur, aber es war auf jeden Fall die gleiche Frau.

»Chronologisch gesehen war Duncan Thompson der Erste. Er wohnte oben im Novar Drive.« Das nächste Foto wurde an die Wand gepinnt – ein junger Mann mit breitem Lächeln, kurz geschorenen Haaren und einem kleinen Stecker in der Nase. »Er war achtundzwanzig und arbeitete im Arbeits- und Rentenministerium – oder wie auch immer es im Augenblick heißt. Er wurde am Abend des 4. Dezembers, einem Montag, tot in seinem Bett aufgefunden. Bei der Weihnachtsfeier seiner Abteilung am Samstagabend zuvor wurde er zuletzt lebend gesehen, und er hat sich laut Zeugenaussagen stark betrunken. Am Montag erschien er nicht zur Arbeit. Daher hat ein Kollege seine Schwester benachrichtigt, die das Opfer tot auffand. Er war irgendwann am Sonntagmorgen an seinem eigenen Erbrochenen erstickt. Das erschien als sehr eindeutige Todesursache, und deshalb wurde erneut keine toxikologische Untersuchung vorgenommen. Die Schwester sagte aus, auf der Arbeitsfläche in der Küche neben dem Wasserkocher habe eine Packung Headeze gelegen und neben dem Bett ein Glas Wasser gestanden, was bei einem starken Kater durchaus nicht ungewöhnlich erscheint, jedoch ist weder das eine noch das andere heute noch vorhanden, um untersucht werden zu können. Die Beerdigung fand am Freitag, den 8. Dezember, statt.«

Lewis hielt ein weiteres Foto in die Höhe. »Moira McCulloch brach in der Wohnung ihrer Mutter zusammen und starb im Krankenwagen auf dem Weg ins Western. Die Sterbeurkunde wies gewisse Zweifel bezüglich der Todesursache auf, dort war von rotem Gesicht, blauen Fingerspitzen und einem angeschwollenen Gehirn die Rede. Das alles kann auf Zyanid hindeuten. Da man die Todesursache nicht eindeutig geklärt hatte, steht uns die Leiche jedenfalls noch zur Verfügung, um weitere Untersuchungen vorzunehmen. Wir haben um toxikologische Tests gebeten, die vorrangig behandelt werden sollten, und wir warten auf die Ergebnisse.

John Campbell und Sarah McGuire sind uns bereits bekannt. Und das bislang letzte Opfer ist Nessie Faulkner.« Mulholland befestigte das letzte Bild an der Wand, eine kleine grauhaarige Dame mit kleiner runder Brille unter einem weißen Hut, die triumphierend in die Kamera lächelte. Sie sah aus, als hätte sie jedermann gern zur Großmutter. »Von ihrem Sohn wissen wir, dass sie ganz sicher Headeze-Kapseln gekauft hat, vermutlich am Mittwoch, den 13. Dezember, und zwar bei Waldo in der Byres Road.«

Costello fiel auf, dass sich Lewis weder bei Wyngate noch bei Anderson für deren harte Arbeit bedankt hatte. Sie war eben doch eine Hyäne. Costello entschied, ihr das nicht durchgehen zu lassen.

»Ich habe eine E-Mail von Malin Andersson bekommen, mit zwei s. Sie ist die Krankenschwester, die Dienst hatte, als Lars Lundeberg im Krankenhaus war. Da sie ebenfalls Schwedin ist, hat sie einige seiner Besucher während seines fünftägigen Aufenthalts kennengelernt. Für mich hat sie sich ein wenig umgehört. Also, Lars' Mitbewohnerin Shona kann sich erinnern, ihm Headeze gegen einen Kater gegeben zu haben. Die hat er offensichtlich andauernd bei ihr geschnorrt. Wie Sie wissen, liegt die Wohnung in der Peel Street, und Shona kauft bei Waldo ein. Costello, Ende.«

»Vielen Dank für Ihre Ergänzung, Costello«, sagte Lewis und wäre an den Worten beinahe erstickt.

»Wir arbeiten schließlich im Team.« Costello lächelte zuckersüß.

»Es gibt kein Muster, das auf einen weiteren Umkreis von Vergiftungen hindeuten würde. Aus der Toxikologie wurden ebenfalls keine anderen Fälle gemeldet«, fuhr Lewis fort, fast so, als betrachte sie Costellos Informationen als unerwünschte Störung. »Das betreffende Produkt wurde landesweit aus den Läden genommen, und es fand ein Rückruf statt: *unter keinen Umständen zu benutzen.* Bislang haben wir niemanden gefunden, der *dermaßen* wütend auf diese Waldo-Filiale sein könnte, um ein solches Verbrechen zu begehen. Oder überhaupt auf Waldo. In der Zwischenzeit wird jeder, der mit auffälliger Gesichtsfarbe oder Atemschwierigkeiten in der Ambulanz erscheint, sofort mit Sauerstoff versorgt, außerdem wird er ausgezogen und abgewaschen. Der Magen wird ausgepumpt, damit sich die Aufnahme in den Körper verlangsamt, denn der Test kann länger dauern, als das Zyanid braucht, um den Betreffenden zu töten.« Sie wandte sich an Mulholland. »Vik? Gibt es sonstige Neuigkeiten?«

Mulholland lächelte wie eine Katze, die den Milchtopf gefunden hat. »Also, der zunächst verdächtigste Ort, von dem das Gift stammen könnte, ist die Uni, aber es sind augenblicklich keine Studenten da, und wie man mir rasch mitteilte, fehlt in den Laboren kein Zyanid. Man hat mir dort erklärt, das System sei idiotensicher. Trotzdem schicken sie uns eine Liste von Studenten und Angestellten, die Zugang haben, nur für den Fall, dass jemand die Betreffenden in einem Pub oder so angesprochen haben könnte – Sie wissen schon, was ich meine.«

Quinn drückte die Hände an die gespitzten Lippen, als würde sie beten. »So weit, so gut. Was sonst noch?«

»Es gibt drei Chemiefabriken innerhalb eines Umkreises von dreißig Meilen, in denen Natrium- und Kaliumzyanid verwendet wird«, fuhr Mulholland fort. »Aber auch dort wird das Zeug sorgfältig überwacht. Es gibt keinerlei Meldungen über Verluste, und unser Giftmischer kann auch nicht nebenbei eine so große Menge abgezweigt haben. Ich habe auch an Druckereien etc. gedacht, aber der Mann aus der Toxikologie sagt, in solchen Betrieben würden andere Stoffe verwendet.«

»Und Schulen?«

»Fehlanzeige, Ma'am, einfach zu gefährlich.« Er schlug eine Seite in seinem Notizbuch um, überprüfte, ob er nichts übersehen hatte, und lächelte wieder, diesmal wie eine Katze, die auch noch den Milchtopf der Nachbarskatze entdeckt hat. »Ich habe es daraufhin im Internet versucht, und innerhalb von vier Minuten hätte ich jede beliebige

Menge in den Staaten bestellen können, und es wäre innerhalb einer Woche geliefert worden. Und da dieser Typus von einem Kriminellen organisiert und geduldig ist, dürfte das Warten kein Problem darstellen.«

Quinn blickte ihn an. »Und?«

»Texas. Die vierte Adresse in der Liste war St. Andrew's Arzneimittelhandel, und da dachte ich, bei denen versuche ich es zuerst, des Namens wegen …«

»Und?«

»Und die haben tatsächlich eine Bestellung aus Schottland erhalten – vor nicht allzu langer Zeit –, haben sich jedoch geweigert, ohne offizielle Vollmacht weitere Auskunft zu erteilen.«

»Die besorge ich. Gott – Texas! *Texas!* Haben die tatsächlich so lockere Pharmaziegesetze? Wyngate, erstellen Sie eine Liste aller Firmen, die über das Internet verkaufen, und fragen Sie nach, ob bei denen in letzter Zeit Bestellungen aus Schottland eingegangen sind. Falls ja, dann wurde vermutlich mit Kreditkarte bezahlt, was die Sache verfolgbar macht. Na los, an die Arbeit. Sie haben vierundzwanzig Stunden.«

»Da müsste man aber den Zeitunterschied berücksichtigen«, merkte Wyngate vorsichtig an.

»Vierundzwanzig Stunden sind vierundzwanzig Stunden; da spielt es keine Rolle, auf welcher Seite des verdammten Atlantiks Sie sich aufhalten. Morgen früh, neun Uhr dreißig, und an die Arbeit jetzt. Ich besorge Ihnen beiden die notwendigen Vollmachten, um die Bankauskünfte einzuholen.«

Die Laseraugen von DCI Rebecca Quinn schickten ihre brennenden Strahlen durch den Raum. »Ich muss Ihnen nicht ausdrücklich sagen, wie vorsichtig wir in dieser Sache vorgehen müssen.« Sie sah auf die Armbanduhr. »Ich habe um zehn ein Treffen mit Peter Moss von Waldo, und ich werde außerdem um Rat beim Dezernat für Schwerkriminalität ersuchen – denn der nächste logische Schritt wäre eine Lösegeldforderung, und für diesen Fall sind wir nicht entsprechend ausgerüstet. Die Spurensicherung erwartet die beschlagnahmten Schachteln der manipulierten Kapseln aus Sarah McGuires Wohnung, wenn Sie mir die bitte so schnell wie möglich zum Schreibtisch bringen könnten, Irvine …?«

Alle wandten sich Irvine zu, der die Röte ins Gesicht stieg.

»Aber diese Packungen sind doch bestimmt gegen Manipulationen geschützt«, sagte Anderson und wandte sich vom Fenster ab. »Es ist schließlich nicht die erste Bedrohung dieser Art? Tylenol? Babynahrung?«

»Erstens: Das ist keine Bedrohung, DI Anderson«, fauchte DCI Quinn. »Böswillige Vergiftung solcher Produkte ist Terrorismus. Dabei werden jede Menge unschuldiger Opfer in Kauf genommen. Und es genügt eine einzige Tablette, vergessen Sie das nicht. Costello und Lewis, ich möchte, dass Sie dem Zyanid folgen, sobald Mulholland seine Informationen bekommen hat.« Alle aus dem Team sahen sich betreten an. »Probleme damit? Nein? Gut! Costello, Sie haben die ganze Zeit gar nichts gesagt. Wollen Sie noch etwas hinzufügen?«

Unbeeindruckt von dem leisen Sarkasmus in Quinns Aufforderung nutzte Costello ihre Chance. »DI Anderson hat recht – diese Verpackungen sollten eigentlich gegen Manipulationen gesichert sein«, sagte sie. »Aber ich habe mich gestern eine Weile damit beschäftigt und ausprobiert, wie ich es als Giftmischer anstellen würde. Darf ich es Ihnen demonstrieren?« Alle versammelten sich um sie, glücklich, dass es endlich einmal konkret wurde. Sie holte die Schmerzmittelpackung hervor, die Agnes ihr geschenkt hatte. »Also, der Giftmischer kauft zwei Packungen, nimmt sie mit nach Hause, löst das Sicherheitssiegel mit einer Rasierklinge und holt die Durchdrückpackung heraus.«

Daraufhin demonstrierte sie ihrem gebannten Publikum, wie man die Folie von dem Plastikstreifen trennen konnte. Sie kippte sich die rot-weiße Kapsel in die Hand, zog sie auseinander und ließ das weiße Pulver auf den Handteller rieseln. »Ich habe in der Kantine versucht, die beiden Hälften neu zu füllen und wieder zusammenzustecken, ohne sie dabei zu verbeulen oder am Ende zu zerquetschen. Das ist fast unmöglich. Aber wenn man die eine Hälfte in der Hand erwärmt und die andere in den Kühlschrank legt, geht es viel leichter. Danach muss man alle anderen Schritte in die entgegengesetzte Richtung erledigen. Und einen umgekehrten Ladendiebstahl begehen. *Und* …«, fügte Costello eilig an, als hätte sie Angst, jemand könnte sie unterbrechen, »… Karen McGuire hat ein Geschichtsprojekt über den Untergang des Dritten Reiches belegt. Die Nazis haben mit Zyankali Selbstmord begangen, und es gab in ihrem Haus Bücher über den Krieg. Deshalb gehört die Familie für mich zu den Verdächtigen.«

»Steht die Mutter denn definitiv auf der Verdächtigenliste?«, fragte Anderson und schaute in seine Notizen. »Es wäre doch der Gipfel der Dummheit, das Zeug selbst einzunehmen.«

»Wenn man eine ganze Kapsel zerbeißt und schluckt, tritt der Tod ziemlich rasch ein«, wiederholte Costello geduldig. »Aber wenn man eine kleinere Dosis auf vollen Magen nimmt, wird das Gift langsamer absorbiert. Sie wusste, ihre Tochter war im Haus, sie wiegte sich also in Sicherheit.«

»So«, sagte Quinn und ergriff wieder das Wort, »wenn Sie recht haben, wurden die anderen Opfer nur zufällig getötet, um uns von unserer Fährte abzubringen?«

»Möglicherweise. Aber ich würde sagen, das Motiv Geld

ist zu zwingend, um es einfach unter den Tisch fallen zu lassen«, erwiderte Costello im Brustton der Überzeugung. »Sarah war ausgesprochen neugierig, wie viel von ihrem Erbe das Feuer unbeschädigt überstanden hat. Ihr gehören jetzt alle vier Wohnungen, wissen Sie …«

»Costello«, unterbrach Quinn sie. »Sind Sie sich eigentlich bewusst, was Sie da reden? Nicht jede Frau, die gelegentlich etwas zu Mittag isst, ist gleich eine Soziopathin, die zum Vatermord neigt.«

»Mir ist das ernst!«

»Genau das bereitet mir Sorgen.«

Gail Irvine kam nervös mit der zerknüllten Headeze-Packung aus Sarah McGuires Haus dazu. Quinn warf einen beiläufigen Blick auf die Packung und gab sie zurück, damit sie ins Labor geschickt wurde. Sie wirkte müde, fast geschlagen, aber dann holte sie tief Luft und tippte mit ihrem Kugelschreiber in ihre Handfläche. »Nur falls Geld hier wirklich das Motiv sein sollte, dürfen wir das Management von Waldo nicht vergessen; wer steckt in finanziellen Schwierigkeiten, wessen Exfrau hat Schulden …? Wir setzen Irvine darauf an. Was auch immer für Schmutzwäsche aufzutreiben ist, wühlen Sie darin herum, Irvine.« Quinn richtete sich auf und fuhr schroff fort: »Genau, wir verfolgen beide Stränge. Waldo als mögliches Ziel eines Unbekannten« – sie nickte Costello zu, als würde sie sagen wollen *gut gemacht* – »und die Möglichkeit, dass Sarah McGuire oder auch eine andere Person versucht, einen Mord zu vertuschen, indem sie weitere begeht.«

»Wie sieht es eigentlich mit Überwachungsvideos aus?«, fragte Anderson. »Aus dem Laden?«

»Nur Leute, die Lebensmittel kaufen«, meinte Quinn. Sie klopfte sich die Hände aneinander ab. »Vielleicht sollten wir einen zweiten Blick darauf werfen, sobald wir einen Verdächtigen ausgelotet haben.«

Lewis hatte mit ein paar von ihren Tabletten herumgespielt. »Sehen Sie sich mal mein Cetirizin an; daran kann man unmöglich etwas manipulieren.«

»Na, dann werden Sie wohl nicht durch Gift sterben, wie?«, murmelte Costello vor sich hin. »Schade.«

»Solche beschissenen Kinderschänder sollte man an den Eiern aufhängen«, grunzte Littlewood, als er zum dritten Mal gegen Andersons Schreibtisch stieß.

Er war nicht gerade der Prototyp des Schnelldenkers. Er war ein Detective alter Schule, groß und barsch, und wenn er in der Wache bleiben musste, fühlte er sich wie im Käfig eingesperrt. Also schritt er hin und her und murmelte Flüche und kratzte sich an allen erdenklichen Stellen seines Körpers.

Anderson hatte den Eindruck, Littlewood treibe sich aus einem bestimmten Grund bei ihm herum, aber er hatte Geduld. Sein Telefon klingelte und zeigte die Nummer von zu Hause; er ging nicht dran. »Wenn Sie schon an sich herumfummeln müssen, könnten Sie es nicht irgendwo anders erledigen? Ich komme auch ohne solche Ablenkung zurecht. Können Sie sich das vorstellen – Quinn hat mich gerade angewiesen, Leute zu suchen, die sich die Hunderte von dummen Anrufen anhören, die wir demnächst erhalten, weil dieser Idiot O'Neill hunderttausend Pfund Belohnung auf Hinweise ausgesetzt hat, die zur sicheren Heimkehr dieser Jungen führen. Fünfzigtausend für jeden! Und jetzt kommt's: Ich soll zu diesem netten Mann gehen und mich bedanken.«

Littlewood blieb stehen. »Das ist doch noch gar nicht bestätigt, wer hat das denn durchsickern lassen? Ich dachte, wir würden der Sache Einhalt gebieten.«

»Das würde seiner PR-Abteilung ähnlich sehen, es einfach weiterzugeben. Dann steht die Zentrale dumm da, wenn sie nicht zustimmt. Manche Leute wären allein auf das Gerücht, es gäbe Fünfer, bereit, ihre eigene Großmutter zu verkaufen.«

Littlewood beugte sich über Andersons Schreibtisch und stützte sich auf die gespreizten knorrigen Nikotinfinger. »Sie besuchen heute also noch Rogan O'Neill«, sagte er leise.

»Ich dachte, das hätte ich eben erwähnt, oder etwa nicht?«

»Sie und Costello werden ihn hübsch bei Laune halten, damit er die Belohnung nicht zurückzieht.« Littlewood beugte sich weiter vor und sprach Anderson ins Ohr. »Und Sie müssen sich bei ihm für das Sicherheitspersonal bedanken, das er uns heute Nachmittag spendiert.«

»Woher wissen Sie das alles?«

»Es ist mein Job, alles zu wissen.«

Anderson roch den abgestandenen Tabakgeruch auf der Haut seines Kollegen und sah dessen nikotingelbe Haare in der Nase. »Und? Raus damit, Littlewood, ich bin ja nicht blöd.«

»Offiziell macht er nur diesen Aufruf und spendet das Geld. Inoffiziell verfolge ich meinen eigenen Plan.« Littlewood zuckte mit den Schultern. »Costello, kommen Sie mal rüber, ja? Könnten Sie O'Neill fragen, wann er hergekommen ist – und herausfinden, wann seine Crew hier eingetroffen ist?«

Sie ging zu den beiden und verschränkte trotzig die Arme vor der Brust, während er ihr erzählte, wohin Anderson und sie gehen würden.

»Und seien Sie nett zu *ihr*, seiner kleinen Magersüchtigen. Freunden Sie sich mit ihr an«, sagte Littlewood.

»Wozu?«

»Tun Sie es einfach. Plaudern Sie mit ihr. Finden Sie heraus, wer bei ihnen ist und warum, finden Sie heraus, ob

Rogan nach all der Zeit immer noch die gleiche Crew hat – Mixer, Roadies –, vor allem Dec Slater und Jinky Jones. Seien Sie schön freundlich, der gute Cop, der wissbegierige Cop. Tun Sie, als wären Sie von ihm hingerissen, schmeicheln Sie ihm – das können Sie doch.«

»Ich kann ihm erzählen, dass ich mal sein Tambourine Girl war.« Sie ignorierte Andersons Grinsen. »O ja! Ich wurde aus dem Publikum ausgewählt, saß auf seinem Stuhl, und er hat für mich gesungen.«

»Dieser Sexprotz mit Halbglatze? Ich dachte, diese ganze Tambourine-Girl-Geschichte sei nur ein Vorwand, um den hübschesten Mädels aus dem Publikum an die Wäsche zu gehen«, brummte Littlewood. »Und was Besseres als Sie hat er nicht aufgetrieben?«

Costello lächelte zuckersüß.

Anderson zog die Augenbrauen hoch. »Was soll dieses Lied eigentlich bedeuten? Das einzige Gute daran ist doch dieses gehauchte ›Goodnight‹. Ich habe es schon zweimal auf Beerdigungen gehört … da läuft mir echt ein Schauer über den Rücken.«

»Was ich ja zu gern wissen würde, Costello«, fuhr Littlewood fort und beugte sich wieder über den Schreibtisch, »haben Sie sich anschließend von ihm bumsen lassen?«

»Na, das werden Sie wohl nie erfahren«, meinte Costello. Sie wandte sich ab und summte: *Say hello to the tambourine girl.*

Als sie das Glasgow Hilton betraten, bemerkte Colin Anderson die Wut, die in ihm brodelte – Wut auf Lewis und Irvine, auf Quinn, auf seinen Beruf, auf Brenda. Wut auf den Santa Claus und diese ganze Weihnachtszeit. Er war mit Costello von der Wache aus um Rogans Hotel herumgegangen, da die Straßen wegen des Basars und Rogans Aufenthalt gesperrt waren. Er war erleichtert, weil Costello ihn begleitete. Sie konnte es durchaus genießen, wenn geschwiegen wurde, sie brauchte nicht ständig zu plappern. Anderson dankte Gott, dass man ihn nicht mit Kate Lewis losgeschickt hatte; die hätte er vermutlich inzwischen erwürgt.

Kurz bevor sie die Hotellobby betraten, sagte er: »Können Sie mir einen Gefallen tun, Costello? Brenda hat zu tun, und Helena hat mir angeboten, Peter abzuholen und zum Basar mitzunehmen. Könnten Sie bei ihr anrufen und ihr sagen, ich würde ihr Angebot gern annehmen? Und wenn Sie dazu jetzt irgendeinen Kommentar ablassen, sind Sie eine tote Frau.«

»Natürlich, Boss«, sagte Costello und konnte sich ihr fieses Grinsen kaum verkneifen.

Im Fahrstuhl standen sie schweigend da und schauten zu, wie das grüne Licht die Stockwerknummern hinaufkletterte. Costello wartete, bis sich die Tür aufschob. »Colin? Ist das eine CD in Ihrer Tasche, oder freuen Sie sich einfach, Rogan zu sehen?«

»Hören Sie auf«, sagte Anderson aus dem Mundwinkel, während sie der hübsch aufgedonnerten Empfangschefin ihre Dienstausweise zeigten.

Anderson richtete seine Krawatte und klopfte auf die Jacketttasche, in der die Greatest Hits von Rogan O'Neill steckten, die Vik Mulholland ihm mitgegeben hatte, damit er sie signieren lassen konnte. Vik war ziemlich sauer gewesen, weil er zu diesem Besuch nicht mitgehen durfte.

Costello hatte sich Rogan O'Neill als dunklen, gebräunten Typ vorgestellt, der an den Schläfen ein wenig grau wurde, in einem dicken weißen Bademantel durch seine Luxussuite im Hilton lief und den Champagner in Strömen fließen ließ. Stattdessen saß er in einem zerknitterten blauen Trainingsanzug in einem Sessel, aß eine Orange und zupfte mit den Stummelfingern die Stücke auseinander.

Wie immer trug er einen Ohrring, einen Ring in Sternform am kleinen Finger und eine Goldkette um den Hals. Obwohl er durchaus gealtert wirkte, wobei sein wahres Alter schwer zu schätzen war, sah er immer noch irrsinnig gut aus.

»Oh, Kacke, die Bullen«, sagte er mit breitestem Glasgower Akzent und freute sich über ihre Ankunft, weil er sich entsetzlich langweilte. Und außerdem schien er Ärger mit seiner Pediküre zu haben, die seinen Fuß auf einem Gestell balancierte.

»Wenn wir ungelegen kommen, warten wir draußen«, sagte Costello, der unbehaglich zumute war bei dem Gedanken, ihren Star zu befragen, während er sich die Zehennägel schneiden ließ.

Die Pediküre, die zu seinen Füßen kniete, hatte ein Skalpell in der einen Hand und hielt mit der anderen, die in einem Latexhandschuh steckte, Rogans Fußsohle. Sie sah O'Neill böse an. »Stillhalten jetzt!«

»Nehmen Sie doch Platz und schauen Sie zu. Diese dumme Schnecke versucht, mir die Zehen abzuschneiden, und wenn sie schwere Körperverletzung begeht, brauche ich Zeugen.«

Die Pediküre verdrehte die Augen in Costellos Richtung. »Wenn ich der Welt einen Gefallen tun wollte, würde ich dir die Stimmbänder durchschneiden.«

Rogan hob den Zeigefinger. »Pass bloß auf und mach deine Arbeit, Küken. Ich brauche meine Zehen zum Zählen. Alles klar?«

»Daran kann ich mich erinnern«, sagte die Pediküre. »Wir waren schließlich auf der gleichen Schule.«

Rogan schob sich ein Stück Apfelsine breit in den Mund, zog die Lippen zurück und lächelte schief. »Es ist schon eine Ewigkeit her, seit ich mich mit jemandem unterhalten habe, der auch nur halbwegs interessant ist.«

»Geht mir genauso«, erwiderte die Pediküre mit der Ironie, die sich nur ein alter Freund leisten darf.

Costello war noch nie in der großen Suite des Hilton gewesen, mit den Ledersesseln und riesigen weißen Vorhängen, die in Kaskaden bis zum Boden wallten. Überall standen Koffer und Taschen von Osprey herum, die meisten geöffnet und durchwühlt. In der Ecke stand ein Computer, das Einzige im Raum, das einen gewissen Eindruck von Dauerhaftigkeit vermittelte.

»Zwei Dinge wollte ich sagen«, verkündete Rogan und kam sofort zur Sache: »Erstens: Ich setze eine Belohnung aus für diese beiden vermissten Kinder – eine Belohnung für jedes, wenn es heil nach Hause kommt.«

»Natürlich sind wir dafür dankbar«, sagte Anderson diplomatisch. »Nur leider ist das nicht unbedingt immer hilfreich für uns. Das ruft jede Menge Witzbolde auf den Plan, die nur unsere Zeit verschwenden. Und außerdem gibt es Regeln und Verfügungen …«

»Ach, scheiß drauf. Geld hilft immer, und die Sache ist offiziell beschlossen. Sie sind bloß die Ersten, die es erfahren. Meine Sekretärin hat ein Fax aus der Stewart Street bekommen.«

Anderson wirkte verwirrt. »Entschuldigen Sie bitte die Frage, aber hat Ihre Publicity-Maschinerie schon etwas durchsickern lassen? Um die Entscheidung vielleicht vorwegzunehmen?«

Rogan schüttelte den Kopf. »Nein, doch wenn Sie nicht zugestimmt hätten, wäre ich trotzdem damit an die Öffentlichkeit gegangen. Scheint ja jemand aus Ihrem Laden geplaudert zu haben«, fügte er mit gespielter Unschuld hinzu.

»Offensichtlich, da die Presse schon Bescheid weiß.«

»Na ja, die wissen aber noch nicht, dass ich den Betrag verdoppele, falls ein weiteres Kind verschwinden sollte. Geld ist die einzige Sprache, die manche Leute sprechen.«

Rogan sah ihn aufmerksam an. »Entschuldigen Sie, ich habe Ihren Namen nicht mitbekommen.«

»DI Anderson.«

»Wir hatten damals nicht solche Cops wie Sie, als ich ein junger Bursche war. Das waren große Kerle, die haben dich in den Hinterhof gezerrt und dir in den Arsch getreten, und anschließend haben sie es deinem Vater erzählt, und wenn du Pech hattest, auch noch deiner Mutter, und dann gab es gleich die zweite Abreibung hinterher. Egal, Sie werden schon mit ein paar Witzbolden fertig, und dafür hilft das Geld, die Kinder schneller zurückzubringen. Irgendwer muss schließlich wissen, wo diese armen Bengels stecken, und die Summe, die ich biete, wird diesen Jemand in Versuchung führen, das können Sie mir glauben, Mann. Und zweitens: Ich eröffne nachher diesen Basar in der Schule. Sehen Sie die Blätter da drüben?« Costello stand auf und holte von dem Walnuss-Sideboard einige DIN-A4-Blätter, auf denen oben *Arm-Strong-Security* stand. »Ich habe mir überlegt, ich könnte der Polizei ruhig sagen, was ich an Leibwächtern mitbringe.«

»Das haben Sie bestimmt mit den zuständigen Polizeibeamten geregelt, als Sie sich bereit erklärt haben, den Basar zu eröffnen, oder?«, fragte Costello.

»Zu dem Zeitpunkt sah die Geschichte aber noch ganz anders aus. Jetzt biete ich an, die Rechnung für jede Menge Extras zu übernehmen. Dieses kleine McMidge-Kerlchen ist doch auch dabei, oder?«

»Ich denke schon.«

»Der zieht die Kinder an wie ein Magnet. Und ich lasse nicht zu, dass ein weiteres entführt wird. Wissen Sie, die haben eine meterhohe Mückenfigur auf dem ersten Wagen vom Hilfsfond, und anstatt den Schalter für die Weihnachtsbeleuchtung umzulegen, mache ich diese Mücke an … heiße Bienen habe ich ja schon oft angemacht, eine

Mücke ist eine Premiere.« Er hielt inne und sah Costello an, als habe er sie gerade erst bemerkt. »Kenne ich Sie von irgendwoher, Süße?«, erkundigte er sich.

»Ich war mal ein großer Fan von Ihnen«, sagte Costello und warf verstohlen einen Blick auf den Grundriss der Schule. »Das ist sehr großzügig von Ihnen, Mr. O'Neill. Sicherheitspersonal ist nicht gerade billig.« Sie kannte sich mit den Preisen nicht aus, aber es erschien ihr irgendwie logisch.

»Meine Freunde nennen mich Rogue. Kein Problem: Ich weiß, wie knapp das Personal bei Ihnen wegen dieser Grippewelle und wegen Weihnachten ist. Wo kommen Sie denn her, Mädel?«, fragte er weiter.

»Cardonald«, antwortete Costello.

»Und Sie waren ein Fan von mir, sagen Sie?«

»Das Video vom Blackfriars-Konzert habe ich noch.«

»Vom Blackfriars-Konzert? Das war …?« Rogan ließ den Zeigefinger kreisen.

»Einer Ihrer Fans hat es gedreht. Vielleicht erinnern Sie sich an ihn – das war dieser Verrückte, der innerhalb einer Woche einen Heroinentzug gemacht hat und bei den Zeugen Jehovas eingetreten ist. Er hat Sie gebeten, auf der Bühne nicht zu fluchen.«

»Und später hat er dann Doppelglasfenster verkauft?«

»Genau der«, bestätigte Costello.

»Ach so, dann weiß ich, wen Sie meinen. Der hat die Videos kopiert und sie für ein paar Pfund verhökert. Die Knete hat er uns gegeben – und damals haben wir die dringend gebraucht.«

»Ich weiß, ich musste es kaufen, viermal. Ich habe vielleicht ein Glück, wie?«, warf die Pediküre trocken ein.

Rogan betrachtete Costello, als erscheine sie ihm in einem neuen Licht. »Waren Sie auch eines meiner Tambourine-Girls?«, fragte er und lächelte flirtend.

Anderson grinste.

»Ja, na klar.« Sie errötete ein wenig.

»Waren Sie nur auf der Bühne oder sind Sie auch mit hinten in den Bus gekommen?« Rogan lachte. »Antworten Sie nicht – wir haben nur die hübschen Mädels ausgesucht«, informierte er Anderson. »Wissen Sie, in meiner Vorstellung sind diese Mädchen niemals erwachsen geworden.«

»Ich war damals erst sechzehn, wenn überhaupt.«

»Das hätte ihn nicht gestört«, sagte die Pediküre. »Er holt nur Frauen aus dem Publikum auf die Bühne, die höchstens halb so alt sind wie er – na, heutzutage ist es wohl nur ein Drittel seines Alters und ein Viertel, wenn er in Amerika unterwegs ist.« Die Pediküre grinste vor sich hin.

Rogan zwinkerte Costello zu. »Damals waren Sie bestimmt eine umwerfende Braut.« Er wandte sich Anderson zu. »Und das ist eben das Problem: Die kommen zwanzig Jahre später aus den Ecken gekrochen, und dann liest man diese Geschichten in der Zeitung.« Er hielt ein Boulevardblatt hoch mit der Schlagzeile: *Mein flotter Dreier mit Rogue*. Rogan sah sich die Seite an und schob zufrieden die Unterlippe vor.

Costello sann auf Rache und ergriff sofort die Gelegenheit. »Oh, DI Anderson hat eine CD mitgebracht, die Sie signieren sollen. Für eine *Freundin*.«

Rogan langte in die Tasche und holte einen Stift hervor. »Welche haben Sie denn, Junge?«

DI Colin Anderson errötete, weil er »Junge« genannt wurde. »Ihre CD-Kollektion als Geschenkbox. Und sie ist nicht für eine Freundin, sondern für die Freundin eines Kollegen. Vielleicht könnten Sie ›Für Fran‹ dazuschreiben?«

»Na klar, kein Problem. Sieht sie gut aus?«

»Vergiss nicht, Rogue, du sollst den fürsorglichen Vater vortäuschen. Du rettest Kinder, du bumst sie nicht mehr«, sagte die Pediküre. »Ganz egal, was in der Zeitung steht.«

»Ich wünschte, ich hätte noch so viel Power. Waren Sie kürzlich mal in Cardonald…? Sorry, Süße, wie war der Name?«

»Costello.«

»Haben Sie auch einen Vornamen?« Rogan zwinkerte gewinnend.

»Detective Sergeant.« Sie erwiderte das Zwinkern und weigerte sich, Anderson anzusehen. Zu ihrer Erleichterung öffnete sich die Tür eines der Nachbarzimmer.

Auch ohne Make-up und mit hinter dem Kopf zusammengehaltenem Haar, wo es in alle Richtungen spross wie ein blonder Kaktus, sah Lauren McCrae umwerfend aus.

»Hi«, sagte sie und gab mit einem breiten Lächeln den Blick auf ihre unglaublich weißen und makellosen Zähne frei. Anderson wäre fast vom Hocker gefallen, und sogar Costello fand es schwierig, sie nicht anzustarren.

»Hol uns aus der Bar was zu trinken, Schatz«, befahl Rogan. »Ich nehme ein Bier.«

»Liebling, du hast nachher einen Auftritt. Trink lieber eine Cola.«

Rogan hörte nicht auf sie. »Im Glas, ja?«

»Woran ist denn deine letzte Sklavin gestorben?«, fragte die Pediküre.

»An Blutvergiftung, also pass auf, was du mit diesem Skalpell anstellst.«

»Liebling, nicht doch«, sagte Lauren in ihrem honigsüßen kanadischen Akzent.

»Wie finden Sie denn Schottland, Miss McCrae?«, erkundigte sich Anderson.

»Sie ist aus dem Scheißflugzeug gestiegen, und da lag es direkt vor ihren Füßen! Meine Güte, ihr von der Polizei stellt immer dumme Fragen.«

»Schottland gefällt mir«, antwortete Lauren unbeirrt. »Vielleicht ein bisschen viel Regen, aber sonst sehr schön, denke ich.« Sie warf Costello einen Blick zu, lächelte schüchtern und sah wieder zur Seite.

»Sie ist aus Toronto«, sagte Rogan und kaute gleichzeitig ein Stück Orange. »Die haben es kalt da, und die haben es nass da, aber sie mischen Kälte und Nässe nie.«

»Wann sind Sie denn angekommen?«, fragte Costello. *Freunden Sie sich mit ihr an. Seien Sie nett zu ihr…*

Lauren lächelte sie an. »Mein Gott, haben Sie gesehen, in welchem Zustand meine Haut war? Völlig egal, wie gut man den Flüssigkeitsverlust ausgleicht, man kann es trotzdem sehen.«

Costello nickte mitfühlend und stellte fest, dass sie auf ihre Frage keine Antwort bekommen hatte.

Lauren reichte Rogan seine Cola, und ihre Hand zitterte dabei leicht. Sie bewegte sich leise tippelnd und nervös wie ein Rennpferd.

Nervös? Verängstigt? Wachsam… Costello suchte nach dem richtigen Wort.

Die Pediküre nahm eines ihrer Werkzeuge, das aussah wie eine Eisenfeile.

»Zu meiner Zeit wären wir mit so 'nem Ding aus dem Barlinnie-Knast ausgebrochen.« Dann fiel Rogan ein, mit wem er sich unterhielt. »Nicht, dass ich da je gesessen hätte – lange.«

Costello versuchte es erneut.

»Haben Sie eigentlich noch die gleiche Bühnencrew wie damals?«, erkundigte sie sich. »Oder haben Sie die unterwegs verloren?« Costello bemerkte wohl, dass Anderson sie ansah.

Vielleicht war es nur Einbildung, doch Rogan zögerte kurz, ehe er antwortete, als denke er darüber nach, was er sagen wolle. »Nein, die Jungs sind bei mir geblieben. Wir haben uns mit acht kennengelernt, und wir sind immer noch die besten Freunde… und das ist keine PR, das ist einfach

Tatsache. Verstehen Sie, ich kann es nicht leiden, von Jasagern umgeben zu sein, und die beiden sagen mir, wo es langgeht. Jinky Jones und Dec Slater. Wir halten zusammen.«

»Das kann ich ohne Zweifel bestätigen«, seufzte Lauren, und zwar mit einer Verbitterung in der Stimme, die Costello nicht entging. Und sie spürte noch etwas, ein leichtes Schwanken in ihrer Haltung, als hätte sie eine kleine Lüge untergebracht. »Er hat sie letzte Woche schon rübergeschickt, damit sie sich die Burg vor uns ansehen konnten. Am Ende ziehen die womöglich bei uns ein. Wieder einmal.« Sie klang nicht gerade begeistert.

»Und jetzt sind sie auch hier?«, hakte Costello nach.

»Ja, wenn wir unterwegs sind, sind auch sie unterwegs. So ist das schon seit einer Ewigkeit«, sagte Lauren, spreizte ihre Finger und begutachtete ihre perfekten Fingernägel.

Rogan O'Neill wandte den Kopf rasch um, und sein joviales Gehabe hatte sich verflüchtigt. Die Pediküre hielt mitten in der Bewegung das Skalpell an.

»Lauren ist schwanger. Ich möchte, dass mein Sohn auf schottischem Boden geboren wird, deshalb kaufen wir eine Burg. Also, dann gehen Sie mal schön zu Ihren Chefs zurück und sagen ihnen, ich würde für das gesamte Sicherheitspersonal auf dem Basar bezahlen, was immer es kostet. Schicken Sie mir einfach die Rechnung. Ich lasse es nicht zu, dass irgendwelche kleinen Kinder gekidnappt werden, während sie auf Santa Claus warten.« Viel schlechter hätte er den Rausschmiss der beiden Polizisten nicht verhehlen können.

»Wir geben das an unsere Vorgesetzten weiter. Und wir bedanken uns für Ihre Hilfe.« Costello ging zur Tür, und Anderson folgte ihr.

»Aua!« Rogan zog plötzlich den Fuß zurück; ein kleiner Tropfen Rot bildete sich an seinem großen Zeh.

»Oh, Rogan, tut mir *schrecklich* leid.«

17

Peter Anderson war schrecklich aufgeregt. Er hatte zwanzig Minuten in der Schlange vor dem Zaun der Rowanhill-Grundschule gewartet. Daraufhin hatte er Santa Claus mit kalter Hand vorsichtig eine Pfundmünze gereicht und geflüstert: »Ein Computerspiel und ein Drachenpuzzle. Und einen Hund. Wenn es mit dem Hund nicht klappt, kann ich dann einen Goldfisch haben?« Nun hatte er kurz nachgedacht und hinzugefügt: »Danke schön, Santa Claus.«

Santa Claus, der dem Vorsitzenden des Mietervereins Partickhill, Alan Arnett, verblüffend ähnlich sah, nickte und begrüßte Helena McAlpine. Er wuschelte Peter durch das Haar und nahm ihm das Versprechen ab, mindestens bis Weihnachten ein lieber Junge zu sein.

Der Weihnachtsbasar der Rowanhill-Schule im Zeichen der Aktion »Spenden für Andy« war ein voller Erfolg. In Feuerkörben loderten helle Flammen rund um den Schulhof, und vier uniformierte Polizisten mit Rauschgold um den Hals und Squidgys an den Helmen tänzelten von einem Fuß auf den anderen, um sich warm zu halten, und rösteten ihre Finger an den Feuern. Eltern standen im Halbdunkel und tranken Glühwein aus Styroporbechern. Arm-Strong-Security zeigte ebenfalls Flagge und zwar ganz und gar nicht diskret. Rogan O'Neill hielt sich im Schulgebäude auf, und obwohl es zu schneien begann, reichte die Schlange derjenigen, die sich seine neue CD von ihm signieren lassen wollten, aus der Turnhalle heraus bis auf den Schulhof. Jedes Mal, wenn wieder hundert Pfund an Spenden eingenommen worden waren, band man einen weiteren Heliumballon an den Baum, an dem schon viele Ballons befestigt waren, und jedes Mal jubelten die Umstehenden begeistert. Zwischen den Weihnachtsmännern und den Schneemännern erinnerten riesige Schwarzweißfotos von frierenden Waisenkindern aus Pakistan daran, aus welchem Grund man hier zusammengekommen war.

Auch Evelynne Calloway war höchstpersönlich erschienen. Die dürre Frau ohne Ausstrahlung in einem langen schwarzen Mantel, der mindestens drei Konfektionsgrößen zu groß für sie war, sollte den Bazar in einem oben offenen Bus eröffnen, der mit aufblasbaren Squidgy McMidges geschmückt war, und sie hatten schon tausend Squidgys verschenkt, die die Spitzen von Weihnachtsbäumen zieren sollten. Außerdem hatte sie eine signierte Originalzeichnung von Squidgy für die Auktion gespendet. Die Auktion sollte um vier Uhr beginnen, Rogan O'Neill würde sie leiten und als Top-Preis eine VIP-Loge für sein Spendenkonzert an Hogmanay, an Silvester, im Hampden Park versteigern. Das Konzert war schon seit einem ganzen Jahr ausverkauft, und Gerüchten zufolge lagen manche Gebote bereits über sechstausend Pfund. Draußen auf der Straße stand der Laster eines Transportunternehmens, das den Wagen bereitgestellt hatte, um in der Zeitung erwähnt zu werden. Die Plastikmücke auf der Windschutzscheibe hatte die Beine von sich gestreckt, als wäre sie mit voller Wucht dagegengekracht, und sie blinkte rot und blau, während freiwillige Helfer auf der Ladefläche Schuhkarton um Schuhkarton an Sachspenden entgegennahmen. Der Lastwagen war über und über mit Lametta, Girlanden und Weihnachtsschmuck verziert.

Es gab die übliche Mischung aus Weihnachtslotterie, Schminktischen, Flohmarktständen, Verlosungen und Tombolas, und über allem hing der Geruch gebratener Zwiebeln vom Hotdog-Stand. Der hatte längst geöffnet und bildete das Herzstück des Basars.

Trotzdem lag die Bedrohung durch einen unsichtbaren Feind in der Luft. Eltern behielten ihre Kinder ein wenig dichter bei sich als gewohnt und beäugten misstrauisch alle Fremden, die ihnen zu nahe kamen, und viele Kinder trugen hellblaue Gummiarmbänder mit fluoreszierenden Streifen, damit sie Luca und Troy nicht vergaßen. Und überall, an jeder Wand und jeder Tür, klebten Plakate mit Fotos der beiden und der beängstigenden Aufschrift: *Haben Sie diese Jungen gesehen?*

In der Halle saß Evelynne Calloway, signierte Squidgy-Postkarten und Daumenkinos und lächelte für die Kameras, während ihr eine Assistentin die Bücher der Kinder anreichte und sie wieder zurückgab, ganz so, als wäre Evelynne die Queen.

In der Ecke hinter ihr kauerte eine fette Frau in einem Rollstuhl. Deren kastanienbraunes Haar lockte sich unter einem Wollhut hervor, und ihre baumstammstarken Beine waren in eine rote Karodecke gewickelt. Sie vertilgte einen Cheeseburger, und das Verpackungspapier auf ihrem Schoß verriet, dass es nicht ihr erster war. Dabei sah sie todunglücklich aus. Sie stopfte das letzte Stück Cheeseburger in den Mund und nahm einen McMidge-Ballon aus dem Schoß. Den blies sie auf und ließ die Luft wieder herausströmen, wobei sie ziemlich gut das Geräusch eines Elefanten mit Flatulenz nachahmte. Ein paar Eltern in der Schlange für die Backkartoffeln warfen ihr böse Blicke zu, doch einige Kinder kicherten, und nun lachte sie ebenfalls und zog sich ihren Wollhut ins Gesicht.

Helena freute sich über die tröstliche Ablenkung, hielt Peter fest an der Hand und spazierte mit ihm herum. Sie war dankbar gewesen, als DS Costello sie angerufen hatte, kurz und knapp wie immer. Anderson sei der ranghöchste

Beamte der Wache und deswegen nicht abkömmlich. Brenda sei mit dem Wagen in Glasgow unterwegs und könne die Kinder nicht gebrauchen, weil sie Weihnachtseinkäufe erledigen wolle. Ob Mrs. McAlpine nicht Peter von seiner Großmutter abholen könne? Und so wurde Helena nun von einem quirligen Kerlchen in einem Drachenkostüm, das nur Unfug im Sinn hatte, herumgezerrt.

Draußen auf dem Schulhof wurde es langsam dunkel, und die Flammen in den Feuerkörben reichten nicht bis in die düsteren Schatten der Ecken. Die Scheinwerfer erwachten zum Leben.

Peter wurde bereits ungeduldig und wollte wissen, wo sein Dad steckte. Helena hatte keine Ahnung. Colin konnte überall sein – er ging vielleicht den Schulzaun ab und erkundigte sich, was bei den Polizisten draußen los war, oder er überprüfte, ob das provisorische Kommunikationssystem seine Arbeit tat. Das hätte jedenfalls Alan getan. Ihr Blick ruhte auf einem Jungen, der allein dastand und eine Backkartoffel aus einer Styroporschale aß. *Allein.* Der Junge schaute gebannt den bunten Lichtern des beleuchteten Schneemanns zu, die in regelmäßigem Takt an- und ausgingen.

Helena schaute sich rasch um. Sie wollte nicht mit dieser Fettsüchtigen im Rollstuhl reden, die bereits ein kleines Publikum für ihr Theater der unanständigen Laute angelockt hatte. Also zog sie ihr Handy hervor und rief Colin an, wobei sie den Jungen nicht aus den Augen ließ, bis sich Colin meldete und jemand Drittem Anweisungen zurief. Ein Streifenpolizist im Weihnachtsmannkostüm tauchte wie aus dem Nichts auf und nahm den Jungen an die Hand. Der Polizist winkte Helena flüchtig zu. *Lage unter Kontrolle.*

»Wo sind Sie?«, fragte Colin. »Ich komme sofort runter.«

»Ich werde gleich von einem mannsgroßen Pinguin angegriffen«, antwortete Helena.

»Bin in einer Sekunde bei Ihnen.«

»Pat der Pinguin!«, schrie Peter. »Tante Helena! Da ist Pat der Pinguin!«

»Nein, wie süß«, erwiderte Helena wenig begeistert.

»Kann ich ein Foto mit ihm haben?« Peter löste sich von ihrer Hand und lief durch die Menschen zu dem Pinguin. Der Polizist von der Wache vor Ort, ein Mann namens Willie McCaffrey, der jährlich einmal in den muffigen Pinguinanzug gesteckt wurde, war für seine Unduldsamkeit jedem unter einer Größe von einem Meter zwanzig gegenüber bekannt, aber jetzt wirkte zur Abwechslung der Pinguin nervös, und er bewegte sich sehr schnell, gefolgt von einem Schäferhund der Polizeistaffel, Bruno, der sich die Lefzen leckte. Bruno hatte miserable Laune, da man ihn gedemütigt hatte, indem man ihn seine gelungene Vorführung hündischer Polizeiarbeit mit einer Girlande aus rotem Lametta um den Hals hatte absolvieren lassen.

»Diese Idioten haben auf dem ganzen Anzug Pedigree verschmiert«, zischte Willie durch seinen Schnabel, »und jetzt will mir der Hund an den Hintern.«

»Könnte schlimmer sein, Willie«, antwortete Anderson, der sich zu ihnen gesellte und lachte. »Könnte auch Rogan O'Neill sein, der dir an den Hintern will. Hallo, Kleiner, wie geht's denn unserem Drachen Puff?«

»Bild! Bild!«, sagte Peter und zeigte auf die Kamera.

Der Pinguin beugte sich vor, legte Peter den Arm um die Schultern, und irgendwo zündete ein Blitz. »Richtig«, verkündete der Pinguin, »ich wollte mir gerade einen Glühwein holen. Frohe Weihnachten.« Daraufhin stampfte er mit der Eleganz eines Mähdreschers davon und überließ es Peter, sich statt mit ihm mit Bruno anzufreunden.

Anderson lächelte Helena an. »Danke, dass Sie Peter abgeholt haben; das war mir eine große Hilfe. Brenda wird mir jetzt nicht mehr im Nacken sitzen.« Seine Stimme wurde ein wenig milder. »Sie hat augenblicklich viel um die Ohren.«

»Ach, da drüben ist ja auch Ihre Tochter. Ungefähr auf zwei Uhr, wie Sie Polizisten sagen würden. Sie hat einen Jungen dabei, also starren Sie nicht so hin.«

Tatsächlich unterhielt sich Claire mit einem Jungen. Sie wurde schrecklich rot und winkte verlegen, als sie ihren Vater entdeckte und durch die Menschen herüberkam.

»Kann ich heute Abend mit Graham in die Disco?«

»Disco?« Anderson hörte zum ersten Mal davon. »Graham?«

»Mum hat es erlaubt. Sie geht zum deutschen Weihnachtsmarkt, und ich will nicht mit.«

Langsam dämmerte es Anderson, dass seine Tochter sich gern mit diesem Jungen verabreden wollte, zu einem richtigen Date. »Was für eine Disco? Und wer ist ...«

»Heute Abend um sechs. Für Zwölfjährige und alle darunter. Du hast gesagt, du würdest es dir überlegen. Na ja, Mum hat gesagt, du würdest es dir überlegen.«

In diesem Moment holte Miss Saunders, die Grundschullehrerin, die ein nervöses Lächeln und drei unterschiedliche Namensschilder trug, den sehr aufgeregten Peter zum Krippenspiel ab und stellte ihn ans Ende einer Reihe aufgeregter Erstklässler. Sie wurden davongeführt, und Peter rief über die Schulter: *»Komm gucken, Daddy! Komm gucken!«* Anderson winkte seinem Sohn hinterher und dachte über Claires Party nach. Brenda war unterwegs und erledigte Weihnachtseinkäufe, und das Handy hatte sie abgeschaltet. Die Enttäuschung lag ihm schwer im Magen. Er wollte mit Helena zu dem Weihnachtskonzert, würde aber den Abend damit verbringen, allein auf einem Parkplatz im Wagen zu sitzen und auf seine Tochter zu warten. »Woher kennst du den Jungen?«, flüsterte er, denn seine väterlichen Instinkte warnten ihn, dass jeder, der seiner

Tochter nachstellte, ein potentieller Kindermörder sein musste.

»Dad, er ist in meiner Klasse. Seine Mum hat mich heute abgeholt. Dad, alle anderen dürfen auch hin«, bettelte Claire.

»Meine Mum arbeitet hier an der Schule, und sie hat gesagt, ich soll Ihnen das hier geben.« Der Junge reichte ihm ein Stück Papier mit dem Namen der Frau und einer Handynummer. Anderson fiel unwillkürlich auf, dass der Junge saubere Hände und tadellose Fingernägel hatte.

»Wie alt bist du denn?«

»Zehn. Ich heiße Graham, Mr. Anderson. Graham Smeaton.« Saubere Hände *und* höflich. Helena musste ihr Grinsen hinter dem Schal verbergen.

»Und wo ist deine Mutter?«, wollte Anderson wissen.

»Sie ist am Teestand. Ich soll bei Leuten bleiben, die ich kenne«, sagte Graham auf, als hätte man es ihm eingeschärft, »und den Schulhof unter gar keinen Umständen verlassen. Und ich soll mich alle halbe Stunde bei ihr melden. Sonst wird sie böse«, fügte er noch hinzu.

»Ganz recht so.«

»Sie hat gesagt, wenn Sie möchten, sollen Sie bei ihr anrufen. Sie wird heute Abend bei der Disco Aufsicht führen«, sagte der Junge vorsichtig. »Sechs von uns nimmt sie anschließend mit nach Hause, und dann gibt es noch Pizza bei uns. Die anderen Eltern holen ihre Kinder bei uns ab.«

Anderson hatte es mit einem Experten der Überredungskunst zu tun. Gleichzeitig tauchte am Horizont wieder die Möglichkeit auf, den Abend doch mit Helena zu verbringen. Er rief Grahams Mutter an. Ja, sagte sie über das Klappern von Teegeschirr und das Rauschen eines Wasserkochers hinweg, sie würde Claire und die anderen Kinder zur Disco bringen und später wieder abholen, und sie würden bei ihnen im Clarence Drive Pizza essen. Er könne später vorbeikommen und Claire bei ihnen abholen. Möglicherweise, so wandte er ein, würde es ein wenig später werden. Grahams Mutter erwiderte, das sei kein Problem, andere Mütter würden die Gelegenheit ebenfalls nutzen, um die Geschenke einzupacken oder überhaupt erst zu besorgen; einige der Väter hätten sich wohl verabredet, auf dem deutschen Weihnachtsmarkt Wein, Bier oder Käse zu probieren, und vielleicht würde ja auch ein bayrischer Volkstanz aufgeführt. Vor Mitternacht wurde eigentlich niemand erwartet. Colin könne kommen, wann es ihm gefalle.

Claire himmelte jetzt ihren jungen Verehrer an.

»Meine Tochter ist gerade erwachsen geworden«, sagte Anderson verwirrt zu Helena. »Sie hat einen Freund.«

»Ja, aber einen Freund im Sinne von ›Kann ich mir bitte deinen Bleistift leihen‹ und keinen Freund im Sinne von ›Lass uns mal hinter den Schuppen gehen‹.« Sie erwischte ihn beim Grinsen. »Na ja, ich habe keine Ahnung von solchen Dingen. Ich war auf einem Mädcheninternat.«

»Und da habe ich immer gedacht, auf den Internaten würden sie es am schlimmsten treiben.« Anderson schüttelte den Kopf. »Trotzdem, in Greenock gibt es tatsächlich einen Zwölfjährigen, der schon Vater ist – kein Scherz.«

»Deswegen brauchen Sie sich sicherlich keine Gedanken zu machen.«

»Ich bin ihr Vater. Ich mache mir dauernd Gedanken.«

»Colin, Claire ist ein vernünftiges Mädchen. Und Peter ist genauso vernünftig, auch wenn Sie es manchmal nicht glauben mögen. Sehen Sie mal, er hat für mich einen ganz besonderen Squidgy gemalt.« Sie zeigte ihm eine Zeichnung von einer drachenartigen Mücke mit kurzem Stoppelhaar, das beinahe aussah wie ihr eigenes. »Nun, jetzt muss ich aber mal ein bisschen Jury spielen. Vierhundert Bilder von verrückten Mücken erwarten mich. Wir sehen uns später.« Und damit war sie in der Menschenmenge verschwunden.

Colin Anderson drehte sich um und stieß fast mit Miss Cotter zusammen, die ein Tablett mit ihren Empire-Biskuits zum Teestand bringen wollte. Sie grüßte ihn konfus, als versuche sie, sein Gesicht einzuordnen, und er stibitzte sich einen Keks und zwinkerte ihr zu, wobei er aus den Augenwinkeln sah, wie Helena vor einer Wand von Mücken stand, vorgestellt wurde und sich bemühte, eine ernste Miene zu wahren.

Hier stand er, kurz davor, etwas zu tun, was er nie für möglich gehalten hätte – und das jagte ihm Angst ein.

»Hallo, ich habe keinen Parkplatz gefunden.« Brenda Anderson tippte ihm auf die Schulter und riss ihn aus seinem Traum. »Wo ist der Kleine? Hast du wenigstens diesmal richtig auf ihn aufgepasst?«

»Bitte nicht jetzt, Brenda.«

»Musstest du diese McAlpine unter meinen Müttern herumschicken? Sie spielt natürlich die große Dame und holt ihn in einem Taxi ab. Die ist auch nicht besser als wir, oder?«

»Na, du wolltest ihn ja nicht bringen«, zischte Colin sie an. »Und was soll das mit Claire in der Disco? Solche Dinge musst du mit mir absprechen.«

»Wenn du dich gelegentlich zu Hause blicken lassen würdest, hättest du das mitbekommen, aber deine blöde Arbeit geht ja immer vor. Und wenn du zu Hause bist, hörst du einfach nicht zu. Ich meine, jetzt hörst du auch nicht zu.«

Und tatsächlich hörte Anderson nicht zu. Er blickte an seiner Frau vorbei zu Helena, die einem Kleinkind den Kopf tätschelte und auf die grüne Sprechblase eines Cartoons zeigte.

Er sah seine Frau an, die ihn bitterböse anstarrte und die Hände in die Hüften gestemmt hatte. Und irgendwo tief in seinem Innern starb etwas.

»Und?«, wollte Littlewood wissen. »Wie war unser schottischer Superstar?«

»Genau so, wie ich ihn mir vorgestellt habe.« Costello betrachtete stirnrunzelnd die beiden Schreibtische, die sich inzwischen in eine Computerreparaturwerkstatt verwandelt hatten. Ein dickes Multicore-Kabel verlief quer über den Boden des Ermittlungsraums. »Was soll das alles?«

»Das sind die Kameras aus der Schule. Auf diese Weise kann ich alles sehen, was vor sich geht.«

»Sie können bestimmt nicht alles sehen: Auf dem Monitor ist es schwarz wie zu Mitternacht im Marianengraben.«

»Wo ist Anderson?«

»Er ist mit seinen Kindern auf dem Basar.« Costello versuchte, an einem der Knöpfe herumzuspielen, erntete aber nur einen Klaps auf die Finger.

»Lassen Sie das. War irgendwer da bei Rogan? Declan Slater? Oder Jinky Jones?«

»Er hat offensichtlich noch immer die gleiche Crew von damals. Die sind auch hier in Schottland, und sie sind bereits vor einer Woche angekommen. Wieso?«

»Rogan hat den Landsitz Muirmakin gekauft: zwölf Schlafzimmer, Türmchen, Kellerverliese und das Recht, das Wild der Umgebung zu ermorden und zu verspeisen.«

»Damit haben Sie meine Frage nicht beantwortet. Warum wollen Sie das wissen?«

Littlewood wich ein zweites Mal aus. »Lauren McCrae, wie war die?«

»Umwerfend. Passen Sie mal auf, John, wir wissen, Sie sind auf einer heißen Spur – was haben Sie im Auge?« Costello entdeckte einen Stapel Bilder und schnappte sie sich, ehe Littlewood sie daran hindern konnte. »Die sind aus einem Zeitungsarchiv. Wie sind Sie daran gekommen?« Sie blätterte die Fotos durch. Alle zeigten Rogan im Laufe der Jahre, aber nie Rogan allein. Auf jedem Bild war er entweder mit Jinky Jones oder Dec Slater irgendwo zu sehen; sie begleiteten ihn sprichwörtlich auf Schritt und Tritt. Auf dem Schreibtisch lag ein zweiter Stapel Fotos, die Rogan allein zeigten, alle nebeneinandersortiert. »Was haben Sie der Zeitung versprochen?«, fragte sie leise.

»Den ersten Bissen. Es war der Journalist, der mit Lewis geschwatzt hat – Dave Ripley.«

»Gefährlich.«

»Und wenn schon.« Littlewood schüttelte den Kopf. »Haben Sie etwas aufgeschnappt? Über Lauren?«

Costello zuckte mit den Schultern. »Ihr war ganz eindeutig unbehaglich zumute. Sie erschien mir ziemlich nervös«, erzählte sie. »Na, vielleicht nicht nervös … Sie hat irgendwie den Boden unter den Füßen verloren.«

»Hat er sich an Sie erinnert?«

»Ich fürchte, ich hinterlasse bei anderen Menschen nicht gerade einen bleibenden Eindruck«, sagte Costello.

»DS Costello, ich fürchte, Sie hinterlassen durchaus einen bleibenden Eindruck bei anderen Menschen«, meinte Littlewood und schob sich schmatzend den Kaugummi auf die andere Seite des Mundes und nahm ihr die Fotos ab. »Denn Sie können ganz schön nervtötend sein.«

»Ich würde den Wagen hierlassen und zu Fuß gehen. Glaub mir, das ist schneller.« Vik Mulholland schnallte sich ab. »Hast du etwas dagegen? Es macht auch Spaß. Hast du dein Handy dabei? Ich habe die ›Jingle Bells‹ als Klingelton eingestellt, hast du es gemerkt?«

Frances nickte. »Weihnachten und Spaß. Spaß und Weihnachten. Na ja, zwei Worte, die ich nicht unbedingt in einem Atemzug nennen würde.« Sie schob sich aus dem Wagen. »Müssen wir wirklich gehen?«

»Ja. Na los, ich bringe dich auch noch dazu, bei ›Wombling Merry Christmas‹ mitzusingen. Das schaff ich schon.«

Vik faltete die Hände auf dem Dach des Wagens und legte sein Kinn darauf. Er lächelte. »Vielleicht bringe ich dich ja sogar dazu, an den ersten Weihnachtstag zu denken und daran, was du dir wünscht …«

Frances' Miene wurde düster. »Vielleicht«, sagte sie und nahm die gleiche Haltung an wie er, mit den Händen auf dem Dach. Ihr dunkles Haar umrahmte ihr Gesicht, der Schnee sprenkelte ihren Mantel. Aber sie blickte über seine Schulter hinweg ins Leere. »Vielleicht.« Dann lächelte sie ihn an, und sein Herz machte einen Sprung.

»Wir müssen nicht *unbedingt* hingehen«, sagte er und hoffte, dabei vielsagend und sexy zu klingen.

»Gerade hast du noch gesagt, wir *müssen*.« Sie wischte eine Ladung Schnee vom Wagendach und streckte ihm die Hand entgegen. Sie trug Handschuhe. Er strich eine Schneeflocke von ihrer Nase und küsste sie auf die Stelle.

Langsam gingen sie über den Beaumont Place, Vik auf dem Bürgersteig und Frances im Rinnstein, wo sie mit den Stiefeln nasses Laub aufwarf.

»Da versammelt sich eine ganz schöne Menge Menschen. Ich hoffe, die Sicherheitsleute bleiben am Ball«, sagte Vik, dem nicht entging, wie tief Frances in Gedanken versunken war, an denen sie ihn allerdings nicht teilhaben lassen wollte. »Rogan O'Neill bezahlt alles.«

»Er ist doch auch der Grund für den Auflauf, warum also nicht?«, murmelte sie beiläufig, fast so, als hätte sie ihn eigentlich gar nicht gehört.

Plötzlich kamen drei Kinder um die Ecke gerannt. Die beiden Jungen, kleine schottische Bravehearts, hatten das weiß-blaue Andreaskreuz auf die Gesichter gemalt, und das Mädchen hielt in jeder Hand einen Squidgy-Ballon an einem Stock. An den Sohlen ihrer roten Gummistiefel blinkten Leuchtdioden. Frances schaute zu, wie sie über die Straße tanzten.

»Bleibt bloß zusammen, ihr da!«, rief Mulholland ihnen hinterher, aber sie waren schon wieder verschwunden. »Ich hoffe, die passen gegenseitig aufeinander auf. Wo sind bloß deren Eltern?«

»Manche Leute haben ihre Kinder überhaupt nicht verdient. Vik? Können wir nicht noch schnell einen Kaffee im French Café trinken, und dann gehst du einfach allein hin«, sagte Frances. »Bitte.«

Er blieb stehen und zog ihr Gesicht an seines, indem er sie am Kragen ihres langen Wollmantels packte. »Pass auf, es ist schon fast vier, und ich muss so schnell wie möglich da sein, und du kommst einfach mit.« Er küsste sie auf die Stirn, berührte sie nur knapp mit den Lippen. »Und du wirst Squidgy McMidge kennenlernen, außerdem Santa Claus, Rogan O'Neill und meine Arbeitskollegen.« Einen Moment lang wirkte Frances besorgt. »In abnehmender Folge der Intelligenz.«

Da musste sie lächeln, jedoch nur kurz. Dann wandte sie sich rasch ab, trotzdem hatte Vik den ängstlichen Ausdruck auf ihrem Gesicht bemerkt.

»Du musst ja nicht, wenn du nicht willst – ich meine, sie kennenlernen«, sagte Vik, als sie in die Menschenmenge auf der Rowanhill Road vordrangen. »Ich muss mich einfach nur mal kurz vor Ort zeigen, das ist alles.« Er nahm ihren Arm. »Stimmt etwas nicht?«

»Mir geht es prima«, sagte sie in einem Ton, der das Gegenteil vermuten ließ. Sie zog sich Schal und Kragen hoch, als wollte sie sich dahinter verstecken. »Ich kann nur nicht so gut mit Menschen umgehen. Das ist alles.«

»Ich verlange ja auch nicht von dir, gut mit *Menschen* umzugehen; nur gut mit mir.« Vik bemühte sich, lustig zu klingen, doch er wusste, Frances war wegen irgendetwas beunruhigt, und sie war weitergegangen, damit er ihre Tränen nicht sehen konnte.

18

»Er hat seine Sache gut gemacht, nicht? Sind Sie nicht stolz auf ihn?« Helena lächelte *Mr. und Mrs. Anderson* an, während sie versuchte, sich die beiden als Paar vorzustellen, was ihr jedoch misslang.

Colin und Brenda wechselten einen Blick. »Wer?«, fragte Brenda.

»Na, Peter. Er hat seinen Puff gerade auf der Bühne dort drüben aufgeführt.« Sie zeigte vage in die Richtung. Ihr Blick suchte Colin. *Sagen Sie mir nicht, Sie haben den Auftritt verpasst.*

Sie hatten sich weiter gestritten, und Brendas Stimme war immer lauter geworden, bis Colin sie zur Seite der Halle gezogen hatte, wo sie ihren Streit erbittert, wenn auch gezischelt fortsetzten, und sie hatten sich so darin verstrickt … »Wir wurden aufgehalten.«

Helena zuckte unbehaglich mit den Schultern. »Jedenfalls war er richtig gut. Das Mädchen hinter ihm hat ihm während seines kleinen Tanzes auf dem Schwanz gestanden, und er hat ihr klipp und klar gesagt, sie solle ihren Fuß wegnehmen. Sie müssen doch das Gelächter gehört haben …«

Colin hatte tatsächlich das laute Lachen Erwachsener gehört, und er hatte auch die Melodie erkannt, die mehr schlecht als recht auf dem Klavier in der Turnhalle gespielt worden war. Mein Gott, die hatte er in letzter Zeit oft genug gehört.

»Wenn er schlimme Wörter benutzt hat, dann hat er die

von dir«, sagte Brenda. »Ich werde mal schauen, was er im Schilde führt.« Ohne ein weiteres Wort ging sie davon.

»Tut mir leid«, sagte Colin.

»Stress, Weihnachten, die Kinder, die Ehe mit einem Cop, der in Gedanken immer woanders ist – das kann ich ihr schon nachfühlen.« Helena rieb ihre Hände aneinander. »Na ja, ich bin mit meiner Arbeit hier fertig. Gott, diese Calloway ist ja die reinste Primadonna. Nach dem, was sie schreibt und zeichnet, möchte man sie für eine herzliche und dabei äußerst geistreiche Person halten, aber sie ist entsetzlich. Und sie hasst Kinder.«

»Man weiß eben nie«, erwiderte Anderson. Helena trat einen Schritt auf ihn zu, um dieser fettleibigen Frau im Rollstuhl auszuweichen, die so schnell wie Michael Schumacher, aber ohne sein Talent am Steuer, auf den Ausgang zupreschte. Helena stand nun so dicht vor Colin Anderson, dass er ihr Parfüm riechen konnte, den sauberen Duft von Penhaligon's Bluebell mit einer leichten Note Antiseptikum. Er holte tief Luft und sagte so beiläufig wie möglich: »Claire geht es offensichtlich viel besser. Die Disco ist abgemachte Sache. Ich hätte demnach frei.«

»Oh. Dann schaffen Sie es heute Abend?« Colin schmeichelte es, die ehrliche Freude in ihrer Stimme zu hören.

Plötzlich gab es in der einen Ecke des Raums lautes Gebell, und die Menge wogte, als die Menschen sich umdrehten und neugierig schauten. Pat der Pinguin kämpfte tapfer, um sich von dem riesigen knurrenden Schäferhund zu befreien, der ihm mit gefletschten Zähnen am Schwanz hing.

»Ich sehe Sie dann vor dem Theatre Royal. Um ungefähr zwanzig nach sieben?« Sie lächelte, und er wünschte, er hätte sich nicht seine alte Jeans angezogen. »Ich denke, Sie müssen auch noch einmal nach Hause, Colin – um das neue Haustier der Familie abzusetzen.«

Aus der anderen Richtung kam Vik Mulholland und trug eine durchsichtige Plastiktüte mit einem Goldfisch darin. Peter, in seinem Drachenkostüm, pikte vorsichtig mit dem Finger in den Beutel und sprach mit dem Fisch. Zwei Schritte dahinter schimpfte Brenda ihn aus, weil er nicht dorthin guckte, wo er ging.

»Dad, sieh mal! Ein Goldfisch!«

»Würde ich auch sagen.« Anderson nickte Vik zu.

»Das ist meine Freundin, Frances«, stellte Vik sie vor, und die dunkelhaarige Große an seiner Seite lächelte schüchtern und hielt sich die Hand an die Wange, als hätte sie Zahnschmerzen.

»Ich habe ihn gerade beim Glückstopf gewonnen. Möchtest du ihn haben?«, fragte sie. Peters Gesicht strahlte wie eine Glühbirne. Mulholland ignorierte die finsteren Blicke seines Bosses und übergab dem Jungen den Goldfisch.

Peter nahm ihn mit beiden Händen entgegen. »Und haben Sie gesehen, wie ich mein Lied gesungen habe? Ich war der Beste.«

»Bestimmt warst du der Beste«, sagte Frances mit tiefer, rauer Stimme.

»Mum und Dad haben mich verpasst«, zischte Peter.

»Erzähl es ruhig überall herum.«

»Ich gehe mit meinem Goldfisch weg«, sagte er aufsässig.

»Deine Mutter …«

»Vielleicht sollten wir ihm etwas zu essen holen«, schlug Helena taktvoll vor. »Komm, ich nehme dich an die Hand. Vielleicht kann ich den Goldfisch mit nach Hause nehmen und auf ihn aufpassen, und du kommst mich besuchen, wenn du willst.«

»Tante Helena? Ist es wirklich ein Fischmann?«, quiekte Peter und hängte sich so plötzlich an Helenas Arm, dass sie zusammenzuckte.

»Zieh nicht so an Tante Helenas Arm«, tadelte Anderson ihn.

»Aber er will einen Hamburger«, sagte Peter, während sie losgingen. »Nicht, Tante Helena? Ich helfe ihm beim Essen.«

Wyngate rollte rumpelnd auf seinem Bürostuhl durch den leeren Raum und zog ein Blatt Papier aus dem Faxgerät. »Ich habe ein Ergebnis. Na ja, Mulholland hat ein Ergebnis – er hat die Arbeit erledigt –, aber ich habe das Fax.« Er las es und suchte den Text nach den wichtigen Punkten ab. »Wir haben die Zyanidbestellung aus Glasgow zurückverfolgt und wissen jetzt zwar nicht genau, wer die Bestellung abgeschickt hat, aber wo sie losgegangen ist – in einem Internetcafé in der Sauchiehall Street. Die Bestellung lautete auf Natriumzyanid, und zwar mit dem chemischen Symbol NaCN, sehr spezifisch also; der Betreffende kannte sich aus und wusste, wonach er suchte.«

»Natriumzyanid?« Costello zog O'Hares Bericht und den Ausdruck aus der Toxikologie aus einem riesigen Stapel Papier auf ihrem Schreibtisch. »Hat O'Hare das erwartet?«

»Exakt das«, sagte Wyngate und winkte mit dem Fax. »Das Café heißt Bijou Bytes.«

Lewis schob sich von ihrem Schreibtisch zurück und schlenderte zu ihnen herüber. »Kenne ich. Da gibt es großartige Schokoladencroissants.«

Costello notierte sich den Namen. »Und wie wurde die Rechnung bezahlt?«

»Mit einer Kreditkarte, und ich lasse sie gerade verfolgen.«

»Wie wär's mit einer kleinen Pause und einem Schokocroissant?« Lewis grinste. »Was halten Sie davon, Costello? Sie könnten ein bisschen frische Luft gebrauchen. Und ich hätte Gelegenheit, ein paar Weihnachtseinkäufe zu erledigen.«

»Ist schon fast vier. Die Zeit wird ein bisschen knapp; wir sollen doch noch auf dem Basar erscheinen.«

»Wieder ein Date mit Rogan?«

Costello gab Lewis keine Antwort, sondern ging an ihr klingelndes Telefon. »Ja? Ach, hallo.« Sie schwieg, und ihr Blick wanderte seitlich zu Lewis. »Wenn das irgendeine Bedeutung für den Fall hat – nein, ich fürchte, wir können nicht vertraulich sprechen.«

Costello gab DS Littlewood einen Wink, er solle sich zu ihr vorbeugen und mithören. *Lauren* formte sie lautlos mit den Lippen. Littlewood nickte und gab ihr zu verstehen, sie solle weiterreden. »Aber wir können uns natürlich jetzt unterhalten, wenn Sie möchten, und Sie sagen mir einfach, was Sie auf dem Herzen haben ... Ich habe doch einiges zu tun im Augenblick. Nun gut, wenn Sie am Telefon überhaupt nicht darüber reden wollen ...« Costello sah Littlewood an und zog die Augenbrauen hoch, da sich Littlewood *Botanischer Garten, morgen* auf den Handrücken kritzelte. »Wie wäre es, wenn wir uns im Botanischen Garten treffen? Da ist es warm, und wir können einen Kaffee trinken, uns unterhalten und uns die Pflanzen ansehen. Morgen? Gegen elf – ja, ich auch –, also bis dann ...«

Costello tippte sich mit dem Hörer ans Kinn und dachte nach. »Besten Dank dafür auch, Littlewood; das hat mir gerade noch gefehlt: für ein Supermodel den Babysitter spielen.«

»Gut. Haben Sie vielleicht zehn Minuten Zeit für mich, ehe Sie losgehen?«, fragte Littlewood. »Ich würde Sie gern auf den letzten Stand bei einigen Dingen bringen.«

»Die zehn Minuten habe ich im Augenblick nicht. Wir müssen rüber zum Basar. Quinn hat das dreimal unterstrichen«, sagte sie. »Aber ...«

»Gehen Sie nur«, grunzte Littlewood. »Das Geisterschiff *Mary Celeste* hatte eine größere Mannschaft als wir.«

»Okay, morgen erledigen wir die Sache mit dem Internetcafé und der Kreditkarte zusammen.« Sie schrieb es an die Wand und setzte ihr Zeichen dazu.

»Warum hat sie bei Ihnen angerufen?«, fragte Lewis. »Sie ist ein internationales Supermodel. Warum ausgerechnet bei Ihnen?«

Costello seufzte. »Weil wir einfach so viel gemeinsam haben.«

Bis jetzt hatte Eve nur eine miserable Vorstellung abgeliefert. Aber jetzt fühlte sie sich auch miserabel. Ihre verdammte Schwester ignorierte sie, und sie hatte das unangenehme Gefühl, dass ihre Blase nicht mehr lange durchhalten würde. Sie hatte Lynne bereits eine SMS geschickt und sie angerufen, dass sie zum Klo müsse, aber ihre Schwester war zu sehr damit beschäftigt, sich in Positur zu werfen und sich mit Helena Farrell fotografieren zu lassen, wobei sie die arme Frau ganz sicher zu Tode gelangweilt hatte.

Sie kannte sich gut genug mit Menschen aus, um zu bemerken, dass diese Farrell, die einen Goldfisch in einer Tüte hielt, es auf diesen großen Blonden mit den zwei Kindern abgesehen hatte. Wie die kleinere, plumpe Rothaarige da ins Bild passte, war ihr bislang entgangen, aber sie stritt sich mit dem Blonden, als wären sie verheiratet. Er sah aus wie ein Cop. Und dieser Johnny-Depp-Typ auch, der immer diese langhaarige Hippiebraut küsste. Eve beugte sich in ihrem Sitz vor und betrachtete das Mädchen genauer. Na, die hatte ein Gesicht, das sich zu malen lohnte, mit den langen Knochen und den tiefliegenden braunen Augen. Sie schien nie die Miene zu verziehen, obwohl Eve ein etwas milderer Ausdruck auffiel, wann immer sie den Johnny-Depp-Verschnitt ansah. Aber als sie mit dem kleinen blonden Jungen, der den Goldfisch hatte, Backe-backe-Kuchen zu spielen anfing – das hatte Eve seit ihrer Kindheit nicht mehr gesehen –, schmolz die aristokratische Maske. Die hätte ein wunderbares Gemälde abgegeben. Die Hippiebraut drehte sich um und blickte geradewegs zwei Fuß über Eves Kopf hinweg. Eve hatte das Gefühl, sie zu kennen, wusste jedoch nicht, woher.

Sie saß eine Zeitlang da und beobachtete ihre Schwester und Helena Farrell, die sich zu weiteren Fotos aufstellten. Ein wenig schob sie ihren Stuhl zur Seite und schaute sich um, ob sie irgendwen hier kannte, irgendjemanden, den sie um Hilfe auf der Suche nach den Toiletten fragen konnte. Sie wusste, es galt jetzt oder nie. Daher entschied sie, zu dem blonden Polizisten mit den Kindern zu rollen und ihn um Hilfe zu bitten. Sie musste bremsen, weil eine Menschentraube vorbeitrampelte und einfach überhaupt nicht auf sie achtete. Nun blieb sie an einem Fenster stehen und schaute nach draußen. Auf dem Parkplatz gingen langsam die Lichter an. Sie lächelte in sich hinein und sah auf die Uhr. Der Basar dauerte ewig. Es war zehn nach vier.

Die Gesichter der Kinder, die gerade den letzten Refrain von »Oh, Come, All Ye Faithful« sangen, leuchteten im Glanz von hundert Kerzen, und die letzte Schuhschachtel wurde auf den Laster geladen. Begleitet von dem Surren der Kameras und einem mittelprächtigen Blitzlichtgewitter stieg Rogan in die Kabine, und ein einsamer Dudelsackpfeifer spielte den Refrain von »Auld Lang Syne«. Die Kerzen flackerten im Wind, dann endete die Dudelsackmelodie, und ein Countdown wurde heruntergezählt. Kein Auge auf der Straße blieb trocken, als Rogan O'Neill schließlich den Motor des 18-Tonners startete. Langsam und fast unmerklich schob sich das riesige Fahrzeug vorwärts, und Rogan lenkte ihn mindestens volle fünf Meter Richtung Pakistan.

Helena drückte sich ein Taschentuch vors Gesicht, da ihr

die Tränen aus den Augen rannen. Sie betrachtete Peters Goldfisch, der reglos in der Plastiktüte lag. Das einzige Lebenszeichen war ein gemächliches Öffnen und Schließen des Maules. Sie wickelte ihren Schal um den Beutel – hier draußen könnte das arme Tierchen sonst ja erfrieren – und drückte sich das Bündel vorsichtig an die Brust. Sie würde ihn schon sicher nach Hause bringen. Auf der Straße herrschte gute Laune, alle waren so fröhlich und großzügig, dass es ihr Herz ergriff. Das war der wahre Sinn von Weihnachten. Sie sah auf ihre Armbanduhr. Bevor sie heute Abend ausging, musste sie im Krankenhaus anrufen, um sich zu vergewissern, ob alles seinen Lauf nahm. Aber im Augenblick wollte sie unter Menschen sein, und wer konnte dazu in der Weihnachtszeit besser geeignet sein als Kinder? Sie zog sich aus der Menschenmenge zurück und lehnte sich an eine Mauer auf dem Schulhofspielplatz, ein wenig abseits, doch an einer Stelle, von der sie alles beobachten konnte. Die Kinder winkten – mit Kerzen und Girlanden, mit Schals und Squidgys, während der Lastwagen davonfuhr, jetzt vom eigentlichen Fahrer gesteuert, und alle jubelten.

Helena sah Vik Mulholland, der mit Costello sprach; seine Körpersprache drückte Streitlust aus. Der kleine Peter Anderson lief zwischen ihnen herum, malträtierte seinen Pu-der-Bär-Rucksack mit dem Knie und hauchte Atemwolken in die Luft. Beim Laufen sang er »Puff the Magic Dragon«, das Lied, das den Höhepunkt des Krippenspiels gebildet hatte. Peter wusste genau, dass es seine Eltern nicht interessiert hatte, ihm zuzuhören, und jetzt drehte er auf und verlangte nach Aufmerksamkeit. Dann entdeckte sie Colin, der zu Mulholland ging und ernst mit ihm redete. Colin zeigte auf die Armbanduhr und Mulholland daraufhin auf seine.

Helena schob sich durch die Menschen. Peter war nicht

mehr zu sehen, dann jedoch bemerkte sie Brenda Anderson, die in ihr Handy sprach und Colin mit dem Zeigefinger pikte, der sich nun zu ihr umdrehte und etwas sagte – eindeutig etwas Verbittertes. Helena blieb stehen; ihr kurzer Augenblick weihnachtlicher Hochstimmung war vergangen. Plötzlich weinte sie. Brenda pikte ihren Mann weiter mit dem Zeigefinger und unterstrich so ihren Standpunkt. Sie hatte doch alles, diese Brenda: einen liebevollen Mann, einen quicklebendigen Sohn und dazu diese wundervolle Tochter. Gott, das würde ihr eines Tages leidtun, wenn sie Colin jemals verlöre. Helena trocknete ihre Tränen mit einem Ende ihres Schals. Sie hörte, wie Costello sich bei Mulholland erkundigte, wo Frances geblieben sei. So hieß sie also, diese theatralisch wirkende Frau mit dem Gesicht einer byzantinischen Ikone, die Peter einen Augenblick lang an die Hand genommen und mit ihm diesen komischen Tanz aufgeführt hatte? Jetzt tanzte Peter allein, seine Drachenhufe tappten auf seine Schuhe, und er beachtete die Erwachsenen nicht. Helena seufzte, schaute nach dem Goldfisch und wandte sich um. Sie würde nach Hause gehen, hinauf auf die Terrace.

Costello zog ihre Steppjacke zusammen und schlug den Kragen hoch bis zu den Ohren. Ihr war kalt, Gott, wie sie fror. Ihr war auf dem Weg zur Schule gerade ein bisschen warm geworden, aber beim Herumstehen während dieser Show mit dem Lastwagen war ihr die Kälte in die Glieder gekrochen. Und außerdem brauchte sie unbedingt eine Toilette. Sie drehte sich um und wollte langsam die Rowanhill zurück zur Wache gehen. Dort beabsichtigte sie vor sechs anzukommen.

»Entschuldigung«, sagte sie, als sie mit Vik Mulholland zusammenstieß, der mitten auf dem Gehweg stand und ins Leere starrte. »Ich könnte durch Sie hindurch oder um

Sie herum. Entscheiden Sie sich. Aber ich werde natürlich nicht lange warten, sondern über Sie steigen. Es war ein langer Tag, und ich mache keinen Schritt mehr als nötig.«

»Tut mir leid«, fügte sich Mulholland sofort und trat zur Seite.

Costello zögerte und wandte sich ihm zu. »Alles in Ordnung?«

Er zuckte mit den Schultern.

»Oh, Vik, machen Sie sich nicht so viel draus. Sie ist nur gegangen, weil sie sich nicht wohl fühlte. Davon geht die Welt nicht unter.«

»Sie hat sich nicht einmal verabschiedet.«

»Ach, Sie Armer.« Costello schlug ihre Hände auf die Oberarme, um sich aufzuwärmen. »Was ist denn mit ihr los, ich habe gesehen, wie sie die Hand aufs Gesicht gelegt hat? Hat sie Zahnschmerzen?«

»Nein, sie hat eine Trigeminusneuralgie.«

»Eine was?«

»Das ist so etwas Ähnliches wie Migräne im Gesicht.«

»Oh, das kann ich bestens nachvollziehen.« Sie ging durch die Menschen weiter, und Mulholland lief ihr hinterher wie ein Schaf, das seine Herde verloren hatte.

»Ich verstehe sie einfach nicht«, beschwerte er sich.

»Sie ist eine Frau. Da ist nicht vorgesehen, dass Sie sie verstehen«, witzelte Costello.

»Mir ist das ernst«, fauchte er.

»Gott, Sie meinen es ernst. Herzlichen Glückwunsch, willkommen in der menschlichen Spezies. Sie machen sich mehr Sorgen um einen anderen Menschen als um Ihren BMW. Nicht schlecht für den Anfang.«

»Im einen Moment ist sie so, im nächsten das Gegenteil. Einmal stürzt sie sich auf mich, dann wieder beachtet sie mich gar nicht. Ich habe ihr ein Handy geschenkt, aber sie sagt, das benutzt sie sowieso nicht. Ich kann sie nicht einmal überreden, Weihnachten mit mir zu verbringen. Und dabei will ich nur…«

Costello blieb abrupt stehen. »Verflucht, Vik. Sie haben es wirklich richtig schlecht.«

»Ja«, gestand er jämmerlich ein. »Lewis sagt, Frances spiele nur die Unnahbare, weil sie ausprobieren will, wie weit sie mich kriegen kann.«

»Lewis redet Unsinn. Frances würde solche Spielchen nicht treiben, dazu ist sie nicht der Typ. Vik, wie gut kennen Sie Ihre Freundin eigentlich?«

»Wie meinen Sie das?«

»Ich dachte, Sie wären Detective. Also, sie ist… gute zehn Jahre älter als Sie? Sie wohnt in einer riesigen Wohnung am Beaumont Place, ganz für sich allein. Sie ist intelligent, trotzdem arbeitet sie nicht. Sie ist pleite.«

»Ihr geht es nicht gut, sie ist erwerbsunfähig…«

»Ja, doch jede andere Frau würde die Wohnung verkaufen. Was ist die wert – dreihunderttausend? Ein bisschen mehr?« Der Gedanke war Vik noch gar nicht gekommen. Costello hatte recht. »Was hält sie also da? Ich würde sagen, sie hat kein leichtes Leben gehabt. Sie hat bestimmt keinen Goldfisch geschenkt bekommen, der ihr Gesellschaft leistet, als sie ein Kind war. Dann kommen Sie daher. Ich meine, Sie können einem echt auf die Nerven gehen, immerhin haben Sie jedoch ein bisschen Geld, sind nett zu Ihrer Mutter, fahren einen hübschen Wagen…«

»Einen sehr hübschen Wagen«, betonte Vik grinsend und erwärmte sich für Costellos Gedankengang.

»Und hinter diesem protzigen Gehabe steckt eigentlich ein netter Kerl, glaube ich. Ich wette, Frances hat eine entsetzliche Angst.«

»Wovor?«

Costello zuckte mit den Schultern. »Vor zu großer Nähe zu Ihnen? Davor, Sie zu verlieren? Wir beurteilen die Welt doch alle anhand unserer Erfahrungen, und woher wissen Sie, was sie schon alles durchgemacht hat?«

»Ich habe keine Ahnung. Ich möchte mich nur ein bisschen um sie kümmern, sie glücklich machen ...«

»Aber Vik, wie lange? Vielleicht sieht sie eine Zeit voraus, in der Sie nichts mehr mit einer zehn Jahre älteren Frau zu tun haben wollen, die zudem erwerbsunfähig ist. Was passiert dann mit ihr?«

»Und was soll ich tun? Ich meine es tatsächlich – äh – ernst mit ihr.«

»Bin ich Beziehungsexperte? Oh, Vik, woher zum Teufel soll ich das wissen? Seien Sie einfach nicht sauer und bumsen Sie Kate Lewis am Heiligen Abend.«

Um sechs Uhr trocknete Costello den Saum ihrer Hose am Heizkörper und wehrte die Fragen von Lewis ab, die sich neugierig nach Colin Anderson und Helena Farrell erkundigte, unterbrochen von einem Monolog darüber, wie perfekt ihr blöder Freund Stuart sei.

Costello hatte den Typ bisher nicht kennengelernt, konnte ihn aber schon jetzt nicht leiden. »Warum gehen Sie dann nicht heute Abend mit ihm aus?«, fragte Costello sauer. »Ich dachte, er wäre gestern hochgekommen.«

»Er hat zu tun«, sagte Lewis und zwinkerte durchtrieben. »Nach Weihnachten buchen wir uns einen Urlaub auf den Seychellen«, fügte sie wehmütig hinzu.

»Sind Sie sich da sicher, dass Sie Urlaub bekommen? Wir haben Personalmangel«, sagte Costello und setzte sich auf den Heizkörper, um den Hosenboden zu trocknen.

Lewis beachtete sie nicht. »Hoffentlich muss ich mich nicht wieder mit Teneriffa zufriedengeben. Ich brauche ein bisschen richtige Sonne.«

Costello glaubte langsam zu verstehen, wie DS Lewis tickte: Sie erzählte einem etwas und bewies einem hinterher, dass es sogar stimmte, aber billiger Charme ist rasch verflogen. Oder kannte ihr Selbstvertrauen denn überhaupt keine Grenzen?

»Haben Sie dieses Jahr Urlaub, Winifred?«

»Verpiss dich«, murmelte Costello vor sich hin.

19

Luca dachte, das musste der schönste Tag seines Lebens gewesen sein. Er hatte einen Erdbeermilchshake und ein komplettes Monkey Meal mit Cheeky Chips für sich allein bekommen. Eigentlich wäre er gern zum Basar gegangen und hätte sich Squidgy angeschaut, aber am Ende hatte er den Nachmittag auf dem großen Sofa verbracht und DVDs geguckt. Außerdem hatte er einen Brief mit seinem Wunschzettel an Santa Claus geschickt; Troy hatte er beim Schreiben geholfen, weil er darin besser war. Troy sagte, er gehe nur selten in die Schule.

Ihm war warm und er fühlte sich behaglich, daher würde er wohl kaum aus dem Bett kommen. Er konnte Musik hören, Weihnachtsmusik, die er eigentlich in der Schule hätte singen sollen. »Hark, the Herald« und solche Sachen.

Er wollte seine Mum besuchen. Sie war wieder krank, das wusste er, weil sie sich in der Spielhalle auf dem Boden herumgewälzt und dazu diese schrecklichen Laute gemacht hatte. Aber man hatte ihm versprochen, er werde zu Weihnachten zu Hause sein, und daher musste es seiner Mum bald besser gehen. Dann wäre wieder alles in Ordnung. Er fragte sich, welcher Wochentag sein mochte. Und ob es noch lange dauerte, bis Santa Claus käme.

Nun streckte er die Arme unter der Decke hervor in die Kälte und reckte die Hände so weit, wie er an beiden Seiten reichen konnte. *Dem neugeborenen König sei Ehre in der Höh…* aus den Augenwinkeln nahm er eine Bewegung wahr, sah die Ratte nur einen Moment lang, ehe sie davonhuschte.

Sofort nahm er die Hände wieder zurück und zog sich die Decke über den Kopf. Die Ratten machten ihm Angst. Er wusste wirklich nicht, warum man ihn hier heruntergebracht hatte. Und warum man ihm nicht erlaubte, seine Mum zu besuchen. Er hatte seine Mum lieb, und sie wurde immer richtig fröhlich, wenn er sie im Krankenhaus besuchte. Warum also nur war die Tür verschlossen?

Sein Blick fiel auf die große Holztür. Sie war alt, das Holz war trocken und zerkratzt, und es tat ihm an den Händen weh, wenn er sich mit ihnen dagegenstemmte. Aber das Schloss glänzte.

Über sich hörte er Schritte, eine Tür ging zu und dann eine zweite. Die Schritte hörten auf.

»Gute Nacht, Troy«, flüsterte Luca. Aber er bekam keine Antwort.

Miss Stella McCorkindale saß in der verlassenen Kantine in ihrem dunkelblauen Mantel mit einem Squidgy McMidge am Revers. Sie wirkte ein wenig aufgeregt, als sie ihnen in den Verhörraum folgte, und schob sich die Brille auf der Nase nach oben, als habe sie Schwierigkeiten, mit ihren hervortretenden Augen nahe Gegenstände klar zu erkennen.

Stella hatte ihr Alter mit sechsundfünfzig angegeben und sagte, sie sei als Anwaltsgehilfin in einer Firma angestellt, die sich inzwischen auf Immobiliengeschäfte spezialisiert hatte. Sie wohnte am Horselethill Circus. Troy war aus dem Park vor ihrer Wohnung verschwunden. Littlewood hatte diese Stelle unterstrichen. Er hatte gesagt, sie sei eine gute, zuverlässige Zeugin, nicht übermäßig hilfreich, aber nachdenklich und wohlüberlegt.

Quinn und die Zeugin saßen einander gegenüber; Costello hatte ihren Platz ein wenig weiter hinten eingenommen und befolgte die Anweisung, sich wie eine zufällige

Beobachterin zu benehmen und sich ein klares Bild von Miss Stella McCorkindale zu machen.

Ihre Geschichte war sehr exakt, und sie wich nicht im Geringsten von der ersten Version ab.

»Ich bin am Dienstag von der Arbeit nach Hause gekommen, und ich war ein bisschen früher als sonst …«

»Wissen Sie zufällig die genaue Zeit?«, fragte Quinn.

Stella schüttelte langsam den Kopf. »Irgendwann kurz vor fünf, vielleicht ein wenig später. Tut mir leid, genauer weiß ich es nicht. Verstehen Sie, ich kam aus der U-Bahn am Hillhead, dann war ich noch kurz bei Marks & Spencer und bin anschließend die Observatory Road entlanggegangen. Da habe ich ihn gesehen.«

»Warum haben Sie sich erst jetzt bei uns gemeldet?«

»Ich habe nicht sofort begriffen, wer er ist.« Sie schüttelte den Kopf und hob abwehrend die Hand. »Ich meine, ich habe ihn gesehen, aber ich wusste nicht, dass er der Junge war, der vermisst wird. Als ich heute nach Hause gekommen bin, lag eine Visitenkarte von Ihnen hinter meiner Tür; bei Ihrer ersten Befragung haben Sie mich wohl nicht erwischt.«

»Kennen Sie Troy?«, fragte Quinn ruhig.

»Ein dünner Junge in einer Kapuze ist ein dünner Junge in einer Kapuze. Aber als ich die Beschreibung der Mutter sah … also, ich musste einmal die Polizei anrufen, damit sie aus der Grünanlage vor meinem Haus verschwand. Da hatte sie diesen schrecklichen Mantel an, und der ist mir immer aufgefallen.«

Quinn nickte. »Und der Junge? Wann am Dienstag haben Sie den Jungen gesehen?«

»Na ja, wenn es tatsächlich dieser Junge ist, hat er ein bisschen gehumpelt. Er wirkte irgendwie frech.« Sie schüttelte den Kopf, als könnte sie dadurch klarer denken. »Ich bin sicher, dass er es war.«

»Wie war er gekleidet?«

»Das habe ich in der Zeitung gelesen. Fleece-Oberteil.« Sie nickte. »Er hatte dünne Beine, richtig dürre Beinchen. Ganz bestimmt war er es.«

Quinn blickte sie fragend an, als versuche sie, sich die Sache vorzustellen. Das machte sie nicht schlecht, dachte Costello. »War er allein?«

Stella hob die Brille auf ihrer Nase hoch. »Zu der Zeit waren noch ein paar andere Leute auf der Observatory Road unterwegs. Es war dunkel, ich kann nicht sagen, ob er allein war oder nicht.« Stella redete weiter. »Es war sehr dunkel, und es gab Schneeregen, wenn auch nicht so starken. Das Pflaster auf der Observatory Road ist wegen der Baumwurzeln holprig, deshalb habe ich auf meine Füße geachtet. Ich bin da schon einmal gestürzt.«

»Aber war er bedrückt? Wirkte er denn nicht in sich gekehrt?«

Stella schüttelte den Kopf. »Ganz im Gegenteil. Er hat gehumpelt und ist trotzdem … irgendwie gehüpft, nehme ich an.«

Quinn bedankte sich und winkte Costello mit sich nach draußen. Auf dem Gang sagte sie: »Das bringt uns auch nicht besonders viel weiter, oder? Glauben Sie, dass es tatsächlich Troy war? Das ist doch überwiegend Einbildung. Die Mutter hätte sie erkannt, aber nicht den Jungen.«

»Ich werde Gail bitten, sich zu ihr zu setzen und ihr ein paar Fotos zu zeigen. Aber es würde schon Sinn ergeben, mit ihm in diese Richtung zu gehen, wo es diese kleinen Gassen und Wege gibt. Wenn er es war, könnte er inzwischen überall und nirgends sein.«

Quinn fluchte leise. »Okay, schicken Sie Gail zu ihr und lassen Sie Miss McCorkindale eine Tasse Tee bringen. Vielleicht erinnert sie sich am Ende an etwas, das sie nicht in der Zeitung gelesen hat.«

Das Weihnachtskonzert Carols by Candlelight wurde seinem Ruf als eines der herausragenden Kulturereignisse des Jahres überaus gerecht. Colin Anderson war verzaubert; von den Kostümen, den Kerzen, dem Spektakel, der wundervollen Musik, den stimmgewaltigen Sängern und dem Vergnügen zuzuschauen, wenn etwas sehr Schwieriges aufgeführt wird und dabei ganz leicht wirkt.

Am meisten freute er sich jedoch über die Frau, die neben ihm saß. Helena trug ihr Lieblingskleid aus dunkelgrünem Samt, der sich wie eine Spirale von Schulter zu Schulter schlang. Um den blassen, dünnen Hals trug sie eine teure cremefarbene Perlenkette. Wenn er genau hinschaute, entdeckte er die ersten feinen Falten auf ihrer Haut, winzige Runzeln, die tiefer oder flacher wurden, je nachdem, wie sie den Kopf bewegte. Grüner Lidschatten betonte das Katzenhafte ihrer Augen, und erste Anzeichen von Krähenfüßen zeigten sich, wenn sie lachte, was sie häufig tat.

Er war ganz gerührt, als sie sich für ihre Verspätung entschuldigte; er verriet ihr nicht, dass er draußen in der Kälte gestanden und gedacht hatte, es würde den passenden Abschluss eines schrecklichen Tages bilden, wenn sie ihn versetzen würde. Überrascht hatte er zur Kenntnis genommen, wie erleichtert er war, als sie schließlich atemlos und umso attraktiver mit wallendem Mantel um die Ecke bog. Und genauso überrascht war er gewesen, dass er keinerlei Schuldgefühle empfand, als er sich von Claire, die auf dem Weg in die Disco war, winkend verabschiedete und Brenda und Peter hinterherschaute, als sie zum deutschen Weihnachtsmarkt aufbrachen. Und er war zudem überrascht, weil er keinen Gedanken mehr an die Arbeit verschwendete. Immerhin hatte er mit Brenda telefoniert, nachdem sie auf dem deutschen Weihnachtsmarkt angekommen war, und hatte schreien müssen, um die bayerische Volksmusik und den Schuhplattler zu übertönen. Er mahnte sie, gut auf

Peter aufzupassen. Sie sagte, sie sei auf dem Weg zurück zum Wagen, und teilte ihm unmissverständlich mit, dass sie sehr wohl in der Lage sei, auf ihren Sohn aufzupassen. Colin bat sie, mit ihm zu sprechen, doch da hatte Brenda bereits aufgelegt.

Nach einer Weile bemerkte er, dass er Helena viel mehr Beachtung schenkte als den Darstellern auf der Bühne. Dann sah sie ihn plötzlich an, weil es auch ihr aufgefallen war. *Gefällt es Ihnen?*, fragte sie stumm, indem sie nur die Lippen bewegte.

Er nickte. Mozart kam in Hofkleidung und mit einem Kandelaber in der Hand auf die Bühne.

Ihm schnürte sich die Kehle zusammen. Er schloss die Augen und ließ sich von den wunderbaren Klängen einlullen. Ja, es gefiel ihm wirklich. Und so langsam fiel der Stress von ihm ab. Er näherte sich gefährlich dem Schlaf.

Er spürte einen Rippenstoß. Helena blickte unverwandt auf Mozart und grinste schwach.

Vollkommen unerwartet kam eine große Dudelsackkapelle von hinten in den Saal, marschierte gleichzeitig durch alle Gänge nach vorn und schmetterte »The Flower of Scotland«, woraufhin sich nach und nach Gelächter im Publikum ausbreitete, als die Zuschauer sahen, dass die Musiker statt des Sporrans, der beschlagenen Felltasche, einen Squidgy trugen. Sie marschierten auf die Bühne, stellten sich dort in Reihen auf und spielten ein Medley aus Weihnachtsliedern. Dann zogen sie unter tosendem Applaus wieder nach draußen. Die erste Programmhälfte war vorüber.

Draußen im Foyer staunte Colin darüber, welche Stellung Helena in dieser Gesellschaft einnahm. Sie kannte praktisch jeden. »Das ist Colin Anderson«, stellte sie ihn allen vor, mit denen sie sprach. »Er war ein guter Freund von Alan.« Und sie fügte im Flüsterton hinzu: »Seine Frau hat ihn mir für den heutigen Abend ausgeborgt.« Ausnahmsweise war er einmal froh, wie ein Polizist auszusehen.

Helena warf mit Luftküssen und Grüßen, kurzen Floskeln und winkenden Händen nur so um sich. Plötzlich jedoch schien sie genug zu haben.

»Würde es Ihnen etwas ausmachen, wenn wir die zweite Hälftc ausfallen lassen? Ich glaube, für heute habe ich genug. O Gott«, sagte sie unvermittelt und versteckte sich hinter einer Säule. »Haben Sie den Mann da drüben gesehen?« Colin warf verstohlen einen Blick hinüber. »Groß, leicht ergraut? Mit einer Frau, die ein totes Kaninchen oder so um den Hals geschlungen hat.«

»Ich sehe den Mann mit der alten Frau – ja, die ist in tote Tiere gewickelt.«

Helena verzog sich noch weiter hinter die Säule und zupfte sanft an Colins Jacke. »Gott bewahre, jedes Mal, wenn der mich siehst, will er mir mein Haus abschwatzen.«

»Warum?«

»Weil seiner Mutter das drei Eingänge weiter gehört. Der lässt keine Gelegenheit aus. Er würde am liebsten die ganze Straße aufkaufen und in Mietwohnungen umwandeln.« Flüsternd fügte sie hinzu: »Drei Tage nach Alans Beerdigung stand er vor meiner Haustür. *Drei* Tage!«

Colin spähte vorsichtig um die Säule. »Sagen Sie mir sein Nummernschild, dann sorge ich dafür, dass er eine Parkkralle bekommt.«

»Nicht nötig. Wie man hört, steckt er in finanziellen Schwierigkeiten; zumindest seine Firma – Munro-Immobilien – müssten Sie eigentlich kennen.« Helena legte verschwörerisch den Zeigefinger an die Lippen. »Aber Mummy darf nicht wissen, dass die Firma kurz vor dem Bankrott steht.«

»Ist das seine Mutter bei ihm?«

»Ja, Mrs. Eleanor Munro, Doktor der Rechtswissenschaft

und ausgestattet mit dem sozialen Gewissen von Attila, dem Hunnenkönig. Und er hat einen Abschluss in Schleimscheißerei.«

»Also, wenn ich das nächste Mal Informationen brauche, wende ich mich an Sie: Sie haben ein besseres Netzwerk, was Tratsch angeht, als wir.«

»Ist ja auch nicht schwierig«, erwiderte Helena. »Jedenfalls lässt er sich nirgends ohne seine verfluchte Mutter blicken. Die wohnen sogar zusammen, können Sie sich das vorstellen? Ich habe gehört, er tue nach außen so, als sei er verheiratet. Ich meine, andere Männer stellen sich wie Singles dar! Er könnte ein Perv… Ach, hallo, Douglas, wie geht es Ihnen?«

»Danke, gut, Helena. Und selbst?« Der Mann ergriff Helenas feingliedrige Hand und schüttelte sie schlaff, wobei sein Goldarmband laut klirrte. Er wirkte nervös.

»Bestens, danke. Und wie geht es Ihnen, Mrs. Munro?«

Helena wandte sich Anderson zu und warf ihm einen entschuldigenden Blick zu. Douglas Munro lächelte nervös und steuerte seine Mutter weiter. »Wir sehen uns… später.«

»So, Sie sind mir noch ein paar Informationen schuldig, Mrs. McAlpine. Könnten wir gehen?«

»Ich erzähle es Ihnen im Wagen«, sagte Helena und warf eine Fünfzig-Pfund-Note in den Sammelkorb der Spendenaktion für Andy, als sie das Theatre Royal verließen.

Anderson fuhr Helena in ihrem BMW nach Hause, und sie saß auf dem Beifahrersitz und betrachtete einen Schnipsel von Peters Drachen-Comic, den sie in ihrer Manteltasche gefunden hatte. »Ich kann es mir nicht vorstellen. Sie vielleicht?«

»Was denn?«, fragte Anderson und blickte auf dic Straße. Der BMW ließ sich ungewohnt angenehm lenken, während sie auf Charing Cross zufuhren.

Sie antwortete nicht; sie schien sich in der warmen Stille des Wagens zu entspannen, und dann begann sie leise zu sprechen. Sie erzählte vom Basar, von Weihnachten, von der Schule – sie redete, sagte jedoch eigentlich nichts. Anderson ließ sie einfach weitersprechen, denn er wusste, sie musste sich erst aufwärmen.

Als sie Charing Cross hinter sich ließen, sagte sie beiläufig: »Ihre Kinder sind so wunderbar, Colin.«

»Das glaube ich auch, aber ich bin parteiisch.« Er lachte und spielte es damit herunter.

»Sie sind Ihr Vermächtnis«, sagte Helena ausdruckslos und schaute aus dem Fenster. Über das Summen des Wagens hinweg konnte er sie kaum verstehen. »Damit sind sie ein bleibender Beweis für Ihre Existenz.« Sie legte ihren Zeigefinger auf die Lippen, einen Moment lang, während ihr Gesicht von den Scheinwerfern eines entgegenkommenden Wagens erleuchtet wurde; sie wirkte selbst fast wie ein Kind. »Aber wenn ich sterbe, sind Alan und ich einfach wie ausgelöscht. Eigentlich hätten wir irgendwann einmal daran denken sollen, eine Familie zu gründen, aber ich hatte immer eine wichtige Ausstellung vorzubereiten und er einen großen Fall zu lösen. Ich war unterwegs, er betrunken. Die Zeit zieht an einem vorbei, und man kann sie nicht zurückholen, und plötzlich ist es zu spät.« Sie verstummte, und das Schweigen hing in der Luft, während Anderson den BMW vor ihrem Haus parkte.

So offen hatte sie noch nie mit ihm gesprochen. Er stieg aus dem Wagen, brachte sie zur Tür und schaltete sein Handy an, um einen Augenblick Zeit zum Nachdenken zu gewinnen. Er hörte innerlich Alans Stimme, der ihn bat, sie nicht so allein zu lassen, und Anderson fühlte sich schuldig, weil er es genoss, gebraucht zu werden.

Helena wandte sich ihm vor der Haustür zu. »Tut mir leid, ich war heute Abend bestimmt nicht sehr unterhaltsam, aber ich musste einfach mal unter Menschen kommen.« Sie legte ihm sanft die Hand auf den Mantel über seiner Brust.

Er legte seine Hand auf ihre, schob seine Finger zwischen ihre und drückte sanft zu.

»Gute Nacht«, sagte Helena und richtete den Blick auf ihre verschränkten Hände. Dann zog sie Colin in den Schatten und küsste ihn auf die Wange. Anschließend wich sie ein wenig zurück, nicht so weit, dass er es für einen Rückzug halten musste, denn er spürte ihre Wimpern auf seiner Wange und ihren Atem an seinem Hals. Er legte ihr den Zeigefinger unter das Kinn, neigte ihren Kopf sanft nach hinten und küsste sie mit Herzklopfen auf die Stirn, zart und doch zielstrebig.

Dann zog er sie an sich und schloss sie in die Arme, und er spürte, wie sie sich an ihn schmiegte. Nie hatte sich etwas so wunderbar angefühlt. Seine Lippen fanden ihren Platz auf ihrem Wangenknochen, und er atmete den Duft von Teebaumöl und Bluebells ein.

Jetzt lächelte sie und flirtete leicht dabei, so, wie er ihr Lächeln liebte. Seit Jahren hatte ihn niemand mehr auf diese Art angelächelt. Sie lehnte den Kopf an die Wand hinter sich; plötzlich standen in ihren grünen Augen, den grünsten, die er je gesehen hatte, Tränen. »Tut mir leid, ich hätte Sie nicht darum bitten sollen. Aber ich wollte so gern ausgehen.«

»Wozu hat man denn Freunde?«

»Ich weiß nicht, ob ich Sie als Freund darum gebeten habe.« Sie seufzte. »Ich habe Sie gebeten, weil ich ein großes Vakuum auszufüllen habe.«

»Wozu hat man denn Freunde?«, wiederholte Colin. »Wenn es dir durch eine schwere Zeit hilft, dass ich Alans Platz an deiner Seite einnehme, dann tue ich das mit Vergnügen. Und fühle mich überdies geehrt.«

Er strich ihr mit der einen Hand durchs Haar und tippte ihr zum Abschluss mit dem Finger auf die Nase. Sie blickten sich in die Augen.

Er sah die Bewegung ihrer Lippen.

Sie sagte etwas. Er fühlte es mehr, als dass er es hörte. Ein Murmeln. Sein Kopf versuchte es in etwas Tiefes, Verführerisches zu übersetzen.

»Dein Handy klingelt.«

»Ach, nicht so wichtig. Ich habe es gerade erst angeschaltet.«

»Geh dran«, sagte sie und lächelte schief, ließ die Fingerspitzen auf seinem Handgelenk liegen und schien ihn aufzufordern, mit ins Haus zu kommen. Aber dann zog er sich plötzlich zurück, als hätte ihm das Handy einen elektrischen Schlag versetzt, und alle Farbe wich aus seinem Gesicht. »Wann?«, sagte er, voller Wut, voller Panik.

Er hielt das Handy mit beiden Händen, als er auf den Knopf drückte und das Gespräch beendete.

Helena wandte sich ihm zu. »Schlechte Neuigkeiten?«

»Peter ist verschwunden.«

20

»Okay, Costello«, fauchte Anderson. »Was ist passiert?«

Costello hatte draußen auf ihn gewartet. Sie hatte sich von jemandem einen Anorak geliehen und war vollkommen durchgefroren. Sie musste rennen, um mit ihm Schritt zu halten, während er die Hyndland Road in Richtung Polizeiwache überquerte, wo sie vor ihm die Stufen hinaufsprang und ihn anhielt. »Sie wissen doch, Peter war mit Brenda auf dem deutschen Weihnachtsmarkt«, keuchte sie. »Sie waren unterwegs zum Parkplatz in der Byres Road. Brenda hat sich umgedreht, und da war er verschwunden. Im Augenblick schauen wir uns das Material der Überwachungskameras an. Aber Sie waren nirgendwo aufzutreiben, und ich wollte nicht, dass Sie hereinkommen und …«

»Ja?«, knurrte Anderson.

»Colin, Brenda ist hier. Und ich möchte Sie nicht mit Lippenstift im Gesicht hinaufschicken. Tun Sie wenigstens so, als hätten Sie Helena lediglich befragt.«

Anderson nahm zwei Stufen mit jedem Schritt. Oben blieb er stehen. »Danke, Costello.«

»Dafür sind Sie mir was schuldig«, erwiderte sie.

DCI Quinn schaffte es eine Sekunde vor Anderson durch die Tür des Büros. Statt des gewohnten marineblauen Kostüms trug sie einen schwarzen Kaschmirpullover über einer engen Jeans, und die offenen Schnürsenkel ihrer Turnschuhe waren schmutzig und nass. Sie hatte kein Make-up aufgelegt, und das Haar hatte sic zurückgebunden.

Gail Irvine saß in der Ecke und hatte den Arm um die schockierte Brenda gelegt, und Brenda ihrerseits hielt eine Tasse Tee mit beiden Händen, trank jedoch nicht davon. Gail redete mit ihr, stellte ihr unablässig und gleichzeitig feinfühlig Fragen. Brenda schüttelte den Kopf. Anderson sah seine Frau an, biss sich auf die Lippen und ging weiter, ohne ein Wort zu sagen. Brenda merkte, dass er vorbeiging, und streckte zitternd eine Hand nach ihm aus. Er beachtete sie nicht. Schockiert schlug sie die Hand vor den Mund, und jetzt begannen die Tränen zu strömen. Die Nachricht hatte die Runde gemacht, und mehrere eigentlich krankgeschriebene Beamte hatten sich zum Dienst zurückgemeldet. Es roch nach starkem Kaffee und VapoRub. Ständig kamen von unterschiedlichen Stimmen Meldungen über das Funkgerät herein, und Anderson erkannte, dass es sich um die Zentralschaltung von Partick handelte. Die Sache hatte jetzt eine persönliche Dimension erhalten: Es hatte einen von ihnen getroffen.

DS Lewis telefonierte mit Partick. »Ja, *sämtliche* Überwachungsbänder«, sagte sie zum dritten Mal mit übertriebener Geduld. »Weil wir jedes einzelne überprüfen müssen, das ist der Grund.« Eine Stimme schnarrte aus dem Hörer. »Ja, ich verstehe, Sie sind unterbesetzt. Sind wir aber auch. Wenn Sie einfach nachsehen ... könnten! Drei Kinder in fünf Tagen! Jede Minute, die Sie mir Ihre Entschuldigungen erzählen, ist eine verschwendete Minute. *Trottel!*«, zischte sie, so leise, dass es der Idiot am anderen Ende der Leitung nicht verstehen konnte. In dem Augenblick, in dem sie Anderson bemerkte, verstummte sie.

Anderson sah zur Wand. Jetzt war Peter verschwunden, direkt unter ihrer Nase.

Quinn trat zu ihm und legte ihm kurz die Hand auf die Schulter. »Tut mir leid, Colin, wir können Sie hier jetzt nicht gebrauchen. Am besten reden Sie erst einmal mit Brenda.«

»Nein, danke.«

»Sie ist vollkommen erledigt. Und sie hat Peter als Letzte gesehen. Irvine bekommt einfach nichts Konkretes aus ihr heraus. Ihre Frau sagt, sie sei die Byres Road entlanggegangen, habe sich umgedreht und Peter sei nicht mehr da gewesen. Wir müssen mehr wissen, Colin. Versuchen Sie es wenigstens. Wir bringen sie in einen Verhörraum, da können Sie mit ihr sprechen. Und wir halten Sie auf dem Laufenden.«

Sie hatte ihn, stellte er fest, langsam aus dem Büro und über den kurzen Gang zum vordersten Verhörzimmer geschoben. Irvine zog sich zurück, nachdem sie Brenda hereingebracht hatte, und ehe Colin etwas einwenden konnte, war er allein mit seiner Frau. Brenda trug den gleichen Mantel wie auf dem Basar, doch ansonsten war sie kaum wiederzuerkennen. Ihre Augen und ihr Gesicht waren gerötet, und sie wirkte entsetzlich mitgenommen. Sie trat mit offenen Armen auf ihn zu. Er ging einen Schritt zurück, hinter den Tisch, und war erleichtert über die Barriere zwischen ihnen.

Brenda hielt sich das Gesicht und weinte. »Es tut mir so schrecklich leid.«

»Musstest du ihn allein gehen lassen? Konntest du ihn nicht an die Hand nehmen?« Er fuchtelte mit dem Zeigefinger vor ihrem Gesicht. »War es dir zu viel, auf dein eigenes Kind aufzupassen?«

Brenda biss sich auf die Lippe, und die Tränen hörten nicht auf zu strömen. »Und wo warst du? Wir haben ihn beide vernachlässigt.«

»Das denkst aber auch nur du. Ich bin kein schlechter Vater.«

»Aber ein beschissener Ehemann, und manchmal kommt das aufs Gleiche heraus.«

»Schieb mir nicht die Schuld in die Schuhe«, zischte

Anderson – voller Wut auf Peter und voller Wut auf sich selbst. Voller Wut auf Brenda, weil sie die Wahrheit gesagt hatte.

»Na, du solltest draußen unterwegs sein und nach ihm suchen.«

»Wenigstens in diesem Punkt sind wir uns einig. Ich gehe los, sobald wir eine Aussage von dir haben.«

»Es war nichts, Colin, ehrlich. Im einen Moment lief er hinter mir, im nächsten war er verschwunden. Ich habe diesem Mädchen schon alles erzählt, was mir eingefallen ist.«

Colin sah auf dem Block die wenigen handschriftlichen Notizen, die sich Irvine gemacht hatte. Er überflog sie. »Das reicht nicht. Gib dir ein bisschen mehr Mühe.«

Er blickte sie an. Das Weiße ihrer Augen erinnerte an Lilien mit roten Äderchen, ihr Gesicht war aufgequollen, und sie zitterte. Ihre Hände waren unablässig in Bewegung, sie drückte das Blut aus den Fingerspitzen, bis sie blau und kalt waren.

»Tut mir leid, Schatz, ich bin einfach … ich hole uns erst einmal einen Kaffee. Setz dich hin, atme tief durch und beruhige dich. Panik hilft uns nicht weiter. Also entspann dich.« Er brachte ihre Hände zum Stillstand, indem er sie ergriff, und verdrängte alle Gedanken an Helena. »Brenda, werde erst einmal ruhig und denk nach. Du brauchst einen klaren Kopf. Stell dir vor, wie er neben dir geht – und was dann passiert ist. Erzähl uns, was du siehst und hörst … du bist Peters größte Chance.«

Nachdem Lynne sicher war, dass Eve wieder eingeschlafen war, da sie eine Schlaftablette mit drei Gläsern Rotwein runtergespült hatte, holte sie den Raphiabast-Ordner unter der Decke auf dem Sofa hervor. Er fühlte sich nicht an wie eine Kunstmappe voller DIN-A4-Blätter, sondern eher wie ein Sammelalbum. Lynne war beinahe belustigt, als sie sich in ihrem Sessel zurücklehnte, die Beine unter sich zog und dabei Eve beobachtete, wie sie schnarchte. Sie hatte ihre Schwester gerade wieder bei einem ihrer kleinen Spielchen erwischt. Und dies könnte etwas gefährlicher werden. Sie öffnete die Mappe, starrte auf das, was sie sah, und ihre Belustigung verwandelte sich in Übelkeit.

Der Ordner war voll, und zwar nicht nur mit Ausdrucken aus dem Internet, sondern auch mit Zeitungsausschnitten über Eves Unfall und darüber, dass Neil Thompson schon einmal wegen Gefährdung der Verkehrssicherheit freigesprochen worden war. Und über den Verteidiger, der diesen Freispruch erwirkt hatte, einen Mr. Douglas Munro. Eve hatte alles über ihn ausgegraben, jeden Fall, bei dem er vor Gericht angetreten war, und darüber hinaus jeden Bauantrag, den er nach Änderung seines Geschäftsfeldes gestellt hatte. Sie hatte sogar eine Seite aus dem Jahrbuch der Privatschule, die er besucht hatte, aus dem Internet heruntergeladen und einen alten Zeitungsbericht über einen Zwischenfall bei einer Schulwanderung zum Berg Lord Berkeley's Seat. In der Zeitung gab es ein Foto von einer zerklüfteten Felsspitze irgendwo am Ende der Welt; Douglas war nach dem Ausflug in ein Krankenhaus eingewiesen worden, unter anderem wegen Unterkühlung. Dazu gab es einen Schnappschuss von Douglas und seiner Mutter vor dem Haus in der Kirklee Terrace; sein Bild vom Schulabschluss, Arm in Arm mit seiner Mutter, und die Visitenkarte von Munro-Immobilien. Lynne war nun neugierig geworden – sie blätterte durch die Seiten, fand aber keine Bilder von Mrs. Douglas Munro oder der Hochzeit. Und, so fiel Lynne auf, es gab nichts über den Unfall, durch den Eve zum Krüppel geworden war und wegen dem Thompson eine Freiheitsstrafe erhalten hatte. Douglas hatte damit überhaupt nichts zu tun gehabt.

Für jemanden, der sich nicht einmal ohne Hilfe ankleiden konnte, hatte Eve einiges zusammengebracht – es sei denn, jemand anderes hatte es für sie erledigt. Jemand, der groß genug war, um im Vorbeigehen ein Bild an der Wand zu streifen, jemand, der eine Schachfigur auf dem Sideboard umstieß, ohne es zu bemerken? Lynne blieb an der abgegriffenen Fotokopie eines Fotos hängen, das Neil Thompson zeigte, wie er nach seinem ersten Prozess wegen Gefährdung der Verkehrssicherheit im Besitz seines Führerscheins und als freier Mann aus dem Gericht auf die Straße trat, gefolgt von Douglas Munro. Einige Monate später hatte sich Thompson eine halbe Flasche Wodka einverleibt und war in Eves Wagen gekracht. Und in Eve.

Lynne atmete langsam aus. Okay, Eve wusste also Bescheid. Sich die Informationen zu beschaffen hätte jeder tun können. Aber das hier… das grenzte an Besessenheit und war eine ganz andere Sache. Thompson saß im Gefängnis, außerhalb ihrer Reichweite. Douglas hingegen nicht, im Gegenteil, er war in ihrer Nähe, und das gefährdete seine Sicherheit. Lynne faltete die Fotokopie wieder zusammen. Was sollte sie deswegen unternehmen? Zuerst musste sie herausfinden, wer Eve half. Und sie wusste genau, wen sie da zu fragen hatte.

Auf der anderen Straßenseite brannte bei Stella noch Licht. Lynne sah auf die Uhr, zog sich Mantel und Schuhe an, öffnete die Tür und schlich hinaus. Wenn irgendwer das Haus aufsuchte oder verließ, würde Stella McCorkindale darüber Bescheid wissen.

Auf dem Sofa schlug Eve die Augen auf, reckte sich und lächelte hinterhältig.

»Sind Sie sicher, dass Sie sich das antun wollen?«, fragte Quinn. »Sie müssen nicht, das wissen Sie.«

Colin Anderson nickte, biss sich auf die Unterlippe und wandte den Blick nicht vom Bildschirm ab.

»Er ist mein Sohn«, sagte er leise. »Lassen Sie es einfach laufen.«

»Colin«, beharrte Quinn. »Wir müssen uns beeilen. Von Peters Verschwinden haben wir innerhalb einer Stunde erfahren, also müssen wir sofort zuschlagen. Es wäre von mehr Nutzen, wenn Sie Brenda bei dem Appell helfen. Den können Sie schließlich nicht selbst sprechen; als Polizist sind Sie viel zu bekannt. Brenda ist Ihre Frau, Sie können ihr helfen, das Beste aus sich rauszuholen.« Quinns Stimme klang beinahe flehend. Sie suchte mit einem Blick Unterstützung bei Costello.

»Wäre einen Versuch wert, nicht, Col? Im Augenblick haben wir hier alles im Griff. Machen Sie lieber etwas, das uns nützt.«

»Sie bekommt das schon allein hin. Lassen Sie einfach das Band laufen«, sagte er mit einer Stimme, die unnatürlich fest klang.

Costello gab sich geschlagen und zuckte mit den Schultern. Sie hatten das Material wieder und wieder angeschaut, und sie wusste, was darauf zu sehen war. Es zeigte genau das, was Brenda beschrieben hatte, aber das zu hören war eine ganz andere Sache, als es mit eigenen Augen zu sehen. Das Bild des eigenes Sohnes, der im einen Moment da ist und im nächsten verschwunden. Und ohne die leiseste Ahnung, wann oder ob er überhaupt je wieder auftauchen wird.

Der Monitor leuchtete auf, und Schwarzweißbilder wanderten von der linken Seite zur rechten. Die beiden Kameras standen an der Westseite der Byres Road in Richtung des dreieckigen Parkplatzes zur University Avenue hin, auf dem zurzeit der deutsche Weihnachtsmarkt stattfand, und ein Pulk fröhlicher Weihnachtsshopper marschierte durch Schneematsch und Pfützen.

Der Zeitstempel zeigte 19:20.

Da war das Leben noch normal gewesen.

»Wie bald wurde der Alarm ausgelöst?«, fragte Costello.

»Sobald sie den Wagen erreicht hatte«, antwortete Quinn ebenso leise.

»Tun Sie nicht so, als wäre ich nicht da«, meinte Anderson scharf und wütend. »Sie ist also ein ganzes Stück die Byres Road entlanggegangen, ehe ihr aufgefallen ist, dass er nicht mehr da ist? Der Wagen stand an der Dumbarton Road, meine Güte!«

»Es war eine Menge los, Colin, sie ... ach, egal. Weiter, Gordon.«

Wyngate rutschte zurück und machte Anderson Platz in ihrem Kreis. »Wir haben uns das jetzt fünfzehn Mal oder so angesehen.« Er seufzte. »Sehen Sie den Mann da mit dem Hut? Behalten Sie ihn im Auge. Sie ist genau hinter ihm und geht hier entlang.«

Menschen kamen vorbei, in beide Richtungen, trugen Taschen oder schoben Kinderwagen, aus denen Rollen mit Weihnachtspapier ragten wie Turnierlanzen. Die Bilder waren körnig, und wegen der erhöhten Position der Kamera und der Verzerrung durch das Fischauge war es sehr leicht, etwas zu übersehen.

»Diese Uhr geht richtig, ja?«, fragte Mulholland und zeigte auf den Zeitstempel.

»Ganz exakt. Habe ich überprüft.«

Brenda erschien hinter dem Mann mit dem Hut, drehte sich leicht, als sage sie etwas über die Schulter, und nahm die Einkäufe von einer Hand in die andere. »Na ja, an der Stelle hätte sie wohl auf ihn warten sollen«, meinte Wyngate. Aber Brenda ging weiter. Niemand sagte etwas. Costello legte Anderson kurz die Hand auf den Arm, zog sie jedoch sofort wieder zurück.

Ein korpulenter Mann in einem langen Mantel beugte sich in der Mitte des Bildschirms zum Schaufenster eines Immobilienmaklers vor.

»Wartet er?«, fragte Costello. »Und wenn, worauf?«

Die Menschen zogen unaufhörlich quer über den linken Monitor und tauchten dann auf dem rechten wieder auf. Still und geisterhaft wurde ihre Bewegung von der Kamera verlangsamt, deshalb sahen sie aus wie lebende Tote.

»Dieser Kerl …«, Wyngate zeigte mit dem Stift auf einen einzelnen Mann in Anorak und Jeans, »… ist direkt hinter den beiden. Wir versuchen, ein Bildschirmfoto von ihm zu machen und ihn aufzuspüren. Möglicherweise hat er etwas gesehen.«

Anderson starrte grimmig auf den Bildschirm. Um zwanzig nach sieben hatte er vor dem Saal gestanden und auf Helena McAlpine gewartet. Er hatte nichts anderes im Sinn gehabt, als sich zu amüsieren …

Wyngate riss ihn aus seinen Gedanken. »Und er trägt eine kleine Tasche von einem der Stände. Wir haben eine Liste der Standbesitzer.« Er tippte mit dem Stift auf den Monitor. »Sieht aus wie die Tüten von dem Stand für deutsche Würste.«

Costello spürte, wie sie sich anspannte, während sie auf Andersons Reaktion wartete, als Brenda ins Bild kam, ihren Mantel zuknöpfte und sich die Schultertasche umhängte.

»Wo ist Peter?«, flüsterte Anderson.

Jetzt entfernte sich Brenda von dem Markt, trat auf den Bürgersteig und war genau im Bild. Ein kleiner Junge mit Pu-der-Bär-Rucksack, an dem ein Drache baumelte, trottete hinterher und versuchte, Schritt zu halten. Peter hatte noch die Hose von seinem Drachenkostüm an; die Hufe schwangen locker über den Schuhen.

»Gott!«, fuhr Anderson auf. »Wie weit ist er hinter ihr?«

»Nicht so weit, wie es vielleicht auf der Aufnahme den Anschein hat – drei, vier, vielleicht fünf Meter.«

»Ganz egal – es war schließlich trotzdem zu viel.«

Wyngate stellte die Wiedergabe auf Zeitlupe. Brenda,

die auf dem Film leicht zitterte, blieb stehen und drehte sich um, als ob Peter sie gerufen hätte. Sie war wütend, das konnte man von ihrer Körperhaltung ablesen. Peter rannte auf sie zu und verschwand kurz in der Menge der Weihnachtsmarktbesucher, ehe er wieder auftauchte. Aber seine Mutter kehrte ihm den Rücken zu und ging weiter, mit schnelleren Schritten. Und ließ ihn hinter sich zurück.

Peter ging nicht weiter, sondern blieb trotzig stehen.

Wie schnell das passiert, dachte Costello voller Mitgefühl für Brenda. Dieser Augenblick würde Colins Frau ihr Leben lang verfolgen. Ewig würde sie sich vorwerfen: *Wenn ich ihn nur an die Hand genommen hätte, wenn ich ihm nicht den Rücken zugewandt hätte.* Und Costello kannte Colin gut genug, um zu wissen, dass er ihr niemals verzeihen würde. Wer würde das schon?

»Bislang ist dies das einzige Band, auf dem wir Peter und Brenda sehen können. Viel ist es nicht.«

Als sie Brenda auf dem anderen Bildschirm sahen, war Peter nicht mehr hinter ihr.

Jetzt herrschte Stille im Raum, und nur weil das Band im Abspielgerät langsam klickte, hatte man das Gefühl, die Zeit wäre nicht stehen geblieben. Niemand sagte etwas. Niemand sagte: *Aber das ist alles, was wir haben.*

Wyngate brach schließlich das Schweigen. »Sehen Sie sich dies an.« Zwei Leute gingen von links nach rechts durchs Bild; eine einzelne Frau, die unter der Kamera stehen blieb und einen Blick auf ihre Einkaufsliste warf, dann umkehrte und in die Richtung zurückging, aus der sie gekommen war. »*Dieser* Mann …«, sagte Wyngate, »der mit dem langen Mantel. Wir haben ihn vorhin gesehen, und hier ist er wieder. Und diese beiden, die hier herumstehen … man sieht sie besser auf dieser Aufnahme.« Wyngate schob sich mit seinem Schreibtischstuhl wieder zur Seite und gab den Blick auf den zweiten Monitor frei. »Zwei Männer, hier, lehnen an der Scheibe, der eine trägt einen langen Mantel. Er setzt eine Baseballmütze auf, drückt sich von dem Fenster ab und geht; der andere folgt ihm.«

»Ist das ein Logo auf der Mütze oder ein Name?« Mulholland kroch fast in den Bildschirm. »Können wir das irgendwie vergrößern?«

»Ich kümmere mich drum.« Wyngate notierte es sich. »Einer von ihnen geht zur Tür… und sehen Sie hier…« Wyngate tippte auf die Scheibe des ersten Monitors. Der andere Mann zog ein Handy aus der Tasche, wählte eine Nummer und ging hin und her, wobei er mehrmals das Blickfeld des Objektivs verließ und wieder drinnen auftauchte.

»Was macht er da?«

Littlewood zuckte mit den Schultern. »Im schlimmsten Fall hat er den Kleinen beobachtet, sah, wie er von seiner Mutter getrennt wurde, hat einen Kollegen angerufen, der weiter oben an der Straße gewartet hat…«

»O Gott!«, fluchte Anderson. »Ich kann das nicht glauben. Was sagt *sie*?«

»Sie glaubt, er sei hinter ihr«, rezitierte Wyngate. »Zu dem Zeitpunkt hat sie in der Handtasche nach ihren Wagenschlüsseln gekramt und den Wagen gesucht. Als sie zum Wagen kam, hat sie die Tür aufgeschlossen, sich umgedreht und festgestellt, dass der Kleine nicht mehr hinter ihr war. Niemand hat etwas gesehen.«

»Wie können die alle nichts gesehen haben?«, fragte Anderson schroff.

Im Raum wurde es totenstill. »Ein kleiner Junge auf einem belebten Marktplatz, der weint: Das ist eben einfach ein kleiner Junge, der seinen Weihnachtswutanfall hat«, erklärte Costello. »Tut mir leid, Colin, so nehmen die Menschen das wahr. Und selbst nachdem Luca, Troy und jetzt auch Peter entführt wurden, hat sich daran nichts geändert.«

»Hat Gail irgendetwas aus Stella herausholen können?«, fragte Quinn. »Hat sie Troy gesehen?«

»Es ist nichts Brauchbares dabei herausgekommen, Ma'am. Sie konnte sich nur an das erinnern, was sie uns bereits erzählt hatte, und diese Erinnerungen wurden noch dazu durch die Beschreibungen in den Zeitungen beeinflusst. Nichts Verlässliches – leider, Col.« Costello lächelte ihn zaghaft an.

Anderson hob die Hand und bremste sie; er wollte nicht einmal darüber nachdenken. »Passen Sie auf, Luca muss die Highburgh Road in diese Richtung hinaufgegangen sein. Wenn dieser Junge tatsächlich Troy war, hat er den gleichen Weg genommen. Könnte Peter auch auf diese Weise verschwunden sein? Haben Sie jemanden dort unten?« Er sah auf die Karte, auf die Kreuzung zwischen Byres Road und University Avenue, auf die Highburgh Road, den Parkplatz und eine Verzweigung verschiedener kleinerer Straßen und Gassen im Umkreis von fünfzig Metern.

»Das war das Erste, was wir unternommen haben«, sagte Quinn, die seinem Blick gefolgt war. »Das Suchteam war in der Crown Avenue, Colin; Sie hatten die da selbst hingeschickt. Drei Minuten später waren sie an Ort und Stelle.«

»Was ist mit diesen beiden Kerlen in den langen Mänteln?«, fragte Costello.

»Wir verfolgen eine Spur, die vielleicht zu ihnen führt. Sie wurden beobachtet, wie sie in einen großen Wagen stiegen ... Da unten sind zwölf Kollegen in Uniform unterwegs und kämpfen sich durch. Wir versuchen außerdem, dieses Logo auf der Mütze aufzuspüren. Das klappt schon, keine Sorge.«

Wyngate zuckte mit den Schultern und hielt das Band an.

»Augenblick mal«, sagte Mulholland und zeigte auf jemanden im Hintergrund. Alle schauten auf eine große Gestalt in einem langen Wollmantel, die mitten im Schritt eingefroren war. »Lassen Sie das mal ein bisschen weiterlaufen.« Die Gestalt bewegte sich weiter, als Wyngate den Film startete.

»Das ist Frances«, sagte Mulholland verletzt. »Sie hat gesagt, sie würde nach Hause gehen – sie meinte, ihr Gesicht würde wehtun.«

»Offensichtlich hat sie ihre Meinung geändert«, meinte Lewis. Mulholland verließ den Raum und zog sein Handy aus der Tasche.

»Aber wenn Brenda und Frances sich kannten – und wenn Peter dann seine Mutter aus den Augen verloren hätte, könnte er versucht haben, Frances zu folgen?«, fragte Costello.

»Ich denke, wir sollten sie herholen. Natürlich vertraue ich Vik, aber wir müssen die Sache nach Vorschrift durchziehen.« Costello blickte Quinn an und suchte nach Zustimmung, ehe sie zur Tür ging. »Vik, können Sie Frances bitten herzukommen? Sie muss sich zum Zeitpunkt der Entführung ganz in der Nähe aufgehalten haben. Wir müssen die Angelegenheit mit ihr durchsprechen.«

»Ich werde sie fragen, doch sie hat sich nicht sehr wohlgefühlt …«

»Wenn es ihr gut genug ging, um auf den deutschen Markt zu gehen, kann sie auch herkommen«, sagte Costello. »Ansonsten hole ich sie, verstanden?« Sie drehte sich um und beobachtete, wie ein weiteres Bild neben Luca und Troy an die Wand geheftet wurde … ein kleiner blonder Junge mit Zahnlücken im Lächeln und Pat dem Pinguin im Arm. Für Costello schien dieser Augenblick, den das Foto festhielt, eine Ewigkeit her zu sein.

»Sie geht nicht an ihr Handy«, sagte Mulholland, der wieder hereinkam.

»Haben Sie ihr eine Nachricht hinterlassen? Dass sie zurückrufen soll?« Costellos Stimme durchschnitt die Luft.

»Das Handy war abgeschaltet. Vielleicht liegt sie im Bett – ist ja auch schon spät, nicht?«

»Na, dann setzen Sie Ihren Arsch mal zu ihr in Bewegung!«

»Ja, gehen Sie, Mulholland. Und zwar sofort!«, sagte Quinn, trat aus ihrem Büro und nippte an einem starken schwarzen Kaffee. »Wir müssen wissen, ob sie möglicherweise etwas gesehen hat. Und wir müssen Brenda fragen, ob sie Frances bemerkt hat. Falls keiner von beiden etwas gesehen hat, muss die Sache unglaublich glatt vonstattengegangen sein, so wie es …«

»… Pädophile abziehen würden?«, beendete Anderson den Satz an ihrer Stelle. »Glauben Sie, es könnte sich um eine organisierte Geschichte handeln? Mit einem Wagen und einem Fahrer?« Die Frage war an Littlewood gerichtet.

Quinn zuckte mit den Schultern.

»Aber es gibt keinen Anlass, davon auszugehen.« Costello wandte sich an Littlewood. »Es sei denn, Sie wissen mehr als wir.« Littlewood warf Quinn einen Blick zu, die jedoch den Kopf gesenkt hatte und den Kaffee in ihrem Becher im Kreis schwenkte.

»Na ja, es ist nur eine Möglichkeit, die wir in Betracht ziehen müssen – die Jungen sind sich vom Typ her alle ähnlich: hübsch, blond, dünn«, erklärte Littlewood. »Peter passt vielleicht einfach ins Raster. Tut mir leid, Colin.«

Costello spürte, wie ihr die Tränen in die Augen stiegen, und sie dachte an das Foto von Peter, das Anderson in der Brieftasche hatte. Absurderweise dachte sie an ihren eigenen Vater und fragte sich, ob der je ein Foto von ihr besessen hatte. Sie bezweifelte es. Ihr Blick wanderte von Anderson zu Littlewood. Die beiden sahen sich in die Augen; zwischen ihnen ging etwas vor sich, von dem sie nichts wusste. Anderson wirkte wütender, als sie ihn je erlebt hatte.

»Richtig«, sagte Quinn. »Irvine soll mit Brenda reden

und alles erneut mit ihr durchgehen. Wyngate, Sie telefonieren herum und finden heraus, ob irgendwelche Bus- oder Taxifahrer etwas beobachtet haben. Die sollen überlegen, wer vor oder hinter ihnen geparkt hat. Ob ihnen etwas Ungewöhnliches aufgefallen ist, ganz gleich wie unbedeutend. Wir haben an jeder Ecke jemanden, alles ist mit Band abgesperrt, niemand kann hinein oder heraus.«

»Ich gehe hin«, sagte Anderson mit leisem Zorn in der Stimme.

»Das ist keine gute Idee, Colin. Vermutlich verprügeln Sie dann am Ende irgendwen. Überlassen Sie es uns. Vielleicht sollten Sie lieber zu Ihrer Frau gehen?«

Anderson antwortete nicht. Er bedeckte den Mund mit der Hand, schüttelte den Kopf und traute sich nicht zu sprechen.

»Gehen Sie mit Brenda nach Hause, wenn Irvine fertig ist«, sagte Quinn milde. »Versuchen Sie, ein bisschen Ruhe zu finden.«

»Und sei es nur wegen Claire«, steuerte Costello bei.

»Claire ist bei Grahams Mutter, und ich werde nicht ohne Peter nach Hause gehen.«

Wie oft hatte Costello solche Sätze von Eltern gehört! Aber Stunden wurden zu Tagen und Tage zu Monaten. Die Toten kehrten nie zurück. Costello ging in den Flur, vergewisserte sich, dass niemand da war, zog ihr Handy heraus und suchte nach einer gespeicherten Nummer.

Dieser verfluchte Profiler hatte der Boss Mick Batten genannt. Aber der Boss hatte auch immer gesagt: *Holen Sie sich Hilfe, wo Sie sie kriegen können.*

21

Eve lag da, starrte an die Decke und wartete auf das unverkennbare Klicken des Tores, als ihre Schwester sich hinausschlich. Sie hatte sich nicht gerührt und nur aufmerksam gelauscht, während Lynne ihren Schreibtisch durchstöberte. Das, wonach auch immer sie suchte, würde sie dort nicht finden. Vermutlich hatte sie die Akte über Douglas entdeckt, also jedenfalls die Schnipsel, die Eve sie hatte finden lassen wollen. Diese beiden waren wirklich so dumm. Es war eine Schande, was mit Douglas passieren würde. Sie hatte es genossen, alle Einzelheiten seines bunten und doch irgendwie charmanten Lebens auszuspionieren. Dabei hatte sie sich gefühlt wie ein Jäger, der sich an einen Zwölfender anpirscht, an ein Tier, das man seiner Majestät wegen respektiert und das man für seine Schönheit bewundert, und dennoch würde sie es umso mehr genießen, ihm eine Kugel in den Kopf zu schießen.

Sie streckte die Beine aus, langsam und vorsichtig zunächst. Wegen der Nägel in den Knochen war das rechte sehr steif, und am Anfang hatte sie gut aufpassen müssen, wie stark sie ihre Gliedmaßen belastete. Obwohl sie schon lange trainierte, überraschte es sie häufig, wie leicht sie auf die Beine kam.

Die arme Lynne, diese dumme frustrierte Kuh. Wenn sie das Haus geerbt hätte und nicht Eve, hätte dieses Arschloch Douglas es schon vor einer Ewigkeit verscherbelt. Und da er weiterhin um sie herumscharwenzelte, hatte sie ihm eindeutig niemals die Wahrheit verraten. Hätte es ihr gehört, hätte er ihr alles abgenommen, und Lynne würde mittlerweile in einer trostlosen winzigen Wohnung hausen, die durch billige Umbauarbeiten verunstaltet wäre, und sie würde darauf warten, dass er endlich seine »Frau« verließe. Was er niemals tun würde.

Eve humpelte zum Fenster und schaute ihrer Schwester hinterher, die über die Straße und den kleinen Weg zu Stellas Wohnung hastete. Stella würde Lynne für verrückt halten, wenn sie zu dieser nachtschlafenden Uhrzeit und in dieser eigenartigen Laune bei ihr klingelte.

Sie schleppte sich in ihr eigenes Zimmer und stützte sich an den Wänden ab. Dort angekommen ließ sie sich flach auf den Boden fallen. Knien hatte sie bislang nicht wieder gelernt. Sie langte unter das Bett, zog die Unterbettkommode hervor und tastete nach einem grünen Schuhkarton, der mit einem Gummiband gesichert war. Den öffnete sie und lächelte angesichts eines kleinen Beutels mit einem Schildchen, auf dem neben einem schwarzen Totenkopf NaCN stand. Das Beutelchen war in die graue Perücke gewickelt und lag neben anderen Besitztümern ihrer Mutter, einer Brille, einem Schal und einer altmodischen Brosche aus dem Oxfam-Secondhandladen in der Byres Road. Lynne hatte den Schreibtisch bereits durchsucht, daher konnte sie diese Sachen jetzt also dort verstecken. Sie kannte ihre Schwester und wusste, Lynne würde so leicht nicht aufgeben; und wenn sie aus Stella McCorkindale etwas herausbekäme, würde das ihre Neugier nur noch mehr anstacheln. Eve stellte den Karton auf das Bett und schob die Unterbettkommode aus Plastik an Ort und Stelle zurück, und zwar genau dorthin, wo Lynne sie haben wollte. Sie nahm sich Zeit, um wieder aufzustehen, wobei ihr rechtes Bein grotesk hinter ihr hervorstand. Schließlich wartete sie ab, bis das Schwindelgefühl vergangen war, nahm dann den Schuhkarton und ging in den Salon. Fünf Minuten später hatte sie den Inhalt des Schuhkartons in ihrem Schreibtisch verteilt, ein paar Dinge hier und ein paar dort versteckt. Die meisten passten unter das Einlegebrett in ihrem Kasten mit den Pastellkreiden. An dieser Stelle würde Lynne niemals nachschauen; das war ihr zu schmuddelig. Eve zerriss den Schuhkarton in winzige Fetzen und schob sie auf den Boden des Mülleimers in der Küche.

Als Lynne zurückkam, lag Eve längst wieder auf dem Sofa. Sie jammerte: »Gerade bin ich eingeschlafen, da weckst du mich, weil du die Badezimmertür zuknallst. Es ist schon elf! Du weißt doch, wie schlecht ich einschlafen kann. Kannst du nicht ein bisschen mehr Rücksicht nehmen?«

Peter Anderson fror, und zwar schlimmer als je zuvor in seinem Leben. Es war still; hier hörte man nicht einmal den Verkehrslärm. Die Tür stand ein wenig offen – er hatte versucht, sie zuzustoßen, doch der Betonboden war uneben, und die Tür hatte sich verklemmt. Peter hatte versucht, sie wieder aufzuziehen. Die Tür hatte gezittert und war zurückgesprungen. Als er sich dabei den Splitter in die Haut gerammt hatte, hatte er vor Schmerz laut aufgeschrien; seine Hand hatte zu bluten begonnen.

Er versuchte es erneut, aber jetzt rührte sich die Tür überhaupt nicht mehr. Und er konnte nicht mehr hinaus, der Spalt war zu schmal.

Peter hüllte sich tiefer in seinen Pullover und zog sich den Anorak vorn zu, so wie er es bei den Wölflingen gelernt hatte. Er mummelte sich ein, setzte sich an die Wand, schloss die Arme um die Knie, wippte mit dem Kopf vor und zurück und sang das Lied vom magischen Drachen Puff vor sich hin. Gelegentlich hörte er über sich Schritte und eine Tür, die sich öffnete und wieder zuging. Einmal war er zu der kleineren Tür gegangen, aber die war verschlossen gewesen.

Wenn er beim nächsten Mal Schritte hören würde, würde er schreien, aber es kamen keine mehr. Offensichtlich hatte er sich zu einer Kugel zusammengerollt und war eingeschlafen, denn er erwachte von einem Laut. Er streckte die Hand nach seinem Dinosaurier aus. Statt seiner warmen Bettdecke ertasteten seine Finger kalten Beton. Dann fiel ihm alles wieder ein.

Er hörte einen Wagen davonfahren. Dann war es dunkel und still.

Sehr dunkel. Er bemühte sich, keine Angst zu haben. Von irgendwo hörte er Musik, als würde eine Blaskapelle Weihnachtslieder spielen, aber niemand sang, und alles schien aus weiter Ferne zu kommen. Er fiel mit ein, wenn er den Text kannte, und wenn er ihn nicht wusste, dachte er sich etwas aus. So sang er leise vor sich hin. Und er wartete auf seinen Dad, damit der kam und ihn holte. Seine Hand tat weh, und zum ersten Mal seit zwei Jahren lutschte er wieder am Daumen.

Vik Mulholland zog die Handschuhe an, als er aus der Wache kam, froh, das Chaos hinter sich zu lassen. Die Luft war klar und bitterkalt; es schneite, und er musste aufpassen, damit er nicht in den Schneematsch am Rande des Bürgersteigs und im Rinnstein trat. Er hörte immer noch Musik von der Byres Road her. Besonders im West End feierte man geradezu eine Art Winterkarneval, und Mutter Natur hatte das Ihrige dazugetan und diesen hübschen ruhigen Schneefall hervorgezaubert. Während er die Hyndland Road entlangging, hörte er die Blaskapelle der Heilsarmee, die in der Ferne »Rudolf, das Rentier mit der roten Nase« verstümmelte – und niemand hier im West End konnte sich davor retten.

Vik beschleunigte den Schritt, als er den Beaumont Place erreichte. Vor Nr. 42 stand Frances auf der Straße, hatte den

Kragen hochgeschlagen und die Schultern zusammengezogen – sie sah wie eine schlanke schwarze Hexe aus, die sich zart vom Weiß des Schnees abhob.

»Fran?«, rief Vik laut. Dann leiser, als sie nicht reagierte: »Fran, geht es dir gut? Es ist fast Mitternacht, mein Gott. Du wirst dir hier draußen noch den Tod holen.«

»Sie sehen wie Gespenster aus, nicht?«, murmelte sie mit ihrer heiseren Stimme, und mit den Worten bildete sich eine Atemwolke vor ihrem Mund, die rasch mit der Luft verschmolz.

Vik wandte sich der Heilsarmeekapelle zu, die man hinter der Straßenecke sehen konnte. Da ihre Füße kaum Licht auffingen, schienen ihre Silhouetten schwerelos in der Luft zu schweben.

Frances hatte geweint; auf ihrem Gesicht waren noch Tränen zu sehen. Vik hob ihr Kinn mit dem Zeigefinger und wischte sie mit dem Daumen fort.

»Ich habe versucht, ein bisschen in Stimmung zu kommen. Ich dachte, wenn ich hier im Schnee stehe und der Musik zuhöre«, schniefte sie, »würde mich die Dickenssche Weihnachtsromantik schon überwältigen.«

»Und die Kälte«, fügte Vik hinzu und trat von einem Fuß auf den anderen.

»Aber ich bin einfach so deprimiert.« Wieder flossen Tränen. »Es ist alles so verflucht deprimierend.«

»Na ja, vielleicht …« Vik umfasste ihre Hände. »Diesmal wird vielleicht alles ganz anders. Diesmal hast du die Chance, glücklich zu werden. Wäre das nicht ein schönes Geschenk?«

»Wäre es das?« Aber sie lächelte. Sie beugte sich vor und küsste ihn. »Ich habe nachgedacht …«

Nein, nicht jetzt. Er zog sich von ihr zurück. »Pass auf, ich muss mit dir über etwas sprechen. Was meine Arbeit betrifft.«

»Oh…« Frances klang verletzt. Sie wandte sich leicht von ihm ab, und die Kapelle begann, *Santa Claus is Coming to Town* zu spielen. »Und ich dachte schon, du wolltest mich sehen.«

Mittlerweile war Littlewood der Einzige, der noch einen eigenen Schreibtisch hatte, der Einzige, zu dessen Computer die anderen keinen Zugang hatten. Costello hatte zehn Minuten vergeblich auf die Tastatur eingehackt, aber alles, was ihr an Passwörtern einfiel, hatte sich als falsch erwiesen. Gleichzeitig wählte sie wieder und wieder und wieder Mick Battens Nummer, die permanent besetzt war. Sie blickte hinüber in Quinns Büro. Irgendetwas ging da vor sich. Der erfahrenste Mitarbeiter der Abteilung arbeitete für sich allein, nach dem Grundsatz »Informationen nur, wenn nötig«, und die anderen wurden nicht in das eingeweiht, was los war. Wenn sie bloß herausgefunden hätte, was Quinn und Littlewood um Mitternacht vorhatten, hätte sie hineingehen und den beiden ordentlich ihre Meinung sagen können. Quinn und Littlewood erweckten den Eindruck, dass ihre Besprechung vorüber war. Costello kehrte zu ihrem Schreibtisch zurück und wählte erneut Micks Nummer.

»Costello! Was gibt's Neues?«, meldete sich die Liverpooler Stimme von Dr. Mick Batten müde am anderen Ende der Leitung.

»Tut mir leid, dass ich Sie so spät störe, Mick.« Sie blickte auf die Uhr. Der Stundenzeiger hatte fast die Geisterstunde erreicht.

»Da sind Sie nicht die Erste.«

»Ich mache mir Sorgen. Colin wollte nicht mit Ihnen sprechen. Also, ich habe das Gefühl, ich müsse…« Costello unterbrach sich.

»Worüber?« Batten wirkte gelassen.

»Diese vermissten Jungen, Mick. Wir brauchen Ihre Hilfe.«

»Gewiss schmeichelt mir das, Costello, aber Sie können sich meine Antwort sicherlich vorstellen.« Sie hörte, wie er an etwas nippte, und leise klingelte ein Löffel in einer Teetasse. Oder Eis in einem Whisky. »Man hat mir keinen offiziellen Auftrag erteilt, für Sie zu arbeiten. Und ich habe Ihnen schon gesagt, als ich an dem Kruzifixkiller-Fall dran war, meine Profile sind lediglich auf Sachkenntnisse gestützte Vermutungen. Ihre Truppe wird schon jemanden finden, der sich gut in solchen Dingen auskennt.«

»Natürlich, das ist mir schon klar. Aber wir haben Weihnachten, Mick. Die blöden Formulare werden doch erst ausgefüllt, wenn die Bürohengste aus der Verwaltung wieder aus dem Urlaub zurück sind.«

»Und?« Ein langsamer, genüsslicher Schluck. Whisky.

»Und die werden das niemals so gut hinbekommen wie Sie.«

»Schmeicheln ist nicht gerade Ihre Stärke, was?«

»Nein, ist es tatsächlich nicht«, fauchte Costello zurück, leise und schroff. »Mick, die haben sich Peter Anderson geschnappt. Vor vier Stunden. Wir brauchen hier Hilfe. Bitte.«

Am anderen Ende der Leitung herrschte kurz leicht verwirrte Stille. »Peter Anderson? Der Name kommt mir bekannt vor …«

»Colin Andersons Sohn. Sie wissen, wie entscheidend die ersten Stunden sind, und die Zeit läuft.«

Erneut kehrte Stille ein; sie wusste, Batten konzentrierte sich und brachte sein analytisches Gehirn in Gang. Sie setzte noch einen drauf. »Wir glauben, dass wir von oben bei der Ermittlung in eine bestimmte Richtung gedrängt werden.«

»Ist das nicht auch so beabsichtigt?«, fragte Batten.

»Nicht, wenn die Bodentruppen anderer Meinung sind. Wir glauben, jeder Profiler würde sowieso nur darum gebeten, sich die längst bekannten Pädophilen anzuschauen. Der Ermittlungsrahmen wird eingeschränkt, obwohl er eigentlich erweitert werden sollte … Immer wieder lässt man etwas an die Presse durchsickern.« Sie setzte sich, denn plötzlich waren ihre Knie zu wackelig, um sie zu tragen. »Ich bin nicht sicher, was da los ist, aber die neue DCI und John Littlewood sind offensichtlich auf einem Abzweig unterwegs, über den sonst niemand Bescheid weiß, und ich – na ja, ich halte das nicht für förderlich. Wenn Sie hier wären, würden Sie mir ganz sicherlich zustimmen. Kann ich Ihnen einen Teil von dem Zeug rüberschicken, damit Sie einen Blick draufwerfen?«

»Wie Sie schon sagten, es ist fast Weihnachten. Um die Genehmigung zu bekommen, brauchen Sie eine Ewigkeit.«

»Und ohne Genehmigung?«

»Costello, wie gut kennen Sie Peter Anderson?«

»Er ist Colins Sohn. Wie gut, glauben Sie, kenne ich ihn?«

»Dann sollten Sie Distanz wahren, und das wissen Sie sehr wohl. Wenn man das Opfer kennt, arbeitet man nicht mehr mit der gleichen Effektivität. Passen Sie auf, ich habe gestern mit einem Mann gesprochen …« – er zögerte kurz –, »… mit einem Mann gesprochen, der seiner Tochter die Augen mit einem Messer ausgestochen hat, weil er glaubte, sie habe die Augen Satans. Das Kind war vier Jahre alt …« Er nippte schnell zwischendurch am Whisky.

»O Gott!« Costello überlief es kalt, und ihr wurde übel.

»… und meine Tochter ist ebenfalls vier Jahre alt. Wie lange würde ich diesen Job durchstehen, wenn ich das an mich heranlasse?«

»Und wie würden Sie sich fühlen, wenn Ihre Tochter entführt würde und ich Ihnen die Vorschriften vorbete?«

Schweigen. Eis klingelte gegen Kristallglas. »Dieses Gespräch haben wir nie geführt. Haben Sie meine Faxnummer?«

Costello verkniff sich die Tränen, sagte leise danke und legte auf. Sie blickte sich um; niemand hatte sie beachtet, und das Faxgerät blinkte untätig in der Ecke. Sie holte tief Luft, nahm die Zusammenfassung der Besprechung und schickte ein Stoßgebet zu einem Gott, an den sie gar nicht glaubte.

Mulholland trottete langsam den Hügel zur Wache wieder hinauf. Die Nacht war gespenstisch hell, der Schnee bedeckte unberührt den Boden, und es regte sich kein Windhauch. Der Lärm betrunkener Glückseligkeit drang gedämpft zu ihm vor. *Alles schläft. Einsam wacht.* Alles schien sich im Wartezustand zu befinden.

Frances' Augen hatten sich mit Tränen gefüllt, als er die Arbeit erwähnt hatte. *»Ich dachte schon, du wolltest mich sehen«*, hatte sie gesagt. Sie hatte verletzt, sogar verärgert geklungen. Als er ihr die Sache mit Peter erklärt hatte, war sie ganz unruhig geworden, und am Ende war sie gekränkt nach Hause geflohen.

Nein, sie hatte weder Peter noch Brenda auf dem deutschen Markt gesehen. Sie hatte nur nach dem Bazar nicht sofort nach Hause gehen wollen. Sie war deprimiert gewesen und wollte unter Menschen sein. Ja, ihr waren die Männer in den langen Mänteln aufgefallen, und ja, sie hatte das Logo erkannt. Und sie glaubte sogar, die beiden Männer erkannt zu haben. Mulholland beschleunigte seinen Schritt, begann zu laufen – das mussten sie in der Wache schleunigst erfahren. Frances war sicher, es habe sich um Dec Slater und vielleicht Jinky Jones gehandelt. Bei Dec war sie sicher, nicht ganz jedoch bei Jinky.

Das Logo, um das es ging, war das Logo von Rogan O'Neills Homecoming-Tour – das wusste schließlich jedes Kind.

»Also gut, Leute.« Quinn klopfte auf den Tisch, um wieder für Ruhe zu sorgen. Hinter ihr hatte jemand eine Karte der Vereinigten Staaten an der Wand befestigt, aber niemand traute sich zu fragen, zu welchem Zweck. »Ich weiß, Sie sind hundemüde, aber wir haben Colin für eine halbe Stunde aus dem Haus – er ist in guten Händen, Burns wird ihn beruhigen, er geht mit ihm spazieren und sorgt dafür, dass er etwas isst. Wir können uns vermutlich kaum vorstellen, was zurzeit in Colin vorgehen muss.« Quinn hielt inne und zog das Gummiband um ihren Pferdeschwanz straff. »Natürlich wird er nicht im Team bleiben, bis wir den kleinen Bengel gefunden haben, trotzdem, jedem von uns würde es wohl genauso gehen.« Die Anwesenden murmelten zustimmend. »Ich möchte mich zunächst bedanken, weil Sie alle erschienen sind. Als Erstes sollten wir zusammentragen, was wir haben. Brenda Anderson hat uns ihren Einkaufsbummel bis ins Kleinste geschildert, und Irvine hat eine Liste aller Stände aufgestellt, die sie vor Peters Entführung besucht hat.

Wir haben es in die erste Ausgabe der Morgenzeitung geschafft – wir sind auf der Titelseite und zwar mit Foto. Trotzdem behalten wir die Identität von Peters Vater vorläufig für uns. Die Medien spielen mit. Von der Stewart Street wird jemand herunterkommen und Colin im Hinblick auf alte Fälle befragen, um potentielle Täter auszumachen, die es auf ihn persönlich abgesehen haben könnten. Es mag schließlich der Fall sein, dass diese Entführung gar nichts mit den beiden anderen zu tun hat und nur irgendein Schweinehund den Trittbrettfahrer spielt. Burns wird bei ihm bleiben. Inzwischen schauen wir uns noch einmal die Rekonstruktion von Lucas Entführung an, bei der Peter Anderson eine Hauptrolle gespielt hat.« Quinn bemerkte Costellos zusammengekniffene Augen; sie verstummte, als wollte sie die DI auffordern zu sagen, was sie dachte. Costello jedoch schüttelte den Kopf.

»Ich möchte, dass ein Team zu Miss Cotter fährt und die Wohnung auseinandernimmt. Ich weiß, wir haben die Gegend schon durchsucht, aber falls sie tatsächlich nicht mehr alle Tassen im Schrank hat, müssen wir möglicherweise alle Außengebäude in ihrem Hinterhof durchgehen. Hat sie irgendwo ein Grundstück oder einen Schrebergarten? Oder eine Garage? Wenn sie diese Kinder entführt hat, muss sie die Jungen irgendwo verstecken. Für die nächsten vierundzwanzig Stunden wurde ein Temperatursturz vorhergesagt, und es wird richtig eiskalt werden. Sagen Sie ihr, es sei das Beste für sie, zu Hause im Warmen zu bleiben – wir wollen schließlich nicht, dass sie stürzt und sich die Hüfte bricht, oder? Und sobald sie das Haus trotzdem verlässt, wird sie von uns beschattet. Ich lasse bis morgen früh ein Team zusammenstellen. Wir überlassen nichts dem Zufall. Ich setze PC Smythe darauf an.«

Die Tür öffnete sich, und Mulholland, der noch Schnee im Haar hatte, kam herein. »Diese beiden Männer auf dem Überwachungsband! Es ist das Logo von Rogans Tour, und Frances hat in ihnen Dec Slater und Jinky Jones erkannt. Dec hat sich im Laufe der Jahre kaum verändert, Jinky hingegen schon. Sie hat sich fürchterlich aufgeregt, da habe ich es nicht übers Herz gebracht, sie mitzubringen.«

Lewis fluchte leise, jedoch laut genug, damit es alle hören konnten.

Quinn nickte langsam. »Littlewood, würden Sie bitte jetzt übernehmen? Und ich möchte Sie alle daran erinnern, dass jedes Wort, das in diesem Raum gesagt wird, vertraulich zu behandeln ist. Sie werden es niemandem erzählen, nicht Ihrer Frau, Ihrem Mann, Ihren Kindern. Niemandem. Und schon gar nicht Colin Anderson, hinsichtlich dessen, was wir Ihnen jetzt mitteilen werden.« Sie schob Papiere in einen Aktenordner, ging in ihr Büro und schloss scheinbar mit einer gewissen Erleichterung die Tür hinter sich.

Littlewood holte einen Armvoll Folien, Ordner und Umschläge aus seiner Schublade und legte sie auf den Schreibtisch. Er kam direkt zur Sache. »Hier haben wir eine Karte der USA«, begann er.

»Ja, das war nicht so schwierig zu erkennen«, sagte Lewis.

Littlewood ging mit keinem Wort auf sie ein. »Blau markiert und mit Datum versehen sind die Stellen, an denen in den letzten zehn Jahren kleine Jungen verschwunden sind. Nicht viele, möchte man denken, in einem so großen Land mit einer so mobilen Bevölkerung, aber diese Fälle hier korrelieren zeitlich und räumlich exakt mit einer Abfolge bestimmter anderer Ereignisse.« Er legte eine Folie über die Karte, die eine zweite, mit Bemerkungen versehene Karte zeigte. »Jetzt sehen Sie die Tourneen eines allseits bekannten Rockstars während der letzten zehn Jahre. Rogan O'Neill. Wir haben genaue Übereinstimmungen in Hinsicht auf Zeitraum, Datum und Staaten.«

»Mein Gott! Und daran haben Sie gearbeitet?« Costello sprang auf. »Warum haben Sie uns nicht früher eingeweiht? Wieso haben Sie es darauf ankommen lassen?«

»Nehmen Sie kein Blatt vor den Mund, nennen Sie mich ruhig ein Arschloch; das liegt Ihnen doch auf der Zunge, nicht wahr?«, erwiderte Littlewood ungerührt. »Zunächst handelte es sich um einen äußerst vagen Verdacht. Ich wurde von oben gebeten, ein Auge darauf zu halten, ob es bei Rogan ungewöhnliche Vorgänge gibt, als das alles angefangen hat. Zuerst Luca – na ja, zu Beginn haben wir ja gar nicht mit einer Entführung gerechnet. Dann ging es plötzlich sehr schnell. Deshalb haben wir jetzt entschieden, Sie darüber in Kenntnis zu setzen.«

»Wurde auch Zeit.«

»Also, Sie wissen selbst, wir können nicht einfach zu O'Neill gehen und eine Durchsuchung bei ihm durchführen, doch nun haben wir einen Zugang zu ihm, nicht wahr, Costello?«

»Lauren, die süße Kleine? Ja, sicher«, erwiderte sie schroff. »Und ich hole es aus ihr heraus, wenn sie …«

»Vielleicht ist sie völlig ahnungslos«, meinte Wyngate.

»Oh, sie weiß Bescheid. Oder hat einen Verdacht.« Costello konnte die Entrüstung in ihrer Stimme kaum verbergen, denn sie erinnerte sich an Laurens Angst, als Rogan mit ihr gesprochen hatte.

»Ich werde diesen Umschlag mit Fotos hier liegen lassen. Die dürfen diesen Raum nicht verlassen, nicht einmal diesen Tisch. Wer sie sich anschauen will, braucht starke Nerven. Okay, genug geredet.«

Mulholland arbeitete sich als Erster langsam durch den Stapel Fotos, sah sich jedes an und steckte es anschließend hinter das jeweils letzte. Seine Miene veränderte sich nicht, aber er wurde blass. Gelegentlich hielt er inne, drehte ein Foto um neunzig Grad und machte dann mit dem nächsten weiter.

Eines reichte er Wyngate, und Wyngate, der vor Müdigkeit schon rote Augen hatte, schluckte heftig und gab es zurück. »Die brauchen Sie sich nicht anzusehen, Costello«, sagte Mulholland.

»Da haben Sie völlig recht, das brauche ich nicht.«

»Ich auch nicht«, meinte Lewis und klang gelangweilt. Sie stand am Fenster und schaute nach draußen. Sie hatte ein wunderschönes Profil und perfektes Make-up aufgelegt, und ihre Locken glänzten in präzisen Schwüngen. »Ich muss noch einen Anruf tätigen.« Sie schritt an Costello vorbei, als habe sie etwas Wichtiges zu erledigen. Costello musste sich zusammenreißen, damit sie ihr nicht ein Bein stellte.

»Ich kann nicht fassen, was auf manchen dieser Bilder zu sehen ist«, sagte Mulholland. »Jeder dieser Jungen wurde brutal missbraucht und ermordet – wer in aller Welt würde ...?«

»Ja, genau, wer?« Anderson lehnte neben der Tür an der Wand.

»Tut mir leid, ich wollte nicht, dass Sie dies mitbekommen.«

»Vermutlich.« Anderson stopfte die Hände tief in die Taschen und blickte Littlewood an. »Was gibt's Neues?«

DCI Quinn kam aus ihrem Büro geschossen. »Okay, Anderson, Sie gelten jetzt als Zeuge, nicht mehr als Detective. Littlewood, nehmen Sie Colin mit in die Kantine und gehen Sie das Gespräch noch einmal durch, das Costello und er mit O'Neill geführt haben, und zwar sofort. Was Sie zu Rogan gesagt haben, was er zu Ihnen gesagt hat, Colin, und was Costello gesagt hat. Dann zeigen Sie ihm die Fotos aus der Menschenmenge vor dem Joozy Jackpot oder wie dieser verlotterte Laden auch heißt; vielleicht erkennt er jemanden.«

Littlewood legte Anderson die Hand auf den Arm und führte ihn hinaus, wo Anderson Burns folgte, der bereits auf der Treppe war.

»Irgendjemand muss auf ihn aufpassen. Bei ihm kann man im Augenblick für nichts mehr garantieren. Wyngate, nehmen Sie sich die Überwachungsvideos vom Basar noch mal vor und konzentrieren Sie sich auf den Zeitrahmen. Und machen Sie das Gleiche mit den Bändern vom deutschen Weihnachtsmarkt. Suchen Sie nach Käppis mit dem Logo von Rogans Homecoming-Tour auf dem Basar. Rufen Sie in den Hotels an, in denen Rogans Crew wohnt; die müssten Aufzeichnungen darüber haben, wann die Türen jedes einzelnen Zimmers geöffnet wurden. Und versuchen Sie außerdem, Bilder von jedem zu bekommen, der an der US-Tour beteiligt war. Ich möchte wissen, ob diese beiden Kerle, die wir auf unserem Überwachungsvideo sehen, Jinky Jones und Dec Slater sind. Diese zwei und dazu Rogan selbst sind die einzige Verbindung zwischen den verschiedenen Verbrechen in den Staaten, aber passen Sie um Gottes willen auf, wen Sie fragen! Sammeln Sie den Kram nur zusammen. Ich schicke Ihnen Irvine zu Hilfe, sobald sie frei ist.«

DS Lewis kam zurück in den Raum geflattert. »Was geben Sie eigentlich Costello zu tun, oder kann sie ihre eigenen Spuren verfolgen?«

»Was meinen Sie – Lauren McCrae?«, fragte Quinn.

Lewis zuckte mit den Schultern und verzog die Lippen spöttisch zu einem Grinsen.

Rebecca Quinn ließ sich hinter ihrem Schreibtisch nieder und gefiel sich wie gewöhnlich darin, auf die Papiere vor sich zu starren, um ihr aktuelles Opfer zu verunsichern.

»Was treiben Sie eigentlich?« Sie leckte den Zeigefinger an und blätterte eine Seite in dem Bericht weiter, den sie gerade las.

»Ich mache meine Arbeit«, erwiderte Costello trotzig.

»Klingt ein bisschen dünn«, meinte Quinn. Sie seufzte, drehte sich auf ihrem Stuhl zur Seite, beugte sich vor und band sich die Schnürbänder ihrer Turnschuhe zu. »Und zwar vermutlich in dem Rahmen, den ich Ihnen genehmige? Damit meine ich nicht die Sache mit Lauren McCrae.«

»Ich habe mit Dr. Mick Batten gesprochen. Ohne Ihre Genehmigung.«

»Worüber?«

»Über Peters Verschwinden.« Costello verstummte. Quinn sah auf. »Er sagt, ich solle mich nicht zu tief in den Fall hineinziehen lassen.«

»Tun Sie eigentlich je, was man Ihnen sagt? Sie sind raus aus dem Fall.«

»Wie?«

»Sie haben es doch gehört – Sie sind raus aus dem Fall. Und jetzt halten Sie einfach mal für eine Minute den Mund, Costello«, sagte Quinn, jedoch gar nicht so unfreundlich. »Setzen Sie sich und hören Sie zu. Haben Sie und Anderson eine Affäre?«

»Nein.«

»Auch nie gehabt?«

»Nein!«

»Gut, ich wollte nur sichergehen.«

»Das ist Lewis mit ihrer Tratscherei …«

»Eine ihrer schlechten Angewohnheiten. Sie stehen sich aber nah, deshalb macht Ihnen die Sache persönlich zu schaffen, und das gefällt mir nicht. Bei einem Fall wie diesem kann das nur schaden. Und Sie haben keine Ahnung, wie schwer es ist, ein Team zu übernehmen, das so eng zusammengluckt wie Ihr Haufen. Äußerlich scheint hier jeder den anderen zu hassen, trotzdem laufen Sie präzise wie eine gut geölte Maschine; so gut geölt, dass ich keinen von Ihnen zu fassen bekomme. Sie vertrauen mir nicht.« Ihre Blicke begegneten sich. Quinn sah als Erste zur Seite. »Und das hat Auswirkungen darauf, wie gut das Team arbeitet.«

Costello wusste nicht, welche Antwort von ihr erwartet wurde. »So sind wir eben, Ma'am, und es ist nicht persönlich gemeint.«

»Aber es ist trotzdem persönlich, und Sie hängen zu sehr zusammen. Ich kann Colin und Sie nicht einfach Ihr eigenes Ding machen lassen. Und aus dem Grund sind Sie beide aus dem Fall raus. Burns spielt den Babysitter für Colin, und er ist groß genug, um ihm einen zu verpassen, wenn es nötig werden sollte. Ich habe keinen Zweifel, dass jeder in dieser Abteilung zuerst mit ihm sprechen würde, ehe er zu mir kommt, und sich den Teufel um den Dienstweg scheren würde.«

»Wohl wahr.«

»Und Sie halten sich von diesem Fall fern. Ich weiß, Sie haben eine Verabredung mit Lauren McCrae.« Quinn sah auf ihre Armbanduhr und seufzte, als sie feststellte, dass Minuten und Stunden verstrichen waren und es inzwischen Samstag geworden war. »Heute – Littlewood setzt Sie über alles in Kenntnis –, aber anschließend beschäftigen Sie sich mit dem Zyanid; und da können Sie sich austoben, wie Sie wollen. Das werden Sie ja sowieso tun.« Quinn spitzte die Lippen. »Aber wenn Ihnen wenigstens dieses eine Mal danach wäre, eine Anweisung zu befolgen, können Sie jetzt gehen und Ihre Arbeit erledigen. Und wenn nicht und diese Zusammenfassung des Falles verschwindet und irgendwie hinter meinem Rücken auf Mick Battens Faxgerät landet, werde ich ernsthaft wütend …«

Costello ließ die Hand auf dem Türgriff liegen und hielt den Atem an.

»… aber nicht so wütend, wie ich im umgekehrten Fall wäre.« Quinn schob langsam den schmalen beigefarbenen Ordner über den Tisch, so weit, dass Costello ihn leicht erreichen konnte, dann stand sie auf, drehte sich um und wandte sich dem Fenster zu. »Schließen Sie die Tür hinter sich.«

Samstag,
23. Dezember

22

Anderson hatte eine entsetzliche Nacht hinter sich, er hatte in der Kantine unzählige Becher Kaffee getrunken, war die Unterhaltung mit Rogan O'Neill wieder und wieder durchgegangen und hatte sich ein Foto nach dem anderen angeschaut, bis die Gesichter ineinander verschwammen. Sie hatten sich jeden großen Fall vorgenommen, an dem er je mitgearbeitet hatte, sie hatten nachgedacht, wer wohl ausreichend großen Hass gegen ihn hegen könnte. In seinem Privatleben hatten sie gewühlt, aber es war astrein. Sie hatten seine gesamte Karriere durchkämmt, hatten jedoch lediglich die Erinnerungen an den alten DCI ans Tageslicht gebracht. Und die ganze Zeit über hatte Colin das Gefühl gehabt, wenn Alan McAlpine hier gewesen wäre, würden sie jetzt die Straßen der Stadt auseinandernehmen. Er wusste, diese ganze Veranstaltung hier diente allein dem Zweck, ihn zu beschäftigen, und er war dankbar, weil er auf diese Weise etwas zu tun hatte, gleichgültig was. Erneut mit Brenda zu reden hatte er sich geweigert, doch er hatte dabei geholfen, die Verlautbarung für ihre Radio-Ansprache zu verfassen, obwohl er wusste, wie wenig das einbringen würde.

Gegen halb sieben war er eingedöst und hatte zehn Minuten mit dem Kopf auf dem Kantinentisch geschlafen. Doch im Schlaf wurde er noch schrecklicher gequält als im Wachzustand. Jetzt tat ihm der Rücken weh, er hatte Kopfschmerzen, und erschwerend kam hinzu, dass es weiterhin keine Neuigkeiten gab.

Wie Troy und Luca schien sich Peter Anderson in Luft aufgelöst zu haben.

Als er nach neun aufwachte, schlug Burns vor, ein wenig an die frische Luft zu gehen und sich ein bisschen zu bewegen, damit das Gehirn wieder in Gang käme. Schweigend spazierten sie die Hyndland Road entlang. Anderson trug einen geborgten Mantel und zog die Schultern zusammen, weil es leicht schneite. Sie beachteten die wenigen frühmorgendlichen Pendler nicht, die in die Stadt unterwegs waren. Als sie in die Gasse einbogen, hörte Anderson hinter sich Schritte im Kies knirschen.

»Colin? Colin?«

Er drehte sich um. Da stand Helena und hielt sich die Kapuze mit der behandschuhten Hand über dem Kopf fest. Sie sah aus, als hätte sie den größten Teil der Nacht geweint, ihre Augen waren rot, ihre Lippen geschwollen und aufgesprungen.

»Colin, wie geht es dir?«

»Nicht gut.« Er nickte Burns zu. Der hob die Hand und ging ohne ihn weiter. »Das ist der schlimmste Moment in meinem Leben.«

»Und wie geht es Brenda?«

Anderson antwortete nicht. Er konnte Helena nicht sagen, dass er mit seiner Frau kaum gesprochen hatte und ihr den Großteil der Schuld zuschrieb. Musste er ihr das sagen? Helena nahm sein Schweigen als Anzeichen der Sorge.

»Colin, es tut mir so leid. Hat die Polizei keine Spur gefunden? Bestimmt …?«

»Viel haben wir nicht. Sämtliche Pädophilen werden überprüft; wir durchforsten meine alten Fälle, und außerdem werden alle und jeder und zusätzlich noch deren Hunde zum Verhör geholt.« Er schloss die Augen und versuchte, sich zu beherrschen. »Ich kann es nicht fassen, und ich kann es mir nicht eingestehen …«

Helena war zu lange die Frau eines Polizisten gewesen, um leichthin zu sagen: *Oh, das wird bestimmt wieder alles gut.* »Wenn ich irgendwie helfen kann, irgendwie …«

»Da fiele mir im Augenblick nichts ein.«

»Tut mir leid, Colin, ich muss heute ins Krankenhaus. Eigentlich soll ich um zehn da sein, ich bin sozusagen auf dem Sprung …« Sie brachte den Satz nicht zu Ende.

Anderson wusste nicht, was er darauf erwidern sollte. »Alles Gute«, brachte er nur hervor.

Sie nickte unter Tränen und ging durch den Schneematsch davon.

Hinter ihm tippte Costello auf die Hupe. Sie saß in ihrem weißen Corolla, war durch die beschlagene Windschutzscheibe kaum zu erkennen und machte ihm die Beifahrertür auf.

»Quinn hat mich von dem Fall abgezogen.«

»Willkommen im Club.«

»Ich wollte Ihnen nur sagen, dass ich Batten die meisten Fakten gefaxt habe – über Peter, meine ich. Er wird sich vielleicht ganz inoffiziell mit Ihnen unterhalten wollen.«

»Das könnte Sie Ihren Job kosten.«

»Die sollen nur versuchen, mich rauszuwerfen. Aber Quinn war einverstanden. Ich bin jetzt zu Lauren unterwegs. Wenn sie irgendetwas weiß, kriege ich das aus ihr heraus.«

»Sicherlich. Danke.« Er blickte in den trüben Himmel und in die Pfützen. Dem Wetterbericht zufolge würde es im Laufe des Tages kälter werden. »Es wird Frost geben«, sagte er. »Peter hat noch nie weiße Weihnachten erlebt.«

»Na, dann ist es dieses Mal seine Premiere.« Sie zeigte auf ein paar Schneeflocken, die auf der Windschutzscheibe niedergingen.

Es hatte richtig zu schneien begonnen, doch im Inneren des botanischen Gartens war es unangenehm warm. Costello hatte sich deutlich ausgedrückt: im Kibble Palace, dem älteren Teil, um elf. Es war ein hübsches Gebäude, und sie freute sich, dass die Bürgerschaft der Stadt endlich das Geld aufgebracht und es renoviert hatte. Das Glas der viktorianischen Kuppel funkelte sauber und war von einer zarten Schicht Schnee bedeckt, wo das Glas das Eisen berührte. Costello trat ein, war froh, aus der Kälte zu kommen, und öffnete sofort den Kragen ihrer Jacke und schüttelte den Schnee vom Schal, ehe sie ihn in die Tasche steckte. Sie hoffte nur, sie würde nicht einschlafen.

Littlewood hatte sich unmissverständlich geäußert. *Überlassen Sie das Gespräch Lauren; hören Sie zu, haken Sie nach, aber übernehmen Sie nicht die Führung.* Costello hatte wenig Erfahrung mit Pädophilen und noch weniger mit Supermodels, aber als er sagte: *Behandeln Sie sie wie eine geprügelte Ehefrau, die alles abstreitet,* fühlte sie sich auf etwas festerem Grund. Sie würde höflich, interessiert und mitfühlend wirken, egal, wie gern sie Lauren die Wahrheit mit ein paar Schlägen auf den Hinterkopf aus dem hübschen, aber leeren Schädel hauen würde.

Costello drehte eine Runde im Glashaus, ging die Befragung in Gedanken schon einmal durch und atmete warme Luft und den Duft von feuchter Erde und Kompost ein. Im Gewächshaus des Großvaters einer Schulfreundin hatte es genauso gerochen, nach Heizöl und Gartenwicken, und zur richtigen Jahreszeit hatten sie immer den Duft selbstgezüchteter Tomaten an den Fingern und den Geschmack auf der Zunge gehabt. Wie unschuldig diese Zeit gewesen war: zwei kleine Mädchen mit einem alten Mann in einem Gewächshaus am Ende eines einsamen Gartens. Die Erinnerung daran vergegenwärtigte ihr erneut den Grund, aus dem sie hier war.

Das Café wirkte mit seinen nachgemachten schmiedeeisernen Tischen und Stühlen auf unebenem Pflaster provisorisch, und auf einer Tafel wurde in äußerst kreativer Rechtschreibung Cappuccino angeboten, während Irn Bru richtig geschrieben war. Zwei Frauen saßen mit drei an den Rollstuhl gefesselten Kindern an einem Tisch. Zwei der Kinder aßen Suppe; das dritte, ein Junge mit Gehirnlähmung, wurde mit dem Löffel gefüttert, wann immer die unaufhörlichen Zuckungen es erlaubten. Costello bemerkte gar nicht, wie sie den Jungen anstarrte, bis er ihren Blick erwiderte und sie aus seinen braunen Augen intelligent und freundlich anschaute. Sie winkte ihm zu und spazierte um das Wasserbecken, in dem silber-weiß gesprenkelte Kois vor goldenem Hintergrund verschlafen zwischen den Seerosen dahintrieben. Costello näherte sich ihnen behutsam, denn sie wollte nicht, dass sie davonhuschten, wenn ihr Schatten auf sie fiel.

Lauren McCrae war spät; als sie kam, war es fast zehn nach. Costello vermutete, das habe mit ihrer Arbeit zu tun. Sie schaute sich gerade einen großen Baum an, der abrupt einen Meter vor dem Glasdach endete, wo man ihn beschnitten hatte, damit er die ihm zugedachten Grenzen nicht überschritt, und strich sanft über den Stamm.

»Im warmen Klima wachsen die gut«, sagte da plötzlich jemand mit der langsamen Sprechweise der Kanadier hinter ihr.

»Na, dann haben sie in Schottland keine Chance«, meinte Costello. »In diesem Schnee fühlen Sie sich bestimmt wie zu Hause.«

»Ein bisschen schon.«

Sie gingen um das Becken, und das Klackern von McCraes Absätzen hallte ihnen hinterher. Costello warf Lauren einen Seitenblick zu. »Darf ich Ihnen einen Rat geben? Wir sind in Glasgow, und es ist Dezember. Wenn man da eine Sonnenbrille trägt, und vor allem im Inneren eines Gebäudes, lenkt man die Aufmerksamkeit auf sich. Ich schätze, genau das wollten Sie vermeiden.«

»Ich denke, ich habe mich einfach daran gewöhnt, überall erkannt zu werden, wo ich auftauche.« Lauren nahm die Rayban von der Nase, aber erst, nachdem sie sich umgeschaut hatte.

Costello hätte sie nicht wiedererkannt. Der natürliche Glanz von Laurens hypergesunder Schönheit schien in den letzten vierundzwanzig Stunden abgestumpft zu sein. Ihre Augen wirkten rot und verquollen, als hätte sie nicht geschlafen. Sie klappte den Kragen nach unten, schüttelte ihr Haar frei und ging langsam weiter, ja schwebte auf den unebenen Pflastersteinen wie über einen Laufsteg.

Costello überlegte, womit sie im Lichte von Littlewoods Ermittlungen das Gespräch beginnen sollte; sie nahm an, es wäre am besten, es wie bei den Kois zu versuchen, langsam und ohne Hast. Sie durfte nicht drängen.

»Sollen wir uns nicht einen Platz suchen und eine Tasse Tee trinken? Ich weiß allerdings nicht, ob der hier genießbar ist.«

Erneut fiel ihr bei Lauren diese Nervosität auf, dieses leichte Zögern, ehe die Antwort kam. »Ja, sicher.«

Sie holten sich einen schwarzen Kaffee und einen schwarzen Tee, die sie in wenig Vertrauen erweckenden Pappbechern mit Griffen aus Schmetterlingspappflügeln ausgeschenkt bekamen.

Sie setzten sich, und Costello wärmte sich die Hände an ihrem Becher und hielt ihn sich unter das Kinn. Sie war ungeduldig, trotzdem musste sie zuerst das Vertrauen dieser Frau gewinnen. Peters Rettung hing möglicherweise davon ab. »Tut mir leid«, sagte sie. »Schmeckt wahrscheinlich scheußlich.«

»Kann auch nicht schlimmer sein als das Zeug, das wir

im Hotel bekommen. Rogan nennt es totalen Madeira. Ich habe keine Ahnung, was er damit meint.«

Ihr Vertrauen gewinnen, schärfte sich Costello ein, *sie ist hier, um dir etwas zu erzählen.* »Das sagt man in Glasgow für Schrott«, erklärte sie.

»Warum? Madeira ist so eine schöne Insel. Ich war letztes Jahr dort zu einem Shooting.«

»Nicht die Insel, der Kuchen. Dieser krümelige gelbe Kuchen, den man zu Weihnachten futtern muss, wenn das gute Zeug mit Zuckerguss und Marzipan und Sultaninen weg ist. Niemand mag es, deshalb totaler Madeira.«

Lauren sah sie verwirrt an. »Also, was den Speiseplan der Schotten angeht, staune ich immer wieder. Stimmt es, dass Sie Ihre Süßigkeiten einfrieren?« Sie streckte ihre wunderschönen langen Finger aus, deren Nägel perfekt gepflegt waren.

»Manchmal. Ist das French Manicure?«, fragte sie, um das Eis zu brechen.

»Wie bitte? Das?« Lauren breitete die langgliedrigen Finger auf dem Plastiktisch aus. »Oh, das habe ich gestern machen lassen.«

Costello versteckte ihre eigenen blassen Nägel, von denen einer nach dem gestrigen Kampf mit dem Fotokopierer schwarze Tintenflecke aufwies und ein anderer Blutspuren, weil sie ihn sich hastig abgerissen hatte. »Also, Lauren, was kann ich für Sie tun?«

»Eigentlich nichts.« Laurens Zeigefinger kreiste über den Rand ihres Bechers.

Costello senkte die Stimme. »Lauren, in meinem Beruf habe ich schon alles Mögliche gesehen und gehört. Ich war so freundlich und habe mich mit Ihnen getroffen. Da sollten Sie mir wenigstens sagen, was Ihnen auf der Seele brennt.«

Lauren sagte: »Es geht um mich.«

»Reden wir also über Sie.«

Lauren blickte sich erneut um, spielte mit ihrer Sonnenbrille und ließ sie dann doch liegen.

»Na ja, es hat Ihnen schon zu schaffen gemacht, als wir uns mit Rogan unterhalten haben.«

»Woher wissen Sie das?« Sie wirkte überrascht.

»Tja, ich bin Polizistin, schon vergessen? Ich bin ausgebildet, auf solche Dinge zu achten.«

Lauren hielt sich den Becher an die Lippen und blies sanft auf den Kaffee. Costello wusste, wann sie besser den Mund zu halten hatte. »Wie bitte?« Lauren redete, aber so leise, dass sich Costello vorbeugen musste.

»Er ist ein guter Mann.« Lauren flüsterte fast, wenn auch eindringlich. »Sehr treu. Seinen Freunden treu, dem Geschäft treu, den Fans treu, und mir ist er auch treu. Wissen Sie, warum er mit mir nach Schottland gekommen ist?«

Um einer Ermittlung durch die Polizei zu entgehen? »Aus dem sonnigen L.A. nach Glasgow?« Costello blickte durch das Glasdach über sich. »Na, da fällt mir so auf die Schnelle kein Grund ein.«

»Weil er, lange bevor er mich kennengelernt hat, eine Freundin hatte, die ein Baby verloren hat. Diesmal will er auf Nummer sicher gehen, und er möchte, dass sein Kind auf schottischem Boden zur Welt kommt. Er will die Kontrolle behalten.«

»Wie romantisch.« Costello verzog bewusst das Gesicht. »Die Kontrolle behalten? Eigenartige Ausdrucksweise.«

»Er möchte einfach auf mich aufpassen – ist das so schlimm?«

»Warum sehen Sie sich dann dauernd um? Lässt er Sie beschatten?«

»Er passt auf mich auf. Er mag es nicht, wenn ich allein ausgehe.«

Costello tastete sich vorsichtig weiter zu Lauren vor.

»Treu, sagen Sie. Nun, genauso habe ich den Rogan von damals in Erinnerung. Treu zu seinen Freunden. Die Jungs hat er nie im Stich gelassen – sein Erfolg war immer auch ihr Erfolg.« Sie nippte an ihrem Tee; er schmeckte wie Wasser mit Teer. »Dec Slater und Jinky Jones waren zu meiner Zeit schon dabei. Die standen sich sehr nahe.«

»Daran hat sich nichts geändert.«

»Zueinander oder auch zu Rogan?«

»Beides«, sagte Lauren. Wieder schwang diese Verbitterung in ihrer Stimme mit.

»Rogan scheint richtig in Sie verliebt zu sein.« Die Angel wieder auswerfen.

»Ich weiß. Ich weiß.« Ihre Stimme versagte.

»Also, warum sind Sie aus den Vereinigten Staaten abgereist?«, fragte Costello unverblümt.

Laurens Antwort klang wie auswendig gelernt. »Wie ich schon sagte, Rogue möchte, dass unser Baby hier geboren wird.«

»Und der wahre Grund?« Costellos Frage donnerte durch die Luft. »Warum so überstürzt? Sie sind binnen weniger Tage dort verschwunden.«

»Sie wissen es also. Es war nicht Rogan …«

»Und wer dann?«

Lauren seufzte. »Ich weiß gar nicht, wie das passieren konnte, aber irgend so ein Pornozeug ist in unserem Computersystem mit unserer Adresse gelandet. Unserer IP-Adresse, meine ich. Aber jemand anderes hat es benutzt«, beharrte sie. »Derjenige kann irgendwo auf der Welt sitzen. Die Computerheinis haben gesagt, es wäre ziemlich ausgefuchst und so designt, dass wir möglichst große Schwierigkeiten bekommen. Das Haus war voller Leute, die kamen und gingen – PR-Leute, Polizei und so. Sie wissen schon. Ich musste einfach weg da. Rogan hat sich Sorgen gemacht, der Stress könne sich negativ auf das Baby auswirken.«

»Das kann ich durchaus verstehen.« Costello tätschelte die schlanke, sonnengebräunte Hand.

»Oh, es war gar nicht schwierig. Wir sind einfach ins Flugzeug gestiegen. Das Hotel ist okay, und wir haben ja schnell die Burg gekauft. Die hatten wir uns schon in L.A. im Internet angeschaut.«

Genau, das hätte ich auch gemacht, dachte Costello.

Lauren hatte wieder ihr Supermodelgesicht aufgesetzt. »Na ja, ich dachte, wir suchen etwas für uns beide, und dann erfahre ich, dass Dec und Jinky auch einziehen sollen.« Die Verbitterung in ihrer Stimme kam wieder stärker durch. »Ich schätze, Rogan hatte das Gefühl, sich nicht einfach von ihnen trennen zu können, nicht nach all den Jahren.«

Costello spürte ein Kribbeln auf der Haut und formulierte ihre nächste Frage sehr sorgfältig, um das Gespräch wieder in die eigentliche Richtung zu lenken. »Aber Porno ist doch bei Männern nicht so ungewöhnlich? Sie sollten mal sehen, was sich einige dieser Neandertaler auf der Wache anschauen, und das sind immerhin Polizisten.«

Lauren rutschte auf ihrem Stuhl hin und her. »Das ist mir gleichgültig. Rogan steckt jedenfalls nicht dahinter.« Sie sagte es, als wäre es die unumstößliche Wahrheit, fast, als würde sie das Thema langweilen, als würde es sie eigentlich gar nichts angehen. Dennoch blickte sie sich unbehaglich um, und Costello war sofort alarmiert, als Lauren aschfahl im Gesicht wurde. »Tut mir leid, mir ist nicht gut. Ich muss mal auf die Toilette.«

Luca reckte sich nach oben, um durch das Schlüsselloch in das Zimmer hinter der Tür zu spähen. Er hatte es schon mit dem Schlüsselloch der großen Tür versucht, aber außer einem bisschen Licht an der Seite des Schlüssels hatte er nichts erkennen können.

Bei dieser Tür ging es leichter. Das Schlüsselloch war leer. Er sah Troy, der auf einem schmalen Bett lag und sein Bettzeug über sich aufgetürmt hatte wie einen riesigen Haufen Wäsche. Luca rüttelte an der Tür, aber die ging nicht auf. Also versuchte er es mit Ziehen. Nichts.

Er brachte seinen Mund an das Schlüsselloch. »Hey«, sagte er leise, »hey, Troy.«

Nichts.

Er blickte wieder durch das Loch. Troy hatte sich nicht gerührt. Er stand auf und ging zur anderen Tür, der großen, stabilen, aber auch die konnte er nicht öffnen. Das gefiel ihm nicht; er verstand zwar nicht, was da vor sich ging, aber es erschien ihm nicht richtig.

Er wollte nicht mehr hier sein, entschied er. Er würde nicht bleiben, bis seine Mum käme und ihn abholte; er würde jetzt abhauen und sie im Krankenhaus suchen. Er ging zurück zur kleineren Tür und drückte kräftig, wobei es ihm egal war, ob es jemand hörte. Die Tür öffnete sich einen Spalt und dann noch ein bisschen weiter. Troy sah aus, als wäre er für immer eingeschlafen. Und als würde er nicht nur einfach ganz normal schlafen. Luca betrachtete ihn eine Weile lang, beobachtete, wie er atmete, so ganz komisch, nicht ein und aus wie ein normaler Mensch. So atmete seine Mutter manchmal, wenn sie sich auf den Boden legen musste. Irgendetwas stimmte nicht mit Troy – seine Haltung, seine Farbe –, er sah überhaupt nicht aus wie sonst.

Und er hatte nichts zum Abendbrot gegessen. Das Monkey Meal lag kalt und eingetrocknet auf dem Tablett neben dem Bett, und auch das Getränk hatte sein Freund nicht angerührt. Der Strohhalm steckte sogar noch in seiner Plastikhülle. Troy löffelte seinen Tee immer und stopfte das Essen in sich hinein. Lucas Mum hatte aber gesagt, davon bekomme man Bauchschmerzen. Troy sagte, er esse so schnell, weil er immer kurz vorm Verhungern sei. Luca roch an den Pommes und öffnete den Deckel der Hamburgerpackung. Es roch nach kaltem Senf, war jedoch ansonsten unberührt. Troys Gesicht war feucht und wächsern, und kleine Rinnsale liefen darüber. Seine Hände sahen ganz komisch aus; groß und geschwollen und fast schwarz, fast so wie seine Ärmel. Und er hatte sich immer noch nicht bewegt. Er musste doch langsam hungrig sein, und deshalb kniete sich Luca auf den stinkenden Boden und zog den Strohhalm aus der Folie. Er drückte ihn durch den Deckel des Bechers und saugte daran. Die Cola war schal, aber kalt. Er hielt Troy den Strohhalm an den Mund und flüsterte ihm ins Ohr: »Hier ist ein bisschen was zu trinken.« Doch die Cola rann Troy einfach nur über das Gesicht, als Luca die Seiten des Bechers zusammendrückte.

Luca lehnte sich zurück. »Oh, Mann«, sagte er.

Er rieb Troys Arm, erst sanft, dann ein bisschen gröber, aber Troy wachte nicht auf. Er stieß gegen das Bett und fuhr zurück, als sich unter dem Bettzeug etwas bewegte. Luca hob die Decke an und hockte Auge in Auge vor einer Ratte. Das Nagetier stellte sich auf die Hinterbeine und zuckte mit den Barthaaren. Luca sah die zwei spitzen gelben Zähne.

Und als das Tier sprang, spürte er einen plötzlichen Schmerz auf der Wange.

Anderson war wieder speiübel; Erbrochenes quoll ihm aus dem Mund und färbte das Wasser in der Toilettenschüssel dunkelbraun.

DS Littlewood öffnete die Tür. »Alles in Ordnung bei Ihnen?«

»Nicht so ganz«, grunzte Anderson, riss sich ein Blatt Toilettenpapier nach dem anderen von der Rolle und wischte sich Nase und Mund ab. »Ich habe ja schon einiges gesehen im Laufe der Zeit, aber das ist schwer zu toppen.«

Littlewood lehnte sich an die Wand und zündete sich verbotenerweise eine Zigarette unter dem Lüfter an. Anderson wankte zum Waschbecken und wusch sich das Gesicht mit kaltem Wasser. »Sie hätten sich die Bilder nicht ansehen sollen«, sagte Littlewood. »Die hätten da gar nicht herumliegen sollen.«

»Wie können Sie mit solchen Menschen arbeiten? Wie halten Sie das aus? Gott!«

»Bei der Sitte hatten wir immer mit so einem Gesindel zu tun. Bis irgendein Schwein es zu weit getrieben hatte. Ich wurde zurückgestuft und verdiente ein paar Tausender weniger im Jahr – aber, verflucht, es war ein verdammt gutes Gefühl. Es ist immer gut, den Feind zu kennen«, sagte Littlewood. »Aber wenn die Kinder aus diesem Grund entführt wurden, heißt das auch, dass sie noch leben.«

Anderson sah auf und blickte ihn scharf an. Littlewood kaute geräuschvoll auf seinem Kaugummi herum und weigerte sich, dem Blick zu begegnen, und er vermied es, das Wort *Snuff-Film* auszusprechen, das trotzdem in ohrenbetäubender Lautstärke durch den Raum hallte. Er blickte auf die Armbanduhr und konnte nicht anders, als die Stunden und Minuten zusammenzurechnen: 15 Stunden und 23 Minuten. »Aber das glauben Sie nicht, oder? Und versuchen Sie nicht, mir etwas vorzumachen.«

»Nach meinen Jahren bei der Sitte würde ich sagen: nein. Diese Kinder hätten jederzeit verschwinden können, doch nun sind drei gemeinsam weg, und das deutet auf eine Organisation hin. Uns ist allerdings keine bekannt, und so schlecht ist unser Geheimdienst nun auch wieder nicht. Aber man kann auch genau andersherum argumentieren. Die Rogan-Sache ist eine gute Entschuldigung, um ein bisschen herumzustochern und zu schauen, ob der diese Tricks draufhat. Aber er – oder wer auch immer in seiner Umgebung, wenn denn überhaupt – hat sich niemals mehr als ein Kind pro Jahr geschnappt. Zwei in vierzehn Monaten war das Höchste. Unser Fall ist komplett anders gelagert. Irgendetwas übersehen wir.«

»Und warum legen Quinn und Sie dann so viel Wert darauf?«, fragte Anderson. »Denn dafür geht ein Haufen Arbeitskraft drauf.«

»Weil man uns dazu angewiesen hat. Man verlässt sich darauf, dass wir Material darüber sammeln, was es mit dieser Rogan-Tour eigentlich auf sich hat.« Littlewood seufzte. »Laut Bericht vom LAPD haben sie über viertausend Bilder auf dem Computer in O'Neills Haus gefunden. Viertausend, und keines der Kinder war älter als zwölf. Irgendwer bei denen mag sie jung. Hoffentlich kommt Costello weiter.«

»Aber Peter bringt uns das nicht näher, oder?«, wollte Anderson wissen.

»Vermutlich nicht.« Littlewood zuckte mit den Schultern. »Ich würde einfach lieber nur die Kinder finden. Und die Spur von dort aus zurückverfolgen. Sie können hundert Kinder an irgendwelchen Straßenecken auflesen, aber die haben diese drei ausgesucht. Sie müssen sich von anderen unterscheiden.«

»Worin? Worin denn?«

»Wer weiß? In irgendetwas eben«, sagte Littlewood vage. »Mal schauen, was Costello mitbringt. Solche Kerle sind nur über ihre Frauen zu knacken. Eine Schwangerschaft verändert so manches, bestimmt auch Laurens Prioritäten – was Besseres konnten wir uns gar nicht wünschen. Wenn das nicht funktioniert …« Littlewood ballte seine Wurstfinger zur Faust. »… habe ich gehört, dass Rogan die Belohnung verdoppeln will. Wäre doch eine interessante Frage, ob er sie mir auch dann zahlen würde, wenn ich die Informationen vorher aus ihm herausgeprügelt habe.«

Lauren war so lange verschwunden, dass Costello schon glaubte, sie sei gegangen. Also rief sie in der Wache an, um sich über die neuesten Entwicklungen zu informieren.

»Die Radiosender haben die Geschichte in den Morgennachrichten gebracht«, berichtete Wyngate. »Möglicherweise wird da bei irgendwem die Erinnerung aufgefrischt. Und Sie sollen sich mit Mulholland vor dem HMV in der Sauchiehall Street treffen, sobald Sie abkömmlich sind.« Ehe Costello den Grund erfragen konnte, musste sie auflegen. Lauren schritt durch das Café, und ganz unverblümt gafften die anderen Gäste sie an und fragten sich, wo sie diese große Blonde schon einmal gesehen hatten. Sie hatte ihr Make-up erneuert, um ihre geschwollenen Augen zu kaschieren. Aber als sie sich setzte, schob sie sich die dunkle Brille ins Gesicht. Die Mauer war wieder da. Sie nahm ihren Becher, stellte fest, dass der Kaffee kalt war, und setzte ihn ab.

»Lauren, weiß eigentlich jemand von unserem Treffen?«, fragte Costello. Lauren schüttelte den Kopf, doch ihre Miene hatte sich verändert; sie war zu einer Entscheidung gelangt.

»Nein, niemand.« Dann legte sie los, und sie sprach beinahe wie ein Kind. »Wissen Sie, wie manche Frauen reden, die mit Männern zusammen sind, die krumme Dinger drehen?« Der Eisentisch wackelte, und sie hielt ihn mit einer schlanken Hand fest. »Die Freundinnen sagen: *Ich hatte wirklich keine Ahnung, was da lief.* Glauben Sie denen?« Sie zitterte wie ein Raucher, der dringend Nikotin braucht. »Ich möchte nicht mehr hier sitzen. Können wir ein bisschen herumgehen?« Lauren war bereits aufgestanden und schlang sich ihre Wildledertasche über die Schulter.

»Ja, sicherlich.« Costello folgte ihr und überlegte, was sie sagen könnte, damit Lauren nicht zu reden aufhörte.

»Man denkt, die Menschen ändern sich, nur tun sie das leider nicht.«

Costello hakte nach. »Meinen Sie irgendjemand Bestimmtes? Jinky Jones? Dec Slater?«

»Was haben Sie bloß immer mit den beiden?« Sie stieß mit der Schuhspitze gegen einen losen Stein auf dem Weg. »Mann, die sind wirklich loyal ihm gegenüber, die stehen sich näher als Brüder.«

»Lauren, wie lange geht das eigentlich schon?«, fragte Costello und hatte keine Ahnung, was »das« sein mochte.

»Seit wir uns kennengelernt haben. Es macht ihm schwer zu schaffen, das weiß ich, und trotzdem hält es ihn nicht davon ab. Sie sind die ganze Zeit dabei und passen auf mich auf, damit ich nicht auf falsche Gedanken komme.« Lauren machte eine Pause und sah Costello mit aufgerissenen Augen an.

Costello sagte nichts, weil sie nicht sicher war, in welche Richtung sich die Unterhaltung entwickelte. Sie gingen ein Stück. Schließlich blickte Costello unmissverständlich auf die Uhr. »Ich muss Sie mal was fragen, Lauren …« Sie blieb genau vor ihr stehen. »Ich muss Sie fragen: Glauben Sie, Rogan hat etwas damit zu tun, also, mit diesem Pornokram?«

Lauren winkte sofort ab. »Sind Sie verrückt? Rogan doch nicht. Dazu ist er nicht der Typ.«

Natürlich nicht. Waren sie nie. Costello reichte ihr ihre Karte. Lauren hob ihre Brille, und Costello betrachtete den blauen Fleck auf dem Handrücken. Und sie sah sich Laurens hübsches Gesicht genauer an. Nein, sie hatte sich nicht geirrt, da entdeckte sie tatsächlich einen weiteren Bluterguss, gleich neben dem rechten Auge. Sie hob die Hand, als wolle sie die Stelle berühren, doch die Sonnenbrille senkte sich wie ein Vorhang.

»Wenn Sie mich brauchen, egal ob Tag oder Nacht, da

steht meine Nummer drauf. Rufen Sie einfach an«, sagte Costello. Plötzlich erschien ihr Lauren wie der einsamste Mensch auf diesem Planeten. »Sie müssen mit jemandem darüber reden.«

»Ich dachte, ich hätte mit Ihnen geredet.« Lauren schüttelte Costellos Hand ab und ging durch den Dschungel exotischer Pflanzen davon. Die Absätze ihrer Stiefel klackerten. Das Gespräch war zu Ende.

Vor einer Woche hätte Costello noch geglaubt, Lauren McCrae sei eine der glücklichsten Frauen der Welt, doch wie ihre Großmutter in ihren seltenen Momenten der Nüchternheit zu sagen pflegte: *Es geht doch nichts darüber, wenn man die eigene Haustür hinter sich zumachen kann.*

Es fühlte sich gar nicht nach Samstag an. Da Weihnachten nahte, geriet die Routine nach und nach aus dem Blickfeld. Es war der Tag nach dem kürzesten Tag des Jahres. Und es lag nicht am schwindenden Licht; es gab gar kein Licht, das hätte schwinden können. Der Schneefall hatte am Vormittag ein wenig nachgelassen, doch dem Wetterbericht zufolge würde er wieder anfangen, und außerdem sollte der Wind bis zum Abend kräftig auffrischen.

Die Räumlichkeiten von McDougall, Munro und Munro waren altmodisch und feudal, jedoch auf unaufdringliche Weise, und es roch dezent nach altem Leder und gutem Brandy. Das Büro von Munro-Immobilien befand sich im obersten Stockwerk der alten Anwaltskanzlei, und Mulholland und Costello waren bereits unten an der ersten Hürde hängen geblieben; sie mussten am Empfangstresen vorbei, ehe sie weiter vordringen konnten. Also warteten sie. Vik wollte die Sache schnell hinter sich bringen und wieder verschwinden. Und Costello hatte richtig miese Laune, nachdem sie nichts Konkretes aus dem Supermodel herausgeholt hatte und anschließend halb erfroren war, während sie vor dem HMV-Geschäft auf Mulholland wartete. Er war von der Partickhill-Wache herübergekommen und hatte einen kleinen Umweg bei Frances vorbei gemacht, bei der er geklingelt hatte. Entweder war sie nicht zu Hause gewesen, oder sie hatte nicht geöffnet. Im Empfangsbereich des Büros trat er ans Fenster und tat so, als würde er sich für den Verkehr unten auf der Straße interessieren, während er sich heimlich ein weiteres Mal Frances' Nachricht anhörte. Sie hatte sie frühmorgens auf seiner Mailbox hinterlassen, eine lange Mitteilung, in der sie die Hoffnung ausdrückte, dass sie den armen Jungen finden würden; sie mache sich Sorgen deswegen, ihr Gesicht schmerzte, und sie würde jetzt ins Bett gehen. Nach dem Aufstehen würde sie sich wieder bei ihm melden. Dann schniefte sie, lachte knapp und sagte, sie würde jetzt auflegen. Nach einer Pause fügte sie hinzu, sie würde Weihnachten gern mit ihm verbringen – sie hatte es tatsächlich gesagt –, und endete mit: *Ich sage mal gute Nacht*, in ihrer tiefen, rauchigen Stimme. Bisher hatte sie nicht wieder angerufen, und niemand hatte auf die Mailbox gesprochen. Er seufzte, klappte das Handy zu, stellte es auf lautlos und steckte es in die Tasche. Er hatte eigentlich keine Ahnung, warum man ihn dieser Zyanidgeschichte zugeteilt hatte, und er war wütend, weil er die Kreditkarte hatte verfolgen müssen; das war eine Aufgabe für Idioten, für einen der Kollegen in Uniform von unten; das hätte sogar dieser Smythe geschafft, der weiterhin in Partickhill herumhing, um sich einzuschleimen – aber nein, DCI Quinn hatte es ihm aufgetragen. Sie hatte sich unmissverständlich ausgedrückt: Es machte keinen Unterschied, dass Andersons Junge vermisst wurde; die Arbeit heute würde fortgeführt wie gehabt. Sie sicherte sich nach allen Seiten ab, und das wusste auch jeder.

Auf der anderen Seite der Straße war die Girlande im Schaufenster von Waterstone's Buchhandlung halb heruntergefallen, und eine Reihe rote Squidgy McMidges zitterten neben den Türen im Wind. Mulholland sah erneut auf die Uhr, dann fischte er das Handy aus der Tasche – noch immer keine Nachricht. Er hörte die alte abermals ab, dann schickte er Frances eine SMS: *Hoffe, dir geht es besser, ild.* Und drückte auf Senden.

Diskret summte eine Gegensprechanlage. Die Rezeptionsdame sagte: »Er wird Sie jetzt empfangen, wenn Sie bitte den Fahrstuhl benutzen …«

Der Fahrstuhl war uralt, ein offener Käfig. Costello zitterte. »Stellen Sie sich vor, Sie klemmen sich die Hand zwischen den Stangen ein«, sagte sie. »Und sie wird langsam amputiert, während der Lift nach oben fährt …«

»Sie sind ein echter Spaßvogel, Costello.«

Im obersten Stockwerk gegenüber dem Fahrstuhl hing das Bild einer gebieterischen Dame mit weißem Haar, das aussah wie ein schlecht gemaltes Porträt der Queen. Die Augen schienen Costello und Mulholland über den Teppich zu verfolgen, was ebenfalls für die Augen des toten Fuchses galt, den sie um den Hals trug.

»Hoffentlich erwürgt der sie irgendwann«, zischte Costello.

Douglas Munro, Inhaber eines Bachelors in Jura (mit Auszeichnung), trug legere und dabei teure Kleidung aus Kaschmirwolle, hatte einen leichten Bauchansatz um die Taille, und sein Haar war an den Schläfen mit Grau gesprenkelt.

»Ich bin DC Mulholland, und dies ist DS Costello«, stellte sich Mulholland vor, trat vor Costello und verdeutlichte auf diese Weise, wer das Sagen hatte. Diesmal hatte sie nichts dagegen einzuwenden. »Es ist sehr freundlich von Ihnen, uns an einem Samstag zu empfangen, Sir.«

»Ich räume gerade meinen Schreibtisch für den Weihnachtsurlaub leer«, antwortete er. »Und natürlich möchte ich helfen, wo ich nur kann. Kommen Sie doch in mein Büro.«

Mulholland spannte heimlich die Finger an. Munro die Hand zu schütteln fühlte sich an, als hielte man einen toten Schellfisch.

»Möchten Sie Kaffee oder Tee? Bestimmt kann uns Stella etwas organisieren.«

»Ein Kaffee wäre schön, danke«, sagte Mulholland.

»Sie kennen Stella schon, nicht wahr? Sie war so schockiert, nachdem sie begriffen hat, dass sie den kleinen Jungen gesehen hat.«

»Wir haben einige Zeugen bei uns auf der Wache gehabt«, meinte Costello ausweichend und fügte hinzu, *nein, danke,* auf den Kaffee bezogen. Munro bestellte über die Gegensprechanlage Kaffee für Mulholland und sich und dazu ein Glas Wasser, während sie in dem länglich schmalen Büro Platz nahmen. Die Einrichtung bestand zum größten Teil aus Mahagoniholz und weinrotem Leder, und an den Wänden hingen braungetönte Fotografien und leicht verblichene Ölgemälde von den Vorgängern in diesem Büro. Nur die Architektenmodelle von Gebäuden überall in der Stadt gaben einen Hinweis auf die gegenwärtige Nutzung des Raums. Mulholland fiel die Fotografie einer hochnäsig wirkenden weißhaarigen Dame auf, die ein protziges Perlenhalsband trug. Bei jeder anderen Frau hätte es bestimmt billig gewirkt, doch ihr Gesicht sah nach Geld aus. Ein müder übergewichtiger Spaniel saß neben ihren Füßen. Sowohl der Spaniel als auch seine Besitzerin zeigten eine gewisse Ähnlichkeit zu dem großen Porträt über dem Schreibtisch.

Munro lächelte, als er Mulhollands Blick bemerkte. »Das ist meine Mutter. Und das da oben ist ihr Vater – mein McDougall-Großvater. Die Familie hat schon eine lange Tradition in der Juristerei.« Er verschränkte die Finger, beugte sich vor und fragte: »Ach ja, wie kann ich Ihnen behilflich sein? Es geht um meine Kreditkarte, oder?«

»Um die Platinum MasterCard.« Mulholland zitierte die

Nummer aus dem Gedächtnis und beeindruckte Douglas Munro sichtlich. »Befindet die sich gegenwärtig in Ihrem Besitz?«

»Einen Augenblick, bitte.« Munro erhob sich aus dem Stuhl, zog seine Brieftasche hervor, warf rasch einen Blick hinein und verzog das Gesicht. »Ja, sie ist in meiner Brieftasche.«

»Ihnen ist nicht aufgefallen, dass sie mal gefehlt hätte?«

»Nicht dass ich wüsste. Ich benutze sie nicht häufig, aber sie ist immer in meiner Brieftasche, und die lasse ich nirgendwo liegen. Wieso?«

Es klopfte an der Tür.

»Stella, kommen Sie rein. Sie haben sich gewiss schon kennengelernt, oder?«, fragte er.

Stella nickte und stellte ein Tablett auf dem Tisch ab, mit einer Silberkanne Kaffee, zwei Porzellantassen mit Untertassen und kleinen Biskuits, die feinsäuberlich auf einem Zierdeckchen arrangiert waren. Sie nahm einen Umschlag vom Tablett und reichte ihn Douglas. »Entschuldigen Sie bitte«, sagte sie zu Costello, »aber haben Sie schon irgendwelche Neuigkeiten?«

»Nichts, aber wir verfolgen einige vielversprechende Ansätze.«

Stella warf ihr einen Blick zu, der ungefähr ausdrückte, dass die beiden Polizisten doch lieber draußen nach den Kindern suchen sollten, anstatt hier im Büro herumzusitzen. »Douglas, gerade ist die Polizei vorbeigekommen, weil man die Schlüssel für drei unserer Objekte braucht; die beiden an der Rowanhill Road und das an der Crown Avenue. Soll ich sie begleiten?«

»Reine Routine, Sir«, versicherte Mulholland ihm. »Die Suchteams durchforsten die gesamte Gegend.«

»Gut, gut. An so etwas denkt man ja nicht im Traum.« Er nickte. »Natürlich, Stella. Nehmen Sie sich hinterher ruhig ein Taxi und fahren Sie dann nach Hause, wenn Sie möchten. Gleich kommt nur noch Eve vorbei, und ich kann auch selbst abschließen. Aber könnten Sie den Herrschaften von der Polizei vielleicht noch einen weiteren Gefallen tun? Es geht um meine Kreditkarte.« Er zeigte ihr die Karte und schlitzte den Umschlag mit einem feinen Brieföffner auf.

»Miss McCorkindale, ist Ihnen vielleicht bei Mr. Munros Abrechnungen etwas aufgefallen, das Sie sich nicht erklären konnten?«

Stella zuckte mit den Schultern. »Nein. Aber die nächste Abrechnung müsste jeden Tag kommen – Sie wissen ja, wie es bei der Post in dieser Jahreszeit zugeht. Ich kann Ihnen die letzte holen.«

»Das wäre sehr freundlich. Hat außerdem jemand die Verfügung über Ihre Karte, Mr. Munro, außer Miss McCorkindale?«, fragte Costello barsch, weil sie dieses Getue satthatte. Kinder wurden vermisst. Jetzt sah es aus, als würde die Suche in Fahrt kommen, und möglicherweise wurden alle verfügbaren Kräfte gebraucht.

»Sonst niemand. Die Karte läuft auf mich allein.«

»Ihre Frau?«

Stella blickte Douglas an, der sich ein Glas Wasser vom Tablett nahm und mit geübtem Daumen eine Tablette aus ihrer Verpackung hineindrückte.

»Kann denn überhaupt jemand sonst diese Kreditkarte benutzen?«

Douglas schluckte heftig. »Nur Stella. Darf ich vielleicht fragen, um was für einen Kauf es sich handelt? Offensichtlich ist meine Kreditkarte irgendwie verdächtig.«

»Das ist Teil einer laufenden Ermittlung«, sagte Mulholland.

»Ich war Anwalt, auf meine Verschwiegenheit können Sie sich verlassen«, erwiderte Munro. Costello fiel auf, dass

Stella still und heimlich den Raum verlassen hatte. Das hatte sie überhaupt nicht bemerkt.

»Es handelt sich um einen Kauf bei einer Chemikalienhandlung in den USA.«

»Tatsächlich?« Munro zog eine Augenbraue hoch, als wäre er neugierig geworden. »Und wenn ich recht verstehe, können Sie mir keine Einzelheiten darüber verraten.«

»Wir haben möglicherweise ein Problem mit bösartiger Manipulation von Medikamenten, bei der vielleicht Zyanid im Spiel ist. Dieses Zyanid wurde vermutlich mit Ihrer Karte gekauft.« Costello betrachtete Munros Gesicht; sein Staunen wirkte echt.

»Geht es um diese Tabletten, die in den Zeitungen zurückgerufen werden? Diese Schmerzmittel?« Munro trank seinen Becher leer. »Nun ja, das ist ein ernstes Problem, aber ich fürchte, ich kann Ihnen dabei überhaupt nicht weiterhelfen.«

»Sie könnten in unserer Anwesenheit Ihre Kreditkartenfirma anrufen und uns Ihre letzten Einkäufe mithören lassen.« Costello deutete mit dem Kopf aufs Telefon. »Oder Sie könnten Ihre aktuellen Kreditkartendaten im Computer aufrufen. Das würde uns dabei helfen festzustellen, ob es sich lediglich um einen Betrug handelt.«

»Ja, gewiss.«

»Möglicherweise jetzt gleich?«, fügte Costello lächelnd hinzu.

Fünf Minuten später wussten sie Bescheid.

»Das ist der einzige Posten, den ich nicht zuordnen kann.« Douglas Munro zeigte zitternd auf den Bildschirm, auf eine unscheinbare Zeile auf dem Monitor in einer langen Liste. »Sie hätten sicherlich gern einen Ausdruck davon.«

»Danke. Das genügt uns eigentlich schon.« Costello stand auf und wollte gehen, dabei fiel ihr ein Squidgy-McMidge-

Briefbeschwerer auf dem Schreibtisch auf, dessen purpurfarbener Kopf an einer Feder befestigt war und wippte. Den gleichen hatte sie bei Peter gesehen, und sie konnte nicht widerstehen und tickte ihn leicht an. Abergläubisch zitterte sie, riss sich jedoch sofort zusammen. »Squidgy hat denen gestern auf dem Basar ganz schön was eingebracht«, strahlte sie Munro an. »Waren Sie da?«

»Ja. Nein.« Er wirkte unsicher. Kurz lächelte er sie an, da er plötzlich begriff, dass er jetzt mit dem Leierkastenmann sprach und nicht mehr mit dem Äffchen. Sein Blick wanderte von der Mücke zurück zu ihr. »Ich meine, ja, ich habe gehört, wie stolz er uns gemacht hat, und nein, ich habe es selbst nicht geschafft. Hier im Büro sind wir große Squidgy-Fans. Evelynne Calloway ist eine ungemein begabte junge Frau.« Munro tippte an das Purpurgesicht der kleinen Mücke, und der Kopf pendelte auf der Feder. »Er ist viel mehr als nur eine Comicfigur. Er ist eine Goldmine.«

»Nicht wahr?«, sagte eine weibliche Stimme aus dem Wartezimmer. Es war die Frau mit kastanienbraunem Haar, die im Rollstuhl saß und die Costello kurz auf dem Basar gesehen hatte. Auf der Karodecke um ihre Beine hatten sich Schneeflocken gesammelt, die bislang keine Zeit zum Schmelzen gehabt hatten.

»Guten Tag, Miss Calloway, wir haben gerade über Ihre Schwester gesprochen«, sagte Douglas.

»Aha, Sie haben über mich gesprochen, Mr. Munro?«, sagte Eve Calloway und schlug den Schnee von der Decke auf den dicken Teppich, während sie dem Paar hinterherschaute, das zum Fahrstuhl ging – na ja, ein richtiges Paar waren die nicht, dachte sie. Das Mädchen war eher formell gekleidet und der Mann ebenfalls. Die beiden hatte sie schon einmal gesehen; er war der Bulle, der auf dem Basar mit der Hippiebraut herumgelaufen war. Polizei. Klar. Sie meinte sogar, einen dünnen Schweißfilm auf Munros Oberlippe zu erkennen. Er beachtete sie nicht, ging an ihr vorbei und fischte eine Packung Headeze aus der Tasche. Als er bemerkte, dass sie leer war, schob er die Lippen vor und warf sie in den Mülleimer.

Stella beschäftigte sich im Empfangsbereich und holte die Schlüssel aus einem abgeschlossenen Schrank, ehe sie einen der Stühle ins Wartezimmer brachte, damit Eves Rollstuhl genau in die Ecke passte. Eve wusste, wie argwöhnisch die Sekretärin sie beobachtete; das tat sie schon, seit sie ihr als kleines Mädchen Spottreime vom Gartentor aus hinterhergerufen hatte. Stella McCorkindale hatte ein Gesicht, das Kindern Angst machte, große Froschaugen hinter einer Brille, die beständig die Nase hinunterrutschte. Als Eve jung gewesen war, hatte Stella einen Kropf gehabt, und Eve hatte sich vorgestellt, Stella habe ein Baby gefressen, das ihr im Hals stecken geblieben sei.

Aber jetzt beherrschte Stella meisterhaft die Kunst, Eve angeekelte Blicke zuzuwerfen, womit sie wohl andeuten wollte, dass ihr Arbeitgeber Besseres zu tun habe, als sich mit zwei gestörten Schwestern und einer aufsässigen Mücke zu beschäftigen.

»Ich bin sofort bei Ihnen, Eve«, sagte Douglas.

Sie grinste und strich mit den Fingerspitzen über die Armlehne ihres Rollstuhls. Sie hatte es nicht eilig. Sie hatte lange auf dieses Gespräch mit Douglas Reginald Munro gewartet. Sie hatte angefangen, sich über ihn schlau zu machen, nachdem er sich an Lynne herangemacht hatte. Die einzige Person in seiner Umgebung, die sie nicht aufspüren konnte, war eine Ehefrau; er hatte jede Menge Freundinnen und eine Mutter, aber keine Angetraute. Douglas verdiente sein Geld, indem er dummen alleinstehenden Frauen deren Häuser abschwatzte. Dummen Frauen wic Lynne – er war der Spezialist für »hirnamputierte Singles weiblichen Geschlechts mit Immobilienbesitz«. Lynne verfügte zwar nicht über Immobilienbesitz, war jedoch hirnamputiert und dementsprechend nur halb qualifiziert. Sie hätte selbst alles über Munro herausfinden können, wenn sie nicht so betört von ihm gewesen wäre, und Liebe macht blind – taub in Lynnes Fall: Sie hätte einfach nur hören müssen. Und genau deshalb war Eve hier, weil sie Munro eine Chance geben wollte, sich mit Gewinn aus dieser Situation zurückzuziehen. Wenn er Lynne in Ruhe ließ, würde sie unterschreiben. Wenn nicht, eben nicht. Sie fügte nicht hinzu, dass er sich glücklich schätzen würde, wenn er in diesem Falle das neue Jahr erlebte. Sie stellte sich den majestätischen Hirsch im Visier vor, das Fadenkreuz zwischen seinen hübschen Augen, stellte sich vor, wie sie sanft den Abzug drückte. Als sie jetzt über ihre eigene Schlauheit lachen musste, tarnte sie es als Hustenanfall und studierte gleichzeitig die Körpersprache des Mannes. War er nervös? Hatte er Angst? Wusste er Bescheid?

Eve gab vor, ihr Kissen zurechtzurücken, und beobachtete weiter Douglas, der in seinem Büro stand, leise ins Telefon sprach und mit den Schlüsseln in seiner Hosentasche klingelte. Privatschule, altes Geld, eine Familie mit Geschäftsbeziehungen, die Generationen alt waren. Sie betrachtete die Porträts im Wartebereich; dieser ganze geballte Scharfsinn, diese ganze geballte Bildung – und am Ende stand so ein beschissener Piranha.

Douglas drehte sich um und legte die Hand über die Sprechmuschel. »Sie sollten besser losgehen, Stella. Nehmen Sie die Schlüssel mit und lassen Sie sich eine Quittung dafür geben. Ich schließe hier oben ab. Ich hoffe, Sie sind mir nicht böse, aber es dauert wohl noch ein paar Minuten, Eve.«

»Aber nicht doch«, sagte Eve. »Ich werde schon nicht aufspringen und mich vordrängeln, oder? Ich kann schließlich nicht auf eigenen Beinen stehen«, erklärte sie Stella.

Die Sekretärin lächelte hämisch. »Das sehe ich selbst.«

»Danke, Eve. Ich fasse mich kurz«, versprach Douglas und stieß die Tür mit dem Fuß zu.

»Er hat wieder diese Kopfschmerzen, oder? Ich sage ihm immer wieder, er solle seine Brille tragen oder seine Augen lasern lassen oder was auch immer. Aber Männer hören einfach nicht, was? Eitelkeit, dein Name ist Mann!«

Stella lächelte nur vage und fummelte an den Knöpfen des Telefons herum, als wollte sie sich nicht in die Angelegenheit hineinziehen lassen.

»Ist das Douglas' Mutter? Auf diesem Bild?«, fuhr Eve unbekümmert fort. »Man erkennt sofort die Familienähnlichkeit.«

»Ja. Sie ist auch Anwältin und arbeitet sogar heute noch ein bisschen. Douglas kümmert sich um das Immobiliengeschäft. Mir macht es richtig Spaß.« Stella stapelte einige Akten übereinander und schnürte sie mit einem Band zusammen. Sie machte sich zum Gehen bereit.

Eve saß still und bemerkte Douglas' Jackett am Garderobenständer. »Stella, darf ich Sie etwas fragen?«

»Ich würde Ihnen gern helfen, aber vielleicht fragen Sie besser Mr. Munro.«

»Nein, es geht um etwas anderes. Ich mache mir immer Gedanken wegen … also, um ehrlich zu sein, habe ich sogar regelrecht Panik, was die Notausgänge betrifft. Seit meinem Unfall frage ich mich jedes Mal, wenn ich in einen Fahrstuhl rolle, wie ich wohl herauskomme. Wie käme ich denn hier heraus, wenn … wenn es plötzlich zu brennen anfängt?«

Stella blickte sich um und dachte nach. »Na ja, eigentlich sollte man dann die Treppe benutzen. Aber da Sie nicht …«

»… gehen können …«

»… wird Mr. Munro Sie wohl tragen müssen.«

»Mein Gott. Eines Tages wird das tatsächlich mal passieren, und dann werde ich jeden Schokoriegel bedauern, den ich mir einverleibt habe.« Eve betätschelte ihren riesigen Bauch. Und sie lachte auf diese Weise, von der sie wusste, dass sie dabei hübsch aussah. »Douglas wird mich hier doch nicht verbrennen lassen, oder? Er ist nett, auch wenn er ein Anwalt ist.«

»Da fällt mir ein …« Stella warf sich den Mantel über die Schultern. »Ich sollte das bei Ihnen einwerfen.« Sie reichte Eve einen Umschlag, der an Lynne Calloway adressiert war. »Es ist das Wertgutachten, das Douglas für Ihr Haus angefertigt hat.«

Habe ich wirklich gerade ein Gutachten anfertigen lassen? »Ist doch immer besser, wenn man in diesen Dingen weiß, wo man steht«, sagte Eve und bewunderte sich selbst für ihre schauspielerischen Fähigkeiten.

Stella schlang sich die Handtasche über die Schulter. »Hat Ihre Schwester ihr kleines Rätsel gestern Abend lösen können? Sie hatte Besuch erwartet und glaubte, ihn verpasst zu haben. Aber die einzigen Leute, die ich bei Ihnen sehe, sind Sie selbst und diese alte Dame mit dem grauen Haar – eine Freundin von Ihnen? Sie hat immer Schwierigkeiten mit der Treppe.«

»Margaret?«, fragte Eve. »Das ist eine alte Freundin von Mum. Leider können Lynne und sie einander nicht ausstehen. Deshalb kommt sie nur, wenn Lynne nicht zu Hause ist.«

»Und sie bleibt dann die ganze Nacht über und hilft Ihnen?«

»Manchmal brauche ich tatsächlich Hilfe, und ich kann mich nicht immer auf Lynne verlassen«, sagte Eve Mitleid heischend und blickte zur Wand. »Ja, manchmal brauche ich wirklich Hilfe.« Sie rieb sich demonstrativ das Bein und zog die Decke um sich. »Geht es Douglas' Frau besser? Ich habe gehört, ihr gehe es schlecht.«

»Ja«, antwortete Stella knapp und mied ihren Blick.

»Sie sollten lieber aufbrechen, sonst kommt der große Boss raus und sieht uns beide hier schwatzen.«

»Na dann, tschüs.«

»Wiedersehen«, sagte Eve und war endlich allein.

23

Quinn saß an ihrem Schreibtisch und sah hinüber ins leere Büro. Alle waren unterwegs und erledigten ihre Arbeit, und die Bemühungen würden vermutlich trotzdem zu nichts führen. Sie seufzte. Ihr war übel – und zum ersten Mal in ihrer Karriere hatte sie nicht den leisesten Schimmer, was sie tun sollte. Sie ließ jeden in Rogans Gefolge beobachten, der aus irgendeinem Grunde das Hotel verließ. Littlewood würde sich von Costello über Lauren informieren lassen. Er hatte Ideen; keine Beweise, aber immerhin Ideen. Außerdem waren die Hausbefragungen wieder aufgenommen worden und wurden diesmal gründlich durchgeführt, doch auch das hatte bislang keine Ergebnisse erbracht. Sich mit Alison McEwen zu befassen erwies sich als Zeitverschwendung, aber sie war in der Gegend gut bekannt. Lorraine Scott musste erneut ruhiggestellt werden, nachdem sie von Lucas Verschwinden erfahren hatte. Immerhin war auch sie ein bekanntes Gesicht in ihrer Gegend. Oder irrte sich die Augenzeugin? Das wäre nicht das erste Mal, und es würde bedeuten, dass sie wieder von einem Einzeltäter ausgehen müssten. Bislang hatten sie nichts gehört, nicht das leiseste Flüstern, nicht den kleinsten Laut.

Brendas Fernsehansprache war emotional sehr gelungen, allerdings hatte sie dabei entsetzlich ausgesehen. Nach dem Bericht in den Abendnachrichten gingen eine ganze Reihe Anrufe ein, überwiegend allerdings von Leuten, die sie bereits überprüft hatten. Miss Cotter und Miss McCorkindale waren die beiden Namen, die ihnen die Computer ständig auswarfen. Aber Quinn war zu müde, um da eine Verbindung zu sehen, jedenfalls über die legitimen Verbindungen zwischen Menschen, die so nah beieinander wohnten, hinaus. Partickhill war ein Teil von Glasgow und doch ein Dorf für sich, deshalb tauchten überall immer die gleichen Gestalten auf. Was wie ein zufälliges Zusammentreffen wirken mochte, geschah in Wirklichkeit mit einer gewissen Zwangsläufigkeit.

Durch das Glas sah sie, wie die Tür zum Hauptbüro aufging und Anderson eintrat. Er sah ebenfalls entsetzlich aus, als wäre er um Jahre gealtert. Burns folgte ihm und holte zwei Becher Wasser aus dem Spender. Sie tranken es im Stehen und betrachteten die Wandtafeln, die Suchergebnisse, die große Karte der USA. Quinn stellte sich vor, wie Colins Blick wieder und wieder zum Bild des glücklich lächelnden Peters zurückkehrte, der die Arme um die Federn von Pat dem Pinguin schloss.

Zwischendurch war die Großmutter der Familie vorbeigekommen und hatte Brenda nach Hause geholt, und Graham Smeatons Mutter hatte telefonisch angeboten, Claire bei den Andersons abzusetzen. Drei Generationen von Frauen warteten auf zwei Generationen von Männern, die nach Hause kommen sollten. Nachdem Brenda gegangen war, hatte sich Colin ein wenig beruhigt, und mehr wünschte sich Quinn im Augenblick gar nicht.

Vielleicht würde Batten sie ja voranbringen. Hoffentlich, denn ihr waren die Ideen ausgegangen. Sie beobachtete Anderson, der sich umdrehte und über ihren Kopf hinweg aus dem Fenster hinter ihr sah. Langsam schloss er die Augen und schlug sie wieder auf. Er hatte den ganzen Tag die Skyline der Stadt angestarrt und ohne Frage exakt den gleichen Gedanken gehabt wie sie selbst – dass Peter irgendwo dort draußen sein musste.

Sie gingen die Gordon Street entlang und erreichten den Bezirk Sauchiehall Street. Lewis marschierte voran, Costello hatte die Hände in den Jackentaschen vergraben und hing ihren Gedanken nach. Sie versuchte, sich jedes Wort ihrer Unterhaltung mit Lauren einzuprägen. Lieber hätte sie sofort Littlewood Bericht erstattet, doch stattdessen jagte sie dem Zyanid hinterher, zuerst mit dem Blödmann Mulholland, jetzt mit dieser Ziege Lewis. Mulholland war in Richtung Wache verschwunden, ohne Frage, um nachzuschauen, ob sich seine geliebte Frances schon aus dem Bett geschleppt hatte. Costello hatte zudem schon in allen intimen Details über sich ergehen lassen müssen, wie herrlich Lewis es morgens gern mit ihrem Freund trieb. Sie blieb mitten im Schritt stehen, als Lewis' Blick zum Schaufenster der Watt Brothers schwenkte.

»Schöne Schuhe, nicht?«, sagte Lewis.

»Ich denke, wir sollten uns um unsere Arbeit kümmern.«

»Zwei Minuten, um die Schuhe anzuprobieren, können doch nicht viel Schaden anrichten.«

»Es wird vermutlich wenig Schaden anrichten, mit den falschen Schuhen beim nächsten Date zu erscheinen, aber wenn wir unsere Arbeit machen, könnte das Schaden von Peter Anderson abwenden. Auf den Gedanken möchte man jedenfalls kommen.«

Doch Lewis war nicht davon abzubringen. »Ich habe ein blaues Kleid von D&G – die würden hervorragend dazu passen, oder?«

»Ich kenne das blaue Kleid nicht, und es interessiert mich auch nicht die Bohne. Meiner Meinung nach sollten wir zum Bijou Bytes – diesem Internetcafé, wo sie so leckere Schokocroissants machen, schon vergessen? Wo man als besonderen Service Zyanid bestellen kann.«

»Glauben Sie, bei denen bekommen wir etwas zu essen?«

»Ich habe mehr auf den Namen der Person gehofft, die sich das Zyanid dorthin hat liefern lassen.«

»Keine Chance. Dieser Bursche ist viel zu clever. Aber vielleicht können wir ein Fahndungsbild aus ihnen herausholen. Kein Wunder, dass Sie niemanden haben, Costello. Sie denken einfach immer nur an die Arbeit. Das kann ganz schön langweilen. Sie haben den Sexappeal eines Verkehrsunfalls. Wissen Sie, Sie haben sogar den gleichen Vornamen wie meine jungfräuliche Großtante«, sagte sie spöttisch.

»Hieß die auch ›Sergeant‹? Wenn Sie meinen Namen jemals wieder in den Mund nehmen, hat Ihr letztes Stündlein geschlagen.« Costello beschleunigte ihren Schritt und genoss es, dass Lewis sich anstrengen musste, um mitzuhalten.

»Echt spaßig«, protestierte Lewis.

Costello blieb stehen, drehte sich um und versperrte Lewis den Weg. Sie sah der größeren Frau in die Augen. »Ich bin zu Späßen aufgelegt wie ein Rottweiler mit Hämorrhoiden, verstanden?«, zischte sie.

Lewis trat einen Schritt zurück, als sie bemerkte, wie ernst die Drohung gemeint war.

Costello wandte sich wieder nach vorn und ging wütend weiter. Es war bereits Mittag, und immer noch hing der Schatten der Nacht über der Stadt. Es war kalt und nass, und ihre Schuhe waren vom Schnee durchweicht. Immerhin hatte sie etwas im Magen und ein Dach über dem Kopf. Sie dachte an Troy, der durch den Schneefall nach Hause gegangen war … und an Luca und Peter. Daher freute sie sich, als die Weihnachtsbeleuchtung der Sauchiehall Street funkelnd in Sicht kam, als wäre das Licht ein Zeichen der Hoffnung für die Menschheit.

Die Ladenfront vom Bijou Bytes war geöffnet, damit man auch Kunden von der Straße bedienen konnte, und vor der

Kaffeetheke hatte sich eine Schlange müder Weihnachtseinkäufer gebildet.

In Laden selbst war es wärmer. Bijou Bytes buk das Brot selbst, und der süße Duft von Hefeteig hing in der Luft.

»Soll ich das Reden übernehmen?«, fragte Kate Lewis auf eine Weise, die nicht wie ein Angebot klang.

»Ja, immer nur voran«, sagte Costello. »Ich bleibe draußen und rufe Littlewood an. Wir sollten uns beeilen, damit wir so schnell wie möglich wieder in der Wache sind.« Sie suchte sich Littlewoods Nummer aus dem Speicher.

»Wie ist es mit Lauren gelaufen?«, wollte Littlewood wissen, ehe Costello auch nur ein Wort herausbringen konnte.

»Sie hat mir nichts erzählt, aber jede Menge angedeutet. Anscheinend hat sie Angst. Irgendetwas steckt dahinter, nur leider war es weder der richtige Ort noch die richtige Zeit, um es mir zu verraten. Sie erfahren alles, sobald ich wieder auf der Wache bin. Und wie sieht es bei Ihnen aus?«

Littlewood grunzte nur »Nichts Neues!« und beendete das Gespräch.

Costello ließ ihr Handy zuschnappen und lehnte sich an das Schaufenster. Sie brauchte einen klaren Kopf und musste genau darüber nachdenken, was ihr die kleine Lauren über Rogan O'Neill erzählt hatte; da verbarg sich ein Bild, das sich nicht recht deutlich abzeichnen wollte. Jetzt musste sie sich mit diesen Einzelheiten des Zyanid-Falls befassen, während Dr. Mick Batten hoffentlich ein produktives Arbeitsfrühstück hatte. Costello blickte sich um – Glasgow war eine Weltstadt. Warum also sollte es ausgerechnet hier keine Perversen und keine Pädophilen geben?

In diesem Teil der Sauchiehall Street reihten sich die Cafés aneinander, überall breiteten sich Schirme über Holztischen aus. Irgendwer hatte einmal gesagt, es sehe aus wie Paris nach einer Atombombenexplosion. Aber in

Glasgow, dieser ganz unprätentiösen Stadt, lief es nach dem WYSIWYG-Prinzip: What you see is what you get. Man bekam genau das, was man sah. Die Schirme waren dazu da, die Raucher vor dem Regen zu schützen, weil sie es eben vorzogen, lieber an Lungenkrebs als an Lungenentzündung zu sterben. Ein paar japanische Touristen spazierten vorbei, ohne Zweifel auf dem Weg zum Willow Tea Room, um dort einen getoasteten Scone zu essen, während sich ihre Hintern auf Rennie-Mackintosh-Stühlen quälten. Das Bijou Bytes wäre besser für sie gewesen, denn wenigstens sahen die Stühle dort bequem aus, dachte Costello.

Durch die offene Ladenfront konnte Costello beobachten, wie Lewis mit der Geschäftsführerin sprach. Mit einer Hand deutete die Frau die Körpergröße einer Person an, die nur wenig unter ihrer eigenen lag. Lewis bekam eine Beschreibung, es ging also voran. Sie wandte sich ab und bemerkte eine Reihe von Squidgy McMidges, die über dem Brottresen hingen. Squidgys waren wie Ladendiebe – wenn man einen entdeckt hatte, sah man plötzlich überall welche.

Das Gespräch näherte sich dem Ende. Lewis nickte dankbar, klappte ihr Notizbuch zu, kam aus dem Café und verdrehte die Augen gen Himmel.

»Und wie war der Anruf?«, wollte sie wissen. »Irgendwelche Neuigkeiten?«

»Nichts. Und bei Ihnen?«

»Die Nummer gehört zu dem Computer in der Ecke, aber die Überwachungskamera ist nicht dorthin, sondern auf die Kasse gerichtet. Ich habe eine Liste aller Leute, die im vergangenen Jahr dort gearbeitet haben, insgesamt acht. Aus den USA wurde nie irgendetwas angeliefert, außer einem einzigen Teil, das an der Ladentheke übergeben wurde – *eine winzige Schachtel in einer Versandtasche*, meinte die Geschäftsführerin. Ist vielleicht einen Monat her, vielleicht länger, aber sie kann sich nicht genau erinnern. Die Sendung war an eine gewisse Margaret adressiert. Wie sich herausstellte, hat sich eine der Stammkundinnen eine Bestellung ins Internetcafé liefern lassen …«

»Nein, sagen Sie nicht: Die besagte Stammkundin wurde seitdem nicht mehr gesehen.«

»Ganz genau. ›Margaret‹ hat angeblich bei dem Juwelier gegenüber gearbeitet. Sie hat behauptet, in dem Päckchen sei eine Uhr, eine Geburtstagsüberraschung für eine Kollegin. Deshalb sollte die Sendung hier abgegeben werden, damit die Betreffende nichts davon mitbekam.«

»Sie hat also die Uhr abgeholt – oder, um es korrekter zu formulieren, ein Päckchen aus den USA –, mit einer Adresse, die für uns jetzt zur Sackgasse geworden ist. Und die Beschreibung?«

Lewis blickte in den Himmel und erinnerte sich. »Eine ältere Frau, grauhaarig, kräftig gebaut, na ja, fett, klein, trug einen Hut und eine dicke Brille.«

»Alles leicht zu verändern.«

»Ja. Nur eines war seltsam an ihr: Sie hatte Schwierigkeiten, die Stufen hinaufzusteigen. Und sie hatte ein schlimmes Bein. Wir sollten uns lieber mal bei dem Juwelier erkundigen, wie?«

»Deswegen sind wir hier«, murmelte Costello. »Wir folgen ihren Spuren.«

Die Fenster des Juweliergeschäfts Cornerstone waren mit Rauschgold und Kunstschnee gefüllt. Costello schauerte. »Warum beschleicht mich diese Vorahnung, dass die da niemals von einer Margaret und dem Geburtstag ihrer Kollegin gehört haben?«

Es dauerte zwei Minuten, um diese Vorahnung beim Personal des Juweliers zu bestätigen. Niemand hatte je von »Margaret« gehört. Niemand hatte eine Ahnung, wovon die beiden Polizistinnen sprachen, und niemand konnte sich an eine Person erinnern, auf welche die Beschreibung zutraf.

Sie boten die Überwachungsbänder an, aber Lewis bedankte sich höflich und lehnte ab. »Margaret«, wer auch immer sie sein mochte, war sicherlich klug genug, einen großen Bogen um dieses Geschäft gemacht zu haben. »Margaret« hatte sich das Bijou Bytes mit Bedacht für ihre Zwecke ausgesucht – dort war man hilfsbereit, aber nicht besonders helle.

»Margaret« hatte bei jedem Schritt ihr Spiel mit ihnen getrieben.

Der Willow Tea Room war wegen der vielen Weihnachtseinkäufer überfüllt, doch Douglas war bekannt, daher führte eine Kellnerin Lynne und ihn zu einem Tisch, der am weitesten vom voll besetzten Zwischengeschoss entfernt war. Sie setzten sich auf die hohen Rennie-Mackintosh-Stühle und bestellten Pfannkuchen und Kaffee für ihn und Toast und Earl Grey für sie. Lynne, die ein wenig nervös war, fragte sich, warum Douglas sie in dieses hübsche kleine Café geführt hatte, das sich über einem Juwelier befand, und ob es dafür wohl einen bestimmten Grund gab.

»Tut mir leid wegen der Verspätung«, sagte Douglas, zog den Mantel aus und hängte ihn über die Rückenlehne seines Stuhls. »Stella musste der Polizei Zutritt zu irgendwelchen Gebäuden verschaffen. Gott weiß, wonach die da gesucht haben.«

»Ich war selbst ein bisschen zu spät«, log sie. Eigentlich hatte sie zehn Minuten im Regen auf der Sauchiehall Street gestanden und sich den Schal um den Mund gebunden, weil die Passanten, die an ihr vorbeiströmten, husteten und niesten. »Warum warst du denn überhaupt am Samstag vor Weihnachten im Büro? Du arbeitest viel zu viel, Liebling.«

Douglas beugte sich vor und trommelte mit den Fingern auf den Tisch. Er hatte etwas im Sinn. »Na ja, Lynne … ich hatte so etwas Schönes für uns geplant – über Weihnachten.« Er lächelte. »Etwas ganz Besonderes. Aber heute Morgen hatte ich eine Besprechung, und leider muss ich mich überraschend mit diesem Projekt befassen, das schrecklich dringend ist, dafür jedoch sehr lukrativ.«

»Oh.« Sie schlug die hellblauen Augen kokett auf. »Etwas *ganz* Besonderes?«

»Ja, allerdings erst, wenn ich diese Sache hinter mir habe. Ist das in Ordnung?«

Er war nervös, während er fragte, und seine Finger trommelten weiter auf den Tisch; er konnte ihr kaum in die Augen schauen. Sie war gerührt. »Wenn es sein muss, dann muss es eben sein. Ich weiß, was du für einen Stress hast«, antwortete Lynne und gab sich einen Augenblick lang der Vorstellung hin, sie sei seine verständnisvolle Ehefrau.

»Und außerdem war heute Morgen auch die Polizei bei mir im Büro.«

»Wegen dieser Schlüssel? Das hattest du schon erwähnt.«

»Nein, ich bin da in eine andere Sache verwickelt. Hast du diese Geschichte über den Rückruf von Schmerzmitteln gelesen?« Er holte ein Exemplar des *Record* aus der Manteltasche und reichte es mit zitternden Händen Lynne. »Die behaupten, eine bestimmte Charge könne Magenprobleme verursachen, um Panik zu vermeiden, nehme ich an, aber in Wirklichkeit ist es viel schlimmer.«

»Es ist immer billiges Zeug, was die in diesen Läden verkaufen; ich würde da nie meine Arzneien kaufen. Was hast du damit zu tun?«

Douglas beugte sich vor. »Behalt es für dich, doch nach dem, was der Detective fallen gelassen hat, glaube ich, da hat jemand an den Tabletten herumgepfuscht. Und zwar den Wirkstoff gegen Zyanid ausgetauscht.« Er biss in seinen Pfannkuchen. »Stell dir das mal vor, Zyanid!« Mit der Rückseite der Hand wischte er sich einen Krümel vom Mund und fügte leise hinzu: »Lynne, daran sind tatsächlich bereits Leute gestorben!«

Lynne wollte gerade in ein Stück Toast beißen und hielt auf halbem Weg zum Mund inne. Mit plötzlich trockenem Hals fragte sie: »Und …?«

»Und jetzt haben sie das Zyanid zurückverfolgt. Halt dich fest: Es wurde von mir gekauft.«

»Ich verstehe nicht …«

»Über das verfluchte Internet. Das Zyanid – kannst du dir das vorstellen, *Zyanid* – wurde mit meiner Kreditkarte bezahlt.«

»Wie kann denn das passieren?«, fragte Lynne leise.

»Sie wissen es auch nicht so genau. Vermutlich war es jemand, der Zugang zu meiner Karte hat. Oder zur Nummer.«

»Stella?«, fragte Lynne zu hastig. Sofort dachte sie daran, wie oft Douglas sein Jackett im Wohnzimmer hatte liegen lassen. Bei Eve.

Douglas lachte. »Ach, Unfug. Ich habe einen Freund gefragt, einen gebildeten Polizisten, nicht einen von diesen Neandertalern, die heute Morgen bei mir waren. Er meinte, der Magnetstreifen meiner Karte könne überall kopiert worden sein, und er kennt sich in solchen Dingen aus.«

»Es ist doch lächerlich zu glauben, du hättest etwas damit zu tun.« Lynne ging in die Defensive. »Und die sind bei dir im Büro aufgetaucht? Wenn du nun einen wichtigen Klienten da gehabt hättest? Kannst du dich deswegen nicht beschweren?«

»Oh, ich darf wohl eine offizielle Entlastung und eine Entschuldigung erwarten. Aber in der Zwischenzeit – ja, du hast recht. Das könnte meinem geschäftlichen Ruf schaden, wenn es die Runde macht. Was nur allzu leicht passieren kann; deine Schwester stand vor meiner Bürotür, und wenn sie es weiß, kann man die Meldung eigentlich gleich an Radio Clyde geben.«

»Eve? Was wollte die denn in deinem Büro?«

Douglas kaute auf einem Bissen Pfannkuchen herum und nahm sich Zeit zum Nachdenken. Er entschied sich für eine entschärfte Version der Wahrheit. »Ich glaube, sie macht sich Sorgen wegen dir und mir, vor allem wegen dir, weil ich verheiratet bin und so.« Er schloss mit einer überzeugenden Lüge. »Ich habe ihr gesagt, das würde sie überhaupt nichts angehen.« In Wahrheit hatte er diese erbärmliche, fette Person im Rollstuhl einfach nur angesehen und überhaupt nicht zugehört. Aber er hatte ihr trotzdem gesagt, sie solle sich um ihre eigenen Angelegenheiten kümmern. Sobald sich das Haus in Horselethill in seinem Besitz befände, würde er Eve auf die Straße setzen. Selbst wenn ihn das eine kleine Erdgeschosswohnung auf der anderen Seite von Maryhill kostete, würde sich die Sache für ihn lohnen.

Dennoch schauderte ihn jetzt, als er daran dachte, wie kalt sie ihn angestarrt hatte.

»Gut.« Lynne trank einen Schluck Earl Grey, hörte nur halb zu und dachte an Douglas' Angewohnheit, sein Jackett über einen Stuhl im Wohnzimmer zu hängen, wo jeder – nun ja, jeder im Haus – darangelangen konnte. Sie spürte ein schwaches Kribbeln im Bauch, als hätte man sie verraten, und sie schob den Toast zur Seite und erinnerte sich an die abgegriffene Fotokopie eines Fotos, auf dem Douglas das Gericht verlässt. »Also, noch einmal wegen deiner Kreditkarte – warum sollte jemand so etwas tun wollen, unschuldige Menschen vergiften?« Sie sprach mechanisch, während sie darüber nachdachte.

Douglas nickte, als man die Rechnung vor ihm auf den Tisch legte. »Weil es solche verrückten Psychopathen gibt, die vermutlich niemals einen Job hatten und die glauben, die Welt sei ihnen den Lebensunterhalt schuldig, weil es ihnen schlecht ergangen ist.« Er griff in sein Jackett und erinnerte sich dann, dass er seine Brieftasche in den Mantel gesteckt hatte. Während er danach suchte, verzog er das Gesicht. »Meine Güte, was …?« Er warf eine Packung auf den Tisch, die auf einer Untertasse landete. Auf der Blisterfolie stand deutlich geschrieben: *Headeze.*

Anderson versuchte, seine Wut zu beherrschen. Nichts bewegte sich voran. Die Wandtafeln füllten sich nicht mit Informationen; im Gegenteil, immer mehr Spuren verliefen im Sand.

Mit Logik gelang es ihm, bis zum nächsten Zug zu denken, bis zur nächsten Person, mit der er sprechen würde, bis zur nächsten Einzelheit, über die er sich erkundigen würde, bis zur nächsten Fährte, der er folgen musste. Dann fiel ihm stets ein, dass sie nach Peter suchten, und ihm schnürte sich die Kehle zu. Plötzlich befiel ihn dann solche Angst, dass er nicht mehr arbeiten konnte, und er musste sich wieder beruhigen, sich am Rande der Ermittlung halten und versuchen, sich einen Überblick zu verschaffen. Er schaute zu, wie Wyngate eine weitere Zeugenaussage entfernte, die ursprünglich als »möglicherweise hilfreich« klassifiziert worden war, sich jedoch als falsche Spur erwiesen hatte. Ja, der Mann hatte zum Zeitpunkt von Peters Entführung in seinem Taxi gesessen, aber er hatte nichts gesehen. Es war dunkel gewesen, es hatte geschneit, und die Straße war belebt – was erwartete die Polizei eigentlich von einem? Anderson nahm den roten Filzstift und strich den Namen des Taxifahrers durch, während Wyngate zwei Zeilen tippte, auf Drucken klickte, die Zeugenaussage daranheftete, abzeichnete und in den Ordner legte. Seine Gedanken kehrten zu dem zurück, was Littlewood gesagt hatte: Sie mussten irgendetwas übersehen haben.

Mulholland ging es nicht viel besser. Er war wegen Frances kaum ansprechbar, da sie, ganz egal, wie viele SMS er ihr schickte oder wie oft er sie anrief, einfach nicht reagierte. Mittlerweile ließ er jeden seine Anspannung und seine schlechte Laune spüren, jeden außer Lewis, mit der er kichernd wie ein Schwachsinniger zusammengluckte. Die beiden sollten gemeinsam Pädophile befragen, die in letzter Zeit aus der Haft entlassen worden waren. Littlewood hatte stattdessen seine eigene Meinung kundgetan, der Verbrecher würde an den Ort seiner ersten Verbrechen zurückkehren. Er würde auf sie warten, irgendwo im Schatten.

Ganz einfach.

24

Schließlich nahm Littlewood Costello zur Seite und ließ sich über Lauren Bericht erstatten. Er malte Muster in ein Notizbuch und ging der Reihe nach Rogan O'Neill, Dec Slater, Jinky Jones und endlich Lauren durch. Sie stimmten darin überein, dass bei dieser Gesellschaft etwas faul sei, wussten aber beide nicht, was. Littlewood lehnte sich zurück und nickte langsam. »Irgendetwas ist besser als nichts«, grunzte er. »Rufen Sie morgen Lauren an, ja? Nur eine freundliche Nachfrage, wie es ihr geht.«

»Mit Vergnügen. Allerdings muss ich eine Möglichkeit finden, wie ich sie erreichen kann, ohne dass Rogan in der Nähe ist. Ich will sie ja nicht in Schwierigkeiten bringen. Sie hatte einen blauen Fleck auf der Hand und einen im Gesicht.« Costello betastete ihre eigene Wange und erinnerte sich daran, wie sie sich vor der Faust ihrer Mutter geduckt hatte. »Und außerdem ist mir aufgefallen, wie eigenartig sie über ihn redet.«

Littlewood überließ sie ihren Gedanken. Im Augenblick konnte sie nur die Zyanid-Spur weiterverfolgen und es den anderen Kollegen überlassen, allen Ansätzen in Bezug auf die Kinder nachzugehen. Sie verstand nicht, warum drei von ihnen heute Morgen abgeordnet worden waren, obwohl so viele andere Angelegenheiten drängten, aber Quinn hatte ganz sicher gute Gründe dafür.

Sie wandte sich ihrem Notizbuch zu und las nach, was sie den Tag über getan hatte. Kritzeleien, Notizen und so weiter. In ihrem Hinterkopf arbeitete es; irgendetwas stimmte da nicht. Sie blickte auf und erwischte Anderson dabei, wie er ins Leere starrte und unerträglich einsam wirkte.

»Wie sieht es aus, Colin?«

»Beschissen«, antwortete er.

»Gibt es Neuigkeiten von Mick? Es ist schon nach zwei – wie lange braucht der denn?«

»Ich habe bislang nichts von ihm gehört. Deshalb bin ich hier. Hier sind ein paar Infos. Sortieren können Sie sie selbst.« Die Worte blieben ihm im Hals stecken. »Wie gesagt: beschissen.«

Costello legte ihm den Arm um die Schultern, aber ihr fiel nichts Tröstliches zu sagen ein. »Melden Sie sich, wenn Sie etwas hören, ja?«

Er ergriff dankbar ihre Hand.

»Gail?«, fragte sie. »Können Sie mal herüberkommen?«

»Ja, Chefin«, meinte Irvine spöttisch. »Darf ich wieder ein paar dieser aufregenden Tipparbeiten für Sie erledigen?«

»Diesmal würde ich gern auf Ihr Hirn zurückgreifen.«

Irvine zögerte. »Ich werde mein Bestes tun.«

»Denken Sie noch mal nach. An welchem Datum ist das erste Zyanid-Opfer gestorben?«

Irvine schüttelte den Kopf. »Das ist so lange her, da müsste ich raten. Welches war das?«

»Duncan Thompson. Am vierten«, half Costello ohne zu zögern aus. »Ich versuche, mich in die Situation eines ungerecht behandelten Angestellten zu versetzen, der vielleicht fälschlicherweise irgendeines Vergehens beschuldigt wurde. Würde ich gegen das Establishment und die Gesellschaft rebellieren? Und aus Rache zufällig ausgewählte Unschuldige ermorden, nur um zu beweisen, dass ich dazu in der Lage bin?«

»Ich denke, Sie schon. Ihnen möchte ich jedenfalls nicht in die Quere kommen«, sagte Irvine. »Aber worauf wollen Sie hinaus?«

»Es wurde inzwischen bestätigt, dass es sich nicht um eine fehlerhafte Charge handelt. Trotzdem wurden alle Tabletten im gleichen Laden gekauft, unser Verdächtiger scheint ihn also regelmäßig zu besuchen. Ich wollte es eigentlich mit Quinn besprechen, stattdessen bin ich jetzt bei Ihnen gelandet. Wenn es um Geld oder um Prinzipien geht, warum lässt er Menschen sterben? Es handelt sich also schlicht und einfach um Mord.«

Irvine sah rasch hinüber zu Mulholland, der schon wieder eine SMS in sein Handy tippte, dann zu Lewis, die lächelnd telefonierte, und dann zu DCI Quinn, die sich in ihrem Büro beschäftigte und etwas erledigte, in das sie nicht eingeweiht waren. Anderson saß weiterhin an seinem Schreibtisch und starrte auf die Tafeln. »Ich fürchte, das kriege ich nicht auf die Reihe«, sagte Irvine und kaute nervös auf ihrem Daumen.

»Wir wären nicht viel von Nutzen für ihn, wenn wir das nicht auf die Reihe kriegen, oder? Er muss sich ganz auf Peter konzentrieren. Wir müssen es ihm ermöglichen, das zu tun, was wirklich wichtig für ihn ist. Wir machen an dieser Sache weiter, und der Rest der Abteilung kann sich um die andere kümmern. Können Sie mir folgen?«

»Okay, also weiter«, sagte Irvine leise. »Was wäre für den Giftmischer drin – oder für die Giftmischer, wenn es mehrere sind? Um öffentliche Aufmerksamkeit geht es bestimmt nicht; bis wir das Muster aufgedeckt hatten, kam die Sache in den Nachrichten quasi nicht vor.«

»Solch einen Aufwand würde ich nur treiben, wenn ich jemanden ganz Bestimmtes ermorden wollte.« Costello grinste affektiert, als Kate Lewis vorbeiging. »Und«, fuhr sie fort und folgte Irvines Blick. »Kehren wir zu der alten Frage zurück: *Wie tarnt man einen Mord?*«

»Indem man eine Menge Morde begeht«, antwortete Irvine langsam. »Was auch erklärt, warum es zu keiner Zeit einen Erpressungsversuch gab. Denn der oder die Mörder würden ganz bestimmt keine Aufmerksamkeit auf sich ziehen wollen.«

»Richtig. Angenommen, wir wollten jemanden umbringen, zum Beispiel …«

»Lewis.«

»Da müssten wir uns ganz weit hinten in der Schlange anstellen. Aber sie trinkt Kaffee. Eine Teetrinkerin – wie ich – würde eine Menge Kaffee von Waldo vergiften und außerdem ein vergiftetes Päckchen neben dem Wasserkocher im Büro stehen lassen. Ich weiß schließlich, alle im Dezernat trinken Kaffee, außer mir. Lewis fällt tot um und mit ihr die Hälfte der Kollegen, dazu ein paar Unschuldige überall im West End – *Ach, du meine Güte. Die arme Lewis, das Opfer eines Giftmischers.*«

»Ich wäre aber auch tot. Ich trinke mehr Kaffee als sie.«

»Kollateralschaden. Ist mir doch egal.«

»Aber der Mörder müsste sein Opfer wirklich abgrundtief hassen. Ich meine, wenn er dabei den Tod so vieler anderer in Kauf nimmt …«

»Oder sie für ihren reichen Vorstadt-Lifestyle bewundern.«

Irvine hörte auf zu lächeln und wurde nachdenklich. »Sie glauben, Sarah McGuire könnte mehrere Packungen Headeze vergiftet und eine davon behalten haben, während sie die anderen wieder im Regal verstaut hat. Dann hat sie einen Teil der Packung ihrem Vater gegeben und selbst eine Tablette genommen, weil sie sicher war, sie würde überleben.«

»Das ist die beste Art, jeden Verdacht gegen sich selbst auszuräumen. Es würde nicht allzu schwierig für sie sein, sich in eine alte Frau namens Margaret zu verwandeln. Wenn wir nur eine graue Perücke und den Mantel in ihrem Haus finden …«

»Und sie hat sich darauf eingelassen, so viele andere Menschen umzubringen? Nur um an das Haus ihres Vaters zu kommen?« Irvine schüttelte den Kopf. »Das ist zu schrecklich, um es sich auch nur vorzustellen, selbst angesichts der Summe, die es wert wäre…«

»Es wurde schon für viel weniger getötet, und die Tochter weiß, wie Zyanid wirkt, vergessen Sie das nicht. Sie hatte die Bücher ihres Großvaters über das Dritte Reich im Regal.«

»Das mag stimmen, aber es ist trotzdem zu weit hergeholt, Costello. Sie brauchen außerdem eine Verbindung zu Douglas Munro – oder zu seiner Kreditkarte für den Anfang. Kennen die sich denn?«

»Tom McGuire ist Bauunternehmer. Douglas Munro ist in der Immobilienbranche. Da könnte es eine Verbindung geben. Möglicherweise haben sie zusammengearbeitet.«

»Also angenommen, Sarah und ihr Vater wären eigentlich Opfer – dann würde es denjenigen, der einen bestimmten Mord plant oder ihn bereits begangen hat, nicht interessieren, wer im Kreuzfeuer untergeht. Und diese Person kennt Munro gut genug, um an die Daten seiner Kreditkarte zu gelangen.«

Costello blickte aus dem Fenster und dachte nach. »Wie viele mordlustige Freunde mag ein Immobilienmakler haben? Einen ganzen Haufen, könnte ich mir vorstellen.«

»Es könnten also weitere Todesfälle folgen. Sollen wir damit nicht zu Quinn gehen?«

»Das übernehmen Sie. Ich denke weiter über Sarah McGuire nach. Wenn diese Zicke ihren eigenen Vater umgebracht hat, kommt sie damit nicht durch. Ich werde mir mal die Finger an der Sache verbrennen.« Costello nahm ihr Notizbuch und suchte die Nummer von Tom McGuire heraus. Das Gespräch dauerte nicht lange – gerade einmal zwei Minuten. Der Wert von John Campbells Wohnung war nicht lange vor seinem Tod von einem Unternehmen namens Munro-Immobilien geschätzt worden. Diese Beurteilung war im Prinzip ohne besonderen Grund erfolgt, nur ein vorausschauender Zug von einem habgierigen Immobilienmakler mit Bauchansatz. Aber die Wertbestimmung hatte man auch für die Wohnungen oben durchgeführt, und zwar auf Anweisung von Sarah. Tom erinnerte sich deshalb, weil er seit zwanzig Jahren Bauunternehmer war und sich über den festgesetzten Preis gewundert hatte. Costellos Herz begann zu klopfen – hatte sie die fehlende Verbindung entdeckt? Nein, fuhr Thomas fort, er hatte sonst persönlich nichts mit Munro zu tun. Den Mann betrachtete er als einen Angehörigen jener zwielichtigen Sorte Mensch, die die Immobilienpreise in die Höhe trieben und den Ruf der ganzen Branche ruinierten. Der war doch lediglich einer dieser Anwälte, die sich ein neues Betätigungsfeld gesucht hatten, als die Hähne der Prozesskostenhilfe zugedreht wurden, und der nun die Chance sah, im Immobiliengeschäft groß abzusahnen.

»Und wie geht es Karen?«, erkundigte sich Costello.

»Entsetzlich. Ich glaube, sie hat überhaupt nicht geschlafen. Ich organisiere ein Beratungsgespräch für sie. Meiner Meinung nach wird ihr erst so langsam richtig klar, was eigentlich passiert ist. Und wie leicht sie dieses Zeug selbst hätte nehmen können. Aber Sarah scheint sich inzwischen zu erholen, Gott sei Dank. Sie hat glücklicherweise nicht so viel von dem Gift aufgenommen, deshalb dürfen wir hoffen, dass sie keine bleibenden Schäden davonträgt.«

»Freut mich, das zu hören.« Costello beendete das Gespräch mit der Frage, woran seine Mutter gestorben sei. Er wirkte überrascht, antwortete jedoch, sie habe Magenkrebs gehabt. Sie habe lange an der Krankheit gelitten, und ihr Tod sei am Ende ein Segen gewesen. Eine Woche später hatte Sarah der Scheidungsvereinbarung zugestimmt, und deshalb habe sie die Hälfte des Hauses seiner Mutter geerbt. Das Haus ihres Vaters würde hingegen zu hundert Prozent in ihren Besitz fallen. Thomas McGuire bemühte sich nicht, seine Verbitterung zu verhehlen.

Costello bedankte sich, beendete das Gespräch, betrachtete die Schätzwerte in ihrem Notizbuch und pfiff leise. Wenn die Zahlen stimmten, würden das Haus und die Lebensversicherung Sarah ein hübsches Sümmchen einbringen.

Sie schob ihr Notizbuch über den Schreibtisch Irvine zu. »Schauen Sie sich mal an, wie viel das Haus wert ist.«

Irvine stieß den gleichen Pfiff aus wie Costello. »Und wissen Sie, wer den Schätzwert ermittelt hat? Ein Unternehmen namens Munro-Immobilien. Die Kreditkarte, mit der das Zyanid bezahlt wurde, gehört Douglas Munro. Wir waren heute Morgen in seinem Büro. Ein aalglattes Arschloch.«

»Na, da haben Sie Ihre Verbindung. Stecken die unter einer Decke, Munro und Sarah McGuire? Sind die ein Paar? Gibt es dafür Anhaltspunkte?«

Costello schaute hinüber zu Mulholland und Lewis, die sich weiterhin über Frances und Stuart unterhielten; der eine hatte noch keine SMS bekommen, die andere erhielt dauernd nur SMS. Ihr unaufhörliches Geplapper fiel Costello langsam auf die Nerven.

Sie fächerte ihr Buch mit dem Daumen auf und lauschte dem Knistern des Papiers. »Wir haben eine Verbindung, aber zwischen den beiden Ermittlungen, und zwar in beide Richtungen. Munro zum Zyanid und McCorkindale zu den Entführungen. Es ist nicht … Ach, verdammt …«

Lewis' Handy begann lautstark zu piepen; sie nahm es, las die Nachricht und lachte kokett, ehe sie begann, mit dem Daumen eine Antwort zu tippen.

Costello stand auf, ging hinüber zu Lewis' Schreibtisch,

nahm ihr das Handy aus der Hand, warf es in ihre Schublade und schob die Schublade mit Wucht zu.

»Sie können mit der Arbeit anfangen, wann immer Sie wollen. Kommen Sie, Irvine.«

Schweigend beobachteten die Kollegen, wie sie hinausgingen.

»Wollen Sie sich mit der Sache an Quinn wenden?«

»Ich glaube, wir können Quinn vertrauen«, erwiderte Costello.

»Sie *glauben* es? Sie ist die DCI«, gab Irvine zurück.

»Es gibt nur einen DCI, dem ich voll und ganz vertraut habe, und wir müssen schon an einer Seance teilnehmen, um mit ihm zu reden. Mist!«, sagte Costello. »Na ja, Quinn muss vorerst genügen. Sie ist eine sture Kuh, aber sie ist auch nicht dumm.«

25

Anderson zuckte zusammen, als Costellos Telefon klingelte. Automatisch griff er nach dem Hörer und fauchte: »Hallo?«

»Klingt gar nicht wie Costello.«

»Da haben Sie recht. Hier spricht DI Anderson.«

»Colin, ich bin es, Mick Batten. Schrecklich, diese Geschichte mit Peter. Haben Sie einen Moment Zeit?«

»Für Sie habe ich alle Zeit der Welt.« Andersons Stimme schnappte über. *Bitte, Gott, hoffentlich hat er etwas.*

»Costello hat mir ein paar Unterlagen geschickt …«

Anderson hielt den Atem an. Sein Herz klopfte. »Konnten Sie damit was anfangen?«

Costello kam wieder herein, eine Dose Cola light in der Hand. Anderson winkte Littlewood und sie zu sich und stellte den Lautsprecher an, damit alle drei mithören konnten.

»Ich habe mir diese entführten Kinder angeschaut …«

Die drei griffen nach ihren Notizbüchern. »Und …«

»Zwei der Kinder sind es gewohnt, herumgeschubst zu werden, niemand fühlt sich so richtig für sie verantwortlich.«

Costello erinnerte sich an ihre eigene Kindheit, an dieses Wechselspiel von Aufmerksamkeit und Nichtbeachtung. Mick hatte recht. Luca Scott und Troy McEwen wären froh mit jedem gegangen, der sie nur mitnähme; sie hätten sich bestimmt nicht großartig den Kopf deswegen zerbrochen, vor allem, wenn man ihnen einen Anreiz geboten hatte.

Aber Peter … »Peter wäre nicht mit irgendeinem Fremden mitgegangen«, sagte sie.

»Genau das meine ich. Wenn er entführt worden wäre, hätte er sich gewehrt, er hätte geschrien. Und niemand hat seine Gegenwehr beobachtet oder seine Schreie gehört.«

»Es sei denn, sie hätten ihn einfach für ein Kind mit einem Trotzanfall gehalten. Wir sind das schon durchgegangen.«

»Aber nachdem die Nachricht von der Entführung durch die Nachrichten ging, hätte es bei dem einen oder anderen klick gemacht – Sie hätten eine Schlange von Zeugen gehabt, Menschen mit Schuldgefühlen, weil sie nicht eingegriffen haben. Peter ist hingegen einfach weggegangen, mit wem auch immer. Gegangen.«

»Das würde er niemals machen«, erwiderte Anderson verzweifelt. »Nicht nach dem, was ich ihm eingebläut habe. Niemals.« Ihm standen die Tränen in den Augen, als er sich daran erinnerte, wie er Peter ins Bett gebracht hatte, wie er auf seinen nackten Bauch geprustet hatte, dass es wie ein Furzen klang, wie Peter nach Cheeky Chips gekreischt hatte. Sein kleiner Peter.

»Peter ist ein Junge aus einer intakten Familie, dem viel Liebe zuteilwird«, fuhr Mick fort. »Wie viele Menschen gibt es in seinem unmittelbaren sozialen Umfeld?«

»Doch so einige. Ich bin die Liste hundertmal durchgegangen«, sagte Anderson. »Die Schule, der Spielplatz, ich, Claire, Brenda, Brendas Mutter. Ich habe eine Schwester im Süden. Und wir haben einen Babysitter.«

»Wen?«

»Das Mädchen von nebenan.«

»Und angesichts dessen, wie Sie Ihren Lebensunterhalt verdienen, ist dieser Kreis enger als gewöhnlich. Mit den anderen Jungen verbindet ihn jedoch nur jemand, den er kennt, würde ich behaupten. Also, wer ist neu in seinem Leben?«

Costello kritzelte einen Namen, während Mick fortfuhr. »Die anderen beiden könnten durch das Krankenhaus eine Verbindung haben. Die Mutter des einen wird wegen Alkoholabhängigkeit behandelt, die andere ist manisch-depressiv und was weiß ich noch alles. Das wäre also eine Spur, der man nachgehen könnte. Colin, war Ihre Frau irgendwann in diesem Krankenhaus – im Western?«

Anderson schüttelte den Kopf. »Wir gehen immer ins Southern.«

»Claire?«, fragte Costello.

»Nein, die war auch im Southern.«

»Und diese Miss Cotter? Die ist in dem Krankenhaus mit ihren Empire-Biskuits unterwegs.« Das Krankenhaus war bislang nicht direkt in die Ermittlungen einbezogen worden. Littlewood nickte und notierte sich, in dieser Richtung weiterzuforschen.

»Aber Peter – er unterscheidet sich vollkommen von den anderen. Wen kennt er so gut, dass er mit ihm einfach weggeht?« Da sie nur Micks Stimme hörten, trat sein Liverpooler Dialekt deutlicher hervor.

»Aber er würde mit niemandem mitgehen.« Anderson schüttelte den Kopf. »Ich habe ihm das tausendmal gesagt«, murmelte er. »Und Peter geht mit niemandem weg.«

»Colin, Sie brauchen einen klaren Kopf. Setzen Sie sich mit jemandem hin und gehen Sie alles durch, was Peter in den letzten sieben Tagen gemacht hat, und vor allem, mit wem. Erzählen nicht Sie, sondern lassen Sie die anderen fragen. Das Gleiche sollte Brenda tun – Sie haben beide etwas übersehen«, sagte Batten. »Sortieren Sie nicht automatisch die Menschen aus, denen Sie vertrauen. Je mehr Sie ihnen vertrauen, desto größer ist die Wahrscheinlichkeit, dass sie etwas damit zu tun haben könnten. Hören Sie, diesem Bericht zufolge ist Ihr Sohn ein kluges, ausgeglichenes Kind; er kann sich ausdrücken und äußert frei seine Meinung…«

»Leider allzu wahr.«

»Dazu sind Sie Polizist. Peter dürfte sich daher mehr als die meisten Jungen seines Alters der unangenehmen Seiten der Welt bewusst sein. Und genau deshalb würde er sich eben wehren, wenn ihn jemand entführen will. Höflich, aber er würde sich verweigern. Er kann sich ausdrücken, er ist schlau, er kann argumentieren. So wurde er erzogen. Er kann also nur mit jemandem gegangen sein, dem er vertraut.«

»Das sage ich doch die ganze Zeit. Ich bin es eine Million Mal durchgegangen. Es kann gar nicht passiert sein! Mein Sohn ist kein Dummkopf, verflucht. Wie oft muss ich es ihnen noch sagen? Mein Gott!«, fluchte Anderson, stieß seinen Stuhl zurück, verließ den Raum und knallte die Tür hinter sich zu.

»Soll ich hinter ihm her?«, fragte Littlewood und stand auf.

Costello schüttelte den Kopf. »Haben Sie das gehört?«, fragte sie ins Telefon. »Das war Andersons Stuhl, der auf den Boden gekracht ist. Machen wir also weiter – sagen wir, ich kenne eine Frau, die erst kürzlich eine ihr sehr nahe stehende Person verloren hat, die keine Familie hat und niemals Kinder bekommen kann; sie kennt Peter, kauft ihm Geschenke, weiß, wie es bei den Bullen abläuft, und sie hat vielleicht sogar eine Uniform im Kleiderschrank. Und wenn die Gerüchte stimmen, ist sie auch häufiger im Krankenhaus. Wir wissen außerdem, dass Peter diese Frau getroffen hat, als er mit fremden Personen allein war. Reicht das?«

Der Lautsprecher des Telefons schwieg einige Sekunden lang. »Über wen reden Sie da?«

Costello und Littlewood wechselten einen Blick.

»Über wen reden wir?«, wiederholte der Lautsprecher.

»Na ja.« Costello wollte es nicht aussprechen: Es war Verrat an Alan.

»Über wen wir reden?«, verlangte Batten abermals zu wissen. »Ich sollte der Experte sein.«

Stille.

»*Wer?*«, kam es aus dem Lautsprecher.

»Helena McAlpine.«

Das Schweigen hüllte sie ein wie Blei und hing endlos in der Luft.

»Ach, verflucht«, sagte Mick Batten schließlich. »Mrs. McAlpine? Meinen Sie das ernst, dass sie verdächtig ist? Haben Sie nicht gesagt, sie geht ins Krankenhaus? Die leiht sich doch nicht einfach drei Kinder aus und gibt sie anschließend zurück. Warum sollte sie?«

»Sie hat eine Menge durchgemacht; möglicherweise reagiert sie irrational.«

»Da wäre sie nicht die Erste«, meinte Littlewood und starrte Costello an.

Wieder folgte langes Schweigen, während Mick Batten nachdachte. Dann sagte er: »Eine Frage – oder nein, zwei. Sie hatten keine Kinder, Alan und sie?«

»Nein.«

»Und, Costello, hat Helena McAlpine irgendwo Bilder von Peter?«

»Ja, das weiß ich ganz sicher, und zwar sogar im Wohnzimmer«, antwortete Costello. »Noch etwas – alles, wonach sie auf den Überwachungsbändern gesucht haben, war ein kleiner Junge mit einem Pu-der-Bär-Rucksack, der den unteren Teil eines Drachenkostüms trägt und darüber eine Jacke mit Kapuze, und möglicherweise ist das gar nicht das, wonach wir suchen sollten.«

Mick Batten erwiderte nichts, sondern seufzte nur tief.

»Die andere Sache ist: Helena trifft ihn häufig. Sie verbringen manchmal Zeit gemeinsam. Sie war es auch, die losging, um Peter zu holen. Sie hatte angeboten, auf seinen Goldfisch aufzupassen. Fast so, als wolle sie sich den

Jungen von seiner Familie borgen. Vielleicht ist sie einen Schritt zu weit gegangen. Diese Frau hat alles. Ich meine *alles.*« Costello zögerte kurz und fügte dann hinzu: »Außer einem Mann, Kindern und einer Familie.«

»Also hat sie gar nichts.« Batten seufzte aus dem Lautsprecher. »Psychologisch betrachtet passt das Timing besser zu einer Frau, die sich triebhaft irrational verhält.«

Costello fühlte sich fiebrig und todkrank. *Komm, ich nehme deine Tasche, Peter; ich stecke sie in meine. Setz deine Kapuze auf, Peter, draußen ist es kalt – ja, wir suchen deine Mutter…* Sie schob ihren Stuhl zurück, der dabei über den Boden quietschte. »Okay, danke, Mick. Littlewood, wir sollten lieber Colin suchen und ihn beruhigen; ich glaube, er ist in der Stimmung, Prügel auszuteilen. Wir lassen ihn Peters Kontakte durchgehen, wie Mick es vorgeschlagen hat, und wir wenden uns an Quinn, sobald irgendwo irgendwelche Scheiße an die Oberfläche treibt. Und, Littlewood, sagen Sie das niemandem weiter, aber Anderson war gestern mit Helena zusammen, als Peter entführt wurde. Die beiden waren im Theatre Royal. Peter wurde nach sieben entführt.«

Littlewood wirkte nicht im Mindesten überrascht. »Ungefähr um zwanzig nach. Colin hatte sein Handy abgeschaltet. Wir haben uns schon gefragt, warum.«

»Weil er im Konzert war. Wir haben ihn erst erreicht, als er sie nach Haus gebracht hatte. Sie sind in der Pause gegangen. Wir müssen herausfinden, ob sie zu spät gekommen ist. Wenn wir ihn direkt danach fragen, geht er garantiert in die Luft. Er… möchte Helena beschützen«, sagte Costello.

»Sie ist eine attraktive Frau. Ich … könnte auch den Wunsch entwickeln, sie zu beschützen«, meinte Littlewood und leckte sich die Lippen, als hätte er gerade an einem guten Malzwhisky genippt. »Sie war mit Peter auf dem Basar. Da waren sie die besten Freunde, wie ich schon gesagt habe.«

»Okay, Sie erkundigen sich, wie spät sie zum Konzert erschienen ist. Sie übernehmen seine schlechte Seite und ich die gute.«

Costello entdeckte Colin Anderson in einer Ecke des Umkleideraums, wo er saß, die Füße auf einer Bank hochgelegt hatte und sich einen Becher Tee vor die Brust drückte.

»Ich brauche wohl nicht zu fragen, was Ihnen durch den Kopf geht«, sagte sie und setzte sich ans andere Ende der gleichen Bank. Sie vermieden es, sich anzublicken. »Wissen Sie, Colin, Sie müssen alle Aspekte dieser Geschichte ins Auge fassen... Sie sollten mit Littlewood reden und Irvine rausschicken, damit sie sich mit Brenda unterhält... Und Batten hat recht, was Peter betrifft.«

»Ja, ich weiß. Ich sitze hier nur, um darüber nachzudenken, wie viele Leute Peter kennt, die ich möglicherweise nicht kenne. Wie kann mein Sohn Menschen kennen, von denen ich nichts weiß? Sogar Claire hat einen Freund, und ich hatte keine Ahnung, auch wenn es ein Freund ist, von dem man sich nur einen Bleistift borgt, wie Helena es ausgedrückt hat.«

»Und sie ist... wie alt ist sie jetzt? Neun?« Vorsichtig wandte Costello ihm den Rücken zu, damit sie ihn im Spiegel an der Tür betrachten konnte. »Und wie geht es Helena? Wie war das Konzert? Hat sie es pünktlich geschafft?«

»Gerade so eben. Es ging spät los, aber wir mussten uns trotzdem schon im Dunkeln zu unseren Plätzen schleichen. Sieht ihr gar nicht ähnlich, zu spät zu kommen; dafür war immer Alan zuständig.«

»Hat sie gesagt, was sie aufgehalten hat?«

Mit dieser Frage hatte sie sich zu weit vorgewagt. »Sie ist im Verkehr stecken geblieben, wie alle anderen auch. Deshalb haben sie auch nicht pünktlich angefangen. Wieso interessieren Sie sich dafür?«, fragte er bissig. »Was treiben die da oben?«

»Na ja, es besteht wohl keine Verbindung zu einem Ihrer alten Fälle …«

»Dafür bin ich in den Medien nicht präsent genug, um solche Aufmerksamkeit auf mich zu lenken.«

»… nun, wir schauen uns außerdem genau an, was Rogan O'Neill in den letzten Tagen gemacht hat.«

»Er hat sich Häuser angesehen. Hat Sie das Gespräch mit Lauren vorangebracht?«

»Ich glaube, beste Freundinnen werden wir nicht«, antwortete Costello. »Aber ich habe herausgefunden, dass Dec Slater und Jinky Jones immer noch bei O'Neill sind, und ich glaube, sie werden überwacht. Colin, ich weiß, es ist schwer für Sie, doch Sie müssen das mit ein bisschen Abstand betrachten. Die Kinder, die in Amerika verschwunden sind: Diese Fälle sind im Laufe mehrerer Jahre in verschiedenen Staaten passiert. Und bei uns verschwinden drei Jungen, die so nah beieinander wohnen, dass sie in die gleiche Schule gehen könnten. Es ist eine komplett andere Konstellation. Jeder Pädophile mit so wenig Verstand wäre längst auf unserem Radar aufgetaucht. Ist aber niemand. Diesmal nicht.«

»Wollen Sie mich damit trösten?«

»Ich sage Ihnen das, weil es meine Überzeugung ist. Jinky und Dec waren auf dem Band, weil sie im Hilton wohnen. Sie haben sich nur die deutsche Kapelle angehört.« Costello setzte sich zurecht. »Darüber hinaus wissen wir nichts.«

Anderson schüttelte den Kopf. »In dieser Hinsicht kann ich also nichts unternehmen.«

»Genau«, stimmte Costello zu.

»Und sonst? Diese Frau …«

»Die kleine Miss Cotter mit ihren Empire-Biskuits und den kleinen Papierschirmchen?«

»Oder Mrs. Cotter, die sie tatsächlich ist.«

»Woher wissen Sie das?«

Colin blickte auf die Uhr, und sein Gesicht fiel in sich zusammen, als ihm bewusst wurde, wie gnadenlos die Zeit verstrich. »Standesamt. Wir haben sie uns angeschaut. Mrs. Amelia Cotter. Ihr Ehemann ist nach Australien ausgewandert und hat die Kinder mitgenommen. 1954, glaube ich. Sie ist nicht mitgegangen, jedenfalls konnten wir keine Aufzeichnungen diesbezüglich finden.«

»Sie meinen, sie wurde sitzen gelassen? Vor so vielen Jahren, und sie hat keine Anstrengungen unternommen, sie zurückzuholen?«

»Offensichtlich nicht, aus welchem Grund auch immer.«

»Durch den Verlust der Familie kann eine Frau sicherlich überschnappen. Aber warum unsere Kinder, warum so rasch hintereinander, warum jetzt? Das ist fünfzig Jahre her.«

»Die Sache ist doch, ich verstehe nicht, wie sich Peter von einer alten kleinen Frau mit einem Empire-Biskuit locken lassen würde.«

»Warum nicht? Wäre uns doch auch beinahe passiert«, meinte Costello. »Und wenn sie gesagt hat: *Ich kenne deinen Vater, er ist dieser nette Polizist …*« Ihre Stimme klang grausam und spöttisch.

»Kann ich mir nicht vorstellen.«

»Batten war auch der Meinung, es könne sich um eine Frau handeln – also, das ergibt Sinn, eine kinderlose Frau oder eine Frau, die ein Kind verloren oder die ein Ereignis hinter sich hat, das ihr Leben völlig über den Haufen geworfen hat. Sie wissen, so etwas kann die normalste Frau umhauen. Es muss jemand sein, den Peter kannte, jemand, dem Peter vertrauen würde …«

Colin setzte sich auf. »An wen denken Sie?«

»Na ja…« Plötzlich konnte Costello die Worte nicht mehr herausbringen. »Wie wäre es mit Helena? Auf sie trifft alles zu. Beim Basar hat sie Peter so angeschaut, und sie hat…«

»Wie bitte? Helena McAlpine? Costello, worauf wollen Sie hinaus?«

»Sie ist kinderlos, Colin; sie muss mit Alans Tod fertig werden und vielleicht sogar mit ihrem eigenen, sie…«

Weiter kam Costello nicht. Anderson sprang so unvermittelt auf, dass er ihr gegen die Schulter stieß, und ihr Kopf krachte an die Wand, während er aus dem Umkleideraum stürmte und die Tür hinter sich zuknallte. Costello sank auf dem Boden zusammen, ließ den Kopf auf die Brust sinken und wartete, bis ihr nicht mehr schwarz vor Augen war.

Dann ging die Tür erneut auf, und Anderson kam wieder herein, rückwärts. Hinter ihm folgte Quinn, und die beiden starrten sich wortlos an. Quinn warf einen Blick auf Costello, sah Anderson erneut an und fragte: »Alles in Ordnung, Costello?«

»Ich habe mir nur den Kopf gestoßen, Ma'am.«

»Ach ja? Gut, Sie fahren nach Hause und ruhen sich aus. Sie sehen entsetzlich aus. Doch zunächst einmal setzen Sie zwei sich hin.« Sie schloss die Tür hinter sich, und ihre Turnschuhe quietschten auf dem Linoleum. »Wir müssen reden und zwar hier unten. Oben ist die Hölle los«, meinte Quinn und deutete mit dem Kopf an die Decke. »Im Presseraum drängen sich die Journalisten und Kameraleute.«

»Was hat Lewis vor?«, erkundigte sich Costello und beachtete Anderson nicht.

Quinn setzte sich auf die Bank und blickte Costello seltsam an. »Wieso fragen Sie?«

»Sie frischt ständig ihr Make-up auf oder telefoniert mit

ihrem blöden Stuart, ohne den Scotland Yard zusammenbrechen würde. Dumme Kuh.«

»Costello, streng genommen sind Sie noch im Dienst«, warnte Quinn sie.

»Ich bin schon in der Umkleide.« Costello rieb sich den Kopf. »Außerdem habe ich eine Gehirnerschütterung und bin deshalb *streng genommen* gar nicht für das verantwortlich, was ich so rede. Was machen Sie hier unten?«

»Ich denke, ich habe endlich begriffen, wie Sie hier eigentlich arbeiten – wie Sie in kleinen Grüppchen Tratsch und Informationen austauschen«, sagte Quinn und lehnte sich an die Wand. »Und da wollte ich mich mal einem Grüppchen anschließen. Außerdem wollte ich Ihnen etwas mitteilen. Am liebsten würde ich Sie beide vom Dienst suspendieren, doch eigentlich vertraue ich Ihnen.« Sie sah zur Tür, als würde sie sie mit Blicken herausfordern, sich zu öffnen. Anderson trat vom Fenster weg und lehnte sich beiläufig an die Tür, damit niemand hereinplatzen konnte.

Quinn lächelte kurz, als würde sie darin endlich ein Zeichen der Anerkennung sehen, jedoch wirkte sie ohne ihr Make-up faltig und erschöpft; sogar der Lippenstift fehlte. Sie war eindeutig besorgt.

»Ich habe keine Ahnung, wie das zusammenpasst – oder ob es überhaupt passt«, flüsterte sie eindringlich. »Gerade habe ich mich lange mit Irvine unterhalten. Sie denken, wir haben es definitiv mit einem Mordkomplott zu tun?« Quinn sah Costello mit hochgezogenen Augenbrauen an, und Costello nahm dies als Aufforderung, mit ihrem Bericht fortzufahren. Während sie Anderson alles erklärte, rutschte der DI langsam an der Tür nach unten, bis er auf dem Boden saß.

»Okay, denken Sie mal über Folgendes nach«, übernahm Quinn wieder. »Wir erfahren aus O'Hares Obduktionsbericht, dass es vier weitere Tote gibt, die an Zyanid gestorben sind, und dass sich darunter einer befindet, der absichtlich ermordet wurde. Ich warte, dass mir mein Kopf ein Argument vorbringt, warum das nicht sein kann. Nur kommt keines.«

Quinn beugte sich vor.

»Aber wie bringt mich das alles meinem Sohn näher?«

»Ich habe keine Ahnung, Colin«, sagte Quinn sanft. »Tut mir leid. Und wir haben Peter nirgendwo auf den Überwachungsbändern der Außengebäude gesichtet, wo PC Smith oder Smythe eine Suche vorschlagen.« Quinn streckte die Hand aus und legte sie Anderson auf den Arm. »Sie wissen genau, ich müsste unsere Leute eigentlich auf den Giftmischer ansetzen, wenn es sich dabei tatsächlich um einen Mord handelt. Wir müssen uns jedes der Opfer genauestens ansehen.«

»Das ist doch Bullshit, wenn dieses Zeug nicht mehr in den Regalen liegt und niemand mehr in Gefahr ist«, fauchte Costello.

»Möglicherweise trifft das sogar zu, mal ganz inoffiziell gesprochen, aber ich bin immer noch Ihr Chef.« Quinn zögerte, Costello hielt den Mund. »Allerdings stimme ich Ihnen von ganzem Herzen zu. Wir schicken die Suchmannschaften wieder raus, wir führen weitere Hausbefragungen durch, und wir schauen unter jedem Stein nach. Es ist der Samstagnachmittag vor Weihnachten, die Leute sind zu Hause. Wir brauchen weitere Zeugenaussagen, wir müssen lückenlos klären, wer dort wohnt oder arbeitet. Die Teams sollten jetzt überall Zugang erhalten. Holen Sie sich eine gute Taschenlampe und ein paar Beweismittelbeutel, ziehen Sie durch die Gasse hinter der Stelle, wo Peter entführt wurde, und suchen Sie nach allem, wo man einen Wagen verstecken könnte. Dann knöpfen Sie sich die Gasse auf der anderen Seite vor. Wenn die Peter von der Byres Road weggeholt haben, konnten die binnen einer Minute die Highburgh Road erreichen und verschwinden. Das gleicht haargenau dem Szenario, von dem wir auch bei Luca ausgehen.«

Anderson erhob sich, öffnete seinen Spind und griff nach seinem Anorak, während Quinn hinter ihn trat und Costello ein Zeichen gab, dass sie Anderson nicht mehr dabeihaben wollte.

26

Costello holte sich ihre Jacke aus der Umkleide und entschied, auf die Toilette zu gehen, solange sie hier unten war. Eine der Kabinentüren war geschlossen, und das Geraschel von Kleidung ließ vermuten, dass Lewis sich umzog. Durch den Spalt unten war ihre große Louis-Vuitton-Tasche zu sehen, und die strenge Note ihres Lou-Lou-Parfüms machte das Atmen fast unmöglich.

Costello trottete durch den Gang, die Treppe hinauf und ins Hauptbüro. Sie sah Anderson, der gerade wieder einmal die Tafel checkte: keine Änderungen. »Also, ich gehe mal eine Weile nach Hause. Ich habe solche Kopfschmerzen und muss mich ein bisschen ausruhen.«

»Tut mir leid.« Colin wirkte schuldbewusst. »Ist es …«

»Keine Sorge, ich schlafe zwei Stunden, dusche und trinke einen anständigen Tee, dann bin ich wieder hier. Mit ein bisschen Glück wird es eine lange Nacht.«

Jedes Mal, wenn ein uniformierter Kollege hereinkam und zur Tafel ging, sah Colin Anderson voller Hoffnung hinüber. Doch die Hoffnung wurde enttäuscht, wenn der Mann wieder hinausging, ohne eine weitere Meldung hinzuzufügen. Bei diesem Fall, so hatte es den Anschein, ließen sich keinerlei handfeste Informationen ermitteln.

Ein Foto von Miss/Mrs. Cotter war blau eingekreist und ein Foto von Stella McCorkindale rot. Pfeile, die man zu gebogenen Linien gezwängt hatte, führten in alle Richtungen, um mögliche Verbindungen darzustellen. Gelegentlich stand Anderson auf, machte ein Zeichen, strich es wieder durch und versuchte es von vorn. Mrs. Cotter hatte die Gelegenheit gehabt, alle drei Jungen kennenzulernen, und sie war auf dem Basar gesehen worden, doch ließ sich keinerlei Kommunikation mit Peter aufspüren. Es sei denn, Mrs. Cotter hätte mit Peter gesprochen, während er bei Helena war. Aber Helena war im Krankenhaus und unerreichbar. Mrs. Cotter passte zwar überwiegend ins Profil, doch neben ihrem Namen standen die Buchstaben VZA – viel zu alt. Sie hatte Atemprobleme und konnte nicht schnell genug gehen. Und war sie kräftig genug, um einen Siebenjährigen festzuhalten, der sich wehrte?

Stella McCorkindale hatte Troy vielleicht die Straße entlanghumpeln gesehen, sie hatte sich die Zeit genommen, persönlich zu erscheinen, und sie war am Rande der Ermittlungen über die Giftmischerkreditkarte aufgetaucht. Sie schien überall am Rande zu stehen. Von ihrem Namen führte ein Pfeil nach oben zu der freistehenden Tafel, auf die der Name Munro geschrieben war.

Auf Lewis' Schreibtisch klingelte das Telefon. Wyngate hastete quer durch den Raum und erreichte es kurz vor Mulholland.

»Kate Lewis?«, grunzte eine arrogante Stimme. Kein Bitte, kein Danke.

»Wer ist denn da?«, fragte Wyngate.

»Was geht Sie das an?«

»Wohl falsch verbunden.« Wyngate knallte den Hörer auf die Gabel. »Ihr Freund ist ja ein echtes Arschloch.«

»Und Sie sind Costellos Schoßhündchen, wie, Windrad?«, erwiderte Mulholland.

»Ich weiß ja nicht, was Sie für Probleme mit Ihrer neuen Freundin haben«, sagte Wyngate und richtete sich zu seinen vollen ein Meter achtundsechzig auf, »aber lassen Sie das nicht an mir aus, ja? Sie waren viel netter, als Sie noch solo waren. Ich gehe zu Quinn.« Er nickte Anderson zu. »Von uns macht keiner Feierabend, ehe wir ihn wiederhaben, Col.«

Anderson nickte. »Ich weiß.«

Mulholland schäumte; Wyngates Bemerkung über Frances hatte ihn tief getroffen. Inzwischen begann er sogar zu glauben, Lewis könne recht haben und Costello falschliegen. Schließlich war Lewis diejenige mit der heißen Beziehung, während Costello eine mürrische alte Kuh war, die dem Anschein nach bisher nie einen abbekommen hatte.

Trotzdem stimmte es, was Wyngate sagte: Peter hatte Vorrang, Frances konnte erst einmal warten.

Anderson seufzte, setzte sich in Quinns Büro und lehnte jeden weiteren Becher Kaffee ab. Er schaute nicht auf die Uhr. Über vierundzwanzig Stunden jetzt. »Ist es möglich, dass irgendwer es einfach nur auf die ausgesetzte Belohnung abgesehen hat? Und deshalb Peter entführt hat?« Er versuchte, sich die Müdigkeit aus den Augen zu reiben. »Nein, es wurde doch bisher gar nicht öffentlich bekannt gegeben, dass Rogan O'Neill die Belohnung verdoppelt hat, oder?«

Littlewood leckte sich über die Lippen und antwortete langsam. »Ich glaube nicht. Gab es da nicht irgendeine Formulierung, die wir nicht veröffentlicht haben wollten, damit nicht alle Verrückten angerannt kommen?«

»Damit hilft uns das bei der Suche nach Peter nicht weiter, ja?«, sagte Quinn.

»Gehen wir die Sache doch andersherum an. Wer war eingeweiht, dass Rogan die Belohnung verdoppeln will?«, fragte Anderson. »Können Sie mir einen Gefallen tun? Können Sie Lewis auftreiben und sie fragen, wem sie es verraten haben könnte – sie hat schließlich das loseste Mundwerk. Ich kenne sie nicht und vertraue ihr nicht.«

»Ich kenne sie und vertraue ihr, DI Anderson«, sagte

Quinn. »Ich weiß, sie kokettiert ständig herum, dessen ungeachtet ist sie jedoch eine gute Polizistin. Genauso, wie Costello eine große Klappe hat und ebenfalls eine gute Polizistin ist.«

Anderson erwiderte nichts.

»Aber Lewis wird Ihnen nicht mehr im Weg stehen. Smythe wird sie in dem Raum festhalten, wo sie sich die Bänder anschauen und die Hausbefragungen beaufsichtigen kann. Der kleine Kerl genießt sein Intermezzo bei den großen Jungs.«

»Der kleine Kerl ist ein guter Polizist.«

Anderson blickte durch das Glas in den Hauptraum; an der Tafel hatte es keine Änderungen gegeben. »Ich habe auch mal zu ihnen gehört.«

»Die Wiederholung von *Only Fools and Horses* vom letzten Jahr fängt an! Ich dachte, du wolltest sie dir ansehen«, rief Eve aus ihrem mit Rädern versehenen Thron aus dem Wohnzimmer.

»Ich habe gerade zu tun«, rief Lynne aus dem Salon zurück, blätterte die Seite des *Herald* um und überflog eine Spalte nach der anderen.

»Was machst du denn?«, schrie ihre Schwester zurück.

»Ich überlege, ob ich dir nicht lieber den Hals umdrehen soll«, murmelte Lynne leise vor sich hin und sagte dann laut: »Ich packe dein Weihnachtsgeschenk ein, also komm bitte nicht rein.« Sie verharrte still und lauschte, ob sie das verräterische Quietschen des Rollstuhls hörte, das jedoch ausblieb. Eve schlief einfach nicht, obwohl sie das hätte sollen. Sie war die ganze Nacht aufgeblieben, hatte die Rogan-O'Neill-CD abgespielt und mitgesungen, wenn der alte Knacker Hello zu diesem und Goodnight zu jenem sagte. Wahrscheinlich hatte sie den CD-Player darauf eingestellt, dieses eine Lied immer zu wiederholen, und am Ende hatte

Lynne sich das Kissen über den Kopf gezogen, damit sie den Lärm nicht mehr hören musste. Im Schlaf hatte sie dann geträumt, Eve habe Douglas geheiratet und sie, Lynne, sei nicht einmal zur Feier eingeladen worden. Wie sich herausstellte, gab es jede Menge Mrs. Munros; große, dunkle, dünne, blonde… aber alle hatten Eves Gesicht. Danach hatte sie nicht mehr einschlafen können.

Lynne gähnte und faltete die Zeitung zusammen. Sie hatte nur die Rückrufwarnungen über dieses Schmerzmittel Headeze gefunden. Douglas hatte ihr davon erzählt, aber er hatte auch erwähnt, dass Menschen an einer Vergiftung durch Headeze gestorben waren. Und dann, siehe da, hatte er rein zufällig eine Packung Headeze aus der Tasche gezogen.

Eve hatte ihn in seinem Büro aufgesucht. Wie oft hatte er – hier bei ihnen – um ein Glas Wasser und eine Kopfschmerztablette gebeten? Früher oder später nahm er immer eine.

Lynne konzentrierte sich und stellte sich im Geiste vor, wo Douglas für gewöhnlich sein Jackett aufhängte. Stella war mit irgendwelchen Schlüsseln losgegangen, hatte er erzählt. Ihre verfluchte Schwester musste demnach allein im Vorzimmer gewesen sein.

Sie dachte an die Fotokopie des Bildes von Douglas, das richtig abgegriffen gewirkt hatte. Oder liebkost? Eve und ihre fetten Patschefinger, obwohl Lynne recht genau wusste, wie geschickt ihre Schwester die Headeze-Kapseln öffnen konnte.

Lynne stand leise auf und schlich durch den Flur. Als sie das letzte Mal nachgesehen hatte, hatte Eve ihren Steak-and-Kidney-Pie noch nicht angerührt, dementsprechend hatte sie auch die zerbröselte Schlaftablette nicht gegessen. Sie hatte gesagt, sie sei hungrig, und für gewöhnlich ließ sie nichts Essbares aus. Doch der Teller stand unberührt da, die Pastete war kalt, die Soße gerann langsam, und das Pulver der Schlaftablette bildete einen feinen Staub darauf. Lynne wäre fast schon umgekehrt, als Eve zu schreien begann: »Meine Güte, bist du denn behämmert?«

Lynne wusste nicht recht, ob damit sie gemeint war oder der Fernseher, und ihr war nicht nach Fragen zumute.

Quinn bemühte sich, nicht nervös zu werden. Sie musste Ruhe bewahren und durfte sich vor den anderen ihre Panik nicht anmerken lassen, vor allem nicht von Anderson. Die Jungen waren verschwunden, hatten sich in Luft aufgelöst, und mit jeder Minute, die verstrich, verhärtete sich in ihr die Gewissheit, dass sie die Kinder nicht zurückbringen würde. Nicht lebend. Und nun war auch die einzige Spur im Zyanid-Fall im Sande verlaufen. Munro gehörte die Karte, mit der für das Gift bezahlt worden war, aber die Karte konnte irgendwo kopiert worden sein. Er hatte der Polizei gern bei ihren Ermittlungen geholfen und würde das auch in Zukunft nach Kräften tun. Die Headeze würden zur Analyse ins Labor geschickt, doch dort ruhte die Arbeit wegen der Feiertage für zumindest eine Woche, und niemand hatte Lust, die Tabletten zu probieren, also hatte Quinn das Risiko auf sich genommen und die Alufolie mit ihrer Augenbrauenpinzette untersucht. Wie Costello es beschrieben hatte, sah sie tatsächlich so aus, als hätte jemand sie vorsichtig zur Seite gezogen und anschließend wieder festgeklebt. Und laut Munro hatte man ihm die Tabletten in die Tasche geschmuggelt.

Das war alles.

Sie ließ den Kopf in die Hände sinken und massierte sich die Schläfen, um einen Geistesblitz zu erzwingen. Dann hörte sie einen Schlag und einen Schrei, und die Trennwand bebte. Quinn stand sofort und drückte die Hände gegen das Glas.

In der Wand war ein Loch, und über den Boden waren Fotos verstreut. Burns schnappte sich gerade seinen Mantel, Littlewood rannte zum Fenster und blickte hinaus auf die Straße. Die einzige Person, die sie nicht sah, war Anderson. Sein Jackett und sein Mantel hingen über der Lehne seines Stuhls.

Burns sah zu ihr herüber; sie deutete mit den Augen hinaus in den Schnee. *Los, hinterher.*

Anderson hielt es keine Minute länger in der Wache aus. Er saß nur herum und konnte nichts tun, und vor allem musste er *ihnen* beim Nichtstun zuschauen. Eine Spur nach der anderen führte in die Sackgasse, und jedes Mal empfand er das als einen Schlag ins Gesicht.

An einem Laternenpfahl hatte irgendwer eine Anzeige für einen verkaufsoffenen zweiten Weihnachtstag über ein Flugblatt geklebt, auf dem Luca und Troy gesucht wurden – Arschlöcher! Von Peter gab es keine Suchzettel.

Anderson war sauer. Jetzt hatte er beschlossen, richtig wütend zu werden. Plötzlich hatte er geweint, vor Wut und völliger Verzweiflung waren ihm die Tränen über das Gesicht gelaufen. *Peter – wo bist du?*

Er schlang die Arme um sich, zitterte, ohne Mantel, und kämpfte mit den Tränen. Als er die Wagentür zuschlug, flog die Klappe vom Handschuhfach auf, und Peters Blatt mit dem Text von »Puff the Magic Dragon« fiel heraus und außerdem ein Seitenteil der Monkey-Meal-Schachtel mit einem entleibten Drachenkopf, der um die Ecke schaut. Peter hatte ihn mit Helenas Hilfe gemalt. *Helena?*

Er spielte mit dem Karton in seiner Hand herum, dachte nach und betrachtete die krummen Linien, wo sein Sohn sich bemüht hatte, gerade zu malen. *Ein langer, langer Schwanz,* hörte er Helena sagen. *Ein langer, langer, langer Schwanz,* antwortete Peters Stimme.

Zwei Polizisten kamen aus dem Hintereingang der Wache, unterhielten sich laut und lachten gut gelaunt. Sie gingen an ihm vorbei, ohne ihn zu bemerken, und zogen in aller Seelenruhe weiter, bis sie in der dunklen Gasse hinter einer Schneewolke verschwanden, die plötzlich vom zunehmenden Wind aufgewirbelt wurde.

Colin Anderson wusste nicht, wo er hingehen sollte. Am Ende der Gasse sah er Burns, der nach ihm suchte. Dessen dumme Plattitüden konnte er jetzt auch nicht gebrauchen. Er trat aufs Gaspedal des alten Astra, die Hinterräder verloren den Halt auf dem schneebedeckten Pflaster, und er rutschte auf die Hyndland Road. Nicht einmal an der Ampel, wo er auf die Great Western Road abbog, machte er sich die Mühe zu halten. Dann fuhr er die Kirklee Terrace hoch. Seine Stimmung wurde noch mieser, als er sich Helenas Haus anschaute, das durch den fallenden Schnee unglaublich dunkel wirkte. Dieses Haus hatte er immer als sichere Zuflucht mit knisterndem Kaminfeuer und gutem Kaffee betrachtet. Jetzt sah es kalt aus, tot, sogar bedrohlich. Es war das einzige in der ganzen Reihe, in dem kein Licht brannte. Natürlich, Helena lag schließlich im Krankenhaus. Und Alan lag in kalte Erde gebettet. Ihr Mülleimer, auf dem fast fünf Zentimeter Schnee lagen, stand auf dem Bürgersteig; das würde ihr nicht gefallen. Als er aus dem Wagen stieg, packte der Wind den Deckel und hob ihn sacht an. Anderson öffnete ihn, um den Inhalt nach unten zu drücken. Die nächste Müllabfuhr war erst nach den Feiertagen fällig, und wenn er die Tonne nicht ordentlich zumachte, würden die Füchse hineinklettern. Er betrachtete den Inhalt. Ganz obenauf, bedeckt mit Kaffeesatz, lag der zerknitterte Karton von Peters Squidgy mit dem Irokesenhaar, den er auf dem Weihnachtsbasar für Helena gemalt hatte, zusammen mit einem schiefen H für Helena.

Er zog die Hand zurück, als hätte er sich gestochen. Rasch stieg er wieder in den Wagen, legte den Gang ein und gab Gas. Der Astra schoss durch die Haarnadelkurve und über die Ampel auf den Queen Margaret Drive und dann weiter zur Maryhill Road, wo der Wagen zu schleudern begann und mit einem Krachen an den Bordstein rutschte. Der Motor erstarb. Anderson stieg aus und knallte die Tür so heftig zu, dass der ganze Wagen wackelte. Er ging los, in den Schnee und die Dunkelheit, krempelte die Ärmel hoch und lief durch die stille Stadt, durchnässt bis auf die Haut, die Schultern hochgezogen, vorbei an Türen mit Weihnachtskränzen und erhellten Fenstern mit Karten und Weihnachtsbäumchen. Er bog links ab, stieg den kleinen Hügel hinauf und stand plötzlich vor dem Tor der Western Necropolis, des großen Friedhofs. Die kleinen Grabsteine der Opfer des Zweiten Weltkriegs waren mit Schnee bedeckt, standen jedoch wie immer in Reih und Glied. Er lehnte sich an das Gitter auf der Mauer und drückte das Gesicht an die Stangen. Er rüttelte am Tor und zerrte niedergeschlagen an den Ketten. Die hielten fest.

Der Mond schien, überall herrschte Stille, Totenstille. Plötzlich war es von elementarer Wichtigkeit in seinem Leben, dieses Tor zu überwinden. Wenn er das schaffte, diese einfache Sache, dann würde er auch Peter finden. Er würde nach Hause gehen, und Peter würde frisch gebadet auf dem Sofa sitzen, in seinem Deputy-Dawg-Pyjama, und würde weichgekochte Eier mit schmalen Toaststreifen austunken. Alles würde gut sein. Anderson begann, auf die Mauer zu steigen und dann auf den schmiedeeisernen Zaun darauf. Sein Hemd wurde aus der Hose gezogen, als er an den Spitzen hängen blieb; er hörte den Stoff reißen, als er sich auf der anderen Seite fallen ließ. Auf dem Friedhof war der Weg zuerst gerade und gabelte sich danach in Grünanlagen, die in der Dunkelheit grau wirkten. Er folgte irgendeiner Richtung, ehe ihm überhaupt dämmerte, warum er eigentlich hier war und was er eigentlich wollte.

Hoch oben auf dem Hügel gelegen, herrschte, abgesehen vom Wispern des Windes in den kahlen Ästen, Totenstille. Unten leuchteten die Lichter von Glasgow in tiefem Gelb. Er blieb an einem Grab stehen, auf dem noch kein Stein gesetzt war, auf dem nur in einer Vase frische Blumen im Wind schwankten. Er kniete sich hin und las die Karte an den Blumen: *Geliebter Alan, ich vermisse dich.* Anderson biss sich in den Finger, konnte die Tränen nicht mehr zurückhalten. *Ich vermisse dich auch, du Scheißkerl. Du solltest hier sein.* Er stand auf und schrie: *»Du solltest HIER sein!«* Taumelnd wankte er auf den Weg zurück, und der Wind fegte über die Hügelkuppe, erfasste ihn und blies die Tränen über seine Wangen. Er wischte sich das Gesicht mit dem Hemdsärmel. Wie kann jemand besser wissen, wie es ist, jemanden zu verlieren, den man liebt, als du? Jemanden, für den man liebend gern sein Leben geben würde?

Anderson sah sich um und fand ein anderes Grab, an der Seite, und da war sie – Anna. Die Frau, für die Alan liebend gern sein Leben gegeben hatte. Leise sagte er: »Natürlich, du weißt es, Alan. Du weißt es besser als jeder von uns, wie das ist.« Der Wind packte ihn, er verlor das Gleichgewicht und stellte einen Fuß auf den Weg, um nicht umzukippen. Er blickte sich um; der Wind trieb ihm die Luft aus den Lungen und ließ die Äste peitschen. Und dabei fühlte sich die Böe an, als hätte ihn gerade jemand gestoßen, fortgestoßen vom Grab.

Plötzlich begriff er, wie hoch er gestiegen war. Er sah unter sich die ganze Stadt mit all den Lichtern, den orangefarbenen Natriumdampflampen, den weißen Lampen an der Autobahn, den roten Rücklichtern, die sich darunter entlangschlängelten. Er blickte nach oben und ließ den Schneeregen auf sein Gesicht prasseln, damit er wieder einen klaren Kopf bekam. Das einzige Geräusch war der Wind, der zwischen den Grabsteinen hindurchfuhr und in den Ästen rauschte. Er würde zurückgehen und sich das Band ansehen, wieder und wieder und wieder, und er würde niemanden außer Peter beobachten, um am Ende zu sehen, was Peter gesehen haben musste. Er würde tun, was der Boss immer tat – er würde sich hinsetzen und nachdenken.

Und er würde seinen Sohn finden.

27

Costello legte auf. Noch immer kein Peter. Kein Luca. Kein Troy. Lewis hatte einen Streifenpolizisten namens Smythe als Babysitter. Anderson war vom Radar verschwunden, und inzwischen suchten sie auch schon nach ihm.

Hier, zu Hause, hatte Costello trotz Kopfschmerzen Raum zum Denken, obwohl der Druck in ihrem Hinterkopf zunahm und ein kräftiges Pochen auslöste.

Peter war seit vierundzwanzig Stunden verschwunden, und sie wusste ebenso gut wie die ganze Mannschaft, dass die Chancen, eines der Kinder lebendig wiederzufinden, mehr und mehr schwanden. Daher konnte sie Colins Verzweiflung verstehen.

Sie stand auf und wankte ins Wohnzimmer, wo sie darüber staunte, wie erschöpft sie sich fühlte, nachdem sich das Adrenalin verflüchtigt hatte. Kurz überlegte sie, sich einen Tee zu machen, doch stattdessen setzte sie sich auf das Sofa und schaltete den Fernseher an, um die Spätnachrichten zu sehen. Brenda Anderson rief auf sehr emotionale Weise dazu auf, ihr den Sohn zurückzugeben – *Irgendwer muss doch etwas wissen,* wiederholte sie ständig. Fotokollagen schoben sich auf den Bildschirm und zeigten, welche Kleidung die drei Jungen trugen, als man sie zuletzt gesehen hatte, und die Zeiten und die Orte wurden eingespielt, wobei man die jeweilige Nummer des Vorfalls groß einblendete. Alles sah so einfach aus. Costello zog die Hände in die Ärmel ihrer Jacke hoch und ging im Geiste alles noch einmal durch. Nichts war übersehen worden.

Die Listen der bekannten Pädophilen hatte man überprüft, doch alle Ermittlungen in diese Richtung endeten in einer Sackgasse. Abgesehen von Jinky Jones und Dec Slater, die zwar am Rande wahrgenommen wurden, aber nicht mehr anstellten, als gemeinsam abzuhängen und aneinanderzukleben, wie einem ein schlechter Geruch anhaftet. Sie wurden überwacht, sobald sie das Hotel verließen, und im Augenblick konnte man in diese Richtung nicht mehr unternehmen.

Die nächste Nachricht handelte von diesem Oberidioten Rogan O'Neill und seiner Lauren McCrae. Die Regie zeigte ein Luftbild der Burg, dem neuen Heim der O'Neill-Familie. *»Rogans langjähriger Leiter der Bühnentechnik ist bereits mit dem Toningenieur in Thailand eingetroffen, wo die beiden das erste Megakonzert der ausverkauften Pazifik-Tour vorbereiten«*, las der Nachrichtensprecher vor. *»Doch unser Glasgower Superstar hat seinen Flug verlegt und seiner Schottland-Tour einen weiteren Wohltätigkeitstermin angehängt.«*

Costello wurde flau im Magen. Jinky Jones und Dec Slater waren ihnen längst einen Schritt voraus. Hatte Rogan sie aus dem Land geschafft, weil er wusste, dass die Polizei ihnen auf den Fersen war? Hatte er auch in Amerika immer die Hand über sie gehalten und den gleichen Trick nun hier ebenfalls abgezogen? Wenn Littlewood mit seinem Verdacht betreffs der US-Touren richtiglag, hatten die beiden vermutlich alle Aussichten zunichtegemacht, dass Rogan seine Geschäfte von nun an in einer Burg führte, die nur vierzig Meilen entfernt war. Ging seine Loyalität so weit? Welche Bande hielten diese drei zusammen und vor allem, wie stark? Nun ja, wenn die amerikanischen Behörden genauso mit der thailändischen Polizei zusammenarbeiteten wie mit den Schotten, dann war Thailand vielleicht ein wunderbarer Ort für Jinky und Dec. Auf Kindesmissbrauch stand dort die Todesstrafe. Und Costello wusste eines ganz sicher über Pädophile: Sie konnten nicht aufhören. Wenn die thailändische Polizei sie erwischte, würden diese beiden Schweinehunde hängen.

Und Lauren? Lauren mit der perfekten Haut, dem perfekten Haar, den perfekten Zähnen, Lauren, die Perfektion in Person? *»Rogans Freundin, das Supermodel Lauren McCrae, wurde heute ins Nuffield Hospital eingeliefert, da sie im Hilton Hotel gestolpert und schwer gestürzt ist«*, verkündete der Nachrichtensprecher, während auf dem Bildschirm ein Krankenwagen vom Hotel losfuhr. Ein Pressesprecher sagte ins Mikrophon: »Glücklicherweise ist dem Baby nichts passiert und auch Lauren nichts Ernsthaftes, dennoch wird sie zur Beobachtung dort behalten.«

Ein Ausschnitt, der bereits früher in der Woche gesendet worden war, wurde wiederholt und zeigte Lauren, die stolz ihren Schwangerschaftsbauch hielt. »Ich liebe Schottland«, gurrte sie. »Und ich möchte unbedingt, dass mein Baby hier zur Welt kommt.« Sie sah unglaublich schön aus, wirkte jedoch ein wenig ängstlich, als die Kamera zu Rogan schwenkte. Als sie wieder ins Bild kam, strahlte sie. Vielleicht hatte Costello cs sich nur eingebildet, allerdings hatte sie daran so ihre Zweifel.

Mist, dachte Costello, als der Groschen fiel. Wie kam sie jetzt an Lauren heran?

Das Telefon klingelte, und sie riss den Hörer ans Ohr. »Ja!«

»Haben Sie die Nachrichten gesehen?«, fragte Mulholland.

»Lauren?«

»Nein, Jinky und Dec.«

»Wie zum Teufel sind die rausgekommen?«

»Ist ein freies Land. Und ein Hotel hat viele Türen.«

»Gibt es schon ein Lebenszeichen von Anderson?«

»Nein, John Littlewood sucht nach ihm.«

»Sagen Sie mir Bescheid, wenn sie ihn finden. Wenn das alles vorbei ist, schulde ich ihm ein geschwollenes Gesicht. Ich brauche nur eine Kopfschmerztablette und ein Nickerchen. Vor Mitternacht bin ich wieder da.«

»Nehmen Sie keine Headeze.«

»Sehr witzig«, meinte Costello und legte auf. Sie krabbelte über den Boden zum Fernseher. Auf der Wache hatten sie sich das Video angeschaut, auf dem Rogans Band in Blackfriars vor einem kaum zweistelligen Publikum gespielt hatte. Sie hatten den Ton abgestellt und sich über die Vokuhilas und die Schulterpolster in den Jacken lustig gemacht. Jetzt schob sie die Kassette in den Recorder und drückte auf Play.

Und da waren sie, Dec Slater und Jinky Jones. Jinky stand am Rand der niedrigen Bühne, rauchte und trank. Dec war am Mischpult, nicht richtig im Bild. War es nur Freundschaft, was die drei diese langen Jahre zusammengehalten hatte, oder teilten sie ein mieses kleines Geheimnis, hatten sie einen Pakt des Bösen geschlossen, die Kinderschänder und der Kerl, der Frauen verprügelte?

Costello setzte sich auf die Hacken, während schwarzweiße Streifen über den Bildschirm wanderten, dann schwenkte die Kamera herum und wackelte leicht, weil sie von ungeübter Hand geführt wurde. Rogan stand im Scheinwerferlicht. Der Ton war eine Katastrophe. Offensichtlich spielte die Band in einem Pub, jedenfalls hörte man Hintergrundgeräusche und Gläserklirren, während Rogan ins Mikrophon sprach, das gelegentlich Aussetzer zeigte.

»... Coverversion, aber nur diese eine ...«

Das Publikum klatschte und jubelte, und Rogan verschwand in einem Meer aus Händen. Costello wusste, nun würden sie entweder »Without You« oder »Rubber Bullets« spielen, die beiden einzigen Coverversionen, die je zu ihrem Repertoire gehört hatten, wenn man diese entsetzlich schmierige Version von »Cadillac Ranch« einmal außen vor ließ, mit der sich Rogan auf dem amerikanischen Markt eingeschleimt hatte.

Das Anfangsriff der Gitarre erklang und erinnerte eher an Bruce Springsteen als an Harry Nilsson. Costello setzte sich auf den Boden und lehnte sich an die Couch.

Damals, als Teenager, war sie ein Fan von Rogan gewesen, und dann war es für sie ein bisschen ernster geworden, nachdem sie auf dem Hocker im Scheinwerferlicht gesessen hatte, in ihrer Jeans und in den neuen schwarzen Schuhen, die so unbequem waren, und er hatte für sie gesungen – *Say hello to the tambourine girl, she says hello to you.*

Sie schaute ihm beim Singen zu, und all die Jahre fielen von ihr ab. Ihr Kopf drehte sich, und Bilder, Gedanken und Ideen vermischten sich miteinander. Lauren war von Rogan schwanger. Lauren war unbehaglich zumute, ja, sie hatte sogar Angst. Angst, von ihm die Faust ins Gesicht zu bekommen? Angst vor Schlimmerem? Costello verfluchte die dumme Kuh im Stillen, weil sie nicht offen geredet hatte, als sie die Gelegenheit dazu gehabt hatte, während sie tief im Inneren wusste, dass sie es sowieso nie tun würde.

Rogans Gitarre hallte durch den Pub, mit all den schrägen Tönen, und er sang einen anderen großen Hit, »The Lost Boy«. Costello hatte immer gedacht, es gehe darum, einen Lover zu verlieren, aber natürlich konnte es sich genauso gut um ein Kind handeln. Konnte irgendjemand tatsächlich weiterleben, nachdem er ein Kind verloren hatte?

What's the point of crying, with no more tears to cry?
What's the point of dying, when nothing's left to die?

Brenda hatte ihr Kind in aller Öffentlichkeit verloren – grausam, unglaublich grausam. Wenn Peter nicht wieder nach Hause kam, würde die arme Frau vielleicht nie wieder ruhig schlafen. Und Costello sah auch nicht, wie die Ehe der beiden dieses Ereignis überstehen sollte; oder wie Anderson es überstehen sollte, diesen Verlust seines geliebten Jungen.

Irgendwer – aber wer? Lauren? Rogan? – hatte etwas über den Verlust eines Babys gesagt. Costellos Mutter hatte immer behauptet, es würde einer Schwangeren Pech bringen, über solche Dinge zu reden.

Costello beugte sich im Dunkeln auf alle viere vor und starrte in den Fernseher, als hielte der die Antwort bereit.

Jetzt nahm sich Rogan die Gitarre ab, die an einem Gurt um seinen Hals gehangen hatte. Er sagte »Death of the Enchanted« an, einen langsamen Song mit einem eher zappeligen Rhythmus.

Und da erinnerte sie sich an etwas, das Lauren gesagt hatte. Plötzlich wusste sie es genau: *Er hatte eine Freundin, die ein Baby verloren hat. Und diesmal will er auf Nummer sicher gehen.*

Er hatte eine Freundin …

Da Rogan nach Glasgow zurückgekehrt war und Laurens hübsches Gesicht einem aus jeder Zeitung entgegensah, hatten sich die Tratschkolumnisten auf die Suche nach Rogans Exfreundinnen gemacht. Und einige hatten kein Blatt vor den Mund genommen und sich darin übertroffen, über ihn herzuziehen. Die Öffentlichkeit stand natürlich hinter ihm, und er selbst lachte bloß über die Geschichten. Aber welche dieser Freundinnen hatte das Kind verloren?

Wenn sie nun hier lebte, wenn sie Schottin war? Rogan hatte lange Zeit in den Staaten verbracht, sie müsste also jung gewesen sein. Und in dem Augenblick, in dem er nach Glasgow zurückkam, verschwanden plötzlich Kinder – nein, Jungen verschwanden. War das verlorene Baby vielleicht ein Junge gewesen? The Lost Boy. Der verlorene

Junge. Sie legte sich auf den Rücken, starrte an die Decke und ließ ihren Gedanken freien Lauf.

Lynne setzte sich wieder. Ihre verfluchte Schwester!

Sie begann, das Esszimmer systematisch durchzugehen, und summte dabei, damit Eve dachte, sie würde fröhlich Weihnachtsgeschenke einpacken. Falls Eve etwas verstecken wollte, würde sie es in ihrem Schreibtisch verbergen. Den hatte Lynne jedoch bereits durchsucht und nichts gefunden. Sie zog ein paar Schubladen auf und betastete sie auf der Unterseite nach … Eigentlich hatte sie keine Ahnung, wonach sie suchte. Nach einem Hinweis, irgendeinem Hinweis, dass ihre Schwester schuldig war.

Warum? Die Rache würde so süß werden. Sie holte einige Zeichenblöcke und Eves Wasserfarbkasten heraus. Sie nahm Eves Pastellkasten und stellte ihn, ohne hinzuschauen, auf die Zeichenblöcke. Der Kasten kippte leicht, und der Inhalt gab ein leises Rascheln von sich. So klangen nicht gerade zweihundert Pastellkreiden, von denen jede in ihrem eigenen Fach liegt. Fühlte sich der Kasten leichter an, als er sein sollte?

Sie öffnete den Deckel. Und lächelte …

Oh, Eve. Erwischt!

Der blaue Astra stand auf dem Bürgersteig an der Maryhill Road, die Innenbeleuchtung brannte. Irvine näherte sich vorsichtig mit dem Funkgerät in der Hand und stellte fest, dass die Tür nicht ordentlich geschlossen war. Sie umkreiste den Wagen wachsam und sah das rote Licht eines Handys auf der Mittelkonsole blinken.

»Alles okay?«, fragte Littlewood. »Erstatte Meldung und sag ihnen, wir hätten den Wagen gefunden, aber keine Spur vom DI.«

»Der Wagen ist nicht aufgebrochen, das Schloss ist unversehrt und die Tür auch. Der Schlüssel steckt.« Irvine atmete langsam durch, und ihr Atem hing in der kalten Luft. Sie brauchte nicht einmal den Griff zu betätigen, die Tür war gar nicht eingerastet. Irvine lehnte sich in den Wagen und nahm das Handy von der Konsole; darauf blinkte das Wort Partickhill. Sie kam wieder aus dem Wagen, als das blaue Display des Telefons erlosch. Sie hielt es in den behandschuhten Händen und zeigte es ihm. »Aber wo steckt er?«

»Er muss ganz in der Nähe sein. Nur ein Vollidiot geht bei diesem Wetter vor die Tür. Und er hat nicht einmal seinen Mantel an.« Littlewood fluchte. »Sie fahren den Wagen zurück zur Wache.« Er drehte sich um und lief wieder zu seinem Sierra.

»Sehen Sie sich das Rad an – ich kann den bei diesem Wetter nicht fahren«, klagte Irvine. »Wo wollen Sie hin?« Sie sah sich um, denn sie wollte zu dieser nachtschlafenden Zeit nicht mitten auf dem Maryhill allein bleiben. »Und wenn er nun nicht anspringt?«

»Der springt schon an. Fahren Sie einfach vorsichtig.« Littlewood sah den Hügel hinauf. Hinter den städtischen Wohnungen ragten ein paar Kreuze des Friedhofs über den Dächern in die Luft. Die Western Necropolis wirkte im Schnee still und ruhig. »Ich wette, ich weiß, wo der Schweinehund steckt.«

Costello lehnte den Hals ans Sofa und wünschte sich, sie hätte jemanden, der mit ihr und ihren Ideen Pingpong spielen würde. Sie spürte, wie sich zwischen den beiden Fällen eine Verbindung herstellte, aber sie brachte die beiden offenen Enden einfach nicht zusammen.

Rogan, dessen Stimme kurzzeitig von einer Rückkopplung übertönt wurde, kündigte »Tambourine Girl« an. Die Kamera folgte ihm, während er zu seinem Keyboard ging und die Gitarre behutsam in einen bereitgestellten Ständer in Form einer ausgestreckten Plastikhand stellte.

Eine alte Erinnerung kam wieder hoch – die Schaufensterpuppe, die das Tamburin und die Gitarre hielt, wenn die Instrumente nicht gebraucht wurden.

Rogan nahm der Schaufensterpuppe den Fedora aus der anderen Hand und setzte ihn sich fröhlich auf.

Im Publikum kehrte Ruhe ein, als er sich ans Keyboard setzte, die Finger dehnte und die ersten Töne spielte. Er beugte sich zum Mikro vor und zeigte sein schönes Profil.

Der langsame Bass von »Tambourine Girl« setzte ein, und ein Scheinwerfer schwenkte über die Bühne und folgte einer Gestalt, die zur Mitte der Bühne ging, sich auf einem Stuhl niederließ und hinter einem Vorhang aus dunklem Haar nervös und schüchtern wirkte.

Costello hatte das Gefühl, ihr Herz würde stehen bleiben, und sie drückte auf Pause. Eine Schaufensterpuppe. Vik hatte erzählt, Fran habe eine Schaufensterpuppe. Sie betrachtete das schüchterne Lächeln des Mädchens auf dem Stuhl, dessen Schönheit in diesem Augenblick für alle Ewigkeit eingefroren war. Sie hatte sie oft bei Rogan gesehen, wenn er für sie sang. Und sie war eifersüchtig auf sie gewesen.

Costello sprang auf und vergaß das Pochen in ihrem Schädel so lange, bis die heftige Bewegung sie auf schmerzhafte Weise daran erinnerte. In ihrem anderen Zimmer durchsuchte sie das Fach mit den alten Vinylscheiben im unteren Teil ihres Kleiderschranks. Sie fischte Rogans Album *Man Alone* heraus, das mit »The Lost Boy«, und zog die Innenhülle hervor, eine Collage kleiner Schwarzweißfotos der Band aus der Zeit, ehe sie berühmt geworden war … Freunde, Verwandte, Fans. Costello drehte sie um und suchte nach einem bestimmten Bild. Und da war's, oben in der Ecke. Frances starrte sie vom Foto eines Passbildautomaten an. Das schwarze Haar war geschnitten wie das von Cher, mit Ponyfrisur, aber es handelte sich um die gleiche Frau. Die Frau, die Peter den Goldfisch geschenkt hatte.

Sie ging wieder ins Wohnzimmer und drückte auf Play, und sie schaute der Dunkelhaarigen zu, wie sie das Tamburin spielte – jung, unschuldig, die eine Hand seitlich im Gesicht … Costello hatte es gleich gewusst, als sie Frances zum ersten Mal gesehen hatte, dass sie sie schon kannte. Mein Gott, Frances war das echte Tambourine Girl! Dieses ganze blöde Lied handelte von ihr! Costello beobachtete gebannt, wie Rogan zu singen begann.

She plays her tambourine, at the break of day,
Remembers all that she's seen, places she's been
But the dreams fade away …

Costello erwischte sich beim Mitsingen, denn der Text war ihr immer noch geläufig.

She plays her tambourine, when the daylight goes …

Sie konnte sich daran erinnern, als wäre es gestern gewesen, als sie selbst auf diesem Stuhl gesessen hatte. Nervös hatte sie da im Scheinwerferlicht gehockt und mit dem Tamburin gerasselt, immer in der Angst, aus dem Takt zu kommen, und trotzdem hatte sie sich gewünscht, der Augenblick würde ewig dauern. Dann war das Licht ausgegangen, und eine Hand hatte sie von der Bühne geführt und ihr einen Blumenstrauß überreicht sowie sie dazu eingeladen, in der Garderobe auf Rogan zu warten. Und sie war in den Raum mit dem schummrigen Licht und dem billigen Wein gegangen. Sie hatte die Blumen behalten und ansonsten Reißaus genommen. Da war sie sechzehn gewesen.

Jetzt saß sie hier und lauschte den letzten Zeilen des

Textes. Seither waren viele Jahre verstrichen, in denen sie klüger geworden war.

Walking away from pain and sorrow; walking to
somewhere new,
Walking away to her own tomorrow, walking away,
she's through.
Oh-oh, say goodnight to the tambourine girl,
she says goodnight to you.

Costello wartete auf das gehauchte, leise *Goodnight* am Ende des Songs, bei dem sie stets eine Gänsehaut bekam, aber es kam nicht. Sie zitterte, und plötzlich beruhigte sich das Chaos in ihrem Kopf. Das Lied war viel düsterer, als sie bisher gedacht hatte, denn es deutete sich an, dass das Tambourine Girl sich das Leben genommen hatte.

Trotzdem war es ein weiter Sprung von Frances zu Luca und Troy. Costello trommelte mit dem Telefon gegen ihr Kinn. Sie wusste, da war *etwas*, sie hatte etwas gesehen, und ihr hätte etwas auffallen sollen. Aber sie war zu beschäftigt, um es mitzubekommen. Denk nach, denk nach, denk nach, *denk nach*. Viks blöde Handschuhe, zusammengefaltet in einer Tüte ... einer Plastiktüte, die Frances in die Wache gebracht und am Tresen abgegeben hatte. Und Costello hatte sie entgegengenommen und sie hinter seinen Schreibtisch gestellt. Frances war anschließend einfach davongegangen. Daran war nichts Ungewöhnliches; sie wohnte im Beaumont Place, gerade mal fünf Fußminuten von der Hyndland Road entfernt ... Costellos Hirn machte klick. Mitten im roten Dreieck ...

Aber Frances hatte auch mit Troys Mutter gesprochen. Sie hatte Hallo gesagt und nicht nur Hallo; sie hatte sich zu ihr gesetzt und sich mit ihr unterhalten, oder?

Irgendetwas hatte Vik über Fran gesagt ... Über Fran und

Geld. Fran war arbeitsunfähig, weil sie solche Schmerzen hatte… *wie Migräne im Gesicht*, hatte er es ausgedrückt. Hier auf dem Video hatte die junge Frances dagesessen und in dieser entwaffnenden Geste die Hand an die Wange gelegt. *Wie Migräne im Gesicht…* Musste sie sich im Krankenhaus behandeln lassen? Costello dachte an die Tafel im Dezernatsbüro – an die Pfeile, die die Beteiligten miteinander verbanden –, Miss Cotter, Lorraine Scott, Alison McEwen – das Krankenhaus. Und Frances?

Frances: geheimnisvoll, schüchtern, wunderschön. Und sie tauchte keine zwei Minuten nach Peter auf dem Überwachungsband vom Weihnachtsmarkt auf. Colin hatte Benrecht und Littlewood ebenfalls. Peter war ein kluger Bengel, ein gehorsamer Bengel, und er wäre nicht mit einem Mann mitgegangen, aber mit einer Frau… einer Frau, mit der er vor zwei Stunden noch gespielt hatte. Diese nette Frau hatte ihm den Fisch geschenkt. Die liebe Frances, die Alison McEwen die Hand auf den Arm gelegt und ihr Mitgefühl ausgedrückt hatte. Zu dem Zeitpunkt hatte es wie hohler Trost geklungen. Costello wurde übel, als sie sich daran erinnerte. Frances hatte gesagt: *Ihm ist bestimmt nichts passiert, das verspreche ich dir.*

Ohne den Blick vom Fernseher abzuwenden, griff Costello nach ihrem Handy und rief Littlewoods Nummer an.

Allerdings ging Wyngate dran. »Ja«, fauchte Costello zur Antwort auf seine Frage, »es *ist* dringend.«

Anderson spürte den Schlag auf seinen Oberarm, einen dumpfen Hieb auf seinen Bizeps. Er zögerte nicht, er dachte nicht nach, er fuhr einfach herum und erwischte den Angreifer seitlich am Kinn; Knochen traf auf Knochen, und es fühlte sich gut an. Sein Körper drehte sich, seine Faust schnellte erneut nach oben und traf den anderen unter dem Kinn. Er spürte, wie Blut spritzte, er hörte, wie jemand etwas sagte, aber gleichgültig … Er schlug wieder zu, diesmal nicht schnell genug. Ein Hieb erwischte ihn im Zwerchfell. Fünf Zentimeter tiefer, und er hätte keine Luft mehr bekommen. Er fühlte, wie eine Rippe brach und ein stechender Schmerz durch seine Brust schoss, während er seinem Gegner einen Stoß auf die Luftröhre verpasste. Ein Grunzen, ein Schnaufen, das Geräusch von jemandem, der sich übergibt. Dann erkannte Anderson graue kurzgeschorene Haare, eine Lederjacke und ein Goldkettchen an der Hand, die sein Hemd gepackt hielt.

»Verfluchte Scheiße, Colin«, keuchte Littlewood. »Ist genug jetzt.«

»Ups, Entschuldigung, Mann.« Anderson sah, wie Blut aus Littlewoods linkem Nasenloch lief.

Sie standen schnaufend auf dem Friedhof, erschöpft, die Hände in die Hüften gestemmt. Der Mond schob sich hinter einer Wolke hervor und übergoss die Grabsteine mit seinem unheimlichen blauen Licht.

Anderson grinste bitter. »Hat aber gut gesessen.«

»Na ja, mit einem Klaps auf die Wange hätte ich Sie nicht aufhalten können, Mann. Und es wird noch besser.« Littlewood grinste ebenfalls. »Wir haben vielleicht eine Spur. Und hier ist Ihr blödes Handy. Das werden Sie brauchen.«

28

Warum verscheuchte Troy die Ratte nicht? Sie saß auf seinem Fuß, wo die Haut schwarz und aufgeplatzt war, zerrte am Fleisch und zwar so heftig, dass Troys Bein zuckte, als wolle er sie wegstoßen. Aber die Ratte ließ nicht locker.

Luca zog sich den Schuh aus und warf ihn nach dem Tier. Die Ratte sträubte die Barthaare, drehte sich, huschte davon und zog den schuppigen Schwanz hinter sich her.

Troy hatte sich nicht gerührt. Er lag immer noch unter der Decke, und der Geruch von seinem Bein wurde noch viel ekliger. Lucas Wange blutete, wo die Ratte ihn gebissen hatte; als er die Stelle anfasste, klebte verschmiertes Blut an seinen Fingern. So langsam wurde Luca ärgerlich. Er wollte hier raus, und Troy sollte mitkommen. Aber Troy lag wie ein Baby eingerollt da, das Gesicht zur Wand, und Luca sah nur seinen Rücken. Luca krabbelte über ihn und tippte ihm auf die Schulter. Troy reagierte nicht. Luca stieß ihn kräftiger an, und der Kopf bewegte sich von einer Seite zur anderen wie der eines alten Teddybären. Der Geruch wurde schlimmer, als er näher kam, deshalb hielt sich Luca die Nase zu, während er Troy ins Ohr flüsterte, und er riss an seinem Fleece-Oberteil. Aber Troy wachte nicht auf. Luca fing an zu weinen. Er wusste nicht, was er tun sollte. Seine Mum hätte inzwischen längst da sein müssen, war sie aber nicht.

Mittlerweile fühlte er sich ganz schrecklich allein.

Er legte sich neben Troy, klaute ihm eine Ecke der Bettdecke und schob sich darunter, zog sie fest um sich und versteckte sich. Troy hatte jetzt keine Decke mehr, doch er regte sich nicht, also schien es ihn nicht zu stören.

Durch das Fenster oben in der Wand konnte er nur den Himmel sehen, und Schneeflocken tanzten in kleinen Spiralen nach unten. Er sang. Er sang die Weihnachtslieder, die er in der Schule gelernt hatte, Lieder über Engel und Sterne und Schnee. Wenn seine Mum nicht kam, dann vielleicht an ihrer Stelle ein Engel.

Anderson klopfte einmal und noch ein zweites Mal an, ohne Zeit für eine Antwort zu geben. Es war drei Uhr morgens, draußen herrschten minus sechs Grad, Glasgow lag unter einer dichten Schneedecke, und Anderson hatte keinen Mantel an. Trotzdem lief der Schweiß an ihm hinunter. Er rüttelte am Griff der Windfangtür, betrachtete sie und schätzte Gewicht und Stabilität ab, um sie gegebenenfalls einzutreten.

»Costello ist eine gute Polizistin, nicht?« Littlewoods Worte bildeten Wölkchen in der kalten Luft. »Sie irrt sich doch nicht. Selbst wenn wir nicht wissen, ob sie recht hat. Aber sie sagt, wir müssen mit dieser Frances reden.«

»Glauben wir etwa, Mulholland hat ihr Informationen gegeben? Bestimmt nicht, bestimmt macht er solche Fehler nicht.«

»Wir wollen nur mit ihr reden, Colin«, erwiderte Littlewood. Er würde Colin nicht auf die Nase binden, wie weit Costellos Verdacht ging. Bald würden sie Bescheid wissen. Er betastete die Türangeln, um herauszufinden, ob die vielleicht angerostet und damit nicht mehr so stabil waren. »Die hebele ich mit einem Brecheisen aus, wenn es sein muss.«

Anderson trat zurück und schaute an den vier Geschossen des Wohngebäudes hoch. Absurderweise fielen ihm jetzt seine Tage im Innendienst ein, wenn Leute voller Panik anriefen: *Polizei, bitte kommen Sie.* Ja, wo sind Sie denn? *Zu Hause.* Und wo wohnen Sie? *Ich weiß nicht mehr.* Das hatte er nie verstanden, bis heute, denn heute hatte er es begriffen.

Littlewood übernahm nun die Initiative und sagte entschlossen: »Sie bleiben hier, und ich schau mir mal die Rückseite an. Wenn sie die Tür aufmacht, wenn irgendwer die Tür aufmacht, gehen Sie mit rein. Und lassen Sie sie reden.«

Der Straßenlärm von der Hyndland Road wurde durch die Nachbargebäude gedämpft. Aber Anderson, der nun allein am Beaumont Place in der Dunkelheit stand und von Ungewissheit geplagt wurde, war froh, den Verkehr überhaupt zu hören. Es war tröstlich zu wissen, dass das Leben irgendwo weiterging. Er spähte durch den Briefkastenschlitz, sah jedoch nichts in der Dunkelheit. Er tastete nach seiner kleinen Taschenlampe und fluchte. Sie steckte in seiner Jackentasche, und die Jacke war in der Wache. Die Klappe vom Briefschlitz fiel zu, als er losging, um sich die große Lampe aus dem Wagen zu holen, und er fluchte noch einmal. Sie waren in Littlewoods altem Sierra hergefahren.

Er bückte sich erneut zum Briefschlitz, blinzelte hindurch und wartete, ob sich seine Augen an die Dunkelheit gewöhnen würden. Eine Glastür, das Glas stark gemustert, und die weiße Farbe der Holzverkleidung ringsum blätterte ab. Hinter der inneren Tür konnte er nichts mehr sehen. Nur Dunkelheit. Niemand zu Hause. Er drückte die Messingklappe des Briefschlitzes ganz nach oben, presste die Stirn an den Rahmen und schaute so weit er konnte. Er sah Briefumschläge und den Rand einer Zeitung, die bei der Landung aufgeschlagen war. Das genügte nicht, um festzustellen, ob es die Post eines Tages oder einer Woche war. Littlewood hatte ihm gesagt, sie hätten mit Vik nicht über diese Sache gesprochen. Das mit Datumsstempel versehene

Bild von Frances Coia, die um 19:20 mit wehendem langem Mantel über den Monitor geht, hatte sich Anderson ins übermüdete Hirn gebrannt. Und das Gleiche galt für das körnige Bild von Peter, der ihr nur eine Minute voraus gewesen war. Die Erinnerung zündete eine eisige Flamme tief in ihm, und sein Herz wurde kälter. Sie hatten sich auf dem Weihnachtsbasar kennengelernt, Frances und Peter. Frances hatte Peter den Goldfisch geschenkt, und sie hatten gespielt – Backe, backe Kuchen –, während er mit Mulholland geredet hatte. Peter würde sich daran erinnert haben, und verwirrt in der Dunkelheit der Straße, nachdem er seine Mutter aus den Augen verloren hatte, wäre er sicherlich froh gewesen, jemanden zu treffen, den er kannte. *Hallo, Peter, erinnerst du dich nicht an mich? Hast du deine Mum verloren…?* Und Peter hätte vertrauensselig Frances' Hand genommen.

Deshalb hatte Littlewood nichts zu Vik gesagt.

Anderson holte tief Luft und ließ die Briefschlitzklappe zufallen. Der Schmerz in den Rippen setzte ihm zu. Der schmale Vorgarten, der ungefähr zwei Meter unter dem mit schweren Gardinen verhangenen Fenster lag, war mit Disteln überwuchert, und er sah eine Plastikkiste, ein paar Ziegel und einen Autoreifen. Licht entdeckte er nirgendwo. Er sprang hinunter in den Garten, zog die Plastikkiste zur Wand und stampfte durch das Gebüsch, wobei er seine Niedergeschlagenheit durch die körperliche Betätigung überwand. Er stellte einen Fuß auf die Kiste und legte die Ellbogen auf die vermoosten Fensterbänke; in den Vorhängen gab es nicht einen einzigen Spalt, nirgendwo im ganzen Fenster. Er suchte die sechs Glasscheiben ab, von deren Rahmen weißer Lack abblätterte. Hinter dem Glas lagen Dunkelheit und Stille, und die Scheibe zeigte nur sein verzerrtes Spiegelbild. Er blickte in einen Abgrund, und der starrte direkt zurück.

Das Haus gab keines seiner Geheimnisse preis.

Colin Anderson trat zurück in den Garten, und die abrupte Bewegung zerrte an der gebrochenen Rippe. Der Schmerz war unerträglich und trieb ihm die Tränen in die Augen. Als er zu weinen begann, konnte er plötzlich gar nicht mehr aufhören. Peter könnte in diesem Haus sein, jetzt, in diesem Moment. Und er selbst wusste nicht, was er tun sollte.

Er sah die Straße hinauf und hinunter: Ziegelmauern, verschlossene Türen, verhängte Fenster. Ein Wagen bog in die Straße ein, und das Brummen des Motors tröstete ihn ein wenig. Der Wagen wurde langsamer, als er vorbeifuhr, und Anderson hoffte, der Fahrer suche nach einem Parkplatz. Vielleicht konnte er sich bei ihm nach Frances erkundigen? Darüber, was in Nummer 42 vor sich ging? Der Wagen fuhr weiter, beschleunigte in der Kurve – und was jetzt? Er konnte und würde hier nicht einfach wieder verschwinden. Costello war sich so sicher.

»Mist«, sagte er in die Nacht. Dann hörte er Schritte, und sein Herz begann zu klopfen. Littlewood kam die Straße herauf, den Kopf entschlossen erhoben. »Kommen Sie mit«, sagte er schnaufend und wandte sich wieder einem Weg zwischen zwei Wohnhäusern zu.

»Mein Gott.« Anderson musste fast rennen, um mit dem großen Mann mitzuhalten.

»Drei Zäune, zwei Höfe. Die Wohnungen mit einem Eingang haben Keller.«

»Ein Keller? Wir können in einen Keller?«, fragte Anderson.

»Legal ist es nicht, aber Quinn wird ihre Hühneraugen zudrücken, wenn wir einen berechtigten Grund haben.« Er klopfte Anderson auf die Schulter. Littlewood brach die Regeln so leicht, wie er ein Ei aufschlug, aber Anderson setzte seine Karriere aufs Spiel, und das fiel ihm nicht leicht.

Sie kletterten über einen Zaun aus der Vorkriegszeit und tappten über einen betonierten Hof, in dessen Mitte Mülltonnen eine Versammlung abhielten. Eine riesige Kletterpflanze schlängelte sich über schneebedeckten Sandstein. »Wenn nötig, treten wir die Scheißtür ein, aber ich habe etwas gehört, ganz bestimmt.« Littlewood drückte den Draht des nächsten Zauns nach unten und half Anderson hinüber. Eine aufgescheuchte Ratte huschte an einer Mauer entlang.

»Haben Sie das gehört?«

»Was? Die Ratten?«

»Geräusche. Na los, bewegen Sie Ihren Hintern.« Der nächste Hof war gepflastert, kleine Bäume standen in großen Behältern, und alle waren beschnitten und umwickelt worden.

»Was soll ich gehört haben?«, wiederholte Anderson und packte Littlewood am Arm.

»Los, weiter.« Wieder ein grüner Zaun, eins zwanzig hoch, und Anderson hörte, wie sein Hemd zum zweiten Mal riss, als er hinüberkletterte. »Hier«, sagte Littlewood. Die Rückseite des Hauses war dunkel und ernst und unregelmäßig mit kleinen Fenstern gesprenkelt, vor denen vertrocknete Blumenkästen hingen, und von der schmutzigen Luft im Laufe der Jahre grau geworden. »Hier unten.« Er hockte sich hin und zeigte auf eine Stelle. »Das ist die Rückseite von Nr. 42, und dieser Keller liegt unter der Erdgeschosswohnung.«

»Man kann nicht zufällig in den Keller und dann weiter in die Wohnung?«

»Nein, ganz sicher nicht. Aber, Col, sehen Sie mal hier.«

Auf Bodenhöhe befand sich ein langes Fenster, und dahinter lag im Dunkeln der Keller des Hauses. Das Fenster war an einer Ecke kaputt. Dort war die Scheibe gesplittert, hielt jedoch noch im Rahmen. Anderson kniete neben Littlewood, lehnte sich an den wadenhohen Zierzaun, der die Grenze zu dem Lichtschacht bildete, dessen Boden drei Meter tiefer mit Bierdosen und Müll übersät war. Littlewood legte den Zeigefinger an die Lippen und signalisierte Anderson so, dass er leise sein möge. Beide hockten schweigend da, hörten jedoch nichts.

Sie lauschten aufmerksam. In der Stille huschte etwas Kleines zwischen den Mülltonnen über den Hof. »Was war das?«, sagte Anderson erschrocken.

»Ein Fuchs?«, murmelte Littlewood. »Pst.«

Sie beugten sich in die dunkle Leere vor und spähten auf das mit Ruß und Schmiere bedeckte Glas, wo nur ein schwacher Schein sichtbar wurde, als würde ihnen das Starren beim Hören helfen oder als würden sie tatsächlich etwas hören. Littlewoods und Andersons Blicke trafen sich, und die zwei Männer atmeten nicht.

Es war so leise, dass sie es kaum wahrnehmen konnten, nur ein zarter Strom geflüsterter Worte ohne besonderen Ton.

»Das klingt wie ein kranker Mensch, wie ein Kind, also haben wir einen berechtigten Grund einzudringen«, verkündete Littlewood. Er griff über den Schacht hinweg und schob den Zeigefinger im Handschuh hinter die Glasscherbe, wobei er vorsichtig arbeitete, denn er wollte das Bruchstück nach außen ziehen. Es fiel auf den Boden und zersplitterte.

Littlewood beugte sich in die Dunkelheit, reckte den Hals und spähte durch das Loch.

»Sehen Sie etwas? Bitte, sagen Sie, dass Sie etwas sehen«, meinte Anderson und drängte die Tränen zurück.

»Zu dunkel«, grunzte Littlewood. Das Geräusch war noch zu hören, wie das einer Meerjungfrau, die zu atmen versucht. Littlewood langte in die schartige Öffnung, packte das Glas mit Daumen und Zeigefinger, bewegte es hierhin und dorthin und versuchte, es herauszuzerren. »Das lasse ich lieber nicht nach innen fallen«, erklärte er. »Es ist schwer, aus dieser Höhe könnte es zum tödlichen Geschoss werden.« Er redete eigentlich nur, um Anderson zu beruhigen. Die Glasscheibe saß unerschütterlich im Rahmen fest. Littlewood zog den Handschuh am Gelenk stramm, zupfte den Mantelärmel über die Hand, schob sich auf den Knien vorwärts und gewann so erneut ein paar Zentimeter an Reichweite. »Andererseits müssen wir vielleicht einfach hoffen, dass gerade niemand unter dem Fenster sitzt.« Er schlug einmal, zweimal, dreimal gegen das Glas, ehe es sich löste. Scherben fielen in die Dunkelheit und landeten auf dem Boden, wo sie wie Diamanten glitzerten.

Der monotone Gesang verstummte. Es herrschte absolute Stille. Dann fragte eine sehr junge Stimme in die Dunkelheit: »Mum?«

Während sie sich erhoben, hörten sie Schritte, die sich von einem der anderen Hinterhöfe näherten.

»Halt! Polizei!«

»Polizei, was?«, murmelte Littlewood.

Zwei uniformierte Beamte kletterten über den zweiten Zaun. Littlewood hielt ihnen seinen Dienstausweis entgegen.

»Wir sind auch von der Polizei. DS Littlewood, Partickhill, und DI Anderson.« Er starrte die beiden anderen Beamten an. »Burns, sind Sie das?«

»Ja, Sir«, flüsterte der andere zweifelnd. »Und Smythe.«

»Los, gehen Sie zum Wagen und holen Sie eine Lampe. Dann treten Sie die Vordertür ein. Und beeilen Sie sich, verflucht noch mal!«

Die beiden eilten den Weg zurück, den sie gekommen waren, durch einen Flickenteppich hellerer Stellen, die entstanden, weil in den Wohnungen über ihnen die Lichter angingen. Als Littlewood zum Fenster zurückging, balancierte Anderson auf der Kante und versuchte, den Fenstersims mit dem anderen Fuß zu erreichen, ohne dabei die drei Meter nach unten in den Schacht zu fallen.

»Gehen Sie nach vorn, Colin. Sie müssen von vorn mit reingehen.«

»Mich kriegen Sie hier nicht weg. Ich schaffe es schon da rein.«

»Nicht, ohne sich den Hals zu brechen. Gehen Sie nach vorn.«

Aber Anderson kniete sich wieder hin und spähte durch die kaputte Scheibe.

Wieder hallten Schritte, verwirrte Stimmen, das statische Knistern eines Funkgeräts durch den Hof. Zwei Gestalten eilten aus der Dunkelheit heran, geführt vom Strahl einer Taschenlampe. Es waren Lewis und Wyngate. Lewis hatte den Alarm in der Wache gehört, und wo Lewis hinging, musste Wyngate folgen.

»Reichen Sie uns mal die Taschenlampe, Windrad«, sagte Littlewood, nachdem der Constable über den letzten Zaun geklettert war. Er gab sie weiter an Anderson, der sich bückte und durch das Loch im Fenster leuchtete.

»Was gefunden?«, flüsterte Lewis. »Ist es Peter?«

»Hoffentlich«, knurrte Littlewood. »Und hoffentlich haben Sie Mulholland auf der Ranch gelassen.«

»Mist«, sagte Lewis. »Er ist an der Haustür.« Sie machte eine Kehrtwendung und lief davon.

»Volltrottel«, grunzte Littlewood.

Anderson sagte nichts; aber die Lampe bewegte sich nicht mehr. »Peter?«, rief er.

Im Lichtstrahl lag ein kleiner blonder Junge auf dem Rand einer Matratze und hatte sich, das Gesicht zur Wand, zusammengerollt wie ein Baby.

29

Es dauerte vier unendliche Minuten, die Haustür aufzubrechen. Der Lichtschalter funktionierte nicht, als sie in den schäbigen Flur vordrangen und die Schaufensterpuppe umstießen, die im Weg stand. Das Tamburin, das an deren Arm hing, landete rasselnd auf dem Boden und klingelte tonlos.

»Wyngate, halten Sie sich dicht bei Colin, nur für alle Fälle«, sagte Littlewood, während sich Anderson an ihm vorbeischob.

Anderson rannte vor und öffnete eine alte Tür im hinteren Teil des Flurs, und dahinter wäre er beinahe in ein Loch im Boden gefallen, wo die Dielen verrottet waren und die Balken darunter nachgegeben hatten. Es roch nach Moder und Feuchtigkeit. Er kehrte in den Flur zurück und versuchte es an der nächsten Tür. Diese war neuer und mit einem glänzenden Aluminiumschloss versehen. Er stieß sie auf und wäre nun fast kopfüber eine schmale Steintreppe hinuntergestürzt. Er krachte an die Wand, wo die Stufen einen Bogen machten, und dann erreichte er unten wieder einen Gang. Zwei Türen, beide geschlossen. Er drückte die erste Klinke, die Tür öffnete sich nicht. Er ging einen Schritt nach hinten, zielte, trat zu und ignorierte den Schmerz, der ihm in die Rippen schoss. Schon war er durch, und Wyngate folgte ihm hinein.

Der Boden bewegte sich unter ihnen; Ratten huschten auseinander, suchten hastig Deckung und stoben davon wie ein Schwarm Fische. Anderson streckte die Arme nach dem kleinen Körper aus, der in eine Decke gehüllt war, sank auf die Knie, wiegte den Jungen vor der Brust und sagte wieder und wieder den Namen seines Sohnes: Peter. Er presste das aufgequollene Gesicht des Jungen an sein eigenes und vergrub seine Hand im Haar des Kleinen, und er drückte sich das Kinn so fest an die Brust, dass Wyngate sie mit Kraft trennen musste.

Dann lehnte sich Anderson zurück und sah auf, und er bemerkte das reglose Gewicht, bemerkte, dass der Junge nicht reagierte, nicht atmete. »Oh, nein, nein, nein …«

Der Saum der Hose spannte sich fest um das geschwollene Fleisch am Knöchel. Die Haut war schwarz und aufgeplatzt, Nagetierzähne hatten ihre Gebissabdrücke hinterlassen und blutendes rosa Fleisch freigelegt. Anderson starrte zu Wyngate hoch. »Er ist tot, er ist tot«, sagte er, blind vor Tränen. Er wollte aufstehen, doch Wyngate drückte ihn an der Schulter nach unten.

»Ja, er ist tot. Aber, Colin«, sagte Wyngate sanft, »seit wann hat Peter einen goldenen Ohrring? Es ist nicht Peter.«

Littlewood stand oben an der Treppe und schrie ins Telefon, dass sie Verstärkung brauchten und einen Krankenwagen. Lewis hatte einen zweiten Jungen im gleichen Raum gefunden. Es war Luca – sie hatte sein Foto oft genug gesehen –, und er war halb erfroren. Immerhin atmete er, langsam und rasselnd und stockend, und er fragte unablässig nach seiner Mum. Lewis zog sich ihre Polizeijacke aus, legte sie um den Jungen und sich und hielt ihn im Arm, damit ihr Körper ihn wärmen konnte.

Irvine und Mulholland eilten an Littlewood vorbei in die Dunkelheit. Lampen flammten auf, doch er beachtete das alles nicht. »Bringen Sie Quinn hier runter«, rief er ins Telefon. »Sofort!« Als die Sirene des Krankenwagens näher kam, zählte er kurz alle Anwesenden durch und stellte Burns an die Tür, bis das Absperrband angebracht war. »Das ist Costellos Toyota; lassen Sie sie rein, aber sonst niemanden. Machen Sie den Notärzten Platz. Und auf gar keinen Fall lassen Sie Mulholland hier rein.«

»Vik Mulholland?«, fragte Burns. »Der ist doch gerade an Ihnen vorbeigegangen.«

Mulholland schob vorsichtig die Tür auf. Wie im Rest der Wohnung herrschte auch im Wohnzimmer Dunkelheit. Die riesigen Samtvorhänge sperrten selbst das karge Licht der Nacht aus, und mit Ausnahme der Blaulichter, die sich draußen drehten, war es stockfinster. Er sagte kein Wort zu niemandem, und niemand sagte etwas zu ihm. Niemand dachte an Frances. Dennoch musste jemand dies den Kindern angetan haben – jemand hatte sie in diesem kalten, feuchten Keller eingesperrt –, und was hatte dieser Jemand mit Frances gemacht? Das Zimmer war eiskalt, das einzige Lebenszeichen war ein leises Summen vom Fernseher oder Videorekorder. Er ließ den Blick durch den Raum schweifen, und seine Augen gewöhnten sich nach und nach an die Dunkelheit, bis er den großen Sessel und das rote Sofa erkennen konnte. Sein Herz klopfte – irgendetwas stimmte hier nicht. Wo steckte Frances? Was war mit ihr passiert?

Er kehrte in den Flur zurück, in dem das Blaulicht grell flackerte. Er warf einen Blick in die Küche; nichts zu sehen, nur meinte er noch immer ihr gemeinsames Curry, das im Backofen aufgewärmt worden war, zu riechen.

Im Flur hob er das Tamburin auf, das der Schaufensterpuppe aus der Hand geschlagen worden war. Jemand war darauf getreten und hatte ein paar Schellen verbogen. Während er in das Badezimmer schaute, begleitete ihn das Tamburin mit seinem klingelnden Rasseln. Im Bad roch es nach Apfelshampoo, und einige Kleidungsstücke von Frances, der große schwarze Morgenmantel und eine schwarze Jeans, hingen an der Rückseite der Tür. Wieder kehrte er in den Flur zurück, beruhigt, und öffnete die nächste Tür, wobei er stehen blieb, als zwei Sanitäter mit einer zusammengefalteten Trage an ihm vorbeigingen. Er trat durch die kleine blaue Tür mit der blätternden Farbe ins Schlafzimmer, das er schon kannte und in dem er einige sehr angenehme Nächte verbracht hatte. Dort schloss er die Tür hinter sich und sperrte den Lärm von draußen aus. Das Bett war ordentlich gemacht – er erinnerte sich daran, das vor einer Ewigkeit selbst getan zu haben, und es sah aus, als hätte seitdem niemand mehr darin geschlafen. Die Luft war eiskalt; in diesem Raum hatte sich lange niemand mehr aufgehalten. Also, wo war Frances? Befand sie sich womöglich in Gefahr?

Zurück im Flur wandte er dem flackernden Licht an der Vordertür und den Kabeln, die sich die alte Steintreppe hinunterschlängelten, den Rücken zu. Er ging zur nächsten Tür, einem großen stabilen Ding aus Holz, durch die er noch nie getreten war. Der Messingknauf ließ sich leicht drehen. In dem Zimmer spielte leise, gerade noch hörbare Musik. In der Ecke bemerkte er das grüne Licht eines CD-Players. Hier war es auch ein wenig wärmer, als sei hier bis vor Kurzem Leben gewesen. Er tastete an der feuchten Wand nach dem Lichtschalter, fand ihn jedoch nicht. Daher klemmte er das Tamburin unter den Arm und holte seine Taschenlampe hervor.

Der schmale Lichtstrahl ließ ein Messingbett aufblitzen, und darauf lag, in weiße Seidenlaken gehüllt, ein Körper. Mit zitternder Hand schwenkte er das Licht höher, und da war sie. Ihr schönes Gesicht war in eine Wolke aus dunklem Haar gehüllt. Mit der rechten Hand hielt sie sich das Gesicht, und die Finger waren nach oben gebogen wie die eines Kindes.

Mulholland rührte sich nicht. Dazu war er nicht fähig. »Fran?«, fragte er leise. »Fran?«

Sie reagierte nicht. Er streckte die Hand aus und wollte sie ihr auf die Wange legen, und sie neigte ihm den Kopf zu. Er strich über ihr Gesicht. Sie war kalt. »Oh, Frances … oh, Frances … Wer hat dir das angetan?«

In diesem Augenblick begriff er, dass die Musik »Tambourine Girl« war, und Rogan sang gerade die letzte Zeile. *She says goodnight to you.* Angespannt wartete er … *Goodnight …* Dann klickte der CD-Player, und das Lied begann von Neuem. *She plays her tambourine …*

Er hörte ein Rasseln, und neben seinen Füßen schlug etwas auf den Boden. Das Tamburin war herabgefallen. Während er sich bückte, um es aufzuheben, strich der Taschenlampenstrahl über Rogans Gesicht, über einen Schwarzweißdruck, der die ganze Wand bedeckte. Er streckte die Hand danach aus, aber hinter ihm bewegte sich etwas in der Dunkelheit, und jemand nahm ihm die Lampe aus der Hand, legte ihm den Arm quer vor den Körper und führte ihn langsam rückwärts aus dem Zimmer.

Costello redete auf ihn ein und wiederholte unaufhörlich: »Kommen Sie, Vik, kommen Sie nach draußen. Das ist nicht der rechte Ort für Sie.« Vik bewegte sich nicht. Costello verstärkte den Griff an dem feuchten Ärmel. »Vik? Vik?« Nichts. Er starrte mit großen Augen an die Wand und murmelte etwas, das Costello nicht verstand. Costello packte sein Kinn und drehte sein Gesicht in ihre Richtung. »Vik, wir gehen jetzt und zwar sofort.«

Sie führte ihn aus der Wohnung, wo Lewis ihnen entgegenkam, und die melancholische Melodie wurde zunächst lauter und verstummte dann, als die Tür geöffnet und wieder geschlossen wurde.

Say goodnight to the tambourine girl …

»Oh, Mann, ich hasse diesen Song«, sagte Costello.

O'Hare hielt sich inzwischen für einen Experten auf dem Gebiet der Zyanidvergiftung. »Und aus dem Grund möchte ich gleich von Anfang an dabei sein«, sagte er.

DCI Quinn erkundigte sich: »Haben Sie die Leiche schon untersucht?«

»So gut es eben bei diesem Licht geht«, antwortete O'Hare. »Es gibt Headeze-Tabletten und ein Glas Wasser. Die Hautfarbe erscheint nicht so rot, wie ich es erwarten würde, aber es ist sehr kalt im Zimmer, und das Licht ist schlecht. Man kann das Zyanid an ihr riechen, auf dem Gesicht, auf der Haut. Sie doch auch, oder?«

Quinn nickte. »Ja, schrecklich. Hat sie sich das Leben genommen?«

»Es klingt seltsam, aber ich würde sagen, es sieht nach einem Versehen aus. Der Kühlschrank ist mit Lebensmitteln gefüllt, und im Flur stehen verpackte Geschenke. Und im Badezimmer gibt es jede Menge verschreibungspflichtige Medikamente, mit denen man eine Menge Leute umbringen könnte; wenn sie es hätte tun wollen, hätte sie jederzeit die Möglichkeit gehabt, und zwar, indem sie friedlich einschlummert. Bei Zyanid muss man an eine Menge Dinge denken, um es einigermaßen schmerzlos zu gestalten. Warum den Aufwand treiben, wo sie einfach eine Überdosis nehmen und einschlafen könnte?« Traurig schüttelte er den Kopf. »Vik Mulholland ist gegenwärtig nicht in der Lage, uns viel zu erzählen, aber wenn ich recht verstanden habe, hat Frances keine Zeitung gelesen und auch kein Radio gehört, daher hat sie die Warnung vielleicht überhaupt nicht mitbekommen. Wenn ich ein Anzeichen dafür finde – irgendeines –, dass es Selbstmord war, lasse ich es Sie wissen. Instinktiv würde ich jedoch sagen, sie wurde versehentlich vergiftet.« O'Hare strich ihr das Haar aus dem Gesicht. »Armes Mädchen. Armes, armes Mädchen. Sie sieht so jung aus.« Plötzlich hob er den Kopf und lauschte. »Schreit da irgendwo ein Baby?«, fragte er. »Sagen Sie mir nicht, hier gibt es ein Baby.«

»Das ist nur eine verdammte Katze. Hört sich wie ein Kind an«, erklärte Quinn.

»Was sollen wir mit ihr machen? Mit der Katze?«, fragte PC Irvine, während die Katze um ihre Beine strich.

»Ab zum Katzenschutzverein damit. Sie ist reinrassig, die findet garantiert schnell einen neuen Besitzer.«

PC Irvine nahm die Katze hoch und hielt sie sich vor die Brust. Yoko rieb ihr Kinn an Irvines schusssicherer Weste. Irvine betrachtete die Gestalt im Bett, diese bleiche Statue, die im Licht ein wenig wie Bronze wirkte. Der Körper war in weiße Seide gehüllt, und das Haar lag fächerartig auf dem Kissen. Irvine erinnerte sich daran, Frances kurz bei dem Basar gesehen zu haben, wo sie mit Peter Anderson gelacht hatte. Die Katze miaute ihr ins Ohr, sie wollte etwas fressen. Irvine begann zu weinen.

»Irvine, hinaus!«, sagte Quinn nicht unfreundlich. »Bringen Sie die Katze in meinen Wagen. Fahren Sie nach Partickhill zurück und schließen Sie sie in meinem Büro ein. Besorgen Sie ihr eine Untertasse mit Milch.«

Irvine schniefte eine Antwort und versuchte, Yoko festzuhalten, die sich nun wehrte. Als eine Kralle das Gesicht nur knapp verfehlte, zuckte Irvine zurück, stolperte und ließ die Katze los, weil sie sich mit einer Hand an der Wand abstützen musste.

Die Katze verschwand. Irvines Schrei war laut genug, um das gesamte West End zu wecken, während das Tier durch die Tür schoss und ebenfalls nicht gerade leise kreischte.

Quinn und O'Hare wechselten einen Blick. Quinn murmelte: »Volltrottel. Irvine, können Sie nicht gucken, wo Sie hintreten?«

»Entschuldigung, Ma'am«, schniefte Irvine und versuchte, sich aus dem dunkelroten Vorhang zu befreien.

»Ich habe mich erschrocken. Aber sehen Sie sich das hier mal an.«

»Kann nicht schlimmer sein als das, was wir schon gefunden haben«, meinte O'Hare und hob den Arm, um den Vorhang weiter aufzuziehen.

Der fiese Gestank von Schimmel und Muff und Räucherstäbchen stieg ihnen in die Nase, als der Strahl von Quinns Taschenlampe auf ein paar vermoderte Kissen fiel, die auf dem Boden lagen. Das Licht irrte umher, und Schatten fielen über die Bilder und Fotos, die an der Wand hingen. Ein Mosaik aus Rogan O'Neills starrte ihnen entgegen, der Star in hundert- oder gar tausendfacher Vervielfältigung. Er war an der Wand, auf dem Boden, an der Decke.

In der Ecke stand ein Stutzflügel mit zwei Blättern handgeschriebener Noten auf dem Ständer, mit Korrekturen und kindlichen Kritzeleien. Quinn ging hinüber und sah sie sich an. Niemand sagte in den folgenden Minuten etwas. Schließlich richtete sich Quinn auf. »Das«, sagte sie, »ist sehr interessant. Es sind Musik und Text vom ›Tambourine Girl‹, gewidmet Rogan O'Neill. *Gewidmet Rogan O'Neill,* verstehen Sie. Nicht *von Rogan O'Neill.* Und der Text ist ein bisschen anders. *I play my tambourine …*« Quinn sang die Zeile leise vor sich hin.

Auf der Kommode, dem einzigen Möbelstück außer dem Bett, stand eine Sammlung gerahmter Fotos, alle von Rogan und Frances und der Kleidung zufolge alle aus den achtziger Jahren. Quinn nahm eines und fluchte.

»Mein Gott. Sehen Sie sich das an, Frances und Rogan – als Traumpaar. Eher als Albtraumpaar. Das arme, ausgenutzte Mädchen.« Sie seufzte, stellte das Foto zurück und schwenkte mit dem Taschenlampenstrahl über die anderen. »Wie alt sieht sie denn da aus, Jack? Sie war keine zwanzig, oder?«

»Jünger, würde ich sagen.«

»Erklärt das irgendetwas?«

Jack O'Hare suchte im Lichtstrahl seiner Taschenlampe Decke und Wände ab und ließ den Anblick auf sich wirken. »Diese Zurschaustellung von Bildern ist ungewöhnlich, zwanghaft, aber *dies*…« Er zeigte auf die alten Zigarettenstummel, die in einer Reihe aufgereiht und mit Datum und Ort versehen waren. »…ist eher verstörend.« Einige mottenzerfressene Männerkleidungsstücke hingen von einer Bilderleiste. »Und sehen Sie sich das an…« Hinter der Tür gab es eine Sammlung halb versengter Zeitungsausschnitte. »Sie hat bei jedem Einzelnen die Freundin ausgebrannt.«

Irvine beugte sich vor und wollte sie durchblättern.

»Nicht, Gail, das sind Beweisstücke. Nehmen Sie einen Stift.«

»Tut mir leid, Ma'am. Ich bin ein bisschen durcheinander von alledem.«

»Ja, ich weiß, das hier ist hart, aber es wird nicht besser, wenn wir Beweismittel vernichten.«

»Und ich glaube, *das* wäre ein Beweisstück«, meinte O'Hare und zeigte auf etwas. »Könnten Sie mal leuchten, Rebecca?« An der Wand, umrahmt von einem Wickeltuch, hingen weitere Bilder. »Wer ist das?«, fragte O'Hare. »Das sind alte Fotos, wie es aussieht.«

»Rogan als Kind. Er war von Natur aus eigentlich blond«, stellte Quinn fest. »Er und Elvis Presley hatten beide helle Haare, wissen Sie.«

O'Hare trat näher heran und sah sich die Bilder genau an. »Na, man lernt doch nie aus.«

»Prof?«, rief Irvine aus der Ecke. Ihre Stimme zitterte, ihr Gesicht leuchtete bleich im Schein der Taschenlampe. »Was ist das? Hier drüben, in diesem Glasding?« O'Hare richtete seine Lampe auf einen kleinen Glaskasten in der Ecke. »Es sieht aus wie aufgerolltes Papier in einer Decke«, sagte Irvine bebend. »Da ist etwas an das Glas geklebt.

Könnten Sie mal draufleuchten? Es ist ein Gedicht. Nein, das ist der Text von diesem anderen Song, von ›The Lost Boy‹.«

O'Hare blickte ihr über die Schulter. »Ist die gleiche Handschrift wie die andere und ist datiert auf …« Er sah genauer hin. »1985.« Dann fiel das Licht auf den Inhalt des Glaskastens. »Kommen Sie da weg, Irvine«, sagte er freundlich, aber eindringlich.

»Was ist das denn?«, wollte Irvine unsicher wissen.

»Das ist, fürchte ich, oder besser: war einmal ein Baby.«

Heiligabend

30

»... in jedem verfluchten Jahr, seit du alt genug zum Trinken bist.«

»Ungefähr vierzehn in meinem Fall.«

»Du solltest damit nicht noch prahlen, und, ja: Seit du vierzehn warst, drehte sich an Heiligabend immer alles um dich; wir mussten ertragen, wie du den ganzen Tag unter deiner Decke auf dem Sofa lagst und getrunken und Käsetoast und Chips und Schokolade als Weihnachtsessen in dich reingestopft hast«, rief Lynne aus der Küche, wo sie in der Besteckschublade herumkramte. Eve hatte alles durcheinandergebracht. Wieder einmal.

»Ach, was regst du dich auf? Weihnachten ist da, um vor dem Fernseher zu hocken. *Du* wolltest einen blöden Truthahn und diesen Scheiß. Wir haben es immer dreihundertvierundsechzig Tage im Jahr vermieden, gemeinsam zu essen, und dann, an diesem einen Tag, sollten wir fröhlich und glücklich sein, aber wir haben bloß öde herumgesessen und belangloses Zeug geredet, während wir uns Steve McQueens Arsch auf diesem Motorrad hätten angucken können.«

»Wovon redest du eigentlich?«

»Na, wenn er in *Gesprengte Ketten* über den Zaun steigt. An jedem Weihnachten, ganz bestimmt ...«

»Eve, komm doch einfach in die Küche, und heute machen wir es einmal so, wie ich es mir wünsche. Wir essen jetzt Mittag, und morgen feiern wir Weihnachten, wie du es willst.«

Eve rollte in die Küche und hob die Hände. »Hurra, und los geht's. Du bist so gut zu mir; das bin ich gar nicht von dir gewöhnt.«

»Weihnachten ist das Fest der Liebe und so, und dies ist vielleicht unser letztes gemeinsames Weihnachten.«

»Glaubst du wirklich, du ziehst nächstes Jahr mit Douglas zusammen? Du machst Scherze!«

Lynne ging gar nicht auf sie ein. Sie hatte den kompletten Morgen in der Küche verbracht und war Eve aus dem Weg gegangen. Draußen rauschte der Regen auf den winterlich öden Garten, und es begann bereits zu dämmern. Sie zündete Kerzen an und stellte sie auf den Küchentisch zwischen Knallbonbons, Wein und Partyhüte. Lynne hatte das irische Leinentischtuch, das in den Ecken mit Disteln und Feldklee, Stechpalme und Misteln bestickt war, gewaschen und gebügelt. Ihre Großmutter hatte jedes Jahr in den Schulferien ein Motiv hinzugefügt, während Lynne auf ihrem Knie saß und ihr bei jedem Stich zusah.

»Ich habe dir die Knoblauchchampignons frittiert, die du so gern magst.«

»Mann, echt lieb von dir. Was hast du eigentlich vor?« Trotzdem war Eve begeistert. Ihre Miene hellte sich auf, und sie schnappte sich sofort ein Knallbonbon.

»Es ist Weihnachten, und es gibt ein ganz wunderbares Essen ...«

Eve riss den Faden des Knallbonbons auf und hielt es in den Fingern. »Warum bist du so nett zu mir? Das sieht dir gar nicht ähnlich!«

»Einen Neubeginn zum Neujahr. Also, ich weiß, dass du weißt, wer Douglas ist ...«

Eve verdrehte die Augen gen Himmel. »Ja, er ist Douglas. Hat er sich denn schon einmal verstellt?«

»Du weißt genau, was ich meine. Okay, er hat den Kerl verteidigt, der dich angefahren hat. Aber du kannst doch nicht ihn dafür bestrafen, dass jemand anderes schlecht gefahren ist und er seine Arbeit getan hat. Und du verdirbst noch das einzig Positive, was sich daraus ergeben hat: Ich habe schließlich Douglas dadurch kennengelernt. Das war wirklich das einzige Gute daran. Ich habe gleich gesehen, er ist ein netter Mensch, und …«

»Ach, halt doch den Mund. Du hattest keine Ahnung, ob er ein netter Mensch ist, aber du wusstest, er ist stinkreich; diese beiden Dinge bringst du immer schnell durcheinander.«

»Pass mal auf, Eve, warum kannst du nicht versuchen, das alles zu vergessen und Douglas und mich in Ruhe lassen? Wenn wir doch Bescheid wissen, ist es sinnlos zu denken, du würdest etwas wissen, was wir nicht wissen. Können wir nicht einfach den alten Kram auf sich beruhen lassen und noch einmal neu anfangen?« Lynne stellte ein Schüsselchen mit aufgewärmten Knoblauchpilzen auf den Tisch und ein Schälchen mit Mayonnaise vor ihre Schwester.

Eve spießte einen Pilz mit der Gabel auf. »Das interessiert mich schon längst nicht mehr. Und zwar nicht mehr, seit ich herausgefunden habe, dass ich der geringste Grund bin, weshalb er Angst haben muss«, sagte sie mit vollem Mund.

Lynne hörte jedoch nicht zu, sie steckte sich die Finger in die Ohren und summte unmelodisch vor sich hin. *La, la, la, la …*

Eve hob die Stimme und schrie fast: »Ich habe den Schätzwert gesehen – *Ach, Liebes, sieh dir nur an, wie viel es wert ist; komm, verkauf es mir, und ich setze das Kapital für dich frei.* Selbst wenn es dir gehören würde, was es nicht tut, würde er dir nur zwanzig Prozent vom Erlös zahlen und die restlichen achtzig selbst einstecken. Oh, und dann sagt er, was für eine Überraschung, dieser wechselhafte Immobilienmarkt. Du glaubst tatsächlich, es geht ihm um dich. Ganz bestimmt nicht, es geht ihm nur ums Haus. Du hast dich nicht getraut, ihm zu sagen, dass es dir gar nicht gehört, oder? Und wenn du glaubst, du könntest mich überreden, es ihm zu überlassen, hast du dich geschnitten. Dieses Haus gehört mir, nicht dir. Möglicherweise hinterlasse ich es dir in meinem Testament, wenn du sehr viel Glück hast.«

»Ich will das alles nicht hören, Eve. Vielleicht stimmt es. Vielleicht auch nicht. Aber der Grund, weshalb Douglas und ich nicht richtig zusammen sind, ist allein seine Frau.«

Eve dachte eine Minute nach, ehe sie antwortete. »Ich überlasse dich nicht den üblen Machenschaften dieses Kerls. Weder in geschäftlichen Dingen noch im Privatleben. Von Männern verstehst du so viel wie ein Lokführer vom Fliegen. Munro-Immobilien hätte dich längst auf die Straße gesetzt, wenn ich nicht gewesen wäre.«

»Sobald er die Scheidung durch hat, ziehen wir zusammen. Du solltest jetzt deinen Stuhl feststellen und mit mir nett essen. Mach doch das Beste daraus.«

»Ach, du dumme Kuh«, gab Eve zurück und schaute Lynne zu, wie sie ein paar Salatblätter und zwei Gurkenspiralen auf einem Teller arrangierte. Sie war enttäuscht, weil ihre Schwester auf den hingehaltenen Köder nicht angebissen hatte, der ihr auf demütigende Weise enthüllt hätte, dass Eleanor nicht Mrs. Munro, Douglas' Ehefrau, sondern Mrs. Munro, Douglas' Mutter, war. Aber das konnte sie auch noch eine Weile für sich behalten. »Nur ein Steak?«, fragte sie und beobachtete, wie das Stück Fleisch langsam gegrillt wurde und sich der Geruch von Verbranntem in der Wohnung ausbreitete.

»Ich wollte nicht so viel essen, weil ich ein wenig Kopfschmerzen habe. Ich nehme nur ein bisschen Salat und Pilze.«

»Nimm doch eine von meinen Schmerztabletten«, sagte Eve, steckte den Finger in die Mayonnaise und lutschte ihn ab, wobei sie ein Geräusch von sich gab wie ein Flussbagger. Sie sah auf die Uhr. »Aber ich sollte meine nächste Runde mal einnehmen. Wo sind sie?«

»Auf der Arbeitsplatte, wo du sie gelassen hast, wie immer.«

»Ich muss dem Arzt mal sagen, dass ich eine höhere Dosis brauche; mit diesen halte ich es nicht mehr aus. Ich brauche vor allem mehr Schmerzmittel, wenn ich versuche, wieder auf meinen eigenen Beinen zu gehen. Ist ganz schön anstrengend, weißt du.«

»Du bist ganz schön anstrengend«, murmelte Lynne vor sich hin und ließ die Kapseln aus der Hand vor Eve auf den Tisch rollen.

Die beiden sahen sich einen Moment in die Augen. »Hier, nimm so eine.« Eve legte eine der Kapseln zurück in Lynnes immer noch offene Hand.

Colin Anderson glaubte, er sei gut vorbereitet. Er würde ruhig bleiben und sagen, was er zu sagen hatte. Wenn Helena unschuldig war, würde sie verstehen, was er fragen musste. Wenn nicht, musste er Bescheid wissen.

Und, wie geht's?, probte er für sich selbst und ging den Korridor entlang auf die Flügeltüren der Station zu. *Weißt du zufällig, wo Peter steckt?* Wie konnte er sie das fragen?

Wie könnte er sie das nicht fragen?

Costello hatte vielleicht recht, was Helena anging; aber er selbst blickte leider überhaupt nicht mehr durch, was er denken sollte.

Links standen zwei Betten und rechts auch zwei. Helena war nirgendwo zu entdecken. Rechts lag eine fette Frau, ein unförmiger rosa Klumpen unter einem blauen Laken, und um sie herum hatten sich mehrere dicke Kinder versammelt. Im Bett dahinter war eine ältere Frau mit kurzgeschorenem grauem Haar, die krank wirkte, als würde der Krebs sie von innen auffressen. Links lag eine schlanke Gestalt halb abgeschirmt hinter einem Vorhang. Ihre Arme lagen seitlich, ihr Bauch hob und senkte sich sanft, ihr Gesicht wurde von einer Sauerstoffmaske verdeckt. Auch mit der Maske wusste er, dass es nicht Helena war. Er wandte sich automatisch dem vierten und letzten Bett zu und setzte sein *Wie geht's?*-Lächeln auf, aber darin saß aufgerichtet eine alte Grauhaarige, hielt Händchen mit ihrem Ehemann und lachte.

Sie war gar nicht hier.

Dann sah er der Frau mit dem Kurzhaarschnitt in die Augen, und sie lächelte ihn an. Erst jetzt erkannte er sie. Er bemühte sich, den erschrockenen Ausdruck aus seiner Miene zu verbannen, und hoffte nur, sie würde nicht bemerken, wie gern er Reißaus genommen hätte.

Helena streckte ihm die Hand entgegen, und in dem dünneren Gesicht traten beim Lächeln die Zähne stark vor. Die Augen waren dunkel und strahlten Schmerzen aus.

Bei ihr standen keine Stühle, und sie hatte keinen Besucher.

Mist.

Er holte tief Luft – *Und, wie geht's?*

Aber sie sprach als Erste. »Hallo, Colin.« Sie klang ein bisschen verzweifelt, fast tieftraurig. Ihre Hand kam ihm entgegen, wurde jedoch vom Infusionstropf in der Reichweite eingeschränkt; er wusste nicht, ob er sie ergreifen und halten oder einfach übersehen sollte. Schließlich nahm er sie; die Haut war kalt und feucht, als wäre der Tod schon da gewesen. »Ich habe es bereits gehört«, flüsterte sie. »Entsetzlich. Es ist so schrecklich.«

»Wir haben all ihre Bewegungen nachvollzogen und das ganze Haus auseinandergenommen. Keine Spur von dem kleinen Mann. Wir müssen wieder von vorn anfangen.« Er rang sich ein Lächeln ab. »Wie geht es dir?«

»Besser als dir, scheint mir. Du bist vollkommen fertig, das sieht man dir an.«

Anderson blickte auf seine Hose und sein Hemd, die beide mit Troys getrocknetem Blut befleckt waren. Wenn nur, wenn nur…

»Was werdet ihr jetzt unternehmen?«

»Ich glaube, Quinn organisiert die Gruppe neu. Wir haben etwas übersehen, und ich habe nicht den geringsten Schimmer, was.« Er blickte sie ruhig an.

Sie wich seinem Blick nicht aus. »Ich weiß nicht, was ich sagen soll.«

Anderson setzte sich auf die Bettkante. »Danke. Ich habe es langsam satt, dass jeder mir zu sagen müssen glaubt, alles werde gut werden. Hast du gehört, der eine Junge hat nicht mehr gelebt?«

»Das hat im Krankenhaus die Runde gemacht. Und wie geht es dem anderen?«

»Der arme Luca hat eine ordentliche Unterkühlung, aber sonst geht es ihm gut. Seine Mutter hat sich noch nicht wieder genug erholt, damit er zu ihr kann, doch die Schwestern kümmern sich rührend um ihn. Dieses Jahr bekommt er zu Weihnachten bestimmt mehr Geschenke als jedes andere Kind. Und weißt du, er hält Frances weiterhin für eine gute Frau. Ihr sei es nur schlecht gegangen, so wie seiner Mum auch. *Ich habe auf ihrem Sofa gesessen und Fernsehen geguckt, und es war alles super.* Die Ratte habe Troy umgebracht. Das erzählt er den Schwestern.«

»Und warum hat sie es getan?«

»Wer weiß? Quinn und Costello versuchen mit aller Macht, es herauszufinden. Batten, der Psychologe, wäre wahrscheinlich der richtige Mann für die Sache.«

»Vielleicht, weil sie keine Kinder hatte – da fangen die

Gefühle schon einmal an, Achterbahn zu fahren.« Helena sah wieder aus dem Fenster. »Möglicherweise wollte sie unbedingt ein Kind, und da hat sie sich einfach eines genommen.«

Anderson betrachtete ihr Profil. Sosehr er auch wollte, Costellos Worte über Helena gingen ihm nicht mehr aus dem Sinn. »Warum hast du Peters Zeichnung in den Müll geworfen?«, fragte er plötzlich.

»Was habe ich getan?«, fragte sie zurück und wandte sich ihm zu.

»Ich habe seine Zeichnung in deiner Mülltonne gefunden. Sie lag ganz oben auf und war mit Kaffeesatz und Kartoffelschalen zugedeckt. Warum hast du das gemacht?«

Helena hob langsam den Kopf vom Kissen. »Habe ich nicht, Colin. Das war bestimmt meine Putzfrau.« Sie legte ihre Hand in seine; sie war dünn wie die eines Skeletts und kalt, nicht mehr die liebevolle Hand, die ihn auf ihrer Haustreppe gestreichelt hatte. »Colin? Das würde ich nie tun. Deine Kinder bedeuten mir doch etwas. Ich bin ihre Tante Helena. Warum fragst du mich das überhaupt?«

Colin erwiderte nichts.

»Bestimmt hat Peter sein Bild auf meinem Schreibtisch liegen lassen, aber Harriet könnte es weggenommen haben…« Sie zuckte die Schultern. »Colin, deine Kinder sind die einzigen in meinem Leben. Du weißt, ich würde Peters Bild nie wegwerfen.«

»Nein«, sagte Colin leise. »Natürlich nicht.«

Helena ließ den Kopf wieder aufs Kissen sinken und blickte zur Decke.

Die Gruppe der Besucher am gegenüberliegenden Bett lachte lauthals. Helena schien es gar nicht zu hören.

»Ich habe mein Testament geändert, ehe ich ins Krankenhaus gegangen bin.«

»Ja?«

»Ich hinterlasse Claire und Peter ein bisschen Geld, nur ein kleines bisschen, für ihre Ausbildung oder für ein kleines Auto, wenn sie alt genug sind. Für irgendetwas. Und ganz sicher werden beide in den Genuss kommen. Peter muss doch irgendwo stecken.«

Colin konnte sich nicht überwinden zu sagen: *Ich kann dir nicht so richtig glauben.*

Helena fuhr fort: »Ich möchte dich bitten, etwas für mich zu tun.«

»Tut mir leid, aber ich werde nichts anderes tun, außer in die Wache zurückkehren und weiter nach Peter suchen.«

»Du bist völlig erschöpft, Colin, und so bist du niemandem von Nutzen. Ich möchte, dass du zu mir nach Hause gehst. Die Schlüssel sind hier in der Schublade. Nimm eine Dusche, trink eine Tasse Kaffee, und in der Tiefkühltruhe gibt es auch noch etwas zu essen. Und vergiss nicht, Peters Goldfisch zu füttern. Ich habe die Heizung angelassen. Leg dich ein bisschen aufs Sofa und denk nach, so wie Alan es immer getan hat. Bei ihm hat es funktioniert. Vielleicht auch bei dir.« Sie sah ihm in die Augen. »Und du kannst das Haus durchsuchen, wenn du möchtest. Ich würde dir daraus keinen Vorwurf machen.« Und damit kehrte sie ihm den Rücken zu.

Es gibt wohl nur wenige Orte, die mehr Hoffnungslosigkeit und Verzweiflung verströmen als der Vorraum einer Leichenhalle am Heiligen Abend. Jeder, der hier auf einem der schwarzen Plastikstühle darauf wartete, die Überreste eines nahen und geliebten Verwandten zu identifizieren, wäre vermutlich froh, dass man hier nichts von der Festlichkeit draußen merkte. Es herrschte eine stickige Wärme, und doch zog es jedes Mal bitterkalt durch, wenn die Tür aufging. Nasse Fußabdrücke bildeten einen schmalen Pfad quer durch den Raum.

Im Innenbüro hinter der Glaswand klingelten unaufhörlich die Telefone. Mochte auch Heiligabend sein, das Personal würde wohl nicht so bald Feierabend machen können. Zwei Polizisten in Uniform standen herum und blickten alle zwei Minuten auf die Uhr, da sie zur Weihnachtsfeier ihrer Wache wollten.

»Kommen Sie einfach durch«, sagte O'Hare.

Costello folgte ihm und blieb stehen, weil sie sich überfallen fühlte, als sie DCI Quinn neben O'Hares Schreibtisch sitzen sah.

»Ich habe Sie eingeladen, an der Obduktion teilzunehmen«, sagte O'Hare und deutete an, sie möge sich zu ihnen setzen.

»Aber ich habe sie gekannt. Ich meine, ich bin ihr ein paar Mal begegnet, deshalb habe ich abgelehnt.«

»Wie geht es Ihnen, Costello?«, erkundigte sich Quinn. »Haben Sie ein bisschen geschlafen?«

»Nein«, antwortete sie rasch. Quinn war freundlich, und das beunruhigte Costello. »Mir geht es gut, Ma'am. Irgendwas Neues von Peter?«

»Nein. Ich kehre sofort zur Wache zurück, wenn wir hier fertig sind.« Sie seufzte, was in letzter Zeit häufiger bei ihr vorkam. »Luca geht es besser. Miss Cotter war im Krankenhaus und glaubt, sie warte vor Troys Zimmer, und hofft, er werde von den Toten auferstehen. Niemand hat ihr etwas gesagt, weil sie keine Verwandte ist. Zuletzt haben wir gehört, sie würde durch die Gänge des Krankenhauses wandern. Sie sagt, sie wisse sonst nicht, wo sie hingehen solle. Vermutlich ist sie ziemlich durcheinander, und wen wundert's. Die arme Alte.«

»O nein, schrecklich.«

Quinn seufzte wieder. »Nun ja, Jack, was haben Sie für uns? Ich bin nicht gerade scharf darauf, diesen Bericht zu schreiben.«

O'Hare schaltete den Leuchtkasten an und klemmte einige Röntgenbilder davor. Quinn reichte Costello einen braunen Umschlag. »Sehen Sie sich das mal an.«

Costello zog mehrere Schwarzweißbilder im DIN-A4-Format von Frances Jayne Coia heraus. Tot wirkte sie ruhig und schön, und der Kontrast zwischen dem blassen Gesicht und dem dunklen Haar wurde durch die Kamera übertrieben. Ihr Haar war nass und von Assistenten in der Rechtsmedizin zurückgestrichen worden, und Costello konnte sich vorstellen, dass die kalten Hände in ihren Handschuhen wie die eines Liebhabers durch die langen Haare geglitten waren.

»Sie sieht so friedlich aus.«

»Es war bestimmt Zyanid, daran besteht kein Zweifel, ich habe meine Meinung nicht geändert. Offensichtlich ist sie einfach nur ein weiteres Opfer unseres Giftmischers.«

»Ich bin da anderer Meinung«, warf Costello ein. »Sie hat fremder Leute Kinder entführt, meine Güte, und wir sind ihr auf die Pelle gerückt – oder zumindest Vik. Ich glaube, sie…«

»Aber Sie irren sich, Costello. Wie ich schon in ihrer Wohnung gesagt habe, wenn sie Selbstmord begangen hätte, dann hätte sie es anders angestellt. Wer immer diese Tabletten vergiftet, hat auch sie auf dem Gewissen und in der Folge auch unseren armen kleinen Troy. Dies« – er zeigte auf das Bild von Frances, während er Costello anblickte – »war Mord. Und widersprechen Sie mir nicht. Doch der Giftmischer ist nicht allein an ihrem Tod schuld.«

O'Hare beruhigte sich und betrachtete die Röntgenbilder wieder. »Diese Knochen erzählen von einer Tragödie. Sehen Sie sich diesen Schädel an – fällt Ihnen etwas auf?«

Costello erhob sich schwankend und sah sich die Bilder an. »Ich kann keinen Unterschied zu einem normalen Schädel entdecken.«

»Schauen Sie hier.« Er nahm einen Kugelschreiber aus der Brusttasche und fuhr damit über die Bilder. »Und hier.« Er zeigte auf den weißen Bogen des Backenknochens. »Und hier.« Die Spitze des Kugelschreibers ging zum Kinn. »Und so weiter und so fort. Was sehen Sie?«

»Feine weiße Linien?«

»Genau. Alte Brüche, viele alte Brüche sogar, die nicht behandelt wurden. Die Gute dürfte im Laufe ihres Lebens einige blaue Augen gehabt haben. Und bei einem Bruch … hier …« – er zeigte darauf – »wurde ein Nerv beschädigt, was bei ihr entsetzliche Schmerzen verursacht hat, die wiederum alle möglichen psychischen Probleme nach sich gezogen haben dürften.«

Plötzlich tauchte Lauren McCraes abgespanntes und nervöses Gesicht vor Costellos innerem Auge auf. »Sie meinen also, sie wurde verprügelt, als sie jung war. Könnte das in der Zeit passiert sein, während sie mit Rogan zusammen war?«

»Mir fehlen die speziellen Kenntnisse, um solche Verletzungen präzise zu datieren«, antwortete O'Hare, »aber sie sind auf jeden Fall einige Jahre alt. Sehen Sie sich diesen Ellbogen an; der Bruch hat die Epiphysenfuge unterbrochen, was bedeutet, dass sie zu dem Zeitpunkt fast vollständig ausgewachsen gewesen sein muss.«

»Fast? Das heißt, eigentlich war sie noch ein Kind?«

O'Hare schüttelte langsam den Kopf. »Einige der Verletzungen stammen aus ihrer Kindheit, und andere sind passiert, als sie heranwuchs. Mir scheint, sie wurde als Kind misshandelt und später als Erwachsene ebenfalls. Und damit meine ich, innerhalb einer sexuellen und möglicherweise gesetzeswidrigen Beziehung. Ihr wurden die Jugend und die Gesundheit geraubt … Wie lange hat sie in dieser Wohnung gelebt?«

»Zwanzig Jahre oder so«, antwortete Quinn. »Rogan hat

sein Alter nie ehrlich zugegeben, bis heute nicht. Er war zwanzig Jahre älter als Frances. Sie ist mit fünfzehn zu Hause ausgerissen, um mit ihm zusammen zu sein. Und mit sechzehn hat sie diese Songs geschrieben.« Quinn nahm die Akte. »Frances' Krankenakte – ich fasse mal zusammen. Trigeminusneuralgie, verursacht durch einen Schlag ins Gesicht, und psychiatrische Behandlung, vom neunzehnten Lebensjahr an bis zu ihrem Tod. Das war vor allem deshalb notwendig, weil sie unter chronischen Schmerzen litt. Und …« Sie sah O'Hare an.

»Wir haben die mumifizierten Überreste eines sehr kleinen Kindes gefunden, vielleicht einer Totgeburt.« O'Hare hustete. »Die Frau, die auf diesem Tisch liegt, hat ein Kind geboren. Allerdings ist von einer Schwangerschaft nirgendwo etwas verzeichnet. Absolut nichts.«

»War Rogan der Vater des Kindes?«, fragte Quinn.

»Das könnte ich mir vorstellen. Aber die Überreste werden uns wohl keine brauchbare DNA mehr liefern.«

»Er hat eine schwangere Frau verprügelt? Hat er sie so heftig geschlagen, dass sie das Kind verloren hat?«

»Dazu gehört schon einiges …« O'Hare wählte seine Worte mit Bedacht. »Babys sind nicht so zerbrechlich. So leicht kann man ihnen keinen Schaden zufügen. Aber wir werden nie erfahren, welche Macht O'Neill über sie hatte oder wie das Baby gestorben ist. Viele Fragen bleiben vermutlich für immer ungeklärt.«

»Die arme Frances. Ich kann sie trotzdem verstehen, wissen Sie. Er hat ihre Lieder in den Pubs gesungen und zum ersten Mal in seiner kläglichen Karriere ein bisschen Aufmerksamkeit geerntet, und dann wird sie schwanger. Er sieht vor sich, wie sie für ihn zum Klotz am Bein werden wird. Deshalb verprügelt er sie, sie verliert das Baby, schreibt diesen Song, er klaut ihr den Song und lässt sie sitzen. Nach ein paar Monaten unterschreibt er einen Plattenvertrag und scheint sich nicht mehr darum zu kümmern, wie es ihr geht und was ihr zusteht.«

»Wenn er das einer schwangeren Frau angetan hat, dann möge Gott Lauren beistehen«, meinte Costello verbittert. »Was für ein Scheißkerl.«

»Also«, fasste Quinn zusammen, während sie sich die Sache noch einmal durch den Kopf gehen ließ. »Als Frances sechzehn war, dürfte Rogan Mitte dreißig gewesen sein, also erheblich älter als sie. Sie haben in seiner Wohnung gewohnt, und im Keller befand sich der Proberaum. Diese Matratzen sollten wahrscheinlich als Schalldämmung dienen. Aber dann wurde sie schwanger… und er hat dafür gesorgt, dass sie das Baby verliert…« Sie legte die Hand vor den Mund. »Tut mir leid«, sagte sie und unterdrückte die Tränen.

»*Sicher* wissen wir das alles nicht«, mahnte O'Hare.

Costello beachtete ihn nicht. »Spielt das eine Rolle? Sie hat das Baby verloren und einen Song darüber geschrieben. Rogan ist abgehauen, hat sie in der Wohnung sitzen lassen und die Lieder mitgenommen. Zauberhaft.«

Quinn schüttelte den Kopf. »Aber er hat *all* ihre Songs mitgenommen, seine größten Hits… die waren alle…«

»Von ihr«, ergänzte Costello nachdenklich und fügte giftig hinzu: »Bloß weshalb hat sie sich nie von ihm geholt, was er ihr geschuldet hat? Ich hätte den Mistkerl bis zum letzten Hemd ausgenommen.«

»Sie vielleicht, Costello«, meinte O'Hare. »Die Seele dieses armen Mädchens hat er allerdings gebrochen. Eine normale Frau würde nicht einen toten Fötus in einen Glaskasten legen und Gedichte darüber schreiben. Eine gesunde Frau würde ins Krankenhaus gehen.«

»Ich hätte ihn trotzdem nicht damit durchkommen lassen, ich nicht. Ich hätte ihn bis ans Ende der Welt gejagt«, fauchte sie. »Und wieder zurück.«

»Daran habe ich keinen Zweifel«, sagte O'Hare.

Colin Anderson parkte den Astra in zweiter Reihe vor Helenas Haus. Er hatte bei McDonald's angehalten und sich einen Chickenburger und einen Caffè Latte geholt. Bei Marks and Spencer auf der Byres Road hatte er sich außerdem Kleidung zum Wechseln gekauft, wobei er drei Kreditkarten probieren musste, bis er eine fand, deren Rahmen Brenda nicht bis zum Äußersten für Geschenke ausgeschöpft hatte. Und was hatten Geschenke schon für einen Sinn, dachte er, wenn Peter nicht bei ihnen war?

Es wurde bereits wieder dunkel. Eine Minute lang saß Anderson da, ließ den Motor und die Heizung laufen und auch das Radio, für den Fall, dass dieses verfluchte Lied wieder gespielt wurde. Es würde ein Festtag für die Medien werden, wenn die Geschichte herauskam. Er sah es regelrecht vor sich, wie Rogan öffentlich Krokodilstränen wegen Frances vergoss und versprach, erneut eine riesige Summe für wohltätige Zwecke zu spenden, damit er in der öffentlichen Meinung gut dastand. Dieses Oberarschloch würde hinterher bei den Leuten wahrscheinlich besser ankommen als vorher.

Anderson schaltete die Scheibenwischer ab. Schneeflocken landeten auf dem Glas, schmolzen und zogen einen feinen Vorhang aus Wasser über die Scheibe. Er trank den Kaffee in großen Schlucken und spürte, wie das Gebräu sein Gehirn wieder in Gang brachte.

Nachdem er mit dem Caffè Latte fertig war, nahm er die Plastiktüte vom Beifahrersitz. Helena hatte recht; allein bei dem Gedanken an eine Dusche, an saubere Zähne, ein sauberes Gesicht und an frische Kleidung fühlte er sich besser.

Er stieg aus und zog sich den Anorakkragen bis zu den Ohren hoch. Die Mülltonne war inzwischen geleert worden, stand jedoch immer noch auf dem Bürgersteig. Er zerknüllte die Papiertüte, in der sein Burger gesteckt hatte, und warf sie zusammen mit dem Pappbecher in die Tonne.

Als er die Griffe der Tonne packte, um sie die Treppe hinunter zum Keller zu bringen, fiel ihm etwas auf, unten am schmiedeeisernen Zaun in einer feuchten Sammlung von Laub und Müll, die der Wind hier zusammengefegt hatte. Da leuchtete etwas grün. Er bückte sich, hob es auf und zog es auseinander – fünfzehn Zentimeter eines hellgrünen Materials mit einem Plastikhuf am Ende.

Peter *war* doch hier gewesen.

»Kann ich ein bisschen Wasser dazu haben, bitte?«

»Natürlich«, sagte Lynne, reichte ihr ein Glas und behielt die Kapsel in der Hand. Sie schaute zu, wie Eve trank und die Kapseln hinunterspülte, die beiden rosafarbenen, die braune und die weiße, die gegen die Verstopfung wirkte, die von den rosafarbenen verursacht wurde. Lynne nahm Eve das Glas ab, als sie fertig war, spülte es aus und ließ ihre Kapsel ins Becken fallen.

»Wunderbar.« Eve wischte sich den Mund mit dem Handrücken ab und rülpste laut, ehe sie den Finger wieder in die Mayonnaise steckte.

Lynne stellte einen Teller mit Knoblauchbrot vor ihr ab, schützte dabei ihre Hände mit einem Geschirrtuch und kippte die ganze Schüssel mit Knoblauchmayonnaise auf die braunen, frittierten Pilze. »Das ist doch in Ordnung so, oder? Du würdest es ja sowieso machen.«

»Ist schon lange her, seit ich die bekommen habe.« Eve schob sich zwei Pilze seitlich in den Mund. »Du bist wirklich so nett. Das sieht dir gar nicht ähnlich.«

Lynne lächelte ihre Schwester an. »Iss nur, ehe sie kalt werden.«

Eve stopfte sich den nächsten Riesenchampignon in den Mund und biss kräftig zu. Ungehindert lief ihr Fett aus dem Mundwinkel, bis zum Kinn hinunter. Lynne schaute mit versteinertem Gesicht zu, während Eve zufrieden kaute und die Reste mit der Zunge aus den Zähnen bohrte. Lynne knabberte derweil zaghaft an ihrem eigenen Pilz und wandte den Blick nicht von Eves Gesicht ab.

»Ist diese Mayonnaise abgelaufen?«, fragte Eve und verzog das Gesicht, als hätte sie den zerkauten Pilz am liebsten wieder ausgespuckt. »Die schmeckt bitter.«

»Meine ist gut«, sagte Lynne gleichgültig und sah ihre Schwester unverwandt an.

»Du hast gar keine Mayonnaise auf deinem Pilz. Wie lange ist das Glas schon offen?«

»Ist ein ganz frisches«, sagte Lynne. »Sind vielleicht deine Kapseln. Du sagst doch immer, die schmecken wie eine verrostete Dose.«

Plötzlich riss Eve die Augen auf, die Runzeln in ihrem Gesicht verschwanden, und einen Moment lang wirkte sie ein wenig überrascht. Sie legte beide Hände auf den Tisch, packte die Decke, ließ sie wieder los, sank nach vorn zwischen den Tisch und den Rollstuhl. Tief aus ihrer Kehle löste sich ein eigenartiges Rasseln.

Wie eine steife Steppdecke, die sich langsam entfaltet, drehte sich Eve auf die Seite, würgte und versuchte, sich zu übergeben. Doch sie brachte nichts heraus, und währenddessen stieß sie wieder und wieder dieses entsetzliche Rasseln aus. Sie hob langsam und zitternd eine Hand, als wollte sie ihr Gesicht umklammern.

Dann sah sie Lynne mit ihren braunen Kuhaugen an, die sie vor Angst weit aufgerissen hatte. Lynne erwiderte den Blick, knabberte zart die Teighülle von ihrem Pilz und schaute zu, wie Speichel und schließlich Blut aus Eves Mundwinkel tropften und ihr Gesicht zuerst rosa und dann rot wurde. Im Weißen von Eves Augen wurden langsam dunkelrote Venen sichtbar wie bei einer wunderschönen Lilie, dachte Lynne, und Eves Zunge wurde zuerst steif, ehe sie sich entspannte. Dann hörte das Rasseln auf.

Lynne beugte sich vor und strich die Tischdecke glatt.

Sie hatte es endgültig satt, dass ihre Schwester immer so ein Chaos hinterlassen musste.

O'Hare tippte auf das Röntgenbild. »Ich hätte das Gehirn gar nicht röntgen müssen; die Narben sind so tief, ich konnte sie mit bloßem Auge erkennen – so deutlich wie die Adern bei dänischem Blauschimmelkäse. Und sehen Sie sich die an – chronologisch geordnete winzige Frakturen entlang des Ellbogens, als ob sie die Arme hochgenommen hätte, um sich zu schützen … das deutet auf Misshandlung in einer festen Beziehung hin«, sagte O'Hare. »Frances hat Frakturen an Ober- und Unterkiefer sowie drei am Schädel. Sie hat Zahnlücken, die nicht durch zahnärztliche Extraktion entstanden sind. Multiple Rippenbrüche, Frakturen durch Schläge, typische Merkmale häuslicher Misshandlung …«

Costello ließ den Kopf in die Hände sinken, weil sie sich plötzlich so müde fühlte.

Quinn drehte das letzte Foto in ihre Richtung. »Da überrascht es kaum, dass sie so viele Jahre unter Depressionen gelitten hat.«

»Seit sie das Kind verloren hat?«, fragte Costello.

»Seit sie das Kind und dann Rogan verloren hat. Da blieb ihr niemand mehr, den sie lieben konnte.«

»Lieben konnte!«, fragte Costello entgeistert.

»Geschlagen zu werden ist besser, als überhaupt nicht beachtet zu werden. Für manchen jedenfalls«, erwiderte Quinn trocken.

»Und warum, glauben *Sie*, hat Frances die Kinder mitgenommen?«, fragte Costello. »Nur weil sie welche wollte?«

O'Hare sagte scharf: »Ich möchte nur erneut betonen, sie hat ein Kind verloren. Als O'Neill jetzt nach zwanzig Jahren wieder aufgetaucht ist, würde ich annehmen, ist ihr wieder bewusst geworden, dass er der Vater des Kindes – und vielleicht sogar der Grund für dessen Tod – war. Da kam alles wieder nach oben und hat sie aus dem Gleichgewicht gebracht. Und sehen Sie sich die beiden an; es waren schutzbedürftige Kinder mit überforderten Müttern, und sie hat auf die beiden aufgepasst, vielleicht so, wie sie es sich für ihr eigenes Kind gewünscht hätte.«

»Oder wie sie es für sich selbst gewünscht hätte«, meinte Costello und spürte, dass ihr die Tränen gefährlich locker in den Augen saßen. Sie erinnerte sich daran, wie Vik gesagt hatte: *Ich möchte mich nur ein bisschen um sie kümmern, sie glücklich machen…* Und sie wünschte im Nachhinein, sie wäre netter zu ihm gewesen.

»Sehr wahrscheinlich«, stimmte O'Hare zu.

»Aber woher wusste Frances, dass diese Kinder besonders gefährdet waren?«, fragte Quinn. »Meinen Sie, sie hat sich selbst in ihnen wiedergefunden?«

Costello lächelte schief. »Wahrscheinlich ist es im Krankenhaus passiert, darauf wette ich. Miss Cotter an der Teetheke mit ihren Empire-Biskuits. Miss Cotter hat sich um Frances gekümmert, als die ein kleines Kind war, genauso, wie sie sich um Troy gekümmert hat. Sie stand Frances immer noch nahe, die hat sie nämlich jede Woche besucht. Und es war auch Miss Cotter, die gekommen ist und sich nach ihr erkundigt hat. Sie ist ganz durcheinander und macht sich Vorwürfe, weil sie mit Fran über Alison und Lorraine geredet hat; sie haben alle bei ihr am Tisch gesessen und ihre selbst gebackenen Biskuits geknabbert und ein Schwätzchen gehalten, wie es Frauen eben tun, während sie auf die Termine im Krankenhaus warten.«

»Miss Cotter kannte Troy gut, aber auch Luca? War der ihr schon einmal über den Weg gelaufen?«

»Wenn ich mich recht entsinne, hat sie gesagt, sie habe nur die Geschichte über ihn gehört, aber entscheidend war ja, dass Frances ihn kennen musste. Vielleicht hat sich das erst nach und nach entwickelt: Zuerst hat sie nur beobachtet, dann hat sie sich Sorgen um sie gemacht und schließlich geglaubt, sie sei die Retterin, und hat die Jungen mitgenommen. Was zu der Frage führt – warum hat sie die beiden in dem stinkenden Keller gelassen, wo sie verhungert wären?«

»Das ist Ihre Sicht, Costello. Frances hat ihnen Essen gegeben und ein Bett, und sie waren glücklich in ihrer Kellerburg, und tagsüber durften sie in der großen Wohnung toben. Fragen Sie Luca; er hat bis zum Schluss viel Spaß gehabt«, sagte O'Hare.

»Und warum hat sie Troy von den Ratten anknabbern lassen? Man schließt doch Kinder nicht ein und überlässt sie einfach sich selbst«, fauchte Costello.

O'Hare sah sie an, halb verblüfft und halb fragend, ehe er antwortete: »Das Problem bei Troy war rein medizinischer Natur. Er hatte eine Halsentzündung, und seine Mutter hat sich nicht um eine entsprechende Behandlung gekümmert. Dazu war er unterernährt, und zusammen mit der Krankheit entwickelten sich aus dem eher kleinen Kratzer am Bein eine Sepsis und eine nekrotisierende Fasciitis. Sein kleiner Körper reagierte sofort, und das Hautgewebe starb ab. Allerdings mangelte es ihm an Immunkräften. Diese Infektion breitet sich so schnell aus, wie das Blut fließt. Beim Frühstück ging es ihm vielleicht noch gut, und zur Teezeit war er schon tot.«

»Sie hätte es trotzdem bemerken können. Es fällt einem doch auf, wenn der Fuß eines Kindes schwarz wird.«

O'Hare seufzte genervt. »Costello, da war sie schon tot. Ich glaube, sie hatte auf gar keinen Fall schlechte Absichten mit den Kindern. Und ich wiederhole nochmals: Wer immer Frances Coia getötet hat, ist auch für Troys Tod verantwortlich. Und Sie zwei sitzen hier herum. Sie sollten endlich den Giftmischer suchen. Inzwischen haben wir sechs Tote, von denen wir wissen. Sechs.«

»Zuerst müssten wir Peter finden«, erwiderte Costello schlicht.

»Na los, dann an die Arbeit.« Quinn ging zur Tür und drehte sich dort um. »Sie können das alles nicht beweisen, oder, Jack? Sie können nur beweisen, was Sie vor sich haben – das Zyanid.« O'Hare öffnete den Mund und wollte protestieren, aber Quinn hatte sich bereits Costello zugewandt. »Diese Geschichte ihres Lebens hat keinen Bezug dazu, wie sie gestorben ist. Rein juristisch, meine ich. Ich gehe jede Wette ein, dass Rogans PR-Leute es bereits in Arbeit haben, wie sie diese Tragödie ausschlachten können: der Tod der schottischen Exfreundin, der großen Liebe, die diese wunderbaren Lieder für ihn geschrieben hat. Ich sehe es schon vor mir… er wird die Beerdigung in einen PR-Triumph verwandeln, und die Medien werden ihn dafür noch lieben.«

»Das dürfen wir nicht zulassen«, sagte Costello.

»Uns bleibt keine Wahl.«

»Passen Sie nur auf.«

»Costello, ich warne Sie. Sie – wir – können mit dieser Sache nicht an die Öffentlichkeit gehen.«

»Wir vielleicht nicht. Aber ich bin absolut sicher, jemand anderes kann es.«

Anderson hielt sich den Plastikhuf mit beiden Händen vor die Nase, als könnte ihm das Stück seine Geheimnisse zuflüstern. Er gehörte eindeutig Peter, und er hatte oben an der Treppe gelegen, die zu Helenas Keller hinunterführte. Und sie hatte Anderson die Schlüssel gegeben. Wollte sie ihm damit etwas mitteilen? Und wenn, was?

Dann begriff er, dass er ein Beweisstück in der Hand hatte, und zwar ihr einziges Beweisstück bislang. Er sollte es eintüten, in der Wache anrufen und das Team kommen lassen; die hätten das Haus in weniger als einer halben Stunde auseinandergenommen. Er würde Helena von Littlewood verhören lassen, und der würde sich nicht auf diese Ausflüchte einlassen, dass es ihr schlecht gehe. Er schniefte, um ein paar Tränen zu unterdrücken. Er hatte ihr vertraut… Natürlich vertraute er ihr immer noch. Was dachte er sich eigentlich? Trotzdem, Peter war hier gewesen. Er versuchte, seinen Puls zu beruhigen. Er würde Quinn anrufen und ihr Bericht erstatten. Aber zuerst würde er sich in Ruhe umschauen.

Er nahm seine Marks-and-Spencer-Tüte, lief die Treppe zur Haustür hinauf und zog die fremden Schlüssel aus der Tasche. Die Haustür war verschlossen, und für die innere Glastür dahinter brauchte er einen zweiten und dritten kleineren Schlüssel. Der Eingangsbereich war genau so, wie er ihn in Erinnerung hatte, geräumig und luftig, die Wände cremefarben und beige. Einige von Helenas Aquarellen hingen hier. Er rief Peters Namen, doch die einzige Antwort war ein Klicken der Zentralheizung. *Ich habe die Heizung laufen lassen,* hatte sie gesagt. Hatte sie dafür einen besonderen Grund gehabt?

Rasch ging er durch alle Räume im Erdgeschoss: ins vordere Wohnzimmer, wo der Goldfisch glücklich in einer großen Glasvase schwamm, durch das zweite Wohnzimmer ins offizielle Esszimmer, in die große Küche mit dem Aga-Herd und den beiden Haushaltsräumen dahinter. Überall schaute er sich kurz um und fürchtete sich vor dem, was er finden könnte, obwohl er noch mehr Angst hatte, nichts zu entdecken.

In einem der Haushaltsräume, das fiel ihm auf, war es kühler, ja, sogar richtig kalt. Er kehrte in die Wärme der Küche zurück und ging dann noch einmal in den kalten Haushaltsraum. Hier zog es von irgendwoher. Anderson fasste an die heißen Rohre, die aus dem Boden kamen, ehe sie sich über der Arbeitsfläche nach links und rechts aufteilten. Der Boiler stand also im Keller unter diesem Raum. Er schob einen Wäschekorb vor einer Tür zur Seite; von hier zog es, und zwar ganz schön kräftig, durch den Spalt unter der Tür. Sie war verschlossen. Er ging mit klopfendem Herzen zurück in die Küche und fand eine Reihe von Schlüsseln, die nahe der Hoftür an einem Stück Schmiedeeisen in Form einer Violine hingen. Er suchte sich den ältesten aus, einen klobigen aus Bronze. Der passte genau ins Schloss. Die Tür öffnete sich und gab den Weg frei auf eine Treppe, die in den Keller führte. Langsam stieg er hinunter. Hier war es wärmer; er hörte den Boiler und die Pumpe. Und hier zog es auch. Dann sah er, dass die Kellertür einen Spalt offen stand; irgendwer hatte sie nicht zugemacht. Von der Straße wehte ein kalter Wind herein.

Er schob die Außentür zu, die über den Boden scharrte und dann zuknallte, als sie sich gelöst hatte. Sofort hörte das Rauschen des Windes auf. Er lehnte den Kopf an die Tür und schloss die Augen. Zumindest hatte niemand die offene Tür bemerkt und war in das Haus eingedrungen. Ihm fiel der kleine Huf in seiner Hand ein, und er schlug die Augen auf. Als sie sich an das trübe Licht gewöhnt hatten, das von der Straße durch den schmalen Spalt um die Tür hereinfiel, sah er einen zweiten Huf, der aus einem kleinen Bündel von Anorak unter dem Boiler hervorragte.

»Peter!«

Lynne schlang die Finger um die Tasse Earl Grey, nippte gemächlich daran und entspannte sich. Zum ersten Mal, seit sie sich erinnern konnte, seit der Minute, in der Eve geboren war, herrschte in diesem Haus eine Ruhe wie nie zuvor. Dieses Haus hatte ihr niemals gehört, nicht so wie jetzt.

Endlich gab Eve dieses entsetzliche Rasseln nicht mehr von sich. Es hatte eine Ewigkeit gedauert, hatte aufgehört und wieder angefangen, so als würde sich Eve mit aller Macht ans Leben klammern, wann immer es ihren Körper verlassen wollte.

Seit zehn Minuten war es im Haus still.

Das alles war nun ihres. Sie nippte wieder an ihrem Tee und seufzte. Tiefe Zufriedenheit erfüllte sie. Eigentlich, überlegte sie, müsste sie die Polizei oder jemand anderes anrufen, aber sie hatte sich vollkommen in ihren Gedanken verloren. Sie saß zusammengekauert auf dem Lieblingssessel ihrer Mutter und schaute hinaus in den Garten, wo es dämmerte. Draußen wirkte alles so kahl, so verlassen, ein Grad über dem Gefrierpunkt; die Farnwedel waren schon von einer feinen Schicht Schnee überzogen. Die Welt sah nicht nach Weihnachten aus, aber sie gab sich alle Mühe.

Sie würde wieder Wicken pflanzen. Sobald das Wetter wärmer würde, würde sie den Fischteich sauber machen und neue Kois und neue Teichrosen einsetzen. Douglas würde ihr helfen. Sie fragte sich, wie lange es dauern würde, ehe er einziehen konnte; da Eve nicht mehr störte, war das Haus groß genug, und er konnte sich sogar oben ein Büro einrichten. Sie hielt sich die Porzellantasse unter die Nase, schnupperte das Aroma des Earl Grey und lächelte. Seine Sekretärin wohnte schließlich gegenüber – die konnte dann in zwei Minuten bei der Arbeit sein.

Der Schneefall nahm ein wenig an Heftigkeit zu; die Farne verwandelten sich in filigrane Geister, die im Dunkeln einen zarten Tanz aufführten. Es war der Anfang von etwas Neuem, Wunderbarem.

Das war der Moment, sich von der Vergangenheit zu lösen. Sie stand auf und ging ins Esszimmer, wo Eves Zeichnungen noch auf der Anrichte lagen. Sie blätterte sie durch, ehe sie zum Telefon griff – manche davon, vor allem die von Rogan O'Neill, wären ohne Zweifel ein kleines Vermögen wert. Und dann sah sie das Schachspiel. Sie nahm den schwarzen König und die weiße Dame – Douglas und Lynne. Sie rollte sie zwischen ihren Händen und dachte ganz fest an ihren Wunsch, bevor sie die Figuren zusammen auf das Brett zurückstellte, und zwar so aneinandergelehnt, als würden sie sich küssen.

Sie lächelte versonnen, und vor lauter Vorfreude bekam sie Bauchschmerzen. Dann warf sie einen Blick auf die Uhr – die Zeit blieb nicht stehen. Eine Minute in der Küche, und der Rest des Earl Grey war im Spülbecken verschwunden. Sie hatte die Tasse gespült und wieder in den Schrank gestellt. Sie stieg über Eve hinweg und ging zu ihrem Schreibtisch. Sie holte den Pastellkasten hervor, entfernte den oberen Einsatz und nahm die Tüte mit dem weißen Pulver heraus, dessen gelber Totenkopf-Aufkleber jetzt zerknittert und zusammengefaltet war. Die Tüte und die Perücke steckte sie in eine braune Papiertüte und dann in ihre Handtasche. Die brauchten nicht hier herumliegen, falls die Polizei herumschnüffelte oder eine Durchsuchung vornahm. Für die wäre Eve sicherlich nur ein weiteres Opfer des Giftmischers, mehr nicht.

Doch dem Giftmischer hatte man selbst Gift gemischt.

Der Giftmischer war in seine eigene Grube gefallen.

Sie holte tief Luft und wollte sich das Telefon holen, als ihr Squidgy auf der Anrichte auffiel, wo er mit dem runden purpurnen Bauch am Hörer lehnte. Lynne konnte sich nicht erinnern, ihn zuvor dort gesehen zu haben. Die Mücke starrte sie aus schwarzen leblosen Augen vorwurfsvoll an. Lynne spürte einen Luftzug, der ihr um die Füße strich, und sie schauderte.

Anderson drückte seinen Sohn an sich, wiegte ihn in den Armen und atmete den zarten Duft von Apfelshampoo aus

Peters Haar ein. Er vergrub die Nase tief in seinen Hals und küsste ihn wieder und wieder. Das Gefühl der Erleichterung war unerträglich.

»Aber warum bist du hier, Peter? Warum bist du deiner Mutter weggelaufen?« Colin fühlte Peters Hände, die waren erfroren. Die Nase – erfroren. Abgesehen davon war er unverletzt.

»Ich bin nicht weggelaufen, Daddy. Das würde ich doch niemals tun«, schniefte Peter. »Ich habe nach ihr gerufen, aber sie ist weitergegangen.« Er rieb sich mit dem Daumen den Schlaf aus den Augen.

»Und warum bist du hierhergekommen?«

»Ich wollte Tante Helena besuchen. Und meinen Goldfisch.«

»Du weißt doch, sie ist im Krankenhaus, weil es ihr nicht gut geht.«

»Claire war auch im Krankenhaus, ist aber gleich wieder nach Hause gekommen. Warum ist Tante Helena nicht heimgekommen?«

»Weil…«

Peter wischte sich die Nase mit dem feuchten Ärmel. »Ich habe gewartet und gewartet, aber sie ist nicht gekommen. Und mir ist so kalt geworden. Darum bin ich in den Keller gegangen und habe weiter gewartet.«

»Und warum bist du nicht herausgekommen?«

»Wollte ich ja, Daddy, doch die Tür ließ sich nicht bewegen. Guck mal, ich habe einen Splitter.«

Colin nahm die Hand. Das kalte kleine Patschehändchen, auf dem ein schwarzer Schatten in der Haut zu sehen war, wirkte an der Stelle rot und entzündet. »Na, da sollten wir mal schnell ins Krankenhaus gehen und dir ein Pflaster holen.«

»Tante Helena ist ins Krankenhaus gegangen und nicht zurückgekommen. Ich gehe da nicht rein.«

»Das ist nur, weil sie dableiben muss, damit man sich um sie kümmert. Um dich und um Claire kümmern sich Mummy und ich.«

»Tante Helena hat niemanden, der sich um sie kümmert«, sagte Peter und drückte auf den Splitter, bis ein Tropfen Blut hervortrat. »Und du hast dich auch nicht um mich gekümmert, du bist überhaupt nicht gekommen, um mich zu holen.«

Anderson fehlten die Worte. »Warum wolltest du Tante Helena eigentlich besuchen?«

»Weil sie mir zugeschaut hat, wie ich Puff spiele. Am Ende ist sie aufgestanden und hat geklatscht – so.« Er befreite seine Arme und versuchte zu klatschen, bis er sich an den verletzten Daumen erinnerte. »Sie fand, ich war der Beste.«

»Peter, hättest du nicht auf der Straße jemanden fragen können, ob er uns anruft? Mummy und Daddy haben sich große Sorgen gemacht.« Colin legte sich die Arme seines Sohnes wieder um den Hals, und Peter klammerte sich sofort an ihm fest. Der Junge hatte einen ordentlichen Schrecken davongetragen.

»*Sprich niemals mit Fremden,* Daddy.« Peter hob den Zeigefinger. »Ich bin einfach hiergeblieben. Die Tür knallte und hat mich geweckt … Aber ich bin wieder eingeschlafen. Ich habe gewartet, bis du kommst, und du hast echt *ewig* gebraucht.«

Anderson zog Peter unter seine Jacke und drückte ihn noch fester an sich. Ohne ihn loszulassen, zog er das Handy aus der Tasche; der Akku versprach genug Strom für eine SMS. Mit einem Daumen suchte er zehn Nummern heraus und schrieb: *Suche kann beendet werden. Habe Peter gefunden. Gesund und munter.*

Langsam wurde es ziemlich kalt im Keller. Er sah sich die Stelle an, wo Peter gelegen hatte, genau unter dem Boiler. Der Junge hatte Glück gehabt. Colin verdrängte den Gedanken an Troy. Er versuchte, sich aus den Armen seines Sohnes zu befreien, doch Peter ließ nicht locker. Und Colin hatte nicht die Absicht, die kleinen Finger loszumachen, die sich so fest an ihn klammerten.

Er klappte das Handy wieder auf und rief John Littlewood an.

»Das sind ja gute Neuigkeiten«, sagte die Stimme am anderen Ende. »Alles in Ordnung mit ihm?«

»Ja, ihm geht es gut. Sagen Sie, könnten Sie vorbeikommen und mich abholen?«

»Na klar, Col. Wo stecken Sie?«

»Im Haus der McAlpines, gleich um die Ecke.« Anderson klappte das Telefon zu, legte es auf den Boden und ließ den Kopf an die Wand sinken. »Einfach nur um die verfluchte Ecke.«

31

Auf dem Fernseher in der Ecke von Helenas Zimmer wurde Andy Ibrahim mit größerem Jubel bei seiner Rückkehr aus Pakistan begrüßt als Rogan O'Neill bei seiner Ankunft aus Amerika.

Helena lächelte. Sie sah schon wieder viel mehr wie sie selbst aus. »Und, wie geht es meinem jungen Freund?«, erkundigte sie sich. »Gut?«

Colin Anderson erwiderte das Lächeln glücklich und entspannt. »Er liegt auf der anderen Straßenseite in der Kinderklinik. Sie behalten ihn kurz da, nur zur Sicherheit. Er hat ein bisschen Fieber und eine Wunde.«

»Oh, nein«, sagte Helena.

»Bloß ein Splitter, mehr nicht. Aber nachdem Claire diese Halsentzündung hatte … na ja, da sind wir ein wenig vorsichtiger geworden. Bis zur Bescherung wird er draußen sein, und alles andere interessiert ihn nicht.«

»Du kannst dir nicht vorstellen, wie froh ich bin.« Vor Erleichterung schloss sie die Augen.

»Oh, ich denke, das kann ich mir ziemlich gut vorstellen«, lachte er.

»Aber warum ist er zu mir gelaufen? Warum hat er es niemandem erzählt?«

Colin zog sich einen Stuhl heran und setzte sich. »Weil ihm niemand Aufmerksamkeit geschenkt hat, wir haben uns nicht einmal seinen Auftritt angeguckt. Die Einzige, die sich um ihn gekümmert hat, warst du. Du hast ihm angeboten, Drachen mit ihm zu malen. Du hast seinen Goldfisch mit nach Hause genommen. Und du bist aufgestanden und hast geklatscht und ihm gesagt, er sei der Beste gewesen. Also ist er aufgebrochen, um dich zu suchen. Wie oft habe ich ihm schon gezeigt, wo du wohnst? Er hat den Weg ganz allein gefunden – wenn ich darüber nachdenke, wird mir nachträglich noch ganz anders. Er ist fast die gleichen Wege gegangen, die auch Luca genommen hätte, durch dieses Labyrinth von Seitenstraßen und Gässchen. Echte Abenteuerspielplätze für kleine Jungen. Und er hat ganz allein die Great Western Road gefunden, ist zu deinem Haus spaziert, hat geklopft, und niemand hat ihm aufgemacht. Dann hat er die Treppe zu deinem Keller entdeckt, der nicht abgeschlossen war. Unter dem warmen Boiler hat er dann geschlafen. Leider hat sich die Tür verklemmt.«

»Alan wollte die Tür immer mal repariert haben.« Helena strich eine Falte aus ihrer Bettdecke. »Eine der Sachen, die er schon lange erledigen wollte.«

»Ich repariere sie, ehe du wieder nach Hause kommst.« Er legte seine Hand auf ihre und unterbrach die Bewegung. »Peter war so glücklich.«

»Er ist ein kluger kleiner Junge, wenn er den Weg gefunden hat. Gott, ich fühle mich schuldig.«

»Bestimmt nicht so schuldig wie *wir*.«

»Aber er war schon im Haus, als ich noch da war. Ich habe zwar bemerkt, dass es in dem einen Zimmer kalt ist, doch ich habe nicht daran gedacht, die Kellertür zu überprüfen.« Helena schüttelte den Kopf.

»Mach dir deswegen keine Vorwürfe. Du warst nicht zu Hause, als er kam, und als er deine Schritte hören konnte, hat er schon gefroren und war müde, hungrig und verängstigt. Schließlich ist er erst fünf, noch ein kleiner Junge. Das sollte man nicht vergessen.«

»Trotzdem hätte ich nachschauen sollen, Colin. Ich erinnere mich daran, die Kälte bemerkt zu haben, aber ich dachte, es läge an mir. Da bin ich einfach hoch in mein Atelier gegangen, in den zweiten Stock. Dorthin gehe ich immer, wenn ich mich wackelig auf den Beinen fühle. Weißt du, ich habe dort oben so viel Zeit mit Alan verbracht…«

»Ja, ich weiß. Doch dem kleinen Burschen geht es gut.« Anderson legte ihr die Hand auf die kalte knochige Schulter.

»Da sich das Wetter gebessert hat, kommen nun auch die ersten Hilfslieferungen durch«, verkündete ein Sprecher der Hilfsaktion »Spenden für Andy«. *»Und die Kleider- und Nahrungsspenden der Menschen aus Glasgow sind auf dem Weg ins Krisengebiet.«*

»Gott sei Dank. Endlich mal etwas Positives in den Nachrichten.« Helena versuchte, sich im Bett aufzusetzen, und er bemerkte, dass ihr anderer Arm auf das Doppelte angeschwollen war. Die Haut war dunkelrot, matt und pelzig wie Samt. Sie sah aus wie eine große Wurst, die zu lange gekocht worden war und nun bald platzen würde. Als sie sich bewegte, sah er den Verband um die Brust und die Schulter bis hoch zum Hals. Er bemühte sich, nicht hinzusehen.

»Ich habe dir aus dem Laden zwei Bücher mitgebracht – Kurzgeschichten von Annie Proulx und einen Roman von Margaret Atwood.«

»Besten Dank. Ich kann die blöden Frauenzeitschriften nicht mehr sehen. *Zwanzig Methoden, wie Sie sich am besten mit Ihrer Cellulite anfreunden.*«

Er lehnte sich in seinem Stuhl zurück. Jetzt war er so weit. »Und, wie geht's?«

Sie zuckte mit den Schultern und fächerte mit dem Daumen die Seiten des Buches auf. »Wir müssen abwarten. Untersuchungen, Untersuchungen und…«

Er wusste nicht, was er sagen sollte. Sein Blick schweifte über eine Mischung von Weihnachtskarten und Karten mit Genesungswünschen, die an einem Band über dem Bett hingen, und er tat so, als würde er sich dafür interessieren, wer was geschickt hatte.

»…und noch mehr Untersuchungen. Ich habe schon das Gefühl, kein Blut mehr im Körper zu haben.« Sie legte den Kopf auf das Kissen und sah ihn an, mit einem Ausdruck in den dunkelgrünen Augen, den er nicht recht zu deuten wusste. »Ich kann hier nicht schlafen. Vor halb fünf morgens schlafe ich nicht ein, und die wecken mich um halb sieben schon wieder mit einem Gebräu, das sie Tee nennen. Ich glaube, ich habe schon jede volle Stunde dieser Uhr gesehen.«

»Und wann kommst du nach Hause?« Er hatte die Frage ausgesprochen, ehe er darüber nachgedacht hatte, die einzige, die er hatte vermeiden wollen, weil sie auf das Offensichtliche hinauslief – es gab niemanden, zu dem sie nach Hause kommen konnte. Helena wandte sich dem Fenster zu und biss sich auf die Oberlippe.

»Sie lassen mich nicht gehen, weil niemand für mich sorgen kann.« Sie blinzelte und schaute durch das Fenster hinaus in die Freiheit. Sie war den Tränen nahe.

Die Frau im Bett gegenüber sah zu ihnen hinüber, erst auf Helena, dann, vorwurfsvoll, auf ihn. Er wünschte, die Glocke würde das Ende der Besuchszeit verkünden, damit er gehen könnte. Doch die Zeit dehnte sich endlos.

»Wenigstens kannst du jetzt nach Hause, dir eine Pause gönnen und ein schönes Weihnachtsfest feiern.«

»Vielleicht. Der Giftmischer ist uns bislang entwischt. Sarah McGuire geht es jeden Tag besser, doch das hat sie nicht uns zu verdanken. Das ist ganz und gar kein gutes Gefühl – eine unerledigte Sache, das sollte in unserem Metier nicht passieren.«

Helena nickte, und Anderson lächelte. Sie war die Frau eines Polizisten, sie verstand, ohne dass man es ihr erklären musste.

»Immerhin kannst du dich auf ein Weihnachten mit der Familie freuen. Und zwar ein ganz besonderes, nach dem, was ihr durchgemacht habt.«

»Ich bezweifle es. Mit Brenda kann ich nicht reden, und dabei gäbe es einige Dinge zu besprechen.«

Helena drückte seine Hand sanft. »Ich habe es geschafft, eine Ehe mit einem Polizisten zu führen. Vielleicht klappt das nicht bei jedem. Ich habe – hatte – mein eigenes Leben, meinen eigenen Beruf und meine eigenen Freunde. Alan hat jede Stunde gearbeitet, die ihm Gott geschenkt hat. Ich bin ein halbes Jahr lang nach Indien gefahren, bin herumgereist, habe gemalt und gezeichnet, und er hat nicht einmal mit der Wimper gezuckt. Es war für beide Seiten gut. Brenda und du, ihr habt die Kinder, ihr seid aneinander gebunden. Alan und ich haben uns hin und wieder getroffen, und damit waren wir glücklich. Das sind einfach unterschiedliche Arten von Beziehungen. Ihr habt beinahe Peter verloren; ihr solltet aufpassen, nicht noch mehr zu verlieren.«

Wieder drückte sie seine Hand, und er erwiderte den Händedruck. Und er überraschte sich selbst, als er zu weinen begann.

Peter lag in einem Krankenhausbett und hatte es sich richtig gemütlich gemacht, wie ein kleiner zufriedener Junge, der ein großes Abenteuer hinter sich gebracht hatte und nun sicher und wohlbehalten zurückgekehrt war. Man hatte ein paar Untersuchungen durchgeführt, und er hing am Tropf, damit sein Flüssigkeitshaushalt ausgeglichen wurde. Den Arm hatte er um seinen Lieblingsdrachen geschlungen, der Daumen war gelb verbunden. Er lächelte im Schlaf. Sein Vater beneidete ihn.

»Wir müssen reden, Bren«, sagte Anderson.

»Tun wir doch schon!«

Colin nahm seine Frau am Ellbogen und führte sie hinüber zum Fenster der Kinderstation. Er wollte gerade anfangen, als sie das Wort ergriff.

»Bist du an Weihnachten zu Hause? Ich meine, wirklich da, bei uns am Tisch?«, fragte Brenda leise. Anderson konnte sie kaum verstehen.

Er blickte aus dem Fenster des Zimmers im Yorkhill Hospital für Kinder, hinüber zum Western, wo Helena lag. Brenda schaute in die gleiche Richtung. Keiner der beiden konnte dem anderen in die Augen sehen.

»Natürlich bin ich zu Hause«, sagte er.

»Und was ist mit dem Rest?«

»Mit welchem Rest?«

»Letztes Jahr haben wir darüber geredet, dass ich nicht zurück zur Arbeit gehe. Davor waren wir uns eigentlich immer einig, dass ich wieder arbeiten sollte.«

»Ja, ich weiß. Doch du hast deine Meinung geändert. Du wolltest zu Hause bleiben.«

»Nein. Du hast die Chance bekommen, in Edinburgh zu arbeiten, und zwar in einem gut bezahlten Schreibtischjob mit geregelten Arbeitszeiten und freien Wochenenden. Wie ein normaler Mensch. Überstunden gab es auch, ich weiß, aber wir hatten ein Familienleben. Ich konnte nicht arbeiten, weil du jeden Tag gependelt bist. Und dann« – vor Wut wurde Brendas Stimme scharf – »schnippt DCI Alan McAlpine mit den Fingern, und ohne mich zu fragen, bist du wieder hier im Morddezernat. Du hast mich nicht einmal gefragt«, wiederholte sie.

»Der Kruzifixkiller war der größte Fall in unserer Geschichte, und ich soll *dich* um Erlaubnis bitten, damit ich daran mitarbeiten darf?«

»Na ja, das gehört eben dazu, wenn man verheiratet ist und Kinder hat.« Brenda warf einen Blick auf Peter und vergewisserte sich, dass er schlief. »Du bist nie zu Hause, um mit den Kindern nachmittags Tee zu trinken, du hast nicht einmal Peter sein Drachenkostüm besorgt. Und obendrein hast du dein eigenes Kind für eine gefährliche Rekonstruktion zur Verfügung gestellt, und sieh dir nur an, was dabei herausgekommen ist. Du verbringst mehr Zeit mit Costello und Mulholland als mit uns. Das wäre nicht so, wenn du bloß ein einfacher Hilfsarbeiter wärst, oder? Du schaltest nicht einmal dein Handy ab.«

»Ich trage Verantwortung …«

»Du trägst Verantwortung uns gegenüber.« Brenda war jetzt richtig in Fahrt und ließ sich nicht mehr bremsen. »Und genau das ist das Problem. Du bist mehr mit deiner Arbeit verheiratet als mit mir. Streite es gar nicht erst ab, ich weiß es ganz genau. Aber du musst dich entscheiden, was dir wichtiger ist. Und was mir richtig wehtut, ist, dass ich glaube, es wird dir nicht leichtfallen. Obwohl es das sollte.«

Colin lächelte sie ruhig an, holte sein Handy aus der Tasche und drückte die Off-Taste. Er zeigte ihr das blaue Display, während dessen Licht ausging.

32

Vik Mulholland saß da, hielt den Kopf in den Händen und wartete.

Und wartete. Er hatte den Fehler begangen, dem einzigen Angehörigen des Personals, den er auftreiben konnte, auf die Nase zu binden, dass er Polizist war. Dementsprechend sollte er nicht die freundlichen Worte und Beileidsbezeugungen erwarten, die für Trauernde reserviert waren. Man hatte ihm lediglich gesagt, er möge Platz nehmen.

Das war vor zwanzig Minuten gewesen.

Er betrachtete die Plakate ihm gegenüber zum zehnten Mal. Trauerberatung, Cruse-Trauerhilfe, Samariter. Früher waren es für ihn nur Telefonnummern gewesen, auch er hatte Betroffenen die Karten überreicht. Lösungen für die Probleme anderer Leute. Jetzt trauerte er selbst um jemanden, brauchte jemanden, mit dem er sprechen konnte, jemanden, der sie gekannt hatte. Ihm fiel niemand ein. Im Korridor war es warm, dennoch fröstelte er, zitterte und fühlte sich elend. Er hatte keine Ahnung, was auf ihn zukam. Was sollte er tun? Nach Hause fahren, zu seiner Familie, war das Letzte, wonach ihm der Sinn stand, nachdem man ihm das Herz aus der Brust gerissen hatte. Es war Weihnachten, und er wusste nicht, wie er die Feiertage überstehen sollte. Tief in ihm war etwas gestorben.

Er hörte einen rasselnden Husten von der anderen Seite der Schwingtür; ein Flügel ging ein wenig auf, schloss sich wieder und wurde vollends geöffnet, als ob jemand Kraft gesammelt hätte, um hindurchzugehen. Er überlegte, dem

Jemand zu Hilfe zu kommen, dachte dann jedoch: »Scheiß drauf.« Er wandte sich ab, zog den Mantel um sich und ärgerte sich über die Störung.

Eine alte Frau kam rückwärts herein. Ihr Regenmantel war durchweicht, ihr Hut mit Schnee bedeckt. In der Armbeuge klemmte ein Teddybär im schottischen Fußballtrikot, und eine Schottenmütze hing an einem Faden vom Kopf. Sie kam auf ihren dünnen Beinen langsam auf Vik zu und hustete und keuchte dabei.

»Ach, junger Mann, ach, junger Mann.«

Mulholland erhob sich und bot ihr seinen Stuhl, den einzigen, an und nahm ihren Ellbogen, um sie zu stützen.

»Was für ein scheußliches Wetter. Warum können die nicht das ganze Krankenhaus unter einem Dach haben? Ach, meine Beine. Gibt es hier eine Klingel, wo man sich melden kann?«

»Gleich kommt jemand.« Nachdem sie sich gesetzt hat, wandte Mulholland ihr den Rücken zu, denn er war immer noch wütend wegen der Störung.

»Wissen Sie, ich möchte meine arme Frances sehen.«

Mulholland drehte sich abrupt zu ihr um. »Wie bitte – wen?«

»Meine kleine Frances. Wegen ihr bin ich hergekommen. Will sie noch mal sehen.« Die Frau blickte Vik an, und er sah Tränen in ihren alten Augen.

»Ich möchte auch Frances sehen. Dann sind Sie Miss Cotter, ja? Ich bin … also, ich war ein Freund von Fran.«

Miss Cotters Gesicht verzog sich zitternd zu einem Lächeln. »Ein Freund von Fran?« Sie beugte sich vor und streckte ihre mit Falten bedeckte Hand nach ihm aus, wobei sie den knochigen Zeigefinger vorreckte, und sah ihn aufmerksam an. »Sie sind Vik, nicht?«, sagte sie. »Ach, sie hat von Ihnen erzählt; sie hat immer von Ihnen erzählt. Sie hat Sie so gern gehabt …«

»Mich gern gehabt? Hat sie das gesagt?«

»Hat sie. Sie haben ihr schöne Blumen geschenkt, hat sie gesagt. Noch nie hatte ihr jemand Blumen geschenkt. Das hat sie sehr glücklich gemacht.«

Vik verkniff sich die Tränen. »Hoffentlich«, sagte er, mehr brachte er nicht heraus.

Miss Cotter rieb sich die Augen mit einem aufgeweichten Taschentuch, und Vik zog automatisch seines hervor, das sauber und frisch gewaschen war, und reichte es ihr.

»Danke sehr, danke sehr«, sagte sie und schniefte. »Ach, ich sehe schon, warum sie Sie gemocht hat – so ein netter junger Mann. Ihr Leben war ein Jammertal, wissen Sie, richtig hart. Waren nicht viele so nett zu ihr. Ich habe getan, was ich konnte, als sie ein kleines Mädchen war, obwohl, viel war das nicht …«

Vik fragte sich gerade verzweifelt, ob er es hinaus schaffen würde, ehe er die Fassung verlor, als er Schritte von draußen hörte, die sich der Tür näherten, und dann trat Gail Irvine ein.

»Ach, super«, sagte sie. »Genau nach Ihnen habe ich gesucht.«

Gail Irvine ging hinüber zu Miss Cotter, hockte sich vor sie hin und nahm die Hände der alten Frau. »Miss Cotter«, begann sie, »Miss Cotter, ich muss Ihnen etwas mitteilen.«

Die roten Augen blickten sie verständnislos an. »Und zwar?«

Gail zögerte und räusperte sich. »Miss Cotter, Sie erinnern sich doch, dass im *Daily Record* erwähnt wurde, wie Sie uns bei den Ermittlungen geholfen haben?«

»Moment – gestern, nicht wahr? Ich weiß nicht mehr …«

»Die haben uns gerade ein Fax geschickt.« Irvine faltete ein Blatt Papier auseinander. »Jemand in Australien hat den Artikel gelesen …«

Miss Cotter sah Gail direkt ins Gesicht, und ihre Augen

blitzten auf, denn sie schien zu verstehen. Dann schüttelte sie den Kopf. »Ich kenne niemanden in Australien«, antwortete sie nur.

Irvine holte tief Luft und fuhr entschlossen fort: »Dieses Fax stammt von einem Jungen – er ist vierzehn, sagt er –, der die schottischen Zeitungen manchmal im Internet liest, weil sein Vater und sein Großvater aus Glasgow stammen. Er glaubt, möglicherweise mit Ihnen verwandt zu sein.«

Miss Cotters Kopf zitterte vor Aufregung, und sie presste sich Viks Taschentuch, nunmehr nur ein zerknülltes Stück Stoff, vors Gesicht. »Nein, nein, nein«, sagte sie immer wieder.

Gail suchte verzweifelt mit einem Blick bei Vik Hilfe.

Er kehrte Miss Cotter den Rücken zu. »Irvine, halten Sie das für eine gute Idee?«, flüsterte er.

Sie nickte. »Wir haben die Sache überprüft. Es ist wirklich so.« Sie streckte die Hände aus, legte sie der alten Frau ans Gesicht und versuchte, das Zittern zu stoppen. »Miss Cotter, dieser Junge sagt, sein Vater heiße Ruari. Kennen Sie einen Ruari Cotter?«

Das Zittern hörte auf, und Miss Cotter ließ die Hände in den Schoß sinken. Sie seufzte tief, und zwei Tränen rannen über ihre feuchten Wangen. »Mein Sohn hieß Ruari«, flüsterte sie schließlich.

»Nun ja, so heißt er wohl immer noch«, meinte Irvine und hockte sich auf die Hacken. »Nun, warum kommen Sie nicht mit mir zur Wache und trinken da eine gute Tasse Tee? Und wenn Sie so weit sind, können wir eine Verbindung nach Australien für Sie herstellen. Dann sprechen Sie mit ihm.«

»Mit ihm sprechen? Was soll ich denn sagen?«

»Hallo? Fröhliche Weihnachten? Solche Gespräche laufen von ganz allein. Kommen Sie nur mit.«

»Ach, ich habe das noch gar nicht verdaut. Das ist mir

zu viel …« Miss Cotter begann, ihre Sachen einzusammeln. Sie nahm den schottischen Teddy und betrachtete ihn einen Moment lang, als wäre sie verwirrt. »Den wollte ich Troy schenken«, sagte sie.

»Nehmen Sie ihn mit«, schlug Irvine vor. »Ich bringe Sie später hin, dann können Sie ihm den Teddy schenken. Aber vielleicht nicht jetzt.«

»Ach, Sie sind alle so freundlich«, sagte Miss Cotter und stand auf.

»Miss Cotter?«, fragte Vik, und sie drehte sich zu ihm um. »Später – könnte ich Sie vielleicht später irgendwann besuchen?«

»Aber gern doch«, sagte sie. »Wir können uns über Frances unterhalten. Und ich gebe Ihnen Ihr Taschentuch zurück, natürlich gewaschen und gebügelt.« Sie ging zu ihm und legte ihm die Hand auf den Arm. »Ich bin Ihnen so dankbar«, fügte sie hinzu, »Sie haben meine kleine Frances glücklich gemacht.«

Damit ließ sie sich von Irvine durch die Schwingtür führen.

Lynne saß auf einem alten Plastiklehnstuhl und hatte den Mantel eng um sich geschlungen. Der Raum für Angehörige im Western war überheizt, dennoch schaffte es die Wärme nicht bis in ihre Knochen. Irgendwer hatte ihr eine Tasse Tee gebracht und dabei ein wenig über den Rand verschüttet, sodass die beiden Kekse auf der Untertasse sich langsam in Brei auflösten. Sie fand den Anblick ekelhaft.

»Lynne. Wie schrecklich.« Sie sah auf, als sie Douglas Munros Stimme hörte.

»Oh, hallo, Douglas, wie schön, dich zu sehen. Danke, dass du gekommen bist.« Sie erhob sich, bot ihm die kalte Wange zum Küsschen an, setzte sich, ohne seine Hand loszulassen, wieder auf die Stuhlkante und kreuzte die Knöchel wie die Queen. Dabei wirkte sie bemerkenswert gefasst.

»Ich kann gar nicht glauben, was du durchgemacht haben musst.«

»Und du? Geht es dir gut?«

»Ja, sicherlich, mir geht es gut, danke. Aber dir?« Douglas war verwirrt. Vielleicht hatte sie es noch nicht richtig begriffen. »Lynne?«

»Ja, Schatz?«

»Du weißt doch, Eve … Eve … sie hat es nicht geschafft.«

»Ja, ja, sie war schon tot, ehe sie in den Krankenwagen kam«, erwiderte Lynne nüchtern. Sie lächelte ihn an, mit dünnen Lippen. »Sie war gerade bei der Vorspeise – weißt du, sie hat das Essen immer in sich hineingestopft –, wahrscheinlich hat sie sich verschluckt und ist erstickt.«

»Es muss schrecklich für dich gewesen sein.« Douglas bedeckte den Mund mit der Hand und malte es sich aus.

Sie zuckte mit den Schultern. Jetzt lächelte sie ein wenig breiter. »Mir geht es gut. Wirklich.«

»Vielleicht, vielleicht aber auch nicht. Ich sollte dich nach Hause fahren. Ich werde auch dafür sorgen, dass man dich hinterher zur Polizeiwache bringt; möglicherweise musst du noch mit jemandem über die Sache sprechen. Ich glaube, du stehst unter Schock.«

»Nein, nein, keineswegs. Ich habe alles genau mitbekommen. Ehrlich gesagt habe ich mich seit einer Ewigkeit nicht mehr so glücklich gefühlt.« Sie lachte leise. »Ist doch am besten so.«

»Eve war deine Schwester, Lynne. Wie kann ihr Tod etwas Gutes sein? Sicher, sie musste ständig Schmerzen erleiden, aber damit ist sie doch fertig geworden. Jeden Tag ist sie immer kräftiger geworden. Und sie war so ein Talent.«

»Sie hätte uns alles ruiniert.« Lynne spielte mit ihrem Ring. »Jetzt kannst du deine Frau verlassen und bei mir einziehen – du hast doch immer gesagt, wie gut dir unser Haus gefällt. Und nun wird es mir gehören. Eve hätte den Vertrag niemals unterschrieben, nicht in einer Million Jahre. Aber ich bin ihre Erbin. Und damit gehört auch ihr geistiges Eigentum mir, also auch die Rechte an Squidgy McMidge. Den Rest erledigt ein Grafikprogramm. Sie wollte dich umbringen, weißt du das, Douglas? Doch ich hatte meine Chance und habe sie genutzt.« Sie ergriff seine Hand und blickte ihn schmachtend an. »Ich habe dir das Leben gerettet, Douglas.«

»Lynne, das muss ein Schock sein.«

»Nein, ich stehe unter keinem Schock.«

»Warum legst du dich nicht ein bisschen hin?«

»Und das Schönste ist, wir können Weihnachten zusammen feiern.« Sie küsste ihn auf die Wange. Im Licht der Leuchtstoffröhre wirkte ihr gebleichtes Haar noch heller, ihre blauen Augen nahmen einen grünen Schimmer an. Eigenartigerweise sah sie aus wie ihre Schwester. »Nach dem, was wir zusammen durchgemacht haben, finde ich, haben wir ein bisschen Glück verdient.«

»Was sagst du denn da, Lynne?«

»Hast du mich nicht gehört? Eve wollte dich umbringen.«

Douglas sprach ganz ruhig. »Oh, ich glaube kaum, Lynne.«

»Dann bist du ein Dummkopf«, sagte Lynne und lachte gehässig. »Natürlich hast du ihr geglaubt. Sogar ich habe geglaubt, sie könnte nicht mehr gehen. Sie hat uns alle zum Narren gehalten. Und ich habe den Beweis bei mir.« Lynne tätschelte ihre Handtasche. »Sie hat sich deine Kreditkarte besorgt und eine Packung Headeze in deine Tasche gesteckt. Vermutlich hat sie das getan, als sie in deinem Büro war. Schließlich wusste sie, du würdest die Tabletten früher oder später nehmen. Wenn die analysiert werden, kommt heraus, dass ich recht habe. Sie hat mit dir gespielt, Douglas. Ich bin sicher, sie hat Gott weiß wie viele andere Menschen auf dem Gewissen. Die in diesem schrecklichen Supermarkt Tabletten gekauft haben.« Lynne schniefte. »Also ist es wirklich am besten, dass sie tot ist, ehrlich.« Triumphierend verschränkte sie die Arme. »Jetzt wird alles gut.«

Er blickte sie an und sah eine Frau mit harten Augen, die älter waren, als sie an Jahren zählte. Er gab ihr keine Antwort. Stattdessen sagte er: »Komm, gehen wir.« Mit einem Wink bedeutete er ihr, sie solle vorausgehen. Er folgte ihr zum Lift und den hinteren Gang entlang zum Parkplatz. Sie gingen an einem dunkelhaarigen Mann vorbei, der auf einem einzelnen Plastikstuhl vor einer leeren kalten Wand saß. Der junge Mann blickte nicht auf beim Klang von Lynnes Stimme; er saß reglos da, ein Bild der Verzweiflung, müde, die Hände tief in den Taschen seines Mantels. Munro erkannte das Gesicht und den makellosen Schnitt des Mantels – der Polizist, der ihn wegen seiner Kreditkarte aufgesucht hatte. Jetzt wirkte der Mann ganz und gar nicht offiziell, aber vermutlich trauerten Polisten wie andere Leute auch.

Douglas ging mit Lynne zum Parkplatz und blieb vorsichtig zwei Schritte hinter ihr. Lynne hörte nicht auf zu reden.

»Jetzt können wir zusammen sein. Ich habe alles, das Haus, ihr Geld, Squidgy – du hast selbst gesagt, die Mücke ist eine Goldgrube. Ich habe das Haus, und wir können heiraten. Wir werden ein wundervolles Leben haben.«

Er öffnete ihr die Tür des Corsa. »Kannst du auch bestimmt fahren, Lynne?«

»Ja, ja, sicherlich.« Sie setzte sich hinters Steuer. »Solange wir nur zusammen sind.« Sie beugte sich hinüber und öffnete die Beifahrertür einladend.

Doch Douglas senkte nur den Kopf und holte tief Luft.

»Du weißt doch, dazu wird es niemals kommen, Lynne. Es war eine schöne Zeit mit dir, nur – das Leben schlägt manchmal einen anderen Kurs ein.«

Lynne lächelte selbstgefällig. »Douglas, ich habe sie umgebracht, damit wir zusammen sein können, und deshalb wird alles gut.« Sie küsste ihn durch das offene Fenster auf die Nase.

Er wich zurück, als habe sie ihn gebissen. Er wusste, gerade war er von einem Ungeheuer geküsst worden.

Während er vom Fenster zurücktrat, klingelte sein Telefon. »Das wird meine Frau sein«, log er. »Und sie wird ewig das Problem sein. Tut mir leid, Lynne. Wirklich leid. Nur – in letzter Zeit ist einfach zu viel passiert.«

Munro sah sich die Nummer auf dem Handydisplay an; es war seine Mutter, die vermutlich wissen wollte, wo er steckte. Er klappte rasch das Telefon auf, während er sich von Lynnes Wagen entfernte.

In seinem Berufsleben hatte Colin Anderson schon häufig daran gedacht, mit dem Rauchen anzufangen, und jetzt, als er vor dem Eingang der Notaufnahme des Western Hospital im eiskalten Schneeregen stand und aus irgendeinem Radio im Inneren ein von Harry Secombe geschmettertes Weihnachtslied dröhnte, glaubte er, es wäre vielleicht seine letzte Hoffnung, um bei klarem Verstand zu bleiben. Er hörte die Feiernden von der zur Byres Road gelegenen Seite des Krankenhauses, während draußen eine kleine Gruppe Raucher stand, sich in die Mäntel mummelte und schweigend rauchte. Die einzige Bewegung waren Rauchwolken, die gelegentlich aufstiegen und dann vom Schneeregen verschluckt wurden.

Colin öffnete die Wagentür und stieg ein; er wusste nicht, wo er hin sollte. Er brachte nicht einmal die Kraft auf, sich schlecht zu fühlen. Peter war in guten Händen und durch

Medikamente in einen Tiefschlaf versetzt worden. Brenda saß an seinem Bett, und ihre Mutter hatte Claire zu sich mit nach Hause genommen. Luca hatte das Bewusstsein wiedererlangt, und seine Mutter hatte zum ersten Mal seit Jahren gelächelt. Troy lag gemeinsam mit Frances erkaltet in der Leichenhalle.

Anderson steckte die Hände in die Hosentaschen, weil er hoffte, sie auf diese Weise zu wärmen, und fand eine halbe Packung Fruchtgummi und die verklebte Plastikfolie eines kandierten Apfels, Überreste dessen, was Peter auf dem Basar vertilgt hatte. Vor zwei Tagen. Erst. Und in diesen beiden Tagen hätte Colin seinen Sohn beinahe verloren.

Und noch immer gab es unerledigte Arbeit; der Giftmischer lief frei herum, böse, übelwollend, unsichtbar und gefährlich. Gerüchten zufolge war die Schwester der Zeichnerin von Squidgy McMidge hier im Krankenhaus gestorben, doch Colin konnte das nur schwer glauben. Nicht nach all der Publicity, bestimmt nicht.

Er sah Vik Mulholland, der über den Parkplatz trottete und den Kragen seines Mantels hochschlug. Der arme Bursche war völlig erledigt – er war plötzlich gealtert und hatte die Haltung eines Greises.

Anderson beugte sich vor und öffnete die Wagentür. »Vik?«, rief er. »Kann ich Sie irgendwohin mitnehmen?«

Mulholland ließ sich auf dem Beifahrersitz nieder. Er sah Anderson nicht an. »Ich weiß nicht, wohin«, grunzte er. »Im Augenblick nicht.«

»Geht mir ähnlich.« Anderson starrte durch die Windschutzscheibe. »Haben Sie sie gesehen?«

»Nein, das hebe ich mir für einen anderen Tag auf. Sie läuft ja nicht weg.«

»Mein Beileid, Vik. Ich habe sie ja eigentlich gar nicht gekannt, aber es ist bestimmt schwer für Sie.«

»Ich denke die ganze Zeit, mir hätte doch irgendetwas

auffallen müssen – mein Gott, ich war bei ihr, als die Kinder unten im Keller waren. Sie war so nett, Col, so … so *liebevoll.* Ich kann es immer noch nicht fassen.«

»Gott weiß, Frauen sind schon in ihren besten Zeiten vielschichtig. Und Ihre Frances hat solche besten Zeiten vermutlich nie kennengelernt.« Er schob sich auf dem Sitz zurecht und seufzte tief. »Na ja, das ist jetzt das Problem von jemand anderem. Ich muss mich um meine eigene Familie kümmern. Ich habe sogar mein Handy abgeschaltet.«

»Bestimmt nicht für lange. Sie schalten es wieder ein, für alle Fälle.«

»Wie kommen Sie darauf?«

»Sie ähneln dem alten Boss mehr, als Sie glauben.«

»Das nehme ich mal als Kompliment.«

»War allerdings nicht so gemeint.«

Und Anderson war nicht davon begeistert, nach Hause zu gehen, nicht, solange Peter im Krankenhaus lag. Vik brauchte jedoch Beistand. Und mit Quinn kam er inzwischen auch besser klar – was ebenfalls für Costello galt. Sie konnten alle einen Schluck zu trinken gebrauchen. Dann wäre es wie in den guten alten Zeiten – und Mann, das war er ihnen schuldig. Er könnte sogar O'Hare einladen. Wie viel Spaß hatte ein Pathologe schon an Weihnachten, wenn seine Leichenhalle voller »Kunden« lag?

Sie saßen eine Minute lang schweigend da und schauten zwei Schwestern zu, die sich unerlaubterweise für eine Zigarette nach draußen schlichen. Beide hatten eine Glitzergirlande um den Hals.

»Vik? Was halten Sie davon, sich ordentlich volllaufen zu lassen?«

Vik holte tief Luft. »DI Anderson, ich bin nicht der Typ, der sich einem Vorgesetzten widersetzt.«

»Gut zu wissen, DC Mulholland.«

Zu den beiden Schwestern gesellte sich ein Santa Claus, der sich eine Zigarette schnorrte und ansteckte.

Anderson drehte den Zündschlüssel, der Motor startete, und damit gingen auch Licht und Radio an. Die letzten Takte von »Tambourine Girl« erfüllten den Wagen.

»Tut mir leid, Mann«, sagte Anderson und langte nach dem Ausschalter.

»Nein, lassen Sie nur«, erwiderte Vik.

Sie saßen da und hörten sich die Musik an, Anderson mit dem Finger auf dem Schalter, Vik mit der Hand auf Colins Unterarm, bis das Lied zu Ende war. *She says goodnight to you.*

Sie warteten, und die Zeit dehnte sich wie eine Ewigkeit, obwohl es wohl nur ein oder zwei Sekunden dauerte. Endlich hauchte die leise Stimme ihr *Goodnight*.

Er ging weg. Douglas ging tatsächlich weg.

Lynne hatte ihm hinterhergerufen, aber er hatte sich nicht einmal umgedreht. Sie hatte ihm nachgeschaut. Sie beobachtete, wie er in sein Handy sprach, mit seiner verfluchten Frau schwatzte und sie, Lynne, ignorierte; sie musste zusehen, wie er sich an seinen Wagen lehnte und sich die Finger in die Ohren steckte, damit er besser hören konnte. Dann ließ er das Handy zuschnappen und wirkte beunruhigt. Bestimmt, so dachte sie, überlegte er sich die Sache noch einmal. In ein paar Augenblicken würde er zu ihr zurückkommen. So stand er in der Wagentür und zog seinen Mantel eng um sich. Sie rief ihm erneut hinterher, doch er klappte nur sein Handy wieder auf – er rief *sie* zurück! Lynne runzelte die Stirn, startete den Motor, schloss die Augen und trat das Pedal durch – bis zum Bodenblech.

33

O'Hare saß bei einem Espresso auf einem großen bequemen Sofa und betrachtete die verschwommene Spiegelung eines recht anständigen Weihnachtsbaums im riesigen Frontfenster des Nuffield Hospital. Der Garten unten war mit bunten Lichterketten hübsch beleuchtet. Und der Kaffee schmeckte ausgezeichnet. Er hatte zwar eigentlich keine Ahnung, was er hier machte, in diesem feudalen Empfangsbereich einer Privatklinik, wo er auf Costello wartete, die versuchte, auf einen der Patienten oben moralischen Druck auszuüben. Dennoch freute er sich über einen Moment des Friedens, in dem er ein bisschen nachdenken konnte. Und vor allem freute er sich, weil er nicht den leisesten Schimmer hatte, was Costello und Quinn vorhatten, da es sich vermutlich um etwas überaus moralisch Bedenkliches und wahrscheinlich Illegales handelte.

Er leerte die Tasse und dachte an den Giftmischer, an den scharfen, geduldigen und gefährlichen Verstand, der dahinterstecken musste. Sechs Tote. Sechs. Und wie viele würden noch folgen? Er schloss kurz die Augen.

Costello ließ sich neben ihm auf das Sofa plumpsen und wirkte hundemüde, aber glücklich. O'Hare fiel sofort auf, dass sie die lederbraune Akte nicht mehr bei sich trug, die sie auf dem Weg hinein vor die Brust gedrückt hatte. Er hatte sich nicht danach erkundigt, was sie enthielt, war jedoch zufrieden, weil sie nicht aus seinem Büro stammte und nichts mit Frances zu tun hatte. Der Originaltext in

Frances' Handschrift, dieses alte, zerknitterte und fleckige Blatt Papier, war vom Tatort verschwunden. Vielleicht würde Frances am Ende doch noch zu ihrer Vergeltung kommen.

»Und? Erfolgreich gewesen?«, fragte er.

»Der Gerechtigkeit wird schon irgendwie Genüge getan.«

O'Hare stellte Tasse und Untertasse auf den Tisch. »Bekommen wir dann auch ein bisschen Gerechtigkeit für die anderen? Für die, die keine Supermodels oder Superstars sind? Sie glauben, der Giftmischer wird aufhören. Wird er nicht, wissen Sie. Barbara Cummings' Kinder feiern ihr Weihnachten dieses Jahr ohne Mutter. Moira McCullochs Mutter ohne ihre Tochter.«

»Ich weiß«, stimmte sie zu. »Ich bin ja an dem Fall dran.« Sie beugte sich angespannt vor und spähte in die Dunkelheit. »Irgendwo dort draußen läuft der Giftmischer herum; der hört nicht auf, und deshalb muss man ihn stoppen. Der ist ein Terrorist.« Dann blickte sie wieder O'Hare an, als habe sie sich plötzlich an ihn erinnert. »Passen Sie auf, es ist schon acht. Sie können nach Hause, wenn Sie wollen.«

»Der Giftmischer kann warten. Ich kann Sie irgendwo hinfahren, wenn Sie möchten.«

Sie zuckte abwesend mit den Schultern und war in Gedanken schon wieder woanders, während sie erneut hinaus auf den Parkplatz blickte, als warte sie auf etwas.

»Meinen Sie nicht auch, Sie sollten zur Abwechslung mal etwas essen?«, fragte O'Hare.

Sie beachtete die Frage nicht. »Wie lange dauert es, wenn man von der M8 bei Govan bis hierhin fährt?«

»Bei diesem Verkehr? Am Weihnachtsabend? Eine Ewigkeit.«

Sie seufzte ungeduldig.

»Worauf warten Sie denn?«

»Gerechtigkeit«, sagte sie. »Sie hat es Rogan erzählt, wissen Sie.«

»Lauren hat es Rogan erzählt? Und was?«

»Sie hat ihm von unserem Treffen erzählt. Er ist ausgeflippt, und dann sind Jinky Jones und Dec Slater mit dem nächsten Flieger verschwunden. Interessant, nicht?«

»Um das Problem darf sich nun jemand anderes kümmern.«

»Es ist also nicht schlimm, solange es nicht vor Ihrer Haustür passiert?«, fragte Costello überspitzt.

»Die Amerikaner werden sich die zwei holen, sogar in Thailand. Das ist nicht mehr unser Problem. Es war ein gutes Stück Arbeit. Mein Job ist in vielerlei Hinsicht einfacher. Die Toten riechen zwar streng, dafür laufen die einem aber wenigstens nicht weg.«

Costellos Handy klingelte, und sie nahm den Anruf rasch an. *Colin,* formte sie lautlos mit den Lippen für O'Hare. »Ja, hat alles geklappt. Ich sitze hier allerdings noch eine Weile herum.« Sie sah auf die Uhr und lächelte. »Ja, er ist hier. Ich frage ihn.« Sie wandte sich an O'Hare. »Colin fragt, ob Sie mit ihm in aller Ruhe einen trinken wollen? Er meint, Vik solle jetzt nicht allein sein. Außerdem versucht er, Quinn zu erreichen. Nur für zwei Stündchen, dann machen wir uns wieder an die Arbeit. Versprochen.«

»Vielleicht könnten wir alle ein bisschen Gesellschaft gebrauchen, so traurig der Anlass auch sein mag.« O'Hare nickte. Er wollte auch nicht allein in seiner Wohnung sitzen und sich ein Fertiggericht aus der Feinkostabteilung von Marks and Spencer aufwärmen. Da war ein Abend zusammen mit dem Dezernat verlockender, vor allem mit Costello und selbst unter diesen Umständen.

»Ja, wir stoßen da zu Ihnen … oh, ich weiß nicht … es dauert nicht mehr lange. Ich glaube kaum, er wird es ignorieren. R … richtig … ja, ich habe es gehört. Sicher.« Sie ließ das Telefon zuschnappen. »Klingt so, als wäre ihnen gerade jemand von hinten in den Wagen gefahren.«

»Hoffentlich ist ihnen nichts passiert. Ich würde doch zu gern was trinken gehen«, sagte O'Hare trocken. »Auf wen warten Sie eigentlich?« Er deutete mit dem Kopf in Richtung eines Motorrads, das auf den Parkplatz geknattert kam.

Costello duckte sich im Sofa und wurde unsichtbar für jeden, der durch das Fenster schaute oder durch die Tür eintrat.

»Prof?«

»Jack.«

»Jack? Könnten Sie für mich aus dem Fenster sehen? Dieses Motorrad – Fahrer und Sozius?«

»Ja. Das Motorrad ist von einer Zeitung. Der Sozius nimmt den Helm ab.«

»Sehen Sie nicht zu auffällig hin, aber ist er blond und hat eine Beckham-Welle?«

»Es ist Dave Ripley, wenn Sie das meinen«, meinte O'Hare gelinde amüsiert.

»Großartig.« Costello versteckte sich hinter einer Ausgabe des *Tatler*, bis Ripley sich kurz am Empfang unterhalten und seinen Ausweis gezeigt hatte, worauf man ihm den Weg zu Lauren McCraes Zimmer wies.

»Costello, ob ich vielleicht fragen darf, was das alles zu bedeuten hat?«

»Das«, antwortete Costello und grinste dabei breit, »war der Moment, kurz bevor die Kacke zu dampfen beginnt.« O'Hare zog fragend eine Augenbraue hoch. »Diese braune Akte …«

»Ja, über die habe ich mich schon gewundert.«

»… enthält Fotokopien des Originaltextes und der Noten von Rogans zwei größten Hits …«

»Die von Frances Coia geschrieben wurden.«

»... sowie eine Karte der USA mitsamt einer Liste von Namen und Daten und den Terminen von Rogans US-Touren ... Sie wird sich das schon zusammenreimen.«

»Und dann wird die liebenswerte Lauren den wunderbaren Rogan zum Mond schießen. Ach, Mann, Costello, so langsam glaube ich, Sie sind genauso zynisch veranlagt wie ich. Trotzdem, gut gemacht.«

»Und Quinn, vergessen Sie die nicht. Quinn hat sich selbst übertroffen.« Costello war glücklich. »Lauren mag ja ganz Blondine sein, aber zum Narren halten lässt sie sich nicht. Und sie ist kein schlechter Mensch. Im Augenblick ist sie geschockt und erschöpft. Und wütend. Rogan hat sich als Hochstapler herausgestellt, als Dieb und erstklassiger Drecksack, und sie glaubt, die Beziehung mit ihm könne ihrer Karriere schaden. Obwohl das wahrscheinlich eher seine Fäuste getan haben«, fügte sie grimmig hinzu.

»Sie wird sich also zunächst einmal rächen«, meinte O'Hare, den es fröhlich stimmte, Costello so munter zu sehen, ganz beseelt vom alten Geist. Das hatte er viel zu lange bei ihr vermisst. »Glauben Sie tatsächlich, bislang hatte sie keine Ahnung?«

»Nein, ich glaube, sie hat durchaus etwas geahnt. Bestimmt, was Jinky und Dec betrifft. Das wollte sie mir vermutlich mitteilen. Aber sie stand praktisch ganz allein damit da, und in einem fremden Land wusste sie nicht, wie sie es anstellen sollte.«

»Wir sind doch ziemlich sicher, dass Rogan nichts mit den Morden an all diesen Jungen in den Staaten zu tun hat, ja? Obwohl ich sagen würde, er hat zumindest eine Tote auf dem Gewissen – er hat die Seele von Frances Coia getötet, und zwar schon vor zwanzig Jahren.«

Costello nickte. »Aber er wusste über Jinky und Dec Bescheid; da würde ich jede Wette eingehen. Niemand ist so blind wie die, die nicht sehen wollen. Und ich wette außerdem, die beiden anderen wussten, dass er Frances die Songs gestohlen und das große Geld damit gemacht hat. Und vielleicht auch, dass er sie windelweich geprügelt hat. Drei fiese Arschlöcher, die wirklich gut zusammenpassen. Aber ich werde es denen schon zeigen.« Costello verzog das Gesicht. »Ich werde es ihnen zeigen.«

O'Hare blickte sie an und zweifelte nicht daran.

»Na ja, es scheint ja, als würde die Gerechtigkeit am Ende doch noch siegen«, sagte er. Dann sah er auf seine Uhr. »Costello, warum sitzen wir hier rum? In diesem Foyer ist es ausgesprochen bequem. Ich werde hier gleich einschlafen.«

»Gut, Prof«, sagte Costello und sprang auf. »Gehen wir feiern.«

Sowohl Anderson als auch Mulholland fuhren bei dem Rums zusammen; es hatte so heftig gekracht, als hätte etwas ihren Wagen getroffen.

»Was zum Teufel war das?«, fragte Mulholland.

Anderson unterbrach das Telefongespräch mit Costello, sah sich um und langte nach dem Türgriff. Innerhalb der nächsten Sekunde waren die beiden Männer aus dem Wagen und liefen los. Die beiden rauchenden Krankenschwestern rannten ihnen hinterher.

»Mein Gott!«, sagte Anderson. Den Audi hatte es in der Seite erwischt und auf eine mit Gras bewachsene Kuppe auf dem Parkplatz geschoben. Die Kühlerhaube des Corsa war zusammengedrückt, und eine schlaffe, blutige Gestalt war in dem Wrack eingeklemmt. Anderson sprang auf die Haube des Audi, um dem Verletzten zu helfen. Er erkannte Douglas Munro und beugte sich über die Windschutzscheibe hinein, um ihm den Kopf zu stützen, indem er sein Gesicht in die Hände nahm.

»Alles in Ordnung, Mann, alles in Ordnung«, log er.

Munros Kopf fiel zur Seite, als er etwas sagen wollte, und feine Linien schaumigen Blutes rannen ihm aus den Mundwinkeln. Anderson bemühte sich, ihn stillzuhalten, als plötzlich eine Sauerstoffmaske auftauchte. Munro wurde unruhig und wich dem Sauerstoff aus, der ihm vielleicht das Leben retten konnte. Seine Augen waren wild verdreht, und er versuchte wieder zu sprechen.

»Ganz still, ganz still«, redete Anderson wieder und wieder auf ihn ein. »Atmen Sie einfach – genau so … Alles wird gut.«

Mulholland lief zum Corsa. Hinter dem Steuer saß eine blonde Frau mit blutüberströmtem Gesicht. Er hörte, wie Anderson den anderen Verletzten bedrängte, sich mit Sauerstoff versorgen zu lassen, und ihm versicherte, Hilfe sei unterwegs. Plötzlich blitzten Lichter in der Dunkelheit auf und Sirenen gellten, als zwei Krankenwagen über den Parkplatz rasten. Doch selbst inmitten dieses Lärms hörte Vik, wie Munro, der in seinem Audi eingeklemmt war, verzweifelt versuchte, etwas zu sagen, als ihm die Sauerstoffmaske über das Gesicht gezogen wurde.

Instinktiv versuchte Vik, die Fahrertür des Corsa zu öffnen, aber die hatte sich hoffnungslos verklemmt. Er rannte auf die andere Seite und stieg auf den Beifahrersitz. Der Motor war aus den Halterungen gerissen worden. Er bemühte sich, nicht auf den Brei zu achten, der von den Beinen der Frau geblieben war. Sie atmete und war sogar noch bei Bewusstsein, wenn auch nur so gerade eben.

»Alles in Ordnung, alles in Ordnung«, sagte er, griff nach ihrer Hand und tastete nach dem Puls. Die Frau gurgelte, und er zog ihr das blutige Haar aus dem Gesicht. Er hatte sie schon einmal gesehen, erinnerte sich jedoch nicht mehr, wo oder wann. Nun überprüfte er ihre Atemwege. Sie murmelte etwas Unverständliches.

»Das ist richtig – reden Sie mit mir. Reden Sie einfach

immer weiter.« Durch die Windschutzscheibe sah er die Bemühungen der anderen Anwesenden, den Fahrer des Audi zu bergen. Eine Krankenschwester lag auf dem Wagendach und versuchte, ihm eine Infusion anzulegen.

Draußen herrschte Lärm, überall wurde geschrien. Der Corsa war eine Seifenblase der Stille, hier waren die zwei allein. Er hatte sein Gesicht nahe an ihres gebracht, und er spürte, wie ihr Puls am Hals schwächer wurde. »Ich bin Vik«, sagte er und bemerkte, dass er auf ihrer Handtasche kniete. »Wir haben Sie in einer Minute hier herausgeholt. Sie müssen einfach nur weiteratmen, immer weiteratmen.« Er öffnete die Handtasche und suchte nach einem Namen oder einem Ausweis. Stattdessen zog er graues Haar heraus – eine Perücke? Und daraus fiel ein Päckchen mit weißem Pulver. Ein Streifenwagen kam angefahren, und sein Blaulicht erhellte den Innenraum des Corsa.

Beim ersten Aufflackern sah er hin.

Beim zweiten entdeckte er den Aufkleber und die Flagge von St. Andrew. Beim dritten erkannte er es. Das gelbe Schild, den schwarzen Totenkopf mit den gekreuzten Knochen, die Aufschrift NaCN. Natriumzyanid.

Er nahm das Päckchen und ließ es vor den Augen der Frau baumeln, wie ein Hypnotiseur es mit einer Uhr gemacht hätte.

In all dem Blut konnte man kaum eine Emotion in ihren Augen erkennen. »Hilfe«, flüsterte sie. »Helfen Sie mir.«

Vik blickte sie an und wich von ihr zurück. Er legte das weiße Pulver auf die Handtasche und sorgte dafür, dass man die Perücke sehen konnte. Sollten die es doch allein zusammenpuzzeln. Sein Fuß trat auf etwas auf dem Boden, das ein wenig davonrutschte, und er stieg aus dem Wagen und hob es auf. Es war ein zerschmettertes Handy. Das würde niemand mehr gebrauchen können. Er hielt es in die Höhe, und Anderson gab ihm mit einem knappen Nicken zu verstehen, dass er es gesehen hatte. Vik legte das Telefon neben das Hinterrad des Audi.

Er warf noch einen Blick in den Wagen, wo sich eine blutige Hand nach ihm reckte und eine kaum vernehmbare Stimme dünn sagte: »Helfen Sie mir …«

Vik schlug die Wagentür zu und ging.

Danksagung

Ich möchte Jane und allen anderen Gregory-Mädels sowie Bev und den Penguins für ihre Hilfe, ihre Unterstützung und ihre Geduld danken.

Dank gebührt auch Mary und Karen, die sich so sehr bemühen, mich zu organisieren, und selbst dann nicht den Mut verlieren, wenn sie an mir scheitern.

Natürlich danke ich auch meinen Kollegen für die freien Tage; besonders Annette, die mit Computern umgehen kann … und zwar so richtig.

Und Ma, Pa, Emily und Pi.

Ein ganz besonderes Dankeschön geht an meine Freunde bei der Strathclyde Police, insbesondere an Superintendent Donald McCallum, an R. J. P. Kerr für die Expertise in rechtlichen und an Dr. Penelope Redding und Dr. Tara Singleton für die Expertise in medizinischen Fragen.

Danke Euch allen! Ich hoffe, Ihr mögt es.

Caro